中国社会科学院 学者文选
俞平伯集
中国社会科学院科研局组织编选

中国社会科学出版社

图书在版编目(CIP)数据

俞平伯集/中国社会科学院科研局组织编选. —北京:中国社会科学出版社,2008.3(2018.8)

(中国社会科学院学者文选)

ISBN 978-7-5004-6755-7

Ⅰ.①俞… Ⅱ.①中… Ⅲ.①文学研究—中国—文集

Ⅳ.①I206-53

中国版本图书馆 CIP 数据核字(2008)第 015859 号

出 版 人	赵剑英
责任编辑	田 文
责任校对	石春梅
责任印制	郝美娜

出　　版	中国社会科学出版社
社　　址	北京鼓楼西大街甲 158 号
邮　　编	100720
网　　址	http://www.csspw.cn
发 行 部	010-84083685
门 市 部	010-84029450
经　　销	新华书店及其他书店
印刷装订	北京市十月印刷有限公司
版　　次	2008 年 3 月第 1 版
印　　次	2018 年 8 月第 2 次印刷
开　　本	880×1230　1/32
印　　张	15.5
字　　数	373 千字
定　　价	89.00 元

凡购买中国社会科学出版社图书,如有质量问题请与本社营销中心联系调换

电话:010-84083683

版权所有　侵权必究

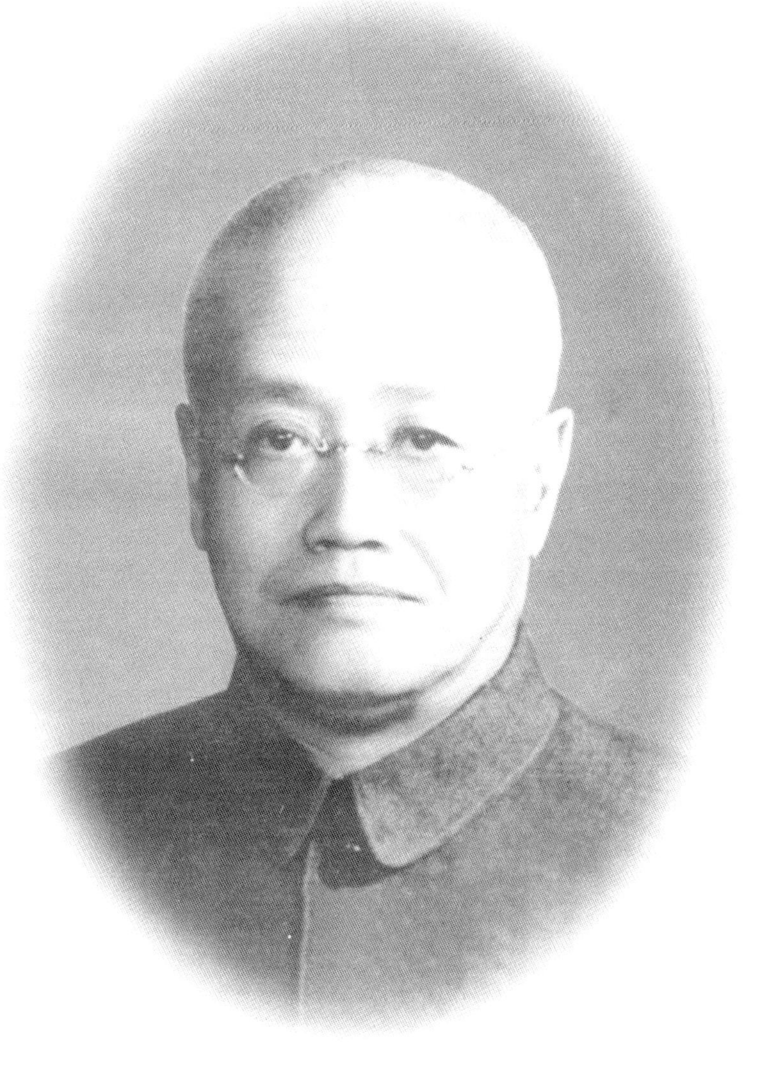

出版说明

一、《中国社会科学院学者文选》是根据李铁映院长的倡议和院务会议的决定，由科研局组织编选的大型学术性丛书。它的出版，旨在积累本院学者的重要学术成果，展示他们具有代表性的学术成就。

二、《文选》的作者都是中国社会科学院具有正高级专业技术职称的资深专家、学者。他们在长期的学术生涯中，对于人文社会科学的发展作出了贡献。

三、《文选》中所收学术论文，以作者在社科院工作期间的作品为主，同时也兼顾了作者在院外工作期间的代表作；对少数在建国前成名的学者，文章选收的时间范围更宽。

中国社会科学院
科研局
1999 年 11 月 14 日

目 录

俞平伯（代前言） ································ 陆永品（1）

现代诗文论

白话诗的三大条件 ································ （3）
社会上对于新诗的各种心理观 ···················· （6）
诗底进化的还原论 ································ （18）
《草儿》序 ·· （36）
《冬夜》自序 ····································· （40）

古代诗词、曲赋、戏曲、小说论文

诗的歌与诵（两篇） ······························ （47）
屈原作品选述 ····································· （74）
说汉乐府诗《羽林郎》 ···························· （93）
漫谈《孔雀东南飞》古诗的技巧 ·················· （98）
今传李太白词的真伪问题 ························· （105）
李白的姓氏籍贯种族的问题 ······················· （116）
《蜀道难》说 ····································· （128）

读词偶得 …………………………………………………（152）
　　缘起 ……………………………………………………（152）
　　诗余闲评 ………………………………………………（154）
　　一　温飞卿《菩萨蛮》五首 …………………………（162）
　　二　韦端己《菩萨蛮》五首 …………………………（166）
　　三　南唐中主《浣溪沙》二首 ………………………（172）
　　四　南唐后主词五首 …………………………………（176）
《唐宋词选释》前言 ……………………………………（184）
论作曲 ……………………………………………………（203）
词曲同异浅说 ……………………………………………（210）
谈《琵琶记》 ……………………………………………（217）
重印《浮生六记》序 ……………………………………（222）
论《水浒传》七十回古本之有无 ………………………（226）
小说随笔 …………………………………………………（234）

《红楼梦》论文

八十回后的《红楼梦》 …………………………………（245）
后四十回《红楼梦》底批评 ……………………………（268）
《红楼梦》底风格 ………………………………………（289）
后三十回的《红楼梦》 …………………………………（299）
论秦可卿之死 ……………………………………………（316）
《红楼梦》的著作年代 …………………………………（324）
《红楼梦》简说 …………………………………………（331）
《红楼梦》的思想性与艺术性 …………………………（340）
《红楼梦八十回校本》序言 ……………………………（359）
《红楼梦》中关于"十二钗"的描写 …………………（389）
"旧时月色" ……………………………………………（442）

索隐与自传说闲评 …………………………………………（447）

作者年表 ……………………………………… 孙玉蓉（451）
编后语 ………………………………………… 陆永品（462）

俞平伯
（代前言）

　　俞平伯名铭衡，字平伯，以字行①。一九〇〇年一月八日，生于江苏苏州。祖籍浙江德清。父亲俞陛云，是文学家，精通诗学，著作有《唐五代两宋词选释》、《蜀輶诗记》、《诗境浅说》。母亲许之仙，是清朝松江知府许祐申（即许子原）之女，亦精通诗文。俞平伯有三个姐姐：大姐俞琎，二姐俞珉，三姐俞琳，皆善属诗文。祖父多病早逝。曾祖父俞樾，字荫甫，号曲园，是清代享有盛誉的学者，著述颇多，有《春在堂全书》、《群经平议》、《诸子平议》、《古书疑义举例》等。俞平伯即出生于这样的书香门第。"有这样的世家，也就造成他接近文学的趋向"②。俞平伯在文学上的成就是多方面的，他精于文学评论，擅长诗词散文，同时也是中国古典文学研究专家。

---

① 1915年，考入北京大学后，曾自字直民，号屈斋。
② 穆穆《俞平伯先生》，1943年10月《风雨谈》第6期。

充满诗意的童年和学生时代

俞平伯充满幻想和富有诗意的童年时代，是跟随曾祖父在苏州度过的。俞樾非常疼爱小重孙平伯。他出生双满月时，曾祖父抱他剃头，并赋诗志喜。平伯两岁时，曾祖父又与他在寓中合影、赋诗，作为纪念。平伯四岁时，由母亲启蒙，教读《大学》章句。有时候，大姐教他吟诵唐诗。六岁时，每晚跟曾祖父学写字，直至翌年初，曾祖父病倒，方才终止。这段生活，在俞平伯幼小的心灵上，留下了美好的记忆。他曾写有诗句云："九秩衰翁灯影坐，口摹笘帖教重孙。"俞平伯后来练就一手好书法，即是从小受到曾祖父的熏陶。之后，由父母教学对对子，课本由母亲手抄。八至九岁时，入塾从师学习，接着有一年半的时间，平伯到上海学习英语和算学。十二三岁时，俞平伯即开始阅读《红楼梦》，尽管当时他是当闲书读着玩的，并非深谙书中的蕴涵所在，但毕竟《红楼梦》中的许多人物形象，在他少年的脑海里烙下深深的印记。这或许是最初播下的"红学"种子。十六岁，俞平伯进入苏州平江中学读书。由于受到家庭的良好教育，他的智力开发较早，学习成绩优异，所以当年秋天，他即考入国立北京大学文学门。北京大学的黄侃教授，很看重他，指导他读宋代词人周邦彦的《清真词》。俞平伯自此便学会了填词的技巧，暑假在天津养病时，就填写《临江仙》以记其事。

一九一七年十月三十一日，俞平伯不满十八岁，他就和舅舅的女儿许宝驯结为伉俪。结婚时，按照传统的习俗，遵照岳父许引之之命，戴红绒缨帽、插金花、穿彩绣袍。黄侃教授和大学同班同学，曾前往他们在北京东华门箭杆胡同寓所，祝贺他们新婚之喜。俞夫人字长环（后改为莹环），杭州人，在北京长大。自幼即受到家庭的良好教育，能弹琴、度曲、作诗、绘画，并擅长书法。俞夫人虽年长四岁，但他们夫妻情投意合，终生相伴。俞平伯的著述工作，亦得到夫人的很大帮助。

俞平伯青年时代，思想活跃，思维敏锐，容易接受新事物、新思想，富有积极进取精神。因此，在北京大学读书时，就参加了各种进步的学生社团。一九一八年底，他参加了北京大学的进步学生组织"新潮社"，并成为该社的重要成员，是《新潮》月刊的主要撰稿人。一九一九年四月，他加入"以增进平民智识，唤起平民之自觉心为宗旨"的北京大学平民教育讲演团。震撼世界的五四运动爆发，由于"浮慕新学，向往民主"，他便积极投身运动。他参加北京大学学生会新闻组织，从事宣传鼓动工作。年底，俞平伯毕业于北京大学，结束了他学生时代的生活。

一九二〇年初，为了寻找救国之路，他同傅斯年一起赴英国留学。到英国不久，因英国金镑涨价，学费筹措未周，便又匆匆回国。四月回到杭州。暑假后，到杭州第一师范学校执教。一九二二年七月，去美国考察教育，在美国因生病而回国。俞平伯虽然在英、美两国逗留的时间并不长，但对英、美资本主义国家的社会现实，还是了解到不少东西，这对他认识资本主义社会的本质，是很有裨益的。

进步的文艺思想及其新诗、白话文创作

文化教育界对俞平伯的名字，是非常熟悉的。然而，大家对俞平伯其人并非完全了解，尤其他的文艺思想，则更是鲜为人知。由于大家都知道的原因，似乎在人们的印象中，俞平伯真的是一个"资产阶级知识分子"、"唯心论"者。其实则不然。俞平伯在他的青年时代，就是一个追求进步的革命知识分子。在文

学艺术方面，他自二十年代以来，就具有了进步的文艺思想。在二十年代中期，由于中国社会极端黑暗，俞平伯曾经苦闷、彷徨过一段时间，但很快他又回到正确的轨道上来。

对于文学的性质及反映论问题，一九二〇年，俞平伯在为其友人康白情的诗集《草儿》撰写的序中，就提出了唯物主义的观点。其一，俞平伯不同意说文学是人生的表现。他认为，"说文学是人生底表现批评"，是不全面的。他最精辟的见解是，说文学作品是"人化的自然"，它"既不纯是主观，也不纯是客观；是把客观的实相，从主观上映射出来"。换句话说，它即是客观世界在人们头脑里反映的产物。对此，他是这样论述的：

> 说文学是人生底表现批评，依我盲揣，虽没甚不合也不全合。说文学是一种表现何尝错了？但文学是否仅仅一种表现，我很难有积极的回答。文学底作用，与其说是描摹的，不如说是反射的（reflexive）。既不纯是主观，也不纯是客观；是把客观的实相，从主观上映射出来。好比照相，虽是外物底影儿，中间却经过了一重镜子。文学上底镜子是一重人性：就是我所说底"人化的自然"。这样说，文学原不仅是表现人生，是在人底个性中间，把物观世界混合而射出来底产品。

俞平伯的这种观点，无疑是非常正确的。俞平伯又说："文学只是一种混融，只是一种综合……自然和人生——同化而成的！合拢来，合拢来，才跳出一个活鲜鲜的文学。"（同上注）他还说："我很相信好诗是没有物和我底分别的，是主客观联合在笔下的。"[①] 用俞平伯的这些看法，对前几年老调重弹的所谓"文学就是人学"的错误观点，自然也是有力的驳斥。文学是社会生

---

① 《做诗的一点经验》，1920年12月1日《新青年》月刊第8卷第4期。

活、物观世界,在作家头脑中的折光反映,自然不应与社会学的"人学"混为一谈。

其二,俞平伯反对"诗是为诗而存在"、"艺术是为艺术而存在"的错误观点。一九二二年,他在其诗集《冬夜》自序中,对当时有人提出此等论调,就明确地回答说:"这话我一向怀疑。"文如其人。他认为,文艺作品正是作者人格的表现。他说:

> 如真要彻底解决怎样做诗,我们就先得明白怎样做人。诗以人生底圆满而始圆满,诗以人生底缺陷而终于缺陷。人生譬之是波浪,诗便是那船儿。诗底心正是人底心,诗底声音正是人底声音。"不失其赤子之心"的人,才是真正的诗人,不死不朽的诗人。①

当时,俞平伯才仅仅是二十多岁的青年,竟然有如此敏锐的眼光和正确的思想,批评"为艺术而艺术"的资产阶级文艺思想,能够提出"诗心正是人心","不失其赤子之心的人,才是真正的诗人"的主张,的确是难能可贵的。这是第一。

第二,文艺为什么人的问题。俞平伯明确地提出,诗要为平民而写,要"创造民众化的诗"。一九二〇年,俞平伯在为康白情的诗集《草儿》序中说:"若要判断诗底好坏,第一要明白诗底性质,诗人对于一切底态度。"其中最本质的问题,就是看诗人是否为"平民"而写。并且,他指出,一般人甚至诗人,往往把"平民的"误会成"通俗的"这个意义,是不正确的。一九二一年,俞平伯在《诗底进化的还原论》中,更加清楚地说:"现今的文艺的确是贵族的,但这个事实不但可以改变,而且应当改变。"为此,他认为首先应当改变社会制度。对康白情主张

---

① 《〈冬夜〉自序》,上海亚东图书馆1922年3月版《冬夜》。

诗是贵族的，只有贵族才有水平欣赏诗的观点，给予了尖锐的批评。

但是，俞平伯认为自己在创作"民众化的诗"方面，也是不能令人满意的。一九二二年，他在其诗集《冬夜》自序中，曾经自我检讨说："我虽主张努力创造民众化的诗（见《诗》第一期），在实际上做诗，还不免沾染贵族的习气；这使我惭愧而不安的。"为什么会出现这种现象呢？俞平伯解释说："我怀抱着两个做诗的信念：一个是自由，一个是真实。""就是正因为我太忠实守着自由和真实这两个信念。所以在《冬夜》里，这一首和那一首，所表现的心灵，不免常有矛盾的地方。"事实上，的确俞平伯在此问题上，思想是混乱而又矛盾的。这从他同时在《冬夜》序中说："我不愿顾念一切做诗底律令，我不愿受一切主义底拘牵，我不愿去摹仿，或者有意去创造那一诗派。我只愿随随便便的，活活泼泼的，借当代的语言，去表现出自我，在人类中间的我，为爱而活着的我。"就不难看出，他既强调要"努力创造民众化的诗"，又要"表现自我"，这说明他的世界观在形成的过程中，两种思想的矛盾和斗争是何等激烈。

但是，俞平伯毕竟接受了五四运动的洗礼，在他思想上经过徘徊之后，又重新拨正了前进的方向，他仍然坚持创作民众化的诗歌的方向。一九二五年，俞平伯在为顾颉刚编选的《吴歌甲集》写的序中，极其热情地赞美"吴声何等的柔曼，其唱词又何等的温厚"；并且说："若打破这看不起乡下人的成见，我们立刻明白诗歌原始的意味来。"一九六一年，俞平伯在校订元代吴昌龄《西游记》杂剧所写《校订〈西游记·胖姑〉折书后》中，充分肯定了剧中"能够表现乡村人民爱劳动、不羡慕富贵的精神"，和"藐视封建统治者的官僚们"的思想。一九七〇年，俞平伯在河南息县干校，与农民相处，异常友好，并热情地教诲农民子女识字。即可说明,俞平伯长期以来同情"平民"和提倡"大众化"的文学方向。

第三,俞平伯崇尚文学的自然、真实之美。一九四八年,俞平伯在其《清真词释》序中说:"我前拟'文章'四论,其一曰文无定法,其二曰文成法立,虽有目无文,亦正无须有文,一言蔽之,自然而已。自然何必草率,切磋琢磨之极亦归自然也。"一九八一年,俞平伯又在《德译本〈浮生六记〉序》中说:"沈复习幕经商,文学非其专业。今读其文,无端悲喜能移我情,家常言语,反若有胜于宏文巨制者,此无他,真与自然而已。言必由衷谓之真,称意而发谓之自然。"俞平伯崇尚自然的文学观点,显然是从庄子"以自然为宗"的思想脱化而来。

其次,也必须看到,俞平伯由于受托尔斯泰《艺术论》的影响,他在提倡打破旧体诗时,在其《诗底进化的还原论》的论文中说:"感人向善是诗底第二条件。"这的确认为诗有"劝善"的作用。对此论点,曾引起过讨论。有人就指出"善字的概念也是游移惝恍,没有标准"的。俞平伯对他的这种不正确的观点,后来已经不再坚持。

在新诗、白话文创作方面,俞平伯是作出很大贡献的。俞平伯"是提倡新体诗的最早的一个人"[①]。一九一七年,在中国新文学运动的呼唤下,俞平伯不怕守旧派的斥骂,站在前列,开始写作白话诗。第二年,他的第一首白话新诗《春水》,即在《新青年》月刊第四卷第五期上发表。针对保守派对白话诗的非难,一九一八年,俞平伯撰写了第一篇白话诗论《白话诗的三大条件》,提出"雕琢是陈腐的,修饰是新鲜的。文词粗俗,万不能

---

① 《艺文杂志》编辑部的《俞平伯先生》,1943年9月1日《艺文杂志》第1卷第8期。

抒发高尚的理想"的论点。一九一九年四月，俞平伯创作了第一篇白话小说《花匠》，发表在《新潮》月刊第一卷第四期上，受到鲁迅的青睐，被鲁迅收入《中国新文学大系·小说二集》。五四运动爆发，俞平伯便积极投身运动，做新文化运动的宣传工作。他仔细分析了社会上反对新诗的各种论调，又撰写第二篇白话诗论《社会上对于新诗的各种心理观》，连同他的第二篇白话小说《炉景》，同时发表在《新潮》第二卷第一期上，对新文化运动的发展起了推动的作用。

一九二〇年在杭州，俞平伯与朱自清相识，他们志趣相同，共同探讨新诗的创作与发展问题。在半年的时间里，俞平伯创作了十九首新诗，和《做诗的一点经验》、《从经验上所得做"诗"的教训》、《诗底自由和普遍》三篇论文，论述对新诗的看法，积极扶植新诗的成长。

一九二一年一月，文学研究会成立。俞平伯由郑振铎介绍而加入此会，成为主要成员。一九二二年一月，他同朱自清、叶绍钧（编者注：即叶圣陶）、刘延陵等创办"五四"以来第一个《诗》月刊，对新诗的创作和发展，起到了很大的推动作用。同年，俞平伯第一部新诗集《冬夜》，由上海亚东图书馆出版。他与朱自清、周作人、叶绍钧等八人创作的新诗合集《雪朝》亦问世。一九二四年，俞平伯的第二部新诗集《西还》出版。他的《冬夜》和《西还》这两部诗集，"风靡初期的白话诗坛"，而且"能融会旧诗的音节入白话，利用旧诗里的情境表现新意的，恐怕只有平伯先生一个人罢"（同上注）。至此，新诗这株新开的花朵，在中国文苑中已经蔚为大观，正以不可阻挡之势，茁壮地成长起来。

俞平伯除写作新诗、白话文、白话小说外，他还写了不少白话散文，可称做是名副其实的散文作家，在社会上颇有影响。一九二四年，俞平伯与叶绍钧的散文合集《剑鞘》由霜枫出版社出版。同年年底，他从杭州回到北京，一直在东城南小街老君堂七十九号宅定居。到北京不久，他即到燕京大学任教。第二年，他回忆童年时代生活的新诗集《忆》出版。

一九二八年十月，俞平伯到清华学校大学部中国文学系任讲师。后来他又到北京大学兼课。一九三〇年，周作人主编《骆驼草》周刊，俞平伯成为该刊的主要撰稿人。据王保生对俞平伯散文的研究：俞与废名由于受周作人的影响，趣味相同，散文的舒缓格调相同，具有"冲淡和平"的气味。茅盾称这一时期为中国现代文学史上的"苦闷时期"。

二三十年代，俞平伯在大学执教的同时，先后创作和编辑出版了五部散文集，即《杂拌儿》、《燕知草》、《杂拌儿之二》、《古槐梦遇》和《燕郊集》。至此，俞平伯基本结束了文学作品的创作生涯，开始转入中国古典文学的研究。又据王保生的研究：如果把俞平伯的散文创作分为两个时期，即以一九二八年为界限分为前后两个时期，前期的散文抒写性灵，描景状物，显得文思郁勃，文风细腻绵密；而其后期的散文则一变为"冲淡和朴拙"了。

投身抗日，追求光明

一九三一年"九一八"事变后，国家处于生死存亡之秋，俞平伯毕竟是一个具有良知的爱国青年，他再也无法闭门著书立说和安于教学工作了，他以满腔的爱国激情，投入抗日救亡运动。他曾先后奋笔抒写了《救国及其成为问题的条件》、《致国民政府并二中全会快邮代电》、《广亡征！》、《国难与娱乐》等文章，表现出一片诚挚的爱国的赤子之心。

一九三二年元旦，他在致《中学生》杂志的短简中，大声疾呼，要青年人相信自己的力量可以救中国，号召他们应当起来"救中国"，并激愤地说："不存此心，不得名为中国人！"

一九三七年七七事变发生后，清华大学南迁，俞平伯因有侍双亲的家庭之累，未能同往。自此，他便"削迹城阴"、"宾从罕过"。在五年之中，他除被聘在中国大学国学系任教外，很少写文章。这是他最苦闷的时代。一九四二年至一九四三年，有人来向他拉稿，他说"只是情面难却，便给那些不含政治色彩的文艺刊物写写稿"，当朱自清得知后，立即写信忠告他"以搁笔为佳"。因此，抗战最后两年，俞平伯再也没有提笔撰文[①]。但可以证实，俞平伯在日伪时期，是没有丧失民族"节操"的。据穆穆当时写的《俞平伯先生》文中说："不过俞先生有一个孤高的性格，说他逃避现实也好；总之他不愿与人相争的，如果拿这种态度当做书生本色看，那么这种逃避现实也可以看做一种节操。俞先生现在的生活，并不甚丰裕，他的职业只在北平中国大学教几点钟课，而且拿的车马费也只够车马费而已。听说：教会色彩的大学，请他去教书，是不可能的。听说前些时候某国立大学也曾下过聘书，他竟也拒绝了，这个，我们很可以知道俞平伯先生的个性和高傲了，他并不是一个贱卖的人。"[②]

一九四五年九月三日，日本帝国主义投降，抗日战争全面胜利。俞平伯结束了苦闷、锁闭的生活。他欣喜异常，提笔写完长达几千言的五言长诗《遥夜闺思引》。此诗开始写于一九四二年至一九四三年间，抒发其"寄迹危邦，避人荒径"、"聊忏幽

[①] 见孙玉蓉编《俞平伯生平大事记》。笔者从此"大事记"中引用许多材料，特向孙玉蓉同志致谢。

[②] 1943年10月《风雨谈》第6期。

忧"、十年徒掷的感叹。毕树棠谓此诗:"情辞哀艳,中若痛经世变,深寄慨思,非等闲幽怨之作。"① 年底,经许德珩介绍,俞平伯加入接近中国共产党的九三学社。

一九四六年八月,九三学社中央迁到北平后,俞平伯积极参加九三学社的工作和活动。一九四七年二月二十二日,北平国民党政府发动警宪夜入民宅,以清查户口为名,大肆搜捕,俞平伯同九三学社十三位同仁发起抗议,并拟《保障人权宣言》,三月八日在《观察》第二卷第二期上发表。五月二十二日,俞平伯等国立北京大学三十一名教授联合签名发出《北京大学教授宣言》。五月三十日,又与北京大学、清华大学一百零二名教授联合发表《告学生与政府书》,支持各地学生反内战、反饥饿的斗争,并对学生要求进行教育改革表示同情。一九四八年七月二十三日,北平《中建》半月刊编辑部在清华大学召开"知识分子今天的任务"座谈会,俞平伯应邀出席,他发言说:"知识分子今天的任务"当有时代意义,即所谓"天下兴亡,匹夫有责"。认为古代知识分子的"气节",虽有封建的遗留,还是可以保留的。八月二十一日,与孙楷第、许德珩等五十六名教授签名发表《北平、北大师院二校教授对于当局拘传学生抗议书》。同年十一月四日,与北平各院校四十七名教授签名发表《我们对于政府压迫民盟的看法》,反对"政府突然宣布民主同盟为非法团体"。所有这些,都充分表现了俞平伯积极参加反对国民党反动派黑暗统治的斗争及其追求光明向共产党靠拢的进步思想。

一九四九年一月二十六日,在中国人民解放军围困北平期间,俞平伯同北平文化界民主人士和北京大学、北京师范大学等

---

① 《题〈遥夜闺思引〉》,1947年6月27日天津《民国日报》"图书"副刊。

校三十人，发表全面和平意见书，表示对毛泽东提出的八项和平主张的积极支持。同年七月一日，在北京先农坛召开庆祝中国共产党成立二十八周年大会，俞平伯冒雨参加了此会，会后写新诗《七月一日红旗的雨》一首，以表达兴奋和喜悦之情。十月一日，中华人民共和国成立，俞平伯作为北大教授成为校务委员会委员。一九五二年为北京大学文学研究所研究员。一九五三年北京大学文学研究所并入中国科学院文学研究所（后改为中国社会科学院文学研究所），俞平伯一直为中国社会科学院文学研究所研究员。

中华人民共和国成立以来，俞平伯被选为第一、二、三届全国人民代表大会代表，中国人民政治协商会议第五、六届全国委员会委员。他还当选为九三学社第四、五、六届中央委员会委员。

纵观俞平伯"五四"以来的社会活动和政治活动，足以说明他长期以来反对黑暗、追求光明、要求进步，是一个正直的爱国知识分子。尤其中华人民共和国成立以来，他对共产党和社会主义有着深厚的感情。

名满全球的"红学家"

俞平伯蜚声中国和世界文坛，乃至成为世人瞩目的知名"大人物"，还因为他是"红学"家。他十二三岁时，把《红楼梦》当作闲书读，并未觉得有什么好，在他心目中的好书是《西游记》、《三国演义》和《荡寇志》之类。到他在北京大学毕业时，对《红楼梦》"方才有些微的赏鉴力"。他自己说："一九二〇年，偕孟真在欧行船上，方始剧谈《红楼梦》，熟读《红楼梦》……孟真每以文学的眼光来批评他，时有妙论，我遂能深一层了解这书底意义、价值。"① 然而,此时,他还没有系统研究《红楼梦》的兴味。

一九二一年,俞平伯欧游归来,胡适正发布他的《红楼梦考证》,俞的朋友顾颉刚亦在研究《红楼梦》。到四月,由于受胡适"整理国故"宣传的影响,这才引起俞平伯研究《红楼梦》的兴趣,开始同顾颉刚通信,讨论《红楼梦》。在"京事一切沉闷"的日子里,俞平伯把讨论《红楼梦》的书信,当成祛病药石,"以剧谈《红楼梦》为消夏神方"。不到四个月,信札已订成几大本。俞平伯自己说:第二年,他撰写完成的《红楼梦辨》书中的一半材料,是从顾颉刚的信中采来的。所以,他对顾颉刚充满不胜感谢深情。一九二三年,顾颉刚为之作序的《红楼梦辨》,由上海亚东图书馆出版。

一九五二年,俞平伯在北京大学文学研究所,即开始着手整理校勘八十回本《红楼梦》的工作。同年九月,《红楼梦辨》的修改本《红楼梦研究》,由棠棣出版社出版。

一九五四年,俞平伯以所谓《红楼梦》研究的资产阶级"唯心论",受到全国大规模的批判,使他在精神上受到严重的挫伤。即使如此,他还是坚持不懈,勤奋工作,继续进行《红楼梦》八十回本的校订工作。在他的辛勤耕耘下,这部书终于在一九五八年由人民文学出版社出版,为《红楼梦》研究,作出了巨大的贡献。

科学研究的许多正确答案,往往需要几代人才能完成。在研究的过程中,难免会出现这样或那样并非完全正确的答卷。为了追求真理,寻找正确的结论,即使同一个作者,有时也会几经反复,经过自我否定,才能找到接近真理的结论。更何况许多复杂

---

① 俞平伯《〈红楼梦〉引论》,1922年7月8日。

艰巨的研究项目，需要几代人不断探索，经过长期的"百家争鸣"，最后才能得到比较满意的结论呢！说到底，科学研究的不同的观点，毕竟是学术问题，绝对不能与政治问题或阶级斗争混为一谈。把学术问题当成政治问题进行批判，则完全是错误的。所以，一九八六年一月二十日，中国社会科学院文学研究所在北京召开"庆祝俞平伯先生从事学术活动六十五周年大会"上，胡绳院长在讲话中指出："1954年下半年因《红楼梦》研究而对他进行政治性的围攻，是不正确的。这种做法不符合党对学术艺术所采取的双百方针。"① 从政治方面，给俞平伯平了反。同时，胡绳同志说：至于俞平伯先生在《红楼梦》研究上的学术观点的是非，"只能由学术界自由讨论"，没有下结论。事实上，俞平伯在《红楼梦》研究上的学术观点，也是不应受到批判的。朱寨同志在《俞平伯〈红楼梦〉研究"自传说"辨证》② 文章中，才第一次从学术观点上给俞平伯彻底平了反。

其实，俞平伯对《红楼梦》研究中存在的问题，以及应当采取怎样的态度和方法，是早就有明确看法的。对他进行批判，是非常荒唐的。一九二五年，俞平伯在其《〈红楼梦辨〉的修正》文章中，即修正和检讨了自己过去并非正确的观点。他认为，要修正的是"《红楼梦》为作者自叙传说"。认为在他的书中，"不曾确定自叙传与自叙传文学的区别"，"无异于不分析历史与历史的小说的界限"，希冀"净扫以影射人事为中心观念的索隐派的'红学'"。

一九四〇年，俞平伯在为胡适、顾颉刚和他三人的《红楼梦讨论集》所写的序中，对"红学"考证和索隐两派的得失，

---

① 《文学评论》1986年第2期。
② 1988年1月22日《光明日报》。

阐述得颇为清楚。他说:"索隐派则以为意在言外,认为其中尚有较深之微旨,遂不恤傅会之于其他种种,东鳞西爪亦仿佛似之,徐按之又都不能自圆其说,惟人情多好奇,遂亦至今不绝。考证派较平实,鲜非常异议可怪之论,然有一病每易犯之,即过于认真。"又说:"索隐而求之过深,惑矣,考证而求之过深亦未始不惑。《红楼》原非纯粹之写实小说,小说纵写实,终与传记文学有别。……吾非谓书中无作者之平生寓焉,然不当处处以此求之,处处以此求之必不通,不通而勉强求其通,则凿矣。以之笑索隐,则五十步与百步耳,吾正恐来者之笑吾辈也。"①

一九五二年十月,俞平伯在《新民晚报》发表的《〈红楼梦〉的著作年代》一文中,又指出:"自一九二三年《红楼梦辨》出版以后,我一直反对那'刻舟求剑'、'胶柱鼓瑟'的考据法,因而我对这旧版自己十分不满。书中贾家的事虽偶有些跟曹家相合或相关,却决不能处处比附。"

一九五六年,俞平伯在《红楼梦八十回校本》序言中,仍然指出"考证"派和"索隐派"对《红楼梦》研究的错误方法,并且充分论述了《红楼梦》深刻的社会意义及其伟大的艺术成就。他的这些论述,对于我们了解和认识俞平伯《红楼梦》研究的一贯的观点及其发展,极为重要。因此有必要把有关最重要的几段文字援引如下,以供读者参考。

  像以前"索隐"的或"考证"的"红学",不论说《红楼梦》影射什么人什么事,或者作者自叙生平,都是歪曲本书的真相,从而抽掉了它的政治意义。我们必须从思想内容和艺术成就来衡量这一部巨大的名著。首先要提出的是它的倾向性——它的反封建的实质。它同情什么,拥护什

---

① 1941年1月成都《责善》半月刊第1卷第21期。

么,它憎恨什么,打击什么,这在《红楼梦》中是十分鲜明的。

这里我们应该揭破"自传"之说。所谓"自传说",是把曹雪芹和贾宝玉看作一人,而把曹家跟贾家处处比附起来,此话始作俑者为胡适。笔者过去也曾在此错误影响下写了一些论《红楼梦》的文章,这种说法的实质便是否定本书的高度的概括性和典型性,从而抹煞它所包含的巨大的社会内容。我们知道,作者从自己的生活经验取材,加以虚构,创作出作品来,这跟自传说完全是两回事,不能混为一谈。

《红楼梦》的倾向性这样的鲜明,典型的形象这样的突出,所以它的主题是很明确的。跟这个密切配合的是它的艺术成就。离开思想性固没有《红楼梦》,离开了它的艺术的成就,也就不成其为《红楼梦》。《红楼梦》的所以伟大,首先在于通过生动的艺术形象真实地勾勒出一幅出现在十八世纪的中国时代生活的巨大的画图,从而深刻地暴露了封建社会的罪恶,批判了统治着人的心灵数千年之久的封建的观念形态,并在一定程度上透露出了封建社会必然要走向崩溃灭亡的消息。

我认为只有在人民作主人的时代,伟大的曹雪芹及他的名著《红楼梦》,才有可能廓清一切曲解,得到真实的和充分的评价。

到此时,俞平伯的《红楼梦》研究,经过漫长的道路,才走上更加成熟而臻于完美的阶段。这说明在学术研究的道路上,必须经过长期艰苦的跋涉，才能达到真理的彼岸。

到六十年代初期，俞平伯仍然继续进行《红楼梦》研究，先后发表三篇论文，即《影印〈脂砚斋重评石头记〉十六回后记》、《〈红楼梦〉中关于"十二钗"的描写》、《谈新刊〈乾隆抄本百廿回红楼梦〉稿》。最后一篇是《记"夕葵书尾〈石头记〉卷一"的批语》，当时定稿后而未能发表。据说是，因他那篇关于"十二钗"的描写的论文，又受到指责和批评，心情不好，处境尴尬。

词学研究的可喜成果

俞平伯的词学造诣甚深，一是对中国古典诗词的研究和艺术鉴赏，有很大的成就；二是在旧体诗词的创作方面，也有丰硕的成果。他之所以能在词学方面取得令人可喜的成绩，除其有深厚的家学渊源外，与其后来在大学学习和教授词学、进一步钻研词学理论和规律，有着直接的原因。一九一六年至一九一七年，俞平伯在北京大学读书时，就在黄侃教授的指导下，阅读周邦彦的《清真词》，为其后来研究《清真词》打下基础。

一九三〇年至一九三二年，俞平伯在清华学校大学部中国文学系任讲师，除开别的课程外，同时授"词"的习作课和南唐二主词、《清真词》。教学相长，的确如此，这对俞平伯词学修养的提高，有很大的裨益。一九三六年，俞平伯的《古槐书屋词》出版问世，这标志着他的词创作已经达到相当高的水平。

一九三四年，为使昆曲流传光大，俞平伯与清华大学的同好，提议结集谷音社。翌年，谷音社成立，俞平伯写《谷音社社约引言》，阐明结社的目的，在于"发豪情于宫徵，飞逸兴于管弦"。后来，他的寓所老君堂即成为谷音社活动的中心，其夫人也是其中的主要成员，在北京颇有影响。俞平伯在清华大学执教时，曾讲授过散曲。散曲，有词、有散白。昆曲，曲与词，柔美淡雅，抒情动人。二者皆与词学有密切的亲缘关系。

一九四六年，俞平伯赴天津工商学院讲《诗余闲评》。后又稍作修改，与《史邦卿词四首》一并收入一九四七年出版的《读词偶得》。

一九六二年，俞平伯《唐宋词选》编选注释完毕，并写有颇具学术价值的前言，后来由人民文学出版社印成征求意见本。一九六六年，"文化大革命"爆发，俞平伯家中的藏书被抄，《古槐书屋词》二卷清本、《古槐书屋诗》（民国初年至一九五九年全部旧作诗），均丢失，不知去向。

一九七九年，人民文学出版社商谈出版俞平伯《唐宋词选》事宜，这时文学研究所陈毓罴、胡念贻、刘世德、范之麟、许德政和我六人亦编妥《唐宋词选》，交人民文学出版社出版。俞平伯为了照顾后生晚辈，怕出版他的《唐宋词选》，会影响我们编选的《唐宋词选》的出版。所以，他坚持不同意出版他的《唐宋词选》。人民文学出版社古编室主任杜维沫和陈建根同志同我研究，经过我给俞平伯先生再三做工作，说明出版他的书，不会影响我们的书出版，并说明他的书从所选词作到注释、艺术鉴赏都有独到特色，而且又是"大人物"，因此，他的书和我们的书，都要出版。这样，俞平伯才答应，要先出版我们编选的《唐宋词选》，再出版他的书。后来，俞平伯把他的书名改成《唐宋词选释》，由人民文学出版社在出版我们的《唐宋词选》之前出版了。在我们编的《唐宋词选》问世之前，俞平伯还经常问我，为什么我们编的《唐宋词选》还没有出版，表示心中不安。此事，亦足以说明俞平伯先生宁愿搁置自己的研究成果，甘心先让后辈出书的高尚道德情操。真可用"文章千古事，品德万人钦"① 来评价他。

一九八〇年，俞平伯的线装本《古槐书屋词》由香港书谱出版社出版。天津社会科学院文学研究所孙玉蓉编集的《俞平伯旧体诗钞》，拟由四川文艺出版社出版。一九八三年，俞平伯的《论诗词曲杂著》，由上海古籍出版社出版，其中收有《读诗札记》、《读词偶得》和《清真词释》，还有关于诗、词、曲的重要论文。孙玉蓉编集的《俞平伯研究资料》和《俞平伯序跋集》，一九八六年分别由天津人民出版社和生活·读书·新知三联书店出版。为研究俞平伯的创作思想、学术观点提供了宝贵的资料。

对古代词作的研究，俞平伯有许多高见卓识。这里不想多作介绍。只就有关的两个问题，简略概述如下。

对古代词历来争论不休的所谓"正变"、"本色"和"谐音律"问题，俞平伯提出了独到的见解。其一，关于"正变"和"本色"问题。俞平伯用清代周济《词辨》以温庭筠、韦庄等为"正"，苏轼、辛弃疾等为"变"为例，说明此种看法恰好把正变问题颠倒了。他认为以"花间派"为标准，其实"花间派"远远不够"正"。他援引陆游批评"花间派"的话说："方斯时，天下岌岌，生民救死不暇，士大夫乃流宕至此，可叹也哉！或者出于无聊故耶。"（《花间集》跋之一）俞平伯认为：《花间》既不足为准，则正变云云即属无根。我们不必将正变倒过来用，却尽可以说，苏、辛一路，本为词的康庄大道，而非硗确小径。对于陈无己在《后山诗话》中说苏轼以诗为词"虽极天下之工，要非本色"。俞平伯说所谓的"本色"，无非指"花间派"、柳永之类，认为他们"非真正的本色"。俞平伯说："本色盖非他，

---

① 这两句，是俞平伯逝世时，蔡仪和乔象钟送的挽联。

即词的本来面目，如今传唐人'曲子'近之。它的反映面广阔，岂不能包后来苏、辛诸词在内？因此过去的变化，其病不在轶出范围，相反的在于还不够广阔。"（《唐宋词选释》前言，下同。）其二，关于词是否"谐律"问题。俞平伯认为所谓"不谐律"之说，自古看法分歧，不可作为评论标准。认为后世词调亡逸，合律与否都无实际意义，论者再以去阴阳辨之，诚无谓也。

十年浩劫以来的悲欢生活[①]

（一）干校生活，艰辛岁月

十年"文化大革命"，给许多家庭带来了痛苦和不幸，七十岁的俞平伯也没有幸免。俞平伯和何其芳等一批学者被关进"牛棚"，让其"闭门思过，悔过自新"，经常还要挨红卫兵的批斗。一九六九年十一月十七日，俞平伯又偕同夫人和何其芳、钱锺书、吴世昌、蔡仪等知名学者以及文学研究所全体研究人员，由北京"下放"到河南息县干校。俞平伯夫妇相依为命，居住在农民的一间草房里，过着衣食自理的生活。俞平伯年迈体弱，受到大家的特殊照顾，只让他在菜园里做点力所能及的活儿，或者在家里捻点麻绳。

初到干校的时候，由于俞平伯在一九五四年为研究《红楼梦》曾经受过批判，因而"知名度"很高，村子里的农民，听说俞平伯来到乡下安家落户，感到非常新鲜，男女老幼指指点点，前来围观。可是，乡亲们与他接触的时间长了，大家感到他平易近人，是个善良的老人，便对他及其夫人给予深切的同情和

---

① 这部分除最后一节外，1990年已经刊载在台湾《国文天地》杂志第6卷第1期上。这次撰稿，对这部分，又略作修改。

关怀，经常登门送点吃食，嘘寒问暖，帮助他们解决生活上的困难。俞平伯夫妇与乡亲们相处得也非常友好。他写了不少诗篇，纪念和农民结下的友情。有一首《农民问字》诗写道："昔年漫学屠龙技，讹谬流传逝水同。惭愧邻娃来问字，可留些子益贫农。"从这首诗里，可以清晰地看到，俞平伯倾心教诲农民子女读书认字的真挚感情。

在干校劳动，虽然荒废了研究工作，造成了不可弥补的损失，但田园的大自然的美丽景色，也给俞平伯提供了无限的诗情。他乱中取静，写下了不少诗篇。例如，他在一九七〇年《东岳集》诗中写道："樱子黄先赤，红桃间绿桃。塘坡喜扁嘴，延颈白鹅高。"从诗中我们不难看到，作者非常真实生动地描绘出在干校劳动的所感所思。

一九七一年一月，在周恩来总理的直接关怀下，俞平伯夫妇提前从河南返回北京。在即将离别东岳集的时候，村民们对俞平伯夫妇充满了留恋惜别之情。俞平伯夫妇回京后，房东还常常写信，问候他们。俞平伯夫妇也很想念他们，经常写信去，或寄点衣物食品，表示心意。俞平伯有一首诗，即表现与河南房东的深情。这首诗曰："连日风寒已是春，农娃书信慰离人。却言昨梦还相见，回首天涯感比邻。"

（二） "四人帮"垮台，平和的生活

一九七五年十月一日，国务院总理周恩来抱病主持国庆招待会，俞平伯应邀出席。第二天，俞平伯在报上看到登有他出席国庆招待会的消息，心情异常兴奋和激动。由于他过度兴奋，突然中风，患脑血栓而偏瘫。半年之后，在其夫人和同志们的关心和精心照顾与治疗下，俞平伯基本上得到了康复。

一九七六年十月，作恶多端、祸国殃民的"四人帮"终于

被粉碎了。喜讯传来，举国上下，载歌载舞，热烈庆祝这一伟大的胜利。俞平伯也写词《临江仙·即事》一首，以记其事。打倒"四人帮"后，政府为落实高级知识分子政策，给俞平伯搬迁三里河一套四间的高级公寓，让他有个更好的环境从事古典文学研究和著述。

一九七七年，俞平伯为了纪念他与夫人许宝驯结婚六十周年，挥笔写下了七百余言的长诗《重圆花烛歌》。这首长诗，不仅叙述了他们六十年来的风雨同舟、同甘共苦、坚贞不渝的爱情生活和工作历程，同时，也记录了六十年来中国历史的变迁。其中"晚节平安世运昌，重瞻天阙胜年芳"两句，正如新加坡周颖南先生所说："指出今日的成就，远远超过轰动一时五四运动的深远影响。"

的确，俞平伯及其夫人在打倒"四人帮"之后的两三年里，生活得很愉快，对国家的前途充满信心，同时，更是纵情歌颂祖国大地出现的一派欣欣向荣的景象。一九七九年一月八日，是俞平伯八十岁寿辰，他写了一首《八十自寿诗》，诗曰："江河终古流苍茫，哪怕乌云掩太阳。和劲东风吹百草，春深大地遍红妆。"字里行间，都洋溢着诗人的喜悦情怀。

（三） 老年丧偶，打击深重

一九八二年二月七日，俞平伯的夫人不幸逝世。这对平老来说，犹如晴天霹雳，是一个致命打击。我得知这个不幸的消息后，当天晚上，即赶到平老家中看望他。平老的长女俞成对我说："父亲与母亲，长期以来形影不离，母亲的去世，恐怕父亲经不住这突然的打击。"听到此话，我便安慰平老说："平老，人总是要死的，您要想开点，也要学点老庄哲学。"我的话刚说完，平老就握着我的手说："是的，庄子妻死，庄子不哭，反而鼓盆而歌。永品，我一定记住你的话。"平老在亲友和同事的劝慰下，终于挺过来了。但是，我们从他写的悼亡词《玉楼春》中，还是能够看到他深沉的悲哀和对亡妻的怀念深情。这首词曰："家居镇日浑无那，乌兔催人驴赶磨。朦胧闻说午时餐，吃罢归房重偃卧。梦中有梦焉可知，疑幻疑真谁是我。善忘应已遣悲哀，不意无端双泪堕。"

（四） 老骥伏枥，壮心不已

俞平伯去世前几年，精神一直很好，颇有老骥伏枥的精神，可谓"莫道桑榆晚，为霞尚满天"。

一九八六年一月二十日，中国社会科学院文学研究所，在北京隆重召开"庆祝俞平伯先生从事学术活动六十五周年大会"。北京各界百余名学者专家与会祝贺。中国社会科学院院长胡绳在会上讲话，充分肯定俞平伯几十年来为发展我国文学创作和古典文学研究事业所作出的贡献，同时纠正了一九五四年对俞平伯关于《红楼梦》研究的错误批判。俞平伯由衷地感到高兴，他表示，在晚年还要为繁荣和发展祖国的文化事业作出有益的贡献。

当年年底，俞平伯应香港中华文化促进中心和三联书店的邀请，赴港作《索隐与自传说闲评》为题的学术演讲，对《红楼梦》研究提出新观点、新看法。他认为"索隐派"在研究中也偶有所得。谈到"自传说"，他说："我过去也是自传说的支持者，现在还有些惭愧。"他认为"索隐派"和"自传说"，两派都钻了牛角尖。现在，有些研究者还继续钻牛角尖。他说《红楼梦》毕竟是一部小说，不能离开小说的艺术形式进行研究。小说就是虚构，"以虚为主，实为从，所有一切实的，都融入虚的意境之中"。不能把小说中的人、事、物都一一落在实处。研究《红楼梦》，应着眼它的文学和哲学方面。"文化大革命"以来，本来俞平伯是闭口不谈《红楼梦》的，也不赞同别人称他为"红学家"；这时，他对《红楼梦》能提出新的看法，这与当时学术界出现"百家争鸣、百花齐放"的和谐局面是分不开的。这次赴港，在机场宾馆候机时，他写两首诗交给我，其一曰："五洲大同，四海一家。发扬文化，光我中华。"其二曰："耳目聪明，血气和平。移风易俗，天下皆宁。"① 可以看到，这两首诗反映了俞平伯对形势的看法和他的抱负。

与世长辞矣　槐屋留墨香

一九九〇年一月八日，是俞平伯九十寿辰，文学研究所和九三学社，给他送去了贺信、鲜花和生日蛋糕。这天我也前去祝贺。平老见到大家特别高兴。临走时，平老把新加坡文化学术协会印刷出版的精装本《重圆花烛歌》赠送给我，作为纪念。

不料当年五六月间，平老突然患病，卧床不起，神思恍惚。我去看他，他只能紧紧地握着我的手，话都说不清楚了。没有想到这样快，十月十五日，平老就与世长辞了。吴庚舜和我合送的挽联"秦河月色如故叹哲人已逝，槐屋墨香正浓信声名不朽"，我们将它作为对平老的深沉哀悼和永久怀念。

陆永品

---

① 第二首诗，是用《乐记》中的成句。

现代诗文论

白话诗的三大条件

记者足下：

《新青年》提倡新文学以来，招社会非难，也不知道多少。大约无意识的占据大半。我们固然应该笃信我的是处，竭力做去，决不可浮荡无根，轻易存退缩心思。鄙人意思，完全同诸位一样。而其中独以新体诗招人反对最力。我们对社会这种非难，亦应该分别办理。一种是一知半解的人，他们只知道古体律体五言七言，算是中国诗体正宗；斜阳芳草，春花秋月，这类陈腐的字眼，才足以装点门面；看见诗有用白话做的，登时惶恐起来，以为诗可以这般随便做去，岂不是他们的斗方名士派辱没了吗？这种人正合屈原所说"邑犬群吠兮吠所怪也。"我们何必领教他们的言论呢？还有一种非难，却有点见识，他们并不是根本反对白话诗，不过从组织方面，肆其攻击罢了。我听社会这种评论，不觉引起我对白话诗的意见。大凡无论何种文章，一方是文字之组织，一方是所代表的意义。在一般通俗文章，尽可专注意于内质，文词只要明显，种种修词，概可免去。但诗歌一种，确是发抒美感的文学，虽主写实，亦心力求其遣词命篇之完密优美。因为雕琢是陈腐的，修饰是新鲜的，文词粗俗，万不能抒发高尚的理想。这是一定不易的道理。现在我对于白话诗，胡乱拟出三条，供诸位商榷。

（一）用字要精当，做句要雅洁，安章要完密。这是凡白话文，都该注意的，而用白话入诗尤甚。因为如没有这种限制，随着各人说话的口气，做起诗来，一天尽可以有几十首，还有什么价值呢？自己先没有美感，怎样能动人呢？用白话做诗，发挥人生的美，虽用不着雕琢，终与开口直说不同。这个是用通俗的话做美术的诗之第一条件。

（二）音节务求谐适，却不限定句末用韵。这条亦是做白话诗应该注意的。因为诗歌明是一种韵文，无论中外，都是一样。中国语既系单音，音韵一道，分析更严。现在句末虽不定用韵，而句中音节，自必力求和谐。否则做出诗来，岂不成了一首短篇的散文吗？何以见得他是诗呢？做白话诗的人，固然不必细剖宫商，但对于声气音调顿挫之类，还当考求，万不可轻轻看过，随便动笔。

（三）说理要深透，表情要切至，叙事要灵活。前边两条，都是表面，这个说到本质。凡是好的文章，决不仅在文法上之构造。其所代表的内容，最为重要。而诗尤与文不同，在文可以直说者，诗必当曲绘，文可以繁说者，诗只可简括。所以诗的说理表情叙事，均比较散文深一层。话说正了，意思依然反的。话说一部分，意思却笼罩全体。这无论文言白话都是一样，而用白话入诗，比较更难。因为说得太多太真便失了诗的面目；太包括了，又怕笼统含糊，意义欠清晰。所以真正有价值的白话诗，比某先生某翁大作难做得多。如没好的意思，只好不做。在文学界上尽嫌他少，不嫌他多。但有一首诗便有一首诗的价值，做诗的人，才算不白费脑筋。我个人意见如此。

诸位以为怎样呢？

俞平伯　一九一八年十月十六日

俞君这封信寄到我这里已有四五个月了。我当初本想做一篇"白话诗的研究",所以我留下他这封信,预备和我那篇文章同时发表。不料后来我奔丧回南,几个月以来,我那篇文章还没有影子。我只好先把这封通信登出去。我对于俞君所举的三条,都极赞成。我也还有几条意见,此时乃不及加入,只好等到我那篇"白话诗的研究"了。

俞君这信里我所最佩服的两句话是"雕琢是陈腐的,修饰是新鲜的",近来外面的批评家不懂得这个道理,固属难怪。但是我们做白话诗的人千万不可忘记这个道理。近来我看见俞君自己做的诗(《新潮》二号),知道俞君是能实行这个道理的。

八年(一九一九年)三月　胡适
(选自《新青年》六卷三号,一九一九年三月)

社会上对于新诗的各种心理观

日来社会上白话的应用已慢慢扩张,林纾这种人也说"科学不用古文",至于稍些开明一点的人,对于白话文的应用方面,更没有疑惑了。但是讲到白话文在文学上的地位,那抱怀疑态度的人就很不少。现在新文艺约包有戏剧小说诗歌三种作品。戏剧小说可以用白话做,差不多大家承认,因为社会上所欢迎的"皮黄"、"秦腔"是用白话的,所喜欢看的《红楼梦》、《水浒》也是用白话的。至于旧的戏剧小说和新的戏剧小说,是不是一个东西,他们也都不问;戏剧小说非用白话来做不可的原因,他们也没有知道;总觉得古人有了,后人也可以学学。还有一层心理,觉得戏剧小说是浅俗的,消遣的,所以尽可以用"引车卖浆"的白话来做;至于讲到诗的一方面,那心理便迥乎不同。

大凡一种革新事业的进程阻碍愈多,路线愈曲折。中国本没有文学的戏剧小说——已死的昆曲和最少数的好小说在外——所以创造新的大有"破竹"之势。至于诗在中国文学上久已占极重要的位置,几千年的各家著作已"汗牛充栋",而且都是句法整齐韵脚严重的文言作品,今天忽然有人要用他们一向视为"缙绅先生难言之"的白话,来替代他们"师师相承"的正宗文言；一方又讲什么诗体解放呵，要做无韵的散文诗，一方又改换他们所用的材料，来描写社会上的种种的生活状态和群众运动——罢工示威等等——他们自然要惊诧不置，糊糊涂涂嘴里就说道，"荒谬""胡闹"。我们听了，也一点不生气。

从新诗出世以来，就我个人所听见的和我朋友所听见的社会各方面的批评，大约表示同感的人少怀疑的人多，就反对一方面讲，又种种不同：有根本反对的，有半反对的，也有不反对诗的改造而骂我们个人的。我觉得既有这种情形，便想做篇文字，一面解释社会的疑惑，一面催促我们同人向前努力，现在先把各方面的心理分别说明。

（一）反对诗的改造。这派人的代表，就是一班的"遗老""遗少"和"斗方名士"。他们受古典文学的熏染最深，而且他们的生活又是非人的生活，弄得神经起了变态，一点正确的思想没有；即以从前受了冬烘的八股教育，读了几句古诗便偷窃模做起来，居然也自命"文采风流"。诗里边说的，无非是些皇帝武人优伶妓女这类人物，除了这些，他们便觉得没有诗趣了。这班人非但没有真正文学的明确观念，就是中国旧有的文学也根柢浅薄得很，要大骂特骂我们，原是不足怪的。还有一种"国粹派"，他们旧文学的知识，总要比上列这种人充足得多；但是他们的大病总是头巾气太重，讲起诗来，往往要请出什么"王化之始"、"美人伦齐风俗壹教化"这种大话头来吓人，再平易一点，也不过做几首"摇荡性灵"、"感慨身世"的诗。他们既不能有文学的世界观，也不能从文学史上面得一点文学迁变的知识，加以平昔蔑视白话的心理，自然认诗既没有改造的可能，也没有改造的必要了。

（二）反对中国诗的改造。这派人的攻击新诗，和上边所说的原没有什么分别。不过他们外国文学的知识比较充足一点，读过几本外国诗,也晓得诗是可以用白话做的;但是他们总不肯赞成中国诗的改造。这个道理,本有点奇怪,他们既已承认白话可以做诗,又要来反对新体诗,岂不是自相矛盾吗!他们偏喜欢随随便便说,"一国自有一国特殊的文学,唐宋以来的近体诗,是我国最纯粹的出品,何必'削趾适屦'去学外国人呢!"这种说法就是"中学为体西学为用"的口气,说来说去,总没有把话说圆。我推究他们的心理,还是喜欢古董,不过在中国古董之外,添个外国古董而已。他们始终信仰"古典主义"、"浪漫主义"做文学界的正宗,对于近代的"写实派"、"象征派",不过以为姑备一格。我们做了不限韵的白话诗,这班中外合璧的古董家,自然大不高兴,要来教训我们了。

(三)反对我们改造中国诗。这一派不是攻击新诗,是攻击做新诗的人,本来可以不论的,但是只要就诗论诗,不要牵涉私人感情关系,也不妨在这里讲一讲。他们说:"诗是可以用白话做的,诗是极该用白话做的,诗不但要有新的介壳,并且要有新精神的;但是你们这班人都没有诗人的天才,要来冒冒昧昧改造中国诗是决不行的,好比一个极好的题目,给'冬烘先生'糟蹋了,你看《新青年》、《新潮》登载的白话诗,不中不西,像个什么呢!"我听了这番话,觉得他们脑筋很清楚,是可钦佩的;对于我们发很老实的忠告,是该感谢的;但是他们的话,我们始终不能赞同,不是我们大言不惭说我们的确有诗人的天才,我们并且还承认我们恐怕不是;但尽管不是天才,学做几首诗,也没有多大害处,果然真有极好的新体诗出现,我们自然愿意"改途易辙"的。太阳出了,萤火灭了;雄鸡叫了;夜猫没有声音了;我们做萤火、夜猫的资格,谁还能说不够呢!我以为天才既没有一定的标准,也不是"生而知之"的,我们是个现代的人做现代的诗,不论好坏,总没有什么不可。至于谁是天才,谁不是天才，将来自然知道。现在只要大家往前去，有一分力做一分事，我们也丝毫没有客气。

（四）赞成的。这里边又可分两派：一种是盲目的赞成，一种是有意识的赞成。上边一种和第一类的反对派，知识程度也差不许多。他们并不知新诗的真正精神和价值，不过看这个东西很流行很时髦；用了浅显的白话，不讲对仗，不押韵脚，不用古典，他们随着嘴乱诌，似乎很容易，所以很喜欢他的。这一种心理，和从前有一派文人，喜欢寻古字僻典来夸耀门面，实在是一般无二，正应所谓"文人自文其浅陋"。这一派人对于新诗前途的发展很有妨碍，他们乱做乱投稿，弄到后来，社会上对于新诗自然要抱一种嫌恶轻蔑的态度，新诗社会化的成功，就很难预期了。至于有意识的赞成派，见解是明通的，知识是充足的，当然是我们顶好的朋友，很可以帮助我们的。

上边粗略分了四层，我个人一时所想得到的不过如此。四种人里有三种反对，我们新诗不为现在一般社会所欢迎，已觉得很明瞭。我常向我自己道："新诗何以社会上不能容纳呢？怎样才能够使新诗的基础坚固呢？"

我先回答第一问，共有三种原因可说。

第一，中国现行白话，不是做诗的绝对适宜的工具。我这句话，很容易引起误会，好像我对于白话做诗，自己也不很能相信的。其实不然，我觉得在现今这样情形之下，白话实在是比较最适宜的工具，再寻不到比他更好的工具；但是一方面，我总时时感到用现今白话做诗的苦痛。白话虽然已比文言便利得多，但是缺点也远不少呵，所以实际上虽认现行白话为很适宜的工具，在理想上却很不能满足。原来现行白话是从历史上蜕化来的，从汉到清白话久已丧失制作文学的资格，文言真是雅言，白话真是俗语了。现在所存白话的介壳，无非是些"这个""什么""太阳""月亮"等字，稍为关于科学哲学的名词，都非"借材异地"不可，至于缺乏美术的培养，尤为显明之现象。现在新诗里面，自然不能再用那些"肉麻词藻"、"割裂典故"来鬼混，既抱了这种严格主义，往往就容易有干枯浅露的毛病，虽有几首是很完全，但也有不免小病的，加以中国的社会，向来喜欢"求全责备"，"吹毛求疵"，做新诗的人，难免成为众矢之的了。

第二，新诗尚在萌芽，不是很完美的作品。上边说的是工具的缺点，这里所说竟是用工具的人的笨拙了。这种情形我们也应该知道承认，但不该失望自弃。新诗现在虽很幼稚，却大有长成的希望；虽不很完美，却可以努力进步使他完美；我们认定这种缺憾是一时的，是应有的，我们可以尽力去弥补他。

怎么说是一时的呢？大凡文学的变迁，一方有世界的关系，一方有历史的影响；换言之，就是受空间和时间的支配。中国诗的改造，可以把西洋近代文学的新精神做旁证，可以把历史上变迁的痕迹做直证，现在的新诗，虽不是新文艺的"中坚"，总是个"急先锋"。将来诗的发展，一定要跟这条路慢慢地向前去，这些缺憾，当然会逐渐弥缝的。

怎么说是应有的呢？中国古诗的年寿，由萌芽而长成而老死，非常长久，中间却有无数的天才，极美的作品，像死文言这样笨拙的器具，他们居然也能使用得很便利。古人吃了一点苦，后人学了一分乖，日积月累，所以尽管诗体很拘苦，诗思很腐败，但是他们运用工具的手段，实有长足的进步。我们现在对于古诗，觉得不能满意的地方自然很多，但艺术的巧妙，我们也非常惊服的。如从新诗一面看来，白话虽有比较的便利，缺点也还不少；他们大胆用白话做诗，好比小孩学步一般，是没有一定把握，而且死文言的作品，可以供我们采取的很少，西洋诗呢，又有许多地方因为东西言语思想隔阂太远了，纯粹的欧化诗，决不为一般社会所容纳。我们到了这个地位，只得凭自己的脑力去和困难搏战，若要想即刻主义和艺术有一致的完美，就是绝顶的天才也有点为难，况且我们谁是天才，谁不是天才，还是一个问题。平心讲来，主义一方面，比较前人总有进无退，在艺术方面，幼稚是无可讳言的，也不必讳言的。古诗有几千年的历史，新诗出世不过两年，这层缺憾，谁能说不是应有的呢！

  第三，现今社会实在没有容纳新文艺的程度。上面二节，都有"反躬自责"的话，这里却说到读诗的人身上了。这句话好像有点轻蔑社会，其实的确是句老实话。我常自己想，新诗的不受欢迎，不外这三种原因，但是哪种原因最主要呢？想来想去，还是这个是主因。只要想中国大多数人是一种什么生活？对于文学是一种什么知识？是一种什么兴趣？把三层解答了，听我上边这句话，当然不至于怀疑。因为现今社会的生活是非常黑暗悲惨，但偏又喜欢"粉饰"，爱念"喜歌"，仿佛"家丑不可外扬"这种神气。我们做诗，把他赤裸裸的描写表现出来，他们看了，自然有点难过，摇头说道："不堪！不堪！"但这是他们的不堪，不是做诗的人杜撰来笑骂他们的，文学家老老实实表现人生，是他惟一的天责，要拿这个来归罪，他是决不肯承认的。讲到文学的知识，中下等社会毋论，就拿最高等的文人学士来讲，这流人就是所谓"读书种子"，照他们的文学知识，要反对新诗是一点不奇。你不信问问他们，文学是什么？文学的作用是什么？诗是怎么一种文学？这三个问题，本是有文学常识的人都该能解答的，但是他们决不肯痛痛快快告诉你，不是"无言"，就是引两句破书，不但问他的人不懂，连他自己也莫名其妙。这种人看了新诗，自然登时惊诧起来，我们对于他们，还有什么希望呢！说到文学的兴趣，这简直是世界上独一无二的，因为别国人决无从领略。中国人以为文学最富有兴趣的，一面在字眼古典上,一面在音节上,表面看来似乎也不奇怪,无奈所喜欢的字眼古典,是一大半割裂生凑的,所喜欢的音节,是神秘莫测的。上一种的嗜好,还是"古典主义"应有的现象,也不甚可怪。讲到音节,真叫人"不可思议",常看见有人拿一本文集或诗集,咿呀咿呀,唱了一遍,调子很难听,比戏园唱的坏得多,便自以为"神与古游"、"超乎象外得其环中"了。至于文学的体性结构境地,能够领略多少,我就无从晓得。总之,这种怪癖,和外国人的读书法,根本不同,新诗的所以不受欢迎,这是很大的原故;因为新诗句法韵脚皆很自由,绝对不适宜"颠头簸脑"、"慷慨悲歌"的。所以社会上很觉得他不是个诗,我曾听见有人看了我的诗说道:"这个大约是可以合风琴的。"这种似嘲似骂的口吻,大约连"姑备一格"这句话也不肯赞同。

诗既被社会上所拒斥,而戏剧小说也不很容纳。就外表看来,戏剧小说可用白话,已不成问题,怎么他俩也不很时髦呢?说到这里,发现一个公共的地方,就是新文艺的实质和社会的嗜好不能调和。请看易卜生的戏剧,哪一国没有译本,到了去年六月,《新青年》才出了一本《易卜生号》,把他介绍到中国来。社会上看了,引起注意和兴趣的竟很少,果然也是东西语言太远,译本没有能够把原本意思曲折达出,但是不投中国人的时尚,真是文艺界消沉的原因呵!社会上既拿文艺品来当玩耍,不过是开开心的,我们偏要请他看文学的著作,如何不惹人厌呢!总之,现今社会上不但不容纳新文艺的介壳,并且不容纳他的精神,他们觉得新诗不是诗,戏剧和小说不是文学,我们要得他们的赞许,非大大改变我们的主张不可。喜欢做主义和艺术一致的文学,是我们顶笨顶蠢的地方,我们只好去做愚人罢。

社会上所以不欢迎新诗的原故,现在已经明白,但是怎样使新诗的基础坚固,这个问题还来往我们的胸中。我姑且把自己的一点意见粗略说一说，供大家采取。

要新诗有坚固的基础，先要谋他的发展；要在社会上发展，先要使新诗的主义和艺术都有长足完美的进步，然后才能够替代古诗占据文学上重要的位置。至于社会上不相容纳，不是我们分内所应该管的。我们只希望他们文学常识进步了，平心静气来看新文艺，除此以外，也别无他法了。我们顶要紧的事，就是谋新诗本身的进步：挂了一面新文艺的大旗，胡乱做些幼稚的作品敷衍了事，这真是我们的大罪过。可敬爱的朋友呵！不要辜负了好机会，不要忘怀了重大的责任！

我第一个的意见，就是以后我们做诗，要增加他的重量，不要增加他的数量，这因为用白话做诗，表面看来非常容易，对仗字面韵脚，统统都可以不要，只用空口说白话，岂不是太容易了吗？但从实际上讲来并不然的，岂但不然，简直相反，说白话诗容易做的，都是没有尝试过的外行话。依我的经验，白话诗的难处，正在他的自由上面。他是赤裸裸的，没有固定的形式的，前边没有模范的，但是又不能胡诌的：如果当真随意乱来，还成个什么东西呢！所以白话诗的难处，不在白话上面，是在诗上面；我们要紧记，做白话的诗，不是专说白话。白话诗和白话的分别，骨子里是有的，表面上却不很显明；因为美感不是固定的，自然的音节也不是要拿机器来试验的。白话诗是一个"有法无法"的东西，将来大家一喜欢做，数量自然增加，但是白话诗可惜掉了底下一个字。社会上本来在那边寻事，我们再给他"口实"，前途就很难乐观了！

我所主张，就是增加诗的重量。无益有损的诗尽可少做；就是多做也不妨，却不可乱付报纸月刊登载。我觉得这样限制数量的办法，很可以保全白话诗的"令名"。至于增加重量之结果，自然做一首诗会有这首诗的价值，精神纸墨都不浪费，岂不很经济吗？增加重量的办法，我有两条。

第一，多采取材料，少用材料。材料的缺乏可以叫做诗的人破产，材料的不加选择也可以损坏诗的价值。新诗里面自然以关于人生的事物做主要材料，但这里面也尽有选择之必要。具体的例无从说起了，大约幻想的最要不得，听来的勉强可以，目睹身历的最好。不真切不适宜的材料随意使用，真危险得很呵！做诗的人应该常常预备许多材料，经过精心选择的结果，然后再用他；决不可以肚里空空稍些吃点东西，立刻就吐出来。我常常这么办，现在晓得很不妥的，后悔的了不得。

第二，多读古人的作品，少去摹仿他。造房的有图样，画图画的有范本，做诗的自然也要寻个老师。西洋诗和中国古代近于白话的作品。——《三百篇》、乐府、古诗词我们都要多读。这种诗都是淘炼极精的著作，我们可以学许多乖，省许多事；但是我们是要创作的，不是依赖人的，样样去摹仿他，有了古人没有我了。中国历来的大毛病，我们总要"矫枉过正"，刻刻记在心里。

我那第二点，就是以后我们勉力做主义和艺术一致的诗，不要顾了介壳，掉了精神。这层意思是极重要的，新诗和古诗的不同，不仅在于音节结构上面，他俩的精神，显然大有差别。我们做诗的人，也决不能就形式上的革新以为满足；我们必定要求精神和形式两面的革新。主义是诗的精神，艺术是诗的形式。新诗的艺术果然也很重要，但艺术离了主义，就是空虚的，装饰的，供人开心不耐人寻味启人猛省的。中国古诗大都是纯艺术的作品，新诗的大革命，就在含有浓厚人生的色彩上面。我们如果依顺社会上一般愚人的态度，轻轻把主义放弃了，只在艺术上面用工夫；到了后来，还同古时的"倡优文学"半斤对八两！大吹大擂的文艺革新，结果不过把文言变了白话，里面什么也没有改换，岂不是大笑话吗？

新诗万不可放进旧灵魂，已如上面所说。思想革新，全在个人自己的努力，不是有一定条件的，但表示思想的方法，却可以说一说，我常觉得有两种毛病，做诗很容易犯。第一，做诗最怕平铺直叙没有包含。用无数句子来表示一点简单浮浅的意思，读的人一看就知道，再看就索然，这种"嚼蜡"的诗大可少做。白话本是个明畅流利的东西，不比文言可以装腔作势，再用上外宕的笔调，自然会"一目了然"没有余味的。第二，不要用迷离惝恍的话头，弄得思想非常笼统。这是中国诗人的老毛病，和上边虽是相反，却有同样的不妥。要晓得用文言做诗，果然很容易迷离惝恍；但是白话虽比文言好些，也不是绝对不会有的。如曾经受过旧文学的熏染的人，那不知不觉间，更容易犯这个毛病。迷离惝恍的诗，外面看来好像层层叠叠趣味深长，其实里面还是个空无所有。上边所说那种诗究竟还是白话作品，这种简直是冒牌的新货。

我对于艺术方面有几条零碎的见解，算我第三层的贡献罢。

（一）注重实地的描写。这条意思，前边讲材料的时候，已经约略说过。因为材料缺乏，诗人既不肯搁笔，又不肯努力去寻：于是借点玄想，结构一个"空中楼阁"拿来应付。新诗人这样的偷懒不老实，要巩固诗的基础，难得很呵！我以为做诗非实地描写不可，"想当然"的办法，根本要不得。实地描写果然未见得定做出好诗，但比那"想当然"其实"不然"的空想毕竟要强得多。

（二）使用材料的调和。诗人积了许多材料，大同小异的多得很，而且一个人有一人的环境，所采取的材料大致总偏于一方面；那使用的时候，便很觉困难。譬如从前人学做诗，不是"伤春"，就是"悲秋"，或者"看花"，或者"饮酒"。我们读了十几首就有点讨厌,再读下去睡魔来了。我们尽做单调的诗,岂不是要和"斗方派"的"诗品"作同志吗?这就得讲材料的调和。那材料很富的诗人,自然不会单调的;如材料不甚多,或只有一二种的材料,那"移步换行"的方法当然要研究的。材料缺乏自然是很大的缺憾,要设法避去单调的作品,只有把一种单纯的材料从种种方面看去,那自然一首有一首特别的色彩,不使读的人厌倦了;但这种办法,很不容易做到。

(三)造句安章的错综。单调的章法句法,也是很讨厌的。文法这个东西不适宜应用在诗上。中国本没有文法书,那些主词客词谓词的位置更没有规定,我们很可以利用他,把句子造得很变化很活泼。那章法的错综也是一样的道理。从前人讲文章的"起承转合",仿佛有规定的格式似的,荒谬是不消说了。我们看来,篇段句子前后的位置实在没有一定;而且诗总要层层叠叠话中有话,平直的往前说去做篇散文就完了,况且好的散文也不是这样的。章法句法的前后变换,目的总在引起人的注意,鼓动人的兴味。那具体的应用,临文时才可以说,这里无从讲到了。

(四)限制文言的借用。借用文言本是不得已的事,现行白话有许多不够用的地方,只得借用文言来补,我们并不喜欢文言合璧的怪物。在做诗的时候,比较做散文借用文言更多,因为白话太质朴了,用他来做诗,那不适宜不够用的地方要比散文多,那种天然的缺憾,我们也"无可奈何"!但是我们不可忘记文言是借来的,能少用便少用;能不用更好。我们有几千年用文言做诗的习惯,往往借用的时候"反客为主";那就违反我们向来的主义,不但忘了新诗的精神,连他的介壳也保不住了。这种"不三不四"的作品,要代替旧文艺,我也有点怀疑。我们总抱定一种主张,努力打破困难,成功与失败,另是一个问题呵!

我这篇话算说完了,我自己不很会做诗,又没有研究过西洋诗，本不该乱说外行语。讲到社会对于新诗的心理方面；才引起我自己的意思，竟占了几张纸。想读本志的人，对于这种浅近的话没有不已经知道的；但是做诸君脑海里的"记事珠"，想也没有妨碍罢。

（选自《新潮》二卷一号，一九一九年十月）

诗底进化的还原论

一

我这篇论文分两部分：第一是概举我底对于诗的意见，第二是说明什么叫做诗底进化的还原论。第一部分其实只可算做本题底引论；因为不先说明我底根本文学观念，便不易明了我在本篇中底主旨所在。我在文学上很少系统的研究，本是个外行；但或者正因为是外行，故成见少些也未可知。但粗略错谬的地方总是不可免的。

我向来不相信诗是批评人生的，更不愿说诗是描写人生和自然的。诗人固不以描写为长技，但也决不会只是批评。这些全是立于旁观者底地位，专用冷静的头脑去解剖，比较，判断；总说一句，他们底地位是外而非内的。至于诗人底态度恰正好与之相反。他决不耐只去旁观，是要同化一切，而又为一切所同化的；这即是我所谓"人化"。总说一句，诗以人生做他底血肉，不是离去人生，而去批评，或描写人生的。

若说诗底目的是去表现人生，这已较前说近真了。但还不免有语病；如此说法，好像人生是被诗表现的，而诗还是外乎人生。其实诗是人生表现出来的一部分，并非另有一物，却拿他来表现人生的；故我宁说："诗是人生底表现。"这不但是诗，可以推之于一切文学，我不过就诗言诗罢了！

诗不但是人生底表现，还是自然而然的表现；虽后来的诗不免存着做的心理，但原始的诗，——诗底素质——莫不发乎天籁，无所为而然的。诗人譬如说话底喉舌。其实所说的话却并不是喉舌底。康君白情曾说："要写诗，不要做诗。"这句话是极可思的。诗人只要能把人生底声音，从他个性里投射出来，这就是他底惟一的，光荣的使命，更不用阑入别的科学底范围，去僭号称尊。

艺术底艺术和人生底艺术，这一场恶斗，现在似乎后者已奏凯歌了。但什么艺术是属于纯艺术底，什么是属于人生底呢？这依然是悬而不决的问题。人人都想"上荐高号"，自命为正统；于是始终还是混战不休。譬如近代流行的新浪漫派，象征派；那些作者自以为是人生底艺术家。但依极端的人生主义作家（如托尔斯泰）底批评，则这类作品依然是艺术底艺术，是真艺术底"左道旁门"。

托尔斯泰底论调，偏激之处恐怕也是有的。但我读了他底《艺术论》（一九二一年共学社译本）竟感动很深，觉得他底话大体是真实的。他攻击现代各新派的艺术，根本反对以美为鹄的，主张以宗教意识——向善——代之。

我自己想：文学底效用是使人向着善呢，还是感着美呢？有许多人，相信文学是超于善恶性而存在的，即有所谓美丑，无所谓善恶。但我仔细思考，颇怀疑于这种主张底合理。我对托氏底议论，最同意的有两点：（一）美底概念底游移惝悦，说了半天，接近我们常识的，不过指着人们所喜悦的。但人们所喜悦的，竟丝毫没有标准，正应俗语所谓"麻油拌韭菜，各人心里爱"。(二)艺术品底成就，须耗费无数的金钱，精力，时间。

以这么大的牺牲，去求那个可望不可即的美，至多不过供少数人底安慰，娱乐，真是"得不偿失"。我虽不想把这些作品屏之艺术底门外，但已觉得在现今是不需要的，至少也是不甚需要的。在暗漫漫的长夜里，正需要着引导步履的光明，这就是真正的人生底艺术。

我对于诗底概括的意见是：诗是人生底表现，并且还是人生向善的表现。诗底效用是在传达人间底真挚，自然，而且普遍的情感，而结合人和人底正当关系。

感人是诗底第一条件，若只能自感便不算有效的诗。文学是有社会性的，诗是他底一部分，当然亦是如此。诗并不以自感为极致，在效用一方面讲，自感正为感人作张本。感人向善是诗底第二条件。诗材原不限于善的事情，但作者底态度总是向着善的，并且还要使读者感受之后，和作者发生相同的态度。否则人间有恶底花倒还不如没有的好啊！

诗底第三条件是所言者浅所感者深。言浅不但指着使用当代底语言，并且还要安排得明白晓畅。换句话说，我们愿意，盼望，使诗歌充分受着民众化。诗是贵族的这句话，在现今情形底下我是承认的，但我却不敢断说永远是如此。关于这一点在第二部分中详讲。至于好诗须感人深切，这很不消多说的。我还觉得真要感人深，非言浅不为功。言词做了深阻的城府，岂特不能深深感人，将使多数人无所感了。故这两点是有因果关系的，是一件事底两面。仅仅是言浅虽不见到定能深切动人，但倒言之，深切动人的诗，十之八九都是言词浅豁的。

我凭藉己意，把评判好诗底标准，画为下列之表：

(右表——表示肯定，……表示否定。)

总括右表底结果，好的诗底效用是能深刻地感多数人向善的。至于应该使用什么文词这是文学上技术底问题，是方法手段，不是鹄的，只要能生一样的效用；用当代语言好，用死的言语也好，用浅豁的言词好，即艰深晦涩亦无不好。（在事实自然拘束着，使之不可能）

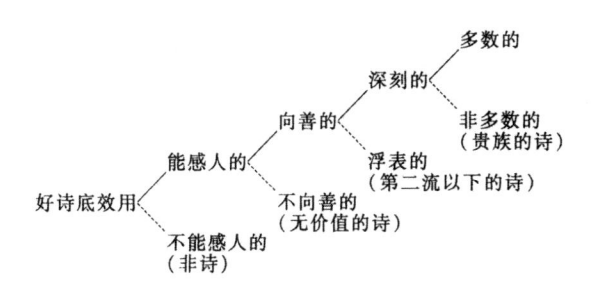

```
                                        ┌ 多数的
                              ┌ 深刻的 ┤
                              │        └ 非多数的
                   ┌ 向善的 ┤          （贵族的诗）
                   │          │ 浮表的
         ┌ 能感人的┤          （第二流以下的诗）
         │         └ 不向善的
好诗底效用┤         （无价值的诗）
         └ 不能感人的
           （非诗）
```

再看上表虚线连着的这几列。不能感人的，简直不能算诗。不能感人向善的，不算有价值的诗；即不是本身无价值，至少已失了社会底价值。因为这类文艺不是有害，决是无用；无用的东西，却使人们担负巨量的耗费，即是消极的有害了。感动只在浮表上，虽不是毫无价值，却价值很低，故我叫他第二流以下的诗。只能感动少数人，虽在一方面看价值很高，却没有普遍的价值，所以我叫他贵族的诗。

真诗人底本领是什么？是把人生普遍的情感，而自己所曾体验的，明明白白，委委婉婉，在笔尖下写出来，去宣扬人世底光、底花、底爱。他总竭他底文学天才，使他底作品人人了解，人人感动；即不能偏于人人，也必是大多数识文字的人。若已竭他底才力，而大多数人终究不能了解；他决不肯视为当然的，必归罪自己底无力，去想一个忏悔的方法，不如此，不成为第一流的诗人啊！至于或专以解剖刻画为能事，或借艰深文其浅陋；这些作品无非读了使人受些不正当或过度的刺激，或竟不痛不痒莫名其妙，虽有文字底仪表，却早已丧失他底灵魂了。

诗中最宝贵的材料是普遍的情感，异常的心灵现象虽不妨在诗中偶然表现，但其效率决不能如前者底广大。可惜世人好奇心太甚，把真理颠倒过来了。他们总以为诗人必有了古古怪怪的"幻想"、"神思"，方成第一流；却不知道诗人底伟大，并不在他心境底陆离光怪，是在他能叫出人人所要说而苦于说不出的话。我并不说诗人没有特殊的"幻想"、"神思"，我说真的诗人并不专靠着这个去擅胜场。虽在一时代有如此的现象，但在进化的轨道上，却已将成过去了。

文学家——诗人自然在内——是先驱者，是指导社会的人，但他虽常在社会前头，却不是在社会外面。因为外社会去指导社会，仿佛引路的人抛弃游客们而独行其道，决是不可能的。在社会一方面看，诗人自然是民众底老师，但他自己却向民间找老师去！

人生是诗底血和肉，但现今底诗，有些离人生很远，有些只能代表局部的人生。我们应该挽回这个"离魂"的恶征，使诗国，建设在真实普遍的人生上面。我明知道非诗人的我，虽有这个志愿，并没有这个力量，但愿朋友们能够如此。我忏悔以前的我底失败，我渴望将来的人们底大成功。

"窗上怎不发白？

似乎还有所待呢？"

二

诗是贵族的或平民的？这个问题在诗坛上颇不容易解决。周启明先生他虽承认文学是平民的，而同时又分出通俗文学另成一部。我底朋友康白情先生，他却明认诗是贵族的。我在这里试试去作一个解答。

无论说诗是怎样性质，总含有两层意思：第一指诗底材料限于某社会底生活；第二是指某部分人能了解赏鉴和创作诗歌。由第一层说，是诗底内容问题；由第二层说，是诗人资格，和诗底传染性底问题。现在许多作家，自然都否认在第一义下的诗，是贵族的这个判断，我可不必再说。但依第二义，则他们底论调，至少已有部分的默认，诗是贵族的。

我不承认诗必须是贵族的这句话，想读者从上文已能看出。我要表白我底私见，不得不先把辩论中几个紧要的"辞"解释一下。我们第一试问诗底范围是怎样？什么作品算是诗？第二我们要问怎么样叫做了解、赏鉴。我觉得诗是贵族的这个判断底根据，全在乎把这几个"辞"底意义解得太狭隘了——已狭隘到了离开正确的程度。

我们常常听人家说，自己也说；"了解"、"不了解"，"能赏鉴"、"不能赏鉴"，其实这些太笼统了。须知全不能与全能之间，并非空无所有，还有许多间隙的型——部分的了解、赏鉴，这实在比较全有与全无，这两极端事例，要重要得多。

严格讲来，绝对的了解和赏鉴，只在作者他自己；再精密一点，在作者下笔构思，成就作品的那一瞬。所以东西诗人们自己说："文章千古事，得失寸心知。"又说："我底诗全世界只有两个人知道——上帝和我自己；但现在我忘怀了，只有上帝知道罢！"

但依这种极端的事例来解释了解和赏鉴，却大不合理。不全知并非全无所知，不能充分赏鉴，并非充分不能赏鉴；这是很明白的。作者虽竭力表现他底思想底径路，到了最明白通晓的地位，但终究不能使人人皆知，即使人人皆知亦决不能人人和作者一般的全知；这个事实我极承认。但我却想不到因此可以断定诗是贵族的这句话。

见仁见智原在乎读者底眼光和所处之地位；但启发仁或智底可能性，却应为作品所固有，决非渺不相干的。若作者说了东，读者觉得是西；作者说了善，读者觉得是恶，这不是读者底有精神病，就是作者表现能力底不济。但一般读者决不会全是精神病狂，故这个责任当然在作者底身上。不是他词不达意，就是他原来没有真实的态度；这两个毛病至少须有一个，或者竟两个都有。

若作者自命为可以见仁见智，而读者竟无所见；这也无论如何，作者应当负责的。他决不能以愚昧无知归罪于读者，而轻轻推卸他底责任。说好的作品，一般读者不能和作者有同程度的了解、赏鉴，是很不错。但若说一般读者虽全不能了解、赏鉴，或在相反的情景下了解、赏鉴；而原来艺术品底价值，依然可以独立，无条件的存在。这实在是我们怀疑惊诧不置。我自己相信，艺术本无绝对的价值可言，只有相对的价值——社会的价值。

再说详细一点；读者和作者有异程度的了解、赏鉴，是不足奇且当然的。但读者决不得和作者有异性质或方向的了解、赏鉴，或者全无所了解、赏鉴。若然如此，便无异于宣告艺术底破产。艺术本拿来结合人间底正当关系，指引人们向上的路途。若两层都不能达到，艺术便失了他底存在；即有了，价值也等于零，或者竟等于负号的数目。

至于说一般民众因缺少艺术底训练和兴味，故不能了解高尚的文艺。这句话底真实也很有限制的。托尔斯泰在《艺术论》上说："大多数的人一定很明白我们所称的高尚艺术：如圣经上寻常的故事，福音里的寓言，民间传说及故事，和民间歌谣，这些东西他们都很明白。那末为什么大多数的人忽然会失去了解我们艺术的高尚作品的能力呢？"（见共学社译本，一五二页）他底话真不错。他们既已能了解许多第一流文学，为什么独独不易了解我们现今所流行的作品呢？不是说他们没有了解、赏鉴底能力，就是说那些文艺是非民众化的。上边这层假想，依托尔斯泰底话已不甚十分坚固，文艺作家似乎不应专把这个来自宽自慰，莫妙于自己反省一下。

艺术和言语本有相似的功用，故了解艺术和了解言语是同样的光景。言语不以难懂增加他底价值——只有得减少——；为什么艺术以"难懂"做价值增高底标准呢？这种见解实在毫无理由可言，只是一种欺人且自欺的把戏罢了。好的作品并不一定难懂，难懂的也不见得就是好的；在效用一方面讲，难懂反是不好的征象，越难懂便越不好，到传染性等于零，便艺术底光景也跟着消灭了。

这样看来，好的诗底社会传染性必然是很大的。现今所以尚不能一时达到，正因有特殊的困难存在，并不是本来应当如此。现今所有的阻碍，不外下列的几种：（一）文字底障碍没有消尽，读者无从接近诗底内心。（二）教育底效力没有普及，有许多较复杂的思想，情感，不容易了解。（三）社会制度底不公平，大多数人没有闲暇去接近文学。（四）诗人底诗，留着贵族性的遗迹，不能充分民众化；还是少数人底娱乐安慰，不是大多数人底需要品。若将来各方面一齐进步，我敢断言好的诗应都是平民的，且没有一首不是通俗的（依周先生底说法）。现在底光景不但是历程底一段落，可以改变，并且还应该，必须去改变。改变走什么方向呢？到什么地位呢？我说：要沿着进化底轨道，到诗的本来面目上去。

这已引到"诗"底解释了。什么是诗？什么是诗底本来面目？本是极不易说的。但我们已约略知道现在底流行观念，已太分明严刻了。他们只承认作家底诗为诗，把民间的作品一律除外。其实歌谣——如农歌,儿歌,民间底艳歌,及杂样的谣谚——便是原始的诗,未曾经"化装游戏"(Sublimation)的诗;这是凡了解文学史底背景的都知道的。后来诗渐渐特殊化了,贵族的色彩渐渐浓厚了;于是歌谣底价格跌落,为"缙绅先生"所不屑道。诗是高不可攀的,歌谣是低不足数的;仿佛他俩各人有各人底形貌。直到近年用白话入诗,方才有一点接近的趋势?但他俩携手的时候,还是辽远得很呢。

我们要知道文学上底分类,都只为学者研究底便利如此,不是原来就有这些分分明明的区别,更不是永远如此,不可移易的。就文学一方面看,无论表现在什么体裁,风格底下,依然不失他们的共相,就是人们底情感和意志。在失了这个最重要的共相,文学底内心便不存在。诗和歌谣在文学史上所以有分底必要;正因为经过几千年底变迁,他们已成为文野划然的两物,虽欲强合之而不可能。如我们把那些"香奁体"、"西昆体"的诗和农歌儿歌,统在一个名词底下,是定要惊世骇俗的。其实若按文学底质素看,并找不着诗和歌谣有什么区别,不同的只在形貌,真真只在形貌啊!

说诗是抒情的,言志的,歌谣正有一样的功用;说诗是有音节的,歌谣也有音节;诗有可歌可诵底区别,歌谣也有这个区别。我们细细找去,并找不出一点主要的区分,可以作为分类底标准;只觉得诗每每搭着绅士底架子,歌谣混着粗野的口吻,如是而已。但这点差异,丝毫不重要,算不得文学底质素。

我不愿意把歌谣和诗截然的分开,只把歌谣叫做民间底诗和作家底相对待。这两种情貌不同的诗,在文学上底短长,很有可以约略说的。作家底诗,有完美的篇章,精当的词句,细密的描写解析;但因为如此时常有做作气,就是佳作也难免的。诗底内容多偏重于形容和想像,情感意志底抒写虽有些也有独到之处,但多半不能表现得十分自然，深刻，而又显明。深刻和明显，其实不相仿的，但在作家底诗里面每每相仿。深刻了，晦涩随手跟着；明显了，浮浅又所不免。即以第一流的诗而论，深刻显明，双美合一，但决已费了无量数的脑力，在"自然"这个光景底下依然不免欠缺的。若在三方面都能完成无缺，这流作家和他底作品，恐怕都是千万中尚不能选取一二的。这是何等的难能啊！

　　但民间底诗则恰处处与之相反。作家以为难能的，而民众偏不觉有什么难能；作家所优为的而民众又往往望尘莫及。完美的篇章竟很少很少。好句每每和恶俗不堪的夹在一起，除掉很短的以外，凡成篇的多少要露出一点马脚来。即描写刻画处亦每每粗忽，且每每不切当，仿佛驴唇不对马嘴似的；但偶然有一两处，貌平凡而竟超乎平凡，竟文人为之惊叹。诗底内容只写原始的意志情感，很少古怪的形容和想像，故作风每每平凡而且真实。他们做诗底态度，只知有什么话说什么话，要怎样说便怎样说，直写胸中底情怀了，无所谓拘束依傍；好的地方竟能表现得深刻明显而且自然，即不好的地方，亦总是明明白白直直落落，没有什么扭捏遮掩，不可见人的地方。其所以能如此，正因他们自命为粗人，不自命为诗人存着"我是做诗"这个念头来做诗，好就好，不好就坏了，有什么大要紧呢！这种可宝贵的特质，为一切民间文学所共通的；虽全璧很少，几至于是绝无的。但古人说得好："美恶不嫌同辞，瑕瑜不妨互见"；只要有一句，两三句——实在再多下去，我们将无以容身了——已使诌诗的人们，红着脸开口不得。这是什么原因呢？我武断一句，艺术本来是平民的。

　　社会上还流行着一种奇谬的见解，我在这里要加以攻击的。他们以为从事文艺，必先明白修词学，且必须把文艺当作专门的职业。其实这两层都是错误的。修词底方法虽可以促进作者底技巧，但决不是一切第一流文学底创造都先得经过修词这步功夫。不假修饰的作品，才是文学底灵魂，我无以名之，名曰文学底质素。就是一切装点饱满的文学，只要是真好的，必含有这个质素在内。修词譬如装饰，质素譬如美人；美人独立存在，不失为裸体的美人；装饰若离开了人，便成为玻璃窗里底货物了。"她底天真偏被浓脂淡粉，层层叠叠遮遮掩掩。她是怎样？究竟怎样？我不知道。"

总括上边所说，作家的诗是在文学底质素以外，加上有意的修词功夫的。民间底诗则大半赤裸裸地，即有修饰底意味，也只是耦合，非有意如此的。我们若摒弃后者于诗国领土以外，便无异自弃宝藏。所以我愿意把诗解作广义的，就是包有民间底作品在内。

若使作狭义解，诗自然不是人人能了解，赏鉴，更不是人人能做的。若依我这般解释，在实际上虽不见人人能做诗，但人人至少都有做诗人底可能性。故依我底揣测，将来专家的诗人必渐渐地少了，且渐渐不为社会所推崇；民间底非专业的诗人，必应着需要而兴起。情感底花，倘人间若有光明，若人们向着进化底路途，必要烂漫到全人类底社会上，而实现诗国底"德模克拉西"。所以他们相信文艺始终应为一种专门的职业，是迷误于现在底特殊状况，却忘了将来底正当趋势。

说到人人有做诗人底可能这句话，自然有许多人怀疑，但这无非因为他们被习俗的见解拘束住了。譬如我说将来的农夫会做韩愈底《南山》，这固然使人不信，然退一步说他们会做现代底诗，也使人依然不能确信。但诗底释义既不应如此狭小，且诗体又是常常变迁。我们用白话入诗已是一变了，安知将来不会有二变三变呢？若说二变三变之后，诗底体裁风格还和现在一般的，这又有什么凭据呢？若在反面倒还可以证明；因为变即是有差异，一点差异都没有，便根本上无所谓变迁。有人能断言诗底形式和精神是不变的吗？若然不能，则为什么诗国定不能建设在民众底基础上？

做首诗原不是大不了的事情，尽可以"卑之无甚高论"。古人说得好："诗言志。"又说："诗者，志之所之也。"志是人人有的，言志这件事为什么这样艰难，这样贵重？这真使我不懂得很。至于表现能力底差别，天才总是领着，常人总是跟着，这种现象由过去大约可以推之将来；但并不能因此把做诗这件事为天才底专利品，不许常人去染指。况且将来底教育，必趋重于人格底平均发展和完成，不专去陶冶特异的人才。即使假定天才在社会上底位置价值，永远不会跌落；第一流的诗虽不能人人都做，但安见第二流的诗人人不能做？并且什么是第一流，什么是第二流，也不过随着批评文学者底喜欢。我们常常把自己底，或和自己作风相近的作品，当作第一流；而把人家底，不同派底作品，当作第二流以下。这种偏见是否合理，是个大大的疑问。我个人反省的时候，深觉得这种拒人千里之外的态度是大谬的，即说客气一点也总是野蛮的。在这个时候，诗国还守着"闭关主义"，实在可笑又可耻得很！

我们可以知道，即以现今情形，一般人并非绝对的不能了解、赏鉴和做诗，到将来——近的或者远的——民众底接近诗底程度更将渐渐扩大直到泯灭了诗人和常人底分别。无论在哪一种意义底下，我们怎么能说诗是贵族的呢？

故我深信诗不但是在第一意义底下是平民的，即在第二意义底下也应当是平民的。我不承认周启明先生所主张的平民文学和通俗文学底区别。我以为凡诗能以平民底生活做题材的，除例外情形不计外，当然大部分应为平民所了解。平民的诗和通俗的诗根本上是二而一的，不过同义异音形两个名词罢了。

至于白情底主张，我更不能赞成。白情在《新诗底我见》一文上说："平民的诗是理想，是主义；而诗是贵族的，却是事实，是真理。"他这话使我很怀疑。他既承认诗是贵族的这句判断是事实，是真理，如何能同时保持他底非事实的理想，非真理的主义呢？且他又不承认这事实底可以改变有很大的可能性，所以说："据过去，推将来，诗又有十之八九是贵族的。"这更使我不能了解他底意思。

他在那文中所列举的理由有下列的几个：（一）他说："我们正役心于人生底奋斗，必不能作诗。……大多数，太多数的人是终日奋斗的。"作诗必在闲暇的时候，这是当然的，但奋斗和诗并不见绝对不相容纳。白情自己也终日积极的奋斗，为什么能做很好的诗呢？我以为正当奋斗的时候，虽不能同时去吟诗；但只要奋斗稍有闲暇，诗神依然会来敲门的。这层意思想白情也是同意的。他不说吗："伏羲以佃以渔，作网罟之歌，恐怕也是要晒网底时候才能作的。"这是很妙，且大概或然的揣想。如伏羲正在打鱼，忽然作起歌来，鱼大约都要跑的。但伏羲既又佃又渔，的确是终日奋斗，为什么他一晒网稍有闲暇就能做诗？若说伏羲是个帝皇，但古来劳人思妇都能做诗（如《诗·邶风·击鼓》一篇，明是生活辛劳的人自叹之词），这个事实想大家可以承认。

（二）白情说："审美观念底起，也必得当人生底静观底时候。"这个光景在我们是的确如此，但未见为一般人们所共通。我宁以向善为艺术底鹄的，前面已经说到一点；这和白情底根本信念不同，这里暂不必讲。就审美论审美，他所谓"我们正役心人生底奋斗，必不能作艺术底鉴赏"。我觉得他这样说法，是把艺术和人生底生活底努力分开了；且把鉴赏艺术底美，作为闲暇人底专利品。白情还举西湖底船家不能赏鉴西湖为证，其实西湖底船家底不能赏鉴湖光山色，未必就是因为"没闲暇"，实是因为太熟习了不易感动情感。譬如我初到西湖，感受的印象是很明活的；但住了一年半年，有时看西湖也觉很平淡无奇；这也能说我底赏鉴力底薄弱，是由于没有闲暇吗？而且，他所举的例是否为他亲身底经验，我不得知。我只在湖上问过船家一次，却得了很意外的结果。我以前和白情有相同的信念，但所据的前提不同。（白情以为他们没闲暇，我以为他们太熟习了。）一九二一年夏天，我同我底妹妹清早去游湖，无意的和船家闲谈，因为他年纪已半老了。是很唠叨的。我问他"你天天在湖上摇船，觉得西湖好吗？"当时我悬想的，正和白情一样，他必然"不是！不是！"这样说。但他偏不如我俩底意；他说："西湖哪里看得厌呢！"这是确实的事例，白情听了或不疑我底杜撰。我也明知我所碰着的大约是个例外；但只一个例外，已足破白情底说。终日劳动的人，并不见得一点审美观念没有，这无论如何已经证实的了。

（三）他说："我们不能使大多数的人都得诗底享乐，足证诗底效用又是贵族的了。"大多数人并非全无得诗底享乐底可能，我在上文说了再三。我想，现在底不能使大多数人享乐艺术，正是大大的缺憾，我们应该设法去弥补他，不当推诿为当然，借诗是贵族的这句话以自文自己底过失。我们应该去努力去打破文字语言底障碍，建设合理的社会制度，促进人生文学底高潮；如各方面都做到了，而诗依然不能使多数人了解，我们再断定诗是贵族的这个判断也未见得晚。现在呢，即如此断言，未免太早些了。总之诗底不能普及民众，可以有两个原因：一个原因是诗本来是贵族的；还有一个原因现在流行底诗是贵族的。我们底诗既不能代表诗底全体，亦不能擅断为第一流；那么，我们底诗虽是贵族的，但诗底本体未必跟着也是贵族的。我们正当的态度是明认自己才力底薄弱，不能把自己诗中贵族的色彩投射到一切诗的——诗底本体上去。

（四）白情最后说："社会是进化；但诗也是进化的。……我们没有法子齐自然的不平等……诗又有十之八九是贵族的了。"我们诚然无法去齐自然底不平等，但我们却未始不可减少自然底不平等底程度。若使一切都跟着自然，束手去悠游着，便将根本上丧失文化底光辉了。至于他因这个前提去断定诗十之八九是贵族的，也不甚妥贴。自然底不平等，岂独在诗国里，差不多无处不表现着；若依白情这么说，竟可以断定世界上凡平民的事业都永无实现底可能性，充其量言之，至多亦不过有十之一二罢了。"德谟克拉西"在人间世上竟成了可望而不可即的三神山，白情他满意于这一说吗？诗国里有天才是一件事，诗是贵族性又是一件事。人人不能做一式一样的好诗，但并不是人人不能做诗，也并不是好诗不许人人都懂，人人都懂了便不是好诗。总之，诗和好诗不同，则作和感受又不同。诗国里底有天才和诗是贵族的，意义不同。

我分解白情底误解，不外三点：第一，他把审美和人生底奋斗太分开了，几乎绝对不相容似的。其实在奋斗中虽不能做诗，不奋斗亦不能做诗——人生的诗——做诗应在奋斗底闲暇中间。第二，他仿佛默认现今社会制度不能改变。白情他平素很有改造社会底决心，我是深知的；但在《新诗底我见》这一段文章里，实在使我不解得很。他是否以为有了终日底闲暇才能做诗，想决不是的。既不如此，现在底大多数人虽太辛苦了，在非人底生活中间，但安见社会改造以后，大多数人还是一般的忙迫，还是没有一点的闲暇，去创作，享受艺术品呢？第三，他底诗底释义是太形式了，把民间底作品都除外了。他还犯了我上节所说，把部分现象投射到全体这个毛病。总上三层，所以他明认他自己底理想，主义——平民的诗——只可慰藉我们底感情，换言之，他自认为一种幻梦，并无实现底可能性。至于我底态度则和他不同。凡一切理想主义，必有实现底可能性，和事实真理不相违反，方能支持着；否则便是幻想，我们应当排斥的。

我再申述我自己底主张，以结本篇。现今底文艺的确是贵族的，但这个事实不但可以改变，而且应当改变。因为文艺渐渐的"特殊化"，已超过了适当的分际，向着衰落底路途了。在诗中这个征象尤其明显。我们所要问的，不仅仅"是什么"？且要问"应该是什么"？对于不正当的趋势，只有反抗，没有依从。我们应当竭我们所有底力，去破坏特殊阶级底艺术而建设全人类底艺术。至于什么时候实现，这不是人们所应当问的。

至于怎样去实现这个计划，大体不外乎两方面：第一，制度底改造，使社会安稳建设在民众底基础上面。有了什么社会，才有什么文学，在少数专政的社会内，去实现平民的文学，要比沙上造屋还难，虽有几个民众底文学家，也不济什么事。到社会改造以后：一般人底生活可以改善，有暇去接近艺术了；教育充分普及了，扫去思想和文字底障碍；文学家自己也是个劳动者，当然能充分表现出平民的生活，不像现在底隔膜生疏了。但这一层须大家努力做去，不是几个文人就能轻轻容易达到的。第二，文学底改造，这正是文人底专责，我们只知道依着能做的去做，有一点便做一点，不必等大事情再来动手。文学是指导人们底行为的，文学底改造，也可以影响到社会底改造上去。社会改造了，自然文学没有不跟着的，但文学未始不可先社会而改造，不必去"守株待兔"。古人说："俟河之清，人寿几何！"我们也正有这种感想。

就诗说诗，新诗不但是材料须探取平民底生活，民间底传说，故事，并且风格也要是平民的方好。风格底改变是很难的事，但我们如要做诗，便不得畏难而不努力。我们怎样去努力呢？最容易的自然去"模仿"去吸收民间文学底灵魂，但只是模仿，吸收，还是间接的"取之于人"，不是直接的"出之自我"，还是蹈人家底脚迹，不是自己去开疆辟土。我们要做平民的诗，最要学的是实现平民的生活；若不如此，虽有极好的天才也只成为第二流以下的诗，深刻、普遍、自然这三种光景，决不能完全在他诗中呈露出来。泅水的，到水里去学；杀人的，到枪炮堆里去学；喜欢做诗的，必得到民间去学啊！

我底大意，平民性是诗主要素质，贵族的色彩是后来加上去的，太浓厚了有碍于诗底普遍性。故我们应该另取一个方向，去"还淳反朴"，把诗底本来面目，从脂粉堆里显露出来。我以为不但将来底诗应当是平民的，原始的诗本来是平民的，即现今带贵族性的好诗，亦都含有平民的质素在内，不过遮住了所以不见。诗人并不劳什么神力，去辟什么"新邦"，只是一番披荆斩棘底工夫罢了。

从胡适之先生主张用白话来做诗，已实行了还原底第一步；现在及将来的诗人们，如能推翻诗底王国，恢复诗底共和国，这便是更进一步的还原了。我叫这个主张为诗底还原论。

但诗底还原，并不是兜圈子一样，丝毫没有进步的。诗底还原，便是诗底进化底先声。若不还原，决不能真的进化，只在形貌上去改变；或者骨子里反有衰老的征象。大家只知注意形貌，素质渐渐的淡薄了。诗到失了素质，和人失了内心一样；这个光景就是"诗国底覆亡"。我们要想救这危难，只有鼓吹诗底素质底进化；但那些金枷玉锁，使诗底素质深深地埋藏着。所以我们第一步必要打破枷和锁，大大的解放，即是诗底形貌底还原。还原是进化底先决条件，进化是还原以后所生的新气象。我们所以主张诗的还原论，正因为要谋诗底真的进化，不是变把戏样的进化。我从前有一篇论文叫做《诗底自由和普遍》(《新潮》三卷一号)，诗底素质是进化的，故是自由的；诗底形貌是还原的；故是普遍的。

我不满意于兜圈子的诗底还原论，和变把戏的诗底进化论；我愿意叫他诗底进化的还原论，或还原以后的进化论。

"吾心归来呀！

从人间，归来！"

一九二一年十月二十八日，杭州城头巷
(原载《诗》月刊一卷一号，一九二二年一月)

《草儿》序

　　白情从横滨来信,嘱我为他新汇成底诗集《草儿》做篇序。我想白情底作品自有他相当的价值,何用我替他铺张?我又回想,到从前我们俩在北京大学底时候,谈论新诗底高兴:有时白情念着,我听着;有时我念着,他也听着。这样谈笑的生涯,自然地过去,很迅速地过去。后来我在欧洲,他还在北京;等我回国,他又去了。我们俩一年多没见,我做诗真寂寞极了;念尽念着,写尽写着,总没有谁来分我诗中底情感。白情呢,已创造出许多作品,为诗国开许多新疆土,真是可爱的努力!成功原分不出你和我的:他底欢喜也就是我底欢喜一样。他很远地来找我做诗序,怕道以为我会做好文章,还是我底话足以加添他诗底声价么?自然都不是。他既让我分他底几分欢喜,我更不好辜负他这番意思。于是我写这篇短序,一则把我近来底意见,质之于一年没见面底白情,二则略尽我介绍《草儿》到读者底一点责任。

　　若要判断诗底好坏,第一要明白诗底性质,诗人对于一切底态度。从前古典派的诗,早已不消说得,就是新诗底初期,一般人——甚而至于诗人——往往把"平民的"误会成"通俗的"这个意义;再好一点,也仅仅把新诗底作用当作一种描摹的

(representative)。这也因为几千年因袭的诗思太不着边际了,才引起这种反动。但这种倾向究竟不大正当。我在槟榔屿船上,就说到这点(见《新潮》二卷四号通信)。当时虽因为匆忙没说痛快,却是有这个意思。笼统迷离的空气自然是不妙;不过包含隐曲却未尝和这个有同一的意义。一览无余的文字,在散文尚且不可,何况于诗?这种矫枉过正的毛病,一半由于时势,一半也由于对于文学根本观念底解释。

说文学是人生底表现批评,依我盲揣,虽没甚不合也不全合。说文学是一种表现何尝错了?但文学是否仅仅一种表现,我很难有积极的回答。文学底作用,与其说是描摹的,不如说是反射的(reflexive)。既不纯是主观,也不纯是客观;是把客观的实相,从主观上映射出来。好比照相,虽是外物底影儿,中间却经过了一重镜子。文学上底镜子是一重人性:就是我所说底"人化的自然"。这样说,文学原不仅是表现人生,是在人底个性中间,把物观世界混合而射出来底产品。

若说文学是一种批评,我更有点怀疑。依我底经验,文人底态度是"非批评的"——做诗如此,一切文学也可供共通。我深信文学只是一种混融,只是一种综合,只是一种不生分别。为什么呢?若不能身入其中尽有好的天才,却不会有好天才底文学。真挚和普遍,原非局外旁观者所能消受的。在硬心人底心里,物是物,我是我。好像链子断了一个环似的;只有一个冷冰冰的世界,美和爱底根叶都憔悴尽了,一味地冷笑,还有什么诗歌文学呢?我重着声音说:好的文学好的诗,都是把作者底自我和一切物观界——自然和人生——同化而成的!合拢来,合拢来,才跳出一个活鲜鲜的文学。他后边所隐着的是整个儿的人性,不是仅有些哲学家科学家分析出来底机械知识。他何能再关心世上对于他自己底态度?白情,你可以为然?我想你或者说,

"是的！"这是为我白情底集子，对社会上做一种辩解。

白情做诗底精神，还有一点可以介绍给读者的，就是创造。他明知创造的未必定好，却始终认定这个方法极为正当，很敢冒险放开手做去。若这本集子行世，能使这种精神造成一种风气，那才不失他底意义。做诗只说自己底话，不是鹦哥儿般学嘴学舌；这话平常而且陈腐，但怕不容易真真做到罢。我看现在底社会，真像一个废染缸，无论哪样雪白鲜红的新机，都要把他们染成乌黑，似乎不如此不足以显出社会底力。如果但取形式，忘了形式后边底精神，那么辗转摹仿，社会上就万不会有新东西了。我常常对人说，一切派别主义都是个性自己创造底结果。说句 Paradoxical 的话，可以给我们摹仿的，只是一种特立独行的精神态度。除此以外，既不可；摹仿成了也是糟粕。我们看白情底诗，无论在哪一面，都有自我做古不落人后的气息流露在墨里。他底作品，我不说是完全好，或者竟不甚好也未可知；我最佩服是他敢于用勇往的精神，一洗数千年来诗人底头巾气，脂粉气。他不怕人家说他 too mystic，也不怕人家骂他荒谬可怜，他依然兴高采烈地直直地去。"少陵自有连城璧，争奈微之识碔砆！"我深怕这本集子出世，在社会上专流行一种新时髦，而没有一种新精神灌注在里面，那就冤枉了白情，冤枉了他底诗，冤枉了他印这本集子底意思了。这些话并不是无的放矢。而且在一个流行性的社会里，更不能不勉放我细弱的声音，呼醒这沉寂极了的文艺界底迷梦。

在这一节里，我想和读者商量，在另一方面更容易了解白情底诗；或者还可以应用到读一切的诗。作者固然深知，读者也极应知道，这个标点符号和诗底语法调子底关系。这些不但是指示，有时还能改变诗底意思和调子。不懂得标点符号的，一定不能读好诗；做诗的呢，更不用说。这些实在是文学构造底本身一个重要部分；在诗里更显出不可忽视的权威。一则因为诗底语法，较散文多变化而不整齐；或是数底省约重复，或是位底挪移倒置，有时靠着标点符号现出深密而不笼统的意思；且有文字一律，只是标点符号不同，意思便跟着变化，如抹去旁注的一切，作者原意便无从悬揣。二则音节是诗底一种特性，不为其余纯粹文学所共通；哪里重，哪里轻，哪里连续，哪里顿挫，哪里截断，哪里延长，都靠着标点符号做引路底灯笼。若只知一味平平地读去，或颠倒轻重地读去，明明一首好诗，却要读得不成腔调了。虽然无损作者，岂不可惜了读诗的一个机会么？至于思想上底隔阂，却是没有法子。读者若不和作者底心灵混融相接，虽文字再表现得明画清确，还不免有不了解的地方。我们打开一部文学的著作，多少总觉得有些艰深神秘的地方，就是因为这个。这可以存而不论，因为也不碍《草儿》底普遍的。

　　我把这本集子郑重介绍给读者诸君，不在作品底本身价值，是在著者可敬爱的精神态度。我希望读者诸君仅以这个为一种兴奋剂，自己努力去创造！我希望著者仅把这个当作小小的成就，更向前途努力！我希望我和大家都在一条路上，独立地互赶着，不要挨着白惆，也莫让他个儿孤零零地在前路！

一九二〇年十二月十五日俞平伯作杭州城垣巷
（原载上海亚东图书馆一九二二年三月版《草儿》）

《冬夜》自序

　　《冬夜》出版了。三年来的诗，除掉几首被删以外，大致都汇在这本小书里。

　　我所以要印行这本诗集：一则因为诗坛空气太岑寂了，想借《冬夜》在实际上做"秋蝉底辩解"（这是我答周作人先生的一篇小文，去年在北京《晨报》上登载）；二则愿意把我三年来在诗田里的收获，公开于民众之前。至于收获的是稻和麦，或者只是些野草，我却不便问了，只敬盼着读者底严正评判罢。

　　如果是个小小的成功，我不消说是喜悦的；即使是失败，也可以在消极方面留下一些暗示。只要《冬夜》在世间，不引着人们向着老衰的途路，就可以慰安我底心。至于成功与否，成功到了什么程度，这些却非我所介意的事。

　　关于诗底我见，不便在这篇小序里赘说；现在只把我所经验到的，且真切相信的略叙一点，作为本集底引论。

　　我怀抱着两个做诗的信念：一个是自由，一个是真实。做诗原是件具体的事情，很难用什么抽象概念来说明他。但若不如此，又很不容易有概括的说明，只要不十分拘执着，我想也或无碍的。

我不愿顾念一切做诗底律令，我不愿受一切主义底拘牵，我不愿去摹仿，或者有意去创造那一诗派。我只愿随随便便的，活活泼泼的，借当代的语言，去表现出自我，在人类中间的我，为爱而活着的我。至于表现出的，是有韵或无韵的诗，是因袭的或创造的诗，即至于是诗不是诗；这都和我底本意无关，我以为如要顾念到这些问题，就可根本上无意于做诗，且亦无所谓诗了。即使社会上公认是不朽的诗；但依我底愚见，或者竟是谬见，总是"可怜无补费精神"的事情。我们不妨先问一下："人为什么要做诗？"

真实和自由这两个信念，是连带而生的。因为真实便不能不自由了，惟其自由才能够有真正的真实。我宁说些老实话，不论是诗与否，而不愿做虚伪的诗；一个只占有诗底形貌，一个却占有了内心啊。什么是诗？本不易有满意的回答。若说非谨守老师、太老师底格律，非装点出夸张炫耀的空气，便不算是诗；那么，我严正声明我做的不是诗，我们做的不是诗，并且愿意将来的人们，都不会，亦不屑去做诗。

诗是为诗而存在的，艺术是为艺术而存在的；这话我一向怀疑。我们不去讨论，解决怎样做人的问题，反而哓哓争辩怎样做诗的问题，真是再傻不过的事。因为如真要彻底解决怎样做诗，我们就先得明白怎样做人。诗以人生底圆满而始圆满，诗以人生底缺陷而终于缺陷。人生譬之是波浪，诗便是那船儿。诗底心正是人底心，诗底声音正是人底声音。"不失其赤子之心"的人，才是真正的诗人，不死不朽的诗人。即使他没有诗篇留着，或者竟没有做诗，依然是个无名的诗人；因为他占领了诗人底心。我反对诗人底僭号，什么人间底天使，先知先觉者……我只承认他是小孩子的成人。

在《冬夜》所有的诗，说起来是很惭愧啊。第一辑里的，大都是些幼稚的作品,本没有留稿的价值;只因可以存我最初学做诗底真相,所以过存而不删。第二辑里的,作风似太烦琐而枯燥了,且不免有些晦涩之处。这一辑里长诗最多。三四两辑都是去年做的。三辑底前半尚存二辑底作风;后半似乎稍变化一点,像《凄然》、《小劫》等篇,都和二辑所有的不同。四辑从《打铁》起,正当我做《诗底进化的还原论》这个时候,所以有几首诗,如《打铁》、《挽歌》、《一勺水啊》、《最后的洪炉》,稍有平民的风格,但是亦不能纯粹如此,这是我最遗憾的!

我虽主张努力创造民众化的诗(见《诗》第一期),在实际上做诗,还不免沾染贵族的习气;这使我惭愧而不安的。只有一个牵强辩解,或者可以如此说的,就是正因为我太忠实守着自由和真实这两个信念。所以在《冬夜》里,这一首和那一首,所表现的心灵,不免常有矛盾的地方,但我却把他们一齐收了进去。自我不是整个儿的,也不是绝对调和的。有多方面的我,就得有多方面的诗,这是平常而正当的。"在不相识不相妨的路上,自然涌现出香色遍满的花儿底都!"

小小的集子,充满了平庸芜杂的作品,将占据了读者们底可贵的光阴,真是我底罪过了!但我以为我底尝试底失败,在于我根性上底无力,而不专在于诗底不佳。我始终以为这种做诗底态度极为正当。我总想很自由的,把真的我在作品中间充分表现出来。虽说未能如意,但心总常向着这条路上去。这或者可以请求读者们底宽恕,减少我冒昧出版《冬夜》底罪过了。

在付印以前,承他底敦促;在付印之中,帮了我许多的忙,且为《冬夜》做了一篇序。这使我借现在这个机会,谨致最诚挚的感谢于朱佩弦先生。我又承蒙长环君为我抄集原稿至于两次,这也是我应该致谢的。

一九二二年一月二十五日,于杭州城头巷

(原载上海亚东图书馆一九二二年三月版《冬夜》)

古代诗词、曲赋、戏曲、小说论文

诗的歌与诵（两篇）*

一

近来说《诗》者以顾颉刚先生为最好，《论〈诗经〉所录全为乐歌》一文既出，一时景从，几成定论。章节复沓与徒歌、乐歌的区分虽颇不易确指，而三百篇本全部可被弦管，及它们以乐歌而得保存，这总是不容易推翻的事实。

在此只提出一问题，《诗经》（姑名之曰经，依其本义只是一册大书，章太炎说）所录虽全是乐歌，但这些乐歌除掉入乐以外有别的读法没有？我的看法好像是"有"。颉刚似乎不说"有"。

诗虽是乐，不限于乐，他已言之。（《古史辨》三，页三二二，以下仅举页数。）诗虽可歌，不限于歌，他却不信。载记上屡见讽诵弦歌之文，颉刚却把"歌"、"诵"两名视为互文见义，这不一定妥当。（页六四九）《史记·孔子世家》："三百五篇，孔子皆

---

* 本文第一篇原载1933年1月《东方杂志》第30卷第1期，第二篇原载1934年7月《清华学报》第9卷第3期。

弦歌之。"只可证明三百篇在孔子时尚悉被弦管，不能以此推论弦歌以外无其他的应用——讽诵。如现在把《花间》全书翻为五线谱式，以梵娥铃、披亚娜奏之，却不能说《花间》只可以如此唱，《花间》可念可哼，以今推古，古何必不然？

　　诗的用法由内而外，由简而复，详言之，计有五种，讽、诵、歌、弦、舞是也。《小戴记·乐记》："故歌之为言也，长言之也；说之故言之，言之不足，故长言之；长言之不足，故嗟叹之；嗟叹之不足，故不知手之舞之，足之蹈之也。"《诗序》："情动于中而形于言，言之不足故嗟叹之；嗟叹之不足，故永歌之；永歌之不足，不知手之舞之，足之蹈之也。"这是同一的说法，而互有详略，依其程序得下式：

　　　　言——长言——嗟叹——舞蹈（《乐记》）
　　　　言——嗟叹——永歌——舞蹈（《诗序》）

如将两式互补，有如下假拟之式，以讽诵等对照之。

　　　　言——长言——嗟叹——永歌——舞蹈
　　　　讽——诵——歌——弦——舞

这或者有人以为"一厢情愿"，强古人以从我，兹略说明之。《序》缺"长言"盖不成问题，《记》上说得最明白："故歌之为言也，长言之也。"是举言以包长言也。《记》缺"永歌"，举嗟叹以包永歌也。何以明之？《乐记》说："一唱而三叹，有余音者矣。"可见唱叹即歌，其他载记上以叹为歌者亦多。况言与长言，歌与永歌，《序》以永歌承嗟叹，《记》以长言承言，其词例初不少异，明嗟叹即歌也。若以嗟叹为徒歌，永歌为乐歌，举一以明二更无不可，但这是我的臆说耳。

　　《虞书》上说："诗言志，歌咏言，声依咏，律和声。""咏"即永，"永"即长。《正义》："定本经作'永'字，明训永为长也。"故《尚书》"歌咏言"与上引《乐记》之文同义，长言之歌实即诵耳。若以长言之歌释为声歌，则下文"声依咏，律和声"之文为赘语矣。且作下式：

言——长言——嗟叹——永歌——舞（《记序》）
言——永言——声——律——（下言百兽率舞）（《书》）
讽——诵——歌——弦——舞

诗的制作及应用的历程，盖约略相同耳。

然言语有通言专斥之殊，此今古所同。就以讽诵为例，《说文》："讽，诵也。"这似乎讽诵无别，较歌诵无别之证据更为明确，再看段注：

> 大司乐以乐语教国子，与道讽诵言语。注：倍文曰讽，以声节之曰诵，"倍"同"背"，谓不开读也。诵则非直背文，又为吟咏以声节之。《周礼》经注析言之，讽、诵是二，许统言之，讽、诵是一也。

这说得最明白。以今言释之，讽是干念，背书；诵是打起调子来念。若云讽、诵是一非二，则言语亦是一非二。然《论语·乡党》上说："食不语，寝不言。"固已显然有别。事最通晓，不待烦词。

即使"讽"、"诵"的关系可推之于"歌"、"诵"，也不能就此说歌、诵无别，何况还推不过去。是否可以"歌，诵也；诵，歌也"那样子训释的，却是疑问。顾刚所引的例证极薄弱：

> 但歌、诵原是互文。先就动词方面看……"公使歌之遂诵之"……"使工为之诵"……使"工为之歌"，可见是同义的。再就名词方面看，《小雅·节南山》说："家父作诵。"《四月》说："君子作歌。"《大雅·崧高》和《烝民》说："吉甫作诵。"《桑柔》说："既作尔歌。"可见是同义的。

其动词用法之三例，下文将悉有论列。其名词用法，似不足证明互文之说。古诗既可诵而又可歌,那末作诗说作诵可,说作歌亦可,这与歌、诵互文并无关,虽然古人有时说诵,有时说歌,十分随便。

现在又扯到"赋"字上去,"赋"是什么?是很麻烦的问题。颉刚把"赋诗"释为"点戏",赋与歌、诵并没有什么区别。今既释歌、诵为二,那末赋义与诵近,还是与歌近?我宁取前者,虽然古书有些地方赋实是歌。赋、诵相同或系本义,赋与歌混乃系引申假借而得。《汉书·艺文志》有这么一段话:

> 《传》曰:不歌而诵谓之赋,登高能赋可以为大夫。……古者卿士大夫交接邻国以微言相感,盖揖让之时,必称《诗》以谕其志,盖以别贤不肖而观盛衰焉。故孔子曰:"不学《诗》,无以言。"春秋之后周道寖坏,聘问歌咏不行于列国,学《诗》之士逸在布衣,而贤人失志之赋作矣。

固然带着诸子出于王官的调子,其叙述颇为明确。颉刚除却首句不赞成以外,大概他也是承认的。参以古之载记大致相合。孔子说:

> 诵《诗》三百,授之以政,不达,使于四方不能专对,虽多,亦奚以为?(《论语·子路》)

这就是《汉·志》的蓝本,孔子之言特简约耳,赋《诗》既与言语应对相连,不歌而诵实最近情理。但从来卿大夫的架子十足,往往把自己赋《诗》,一变而为使工歌所欲赋的《诗》,那才是颉刚所谓"点戏"。此二者皆谓之赋。从此歌与赋相淆混矣。赋即是歌,以《文四年传》赋《湛露》、《彤弓》,而下云:"肄业。"此例为最明白。

但此种淆混以古乐之衰歇,而自然消灭。先秦以来,赋又与歌分家。首出的是孙卿,他的《赋篇》显然只是诵的,有谁假定它曾被之弦管?颉刚所引《战国策》引《诗》两段(页三五五），也是一类的家伙。后乃与《骚》并合而为汉赋，不歌而诵，至今不改。

诵与赋完全无别，下列的一例却不好解说。《周语》"瞍赋蒙诵"，翻成今语，是无眼瞎子念诗，有眼瞎子也念诗，这未免不词。看韦注："赋，赋公卿列士所献诗。……《周礼》蒙主弦歌风诵。诵，谓箴谏之语也，"这好像很奇，其实大致不离。从上下文看，在此所注重的不是诗的唱念，而是它讽谏的内涵。另条韦注（见《晋语》）："工，蒙瞍也，诵读前世箴谏之语。"此赋、诵虽通言无别，有时亦各有专斥也。《周礼》郑注："赋之言铺，直铺陈今之政教善恶。"韦义殆本此乎？

说了半天赋与歌、诵。始终不涉本题，你何以见得歌、诵同义之说的不妥当？让我再引明白一点的例子。班固、韦昭之说，颉刚均以为汉人妄生分别的曲解。但是否冤枉他们呢？——韦说见《晋语》"舆人诵之"下，注："不歌曰诵。"这并不错，看当时舆人诵的确不是歌——墨子《公孟》"诵诗三百，弦诗三百，歌诗三百，舞诗三百"。而颉刚引此文却把诵诗三百之文省略（页六〇八）。夫"诗三百"古之恒言，墨子所谓诵、弦、歌、舞，正是此三百的"一气化三清"，决不是三百以外另有三百，再有三百，而又有三百。在古代可舞的可弦，可弦的可歌，可歌的可诵，三百篇备此四用，而四用非一，较然易明，岂得谓妄生分别？若歌、诵同义，则《墨子》之文为不词矣。汉人之说明出故训，非臆造审矣。更有一个好玩的例，也被他讲错，把好玩的意味失掉勒。

卫献公戒孙文子、宁惠子食，皆服而朝，日旰不召，而射鸿于囿，二子从之，不释皮冠而与之言，二子怒。孙文子如戚。孙蒯入使，公饮之酒，使大师歌《巧言》之卒章，大师辞，师曹请为之。初，公有嬖妾，使师曹诲之琴，师曹鞭之，公怒，鞭师曹三百，故师曹欲歌之以怒孙子，以报公。公使歌之，遂诵之。

从上边看下来，就知道卫献公是个妙人，他使太师歌《小雅·巧言》，却专点这末一章，是唯恐孙蒯不懂的缘故。太师明白点事理，唯恐他懂。其诗曰："彼何人斯，居河之麋，无拳无勇，职为乱阶。"这是骂他的老太爷要到黄河边上造反，而又未必中用——秀才造反。这就难怪太师的不肯干。师曹挨过三百皮鞭的，那自然肯干，而且要狠狠的干。当时也不知道唱了没有，总之清清楚楚打起调门读了一遍，故杜预说："恐孙蒯不解故。"这注得很妙，孙蒯专听一章之诗何至于不解，惟报仇心切的惟恐歌声宛转，酒意朦胧，万一滑过耳。若依顾说："公使歌之遂歌之。"证据且不提，有何趣味呢？

诵是打起调子来念，他的用途大半在箴规。古诗的歌声虽不见得十分曲折，总不如朗诵的痛快。《楚语》："临事有瞽史之导，宴居有师工之诵，史不失书，蒙不失诵，以训御之。"注释师工为"乐师瞽蒙"。然言诵不言歌不言赋者，以旨在于自箴也。《春秋》内外传所记舆人之诵，其意均直切，其体近于后来的赋，其音节当然是直念。试节引《晋语》之诵惠公与骚赋颇为近似：

　　……猗兮违兮，心之哀兮。岁之二七其靡有征兮。若狄公子吾是之依兮。镇抚国家，为王妃兮。

汉以来辞人之赋丽以淫，而又要说什么劝百讽一，我觉得不大可解；现在明白了，"劝百"是新添的杂耍，"讽一"乃古代赋诵之遗痕而已。

《左传》有一条虽无诵之明文，却的确是诵谏的实例，即州来之狩，子革对灵王念："祈招之愔愔"是也（昭十二年）。这决不是使工歌赋，是由他自己来念的。以外还有庆封的故事，亦见

《左传》：

> 叔孙与庆封食，不敬，为赋《相鼠》亦不知也。（襄二十七年）
>
> 叔孙穆子食庆封，庆封汜祭，穆子不说，使工为之诵《茅鸱》亦不知。（襄二十八年）

庆封大约吃相很不好，上年来聘，已被叔孙指桑骂槐地骂了一通，这儿的"赋"，大概是使工歌的意思，未必叔孙自赋，看下文"使工为诵"知之。到次年来奔，又在吃饭的规矩上得罪了叔孙老爷，因为上年赋诗他既不懂，只好进一步使乐工老老实实诵起来，况且庆封已失国政，叔孙也不必再客气了。《相鼠》上已说："一个人没有礼，还不快点死吗？"《茅鸱》更不会有什么好话，从它的名目也可以揣想得出的——下文怎样呢？他始终不懂，叔孙大夫之计乃穷。左氏在此有意描摹庆封的痴顽不学，这原是一个笑话。但这笑话如不把歌、诵分开，则非但不觉好笑，二十八年传文且成为第二张蛋皮，毫无味道。颉刚说左氏惯于装点，这话不错；古人顶幽默，顶爱讲笑话了，有时高兴起来，把历史一脚踢开，专讲笑话。古史之所以有别于后世史料长编式之官书，至少这是一点。此固古人之疏略，亦正其不可及处。因为读者总有常识的，笑话误不了什么事，若以听笑话而就误事，则不听笑话的不误事也就有限得很了。

话虽如此，《左传》在这地方却并未违反事实，只是说得这么幽默相。赋《诗》可代笑骂原无问题，而颉刚曰："但我虽是说出这句话，心中却很疑惑，不敢决定它的有无。"（页三三五）似乎十分不敢自信的样子。他以为世上缺少如庆封的糊涂人，其实也未必然。且孔子说过："不学《诗》，无以言。"嬉笑怒骂无非言语，又何疑之有？

颉刚又把这个"使工为之诵"与襄二十九年"使工为之歌"连引,以成其歌诵不异之说,也是不对的。二十九年是吴季札来聘,请观于周乐,遍歌《风》、《雅》、《颂》,乃是大规模的合乐,与上年工诵《茅鸱》大不相同,事例悬殊,此儗失之。

综上所述,古诗有讽、诵、歌、弦、舞五种程序(范文澜先生疑赋自有一种声调与歌、诵不同,说亦可商,但载记上似少明证。范说见《文心雕龙注》中册)揆之情理,参以事证,似少疑惑。有一点须约略说明的,即五者之界有时漫衍莫辨。先言讽、诵,讽乃干念,以别于诵,而尽有念得字字清朗发音洪亮的,如今党人之读"遗嘱",此讽实近于诵也。打起调子来念,偏偏念不好,私塾顽童每有此状,诵而近于讽矣。把书当作山歌唱,此亦昔日学堂之一般情形,是以诵为徒歌也,出口腔,随心令,简单之歌,与诵邻类而通言勿别。(书上所记徒歌及诵,有时看不出什么分别来的,参看页六二五——六二八)弦字颇难独用,徒歌、乐歌,均谓之歌,犹今人清唱谓之唱,彩唱亦谓之唱也。舞蹈,比较上界限易判,而细察之亦正未必,如"不知手之舞之,足之蹈之"一语,以移赠书呆子读书读到最得意的时候,实在再切当没有了。我们说话,特别是演讲,都非意识的带着"舞蹈"。夫言语且如此,讽诵且如此,何况歌唱。其界限彼此牵引,通言亦或不分,谓为不精密则可,谓即错误不可也。再复一遍,谓此五者界限难辨则可,谓其根本无别大不可也。如昼夜无划然之线,其间正有非昼非夜,亦昼亦夜之若干境界,然因此即谓昼夜一也,可乎不可乎?故就《诗》三百言,可歌者,均可诵;可诵者,均可歌;斯歌、诵相兼。就三百篇以外言,有歌而诵之佚诗,亦有不歌而诵之赋矣;就歌诵言,则二者音节自别,即使差别得不多(其实差别多不多,无从知道),也决不能说歌即诵，诵即歌也。

考证最使人多闷。像《诗经》这般整齐调协的句度，说当时除掉乐歌以外就没有别的唱法了，证据且丢开，以常识观，我也不信。无论什么东西，都可以有多方面的性质和用途的，我们想古诗也不必是例外。

二

据《虞书》"声依永"与《乐记》"音生人心"之说，以心之感动而成声，声成文谓之音，比音而为乐，备乐始有舞容，其由内而外，本之自然，是古代诗、乐同源，歌、诵一贯，《诗》三百之所以可诵、可弦、可歌、可舞也。至于《孺子》、《沧浪》之歌，"琼瑰"、"盈怀"之句，矢口成章而谢弦管，非不可被弦管也，不暇悉被弦管耳。若后世则有不尽然者。

诗、乐之忽离忽合，造成二千年之诗史，叙其错综变化之迹，乃文史专篇之事，非此所能详。要言之，后世在诗以外另立乐府一名（乐府原只是一衙门耳），即为诗、乐曾几度分携之证。夫三百篇，诗也，而乐之。孔子说："吾自卫反鲁，然后乐正，雅、颂各得其所。"雅、颂独非诗乎？诗、乐合则歌、诵相兼，诗、乐离则歌、诵异趣。无乐之诗，古已有之，不歌而诵。非诗之乐，肇自近世，歌不必诵。夫喉舌宛转，诵为利便；音律繁会，歌实专门。诗不必歌，乐不必诵，理也。计其实事，虽有绝不可歌之诗，尚少绝不可诵之乐。何则？诵之为用大也。论其大齐，辄兼被诗、乐，而为论中国诗主要观点之一。

欲明歌、诵之实情，必先说诗、乐之关系。以我的看法，中国诗体有时是被音乐拉着变的——有时连拉都拉不动。所以得先说音乐之变。惭愧我一点不懂得这些玩意，为敷衍场面，不得不来几句反串,悲夫!

兹篇范围止于中唐,以汉、魏、六朝为一期,隋、唐为一期,依下列三项目论之。(一)乐的变迁;(二)诗、乐的追逐,诗的落后;(三)诵的惰性之一现。

历代所谓雅乐,往往是冒牌,只保着相当的传统性。老牌的雅乐——《诗》三百,那不要说秦、汉,也无论魏、晋,战国时候已不流行了。是以后世本无雅乐,或者有一点雅乐的影响,而这名字却衣钵似的传递下去,如清商三调虽导源古代,实系江南里巷之音,而隋人则谓之正声。汉、魏人所谓雅的是《诗经》,六朝人所谓雅的是汉、魏,隋、唐人所谓雅的是六朝……今人且有谓昆曲为雅者矣。雅乐之名其无定如此。

俗乐之来源不外两种:里巷与胡戎。汉、魏、六朝之新声大半是里巷之音,隋、唐则重胡戎之乐;质言之,前者是国货,后者是来路货。这并不精密,只大概不差,且后世所谓"里巷",事实上每即"胡戎",虽也未必定是;因为胡化之来,每先被闾阎而后登廊庙,此二者遂绳而难分。用夷变夏,其变迁之剧烈,自当什佰于雅郑之殊。涉想所及,举其二端。

(一)不但声变,并乐器也都换了。《隋书·音乐志》西凉条下:"今曲项琵琶、竖头箜篌之徒,并出自西域,非华夏旧器。《杨泽新声》、《神白马》之类,生于胡戎。胡戎歌非汉、魏遗曲,故其乐器声调,悉与书史不同。"(《旧唐书·音乐志》则谓西凉乐有旧乐成分,即有,也不会多罢)皮之不存,毛将安傅?黄先生尝说,中国古乐器现在只有琴了。音乐之胡化至近世而已备,以后只是用夷变夷的问题,犹瓜皮之与铜盆,皆无涉于冠裳也。

(二)变古代诗、乐之一元性为多元。自华、夷杂用,歌、诵分歧日远。中世乐律初繁,已有放声为辞者,如魏之三调是,而急转殆始六朝，其蕃变良不可究。盖歌、诵既各为外力所摄，而此外力固非单一，亦非单纯者耳。以转读佛经而解别宫商、识清浊矣，于是诵之地位日高而性质亦固定，遂变六代为三唐，兀然为诗坛之镇，历风雨不摇，至悠悠千载，音歌之剧变，喻为风雨，洵不虚耳。虽曰歌、诵有别，古今不异，而不异之中，大异存焉，即变一致为多元，易和谐为冲突也。歌、诵且各有其势力之凭依音乐与言文。音乐占优势，则引诗与乐合，而诗体旁出；言文的特质占优势，则离去音乐而诗体直下。唐以来千数百年诗体之演变，此一语足明其大凡矣。此意既明，下作分论。

新声之导源民间旧矣。孔子所谓郑声，殆指声言，与风诗无涉。《汉书·礼乐志》："桑间、濮上，郑、卫、宋、赵之声并出。"是一处有一处的新腔。《乐记》说："郑、卫之音，乱世之音也；……桑间、濮上之音，亡国之音也。"审其语气之抑扬，感慨溢于词表。汉叔孙通因秦乐人制宗庙乐，而房中之乐则为楚声，史文具在，是汉初用秦、楚之乐，周之遗音微矣。《文心雕龙·乐府》："虽摹《韶》、《夏》，而颇袭秦旧，中和之响，阒其不还。""暨后汉郊庙，惟杂雅章，辞虽典文，而律非夔、旷。"后世宗庙郊祀之乐章，大抵皆如此耳。

汉武立乐府，采诗夜诵。（师古曰："夜诵者其言辞或秘不可宣露，故于夜中歌诵也。"此亦汉代歌、诵接近之证，夜诵则犹近世所收谣歌有违碍的字样，或秘之耳。）代、赵、秦、楚兼容并包，皆里巷之音，世俗之乐，《汉书·艺文志》所录歌诗是也。据《礼乐志》，则郊祀歌之制作大抵本此。汉伐北狄，通西域，遂有鼓吹、横吹之乐，所谓铙歌，即国乐胡化之第一步。考汉人所谓郑声，只是新腔，计有两种：里巷与胡戎；特比较起来，里巷的成分甚多。与中世以来音乐之胡化，情形虽似而程度迥别也。观汉之三大乐歌（《房中》、《郊祀》、《铙歌》），里巷占二，而胡戎得一，可明上说。（参看朱遏先先生《汉三大乐歌声调辨》，《清华学报》四卷二期。）朱先生说："《郊祀歌》十八章为楚声（里巷），其《日出入》一章为新声（胡戎）。"十八章中何以独杂此一章，事属奇怪。然即依朱说，国乐成分仍占了三分之二，特与古代杂乐皆不相干耳。此后郑声流行，上下风同，名倡有富显者矣。哀帝好古，始罢乐府官，而豪富吏民湛沔自若，迄于西汉之亡。在最近古的一代中，雅乐已完全失败了。

然而后世每以汉乐为雅，而思追复之，且有欲追复而不可得者，是新旧之声迭为雅郑也。如魏杜夔曾为汉雅乐郎，为魏制造雅乐，以所得四古曲《鹿鸣》、《驺虞》为根据，所复者殆两汉之旧耳，今其乐章不传。同时有左延年妙善郑声，改易音辞，子建且称美之，唯杜存古，止存《鹿鸣》一曲，其不敌左明甚。晋荀勖本古器造新律，法密于夔，而同时阮咸妙识宫商，诋之为"亡国之音"，此重公案至今不能决。迨永嘉之乱，则此雅乐之类似品亦并没于戎狄，南渡以后又力求规复魏、晋。好在音律微茫，合与不合，知之者稀，其有合于先代与否，更无人能言之。一个皇帝都要有他的一代之乐，其实一代之乐那有这么许多。

返观里巷之音则盛极一时，汉、魏、六朝歌曲存于今者什之九是民歌，其著名者什之十是民歌。如相和旧曲，名为九代之遗音，其实则汉代之民歌耳。《宋书·乐志》："凡乐章古词，今之存者，并汉世街陌谣讴，《江南可采莲》、《乌生》、《十五》、《白头吟》之属是也。吴歌杂曲，并出江东，晋、宋以来，稍有增广。"若西曲，如《襄阳乐》之流且本之西、伧、羌、胡诸杂舞（亦见《宋书·乐志》）。是在当时，胡戎之音更侵江表矣。观王僧虔升明二年上表：

> 又今之《清商》，实犹铜雀，魏氏三祖，风流可怀，京、洛相高，江左弥重。谅以金县干戚，事绝于斯，而情变

听改，稍复零落，十数年间，亡者将半。自顷家竞新哇，人尚谣俗，务在噍危，不顾律纪，流宕无涯，未知所极，排斥典正，崇长烦淫。……故喧丑之制，日盛于廛里；风味之韵，独尽于衣冠。

何限冷暖盛衰之感！至齐、梁以降，新词艳曲，上下同风，齐有《伴侣》之曲，陈有《后庭》之咏，哇淫靡曼，迄于沦亡。

虽然，江左风流犹承汉、魏，用夷变夏，实始北朝。兹列隋、唐之乐，七部、九部、十部之表（次序不依原书）：

隋七部　清商　文康　国伎（此名承北朝之旧）　高丽　天竺　安国　龟兹

隋九部　清乐　礼毕（隋乐最后奏之出晋庾亮家）西凉　高丽　天竺　安国　龟兹　疏勒　康国

唐十部　清商　西凉　高丽　天竺　安国　龟兹　疏勒　康国　高昌　宴乐

《隋·志》，开皇初定七部，而大业中已为九部，其中只有两种是中国的，而"礼毕"之性质尚不分明。文帝得清商于南朝，有"华夏正声"之叹，而竟不能止臣下之好尚。炀帝新收入的皆胡乐，他就老实不客气的好起胡乐来，并且自己制造，造成以后，还特别表示得意。史称其"不解音律，略不关怀"，真是妙语，他岂不懂音律，只是不去理会这"华夏正声"罢了。

唐代清乐愈衰，后遂全灭。《旧唐·志》："隋室已来，日益沦缺，武后时犹有六十三曲，今其辞存者……为四十四曲存焉。""自长安（武后年号）已后，朝廷不重古曲，工伎转阙，能合于管弦者，唯《明君》……等八曲。旧乐章多或数百言，武后时《明君》尚能六十言，今所传二十六言。"这是可惊的消减！篇目由六十三而四十四，由四十四而八！内容由数百言而六十，而二十六！

至于胡乐，周、隋已来将数百曲。唐承隋旧，变九部为十部，加高昌而去礼毕，又自造宴乐（亦非雅音），是以"部"而论，国乐成分由七分之二，而九分之二，而十分之一。事实上，因内容多寡不同，故尚不及十分这一远甚。且唐之十部并非确数，"今著令者唯此十部，虽不著令，声节存者，乐府犹隶之。"是尚有一些零星不重要的外国玩意。据说又有百济、扶南、骠国及北狄之鲜卑、吐谷浑、部落稽之乐。——自然于后代有重大影响的还在"西"、"南"。

唐开、天以后，音乐胡化呈急转直下之势。《旧唐·志》："自开元以来，歌者杂用胡夷里巷之曲。"玄宗自己即是倡导制作新乐的宗师。《羯鼓录》上说：

> 诸曲调如《太簇曲》、《色俱腾》、《乞婆娑》、《曜日光》等九十二曲名，玄宗所制。上洞晓音律，由之天纵，凡是丝管，必造其妙，若制作诸曲，随意即成，不立章度，取适短长，应指散声，皆中点拍。……虽古之夔、旷不能过也。尤爱羯鼓、玉笛，尝云八音之领袖，诸乐不可为比。

羯鼓、玉笛都是外国乐器，看本书之末附载各曲，什九是外国名字，虽有些佳名如《春光好》、《秋风高》，实皆胡乐。诸佛曲调下又有御制曲。同书更有一条，明示玄宗用夷变夏的态度：

> 上性俊迈，酷不好琴，曾听弹琴；正弄未及毕，叱琴者出曰："待诏出去。"谓内官曰："速召花奴将羯鼓来为我解秽！"

琴是中国乐器的仅存者，而明皇这样给它过不去，他的外国迷真是厉害。正史也说他曾制曲作谱。他所喜欢的法曲，似很典雅，其实词多郑、卫，故《旧唐·志》摒而不录，惟此乐传自隋代，较纯粹之胡乐较澹雅耳。据《新唐书·礼乐志》千古艳传之《霓裳羽衣》即系河西节度使杨敬忠所献之《婆罗门曲》，而比附之于神仙。到开元二十四年升胡部于堂上。天宝时所作乐曲多以边地名，如《凉州》、《伊州》、《甘州》之类。至所谓《梨园》，皇帝弟子即有三百人，而供奉内廷乐工总至数万人，可谓骇人听闻。若没有渔阳鼙鼓，则大规模的新乐运动必不会中止，必有更大的影响到后世。

古代帝王有两种相反的心理，好雅乐而又喜郑声，好雅乐者，想追踪先代以成正统之局也。郑声又谁人不喜。所以历来音乐的俗化，胡化，皇帝老是睁眼闭眼的不大肯管。隋炀帝、唐明皇更是聪明人，所以索性把制礼作乐的套话丢开，而积极倡导他们所爱的东西。

来了半天的反串，三魂渺渺，七魄悠悠，正传已不知何往。自汉到隋有八百年，从隋到中唐有二百年，此千年之内，里巷胡戎之乐迭代而兴，音乐早已变得认都不认识了，而我们的可怜伙伴，不知走了多少路？他不过从四言而五言，从五言而七言；他不过从古诗变到律诗。就他自己说，变得原也不算少，拿音乐来比着，变得未必够多。依中国的老例，他俩该一起跑的，在前半段路程上跑得还差不多；到了后半段，他的伙计耍着洋腔，跑得又快又乱，一眨眼就拉下这么一大节。跟不上，没法跟，去你的罢！——还是慢慢地走的好。懒才是他的癖。

所以就大体上不妨分为甲乙两段说明。甲段里巷之音，乙段胡戎之乐。街陌谣讴出于天籁，诗、乐虽同源，到被之金石弦管，则不免有相当的距离，所谓"声"、"辞"的分别，就依这个而立的，但其距离却并不很大。《汉书·艺文志》有《河南周歌诗》、《周谣歌诗》，下面各有其"声曲折"，这是曲文和工谱的对照，可惜已不存在了。《文心雕龙·乐府》：

> 凡乐辞曰诗，咏声曰歌，声来被辞，辞繁难节，故陈思称"左延年闲于增损古辞，多者则宜减之"，明贵约也。观

> 高祖之咏《大风》，孝武之叹"来迟"，歌童被声，莫敢不协；子建、士衡咸有佳篇，并无诏伶人，故事谢丝管，俗称乖调，盖未思也。

他以为古诗大概皆可歌，却是有给伶工，有不给伶工的。给了他们，"莫敢不协"，不给他们，"事谢丝管"。若以为不入乐就是不能入乐（乖调），那是没有想得通。当时随意吟成皆有入乐之可能，则诗乐未远，可为明验。但是诗既是随便做的，那以诗合乐必须有增损。我们拿《宋书·乐志》与原诗来对一下。

却没有仔细的对照，字栉句比也恐辞太繁了。大约有四种：（一）全同的，如曹植的《箜篌引》，《志》作《野田黄雀行》。（二）相同，乐章添复奏的，如曹操《苦寒行》。（三）与原诗不同，分为数解，增添句子而不倒其原来的次序的，如曹植的《七哀》，《志》作《明月》，一首十六句，改为七解二十八句。（四）与原诗不同，有颠倒，有复叠，分解而增添句子的，如《十九首》之"生年不满百"，《志》作《西门》，与原诗相异甚多。（一）与（二）在做的时候即为入乐准备，《宋书·乐志》之言可证；（三）、（四）却当时是随便吟成，后来硬拿它们来入乐，所以变动处较前者为多。

《文心》之言对是对的，似乎不全对。他说"明贵约也"，但我们今日只见其增，不见其减，此或是文献不足之故。他说得很明白"多者宜减"，反言之，则少者宜增。我们只见一偏，所以觉得不大符合。他在当时既说得这么不含糊，盖必有所依据。

况且增或减对于我的论点是差不多的情形。看《宋书·乐志》，只是整章整句的增，详别之有三：（一）打破原来的句调的地方不多。《西门》比较上变化得顶多，而改变原来句法的也只有"为乐"两句，"仙人"两句。（二）所增的句子如原来是五言，大概也是五言，如《明月》第四解，"北风行萧萧"全系新增，但与原诗的做法相同。（三）即使所增为杂言，而仍谐适，如《西门》："夫为乐，为乐当及时，何能坐愁怫郁，当复待来兹。"易整为散，而语气故顺。《乐府诗集》又录一词，较后出而为晋乐所奏，改"何能"六字句为"何能愁怫郁"，则更顺调矣。

此外诗、乐分别之迹可见者，即不可句读之品是也。在《宋书》、《齐书》皆有所录，如《汉鼓吹铙歌》十八篇，《宋鼓吹铙歌》四篇，《圣人制礼乐》一篇，《公莫巾舞歌》一篇，并声辞相杂不可句读，不可理解。此所谓"声"，即《古今乐录》所谓"若羊吾夷伊那阿之类也"。是以诗入乐，在当时已有不尽密合之处，盖已有外国音乐之成分故耳。否则何以不可句读之品，多半属铙歌耶？

若专制之正式乐章，自汉代以来情形相仿，即以三言四言为基本，而间用杂言，如《安世房中歌》十七章，四言者十三，三言者三，而杂言得一；《郊祀歌》十九章，四言得八，三言七，而杂言得三。《宋书·乐志》：

> 张华表曰："按魏上寿食举诗及汉氏所施用，其文句长短不齐，未皆合古，盖以依咏弦节，本有因循，而识乐知音，足以制声，度曲法用，率非凡近所能改。二代三京，袭而不变，虽诗章词异，兴废随时，至其韵逗曲折，皆系于旧，有由然也。是以一皆因就，不敢有所改易。"荀勖则曰："魏氏歌诗，或二言，或三言，或四言，或五言，与古诗不类。"以问司律中郎将陈颀，颀曰："被之金石，未必皆当。"故勖造晋歌，皆为四言，唯王公上寿酒一篇为三言五言，此则华、勖所明异旨也。

二人所说的情形虽不甚同，而所谓雅乐率以齐言为主，杂言为从，固无问题。即用杂言语必调协，亦与后世之杂言，名同实异,若谬引古昔以为词曲之源,甚无谓也。

《宋书·乐志》:"凡此诸曲(指吴歌杂曲)始皆徒歌,既而被之弦管;又有因弦管金石造歌以被之,魏世三调歌词之类是也。"《诗序正义》"初作乐者准诗而为声,声既成形,须依声而作乐。"此诗、乐迭为先后,互相角逐,以乐就诗者有之,以诗就乐者有之。以诗就乐则较密合,密合唯专家能之;以乐就诗则不密合,不密合人人能为之。是以论其大凡,诗、乐中间仍不免有相当之距离。

如此说来,在甲段的路程上,它们的追逐从头就不大景气。照乐句来做诗,要碰专家的高兴。平常做诗只是随意吟来,你们爱唱不唱。爱唱,你们改去;不唱,算。这还是平民诗人,好好先生。至于皇帝贵人更糟,自己乱做一气先不必说,一声令下要唱,那"莫敢不协"。这"莫敢不协"四字,画得出伶工的苦恼。如何协法,无非又是改,碰着句子多少不合,则整章整句的增减,若句法也不合,只好杂以虚声,或者添改数字,这些工作当然该办的人为之,老爷不问也。有时较难的工作且非高手莫办。《古今乐录》曰:

《估客乐》者齐武帝之所制也。帝布衣时尝游樊、邓,登祚以后,追忆往事而作歌,使乐府令刘瑶管弦被之,教习卒遂无成。有人启释宝月善解音律,帝使奏之,旬日之间,便就谐合。(据《汉魏遗书》本)

一蹺一拐的竞走,度过了近八百年,隋、唐以后,乐已急剧变化,诗体虽亦进展,而还是差得太多,诗、乐的应合不知加增了多少困难。所以大有宣布停止竞走之势。

似乎诗已在自己走自己的路,不再想去角逐了。在另一方,虽与乐律仍有种种的交涉。古诗向有杂言,六朝晚年如鲍照《夜坐吟》、梁武帝《江南弄》,其体更多变化。但到了唐代,就大体言，却把诗形变化得更加方块了（不是正方）。拿这样的方块诗和异国嘈杂的音乐结合而成乐府，这是顶古怪的配偶。——唐人虽多杂言的古诗，但其入乐者大抵均律诗。

我们且看《苕溪渔隐丛话》：

蔡宽夫《诗话》云："乐天《听歌诗》云：'长爱《夫怜》第二句，请君重唱夕阳开。'注谓：'王右丞辞"秦川一半夕阳开"，此句尤佳。'今《摩诘集》载此诗，所谓'汉主离宫接露台'者是也。然题乃是《和太常韦主簿温阳寓目》，不知何以指为《想夫怜》之辞。大抵唐人歌曲，本不随声为长短句，多是五言或七言诗，歌者取其辞与和声相叠成音耳。予家有古《凉州》、《伊州》辞，与今遍数悉同，而皆绝句诗也。"（前集卷二十一）

唐初歌辞，多是五言诗，或七言诗，初无长短句。自中叶以后，至五代，渐变成长短句。及本朝，则尽为此体。（后集卷三九）

日本铃木虎雄《词源》一文（译文见《语丝》五卷十六、十七期）也有同样的话，说得更为详尽，节引如下：

凡乐曲长的分许多部分，各部都以绝句组合拢来。这状态现在可以看到的，有载于《乐府诗集》（卷七十九）的《水调歌》、《凉州歌》、《大和》、《伊州歌》、《陆州歌》等。这些都是顺序地排列五言或七言的绝句的。……有的是绝句以外底诗形的诗，这也是截取其中四句，如绝句地在用的。……《凉州歌》底第三歌，五绝，用"开箧泪沾襦……"这是高适作五言古诗《哭单父梁九少府》起头底四句。……《陆州歌》底第一歌，五绝，用"分野中峰变……"，这是著名的王维底《终南山》五言律诗底后半。……又有某乐曲名，一看他所用的歌辞如何，却是著名绝句。如《盖罗缝》这曲，它所用的歌辞是王昌龄底七绝《从军行》；《昆仑子》曲，它底歌辞是王维底五言律诗《从岐王过杨氏别业》底前半；《戎浑曲》，它底歌辞是王维底五言律诗《观猎》底前半。由这些来看，如这里有着某曲，合上去的歌辞并不管曲底长短，是把绝句合上去而歌唱的。

　　　　凡有某某曲，看它的歌辞，总是五七言绝句，这都是把绝句合诸曲而歌唱的；并不是那绝句表示这曲底音节的。

唐诗不表示唐乐的音节，这儿说得极切实。近人王易《词曲史》上，对于唐乐府皆为五七言诗，也有很详细的列举。（参看王书三七——四〇页。）

　　从以上的引语，事实已够明白，做诗的只管写他的好诗，作乐的只管翻他的好腔，诗、乐各走各的路，却显出一代诗歌与音乐的异样隆盛来。离之双美，合之不伤，唐人之谓也。

　　在理论上而且很讲得通。传统的诗、乐一元性早被中世胡化所冲断，以后的诗、乐一致不但是困难，而且是不必要。唐诗入乐只是借塞外调的音节这么一小段来唱唱而已，不曾符合，不想符合的。

　　律、绝唐人通谓之律，看乐府所取都是短均或节本，巨大的乐章所配合的诗反小以为贵（最短的五绝也常用），这正是诗、乐不合之证。本来不合式的，篇幅短了，音乐中间夹这么一段，可增兴会，又无妨碍，若长章大篇的引入乐中，那就没处安插了。唐代歌行每不入乐，其故在此；律诗入乐而被裁剪，其故在此；绝句之流行，其故在此；词体之先令后慢，其故亦在此欤？

　　古诗是乐的生命，唐诗是乐的穿插，生命非有不可，穿插可有可无，虽然唐诗在文学史上是非常重要。大概唐代许多曲子是有声无词的。如《教坊记》所载唐代曲名甚多，其中或有虚谱无辞的，特今不可考耳。《羯鼓录》诸曲是成套的打鼓调，其不会有文辞，更显而易见。所谓《春光好》等等乃就音声的情调而言，本书说得明白，并非咏赞春光的歌词。著名的《霓裳羽衣》最初是舞曲，亦系无词。且看白乐天的《霓裳羽衣歌和微之》(《白氏长庆集》卷五一)：

> 案前舞者颜如玉，不著人家俗衣服。……娉婷似不任罗绮，顾听乐悬行复止。磬箫筝笛递相搀，击擫弹吹声逦迤。散序六奏未动衣，阳台宿云慵不飞，中序擘騞初入拍，秋竹竿裂春冰坼。飘然转旋回雪轻，嫣然纵送游龙惊。……繁音急节十二遍，跳珠撼玉何铿铮。翔鸾舞了却收翅，唳鹤曲终长引声。……移领钱塘第二年，始有心情问丝竹，玲珑箜篌谢好筝，陈宠觱篥沈平笙，清弦脆管纤纤手，教得《霓裳》一曲成。

此写得极详尽，但都是乐声舞态，说到唱歌，只"唳鹤曲终长引声"一句。《新唐·志》"凡曲终必遽，唯《霓裳羽衣曲》，将毕引声益缓"，所唱的是什么，却不可考。看下文说到微之。

> ……唯寄长歌与我来，题作《霓裳羽衣谱》。四幅花笺碧间红，《霓裳》实录在其中，千姿万状分明见，恰与昭阳舞者同。……由来能事皆有主，杨氏创声君造谱。

这好像元氏做的是曲谱（夏剑丞先生《词调溯源》以君指玄宗，大误），而其实是一首描写本曲的长歌。如是舞谱，则乐天岂得和之？如是声谱，则与"杨氏创声"一语重复。既非声非舞，则辞而已。乐天所谓"长歌"是也。从"杨氏创声君造谱"一句看来，明开元旧曲殆虚谱无辞，即使有唱，亦必借用别的诗句为之，无本曲之歌辞也。若本有，何烦微之造耶？(《乐府诗集》载《婆罗门曲》只是李益之一绝句。)

《乐府诗集》卷五十六"舞曲歌辞"下，有王建《霓裳辞》十首，只是咏《霓裳》之诗耳，曲十二遍，而诗只有十首，恐从头就是"事谢丝管"的。所谓"听风听水作《霓裳》"是《霓裳》曲调有风水之音，与上述《羯鼓录》参看，唐代音乐之造就极高，大有脱离诗歌而独立的样子。至于《霓裳》是否月中所传，事涉神怪，王灼辩之甚详，见《碧鸡漫志》三，今置勿论。

《苕溪渔隐丛话》卷二十四：

> 唐有两《霓裳曲》，开成初，尉迟璋尝仿古作《霓裳羽衣曲》以献，诏以曲名赐贡院为题，此自一曲也。……则亦祖述开元遗声耳。此曲世无谱，好事者每惜之。《江表志》载周后独能按谱求之。徐常侍铉有《听霓裳送以诗》云："此是开元太平曲，莫教偏作别离声。"则江南时犹在也。

《新唐·志》称太常卿冯定采开元雅乐制《霓裳羽衣舞》曲，想与此是一回事情，璋作以献，定定之耳。但李后主所得，开元《霓裳》，还是开成《霓裳》呢？胡氏所说似欠明白。总之是开元遗音也，观引徐铉诗可证。《碧鸡漫志》引李后主《昭惠后诔》："《霓裳羽衣曲》，经兹丧乱，世罕闻者，获其旧谱，残缺颇甚。"此灼所引诔后注文。陆游《南唐书》："故唐盛时，《霓裳羽衣》最为大曲，乱离之后绝不复传，后得残谱以琵琶奏之，于是开元、天宝之遗音复传于世，内史舍人徐铉闻之于国工曹生，铉亦知音，问曰：'法曲终则缓，此声乃反急，何也？'曹生曰：'旧谱实缓，宫中有人易之，非吉徵也。'"以这些材料参考，李、周所得确系旧谱，既只付之弦索，其为虚谱甚明（《琵琶行》"初为《霓裳》后《六幺》"。《霓裳》原系琵琶曲也）是以后主《玉楼春》虽有"重按《霓裳》歌遍彻"之句，而当时盖并不曾为此曲按谱填词，此殆由音声繁复，不但非五七言律所能写，即令近亦有所谢短乎？至《蜀梼杌》称王衍自执板唱

《霓裳羽衣》，其词如何，良不可考。

以《霓裳》之曲折为词，实始于南宋之姜白石。其词集卷四："……又于乐工故书中得商调《霓裳曲》十八阕，皆虚谱无辞。按沈氏《乐律》，'《霓裳》道调'，此乃商调；乐天诗云：'散序六阕。'此特两阕。未知孰是？然音节闲雅，不类今曲。予不暇尽作，作中序一阕传于世。"是白石所得是否故唐法曲，他自己也有些疑惑。遍数先不合，《霓裳》旧说十二遍，今则有十八。散序少了四遍，而拍序多得更多。即假定十二遍不数拍序，也已经多出四段，此白石所以不暇尽作也。但看《碧鸡漫志》：

> 又唐史称：客有以按乐图示王维者，无题识，维徐曰："此《霓裳》第三叠最初拍也。"客未然，引工按曲乃信。予尝笑之。《霓裳》第一至第六叠无拍者皆散序故也，类音家所行大品，安得有拍。乐图必作舞女，而《霓裳》散序六叠以无拍，故不舞。

此与白石所得正合，散序两篇即入拍序，有了舞态，便可图绘。岂唐代《霓裳》本有他种格式乎？今不能考也。

至于宫调，旧曲属商。乐天"嵩阳观夜奏《霓裳》"，"开元遗曲自凄凉，近况秋天调是商"。又《乐府诗集》卷八十，引《乐苑》定《婆罗门》为商调曲，又据《唐会要》说《婆罗门曲》为《霓裳》之前身。既同属商调，似无问题。但王灼既定旧曲为黄钟商，而说白石词者又以《中序第一》为夷则商，其宫调舛误固难定，即旧说合否亦属难定，缺疑可耳。若只观其大凡：白石所得与旧曲同属商调，且白石在宫调上只说与沈氏说异，而不说与乐天诗异，一也；散序两阕，与记载固不合，然亦有合者，二也；白石知音之士，自言其音节闲雅，不类今曲，三也；则其所得即非开元之曲子本来面目，亦总是唐代遗音，或即李、周所改订者欤？

考了半天的《霓裳羽衣》，对于本题似乎抛荒了。唐代诗、乐相去之远有不易想象者，得此可以明白。夫以如此驰名之大曲，传流奕世，而不曾填上词句，即使偶然有了，也是驴唇不对马嘴的东西。以南唐后主之知音识乐，绝代词流，辅以璇闺之秀，而只存音节，不写文章。到了白石手中依旧是十八阕的虚谱。及拿白石所填的一看（我们相信他所填的必系密合的），原来这么一首细密拗涩的慢词，这就难怪古人的不填词了。所以我说，慢词起于北宋，就文词言之耳，若以音律言，则慢词其孕育于唐代乎？唐代在音乐上已备令慢，而词之兴起也如此其迟，其故盖可想矣。

诗、乐之远，不易追逐，势也。然语不云乎"英雄造时势"，无法之中盖看法焉。何以明之？由词曲以明之也。若终于无法，是终于无词曲矣。今既有了词曲，故曰有法也。——然而古人的脾气，觉得暂时带着不合头寸的帽儿，或者干脆光了头，也就算了。于是有怪怪奇奇的乐，有方方正正的诗。你虽学会了拉手亲嘴的洋腔，其奈老僧之不闻不见何？如此别别扭扭，有二百多年。

好比一个人，他不是很能跑，也不是竟不能跑，只是懒。为什么要懒呢？那总有他的原故，天生的。唐代诗乐之别扭只是此基本惰性的偶一表现。若说他因讨厌他的新来的外国伙计才不肯跑，那是不然的。这方才是真正的懒，而非懒与不快之混杂。我们看白居易的议论，觉得与上引王僧虔的大不相同了。（《白集·策林》第六十四）

> 伏睹时议者（废今复古），臣窃以为不然。何者？夫器者所以发声，声之邪正，不系于器之今古也；曲者，所以名乐，乐之哀乐，不系于曲之今古也。……是故和平之代，虽

闻桑间、濮上之音，人情不淫也，不伤也；乱亡之代，虽闻《咸護》、《韶武》之音，人情不和也，不乐也。

何等明通之话！唐人久已全盘承受胡乐，而不复对于古乐为骸骨之迷恋，事实甚明。然则诗之不逐乐已难释为不愿跑，而当释作跑得不大方便才对。我以为这个不大方便，根深柢厚，藏在言文的性质里面，被克服是例外，要恢复是当然。譬之于弓，张须用力，要它还原你一放手就得啦。

对于语言文字更是十足的外行，几乎没处去拉扯。最通俗的看法"方块"的形，"单节"的音，其自然而然所演变的文体当然会与其他民族的不同。周岂明先生于论八股文中说："至于红可以对绿，而不可以对黄，则非黄帝子孙恐怕难以懂得了。"（《中国新文学的源流》）

文归于骈，诗归于律，是否文妖是在那边作怪，抑系此外别有隐情，这问题太大，暂且搁下。较后起的小说，说一回有一目，原系单句，后来齐一变而为参差的对句，鲁一变而为整齐的对句矣。标语可以不必再对了罢，然而上联是"肃清污吏"，下联是"打倒贪官"，上联是"三民主义"，下联是"五权宪法"。夫小说家，民众也，至少是民众的同情者也，党人，革命家也，岂其中亦有文妖之余孽乎？民九之新诗其形枝丫，而民十九的呢，依然豆腐干式了，新诗人系打倒文妖之原经手者，岂亦将一变而为妖精之伙伴乎？予读易卜生之《群鬼》，深惑无鬼之说矣。

整齐的句度，谐调的音绝，以中国言文之特质为背景而自然地发展的，此种情形实诗文所同具。今姑舍文而言诗。（一）最古之诗虽不可见，大约是杂言，如今之歌谣然，而三百篇中已显示四言之凝成。骚、赋、乐章、杂言间出，而汉、魏、六朝之诗一之以五言。唐诗则除一小部分之歌行外，五七言之局遂定，历宋、元、明、清而不改。今之视昔，能变者风裁，不能变者体式。词曲之兴乃其附庸耳，今以词曲绲诗，乃属宾主舛谬，非知言也，当于下篇详之。（二）诵声虽以梵呗而变，（参看陈寅恪先生《四声三问》）但其音质固纯乎为中国，故沈约曰："灵均以来，此秘未睹。"若为梵音，则灵均未睹宁待言耶。前修未密，来者转精，休文之意自明。诗由古而《选》而唐，虽中有转读之影响，而仍为一脉之通连，其格局至有唐而定。后之谈龙巨子，莫不乞余晖以自烛，负绝技而同夸，犹之十万八千里之筋斗云，始终跳不出荷叶般的掌心，岂非命欤？岂非天欤？

唯"可诵"才能把这两种特色表现得圆全，所以它就代表了本国的言语文字而关起诗坛的大门。在古代歌诵一致的时候，自然显不出它的力量的，到中世歌诵分家，其顽强抵抗之迹，遂历历可睹。诵虽变了，但并不和歌唱变得一样。在这篇中明示它在音乐转变的狂澜里，作中流砥柱者垂三百年。自西汉迄于中唐，诗体非但不受音乐胡化的牵制而旁出，反循这自然演变的轨道而直下。别的原因也有，"诵"却是串这戏的主角。

所以依我的谬见，可诵是中国诗之所以为诗的条件，使大家公认它为诗而不至于认错的条件。——其实竟许因此认错，我并不保险的。凡具备整齐与谐适的最可诵，缺一不大方便，缺二大不方便。其整齐谐适虽亦完全而自成一种的，仍当以缺陷论，有如今之新诗。整齐只限于那么一种的整齐，谐适只限于那么一种的谐适，究竟是那么一种呢？为中国言文所容的那一种。

我们诗国的传统政策只是闭关。最可诵的得据正统，较可诵的得列旁支，不可诵的只好请它坐红椅子，而文词之好歹不与焉。是以终宵历录不少歪诗，一气呵成翻成杰作，你觉得你自己的诗不错吗？也许真是不错的，但是——这有什么关系呢？

可诵为记，不误主顾。大家看货都要认这老招牌，这有什么办法！即使我的意见也有点和上边所说的仿佛，但上边的话却并不曾代表我的意见，只是简单的叙述而已。你要说中国的诗全都走了魔道，都是要不得的，这也由你，所谓"一脚踢翻宋，三拳打退唐"，正不愧革命者的风度哩。如其不然的，恐怕你，你也得些微迟疑一下了。

屈原作品选述*

屈原是我们祖国最伟大的诗人，在文学史上来看，又是最早的一个著名的诗人。在公元前四世纪，中国南部的楚国出现了一种新的文学，叫做"楚辞"。它的创始人，可考的姓名就是屈原。拿《楚辞》来比《诗经》，无论在主题上，表现技巧上都有极大的进展，形式更解放了，辞藻譬喻更丰富了。它的出现在诗坛上像彗星的光芒一样，整个儿改变了《诗经》的面貌，而且这些伟大美丽的诗篇均集中于某一个人身上，这跟过去《诗经》以无名诗人的作品流传世间大不相同。像《诗经》三百零五篇题名作者的姓名的不过三四人，而这三四人又都不是专门的文学家①。《楚辞》却不然，《汉书·艺文志》所称屈原赋，二十五篇虽不完全可靠，大致不差什么。《离骚》是其中最杰出的著作，后来，《楚辞》亦称为"骚"体，前人说："不有屈原，岂见《离骚》。"② 这《离骚》跟屈原的名字是分不开的。我们要

---

* 原载1953年6月15日《文汇报》。

① 《诗经》本文里题明姓名的，只有吉甫、家父、寺人孟子，《诗序》载明有主名的35人大都不可靠。参看郑振铎《中国文学史》第1册第56—65页。

② 《文心雕龙·辨骚篇》赞语。

评述屈原的作品《楚辞》，必先约略叙明他的身世。

相隔了两千多年，屈原的生平虽大体的轮廓还有，细节已很模糊的了。古代的传记只有《史记》卷八十四的一篇列传。这上面生卒的年月是没有的。近人郭沫若先生考订他大约生在公元前三四零年，死于公元前二七八年①。他是楚国的同姓贵族，名平，字原②。称他为屈原的比较普通一些。《离骚》上说："名余曰正则兮，字余曰灵均。"这"正则"和"灵均"，正从"平"、"原"字义分别引申而来的，可当作化名看。他的远祖叫屈瑕，楚武王的儿子，春秋初年受屈邑的封，因以地名为氏。屈瑕的名见于《左传》③。屈原虽是楚国王室的本家，房分却已很远了。据《史记》说，他做过楚怀王的"左徒"。这官职是很重要的，再升上去便可以做楚国的宰相"令尹"。既是文学侍从，又办理外交事务，很得怀王的信任。《史记》上说得明白："入则与王图议国事，以出号令，出则接遇宾客，应对诸侯，王甚任之。"王逸又说他在怀王时任"三闾大夫"④跟他任"左徒"的时间先后不明。三闾大夫掌楚国的宗室，昭、屈、景三姓，相当于后世的宗人府。后来被他同僚上官大夫妒忌（王逸说上官、靳尚两人），在楚王面前进了坏话，屈原就被免职了。

免职以后是否又被放逐，在这里《史记》上便说得不大明白。既说"疏"，又说"绌"，又说"放流"。疏，只是疏远的

---

① 见郭沫若著《屈原研究》第15页。

② 古人的名和字意义相关。《尔雅》："高平曰原。"所以名平字原。灵均之均是畇字的借字，亦原野之意。

③ 《左传》桓公十一年，公元前七零一年，在屈原生前三百六十多年。

④ 王逸《离骚经》序："屈原与楚同姓，仕于怀王，为三闾大夫。三闾大夫掌王族三姓，曰昭、屈、景。"屈原人称他为三闾大夫，见《楚辞·渔父》，王说大约本此。

意思；绌，被罢免的意思；放流，是被驱逐贬斥的意思①。有人说他只是过的流浪的生活。无论如何，他这段生活非常不得意。被放的地方大约在"汉北"，湖北省的北部，今宜城、襄阳一带。这儿还有一个问题，就是作《离骚》。司马迁、王逸都说，屈原自被上官等之谗，疏远罢免以后作《离骚》；近人有说为屈原晚年的作品的。我也觉得把它当作晚年的作品看，比较对一些；不过像郭沫若先生说它是屈原六十二岁临死那一年所作，我觉得未免太晚了些。

屈原后被复召，出使齐国。战国时期各国的外交政策有"纵"、"横"两派：纵是六国联合起来抵抗秦；横是六国个别的服从秦国而互相吞并。六国之中只齐、楚还是春秋以来的旧强，疆域最大。屈原是主张合纵的，所以奉使于齐。等他回来时，怀王却已被那连横大家张仪给欺骗了（其中还有怀王宠妾郑袖的关系）。怀王后来到秦去开会，被秦扣留，终于死在那里。他儿子顷襄王立，暂绝秦交，不久又与秦和。那时襄王的弟弟子兰为令尹，跟屈原不对，又进了谗言，就把他迁到江南。据王逸说，《九章》、《九歌》都是这个时候做的②。《九章》里有一些早年的作品，但大部分作于晚年，包括屈原的绝笔。后来楚国形势日非，秦国的侵略愈甚。屈原不忍见祖国的沦亡，他本来被放于南方，直走到湖南的中部（辰阳、溆浦，俱见《涉江》篇），后来回头往东北一点，遂怀石自沉于长沙稍北的汨罗水。传说他死在

---

① 《史记》说："虽放流，眷顾楚国，系心怀王，不忘欲反。"表示屈原被怀王贬斥，文义明白，不然，他不会说"不忘欲反"了。《礼记·大学》："唯仁人，放流之，迸诸四夷，不与同中国。"这儿说"放流"的意义非常明显，可引证《史记》的"放流"。

② 见王逸《九章序》、《九歌序》。

夏历的五月初五日①。

根据这传记虽然疏略，有些地方亦多异说，至今还不能确定，但大致可以明白的。我们知道屈原不仅是个文学家，而且是个思想家，实行的政治家。他的不忘楚国自有一种政治的思想上的原因，而不仅是宗族的关系；若追溯本家的关系，上推到将近四百年，可谓遥远矣。他的文学跟他哲学思想、政治主张是不可分的整体；即作品的技巧也跟这个心情密切地配合着的。我觉得《史记》上说得很好："其存君兴国而欲反复之，一篇之中三致意焉。"他始终希望着怀王、襄王的觉悟，楚国的复兴，后来觉得实在没得指望了，就不得不自杀。他死以后，楚在不久即为秦灭；但秦的一统帝国也不久又被楚人推倒。这爱国主义的文学作品《楚辞》，实在大大的鼓舞了楚国的民心！

屈原的作品，据《汉书·艺文志》有屈原赋二十五篇。王逸《楚辞章句》，朱熹《楚辞集注》并列《离骚》、《九歌》（十一篇）、《天问》、《九章》（九篇）《远游》、《卜居》、《渔父》，以为皆屈原作，恰好二十五篇。但是，（一）王逸本的二十五篇是否即刘歆、班固所谓二十五篇？篇数虽合，内容有无差异，已不得而知。（二）依今本的二十五篇，有好几篇很靠不住，至少应该去掉《远游》以下三篇，剩的只《离骚》以下二十二篇，即这二十二篇里，个别的篇章也还有人怀疑过的。我们不妨定《离骚》、《九歌》、《天问》、《九章》的一部分是屈原之作。

比刘歆、班固更古的记载，则有《史记·屈原列传》上说他的作品有《离骚》、《天问》、《招魂》、《哀郢》、《怀沙》。这里看出两点：（一）不提起《九章》的名，却把《哀郢》、《怀

---

① 《史记正义》引《续齐谐记》："屈原以五月五日投汨罗而死，楚人哀之，每于此日以竹简贮米，投水祭之。"

沙》单独地提出。（二）说《招魂》是屈原作，王逸他们却说是宋玉作。我们相信司马迁的话，把《招魂》也归在屈原的著作内。

　　照这个目录看来，这伟大的成绩不仅超过了《诗》三百篇的任何一个作者，即在后世也很少有人比得上的。我们说屈原是中国最伟大的诗人，并非空话，更非过誉。我把这二十三篇的作品分作三类来看：（一）《九章》跟《离骚》有些相像，都是自叙生平，自抒情感。《九章》直说的地方比较多，《离骚》直说的地方虽也有，如开首"帝高阳之苗裔兮"一大段，后来却转为小说故事的写法，驰骋他的幻想，上天下地，光怪陆离，跟《九章》朴素的风格便不相同了。但结尾仍归到开首的地方。无论如何，屈原用第一人称的口气来说话，这点在《离骚》和《九章》却没有分别。（二）《九歌》是另一种的写法。它是把南楚礼神的曲子来改写的，也可以算屈原的创作，也不能全算。究竟因袭的成分多少，创作的成分多少，却不能确说，依我的私见屈原开创的部分是很多的。虽多半是些恋歌、颂神曲，而屈原的身世却在美妙的迷离的空气里，间接地反映出来。这便跟《离骚》、《九章》不同了。后来有人怀疑《九歌》非屈原作，这样说法虽不见得对，但也可以看出《九歌》有一种特殊的情景，各别的作风。王逸以为"作"，朱熹以为"述"，两说虽不尽同，但认他在南方时作却不异。（三）《天问》和《招魂》，这两篇都是中国诗坛上极古怪、伟大的文章。《天问》用比较旧式的"四言"句法，一口气提出了一百七十二个问题，是研究古代史、古代神话传说非常重要的材料；《招魂》则历举四方上下的如何可怕，归来楚国的如何可乐；铺张场面很热闹，所含的感情却缠绵凄恻，结句说"魂兮归来哀江南"。这两篇既自互异，又跟前两类都不大相同。以《史记》为证，当然归给屈原。

且除了屈原，说同时或稍后另有一天才做这样的文章，事实上也很不好想象的。

一二两种比较是重点，借来说明可以窥见屈赋的大概面貌，当然只能谈到一部分，是很不完备的。先说《离骚》。《离骚》大家公认为屈原的代表作，凡三百七十多句，二千四百六十多字，这样的长诗，在中国文学史上确是空前的，但《离骚》的所以伟大，并不仅仅由于它的长，主要的在他的主题和技巧上，在屈原人格的表现上。《离骚》的解题，据太史公说："离骚者，犹离忧也。"① 近人说为"牢骚"，较为直捷②，反正是抒写悲哀的文章。著作的年代不易确定，旧说以为初被怀王所罢斥而作，新说以为在襄王时被放江南而作。就本文看来，我比较的赞成新说。（一）他说到南渡，"济沅湘以南征兮，就重华而陈词"，虽不定纪实事，但跟《涉江》、《怀沙》这两篇最晚的作品非常接近了。（二）屈原已表示要死的决心。在《离骚》本文里屡屡说到，如"亦余心之所善兮，虽九死其犹未悔"；"宁溘死以流亡兮，余不忍为此态也"；"伏清白以死直兮，固前圣之所厚"；"阽余身而危死兮，览余初其犹未悔"。假如早年做《离骚》，直到晚年才死，岂非他一辈子直嚷着要自杀吗？但我又觉得《离骚》写作亦不会太晚，如"老冉冉其将至兮，恐修名之不立"，也不大像六十二岁人说话的口气。揣测之词，无须多说了。

《离骚》有一突出之点容易觉察的，便是回环复沓。这有原故的。第一，屈原自己的心情，永远在矛盾之中。如他决意自杀，又转念想隐遁。既说"欲自适而不可"，所以要找丰隆、蹇修作媒，连阴毒的鸩鸟，轻佻的雄鸠也都请到了，却说"又何

---

① 《史记索隐》："应劭曰：离，遭也；骚，忧也。"
② 见游国恩《楚辞概论》，范文澜《文心雕龙·辨骚篇》注。

用夫行媒"。既想"往观四荒"、"上下求索",而说"思九州之博大兮,岂惟是其有女","何所独无芳草兮,尔何怀乎故宇"。那儿没有美人芳草,这个想法很对;但他为什么不肯离开楚国呢。这些心情的矛盾表现在《离骚》里;矛盾而得不到解决以至于自杀的心理,亦充分表现在《离骚》里。为什么不能解决?据旧说是"存君兴国","眷顾楚国,系心怀王",翻成白话,即爱国忠君;近人更进一步说他是民本思想者[①],都是不错的。这儿便引起另外一点。它的回环复沓,非仅技巧使然,实为情深之故。所谓"垂涕泣而道之",不觉地把话说长了,说多了,说得重复了。上文所引太史公的"一篇之中三致意焉",已经一语道破了。

就《离骚》本文的情节来说,大约这样。从开头"帝高阳之苗裔兮"到"固前圣之所厚"为一大段。这一段最明白晓畅,历叙他的出身跟楚国楚王的关系,自己的品格、才能、思想、怀抱,直说如何不得志,如何遭谗谤,受压迫,以至于想死,且一连说了三遍:(一)"九死";(二)"溘死";(三)"死直"。从"悔相道之不察兮"到"余焉能忍此终古"为第二段。他转念一想,又何必死呢。所谓"行迷未远","退修初服";又说"不吾知其亦已兮",这等于说"你不知道我也就算了",便有逃遁远方之意。在春秋战国的时候,这原是通行的办法。有一点却可注意的,他并不去三晋、齐、秦,却要跑到大南方去见重华(虞舜)。这虽有事实的背景,总是理想。古人自然不可见,所谓"哀朕时之不当",这跟《怀沙》的"重华不可遌兮"说法相同[②]。于是便想上天,而天上的情形很坏,阍者靠着天门,懒懒

[①] 见郭沫若著《屈原研究》第126页。
[②] 《史记集解》引王逸注:"遌,逢也。"《楚辞》"遌"作"遻"。

的用眼瞅着他，表示不欢迎。又想到仙山去找美人，求爱似必须用媒。先托雷公去找宓妃，后又请古人謇修，这些媒人如鸩鸟、雄鸠、凤凰之类，既都靠不住，而美人们的脾气又很坏，终被旁人捷足先得了去。结语便说："闺中既已邃远兮，哲王又不悟。"闺中是比喻，哲王直说，也是反话，事实上指的是昏君。这便到了第三段。这段从"索琼茅以筵篿兮"到"周流观乎上下"，却占卜了两次。初卜于灵氛，大约是个楚国的普通女巫。她虽说远行大吉，屈原却不肯信。听说古代的神巫（大约是商代）叫巫咸的，要从天上降神下来。于是又去请教他。这两个巫师说法完全相同，回看楚国的情形愈来愈坏，用比喻说，香草如兰如椒都变臭了，所以决定要走。第四段从"灵氛既告余以吉占兮"至末。挑了吉日，预备干粮，实行上路。飞龙驾车，凤凰承旗，直往昆仑西海去者。正步步高升向天堂，忽下望尘寰看见楚国，仆夫流涕，马亦悲鸣，结果还是走不了啊。第五段尾声，所谓"乱曰"，很明白的寥寥几句，《离骚》似乎繁密，在这儿却非常干脆。故国无人知我，我再想它也无用。政治上既无可为，我只好到彭咸那里去了。不论彭咸何人，曾否投水而死，像王逸所说①，他总已是古人。屈原要到古人那里去，自杀的企图最为分明了。

再说《九歌》，屈原中年作或晚年作，不很明白。王逸以为放逐江南以后，姑沿旧说。附带要讲到一点，屈原被放江南，这时期是很长的，郭说有十五个年头。即以《哀郢》看，"至今九年而不复"，也就够长的了。在这长时期的贬斥里，屈原写了许多不朽的名篇，这个假定觉得近理。

《九歌》原是夏代传下来的古曲，已两见《离骚》。屈原

---

① 王逸章句："彭咸，殷贤大夫，谏其君不听，自投水而死。"

借旧题写新词,同时又吸取了南方民歌的精华,正和后人写乐府诗相仿。名为《九歌》,实系十一篇。后人觉得数目不对,或把他们合并,或把某一二篇不算,凑成九的数目,这怕没什么意思。因中国文字里的"九"每用作虚数;而且既上承夏代的乐歌而来,源流过远,亦无从考证。只就现存的实数来说,这十一篇,郑振铎先生说可分为两部分:一部分是民间恋歌,如《湘君》、《湘夫人》、《大司命》、《少司命》、《河伯》、《山鬼》;一部分是民间祭神祭鬼的歌,如《云中君》、《国殇》、《东君》、《东皇太一》及《礼魂》①。这分法大体上对了,不过这两类实在有些交错的。《九歌》除掉一般的祭神(鬼)曲几章以外,主要的都是说神(鬼)人的恋爱,也不知是南楚民歌本来如此,或出屈原所创。但无论如何,屈原却把旧体很合式地拿过来,表现他自己的衷曲。表面上看,虽和《离骚》不同,跟《九章》尤不同,按其实际仍息息相通的。我们细读自会明白。

依我看来,《礼魂》是一个总结的短歌且不算外,《东皇太一》,东帝的辅佐,写得非常庄严;《东君》,太阳,写得光辉美丽;《国殇》祭以往战死的无名英雄,写得非常悲壮慷慨;文章和题目相称,都实话直说,虽并非跟屈原的理想无关,却不能从那里看出屈原的身世来,也不容易看出屈原的心事来。其他七篇每说恋爱,至少也说思慕,显然与前述三篇不同。这也稍有程度的差别。如《云中君》、《大司命》,抒情的成分便少了一些。《云中君》只说"思夫君兮太息,极劳心兮忡忡";《大司命》只说"折疏麻兮瑶华,将以遗兮离居"。那《湘君》以下的五篇,恋爱的气息便非常浓郁了。这些篇章与《离骚》在同异之

---

① 郑振铎编《中国文学史》第1册,第86页。

间，实为同一的主题而用个别的技巧写出的，可以互相发明。我们拿《离骚》来比较观察，就可看出《九歌》跟屈原的关系了。这儿也分为三点来作说明。

（一）重要代语的相同。如"灵修"一名在《离骚》很重要。他明说："夫惟灵修之故也。"翻成白话，即一切为了灵修的原故。那灵修是什么呢？王逸说："灵，神也；修，远也。"以神明喻君，自己比做凡人。恰好《山鬼》里也有这"灵修"。王逸在"山鬼"注云："灵修谓怀王也。"比喻的用法，在两诗完全一致。明白地说，神人的关系即君臣的关系。另外还有一个古怪的代名词，即是"荃"又叫"荪"。《离骚》说："荃不察余之中情兮。"这一个单另的"荃"字也代表君王的。在《少司命》却说："荪何以兮愁苦"，"荪独宜兮为民正"。荃荪，香草，荃就是荪①。

（二）有些说法很相同。为简省文字，选一些比较重要的例子，列表以明之。

九歌（湘君、湘夫人、山鬼）	离　　骚
女嬃媭兮为余太息（王注，女谓女媭，屈原姊也）	女媭之婵媛兮，申申其詈予
心不同兮媒劳	理弱而媒拙兮
期不信兮告余以不闲	初既与余有成言兮，后悔遁而有他
采芳洲兮杜若，将以遗兮下女（以上俱《湘君》）	及荣华之未落兮，相下女之可诒

---

① 王逸《离骚》注："荃，香草，以谕君。"洪兴祖补注："荃与荪同。荃，七全切，又音荪。"《少司命》王注："荪谓司命也。"洪补注："荪亦喻君；《骚经》云，荃不察余之中情是也。"

续表

九歌（湘君、湘夫人、山鬼）	离骚
与佳期兮夕张	曰黄昏以为期兮（此句传后人所增，但《九章·抽思》亦有这句）
九疑缤兮并迎（这说舜在苍梧把湘夫人接了去）（以上俱《湘夫人》）	恐高辛之先我（这说高辛氏先把有娀氏娶了去）
岁既晏兮孰华予	惟草木之零落兮，恐美人之迟暮。老冉冉其将至兮，恐修名之不立
思公子兮徒离忧（以上俱《山鬼》）	按："离忧"虽不见《离骚》本文，但《史记》说："离骚者，犹离忧也。"

若将《九歌》与《九章》比较，例证自更多，但也没有什么必要；因从这表上，已看出《九歌》跟屈原的心情是相符合的。

（三）尤其明显的，即《离骚》、《九歌》抒写恋情的地方。《九歌》多半把神当作女神看，而诗人称余，以男性自居。如《湘君》①、《湘夫人》、《山鬼》都是女性。《少司命》篇云："满堂兮美人，忽独与余兮目成。"《少司命》疑亦女性。《河伯》却不同。河伯娶妇是古代的传说，河伯当然属阳性。作者以女性自居，且自称为美人，也很有趣。这儿引结末数语："子交手兮东行（王注：'子谓河伯也'），送美人兮南浦（王注：'美人，屈原自谓也'），波滔滔兮来迎，鱼邻邻兮媵予。"媵即俗语所谓陪嫁赠嫁。这媵字下得非常明白，诗人确自谓女性，正把上例颠倒过来了。我们也许觉得很乱，但看了《离骚》便觉得又不奇怪了。

《九歌》是一个总题，包括许多分题；《离骚》是整个儿的

---

① 用洪兴祖、朱熹之说。

一篇。一篇之中作者的性别也在改变。主要的比喻为香草美人。美人不一定指女人，但《离骚》里有些美人确乎是女性，如宓妃、有娀佚女、二姚等等。这些古美人代表什么，旧说亦各不同，但无论比谁，必有政治上的含义。如云："闺中既已邃远兮，哲王又不悟。"若非政治的隐喻，岂得把闺中和哲王相提并论呢？美人既是美女，追求美人的作者当然是男性了；正合于《九歌》一般的格局。不过《离骚》有地方又把这两性关系给倒了过来。"众女嫉余之蛾眉兮，谣诼谓余以善淫"，这儿又必须释为屈原自喻，再明白没有了。这都是比喻，这么说，那么说都可以的，看你用什么角度来看，好像言语颠倒，却并不妨碍作品的完整。借男女的关系譬喻神人的关系，更用来借喻君臣的关系；《离骚》、《九歌》虽主题好像不同，篇章整散相异，但这基本的写法并没两样。若问为什么要这样写法，不能详细地回答，只引《史记》上的话："其称文小而其指极大，举类迩而见义远。"用小的近的来说明大的远的，这是譬喻的通则。

　　以上多说《九歌》和《离骚》的关系，它的本身好像还没有说，也稍微表一表。上述五篇恋歌都好，《湘君》、《湘夫人》两个姊妹篇，尤为写恋情的代表作。这儿却想在恋歌内选出《山鬼》，一般祭神歌曲的选出《东君》来谈一谈。《山鬼》这篇写得非常沉郁悲哀，幽峭奇丽，在《九歌》里最为突出。假如《九歌》作于顷襄王时，这《山鬼》拟指襄王。此外所用代名词，更有"灵修"、"君"、"公子"，非常的凌乱，殆指一人。尤其特别的，《山鬼》上半部还是《九歌》一般的写法，到了中部渐渐转变，到了后半部，活脱的像《离骚》、《九章》了，三层意思转折而下，一层深似一层，一步逼紧一步，仿佛《诗经》联章的格式。又如《山鬼》上文说："表独立兮山之上，云容容兮而在下，杳冥冥兮羌昼晦，东风飘兮神灵雨。"结尾又说：

"雷填填兮雨冥冥，猿啾啾兮狖（一作又）夜鸣，风飒飒兮木萧萧。"这跟《涉江》的"深林杳以冥冥兮，猿狖之所居；山峻高以蔽日兮，下幽晦以多雨；霰雪纷其无垠兮，云霏霏而承宇"；写景阴森逼人，完全相似，若无真实的生活，恐不容易写到这样。所以我相信《九歌》也是屈原晚年被放沅、湘间所作，王逸、朱熹的话，大概不差什么。

《东君》本颂赞太阳，所以歌之舞之，文字非常明白，态度非常乐观，一扫这些阴霾之气。诗人也会笑，难道他永远哭不成。屈赋文章幽郁固多，却也有光明的一面。不但此也，这诗思想性又很高，充分表现出作者反对残暴，热爱和平，歌颂光明，反对黑暗势力的精神。这点尤值得我们重视。诗上说："青云衣兮白霓裳，举长矢兮射天狼，操余弧兮反沦降，援北斗兮酌桂浆。"穿着云霞的衣裳，举起天上的弓箭，射倒那变幻的天狼星，然后功成身退，拿北斗的勺子大喝其酒；这何等的痛快淋漓，兴高采烈。且这话更有所指，见下。另外还有一个优点：幻想的奇妙，亦可说理想之高。楚国当时地尽东南，它的起句"暾将出兮东方"。结句却说"杳冥冥兮以东行"，太阳由地底下东去再往上升，似已在想象地圆了。后人的诗"日出东方隈，似从地底来"，只沿用这个说法而已，并非创见。

《九歌》可谓言言珠玉，一时也说不尽。最后谈到《九章》，这是后人辑屈原的零篇遗著合成此数的。朱熹集注的说法当然对，但王逸的意思也差不多，不过说得不大明白罢了①。西汉司马迁、扬雄都提单篇，不说有《九章》；这《九章》的总标题恐怕是东汉人加的。既为杂著，自非一时之作，有早年的，有中年

---

① 朱熹说："后人辑之，得其九章，合为一卷，非必出于一时之言也。"王逸说："楚人惜而哀之，世论其词，以相传焉。"朱说实本于王，并非有异说。

的，也有最晚的，其中也有窜乱的，这儿不能多说了。只想借他的绝命诗《怀沙》来自谈屈原的死，他的所以死，作为本篇的总结。屈原究竟为什么要自杀？假如近人考证可信的话，他为什么到了六十二岁的高年，还要自杀呢？

司马迁是非常注重这篇《怀沙》的。在本传里，除引《渔父》作为叙述外（他不以为屈原做的），屈赋之中只引了《怀沙》的全文。他说："乃作《怀沙》之赋……于是怀石，遂自投汨罗以死。"照太史公说来，他的最后作品便是《怀沙》。近人看了《九章》，似乎还有更晚的，如《惜往日》结尾说："宁溘死以流亡兮，恐祸殃之有再。不毕辞而赴渊兮，惜壅君之不识。"话还没来得及说完，便跳到水里去了。这当然再晚没有，定是绝笔。但我对这《惜往日》很不信它，以为惟其如此清切干脆，更显其为伪作。世上不容易有这样明白的证据。屈原要死，何必这样忙。况且我们知道，他并不曾忙。就算这样忙，又何必写出来呢。这篇开头完全敷衍《史记》本传的几句话，前人及近人治文学史的都已在怀疑，我以为很对[①]，而且认为简直是假的，仍当以《史记》为准。我们要从诗人最后的话里窥测他最后的心情。

《怀沙》既然这样重要，我也不敢乱说，有一点容易觉察可以提出的：诗人临死的心境非常平静而从容。这从容[②]是非常伟大的。即后来所谓"慷慨赴死易，从容就义难"。像班固《离骚序》中批评屈原，"露才扬己，忿怼狂狷"，都很不对，王逸也已经校正了。我们且看屈原最后的话。如"舒忧娱哀兮，限之以大故"，到了最后的一刻，舒展愁眉，揩拭泪眼，一切都是有

[①] 参看郑振铎著《中国文学史》第1册84页。
[②] "从容"两字出《怀沙》本文"孰知余之从容"。

限的呵。如"定心广志，余何畏惧兮"，心境安定宽阔，无有恐怖。如"知死不可让，愿勿爱兮"，死既推它不开，也就不必不舍得死（爱是吝啬之意）。最后他说："明告君子，吾将以为类兮。"这句依我解释：寄语九泉下的先哲，我将认你们做伙伴去了（类，邻类之意）。文章写到这样地位，真真来去从容，他又何尝急急忙忙地跳下水去呵。

屈原的死总有些神秘的。据他自己的话：政治没有希望，所以才想死；又说，死不可辞，也不爱惜死。像《怀沙》的文词这样的明清，态度这样的平静，可见他决非发神经病。这两千年来敬佩屈子的人不知有多少，但认为他有点神经病，恐怕谁都也难免这样想过的。其实，就他的遗文仔细研究，知道并不如此。诗人到最后一刻是清醒的。《渔父》虽非屈原所作，却靠得住出于先秦楚辞专家的手笔，在这篇散文诗里提出"独醒"的观念来，对屈原的了解很深刻，无怪司马迁把它全文采入本传了。

他的死既非胡闹，我们可分析他的死因。先得问他为什么不离开这"溷浊"的楚国？在《离骚》里说了好半天，打了多少主意，请教两次占卜，始终没走成。《涉江》末句说，"忽乎吾将行矣"，却又没走。一般总说屈原留恋宗邦，这话也对，也不大对，不能解决什么问题。宗族血统的关系在本篇开头即已叙明，屈氏从楚武王分支，跟楚王室的房分疏远得很。仅借这一般的旧国旧都依依不舍之情，来解释他的无论如何宁死也不肯离开楚国这桩事实，总觉得不大够劲。试从客观环境方面，主观心理方面做下面的分析，尝试解答这个问题。

（一）虽然"周游列国"，"朝秦暮楚"，是士子求出路，在春秋战国时最通行的办法，但屈原实在也没处去。我们知道屈原的死，下距秦并六国，不过五十多年，就可想见那时的六国，楚以外的五国的情形必也同样的糟。《离骚》上说美人脾气很坏，一方面爱她，一方面骂她，态度非常特别，不知比喻些什么，却未尝没有四海茫茫到处碰壁之感。怀王、襄王固然是扶不起的阿斗，子兰、子椒固然荒唐浮华，但三晋、齐、燕的君臣们又能好到哪里去。这个形势分明摆就了。正像柳下惠说的："直道而事人，焉往不三绌，枉道而事人，何必去父母之邦。"① 一样的倒霉，何如坐在家中。

（二）此外还剩得秦国一条路。那时聪明一点的学者、辩士、政论家们都看出西秦的"王气"来，屈原难道不认识吗。我想，他是认识的。不过他一贯坚决地反对那秦国。怀王遭秦欺骗扣留，受气而死，这种仇恨不用说了。退多少步，即使屈子肯离叛祖国，从他平生政治的理想上，也无法跟秦人合作。郭沫若先生说："屈原所抱的是德政思想，他是想以德政来让楚国统一中国，而反对秦国的力征经营。"② 一点不错。秦国，屈原决不能去，去了受罪受辱必更甚于在楚国。从《九歌·东君》看得出他不但积极地反抗，而且要讨伐那秦国。他说："举长矢兮射天狼。"表明东方的太阳星用天上的弓箭来讨伐魔鬼。魔鬼也很多，什么不好说，定要用这天狼。原来古代天文地理学者说天狼星属东井，正照秦地，代表秦国的呵③。

（三）楚以外的六国既都不能去，也只得留在楚国。当然尚有许多主观的原因，如不忍离开故国哩，想积极用楚来统一中国哩，

---

① 《论语·微子篇》。
② 见郭沫若著《屈原研究》第128页。这书论屈原思想一篇可参看，特别从第120—144页。
③ 《史记·天官书》："西宫咸池……其东有大星曰狼。狼角变色，多盗贼，下有四星曰弧，直狼。"《正义》："狼一星，参东南。狼为野将，主侵掠。弧九星在狼东南，天之弓也，以伐叛怀远，又主备贼盗知奸邪者。"《汉书·地理志》："秦地于天官，东井舆鬼之分野。"《晋书·天文志》："狼一星在东井东南。"又曰："东舆与鬼，秦雍州。"据史文："天狼是变色大星，象征强暴盗贼，在东井附近，而秦雍州之地传说正属这东井主管的。"

总之,不走是确定了。不论襄王二十一年,白起拔郢都,烧夷陵,是否屈原及见,楚国的情形已一塌糊涂。国家的危险,民生的痛苦,官僚的腐败都到了极点。此外还有一种情形与屈原的死有关系的,即黑白颠倒,是非混乱。《卜居》一篇借了屈原问卜的口气,把这混乱的实情描摹尽致,最后以"廉贞"二字自许。此人即非屈原,亦为深知屈原者。王逸认《卜居》、《渔父》皆为屈原所作,亦有他的看法。自己设为问答,古代本有这一体。若因它说屈原怎么样,便断定决不可能是屈原自为,也不一定对。《卜居》种种说法,正和《怀沙》"变白以为黑兮,倒上以为下,凤凰在笯(音暮)兮,鸡鹜翔舞",完全相同。屈原对于这个深感痛苦。他既不得不留在楚国,便步步的走向自杀之道。

（四）说屈原自杀的动机为个人身世痛苦所迫,不如说他政治上的失败更具体些。《离骚》明说:"既莫足与为美政兮,吾将从彭咸之所居。"所谓美政,对外指合纵抗秦,对内更有用德政来治理国家的意思。这些政治上的怀抱,逐渐地幻灭了,所以想死。但这样说法,还不如说为思想上的必然,生平理想的完成更为切当。屈原的自杀,虽不见得从中年到晚年老这么说,这心思却也存得相当久,在他作品里每每提到。如《橘颂》说:"行比伯夷,置以为像。"那时候未必就想学他的饿死;但这早年的对刚强廉清的景慕,便为晚年以身殉道的前奏曲。他对生乎死欤的问题,必曾经过缜密的思考。看《怀沙》所谓"知死不可让,愿勿爱兮",生死之间自己权衡,措词何等斟酌,跟孟子"舍生取义"的说法简直没有分别①。他的根本思想是儒家。儒家自来

---

① 《孟子·告子上》:"生,亦我所欲也;义,亦我所欲也;二者不可得兼,舍生而取义者也。生亦我所欲,所欲有甚于生者,故不为苟得也。死亦我所恶,所恶有甚于死者,故患有所不避也。"

有这行动实践理论的传统思想。后来人传诵文天祥的《衣带赞》"孔曰成仁,孟曰取义"①。《怀沙》赋云:"重仁袭义。"大概也是这类的意思。此外《离骚》还说:"伏清白以死直兮,固前圣之所厚。""清白"与"直",说得都很明白。《渔父》篇说:"宁赴湘流葬于江鱼之腹中,安能以皓皓之白,而蒙世俗之尘埃乎。"屈原本有洁癖的。"直"字下得尤好。《论语》上说:"人之生也直。"他却说"死直",正互相发明。这"死直"二字即屈原的千秋定论了。

他的遗著不过二十多篇,里面还不免掺杂一些伪作,即照这个数目,使人已有望洋兴叹的感觉。我认为应当把《离骚》看作中心或总纲,再看其他的,比较容易得到要领,本文为篇幅所限,不及一一介绍。《文心雕龙·辨骚篇》有一段分评,虽估值还似乎不够,有几篇且本不在屈原的账上,不过大体还可,现在节引在下,以备参考。

《骚经》、《九章》,朗丽以哀志;《九歌》、《九辩》,绮靡以伤情;《远游》、《天问》,坏诡而惠巧;《招魂》、《大招》,耀艳而深华;《卜居》标放言之致;《渔父》寄独往之才。

至于兼论屈原的人格的,自莫先于西汉初年淮南王刘安的《离骚传》,司马迁采入《史记》中。在这里以为《离骚》兼《诗经》风、雅的长处,称为志洁行廉,结句断曰:"虽与日月争光可也。"这"日月争光"根据屈原自己的话②,"可也"乃后人评断认可之意,亦推崇备至矣。屈原不仅是楚国的爱国诗人,也是中华民族历史上最伟大的诗人。他的作品的流传,与中

---

① 见《宋史》卷四百十八《文天祥传》。
② 《涉江》:"吾与天地兮比寿,与日月兮齐光。"

国的文明同其悠久。我们应当学习他，进而批判他，发扬他的爱祖国，爱人民，爱和平，忠贞不贰的精神。

一九五三年四月二十三日，北京

编者按：此篇实则是对屈原作品的述评，具有比较高的学术价值。

说汉乐府诗《羽林郎》*

汉魏以来所传的乐府歌词,是多多少少能够申诉人民大众的疾苦的,所谓"饥者歌其食,劳者歌其事"(《公羊传》何休注),"男女有不得其所者,因相与歌咏各言其伤"(《汉书·食货志》)可为证明。有些材料却被政府机关采集保存起来。像西汉武帝时所立的"乐府",规模庞大,人员多至八百,所采的歌词曲谱遍于全国各地,在《汉书·艺文志》上有明白的记载,可惜多散佚了。现今所传的乐府诗多东汉的作品,两汉采诗的情形大概是差不多的。

《羽林郎》和《陌上桑》的主题十分相像,都写一个女子反抗强暴,不过读《羽林郎》诗所得印象似偏于激烈,读《陌上桑》诗,又觉得它很轻描淡写,斗争不很尖锐,其实两诗所表现的女主角,态度的坚决,措词的温婉而又严正,实完全相同,不过表现的技巧不同罢了。本文只谈《羽林郎》。

　　昔有霍家奴,姓冯名子都,依倚将军势,调笑酒家胡。
　　胡姬年十五,春日独当垆,长裾连理带,广袖合欢襦,头上

---

* 原载 1951 年 5 月 6 日《人民日报》。

蓝田玉,耳后大秦珠。两鬟何窈窕,一世良所无,一鬟五百万,二鬟千万余。不意金吾子,娉婷过我庐,银鞍何煜爚,翠盖空踟蹰。就我求清酒,丝绳提玉壶;就我求珍肴,金盘鲙鲤鱼。贻我青铜镜,结我红罗裾。不惜红罗裂,何论轻贱躯。男儿爱后妇,女子重前夫,人生有新故,贵贱不相逾。多谢金吾子,私爱徒区区。

这里似乎说西汉的故事,却是东汉的诗,所谓"陈古刺今"与《三百篇》之义相合。所谓霍家,即大将军霍光,东汉人说西汉,故曰"昔"。事实上指的是东汉和帝时大将军窦宪,或执金吾窦景。开首四句,诗意已确定了。那时的恶霸势力从这诗看来有两种,一是豪门贵戚,又一是特务,二者更互相勾结着。诗题为"羽林郎",诗文曰"金吾子",注家说羽林郎属南军,中尉即执金吾属北军,但无论南军或北军,都是皇帝的侍卫、狗腿子,毫无疑问。至于霍家、窦家如何纵容奴仆,均见两《汉书》,今各引一段。

初,光爱幸监奴冯子都,常与计事,及显寡居,与子都乱。……使苍头奴上朝谒,莫敢谴者。……后两家奴争道,霍氏奴入御史府,欲蹋(踏)大夫门,御史为叩头谢,乃去。(《霍光传》)

御史大夫在汉朝是副丞相,他且要向家奴磕头赔罪,横暴可想。至于东汉窦家的奴仆闹得尤其厉害,大概就是这诗的本事。窦宪的兄弟叫窦景。

景为执金吾。瑰光禄勋,权贵显赫,倾动京都,虽俱骄纵,而景为尤甚,奴客缇骑依倚形势,侵陵小人,强夺财货,篡取罪人,妻略妇女。商贾闭塞,如避寇雠。(《窦融传》)

闹得商家要罢市了,下文却说:"有司畏懦,莫敢举奏,太后闻之,使谒者策免景官。"窦太后不知从哪里得的风声,不好不敷衍一下。从这段史文看,除掉皇帝正规的特务军警以外,并有许多奴隶阶级的小特务,附属在豪门,所谓奴客缇骑(穿着丹黄色绸缎的马队)"侵陵小人",用白话说即欺侮老百姓。诗中所写的实是一个贵戚豪门的恶奴,所谓"羽林郎"、"金吾子"不过说说罢了,他怕连那个身份也还差的远哩,他自己既居之不疑,人家自然也不敢不这样称呼他,所以他的身份究属南军或北军,殆无须深考。是否特意要写得南北不分,来表示这个意思,却亦不敢附会。

他身份虽不高,势力却很大,至少用来欺负一个年方十五的当垆胡姬,绰绰乎有余。所以这诗的后半,她的态度无论怎样坚决,但措辞却十分委婉,事实也不得不如此说;既不得不如此说,就不得不如此写了。这是必须首先认识清楚,方对下文可以了解。因为下文很容易引起误会的特别是这几句:

贻我青铜镜,结我红罗裾,不惜红罗裂,何论轻贱躯。

假如作这样句读,便误了。"红罗裾"下不宜",",号,当用"。"号,如上引全文的句读比较妥当。因为骤然把这四句一气读下所得的印象,好像男的在拉扯女的,而女的裂衣而起。果真如此,冲突得过火了。上文表过,她是不敢(或者并非不想)这样得罪"金吾子"的。这样的印象从诗意看,并不十分正确。

依我的意思,有两个字的训诂必须要弄清楚。这儿只叙我个人之见,不敢说准对,但我也曾跟朋友讨论过。这两个字:一个是"结"字;一个是"裂"字。所谓"结"者,并非拉拉扯扯,只是要讨好那女人。"结",读如"要结"之"结","结绸缪"、"结同心"之"结"。"贻我青铜镜,结我红罗裾",对文成义已完全了,所以该用句号。"贻我"、"结我"本差不多的,不过"青铜镜"女子所照,"红罗裾"她所穿着,更深了一层,即进了一步,所以"贻"、"结"二字亦似平似侧,表现得非凡恰当。再以上四句连读,就更明白了。

"就我求清酒,丝绳提玉壶;就我求珍肴,金盘鲙鲤鱼。"这就四句等于下两句,故中用";"号表示。男所求于女的两样:好酒好菜;给她的亦两样,青镜红罗。红罗可以做裾(长裾之类),故曰"红罗裾"。多一"裾"字这是押韵的关系。

从"裂"字看去便可证明男方所给,只是一匹新的红罗。"裂"读如"新裂齐纨素"之"裂"(班婕妤《怨歌行》)。亦读如"裂下鸣机色相射"之"裂"(杜甫《白丝行》)。正缘把这"裂"字容易看走了,好像女子裂衣而起,殊不知假如这样,便闹得太凶了。北方话至今还说扯一件衣料,就是这"裂"字古意的流传。不过咱们现在说"扯",每在整匹上扯下一块来;古诗所谓"裂",是从机上扯下一匹来,看杜甫的话非常明白。这个豪华的羽林郎,金吾子要来巴结相好,自然是整匹的红罗,给她几尺几寸短短的一块,岂不寒伧?又《孔雀东南飞》诗中有"三日断五匹"句,断即裂也,也是指整匹说。

"不惜"两句所以引起误会,不仅关于"裂"字的解释,句法上亦正有问题,因为这儿省略了两个主词。如把他填上,实为"君不惜红罗裂,妾何论轻贱躯"。把红罗抬得这般贵重,把自己身份贬得这样卑微,仿佛要一口答应,文家所谓欲抑先扬,然后转到下文"男儿爱后妇,女子重前夫,人生有新故,贵贱不相逾",始坚决拒绝,婉而愈厉。"新故"、"贵贱"提得极好。我觉得古诗有许多地方很难直译直解的。

即以"男儿爱后妇,女子重前夫"为例,在诗本里如质直地讲亦很难懂。金吾子所欢,岂止一个胡姬,为后妇当不成问题;但是,十五岁的姑娘难道就有了前夫吗?诗人之意不过说男儿喜新,女子念旧,即"新故"是。当体会诗意,不可拘泥字面。

"贵贱不相逾",亦妙。好比说您无论怎样贵重,连所有一匹红罗都了不起;我无论怎样轻贱,连自己躯壳也是很贱的,奈我偏瞧不起您何。你虽喜新,奈我偏念旧何。左思《咏史》诗:"贵者虽自贵,视之若埃尘。贱者虽自贱,重之若千钧。"正可以借来解释这"不相逾"三字。所以结尾说:"多谢金吾子,私爱徒区区。"大有你害单相思不关我事的意思,把上文许多热闹场面说得雪淡冰凉。非常扫兴,痛快之极。

古诗自以"温柔敦厚"为教(见《礼记·经解篇》),有人就把它跟"爱憎分明"对立起来,我觉得这不一定妥当,因为温柔敦厚,亦未尝不有爱有憎,而且亦正应该爱憎分明。不然,温柔敦厚了,就变为不知好歹、不分敌友的家伙,岂非白痴?哪有这个理?所以在下文又说:"温柔敦厚而不愚,则深于诗者也。"可见温柔敦厚自有愚蠢之可能,却不应该有这样的偏差呵。

这首诗主题选得好,表现亦很有力。我特别注意篇终提出"贵贱"的分别,并说到"不相逾",自有凛然难犯之意。诗人的立场可以说是接近于人民的。

漫谈《孔雀东南飞》古诗的技巧*

一 起兴

它是用"孔雀东南飞，五里一徘徊"十字起兴。出典当然是汉乐府瑟调曲《艳歌何尝行》。陈祚明《采菽堂古诗选》曰"兴彼此顾恋之情"是也。近人或疑为"孔雀东南飞"原本这一段还很长，流传众口，却被缩短，只剩开头两句了（张为骐说），恐未必然。我以为这十字已摄尽那篇乐府的精华，配合着"府吏"、"兰芝"的故事非常适合。读者对看自然明白。

这儿更有"起兴"的问题，本是极复杂的。现在十分简单地说，"兴"只是引起的意思，包括着譬喻。大概有两个情形：（一）借音来联想；（二）借义来联想。这等于说起兴有"含义"和"不含义"两种，像本篇即是含义的起兴一个例。（顾颉刚《写歌杂记》"起兴"，是说不含义的兴，可参看。）

---

* 原载1950年4月16日《光明日报》。

二 说"十三能织素"一段——剪裁之妙

首先应该注意的，是剪裁的非常精简，原来长诗虽然贵繁，但却有极简处。繁简互用，始极其妙。非一味冗长拖沓之谓也。《采菽堂古诗选》似乎很懂得这个道理。

此下更不道两人家世，竟入"十三织素"等语，突然而来，章法甚异。盖长篇既极淋漓，最忌拖沓。此处写家世，末后写两家得闻各各懊恨追悔，便是太尽。太尽反无味，故突起突住，留不尽之意方妙。

前此不写两家家世，不重其家世也，后此不写两家仓皇，不重其仓皇也。最无谓语而可以写神者，谓之不间，若不可少而不关篇中意者谓之间。于此可悟剪裁法。（《古诗源》说略同。）

这都很对，第二段话尤好。但陈氏的思想却不高明，因此对技巧的了解也还不够。如他说："母不先遣而悍然请去，过矣。"读者试观这时，兰芝是悍然请去吗。大谬不然。以"女请去"一段话开头，省略了多少情事，不仅在两家家世也。她哪里会愿意去，不得不去啊。看下文焦母说："吾意久怀念，汝岂得自由。"事势明白，是文家补叙法。他从家庭变故爆发这一点起笔，乃最经济的文学剪裁手段，不止突兀而已。

三 再说这一段言语记述之异

"十三能织素"一段话当为兰芝口气，但却又有点像诗人口气，这也是很特别的地方。陈氏说：

"十三能织素"等语是赞扬此女,一气下接"十七"二句便是此女口中语,过接无痕。

这说很特别,仔细想来却很有道理。古诗很难用新式标点,我常常这样说的,在此可以看出。假如用引号,依陈氏说便如下式,岂非笑话。

十三能织素,十四学裁衣,十五弹箜篌,十六诵诗书。"十七为君妇,心中常苦悲。……"

至少,他所谓过接无痕的好处,没有了,反而落了个不好的痕迹。陈氏的话也不太对,大致不错。当他作诗的时候,记人口气,还是兰芝口气;并不大分明,只是一气写去,所以我们今日不能用引号来硬取。如硬说为兰芝语,自夸自赞亦未尝不可,却于文情不很密合。总之,不是兰芝当日实在的话语,却非常明显。在下文阿母口中又说一遍,也并非纪实。陈说:

重"十三"云云映带作致,是作者用章法处,安顿此处却好,令人不觉,语亦稍变,故佳。

此言是也。即"蒲苇"、"盘石"云云亦是章法照应,《古诗源》亦言之。凡这等地方都不宜呆看,当时自有这样说的可能,却不见得真这样说,用笔在虚实之间,最耐寻味。至于照应之法,在文家并非第一义,贵乎用得自然,陈氏也说得很好,可以参看,兹不具引。

四　说繁简

长诗岂有不繁的呢。不繁则诗安得长。"孔雀东南飞"长至一千七百五十字,在古代是空前的巨著。我以为它的妙处在"繁简互用"。上述"十三能织素"云云突兀的起来,有剪裁即是简,但"十三"、"十四"、"十五"、"十六"、"十七"挨

次敷叙,本身却又是繁。这已可说明"繁简互用"了。更引他例明之:

  阿母大拊掌,不图子自归。十三教汝织,十四能裁衣,十五弹箜篌,十六知礼仪,十七遣汝嫁,谓言无誓违。汝今何罪过,不迎而自归。

"十七"以下,可能是纪实。必从"十三"数起,数这一大套贫嘴,是照应,是描写,反正不见得是事实,可谓有意用繁。下边紧接着说:

  兰芝惭阿母,儿实无罪过。阿母大悲摧。

这又何等干脆!千言万语说不尽的痛苦,却迸出一句"儿实无罪过"来,五字即了。至于他母亲的惊疑、愤怒、悲哀种种复合的感伤,又只用五个字"阿母大悲摧"包括之。在这儿,用简是分明的。至于"阿母大拊掌"、"阿母大悲摧"句法全同,相映成趣,又极其自然,不露章法凑泊的痕迹,所以为佳也。

五　说写实与文章修饰

  本篇是写实、白描的名著,所用的手法约可分为三类:(一)纯写实。(二)情意实而事不必实。(三)事不实而情意可思。一切文学的名篇大概都活用这三种笔法,拿本诗为例,却最分明。它十之八九都属于第一类。(二)、(三)两类混合用之。

  如写太守家办喜事的十个字,"其日牛马嘶,新妇入青庐",记述实况甚明。其他尽多夸饰,"青雀白鹄舫"以下凡十二句,铺张扬厉,正不必是事实,或竟全非事实。(二)、(三)之别,在此可略明之。

"青雀"以下六句，船跟车马，皆迎亲之用，但用了船便不必再用车，用车亦无须用船，然而并说舟车，意在铺张，不必是事实也。但不必是事实的，未必非事实，用了船，再备车马，也没有不可以的道理，所以该属第二类。

本节却另有一句，"交广市鲑珍"，也是铺张，却离事实更远，因为根本上不可能有这事。上文说过，"良吉三十日，今已二十七"，这也属于文章修饰之例，不必是事实，却有可能，反正时日很匆促的。假如这个算事实，那"广交"云云一定非事实。无论故事发生在什么地方，或在安徽庐江，或在江苏丹徒，或在北方，都不能在三天之内，赶到安南或广州去采购海味啊。所以很显明的属于第三类。他之所以必用违反事实的描写，正要表示太守家办喜事的"红火"，反跌出下文的一番扫兴，瓦解冰消，所谓事虽非实，意却不违也。

此外如"妾有绣腰襦"一段，"新妇起严妆"一段，并"点染华褥，五色陆离"（《古诗源》语），皆属文字修饰之长技，文情相生，悲丽错杂，如悉较以事实，其不合亦多矣。还有，"右手持刀尺，左手执绫罗，朝成绣夹裙，晚成单罗衫"，陆时雍《诗镜总论》曰："其亦何情作此也。"等于说，哪里有心情做这活计呢。话虽不错，诗意却不在这点。事实上非但没这心情去做，即做亦无此麻利快，然而非如此写，即不显兰芝的针神绝技，与上文美丽妆梳之描写，异曲同工，而其牺牲于"封建""礼教""势力"的家庭为尤可痛惜也。

我的总结：写实不一定纪事，情意得实，亦写实之类也。意不违则意自明，情不诡则情可思，悲喜无端，使读者油然善感，而文章之能事差毕矣。

六　略谈本篇的思想

本文原只谈技巧,而思想却和技巧相关,思想还是更要紧。上说的陈胤倩,技巧论未尝不精,但思想迂腐,与诗人之意,格不相入,因而技巧论亦为之减色。我们谈到文学,说或作的时候,形式技巧、内容主题自不能不分别言之。实际上,内外是浑然一体不能分拆的。所以创作跟批评,其过程实在是颠倒的,也难怪这两种人时常拌嘴,这有根本上的龃龉,不仅文人相轻而已也。

本篇容易引起人注意的地方,第一是长,第二是技巧,第三是思想。就价值而论,正应该倒过来,思想当居首位,长短实无关宏旨。它之所以成为中国最伟大的叙事诗,在于能当反抗礼教的旗手,对着传统伦理的最中心点"孝道"给了一个沉重的打击,当头一棒。我们看后来的选诗的、评诗的对这诗有些地方不太满意,甚至于很不满意,就可以明白这个道理了。《采菽堂诗选》即一好例。在此正无须征引它。

妙在它又用了艺术的手腕。换一个说法若无艺术的掩护,即无法干这中心突破的战术。作者或就不敢写,即写了在封建的社会中亦决定吃不开。即幸而无碍,教条式、标语口号式的文字,感召力亦很差,究竟得不到什么效果。所以,思想跟技巧哪个重要,是很难说的。思想重于技巧,虽似合理,但无技巧,思想失其所凭依。技巧跟思想既不可分,我们实亦不能说思想重于技巧也。这都是题外闲谈。

一句话就明白了,几千年读这诗的难道有同情这老太太而不同情少奶奶的吗?即顶迂腐的家伙,他亦不能,亦不敢这样说呵。诗人举出绝不含糊的事实,用极艺术的手段把它表现出来,使读者无论见仁见智如何的不同，反正不能歪曲了事实而颠倒黑白。甚至于结尾，"行人驻足听，寡妇起彷徨，多谢后世人，戒之慎勿忘"，用了教训的口吻，我们亦不起反感。这都证明了他的技巧的成功。本篇题为谈技巧，却说到思想，我却认为并非题外之话。

　　还有一点更值得注意的。诗虽写礼教吃人，但吃人的，不仅仅是礼教，家庭的势利，经济上的压迫，官面的强暴，又何尝都是礼教呢？若依"饿死事小，失节事大"的公式，即说从一而终，正不该逼她改嫁呵。这和鲁迅的小说《祝福》写祥林嫂的命运，是很像的。女人所受的压迫实不止一种，也不从一方面来，古诗人能够见到这很重要的一点，又能"如实"、"如画"地写了出来，恕我说句套话，这实在值得我们学习的。

今传李太白词的真伪问题*

自来讲词史的和选词的都会碰到一个问题，就是李太白的词《菩萨蛮》、《忆秦娥》的真伪，尤以关于《菩萨蛮》一词议论为多。至于所传其它的词，如《清平乐》、《桂殿秋》、《连理枝》，其为伪作恐不成问题①。现在只想就《菩萨蛮》、《忆秦娥》来谈，即李太白是否这两词的作者。至于这两词的本身，却并不因是李白作而增值，或非李白作而减价；这个道理很明显，不必多说了。

前人的说法约分两派：一派是肯定的，一派是否定的。肯定派多从文章风格上说，他们自己喜欢这词，每因此倾向于相信是

---

* 原载1957年《文学研究》第1期。

① 杨慎《词品》卷一有李太白《清平乐》词云："此词见吕鹏《遏云集》载四首，黄玉林以其二首无清逸风韵，只选二首。"王世贞《弇州山人词评》却说："识者以为非太白作，谓其卑浅也。"

《桂殿秋》（即《捣练子》）两首吴曾《能改斋漫录》卷十六谓：得于石刻而无其腔，刘无言传其声歌之，音极清雅。《东皋杂录》又以为范德孺谪均州，偶游武当山石刻极深处，有题此曲于崖上，"未知孰是"。其说非常恍惚。沈雄《古今词话·词辨》上卷曰："《李集》之考核者多矣，未闻《菩萨蛮》、《忆秦娥》而下，别有《桂殿秋》也。"

《连理枝》一调，句度参差，而词意卑浅，且相当长，自非太白之作，虽见于《尊前集》，而所收庞杂，只可存疑，见下。

李白所作。否定派多从考证方面立论，却也有从文章方面讲的。似乎否定派较占优势，却也还不算结论。假使不是李太白作，这两首很好的词应该归给谁的名下呢？否定的说法也并"不餍众望"，这重公案只好存疑了。但另一方面，治词曲史的人又老想着要解决这问题。这不但关于词起于什么时代的理解；即谁做的问题，假如李太白做，这关系也不小，本文谈不到有什么"创见"，更不必是定论，只想做进一步的探讨罢了。

我以为要企图解决这问题，得同时从几方面来看。两词之中《菩萨蛮》尤为烜赫，争论多集中在这首上，引它作例更多一点。（一）从这词的来源上看；（二）从词调的发展上看；（三）从太白的生平来看；（四）从他方面关系来看。假如这四条路都比较接近于、趋向于某一点，那么，即使下个结论，也就不算鲁莽了。

（一）这词的来源是不确定的。王琦注说：

> 宋黄玉林《绝妙词选》以太白《菩萨蛮》、《忆秦娥》二词，为百代词曲之祖。然考古本《太白集》中，缺此二首，萧本乃有之，其真赝诚未易定决，《笔丛》所辩，未为无见，至谓其出自《草堂诗余》之伪题，则非也。盖《菩萨蛮》一词，自北宋时，已传为太白之作矣。

王说大体尚妥。北宋时已有此种传说，事实上虽不算错，如《尊前集》录李白词十二首，其中即有这首《菩萨蛮》①。但黄昇南宋时人，此文连类而下，似即引用了《绝妙词选》的著录，来证北宋时已传为李白之作，却不妥当。《花庵词选》晚出不必

---

① 《尊前集》李白词十二首的目录：
《连理枝》、《清平乐》五、《菩萨蛮》三、《清平调》三。
此集原本虽有北宋人编辑之说，今传毛本却是据明顾梧芳重刊。《彊村丛书》用明人抄本，也跟毛本差不多。（见朱孝臧校记和跋）十二首中明显杂以他人之作。如《菩萨蛮》第一首"人人尽说江南好，游人只合江南老"，便是人所悉知的韦庄名著。这《尊前集》是否接近原本，虽朱跋多肯定语，实在是可怀疑的。

说,即《尊前集》所收李白词亦很凌乱,今本亦未必可靠。比它更早,更靠得住些的《花间集》非但不曾收李白的词,欧阳炯的序上也不提起《菩萨蛮》、《忆秦娥》之类。他说:

  在明皇朝则有李太白之应制《清平乐》词四首。

所指是否即今传《清平调》三章尚不可知,但决非《菩萨蛮》、《忆秦娥》之类甚明白。

  其另外一个传说更是恍惚:

  此词写于鼎州沧水驿,不知何人所作,魏道辅(泰)见而爱之。后至长沙,得《古风集》于曾子宣内翰家,乃知李白所撰①。

《古风集》不知如何,今亦不存。这跟后来的传说,太白《清平乐》词出吕鹏《遏云集》,太白《桂殿秋》得之石刻,也不过"伯仲之间"罢了。至于《忆秦娥》,并这类的传说也没有。

  (二)从词调的发展上看,李白做《菩萨蛮》之类的可能性很小。先说一般方面,唐人乐府中长短句一体是后起的。且引宋人的记载:

  唐初歌辞,多是五言诗或七言诗,初无长短句。自中叶以后,至五代,渐变成长短句。及本朝,则尽为此体。(胡仔《苕溪渔隐丛话》后集卷三十九)

  唐时古意亦未全丧。《竹枝》、《浪淘沙》、《抛球乐》、《杨柳枝》乃诗中绝句而定为歌曲。故李太白《清平调》词三章皆绝句。(王灼《碧鸡漫志》卷一)

这大概是事实,无论像《菩萨蛮》或像《忆秦娥》,这样那样形式的乐府都不易发生在开元、天宝之间。

---

  ① 出《湘山野录》,《历代诗余》卷一一一《词话》引,宋魏庆之《诗人玉屑》引《古今诗话》略同。

再从《菩萨蛮》本调来看，王灼也说得很明白：

> 菩萨蛮，《南部新书》及《杜阳编》云：大中初，女蛮国入贡，危髻金冠，璎珞被体，号菩萨蛮队，遂制此曲①，当时倡优李可及作菩萨蛮队舞，文士亦往往声其词。大中乃宣宗纪号也。《北梦琐言》云：宣宗爱唱《菩萨蛮》词，令狐相国假温飞卿新撰密进之，戒以勿泄，而遽言于人，由是疏之。温词十四首载《花间集》今曲是也。李可及所制盖止此。则其舞队，不过如近世"传踏"之类耳。

这话既见于唐人记载，殆属可信，也分为两部分：（一）菩萨蛮队舞的来源；（二）唐宣宗和温庭筠的一场纠葛。很显明，这都是新腔搞的。若为大调熟腔，问题便不存在了。王灼更以为今《花间》所传温词十四首就是他所作第一批，皇帝要抢他的货色。这话当然有个折扣。但《花间集》已把较早的《菩萨蛮》收了进去，当是事实。如李太白亦有《菩萨蛮》之作，自无遗漏之理。

即使退一步，像后人所说②，时间是开元而非大中，入贡之国是南诏而非女蛮，似乎李太白可以做《菩萨蛮》了（他也不一定做，不过他可能做而已）。其实从词调的发展，特别从音调跟文字的配合这一点来看，便知道并不这么简单的。以长短句体来协律，即所谓"填词"，它的过程是逐渐的、缓慢的。声词的关系在这里不及详，且依前文说明。如所引《苕溪渔隐丛话》

---

① 杨慎《艺林伐山》以"菩萨蛮"为西域妇髻。胡应麟《笔丛》卷二十一《艺林学山》驳之曰："非专指妇髻也，且浮屠未有妇人为菩萨者（平按：此文亦小误），女蛮国亦未必皆妇人，唐宣宗时来贡，因写其事取此名，而后人以词始太白，绝无谓，详见别编，女蛮国者，尽以妇饰类妇人，故名女蛮。使果皆女子，何能万里入贡唐朝乎？"

② 沈雄《古今诗话·词辨》上卷引杨慎《丹铅录》曰："开元时南诏入贡，危髻金冠，璎珞被体，号菩萨蛮，因此制曲。"

之文的后半段:

> 今所存,止《瑞鹧鸪》、《小秦王》二阕,是七言八句诗,并七言绝句诗而已。《瑞鹧鸪》犹依字易歌,若《小秦王》必须杂以虚声乃可歌耳。

这是很明白的,虽同是词调,一种声词不密合的齐言式,即诗式,叫旧体;一种密合的长短句式,叫新体。在苕溪渔隐的时候,旧体的词调只剩得《瑞鹧鸪》和《小秦王》了,而《小秦王》又必须杂以虚声方才可歌。那么,李太白的时候怎么样呢?可以想象得到。即是那时有了《菩萨蛮》或《忆秦娥》的曲调,而他会不会做像现在所传平仄四换韵的《菩萨蛮》,句度参差的《忆秦娥》呢?我想也是不大会的。

再看前引《碧鸡漫志》卷一之例,王灼的话也很明白。李白做的《清平调》,就性质论,的确是词非诗;就形式论却像诗,不像后来句度参差的词;所以他说:"诗中绝句定为歌曲。"即用他所举的词牌来说,如《浪淘沙》原是七言诗体,而南唐的长短句式便是后起。《杨柳枝》原是七言诗体,而《花间集》所收多三字句的另一体便是后起。从这些来推论,李白当时果真依着《菩萨蛮》的调子做了一首乐府(假定已有这曲调),我们今日看看,也不过是一首五言诗或七言诗罢了,正如《柳枝词》,虽叫它做"词",我们都当作七言绝句读是一样的。

(三)从太白的生平来看,却很难说了。说李白做过这些词,果然没有证据;说他不曾做呢,也同样的没有。然而历来的人有主张太白做的,甚至于说非太白不可的;有主张非李白做的,各据一说。大约主张正面的,偏重在李白跟词曲的关系。他曾做过著名的《清平调》三章,又他的绝句非常出名,而唐人乐府本以绝句为多。因有这些关系,讲词曲的人每喜欢把这两首词拉到李太白身上,说什么"百代词曲之祖","可关千古登临之口",从黄叔旸到王静庵都这么说。认为不是李白做的,侧重他跟古诗的关系和他平素对创作的主张,所谓"耻为郑、卫之作"①。明胡应麟《少室山房笔丛》说:

> 余谓太白在当时直以风雅自任,即近体盛行,七言律靯不肯为,宁屑事此。

因而牵连到评价上,便是:

> 且二词虽工丽而气衰飒,于太白超然之致,不啻穹壤。
>
> (均见卷四十一,《庄岳委谈》下)

谁是谁非,不是片言可决,明代诗人本有复古一派,胡氏的说法自属于这类。我以为李白即使有复古的主张,亦不必妨碍他做词,安见其"鄙",又安知其"不屑"。况且李白是否当真的主张复古也正有问题,已详另文。再说,《花间集序》说词之缘起,先李白,接着便是温飞卿,唐代诗人中只提出他两个。就算他俩为词曲之祖也未尝不可以吧。明人主观地、片面地来作判断是不妥当的。

但即使肯定李白跟词曲创始的关系,也不必因之肯定《菩萨蛮》、《忆秦娥》跟李白的关系。如《清平调》三章,难道不可以算词吗?本文并非泛论词曲的来源等等,不过试辨两作之真伪而已。

上文多谈《菩萨蛮》,这里且说《忆秦娥》这词牌,据传说也在中唐才有②,而且《尊前集》已庞杂地收了李白词十二首,其中偏没有这一首。所以它的属于李白,可信程度更较《菩萨

---

① 李阳冰《草堂集序》,见王琦注本《李集》卷三十一。
② 沈雄《古今诗话·词辨》上卷引《乐府纪闻》曰:"相传文宗宫妓沈翘翘……文宗选金吾秦诚聘之,出宫。诚后出使日本,翘翘制曲曰《忆秦郎》,即《忆秦娥》也。"按:此说亦姑备异闻,殊不可靠,既名《忆秦郎》,何以"即《忆秦娥》也"?

蛮》要差些。从它的内容却反映了一些政治情况,跟李白的身世可比较一下。引刘熙载《艺概》的话:

太白《菩萨蛮》、《忆秦娥》两阕,足抵少陵《秋兴》八首。想其情境,殆作于明皇西幸后乎。(《词曲概》)

其他如王昶《国朝词综叙》说"太白之'西风'二句,《黍离》'行迈'之意。"张德瀛《词徵》卷一:"如李太白'汉家陵阙',《兔爰》伤时也。"不论它像少陵的《秋兴》,或《诗经》的《黍离》、《兔爰》,他们总以为是天宝后之作。考太白生平,据王琦注本所附年谱,太白自天宝三载以后即未再到长安,王琦所谓"计太白在长安不过三年"是也。《忆秦娥》一词虽有"灞桥"、"乐游原"、"咸阳古道"等地名,而故宫禾黍西风,亦可出之想象。但考天宝至德之间,太白方浪迹江湖即入永王璘幕中,闯了一场大祸,随后系狱流夜郎,在这种境况下还有那闲情别致创作新体词,似不可信。

《忆秦娥》一词是泛言或专指,即目或想象,又是否反映了唐代的动乱情形,有《黍离》、《兔爰》的意思,这些题外的话,不必多说了。词境如何,于词的真伪的考证上,本来用处不多;何况还所见不同,人持一说,或曰"衰飒",或曰"悲壮",或曰"凄婉流丽",更觉无所适从。我们到底看不出这两首词跟李太白的生平有什么密切的关系。

(四)从他方面关系来看,我们先说它对于后来的影响。李白跟词曲有渊源,上文说过,假如《菩萨蛮》、《忆秦娥》为太白所作,则对于词的发展方面,在中晚唐之间应有两种影响可以看出:(甲)在调法上;(乙)在风格上。

就调法说,这两词跟《清平调》不同,一旧式,一新体。果真做了这两阕典型的词调,以太白当时诗名的煊赫,影响决不会小,词体可能早些成立,文学史上却找不到这种痕迹。到中唐李德裕的《谢秋娘》还是诗句式,刘禹锡、白居易他们的乐府,基本上还是五七言诗;直到晚唐温飞卿出来,才造成"花间"词派。若流行在民间的《云谣集杂曲子》之类,可能比晚唐文人之作要早一些,却是另一面了。有了李太白的先例,何以后来的"诗客"们仍旧跳不出五七言诗的圈套,这是很难于说明的。

再就风格说,两词比起"金荃"、"花间"来另为一派,前人多已说过,试引刘熙载的话:

> 太白《忆秦娥》声情悲壮,晚唐五代惟趋婉丽,至东坡始能复古。后世论词者或转以东坡为变调,不知晚唐五代乃变调也。(《艺概·词曲概》)

太白的词声情悲壮,晚唐惟趋婉丽,嗣响寂然,已有点奇怪,或者还有可说;但何以直到苏东坡遥遥易代之后始能复古,岂不是难于理解的事么?这两首形式内容都很新颖的词,三百年中好比石沉大海一般,若谓出于太白之手,开、天之间,岂非也是费人索解的事。

以上说两词对唐五代词的影响,明白一点等于说它没有影响,或者影响很小。假如李太白作,在词史上便好像一个谜。但这样的说法,总不免宽泛笼统,现在就《菩萨蛮》的词句里摘出一点,说明它的因袭性。这个因袭之点,假如能够成立,便可以帮助解决相传李白所作词的真伪问题。

请恕我说一些闲话作引子。我一向很喜欢这首《菩萨蛮》,但也说不出它好处在哪里,譬如对于这"暝色入高楼,有人楼上愁"两句的"愁滋味",直到读了叶圣陶先生的《暮》才体会得更深一些。若问我的第一印象,哪一句哪两句最好?那就是"平林漠漠烟如织,寒山一带伤心碧",尤其是"寒山一带伤心碧"一句,尤其"伤心碧"三字下得真好。

后来才知道像"伤心碧"这样描写,在另一个地方还有,而且这个地方非常惹人注目的。杜甫在阆州作的《滕王亭子》其中有一句:"清江锦(一作碧)石伤心丽。"

李、杜在这里碰了头,不但很有兴味,而且值得我们思量。李不会袭杜,杜不会袭李,这是很明白的。两人既不相袭,若说同时不谋而合,似乎很难相信有这样的巧事。因而我们不得不假定有先有后。先的人影响后的,后的人承袭先的。那么谁先谁后?谁影响谁?谁因袭谁?李、杜虽同时,但假李白可后于杜甫,假杜甫也可后于李白。李、杜虽不相袭,但假李白可能袭用杜句,假杜甫也可能袭用李词。现在杜甫方面既没有问题;那问题要有,一定在李白方面了。再具体一点说,杜甫的《滕王亭子》既然不会得假;那么假的一定是李白的《菩萨蛮》了。

有了袭用杜句的嫌疑,似乎要影响《菩萨蛮》和它的作者的声誉。其实,一点不。只要不是李白,那就好办。这个人生在李、杜之后。袭用杜诗的表现方法而青出于蓝地更进了一步。——老实说,就句子论,"寒山一带伤心碧"比"清江锦石伤心丽"还更好一些,况且以诗入词是"花间"以来的词人传统。这实在无妨于它或他的令誉的。

这不过是偶然发现的琐事,所谓"聊资谈助",却已有些摇动这《菩萨蛮》词的著作权了。或者有人觉得太小了些,还不够摇动,这话也很有理。但譬如有一个大物件本来在那边活活动动的不平衡,即使添上一点很小很小的震动,也可以立刻引起它的花喇喇的。这自然不过是解嘲式的戏言。——《忆秦娥》自牵连不着。但上文已说,《菩萨蛮》还见于《尊前集》,还在李白名下,《忆秦娥》并《尊前集》里也不见;《菩萨蛮》还有《湘山野录》的传说,云出《古风集》,《忆秦娥》连这个故事也没有;它的根据比《菩萨蛮》本来还要薄弱。

上边所举四个方面,虽然就某一方面说,有些地方还是不很确定的，但综合了四个方面却归向于一点：李白做这两首词的可能性就很小。这还是保守一点的说法，说得直率些，那便不是李太白做的了。

若不是李太白做，谁做？这问题自不在本篇范围之内，却和历来的"聚讼"有关。这两首词好与不好，也跟本篇不关，上文已表过了，却也正是"聚讼"的根源。一般地说，大家都喜欢这两首词，若不把它归给李太白，好像不肯甘心似的。况且，李白不收，旁人也不要，那就更不好办。有归给温飞卿的。如胡应麟说：

> 详其意调，绝类温方城辈，盖晚唐人词，嫁名太白，若怀素草书，李赤姑熟耳。

这还不过说温飞卿而已，浑言"晚唐人词"还很有斟酌。在同卷另一条，前面引《北梦琐言》，后面说：

> 案大中即宣宗年号，此词新播，故人君喜歌之。余屡疑近飞卿，至是释然，自信具只眼也。（俱见《少室山房笔丛》卷四十一，《庄岳委谈》下。）

"旧疑冰释，自信眼光不错"，似乎已在肯定为温作了。

另一方面便有绝对不同的说法，如前引刘氏《艺概》已把太白词跟唐五代分开，而辨其孰为正变。又如沈祥龙《论词随笔》：

> 唐人词风气初开，已分二派。太白一派传为东坡诸家，以气格胜，于诗近西江。飞卿一派传为屯田诸家，以才华胜，于诗近西昆。后虽迭变，总不越此二者。

就词的流变说，的确有这两派，沈氏的话也很不错，却跟胡元瑞正相反对了。胡氏好像因为温飞卿初作《菩萨蛮》，而其他的《菩萨蛮》也可以归给他，我觉得没有什么道理。其实《古诗十九首》多半无名，《孔雀东南飞》不题作者，世间伟大的作品不必都找得着它的主人。我们自然很惋惜，却正因此，更觉得珍重了。

临了再说几句闲话。《花间集序》谈唐代词宗首提李白，却不著录他的词，而选本，较早如《尊前集》，较晚如《花庵词选》，却已入选了，两面斗拢来，则它的时代亦约略可循。在意境上，我倒有点赞成那忧乱伤时之说。试引刘熙载的另一段话：

> 太白《菩萨蛮》、《忆秦娥》，张志和《渔歌子》，两家一忧一乐，归趣难名，或灵均《思美人》、《哀郢》，庄叟"濠上"近之耳。

他是连着《菩萨蛮》一起讲的，这使我联想到周邦彦的《西河》词"未央宫阙已成灰，终南依旧浓翠"。忧离念远，吊古伤今，凄惋悲凉都是哀音，所以比之屈原的《哀郢》。假如他们看得对，这唐、宋之间的距离还可以缩短一点，尽有可能是残唐五代的作品，与《花间》结集时代相先后，欧阳自然不及见，所以不著录；又因这词的风格高迈明爽，在北宋时已传为太白之作了。

李白的姓氏籍贯种族的问题*

关于李白的姓名籍贯疑点很多，这是写李白传记首先碰到的问题。正因为这样，又引起大家对他的种族有所猜想。

近人胡怀琛先生对他的籍贯的叙述是很概括的①，节引如下。他列举八说：

（一）绵州——魏颢《李翰林集序》

（二）广汉——刘全白《唐故翰林学士李君墓碣》

（三）巴西——《新唐书·文艺传》

（四）山东——《旧唐书·文苑传》

（五）陇西成纪——李阳冰《草堂集序》，范传正《李公新墓碑》

（六）其先世谪居条支——李阳冰《草堂集序》

（七）其先世一房被窜于碎叶——范传正《李公新墓碑》

（八）其先世以罪徙西域——《新唐书·文艺传》

（一）、（二）、（三）只是一个地方称谓的不同，李白幼年

---

* 原载 1957 年《文学研究》第 2 期。
① 胡怀琛《李太白的国籍问题》，《逸经》第 1 期。

居住之地。(四)他壮年流寓之地。(五)是远祖籍贯。(六)、(七)先世流寓的地方,都是外国。(八)即(六)、(七)的总称。

这是十分分歧的。新旧两《书》说法不同。《新书》所本为魏颢《李集序》和刘全白《墓碣》,《旧书》所本为杜甫《简薛华醉歌》和元稹《杜君墓志》,似乎都有根据,太白虽不必生于蜀,却幼年居蜀,说他为蜀人,比较近情;若如旧史径称为"山东人","山东"非唐代政治区域的名称,又非郡望,诚如陈寅恪所谓"进退两无所据"①。但它依据杜甫、元稹的话。假如错了,亦承元稹而来,元稹已称他为"山东人"了,旧史不过直抄而已。某人壮年住过那里,就叫他为那里人,似乎很奇怪,不过元、杜二人都这样说。杜甫说"山东李白",元微之加了个"人"字,较杜更似不妥,但基本上还差不多。杜甫讲李白,当然不见得靠不住,因此这问题就显得很难搞了。

杜甫说的还不算第一手材料,那么,我们只得去请教李白自己。但在这里,请教李白也毫无用处,因为李白自己也说不清楚,这就更觉奇怪了。他《与韩荆州书》说:"白陇西布衣,流落楚汉。"《上安州裴长史书》说:"白本家金陵,世为右姓,遭沮渠蒙逊难,奔流咸秦,因官寓家,少长江汉。"(俱见王琦本《李集》卷二十六)既自语矛盾,又跟上引一切记载都不同,毫不提西蜀,那时李白方在盛年,当然无所谓山东,却又添出了金陵、咸秦、江汉等等地名来了。到底是怎么一回事呢?从这些说法的混淆里暗示出这些籍贯大约没有一个靠得住的,无论他自己说,他朋友说,较后的碑序说,史传上说。这其中决不能没有一个原因。

---

① 陈寅恪《李太白氏族之疑问》,《清华学报》第 10 卷第 1 期。

我们试找另一角度看他的姓氏。一会儿陇西,一会儿赵郡①,郡望姑且不谈,总之姓李。但连这个李姓也是不可信的。李阳冰《序》、范传正《碑》,大致还相同。照他们的说法:本来姓李,后逃窜西域就改了姓,再后归中国又复了姓,这原本很说得通。但李《序》范《碑》表面上虽这样说,事实上却并不当真这样说——换句话说,他们暗暗地把自己的话给取消了。试引这两文:

> 李白,字太白,陇西成纪人,凉武昭王暠九世孙。蝉联珪组,世为显著。中叶非罪,谪居条支,易姓与名。然自穷蝉至舜,累世不大曜,亦可叹焉。神龙之始,逃归于蜀,复指李树而生伯阳。惊姜之夕,长庚入梦,故生而名白,以太白字之。(李阳冰《草堂集序》)

> 公名白,字太白,其先陇西成纪人。绝嗣之家,难求谱牒。公之孙女搜于箱箧中,得公之亡子伯禽手疏十数行,纸坏字缺,不能详略。约而计之,凉武昭王九代孙也。隋末多难,一房被窜于碎叶,流离散落,隐易姓名,故自国朝以来,漏于属籍。神龙初,潜还广汉,因侨为郡人。父客以逋其邑,遂以客为名,高卧云林,不求禄仕。公之生也,先府君指天枝以复姓,先夫人梦长庚而告祥。名之与字,咸所取象。(范传正《唐左拾遗翰林学士李公新墓碑》)

李《序》说李暠之后"易姓与名",可见他家本来姓李;但他又说"复指李树而生伯阳",乃指李树而得姓,何复之有?既非复姓,那他家本不姓李可知。这是前后自相矛盾的。

范《碑》也同样。上说"隐易姓名",下文说"复姓",这对了。他却也带了一只钩子,而这钩子正是李《序》上面的玩

---

① 亦见陈文:"太白既诡托陇西李氏,又称李阳冰为从叔。阳冰为赵郡李氏。"

意儿。他说"指天枝以复姓",岂非还是那"复指李树而生伯阳"么?本来姓什么,后来复姓,用不着指什么。若指什么为姓,那就不是恢复原姓。这在一语中自相矛盾。(这语的详解,见下。)

这个故事出葛洪《神仙传》:"老子生而能言,指李树曰,以此为我姓。"李《序》范《碑》用这个典故,强调地暗示李白本不姓李是非常明显的了,至于是否凉武昭王李暠之后,是否九代,是否珪组蝉联,是否有罪谪居,我以为都不大成为问题,反正他不姓李也就完了。又知李白自己一会儿说陇西布衣,一会儿又去认赵郡李氏阳冰做本家,似乎可笑;若他本不姓李,那反而不成什么问题了。

更从他的生年来考察,李白生于七〇一年(大足元年改元长安),自王琦校正《薛氏旧谱》以来,大家都已承认;而李、范等人却说他生于神龙初(即公元七〇五年),移后了四年,把太白先诞生然后移家西蜀的事实说成到了西蜀后太白才生,这当然有一种用意。

太白既五岁就到西川,说他"蜀人"自符合一部分实情,同时也引起相当的混乱,也有就他壮年流寓的地方得名的所在来称呼他的,于是当时有"山东李白"之说,这里我不同意陈寅恪先生的看法,以为山东指赵郡的族望,因李白称阳冰为族叔,不过这么叫叫而已,并不必以阳冰为赵郡李。毋宁说钱牧斋说得比较对了。

    盖白隐于徂徕,时人皆以山东人称之。(《钱笺杜诗》卷二)

李白隐于徂徕山,与孔巢父等人游,称"竹溪六逸",见两《唐书》,李白在那里成名,时人可能有山东李白的称呼。从杜甫说来,还有一点意义,即李、杜后来缔交也正在这一带地方,屡见杜诗①。杜在《醉歌》里这样说，也表示两人亲密的友情，本不限于他的籍贯，跟郡望似乎更无关系。

李白先世和他本人跟西域有关自不成问题。现存的问题正如幽谷先生所提出的："李太白——中国人乎？突厥人乎？"② 若说他中国人，应该是胡化的中国人；若说胡人，应该是汉化的胡人。但究竟哪一个对呢？哪一个可能性较大呢？我们恐怕都有这样的感情，不大愿意说李白不是汉族吧。但这不是什么感情的问题。同样，假如证据不充分，我们也不能擅定他为"少数民族"。

仍从上文引起，假如他姓李，他一定不会是外国人；假如不姓李，他仍然可能是中国人；以籍贯论亦同。假如他有明确的中国籍贯或者郡望，那么，他一定不会是外国人；如籍贯不明，他仍然可能是中国人，却也可能不是。不幸就姓氏籍贯这两点说，都不很明确，而且很不明确，那无怪引起人们的猜疑了。

从李《序》范《碑》表面来看，似乎肯定李白先世是中国族姓，且为贵族的苗裔，后来谪窜到西域去，但按之历史事实都不相符。例如幽谷提出西凉建国当东晋安帝时，只有二十四年（公元四零零——四二四年），从此李暠后人即流散无考，与李阳冰"蝉联珪组，世为显著"分明不合。又如李《序》说"中叶非罪，谪居条支"，李白算他是李暠的九世孙，则"中叶"当在第四、第五世。范说"隋末多难，一房被窜于碎叶"，算起来

---

① 《杜集·赠李白》："李侯金闺彦，脱身事幽讨。亦有梁宋游，方期拾瑶草。"《昔游》："昔者与高李，晚登单父台。寒芜际碣石，万里风云来。"《遣怀》："忆与高李辈，论交入酒垆。……气酣登吹台，怀古视平芜，芒砀云一去，雁鹜空相呼。"《与李十二白同寻范十隐居》："李侯有佳句，往往似阴铿。余亦东蒙客，怜君如弟兄。"

② 幽谷文见《逸经》第17期。

也正在这个时候，可以说两说大致相符。隋末距西凉灭国之年已一九三年了，这么一段长的时间却没有交代。难道正在"蝉联珪组"吗？事实上既不是这样，而且李《序》又说："穷蝉至舜，累世不大曜，亦可叹焉"，岂非又在自相矛盾？

况且"谪居条支"、"被窜碎叶"说在隋末，亦跟史实违反。陈寅恪说："是碎叶条支在唐太宗贞观十八年（即公元六四四年）平焉耆，高宗显庆二年（即公元六五七年）平贺鲁，隶属中国政治势力范围之后，始可成为窜谪罪人之地。若太白先人于杨隋末世即窜谪如斯之远地，断非当日情势所能有之事实，其为依托，不待详辨。"幽谷那文中也说："说他们因罪谪居条支，非但在历史上毫无根据，在当时的情形下推测也不会有这样事的。因为那时正是匈奴猖獗的时候，沮渠蒙逊据姑臧（即今甘肃武威县）自称西河王，已将西凉王所据的敦煌、酒泉等地与东晋隔离，成为孤立之势，西有突厥，东有匈奴，西凉四面受敌，焉有不亡之理。既亡之后，其地画为匈奴所有，李氏子孙免遭杀戮者尽数流亡各地。那时中原的势力已不达边区。"我想，像这样的说法大体是正确的。李、范二人所以要说隋末被谪，无非为了解释既是李暠之后，为什么又不是唐朝的宗室。范《碑》说"故自国朝已来漏于属籍"，用这一个"故"字，他的心理是明显的。

太白先世为中国李氏，隋末被放西域，唐时归至巴蜀复姓为李，且照李、范二人说法的三个部分来考察：（一）他虽是李暠之后，却又不是唐朝的宗室。（二）谪居西域，条支、碎叶是一地否，姑且不谈，在隋末少这样的可能，在隋以前也不会有。（三）说他复姓，偏偏又要用老子自指李树为姓这样矛盾的典故。所以这个说法从头到尾是有毛病的。既然如此，就有人从他出生之地在西域，进而推测他是西域人、突厥人了。但这一方面积极的证据也很不够。我们仍从得姓为李说起。

李《序》范《碑》用《神仙传》的典故，无非说明这李姓是破空而来，不需要，也不曾有任何依据，正和老子当年任指一树为姓情形相若。这典故的作用不过一个比喻，像幽谷云云未免有些误会了①。除掉凭空得姓以外，那两文中还有一点值得我们注意：似乎从李太白起才姓李，而他的父亲并不姓李——照他们表面的说法，就是他并不曾复姓。如李《序》说：

神龙之始，逃归于蜀，复指李树而生伯阳。

老子是第一个姓李的人。岂非从李白生时才姓李。而他父亲逃归于蜀的时候，依然用他变易的姓名？范《碑》比较详细：

神龙初潜还广汉，因侨为郡人。父客，以逋其邑，遂以客为名。……公之生也，先府君指天枝以复姓。

这文有两点：（一）说"父客……以客为名"，却不说他的姓，如原姓什么，现在姓什么。（二）什么叫"公之生也，先府君指天枝以复姓"呢？那就是李白生了，他的父亲指着"天枝"叫他姓李。至于他父亲是否父从子姓，恐怕不会吧。什么叫"天枝"？也很晦涩。枝者还是李树。天者疑暗示"天潢"一派，即是想跟皇帝攀本家。我这解释不一定正确，写出供参考。

这里牵连到上文说过的那一点。李、范二人都说李白生于神龙初年，事实上李白早已出世，生于大足或长安元年，相差了四年。这四年之差，关系恐也不小。非但父亲不姓李，即白生于西域时也并不姓李，直到神龙初年"潜还广汉"，他的父亲才确定了这小孩子的姓氏，而李、范二人就把这得姓之始为太白的生年，因此生年也就移后了。这自然有些揣测。陈寅恪文中说

---

① 幽谷前文："李阳冰说生太白时，客指李树而复姓。客初到四川时，因不通语言，往往以手作号，表示意思，那是意料中事，指李树而复姓，恐是附会之辞。"

"太白至中国后方改姓李",我却是同意的。

李白的父亲因不姓李,他的以客为名,亦不过这么一说,并非真有这样的名字。陈文中说:"其父之所以名客者,殆由西域之人,其名字不通于华夏,因以胡客呼之,遂取以为名,其实非自称之本名也。"这也大致对的。不过我觉得:

因以胡客呼之,遂取以为名。

他的话恐怕也只对了上边的半句,李白的父亲自己真叫自己"客"么?依我看,他既不姓"李",也不名为"客",当时蜀人叫他客人,他也就这样承认了。至于他在西域用的姓名尚在,为什么不用,理由不明。若如陈文所谓"西域人名字不通于华夏",恐不必然。唐代西域人,以姓名通于华夏者多矣。幽谷以为"太白的父亲到四川的时候,不能自道其名",出于想象,那更为不妥。

关于他父子姓名的情况,确有些古怪。此外其他的记载,如魏颢《序》状太白的相貌为:"眸子炯然,哆如饿虎。"有人便说他跟碧眼胡僧差不多[①];魏《序》又说他的儿子一名明月奴,一名颇黎;刘《碣》范《碑》说曾答蕃书,便又认为有用外国文字写的可能。这些只供谈助而已。儿子用蕃名、草答蕃书等等,也不过是他本人和他的家庭胡化程度都很深罢了。

总之,把上面这些情形汇合拢来,太白之为胡人有它的可能性,足以引起猜测了,却还不够成立论证。因为假如这样,首先我们会碰到两个困难:(一)照这样的想法,李白出生于西域,他父亲是胡人,且有人说姓名不通于华夏等等,那么,他家汉化的空气不会太浓厚,如何就会产生绝代诗人李太白呢?又如何解释他《上裴长史书》所谓"五岁诵六甲,十岁观百家"呢?况

---

① 见胡怀琛文。

且，这五岁，据考，即为太白初到巴西之年，若是胡人，久居胡地，汉化得这样快，也是不易理解的。（二）太白自叙的话，虽有自相矛盾处，亦有与各家抵触处，但毕竟是第一手的材料。《上裴长史书》云云，我们不能用王琦的说法，以"缺文讹字"了之。如"白本金陵，世为右姓……奔流咸秦……少长江汉"，虽不免有遮饰回避的地方，难道完全瞎说吗？李白自己说他是中国人，我们若无特别的证据，自不应该轻易推翻它，而用架空的说法认为他有意隐瞒国籍。就上列关于他的籍贯的八说，也没有一个肯定他是胡人的。

再看李《序》范《碑》虽有若干脱支失节的地方，经过指出，但有若干破绽，不必等于全部胡说。若仅从这些叙述的不实不尽，如李姓为假托等，便立即转到李白非汉人，这一跳跃也太快了些。如"谪居条支"、"被窜碎叶"都不必跟他家姓李，李暠之后，有什么必然的关系。李白的祖先尽可能姓别的汉姓，又安知即为胡族？即"谪居条支"、"被窜碎叶"的本身也不妨分别地看。杨隋末年把流人放到尚未归我版图的西域固不可能，却也可以有别的原因使他们流落异邦，如胡怀琛疑他先世被突厥人掠去而非被谪这类的说法。

李《序》范《碑》虽不全真，却不尽伪，现在要分别它的真伪自很困难，大约与史事抵触的、自相矛盾的地方，必然有些靠不住。问题在是否全伪。如上举"隋末被窜西域"，便是虽不合史实、仍可能真伪错杂的一例。我觉得范《碑》的"指天枝以复姓"值得深思，李《序》"复指李树而生伯阳"亦然。范《碑》这句在一语中自相矛盾，上文已指出，却过于简单了。一个人的说话，前后矛盾或者有之；若一句话里自即矛盾，却不常见，因之也就更值得我们深思了。

"指天枝以复姓"，这句话到底怎样解释呢？这句特别的话，我以为他暗示事实的真相。"复姓"可以有不同的解释。狭义的复姓，本来姓什么，回复到原姓，如姓李的再姓李。广义的复姓便是回复中国的姓，所复的姓不必同于原姓，即张变为王，赵改为李亦可。就范《碑》这一段看，首尾皆姓李氏，自当做狭义的解释。单就本句论，却应从广义的解释，若从狭义的解释，本句便陷于矛盾不通；若从广义的解释，非但不矛盾，而且意思表现得清楚。"复姓"只表示广泛地回复中国的族姓；"指天枝"为形容限制之语，表示所复并非原姓，乃指天枝的姓，即是想自附于唐朝宗室——依附得上与否是另一问题。岂不很分明么？"复"字很重要。李《序》也用"复"字，意义相同。否则，"指李树而生伯阳"，初度诞生，为什么用"复"呢？

这儿却又生出一个问题。他们家回到中原，为什么不回复汉人的原姓，却想去冒为宗室呢？这事由固不能详知，然从各种的记载，也能看出一点点的线索。试引如下：

> 神龙之始，逃归于蜀。（李阳冰《序》）

> 潜还广汉。（范传正《碑》）

> 父客以逋其邑。（同上）

> 神龙初遁还客巴西。（《新唐书·文艺传》）

这"逃归"、"潜还"、"逋"、"遁"等等字样，说明了李白的一家大约为避难、避仇、避官事逃到四川的。范所谓"逋其邑"尤可注意。这见于《周易·讼卦》：

> 九二，不克讼，归而逋其邑，人三百户，无眚。象曰，不克讼，归逋窜也。

孔《疏》注解很明白：

> 归而逋其邑者，讼既不胜，怖惧还归，逋窜其邑。若其邑强大，以大都偶国，非逋窜之道。人三百户无眚者，若其邑狭小，唯三百户乃可也。

范《碑》在这里是精炼恰当的。他们怕被人发见,不敢逃到名都大邑去,只好潜伏这三百户人家的小州县里。这不但说明他们一家为什么要逃,且同时说明为什么会到四川绵州来。下文接着说李白的父亲"高卧云林,不求禄仕",那是躲在深山里。云林高卧,不过说得好听罢了。

明白这个情形,则上述的疑点可以迎刃而解。如李白的父亲既不用旧时名姓,又不创新的名姓,只以似名非名的"客"字了之;李白自己确定了汉籍汉姓,不恢复原姓,却冒用这当时最煊赫的李姓;我想都是得到相当的解释。这样看来,范《碑》的措词用意的确很深,不仅仅"指天枝以复姓"这么一句。

说到这里,把我认为比较可靠的几点列举出来。(一)我们应当尊重李白自己的话。虽然有些矛盾不确的地方(当时的情形我们不知道),至少他自己认为是中国人这一点不应该错,我们也没有理由说他错。(二)他家原来姓什么不知道,却不姓李。(三)他家久住在西域(怎么去的也不知道),大概在碎叶附近,若确切指出恐亦难信[①]。(四)他家以类似避难某种原因,神龙初年遁还西蜀绵州的巴西县。(五)李白在四年前就出生了,那时当还在西域。到了中国,他父亲叫他姓李。同时及较后的人以这得姓之年为出生之年,不拉扯到西域,以便于说李白是个完全的中国人。即太白自己也似讳言西域的出身。

假如这样的看法是有些正确的,那么记载上的种种矛盾(包括太白自己的话)都不能算太奇怪。只为冒姓有了破绽,说

---

① 如胡君前文中引《大唐西域记》,以为李氏先世住居之地为诃罗达支(一名咀啰私城)南十余里之小孤城。假如有确实的证据自然很好,可惜没有。况且据《西域记》,咀啰私之距素叶(即碎叶),有八百五十余里,则地将千里,实不为近了,而胡以为"在荒漠之地不算远,所以当时人就弄不清楚",这亦强为之词,今故不采。

来总不能很圆满，因而更惹起后人的疑惑，索性把李白看作外国人了。李白的家世出身，早年的生活、经济情况，以材料缺少，难作进一步的探讨，以致依然沉晦，实在是我们的不幸。本文所提出的不过是个人的看法而已。

一九五七年一月五日

《蜀道难》说*

这文计分五个部分：
一 一般的看法。
二 辨旧说的是非。
三 引史，说天宝末年唐明皇幸蜀事。
四 本诗以幸蜀为危险这个主题是否可以成立。
五 余文。

一 一般的看法

先谈读《蜀道难》的一般印象，虽只是我个人的看法，或者也有一些普遍性的。这首诗为李太白杰作之一，选入坊本《唐诗三百首》中，在读旧诗的人，可谓"家弦户诵"。它给人的第一个印象，便是峥嵘鹘突，极尽夸张。开头就说："噫吁嚱！危乎高哉！蜀道之难难于上青天"；中间又说"蜀道之难难于上青天"；结尾又说"蜀道之难难于上青天"。蜀道之难自是

---

* 原刊《李白研究论文集》，中华书局1964年4月出版。

事实，但到底是哪一种心理状态使他这样大声疾呼，一而再，再而三，我们不大明白。又如他又说："嗟尔远道之人，胡为乎来哉？"谁？李白自谓么？指杜甫么？都不像。若说泛无所指，我想也未必对。看这口气确有所指似的。而这个客人经过蜀道固危险之极，及到了成都则尤极其危险，有豺狼猛虎长蛇，磨牙吮血地等候着他。是蜀道之难，难于上青天者，主要的毕竟不在于山川，而在于人情。这已怪诞之极了。更古怪的，既有了这么些豺狼蛇虎，下文却偏说"锦城虽云乐"，又何乐之有？以上各点应该是读这诗的人可能有的感想罢。

这个远道之人冒冒失失跑到四川去吃苦头，我们虽不知他是谁，但诗中程途道里却历历分明，是由西安经栈道，到达成都的一条正路。诗言，西望凤翔的太白山，通过沔州的青泥岭，秦蜀的咽喉，然后转入南栈，逾剑阁而抵锦城：地望都是不错的。若依旧说之一，为杜甫危，那就不对了。杜甫由秦州入蜀，不是这样走的。

一方既似确有其人、其事、其地，另一方又很鹘突难解，其尤使人纳闷的，诗的整个儿情调与作者身世似不相谐和。太白幼年居蜀，作本诗不定何年，身已出蜀无疑。在这里不仅一点看不出例有的怀念乡土之情，反而拼命地说那里道路怎样难走，连禽鸟猿猴都是悲哀的，人情怎样险恶，尽是些笑面虎两头蛇，于是总结地说："那儿虽然快乐，我看你不如早些回来罢。"以中原为家，以西川为不可久留的他乡，这话当是替那远道之人说话，非太白自谓，固不妨颠倒；但这么一颠倒，却跟李太白总的身世感情毕竟不谐和了。以常情论，既为赠人之作，代彼立言，对自己故乡亦当有所回护；何况本来破空悬拟，并非赠人之作呢。诗人难道真跟我们平常人就这样的不同？且看晚唐韦庄的《菩萨蛮》所传名句，如"劝我早归家，绿窗人似花"，"未老莫还乡，还乡须断肠"等等；端己秦川才子，晚年客蜀，虽借绮语言情，却处处关合自己的身世。端己之情如此,太白之情奈何如彼。试一比较,便知情调变异实为本诗的特征;节奏的激昂,表现的突兀却是余事,且情文相生,都由此而来;而情调所以变异,一反思乡恋土之常态,自必有它的本事。否则漫为悲哀,便是无病呻吟,故作险语,亦只成其为无理的夸张而已。

老实说,李白这首长歌虽然非常出名,选家必选,我却对它一向有些隔膜,他到底为什么要这样说呵?——他写这诗的动机是什么?它的主题是什么?

二 辨旧说的是非

关于旧说,有些前人已驳过,不想太多说,王琦注引萧士赟说很长,我参校四部丛刊本《分类补注李太白诗》所引"士赟曰"云云,比王注所引少得多。大概王琦看到的是萧注的足本,而今传本已经过后人删节。王注引萧首尾两段作主客问答的,今"分类补注本"都没有,只剩得中间一段。王本从"唐史哥舒翰兵败"起到"诗意亦微而显矣"止,今本是有的,文字略有异同多少,兹不具说。

就是中间这一段也就很长,萧说大体上对了,有些地方如说:

> 嗟尔远道之人胡为乎来哉?备言蜀道险难之状,疏远之臣若白者,虽欲从君于难,胡为而能来也。①

这样解释便不允恰。嗟尔远道之人当指他人,即"问君西游何时还"之"君";若谓太白自指,非但于文理不合,且太白身在

---

① 四部丛刊本《分类补注李太白诗》作:"嗟尔远道之人胡为乎来哉者,嗟字乃发叹之音,远道之人以喻疏远之臣,言蜀道之险如此,若白之疏远者,虽欲从君于难,胡为而能来也。"与王注引文略异而较多,疑王注所据虽系足本,但亦不免有所删节。

江南，非如少陵在京陷贼，可以奔赴行在，即作此语亦属无谓。旧说两种在萧注中亦已加以驳斥，我想应该没有多大问题了。

李白作此诗为房琯杜甫危之说见于正史及笔记。① 《新唐书》卷一百二十九《严武传》曰：

> 琯以故宰相为巡内刺史，武慢倨不为礼。最厚杜甫，然欲杀甫数矣。李白为《蜀道难》者，乃为房与杜危之也。

萧注已引洪驹父沈存中之说驳斥之，却以为年月不符。立论根据亦薄弱；因《蜀道难》一诗不必作于天宝初（见下）。但新书据唐人小说作此记载，本不足信，与本诗语意不符，即为明证。严武、杜甫私交很厚，历见杜诗，即新书杜甫彼传云云亦属难信，当以旧书为正。② 即使严武有杀杜甫之意，既未成事实，太白在远，更何从知道，而替老杜担忧呢？故此说实可置之不论。

至于另一说，诗为讽章仇兼琼而作，即沈洪二氏所主张，萧氏驳斥极为明快。他说：

> 然天宝初天下又安，四郊无警，剑阁乃长安入蜀之道，

---

① 王琦注本《李太白文集》卷三十四引范摅《云溪友议》："李太白作《蜀道难》乃为房杜危之地。……李翰林作此歌，朝右闻之，疑严武有刘焉之志。"同卷并引《太平广记》、《南部新书》大略相似。

② 旧书卷一百九十下《杜甫传》曰："武与甫世旧，待遇甚隆。甫性褊躁，无器度，恃恩放恣，尝凭醉登武之床，瞪视武曰：'严挺之乃有此儿。'武虽急暴，不以为忤。"新书卷二百一《杜甫传》上文略同，下却作："武亦暴猛，外若不为忤，中衔之。一日欲杀甫及梓州刺文章彝，集吏于门。武将出，冠钩于帘三。左右白其母，奔救得止，独杀彝。"前人大都不信新书此说。如洪迈《容斋续笔》卷六："甫集中诗，凡以武作者几三十篇。送其归朝者曰：'江村独归处，寂寞养残生。'喜其再镇蜀曰：'得归茅屋赴成都，直为文翁再剖符。'此犹是武在时语。至哭其归榇及八哀诗：'记室得何逊，韬铃愧子荆'，盖以自况；'空余老宾客，身上愧簪缨'，又以自伤。若果有欲杀之怨，必不应眷眷如此。好事者但以武诗有'莫倚善题鹦鹉赋'之句，故用证前说，引黄祖杀祢衡为喻，殆是痴人前不得说梦也。武肯以黄祖自比乎？"又如钱谦益《杜诗笺》附录曰："按严杜死生交谊见于诗篇者甚至。钩帘欲杀，出于《云溪友议》，实齐东野人之语也。宋子京好据撷小说，故妄载之，常以旧书为正。"《新唐书》所附"考证"亦以为"恐好事者为之，新书喜闻其说而采之也，当从旧书"。

太白乃拳拳欲严剑阁之守，不知将何所拒乎？以此知其不为章仇兼琼也。

又总驳两说曰：

若曰为房琯、杜甫、章仇兼琼而作，何至始引蚕丛开国，终言剑阁之险，复及所守匪亲化为豺狼等语哉？引喻非伦，是以知其不为章与房杜也。（并王琦注本引）

"引喻非伦"一语，实足为两说不能成立的判解，今亦不赘说。

似乎只剩得萧士赟的一说，即所谓"盖太白初闻禄山乱华，天子幸蜀时也"。但王琦注又引胡震亨说：

太白《蜀道难》一诗，新史谓严武镇蜀放恣，白危房琯、杜甫而作，盖采自范摅《云溪友议》；沈存中洪驹父驳其说，谓为章仇兼琼作；萧士赟注又谓讽幸蜀之非：说不一。按白此诗见赏贺监，在天宝入都之初，乃玄宗幸蜀、严武出镇之前，岁月不合，而兼琼在蜀，著功吐蕃，亦无据险跋扈之迹可当此诗：皆傅会不足据。《蜀道难》自是古曲，梁陈作者止言其险而不及其他。白则兼采张载《剑阁铭》"一人荷戟，万夫趑趄，形胜之地，匪亲勿居"等语，用之为恃险阻逆与羁留佐逆者著戒。惟其海说事理，故苞括大，而有合乐府讽世立教本旨。若第取一时一人事实，反失之细而不足味矣。诸解者恶足语此。（胡震亨《唐音癸签》卷二十一）

胡氏全驳旧说，却自创"海说事理"的新说。王注即将胡说置在萧说之后，疑王氏颇赞成此说，遂杂以己意。① 顾炎武《日知

---

① 王注引胡震亨说，根据《李诗通》作："则此数说似并属揣摩。愚谓《蜀道难》自是古相和歌曲，梁陈间拟者不乏，讵必尽有为而作。白蜀人，自为蜀咏耳，言其险，更著其戒，如云'所守或匪亲，化为狼与豺'，风人之义远矣。必求一时一人之事以实之，不几失之凿乎。"

录》亦有类似的说法,如云"即事成篇别无寓意",① 把意思说得更清楚了。我觉得他们的说法虽似乎宏通,却也并不妥当。就胡震亨说分两方面驳正之。

先从消极方面说,胡氏反对萧说的理由很简单,只因与这诗曾见赏于贺知章之说,岁月不合而已。这论证是薄弱的。贺监赏识李白的《蜀道难》,事见《摭言》等书,② 出于传说,本非信史。何况贺知章所赏李白著作是什么,自来有异说的。如《新唐书·李白传》:

> 故白亦至长安,往见贺知章。知章见其文叹曰:子谪仙人也。

史云"见其文",不言见何文,又安知是《蜀道难》?更有明说非《蜀道难》的。范传正《李白墓碑》曰:

> 在长安时,秘书监贺知章号公为谪仙人,吟公《乌栖曲》云,此诗可以泣鬼神矣。③

范碑之说亦未必一定可靠;但既有了异说,《摭言》所传难道就

---

① 顾炎武《日知录》卷二十六:"《严武传》:为成都尹剑南节度使,房琯以故宰相为巡内刺史,武慢倨不为礼,最厚杜甫,然欲杀甫数矣。李白作《蜀道难》者,乃为房与杜危之也,此宋人穿凿之论。(原注此说又见《韦皋传》,盖因陆畅之《蜀道易》而造为之耳)李白《蜀道难》之作当在开元、天宝间。时人共言锦城之乐,而不知畏途之险,异地之虞。即事成篇,别无寓意。及玄宗西幸,升为南京,则又为诗曰:'谁道君王行路难,六龙西幸万人欢,地转锦江成渭水,天回玉垒作长安。'一人之作,前后不同如此,亦时为之矣。"按顾说后半,似有不满于太白之意,亦未妥当,详后第五部分《馀文》。

② 王注卷三十四引计有功《唐诗纪事》:"《摭言》云:'太白自蜀至京,以新业谒贺知章,知章览《蜀道难》一篇,扬眉谓之曰:'公非人世人,岂非太白星精耶。'然则《蜀道难》之作久矣,非为房杜也。"

③ 贺知章所赏李诗,一说《蜀道难》,一说《乌栖曲》,亦有并合两说的。如王注卷三十五《年谱》于"天宝元年"下引孟棨《本事诗》曰:"李太白初自蜀至京师舍于逆旅。贺监知章闻其名,首访之,既奇其姿,复请所为文,出《蜀道难》以示之。读未竟,称叹者数四,号为谪仙。解金龟换酒,与倾尽醉,期不间日。由是称誉光赫。贺又见其《乌栖曲》,叹赏苦吟曰:此诗可以泣鬼神矣。"

这样可靠吗？我们既没有足够的证据说《蜀道难》作于天宝初太白初入京时，那么，拿岁月不合来推翻萧注，这理由是不能成立的，至少也是不充分的。

再从他所说积极方面来看，也不很妥当。如说："为恃险阻逆与羁留佐逆者著戒。"按天宝初年海内平静，他在上文亦已明说，既并无"阻逆"、"佐逆"等事，"著戒"岂不落空？又说，海说事理大，一时一人细。诗篇的价值，看它是否切中事理，并非大就是好，小就不好。顾氏所说"即事成篇，别无寓意"，亦当分别地看。如梁陈间的《蜀道难》自是泛说，本篇情形正不必相同。假如实有寓意，千载以后固难妄测，却也不必愣说它没有。若王注所引胡氏另一种说法："风人之义远矣。"殆漫为可否之谈耳。

从常情观察，这诗既这样的郑重叮咛，一唱三叹，又那般大声疾呼，危言耸听，自不宜看作漫无所为。若非当时深有所感，确有所指，亦不易写出这样瑰异峥嵘的长歌来。试问这也像梁陈间的拟相和歌曲吗？谁都知道不像。作者自有个性的区别，李白会写这样的诗，而梁陈间的作家们或者写不出。但李白可能写，并不等于他要写。写诗总须有足够的动机才成。仅空空的说拟古，是不能说明创作的情形的。何况李白《蜀道难》虽名托古调，实自创新词，显然不是摹拟之作呵。①

---

① 王注本卷三《蜀道难》题下：按《乐府诗集》：王僧虔《技录》，相和歌瑟调三十八曲有《蜀道难行》。《乐府古题要解》："蜀道难备言铜梁玉垒之险。"按梁陈间的《蜀道难》都很短。如梁武帝的二首，"建乎督邮道，鱼复永安宫"，"巫山七百里，巴水三回曲"，像五言绝句；（此下引文均见《全汉三国晋南北朝诗》）阴铿的一首"王尊奉汉朝，灵关不惮遥，高岷长有雪，阴栈屡经烧"，像五言律诗；只刘孝威一首较长，引如下：

"玉垒高无极，铜梁不可攀。双流逆巇道，九坂涩阳关，邓侯束马度，王生敛辔还。敛辔惧身尤，叱驭奉王猷。若悋千金重，谁为万里侯。戏马吞珠界，扬舲灌锦流。沈犀厌怪水，握镜表灵丘。禹山金碧有光辉，迁亭车马尚轻肥。弥想王褒拥节反，更忆相如乘传归。君平子云矍不嗣，江汉英灵信已衰。"

这些旧篇跟太白的《蜀道难》大不相同。拿梁陈间古词来比较推论，实没有什么用处的。

回到这里，我以为萧士赟说，大体上不错，却仍嫌笼统，因此大家还不肯信从它。以下将逐步申明这一说。

三 史载唐玄宗幸蜀事

谈明皇幸蜀，先从天宝十五载六月潼关失守事说起。主要的原因是将相不和。杨国忠、哥舒翰都很坏，而他们两人倾轧摩擦得很厉害。《唐书》卷一〇六《杨国忠传》：

> 及哥舒翰守潼关，诸将以函关距京师三百里，利在守险，不利出攻。国忠以翰持兵未决，虑反图己，欲其速战，自中督促之。翰不获已，出关。及接战桃林，王师奔败，哥舒受擒，败国丧师，皆国忠之误惑也。

同书卷一〇四《哥舒翰传》：

> 翰至潼关，或劝翰曰："禄山阻兵，以诛杨国忠为名。公若留兵三万守关，悉以精锐回诛国忠，此汉挫七国之计也。公以为何如？"翰心许之，未发。有客泄其谋于国忠，国忠大惧。……先是翰数奏，禄山虽窃河朔而不得人心，请持重以弊之，彼自离心，因而剪灭，可不伤兵，擒兹寇矣。贼将崔乾祐于陕郡潜锋蓄锐，而觇者奏云"贼殊无备"，上然之，命悉众速讨之。翰奏曰："贼既始为凶逆，禄山久习用兵，必不肯无备，是阴计也。且贼兵远来，利在速战。今王师自战其地，利在坚守，不利轻出。若轻出关，是入其算。乞更观事势。"杨国忠恐其谋己，屡奏使出兵。上久处太平，不练军事，既为国忠眩惑，中使相继督责，翰不得已引师出关。六月四日次于灵宝县之西原。（下言哥舒翰兵败降贼事）

六月九日潼关失守，唐明皇遂于三天以后逃出长安，想往四

川成都去,即所谓"幸蜀"。杨国忠一力主张"幸蜀"的。《唐书》卷十《肃宗纪》:

> 明年六月哥舒翰为贼所败,关门不守,国忠讽玄宗幸蜀。

《新唐书》卷二〇六《杨国忠传》:

> 至是帝召宰相计事。国忠曰,"幸蜀便",帝然之。

《旧唐书》卷一〇八《韦见素传》:

> 是月玄宗苍黄出幸,莫知所诣。杨国忠以身领剑南旄钺,请幸成都。

杨国忠为什么要请幸成都?这里包含着一种政治上的阴谋,杨国忠在西川有很长的经历,那里是他的势力范围,布置得周密。先引旧书《杨国忠传》:

> 国忠无学术拘检,能饮酒蒲博,无行,为宗党所鄙,乃发愤从军事蜀帅……天宝初,太真有宠,剑南节度使章仇兼琼引国忠为宾佐。……国忠荐阆州人鲜于仲通为益州长史,令率精兵八万讨南蛮,与罗凤战于泸南,全军陷没。国忠掩其败状,仍叙其战功;仍令仲通上表请国忠兼领益部。十载国忠权知蜀郡都督府,充剑南节度副大使,知节度事,仍荐仲通代己为京兆尹。国忠又使司马李宓率师七万再讨南蛮。宓渡泸水,为蛮所诱,至和城,不战而破,李宓死于阵。国忠又隐其败,以捷书上闻。自仲通李宓再举讨蛮之军,其征发皆中国利兵,然于土风不便,沮洳之所陷,瘴疫之所伤,馈饷之所乏,物故者十八九。凡举二十万众弃之死地,只轮不还,人衔冤毒,无敢言者。国忠寻兼山南西道采访使,十一载南蛮侵蜀。蜀人请国忠赴镇,林甫亦奏遣之。将辞,雨泣恳陈,必为林甫所排,帝怜之。不数日,召述。会林甫卒,遂代为右相,兼吏部尚书,集贤

殿大学士，太清太微官使，判度支；剑南节度，山南西道采访，两京出纳租庸铸钱等使并如故。……自禄山兵起，国忠以身领剑南节制，乃布置腹心于梁益间，以图自全之计。（《新唐》本传曰："初，国忠闻难作，自以身帅剑南，豫置腹心梁益间，为自完计。"与旧书略同）六月九日潼关不守。十二日凌晨，上率龙武将军陈玄礼、左相韦见素、京兆尹魏方进，国忠与贵妃及亲属拥上出延秋门，诸王妃主从之不及。

杨氏一门簇拥皇帝而去，韦、魏二人皆其党羽。后来魏方进以替杨国忠说话被杀。新书《杨国忠传》：

> 御史大夫魏方进责众曰："何故杀宰相！"众怒，又杀之。

韦见素虽是很圆活的骑墙派，却亦依附国忠的。[①] 他受伤不死只是侥幸。唐书一〇八韦传曰：

> 见素遁走，为乱兵所伤。众呼曰："勿伤韦相！"识者救之，获免。

后来他回到肃宗那里去，肃宗便"以见素常附国忠，礼遇稍薄"。

从韦传看，当日扈从时还有一个特别的情状。六月十二日明皇仓皇出去，除掉杨氏一家以外，谁也不曾知道，所以"诸王妃主从之不及"，后来沦陷贼中，杜甫有《哀王孙》之作。但百官之中韦、魏二人却跟上了。旧书韦传载：

> 见素与国忠，御史大夫魏方进，遇上于延秋门，便扈从之。

虽含意颇深，而史文简略，好像杨、韦、魏三人都碰见了唐明

[①] 旧书卷一〇八韦传："见素既为国忠引用，心德之。"

皇才跟了走的。事实不完全那样。国忠既参预昨晚的密议，无所谓偶遇。他却更暗地通知他的徒党，他俩便一早赶到延秋门，假装碰见，便跟了走。当时情况是很分明的。这类的叙说虽近于琐屑，却可以看出杨国忠是怎样处心积虑地来包围唐明皇。毕竟这包围阵被陈玄礼的武力所突破了，这是后话，且慢提。

再说杨国忠在四川的布置。唐书卷一〇八《崔圆传》：

> 宰臣杨国忠遥制剑南节度使，引圆佐理，乃奏授尚书郎兼蜀郡大都督府左司马，知节度留后。圆素怀功名，初闻国难，潜使人探国忠深旨，知有行幸之计，乃增修城池，建置馆宇，储备什器。及乘舆至，殿宇开帐，咸如宿设，玄宗甚嗟赏之。

事情办得很漂亮，原来早有所准备了。所谓"初闻国难"，当为天宝十四载十一月安禄山起兵范阳，决非十五载六月破潼关事。明皇西幸，出于仓卒，诚如旧书韦传所云"莫知所诣"；那么，一年之前，更无所谓"行幸之计"。"行幸之计"不过是杨国忠的计划而已，阴谋而已。无怪他这样的不顾大局，他明知出战未必利，却怕哥舒倒戈攻他，只好再三的督促哥舒出兵了。到了事变发生，新书杨传说"国忠见百官哽咽不自胜"，活活画出一个奸臣。

他在头天晚上对唐明皇说"幸蜀便"，到了第二天一清早便带着他一班亲戚党羽把皇帝一拥而去，说得好听一点叫包围，说得厉害一些就像绑架了。杨国忠所欠缺的只是武力。唐明皇还有他自己的卫队，而这卫队长陈玄礼便是杨国忠的"克星"、"对头"。

说到马嵬之变，很容易联想到杨贵妃。尤其是《长恨歌》、《长生殿》传布以来，大家都在为玉环抱屈，民间甚至于有责骂陈玄礼的。① 这虽属一般的人情，却跟历史事实并不相符。唐代诗史杜甫讲得最好。他在《哀江头》里，"明眸皓齿今何在，血污游魂归不得"，即对惨死的美人表示惋惜；在《北征》叙事诗里却竭力称赞陈玄礼，简直说他奠定了唐室的中兴基础，比之于管仲。诗云：

> 桓桓陈将军，仗钺奋忠烈，微尔人尽非，于今国犹活。

这并非过奖，是符合实情的。马嵬之变主要杀杨国忠，而太真妃只是被牵连而死。《北征》诗在赞美陈将军的上文也说：

> 奸臣竟菹醢，同恶随荡析。不闻夏殷衰，中自诛褒妲。

首提杨国忠，次提他同恶的徒党们，然后再说到妃子，这个叙述的层次也是分明的。

陈玄礼不但是马嵬兵变的主动者，而且一出国门，未及马嵬，陈玄礼已在想杀杨国忠。这当然有他的原由。新书杨传曰：

> 右龙武大将军陈玄礼谋杀杨国忠，不克。进次马嵬，将士疲，乏食。玄礼惧乱……

玄礼本早有这个计划，乏食惧乱，不过爆发的导火线，交通吐蕃更不过临时的借口而已。

经过这个突变，杨国忠的势力以及他的阴谋完全破灭，而所谓幸蜀之计完全改变了性质，且几乎去不成。唐书卷九《玄宗纪》曰：

> 丁酉将发马嵬驿。朝臣唯韦见素一人，乃命见素子京兆府司录谔为御史中丞，充置顿使。议其所向，军士或言河陇，或言灵武太原，或言还京为便。韦谔曰："还京须有捍贼之备，兵马未集，恐非万全，不如且幸扶风，徐图所

---

① 我从前听过一支小曲，分咏四美人，有"好一个陈玄礼呀，不管三军管六宫"这样的句子。

向。"上询于众，咸以为然。

同书一〇八《韦见素传》：

> 凌晨将发，六军将士曰："国忠反叛，不可更往蜀川。"请之河陇，或言灵武太原，或云还京，议者不一。上意在剑南，虑违士心无所言。（下记韦谔的话，与《玄宗纪》文略同，不录。）

军士们不愿去西川的原因：一则他们家在秦中，玄宗所谓"知卿等不得别父母妻子"；二则西川本是杨国忠的势力范围，国忠虽死，那边的地方当局依然是他的徒党，所以他们说："国忠反叛，不可更往蜀中。"这是最明显的，至于"上意在剑南"，那无非因栈道险要，成都地方舒服而已。韦谔的"且幸扶风"，自然揣摩上意；名说"徐图所向"，实际上由马嵬而扶风，正为入蜀的道路，不过迟迟我行罢了，果然到了扶风，又众口纷纷有所谓"丑言"，连陈玄礼也弹压不住。再说明皇逗留观望，还有一个原因，即不知杀了国忠之后，西川方面是怎么一个态度。《唐书·玄宗纪》说：

> 戊戌次扶风县，己亥次扶风郡。……庚子，以司勋郎中剑南节度留后崔圆为蜀郡长史剑南节度副大使，以颍王璬为剑南节度大使，以监察御史宋若思为御史中丞，充置顿使，韦谔充巡阁道使，并令先发。辛丑发扶风郡。丙午次①河池郡，崔圆奏剑南岁稔民安，储备无缺，上大悦，授圆中书侍郎，同中书门下平章事，蜀郡长史剑南节度如故。秋七月……庚辰车驾至蜀郡。

这个"崔圆奏……上大悦"，表得很清楚，四川地方军阀既表示欢迎，所以立刻加他宰相头衔，幸蜀自然没有问题了。到了四

---

① 旧书原脱"次"字，依新书补。

川，崔圆一班人也很恭顺，在那边的确很好；那么，有了怕他落到杨国忠布置好的势力圈内的一切忧虑都落了空，似乎是多余的了。其实不尽然。在发马嵬往扶风的刹那，曾发生了一桩大事情，就是把太子（肃宗）留下，不跟明皇入蜀，使他回去收复长安。《唐书·玄宗纪》：

> 及行，百姓遮路，乞留皇太子，愿戮力破贼，收复京城，因留太子。

同书《肃宗纪》：

> 车驾将发，留上在后宣谕百姓，众泣而言曰："逆胡背恩，主上播越，臣等生于圣代，世为唐民，愿戮力一心，为国讨贼，请从太子，收复长安。"玄宗闻之曰："此天启也。"乃令高力士与寿王瑁送太子内人及服御等物，留后军厩马从。上令力士口宣曰："汝好去，百姓属望，慎勿违之，莫以吾为意。且西戎北狄吾尝厚之，今国步艰难，必得其用，汝其勉之。"

这么一来，便完全改变了幸蜀的原来计划。虽然唐明皇后来还到了四川，但从政治上的意义来说，中央政权既没有搬了去，也就无所谓"幸蜀"，不过是一个老头子带着一些宫娥彩女太监们，极少数的卫队，到了四川一趟罢了。《唐书·玄宗纪》称：

> 扈从官吏军士到者一千三百人，宫女二十四人而已。

虽很可怜，却是平安的。杨国忠的残余势力能否够上包围，固未可知；即使能够，他们也不值得去做，而且也不敢去做。那时唐明皇不过一个破老头子，他的儿子已即位灵武，收复长安了，这事跟明代土木之变，有些相像。土木已把明英宗活捉了去，但郕王在北京即位，将英宗改称上皇，土木失了要挟之资，后来把这"皇帝"又送了回来。已捉了去尚且送回，何况本非被掳,那自然会平平安安回来的呵。

话虽如此,但这都是史家追记,我们根据了历史,事后评论,仿佛头头是道;在当时政治的幕未全揭露,只听说皇帝仓皇幸蜀,为他西去忧危,却是可以理解的。李白的《蜀道难》就表现了这远道传闻关怀君国的心情,而我们现在读去,却好像他在那边"杞人忧天"了。以下将联结本诗再加以说明。

四 本诗的主题是否可以成立?

回顾上文的叙述,综括为下列各项:

(一)哥舒翰、杨国忠间的利害冲突是潼关失守的直接近因。假如能够坚守,则安禄山前阻雄关后受攻围,军事情势便完全不同。①

(二)杨国忠在西川早有布置,他的徒党在一年前已探听得他的"深旨"行幸之计。

(三)杨国忠是用他的亲戚羽翼包围了唐玄宗出走的。

(四)陈玄礼老早就要杀杨国忠的,在延秋门外想动手未成,到马嵬坡才爆发了。

(五)杀杨国忠之后军心动摇,不肯再往四川,且有还京之说,唐明皇还想去,后来决定先到扶风,看看风头再说。

(六)发马嵬驿时,百姓遮路把太子留住。这是后来唐室中兴的关键。

(七)到了扶风,军士各怀去就,更出丑言,陈玄礼不能

---

① 旧书卷二百《安禄山传》:"十五年六月李光弼、郭子仪出土门路,大破贼众于常山郡东嘉山。河北诸郡归降者十余。禄山窘急,图欲却投范阳。"

制,明皇发给蜀彩,用言语涕泣要结,方才稍好。① 后来到成都的,连官吏等在内只有一千三百人。

(八)实授崔圆为剑南节度副使,在河池郡得到崔圆的奏章,表示很好,幸蜀之计方才完全决定。

以上各点,我们今天自很难说哪些消息当时远道的人可以得到,哪些是不知道的;不过,西川地方当局是杨氏的私人,且早已有所布置安排,我想应该在可知之列。再说,在马嵬兵变一次,在扶风几乎又要变,所谓"悖乱之言",那入蜀的道路风波自是风闻谣传的最好资料。特别是杀了杨国忠,再跑到旧日杨氏的势力范围更觉不妥。如军士们所谓"国忠反叛,不可再往蜀川"是一般人可能共有的看法。至于应验与否,中与不中,自是后话。当时的估计自然不能像"事后详签"那般准确的。

这是《蜀道难》的事实依据和背景。回看诗篇,无论在情感上、意义上都很合符。如三言"蜀道之难难于上青天",虽是夸张的说法;但蜀道既比登天还难,它的含意便是艰难危险不尽在于道路,另一个说法,道路不足以尽其艰难。如说蚕丛鱼凫,以及子规(杜宇所化),都是古代蜀帝的传说,用典比喻今事,亦很贴切。"问君西游何时还"之"君",虽不必像萧注那样重读,认为跟杜诗"恐君有遗失"之"君"完全一样,但解为明皇西巡,口气自合。不然,这个人又指

---

① 旧书卷九《玄宗纪》:"六月……戊戌次扶风县,己亥次扶风郡。军士各怀去就,咸出丑言,陈玄礼不能制。会益州贡春彩十万匹,上悉命置于庭召诸将谕之曰:'卿等国家功臣,陈力久矣,朕之优奖,常亦不轻。逆相背恩,事须回避,其知卿等不得别父母妻子,朕亦不及亲辞九庙。'言发涕流。又曰:'朕须幸蜀,路险狭,人若多往,恐难供承。今有此彩,卿等即宜分取,各图去就。朕自有子弟中官相随,便与卿等诀别。'众咸俯伏涕泣曰:'死生愿从陛下。'上曰:'去住任卿。'自此悖乱之言稍息。"

谁呢？这诗所叙的路程，秦蜀间的正路，也就是明皇幸蜀之路。

但这都还是末节。我们得先看本诗通篇的写法。太白这诗有因袭传统的一面，也有独到的地方。就传统来说，《蜀道难》本如王注八所引吴兢《乐府古题要解》"备言铜梁玉垒之险"；而《蜀道难》又原于更古的《行路难》。《行路难》多言世路艰难及离别悲伤之意，并不必实说道路难行，如有名的鲍照《拟行路难》十八首便是。所以一面描写秦蜀栈道之险，另一面把世路艰难人情险恶作为主旨，都是古意。基本上说，太白这诗是合于乐府的传统的，却自有他独创的一面。"气势"是主要的，不仅可以解明太白的诗，而且也表示出他的性格。① "气盛则言之短长与声之高下者皆宜"，一切好的歌行都是这样，用来说《蜀道难》尤其合式。其次便是笔调的变幻，如说蜀道千难万难，毕竟只是虚，否则后人也不会说《蜀道难》了。② 如豺狼蛇虎充满蜀川，毕竟也是虚，否则下文不该说"锦城虽云乐"了。然而这些虚处，偏用了四分之三或更多的篇幅来写它；及说到作者本意，不过轻轻一点，"锦城虽云乐，不如早还家"。轻重多寡跟虚实颠倒互用。虚的反而用重笔，反而多讲，实的反而蜻蜓点

---

① 叶燮《原诗》："李白天才自然，出类拔萃，然千古与杜甫齐名，则犹有间。盖白之得，非以才得之，乃以气得之也。从来节义勋业文章，皆得于天而足于己，然其间亦岂无分剂。虽所得或未至十分，苟有气以鼓之，如弓之括，力至引满，自可无坚不摧，此在彀率之外者也。如白《清平调》三章，亦平平宫艳体耳，然贵妃捧砚，力士脱靴，无论儒夫于此，战栗趑趄万状，秦武阳壮士不能不色变于秦皇殿上，则气未有不先馁者，宁暇见其才乎。观白挥洒万乘之前，无异长安市上醉眠，此何如气也。……故白得与甫齐名者，非才为之，而气为之也。历观千古诗人有大名者，孰能有是气者乎。"（见《历代诗话》）

② 新书卷一五八《韦皋传》："有陆畅者……字达夫，皋雅所厚礼。始，天宝时李白为《蜀道难》以斥严武，畅更为《蜀道易》以美皋焉。"这个说法将因果颠倒，并参看本文注。

水似的过去了。这是它的变化处。

像气势奔放，风格雄奇，笔法变幻虽为本篇人人共见的特征，却又跟作意密切配合，而作意又系切中当时情事的。不然，岂不成为虚枵的作品。我常说谪仙的绰号，连累李白不浅。仙人应该是什么性格脾气的？我们不知道，每因此把李白诗空空的赞美一番，却囫囵地读过了。李杜虽齐名，了解李诗的要比杜诗少得多。

依旅程来说，除开首结末各有几句外，本诗可分三部分。由长安逾秦岭北栈是道里的第一段，也是本诗的第一段，从"蚕丛及鱼凫"到"胡为乎来哉"止。入南栈抵剑阁，为西川的咽喉是第二段，从"剑阁峥嵘"到"化为狼与豺"止。到成都，另一境亦另一段，从"朝避猛虎"到"不如早还家"止。这样分法不一定妥当，第一段或可再分。二、三两段或可合并。不过剑阁天险，成都平原既是两个境界，所以把它分开。分段只为说明的一时方便，本来不必拘泥的。

若分为前后两段，前段夸说蜀道艰难原是虚笔，豺狼们的险恶实远过于山川；只就后段说，豺狼蛇虎已实还虚，且其所为险，正因它们虚而不实。假如真是豺虎，那末，禽兽山川同为自然界的现象，区别正不必多。这个说法和表现法是切合情事的，用空灵缥缈等一般赞词不能够说明它的好处。

不但切合当时情事，且说着了唐玄宗幸蜀的心理。回过来说明皇幸蜀的事。他为什么要到四川去？自然是受了杨国忠的包围。但为什么杀了杨国忠以后，军士们都说"不可再往蜀川"，他还要西去呢？（"上意在剑南，虑违士心无所言"）无非怕安禄山追兵杀来和贪图成都的安逸罢了。这心理是很卑怯的。剑阁天险可拒贼兵，却忘了所守匪亲或为豺狼；锦官城虽好，总不如还京为佳。《蜀道难》诗的后段说得很明白，是本篇的主要部分。

萧士赟说大致不错。萧曰：

> 剑阁峥嵘而崔嵬……者言赞帝幸蜀者，不过谓有剑阁之险而已，然太白私忧过计，谓险则险矣，守关者任非其人，如豺狼之反噬是未可知，此则尤可忧也。朝避猛虎……者，言蜀与羌夷杂处，如虎如蛇，朝夕皆当避之，或者变生肘腋，是又可忧之大者也。（四部丛刊本）

因后事不验，萧氏故多作假设之词。试更做简单的解释。先说"剑阁"一段，诗言豺狼之险，险于山川，而伪装的豺狼尤险于真的禽兽。用今天的话说，假如提高警惕，山川非险，豺狼亦非恶，而豺狼之所以为险，正因它的伪装使你忘记了警惕的原故。剑阁虽是一夫当关万夫莫开的天险，也看用什么人去守。张载《剑阁铭》说："形胜之地，匪亲勿居。"李太白更深了一层说："即使所守是亲，安保它不变为豺狼呢。"而且"化为狼与豺"，还不过一种微婉之词，严格地说，本是豺狼，并无所谓"化"。再说"锦城"一段，磨牙吮血、杀人如麻的猛虎长蛇，假如你认识它们，那么，你也不会忘记了戒备，同时也不会以锦城为乐土了。你既以锦城为乐，则你不认识它们为猛虎长蛇可知，而蛇虎之所以不被认识，正为了它们也是伪装的。这两段境界虽不同，而作者之意相通，前后是一贯的，所以亦可作为一段来说明。

这么看来，无论山川险恶，禽兽吃人，都只是比喻。全篇用比兴的写法，本意只一点就醒，而全诗也就此结束了。所以表面铺张夸诞得了弗得，实际上正一笔不苟，而且惜墨如金；表面危言耸听，好像吓唬人，实际上是非常微婉的。跟当时的情势，远道传闻的心理也是符合的。大家对旧注怀疑，无非因他所说不中，即萧士赟自己说得亦很软弱，所以加上"私忧过计"字样，其实中与不中与诗的关系不大。虽说诗人是先知者，却跟占卜的术士不同。如用后事应验来衡量诗歌，那岂不成为神祠佛殿的签筶了么。

又本篇的写作时间，王注本《年表》于天宝元年引孟棨《本事诗》，说贺知章赏识李白的《蜀道难》，而在本年的作品中不将《蜀道难》列入，是王琦亦不信这类传说。按本篇自当作于天宝十五载，即至德元载的秋季，距闻马嵬之变时间不久。永王璘于那年冬天引兵东下①，经过浔阳，太白诗所谓"胁迫上楼船"，入永王幕中当在这个时候，戎马仓皇，恐不可能做这长篇。萧士赟说：

  盖太白初闻禄山乱华，天子幸蜀时作也。（王琦注引）

这是对的。诗中云云亦只合于初闻时情况，到八月以后，安居蜀中，改称上皇，情势改变，也就不会这样说了。——况且太白还有说法不同的其他作品呢。

五 余文

太白有《上皇西巡南京歌》，又《为宋中丞撰请都金陵表》，并竭力称美蜀中，跟本篇的题旨相反；这也是萧士赟说一直不得读者信用的一个原故。萧注假为主客问答语已有所说明，见王琦注引，今录其说：

  客曰："是则然矣。《上皇西巡南京歌》胡为而作耶？"
  予曰："《蜀道难》是初闻上皇仓卒幸蜀之时，见得事理不便者如此，情发于中，不得已而言也。《西巡南京歌》是事

---

① 永王璘反，两《唐书》或说为十月，或说为十二月，说十二月的地方要多一些。大约秋冬之间已在动员，大举东下则在十二月。

已定之后作所，成事不说，遂事不谏，朝廷处分已定，何必更为异议乎？"客又曰："太白《为宋中丞撰请都金陵表》，胡为称美蜀中，欲使上皇安居之耶？"予曰："操辞者太白也，命意者宋中丞也，太白方依于中丞，乃不从中丞之意而自为异论乎？此又不待辩而自明者也。"

这个说法大体上原差不多。王注所附《年表》将两作并列在至德二载，表在秋天，诗在十二月，均有说明。我看《西巡歌》可能还晚一些，当作于至德三载。这两篇文字距离明皇初去西川，至少隔了一年以上，情势大变，诗文立意即使跟《蜀道难》恰好相反亦不足怪，并不能证明《蜀道难》以幸蜀为非这个主题的不能成立。何况还有相通的地方呢，详后。《请都金陵表》系代人作，那更无所谓，正像萧注所说。现在只略说这《上皇西巡南京歌》。

按新旧《唐书》并载至德二载改成都为南京事，旧书文字尤详，现引用并稍加校勘：

> 十二月丙午（新书作丙子，误，上文十一月已有丙子）上皇至自蜀。……十二月戊午朔（上文已有十二月，则此"十二月"没有必要。朔字亦误。下文"三载正月甲戌朔"，则二载之十二月不得有戊午朔，疑为"望"字之误）改蜀郡为南京（原作南阳，误。从新书改），凤翔府为西京，西京为中京。蜀郡改为成都府、凤翔府官寮并同三京名号。
>
> （此句大意可通，文字亦不顺）

这改蜀郡为南京既是至德二载十二月中旬长安的新闻，太白在江南听到后作诗，自当在至德三载。诗虽标题"上皇西巡南京"，其实诗意并不以西巡为盛，却以还京为美。与其说它"上皇西巡南京歌"，上皇西巡时，成都既尚无南京之名，则不如说它"蜀郡改名南京歌，为庆祝上皇回銮而作"，更切合实际。唐朝政府在二帝还京后，把他两个避难到过的地方一起改名为京，而官寮等建置跟长安一样，以表示庆祝，太白这诗正为了称扬这个盛举。如第八首诗：

> 天子一行遗圣迹，锦城长作帝王州。

那时明皇已回返长安，非常明白。其他各首有跟这个说法稍不同的，乃追叙明皇幸蜀时情况。其结末的第十首：

> 剑阁重关蜀北门，上皇归马若云屯，少帝长安开紫极，双悬日月照乾坤。

二帝已正位长安，并非上皇还偏安在蜀，诗意也是分明的。①

总的来说，《西巡歌》多赞美蜀中，说它不减秦川，如：

> 柳色未饶秦地绿，花光不减上阳红。（其三）
> 地转锦江成渭水，天回玉垒作长安。（其四）
> 北地虽夸上林苑，南京还有散花楼。（其六）

而且说成都比长安更好：

> 草树云山如锦绣，秦川得及此间无？（其二）
> 水绿天青不起尘，风光和暖胜三秦。（其九）

甚至于这样说：

> 谁道君王行路难，六龙西幸万人欢。（其四）

这就无怪后人不大相信萧注对《蜀道难》的说法了。

依我看，既名曰《西巡南京歌》，则赞美蜀川自属题中应有之义，而本诗作意，表面似乎跟《蜀道难》正相反；若仔细研求便知有脉络贯串处。须知西巡西狩，无论把蜀中夸得如何好，总不过文士们为君王圆谎的巧言，终归不是什么盛事。"天子蒙

---

① 王夫之《姜斋诗话》卷上："'女也不爽，士贰其行，士也罔极，二三其德'，语似排偶，而下三语与上一语相匹。李白'剑阁重关蜀北门，上皇归马若云屯。少帝长安开紫极，双悬日月照乾坤'，窃取此法而逆用之。"太白此诗不必与《诗·国风》有关，说亦不妥。

尘于外",又有什么盛呢?还京才是真正可赞美的盛典。即蜀地山川之美,风土之佳,人物之盛等等,从唐朝皇室看来有一个前提,即所谓"中兴"。有了这前提,才值得赞美。太白在本篇亦明说道:

> 万国同风共一时,锦江何谢曲江池。(其五)

可见锦江之不减曲江,以"万国同风"为前提的。如失了天下,还直赞美成都如何如何的好法,那就成为对于小朝廷的讽刺了。太白本诗的作意当然不是这样;于是就用了"双悬日月照乾坤"这般的说法来做十首诗的总结。

将这诗比《蜀道难》,那儿说"蜀道之难难于上青天",这儿偏说"谁道君王行路难",到底难也不难?这都是李白一人的手笔。我们谁也不曾怀疑,那一篇不是李白做的。矛盾虽若水火冰炭的不相容,然而也不过在文字的表面上。上文已详尽地说过,《蜀道难》篇中山川之险,禽兽之恶,都为文人的夸饰、比喻、陪衬,真正的作意仅仅两句十字而已;而这《西巡歌》十首正发挥了,补足了这两句十个字的未尽之意。所谓"锦城虽云乐,不如早还家",把"家"字作"京"字读,就完全合拍了,而这"家"字本该作为"京"字理解的。这十首诗正是那诗十个字的注脚。多方面说蜀地怎么好法,不减且过于秦中,便是"锦城虽云乐";而"归马云屯,双悬日月",便是"不如早还家";岂不正相合拍?所不同的,彼诗作于初闻幸蜀时,故作忧危之语;此诗作于回銮之后,故作庆幸之词。"不如早还家",当时这样说,现在居然还家了,自然可庆幸。其实"幸之"即所以"危之"。两诗写作的时间,差了将近两年,作意自不会完全相同,也不应该再相同,却是始终一贯的。我们读了《上皇西巡南京歌》,不仅不须否定前人若萧注的说法,而且觉得《蜀道难》真意所在,更明显了,故略加说解，作为馀文，附入本篇。

一九五六年十月三十一日

〔附记〕此文写后承友人见示：汲古阁本《河岳英灵集》选有李白《蜀道难》殷璠序云：此集起甲寅，终癸巳。按甲寅为唐开元二年，癸巳为天宝十二年。假如这里著录是严密准确的，则《蜀道难》自不可能作于明皇幸蜀时，天宝十五载丙申。但书既名为"河岳英灵"，所收当是已逝的作家，云"终癸巳"，其时太白固尚在，离他卒年，宝应元年壬寅，相距甚远。今本《河岳英灵集》是否殷氏之旧，或有出后人附益处固不可知；但既有此一说，则萧注云云亦未可决其必然，姑录此以待论定。

读词偶得[*]

缘　起

　　我不想说什么开场白,但把这本小书突兀地送给读者,似乎有一点冒昧,现在先转录当年在《中学生》杂志刊载的起首两节,一字不易,以存其真。

　　年来做了一件"低能"的事,教人作词。自己尚不懂得怎样做而去教人,一可笑也;有什么方法使人能做,二可笑也;这个年头,也不知是什么年头——有做词的必要吗,三可笑也。积此三可笑,以某种关系只得干下去,四可笑也。于是在清华大学有"词课示例"之作。本不堪为人所见,乃住在上海的故人读而善之,且促我为本志亦撰一说词的文章。这桩事情倒的确使我惭愧,使我为难。

　　我对于一切并不见得缺乏真诚,只因在文字上喜欢胡

---

[*]《读词偶得》,上海开明书店1934年11月初版。本书采用该书店1948年8月修订版。

说，似颇以"趣味"、"幽默"……为人所知，这是很悲哀的。在这篇文章里，我想力矫前失。就词说词，以现在的状况论，非但不必希望有人学做，并且不必希望许多人能了解。我的意思并不是说只要时代改变了，什么都可以踢开；我只是说古今异宜，有些古代的作品与其体性，不但不容易作，甚至于不容易懂（真真能懂得的意思）。而且，不懂也一点不要紧，懂也没有什么好处；虽然懂懂也不妨。以下我所以敢对诸君随意说话，即是本于这"懂懂也不妨"的观念。若有人以为的确"有妨"，有妨于诸君将来的大业，我唯有惭愧而已。

时光过得快，已是三年前的话了。三年前后有什么不同呢？自然不同，但怎样不同，便不很好说，这就不说。——总之，是从《词课示例》引来的葛藤，为便于读者打破沙锅问到底起见，索性将该文小引亦剪贴之。可惜不是大众语，但恕不改译，以存其真。

> 清华大学属课诸生以作词之法，既诺而悔之，悔吾妄也。夫文心之细，细于牛毛，文事之难，难于累卵，余也何人，敢轻于一试？为诸生计，自抒怀感，斯其上也；效法前修，斯其次也；问道于盲，则策之下者耳。然既诺而悔之，奈功令何？悔不可追，悔弥甚焉。夫昔贤往矣，心事幽微，强作解人，毋乃好事。偶写拙作一二略附解释，以供初学隅反之资，亦野芹之贡耳。诗词自注尚不可，况自释乎？！明知不登大雅之堂，不入高人之耳，聊复为之，窃自附于知其不可而为之之义焉。
>
> 　　　　　　　　　　　　　　一九三〇年十月一日

有如"昔贤往矣，心事幽微，强作解人，毋乃好事"，骂得真痛快，不免戏台也来喝一回彩。吾知这十六个字必为此书他日之定评矣。

本来还想多说几句，但为什么要做，做了又怎样，都已交代清爽，就此打住要紧。所谓"得罢手时且罢手"，否则万一弄到下笔不能自休的地步，那又是娄子。

三四年来频频得圣陶兄的催促与鼓励，我虽几番想歇手，而居然做完上半部，譬如朝顶进香，爬到一重山头，回望来路，暗暗叫了声惭愧。开明书店今日惠然地肯来承印，也令我十分感激。是正传还是套话，总之瞒不过明眼看官的。如曰不然，请看下文。您看得下去，看不下去，我反正也管不着，总之，我不再说了。

一九三四年九月

诗余闲评

（一）何以用诗余不用词

诗余不就是词么？为什么不直截了当说"词的闲评"，而要给它换个名字，岂非不大好？所以要选这两个字而不直接说"词"，稍微有一点意义在里面，现在先解释一下。

第一，词和曲是两种韵文的体裁，但词和曲又都是乐府上的名称，就其文章方面说，则为"词"，词者言词之词也；就其韵律方面的谱调来说，则为"曲"。但词亦谓之曲，如五代时的和凝，人称他为"曲子相公"。曲亦谓之词，如北曲南曲别称为北词南词。这很容易使人误会，把两者混为一谈，所以不说词而说诗余，这是一个原因。

第二，古人说："词者，诗之余也。"宋以后词已不是乐府，早已不能唱，换句话说，它早已和音乐脱离关系，变成文学方面一种长短句的诗了。我说诗余，就为了表示这个性质。

但为了行文说话之便，有时我仍说"词"，这是习惯，一时改不过来。

（二）最早的情形

下面我们来说诗余的来源。一般人都好说宋词、元曲，好像词是宋代才有，曲是元代才有。其实不对，我们应该说唐词、宋曲，不过最早的词与文学无关罢了。它的起源，远在它成为文学作品以前，我们可以分为三个时期：第一期纯粹是音乐，第二期渐有歌唱，最后才涉及文学，才是我们现在所读所作所欣赏的词。最早是有声无词，类如曲谱，根本和文学不发生关系。这种谱子大约始于中唐，甚而更早，初唐时就有。第二期虽有歌唱，但也极粗浅，是用俚俗的白话作成的，大都没有什么文学价值。敦煌石室里就有这种材料。如况周颐《蕙风词话》所引的《望江南》，有这么一句，"为奴照见负心人"，这完全民歌的样子，并且还有别字。

这怎么算得文学？但可见唐代并非无词，实在和文学的关系太小耳。真正文学的词，是在唐代晚年及五代时产生，那就是我们现在所看到的了。

（三）词调之特色及其演变盛衰之迹

词是有调子的，它有一个特色，就是调子固定。比如说《浣溪沙》，调子永远不变，你要作，就得按照着调子作，原来的形式绝对不许更动。调子既不能迁就文章，一定要用文章来迁就调子，所以叫作"填词"。这一点很重要，因为由此造成词之所以特异之点。比如文字方面，声音的高下，都和调子有关，看其文词，就可以知道填的是什么调子，因为文词一定要合律的缘故。

词调也有变化的。从唐、宋以来，曾经过好几个时期。这种变化并非"文学的"，而是"音乐的"。我们可以由音乐的好听与否，来决定词的盛衰。这个理由极简单，盖音乐之好听与否，乃视社会上大众的爱好为转移也。至于它的演变，可分四个阶段：

第一，令——又叫小令，盛行在晚唐、五代时候，即我们现在所说的小调。

第二，慢——所谓长调是也，北宋初年开始发达。

第三，犯调——东拼西凑而成者也，北宋晚年才有。

以上这三种算一类，都属于自然的演变。

第四，自度腔——是词人自己编的谱子，这到南宋时才有。这一种单独算一类。可见那时词风已衰，社会上喜欢词的人已渐渐少起来了。

何以大家不喜欢词了？那就是因为新的音乐起来代替它了，所谓"曲"是也，这种情形很像皮黄的代替昆曲。（附带说一句：曲最早始于宋代，南宋偏安江南时，北方的金朝，当时戏曲已很发达了。所以我说唐词、宋曲，宋曲的真确性固不下于唐词也。）后来蒙古灭宋，北曲竟取词的地位而代之。元朝八十年工夫，就把词弄得没有了。这里我们得一结论：就是艺术的——包括音乐文学——盛衰的原因，其性质是有关于社会性和政治性的。像上面所说，这道理就很明显。

（四）词调失传之故

词调的失传，也不是无因的。最普通的原因是当时词调流行得很普遍，几乎家喻户晓。既然家喻户晓，所以用不着人来记住它，因而最易失传。比如民国初年盛行的《五更调》，谁都会唱，所以用不着记，等时代性一变，会的人少了，结果就渐渐失传。然而这一个原因还不够，更主要的原因，实在由于当时没有好的记谱方法。记谱最要紧的，一为工尺，一为板眼。工尺示音之高低，板眼示节之快慢，当时曲谱大抵只有工尺，没有板眼，后人谁也看不懂，所以失传。故姜白石的词，虽然有谱也不能唱。

此外还有一个最大的原因。从唐到宋，词的经过也有三百年，这里面并非一无变化。新调一方面逐渐添多，旧调一方面却渐渐消灭。添的有人注意，消灭则少人知，因而愈久，失传的愈多。比如说张志和的《渔父》词"西塞山前白鹭飞，桃花流水鳜鱼肥"那一首，到苏东坡时已不能唱，故易其词为《浣溪沙》，以便歌唱。由张志和而苏东坡，这中间相去不过才百余年，已经有失传的调子了。还有宋代词调虽多，却不见得都能唱，常唱的不过极少一部分，这个事实并不奇怪。现在常唱的昆曲也不过极少数的几折，比如史梅溪有一首《东风第一枝》，张玉田说："绝无歌者。"可见这调子流传不广，当然难免失传了。

要知宋人和今人的观点根本不同处就在此，当时人并不十分重视词里文章的好坏，主要在看音乐歌唱是否受人欢迎，现在人既无可听，便只好谈文章了。

（五）唱法与乐器

当时唱词的情形，大约有两种：第一，有舞态的，间或表演情节。第二，和歌，即清唱。其有舞态，如《杜阳杂编》、《南部新书》记《菩萨蛮》队舞，《容斋随笔》说《苏幕遮》为马戏的音乐。又近人刘复《敦煌掇琐》有唐词的舞谱，虽不可解，而词有舞容则别无疑问。

至词为清唱，试引姜白石《过垂虹》诗即可明白。他说：

"自作新词韵最娇,小红低唱我吹箫。"小红那时大约只是清唱,不在跳舞,否则一叶扁舟,美人妙舞,船不要翻了么?

诗余的乐器伴奏,张炎《词源》里记载得最明白:"惟慢曲引近则不同,名曰小唱,须得声字清圆,以哑筚篥合之,其音甚正,箫则弗及也。"可见夜游垂虹,白石以箫和歌,只是临时的简单办法,非正式的场面也。词为管乐,仅用哑筚篥或箫来合,与它的文章风格幽深凝炼有关。北曲自始即是弦乐,故纵送奔放驰骤,与诗余的情调大不相同矣,固不得专求之于文字,在此无暇详述了。

(六)诗余在文学方面的情形

以下要讲一讲诗余在文学方面的情形。大抵宋人会作词的很多,不必专门家。古人生活太奢华浪漫,才有这样富丽堂皇的文学作品产生。北宋末年,词风盛极。南渡之后,就差得多了,可以说是词的第一个打击。当然南宋仍很繁华,所以词还可以存在。可是金朝戏曲已逐渐抬头,词终于先亡于北。而南方在南宋末年,也产生了南曲。词于是成了古调,当时几乎等于文学家的私有。在文章方面,看去好像进步,实则它的群众性早已消失。等到蒙古灭宋,它更受到第二个打击,消灭得一干二净了。

词的内容变化,也不简单。最早完全是艳曲,专门描写闺阁,如《花间集》上所载的作品。后来才较为普遍,可以抒写任何事物。北宋末年,更讲求寄托,事实上已含有家国兴亡之感了。大体说来,其特点可分为下面几种:唐五代词精美,北宋之词大,南宋之词深。

在作法方面也分两种:一种是"写的",一种是"作的"。所谓"写的"词,大抵漫不经心,随手写得,多于即席赋成，给歌伎们当时唱的，唱完也就算了，只取乎音乐，无重于文章。"作的"词则是精心结构，决非率尔写成。前者像苏东坡、辛稼轩是；后者像周邦彦、吴文英是。"作的"词精美居多，"写的"则有极精的（往往比"作的"还精），有极劣的。说到这里，我们更要知道一件事，就是读词不能只看选本。因为选本大抵只拣精的，不选坏的，而全集则精粗杂陈，瑕瑜互见。至于专门研究，那么选本专集，自然不可偏废的。

（七）宋以后的情形——明清词

宋以后词的情形，人们大都不爱讲，我以为这是不对的。现在我们大略谈一下。

元代曲子盛行，词不大行，这里可以不谈。明朝的词，大都说不好，我却有一点辩护的话。他们说不好的原因，在于嫌明人的作品，往往"词曲不分"，或说他们"以曲为词"，因为"流于俗艳"。我却要说，明代去古未远，犹存古意。词人还懂得词是乐府而不是诗，所以宁可使它像曲。在作法上，这是可以原谅的。但我现在的意思，词是代诗而兴的新体，在文学方面说明词究竟不算最好。

从清代到现在，词已整个成为诗之一体（这"诗"是广义的），并且清代是一切古学再兴时期，词风也曾盛极一时，大体可分作三派：

最早有浙派。代表人可推朱竹垞。这派可以说是对明代俗艳的作风起一反动。矫正的办法，是主张"雅澹"。竹垞自己说："不师秦七，不师黄九，倚新声玉田差近。"可见其作风及宗旨之一斑。

稍后有常州派，在清代中叶兴起，代表人可推张惠言。他主张雅澹之外,并主立意须高远深厚;他所选的《词选》,就可以作代表。这比前者更进一步了。

最后有所谓同光派,代表人应推朱祖谋。他认为填词,在上述两派的条件之外,还主张精研音律,须讲求四声五音,比起以前的作法,要更难一层了。

(八) 个人的看法——所谓闲评

我们试想这样的词谁会作,谁受得了这个罪?准此,我愿意说一说个人对于词的看法,也就是题目上所谓的闲评,大约有下面几点:

第一,词只可作诗看,不必再当乐府读,可以说是解放的诗或推广的诗。

第二,但我们不可忘记词本来是乐府。既是乐府,就有词牌,自不能瞎作。如题作《浣溪沙》,却不照《浣溪沙》的格式去做,那也不大合理。

第三,对于选调的工作,可以加以研究。选调不求太拗,也不求太不拗,应用调作本位来研究,去其古怪不常见者。

第四,我主张只论平仄,不拘四声。理由有二:其一,如果讲求音律,四声讲到极点,也还嫌不足,莫如不讲。其二,讲求过分,文字必受牵制。

第五,作词似以浅近文言为佳,不妨掺入适当的白话,词毕竟是古典的也。

此外,还有两条路,一种是作白话词,调子和从前的相同,在修辞方面,可不受拘束,文字则以纯正的白话为主。再有一种便是新诗,那是一任作者自创体裁。据我的看法,和这些年来的经验,这条路并不太好走。

（九）余文

正文说完了，还有一点感想。我感到了解古人的文学很难，作旧体文词也很难。因为古人的环境和事物，都和现在不同，现在人不易了解。比如古人有两句诗："洞房花烛夜，金榜题名时。"诗的好坏不谈，这印象我们就难体会。现在的学生投考被录取，和从前封建时代的金榜题名，其情趣是迥不相侔的，因而也感觉不到那种愉快。再有，古人词里往往有薰笼，是用来燃香的，如麝香、沉香等。这是古代房屋里常用的东西，到《红楼梦》里还有。现在虽有舶来品的香水，但是情趣大不相同了。还有"灯花"，生在电气时代里的人物，恐怕不易领略这种况味，用手一捻就亮的电灯，是绝无灯花可言的。还有黄莺和大雁，无论南方北方人，现在恐怕都不常看见了，然而这些东西在旧诗词里却屡见不鲜。虽然这些究竟都是小节，主要的还是人事的变迁，生活的心情不同。前面我说过，古人的生活奢侈浪漫，有那种闲情逸致来弄月吟风。现在的人什九为了穿衣吃饭，在奔忙劳碌中挣扎，就拿我个人来说，这八九年来，就没有心情来填词，平均一年也只得一首，而且大半是悲哀愁苦之言，这是无可讳言的事。所以我说，了解古人作品很难，自己写东西也不是一件简单的事。这是环境使然，没有办法的。

去岁之夏吴玉如先生邀赴津沽工商学院讲演，其令嗣小如同学为笔录，文极清明，不失原意，余复稍稍修订之。讲演原系公开性质，不专为治文艺者立说，故甚浅显，以代本书之导论，或于一般读者对词的了解上有所裨益乎。玉如先生乔梓之盛意尤可感也。

一九四七年三月著者识于北平

一　温飞卿《菩萨蛮》五首[*]

（《全唐诗》录十五首，《花间》录十四首）

小山重叠金明灭，鬓云欲度香腮雪。懒起画蛾眉，弄妆梳洗迟。

照花前后镜，花面交相映。新贴绣罗襦，双双金鹧鸪。

【解释】小山，屏山也。其另一首"枕上屏山掩"，可证。"金明灭"三字状初日生辉与画屏相映。日华与美人连文，古代早有此描写，见《诗·东方之日》、《楚辞·神女赋》，以后不胜枚举。此句从写景起笔，明丽之色现于毫端。

第二句写未起之状，古之帷屏与床榻相连。"鬓云"写乱发，呼起全篇弄妆之文。"欲度"二字似难解，却妙。譬如改作"鬓云欲掩"，径直易明，而点金成铁矣。此不但写晴日下之美人，并写晴日小风下之美人，其巧妙固在此难解之二字耳。难解并不是不可解。

三、四两句为一篇主旨，"懒"、"迟"二字点睛之笔，写艳俱从虚处落墨，最醒豁而雅。欲起则懒，弄妆则迟，情事已见。"弄妆"二字，弄字妙，大有千回百转之意，愈婉愈温厚矣。

过片以下全从"妆"字连绵而下。此章就结构论，只一直线耳，由景写到人，由未起写到初起，梳洗，簪花照镜，换衣服，中间并未间断，似不经意然，而其实针线甚密。

本篇旨在写艳，而只说"妆"，手段高绝。写妆太多似有宾主倒置之弊，故于结句曰："双双金鹧鸪。"此乃暗点艳情，

---

[*] 编者注：温飞卿、韦端己、南唐中主、南唐后主四位词人的词作"解释"，皆为《读词偶得》中的一部分。

就表面看总还是妆耳。谓与《还魂记·惊梦》折上半有相似之处。

水精帘里颇黎枕，暖香惹梦鸳鸯锦。江上柳如烟，雁飞残月天。

藕丝秋色浅，人胜参差剪。双鬓隔香红，玉钗头上风。

【解释】以想象中最明净的境界起笔。李义山诗"水精簟上琥珀枕"，与此略同，不可呆看。"鸳鸯锦"依文法当明言衾褥之类，但诗词中例可不拘。"暖香"乃入梦之因，故"惹"字妙。三、四忽宕开，名句也。旧说"'江上'以下略叙梦境"，本拟依之立说。以友人言，觉直指梦境似尚可商。仔细评量，始悟昔说之殆误。飞卿之词，每截取可以调和的诸印象而杂置一处，听其自然融合，在读者心中，仁者见仁，智者见智，不必问其脉络神理如何如何，而脉络神理按之则俨然自在。譬之双美，异地相逢，一朝绾合，柔情美景并入毫端，固未易以迹象求也。即以此言，帘内之清稼如斯，江上之芊眠如彼，千载以下，无论识与不识，解与不解，都知是好言语矣。若昧于此理，取古人名作，以今人之理法习惯，尺寸以求之，其不枘凿也几希。

此两句固妙，若以入诗，虽平仄句法悉合五言，却病甜弱。参透此中消息，则知诗词素质上之区分。读者若疑吾言，试举两例以明之。大晏（殊）《浣溪沙》曰："无可奈何花落去，似曾相识燕归来。"词中名句也；但晏尚有《示张寺丞王校勘》七律一首，其五六即用此两句。张宗楠曰："细玩'无可奈何'一联，情致缠绵，音调谐婉，的是倚声家语，若作七律未免软弱矣，并录于此，以谂知言之君子。"（见《词林记事》三）小晏（几道）《临江仙》曰："落花人独立，微雨燕双飞。"亦词中名句也，而在他以前，五代时翁宏早有宫词（五律）一首，其三、四两句即此。是抄袭还是偶合不知道。若就时间论，翁先而晏后也，若就价值言，翁创作而晏因袭也，而晏独传名，非颠倒也，侥幸也，以全作对比，晏盖胜翁多矣。此固一半由于上下文的关系，一半亦诗词本质不同之故。（翁作见《五代诗话》引《雅言系述》）

　　过片以下，妆成之象。"藕丝"句其衣裳也。《温归国谣》"舞衣无力风敛，藕丝秋色染"，可证。"人胜"句其首饰也。人日剪彩为胜，见《荆楚岁时记》。这是插在钗上的。温诗集三，《咏春幡》："玉钗风不定，香步独裴回。"可见这是作者惯用的句法，幡胜亦是一类之物。"双鬓"句承上，着一"隔"字，而两鬓簪花如画，香红即花也。末句尤妙，着一"风"字，神情全出，不但两鬓之花气往来不定，钗头幡胜亦颤摇于和风骀荡中。曾有某校学生执"玉钗头上风"相询，竟不知所对。我说："好就好在这个'风'字上。"而他们说："我们不懂，就不懂这个'风'字。"

　　过片似与上文隔断，按之则脉络具在。"香红"二字与上文"暖香"映射，"风"字与"江上"两句映射，然此犹形迹之末耳。循其神理，又有节序之感，如弦外余悲，增人怀想。张炎《词源》列举美成、梅溪词曰："如此等妙词颇多，不独措辞精粹，又且见时序风物之盛，人家宴乐之同。"是知两宋宗风，所从来远矣。此点今不暇具论。点"人胜"一句自非泛泛笔，正关合"雁飞残月天"句，盖"人归落雁后，思发在花前"，固薛道衡《人日》诗也。不特有韶华过隙之感，深闺遥怨亦即于藕断丝连中轻轻逗出。通篇如缛绣繁弦，惑人耳目，悲愁深隐，几似无迹可求，此其所以为唐五代词，自南唐以降，虽风流大畅而古意渐失，温、韦标格，不复作矣。

翠翘金缕双鸂鶒，水纹细起春池碧。池上海棠梨，雨晴花满枝。
　　绣衫遮笑靥，烟草粘飞蝶。青琐对芳菲，玉关音信稀。

【解释】鸂鶒，鸳鸯之属，金雀钗也。上两首皆以妆为结束，此则以妆为起笔，可悟文格变化之方。"水纹"以下三句，突转入写景，由假的水鸟，飞渡到春池春水，又说起池上春花的烂漫来。此种结构正与作者之《更漏子》"惊塞雁，起城乌，画屏金鹧鸪"，同一奇绝。"水纹"句初联上读，顷乃知其误。金翠首饰，不得云"春池碧"，一也。飞卿《菩萨蛮》另一首"宝函钿雀金鸂鶒，沉香阁上吴山碧"，两句相连而绝不相蒙，可以互证，二也。"海棠梨"即海棠也。昔人于外来之品物每加"海"字，犹今日对于舶来品，多加一"洋"字也。

上云"鸂鶒"，下云"春池"，非仅属联想，亦写美人游春之景耳。于过片云"绣衫遮笑靥"乃承上"翠翘"句；"烟草粘飞蝶"乃承上"水纹"三句。"青琐"以下点明春恨缘由，"芳菲"仍从上片"棠梨"生恨，言良辰美景之虚设也。其作风犹是盛唐佳句。"琐"训连环，古人门窗多刻镂琐文，故曰琐窗。曰青琐者，宫门也，此殆宫词体耳，说见下。

杏花含露团香雪，绿杨陌上多离别。灯在月胧明，觉来闻晓莺。

玉钩褰翠幕，妆浅旧眉薄。春梦正关情，镜中蝉鬓轻。

【解释】"杏花"两句亦似梦境，而吾友仍不谓然，举"含露"为证，其言殊谛。夫入梦固在中夜，而其梦境何妨白日哉！然在前章则曰："雁飞残月天。"此章则曰："含露团香雪。"均取残更清晓之景，又何说耶？故首两句只是从远处泛写，与前谓"江上"两句忽然宕开同，其关合本题，均在有意无意之间，若以为上文或下文有一"梦"字，即谓指此而言，未免黑漆了断纹琴也。以作者其他《菩萨蛮》观之，历历可证。除上所举"翠翘"、"宝函"两则外，又如"凤凰相对盘金缕，牡丹一夜经微雨"，殆较此尤奇特也。更有一首，其上片与此相似，全引如下："牡丹花谢莺声歇，绿杨满院中庭月。相忆梦难成，背窗灯半明。"一样的讲起梦来，既可以说牡丹，为什么不可以说杏花？既可以说院中杨柳，为什么不可以说陌上杨柳呢？吾友更曰："飞卿《菩萨蛮》中只'闲梦忆金堂，满庭萱草长'，是记梦境。"

"灯在"，灯尚在也；"月胧明"，残月也；此是在下半夜偶然醒来，忽又朦胧睡去的光景。"觉来闻晓莺"，方是真醒了。此两句连读，即误。"玉钩"句晨起之象。"妆浅"句宿妆之象，即另一首所谓"卧时留薄妆"也。对镜妆梳，关情断梦，"轻"字无理得妙。

竹风轻动庭除冷，珠帘月上玲珑影。山枕隐浓妆，绿檀金凤凰。

两蛾愁黛浅，故国吴宫远。春恨正关情，画楼残点声。

【解释】"竹风"以下说入晚无谬，凭枕闲卧。"隐"当读如"隐几而卧"之隐。"绿檀"承"山枕"言，檀枕也；"金凤凰"承"浓妆"言，金凤钗也；描写明艳。"吴宫"明点是宫词，昔人傅会立说，谬甚。其又一首"满宫明月梨花白"，可互证。欧阳炯之序《花间》曰："自南朝之宫体，扇北里之倡风。"此两语诠词之本质至为分明。温氏《菩萨蛮》诸篇本以呈进唐宣宗者，事见《乐府纪闻》。其述宫怨，更属当然。末两句不但结束本章，且为十四首之总结束，韵味悠然无尽。画楼残点，天将明矣。

二　韦端己《菩萨蛮》五首
（出《花间集》）

韦氏此词凡五首，实一篇之五节耳，而选家每割裂之。如张氏《词选》、周氏《词辨》、成氏《唐五代词选》，均去其"劝君今夜须沉醉"一首，大约以其太近白话，俚质不雅也。

胡适之《词选》则一反其道，节取中间三首，又删去其首尾"红楼别夜堪惆怅"、"洛阳城里春光好"两章，大约又嫌其太不白话也。此等任意去取，高下在心，在选家自属难免，不足深论。惟此词是一意的反复转折，今如此剪截，无乃枉费心力乎。

将本词各章串讲，原皋文之说也。皋文、复堂之说温飞卿《菩萨蛮》亦用串讲法，对于温氏之词，我实在寻不出它们的章法来，所以尽管张、谭两家说得活灵活现，"此感士不遇也，篇法仿佛《长门赋》而用节节逆叙"（见《词选》一），"以《士不遇赋》读之最确"（谭评《词辨》卷一），却终不敢苟同。对于韦词，私心却以为旧说不无见地。此非两歧也，言各有当耳。温、韦各做各的词，原不妨用两种看法去看的。

惟皋文仍有可笑处，既曰篇章，则固宜就原词上探作者之意，斯可耳。今则不然，先割裂之而后言篇法章法，则此等篇法章法即使成立是作者的呢，还是选家的呢？岂非混而不清？岂非削趾适履？故任意割裂已误，任意割裂以后再言篇章如何的神妙，乃属误中之误。窃虽依附前人，对于此点未敢苟同。

韦氏此词隐寓其生平。《词学季刊》一卷四号有夏承焘《韦端己年谱》，罗列行谊甚详，以为"人人尽说江南好"、"如今却忆江南乐"诸首，中和三年客江南后作；"洛阳城里春光好"一首，客洛阳作，与旧说异。皋文当时似疏于考证韦氏之生平，而夏君之说亦有可商处，如"洛阳城里春光好"下句为"洛阳才子他乡老"，其非在洛阳作甚明，若曰"长安才子洛阳老"，始是客洛阳时之口吻也。夏君又曰："时端己已五十余岁，亦称年少（《黄藤山下闻猿》），盖词章泛语不可为考据。"是则弘通之论也。惟似与前说违异，今亦不得详辨。据夏《谱》，端己客江南已逾中年，其入蜀已在暮年，而诗词中辄曰"年少"，固不必拘泥，所谓"不以文害辞，不以辞害志"也。盖生活者，不过平凡之境，文章者，必须美妙之情也。以如彼美妙之文章，述如此平凡之生活，其间不得不有相当之距离者，势也。遇此等空白，欲以考证填之，事属甚难。此是一般的情形，又不独诗词然耳。如皋文说此词，谓"江南即指蜀"，良亦未必，但固不妨移用。彼虽曾客洛阳，而词中洛阳则明明非洛阳而是长安，端己固京兆杜陵人也，"《秦妇吟》秀才"，固一长安才子也。洛阳既可代长安，则江南缘何不可代蜀耶？——虽不能证实，故仅就词中之字面，有时不足断定著作之先后也。兹仍依张说立解，就文义而观其会通，辨其当否，在乎读者。端己词无专集，《全唐诗》有五十四，而《花间》得其四十八。

红楼别夜堪惆怅，香灯半掩流苏帐。残月出门时，美人和泪辞。

琵琶金翠羽，弦上黄莺语。劝我早归家，绿窗人似花。

【解释】张曰："此词盖留蜀后寄意之作，一章言奉使之志本欲速归。"此言离别之始也，"香灯"句境界极妙，周清真曾拟之，说见另一文中。"残月出门时"以普通语法言或费解，词中习见。"美人"句从对面说出，若说我辞美人则径直矣。下片述其初心。"早归"二字一章主脑。"绿窗人似花"，早归固人情也，说得极其自然。"琵琶"两句取以加重色彩，金翠羽者，其饰也；黄莺语者，其声也。琵琶之饰，在捍拨上，王建诗"凤凰飞入四条弦"，牛峤词"捍拨双盘金凤"是也（今日本藏古乐器可证）。此词殊妥贴，闲闲说出，正合开篇光景，其平淡处皆妙境也。王静庵《人间词话》，扬后主而抑温、韦，与周介存异趣。两家之说各有见地，只王氏所谓"画屏金鹧鸪，飞卿语也，其词品似之；弦上黄莺语，端己语也，其词品亦似之"，颇不足以使人心折。鹧鸪、黄莺，固足以尽温、韦哉？转不如周氏"严妆淡妆"之喻，尤为妙譬也。

人人尽说江南好，游人只合江南老。春水碧于天，画船听雨眠。

垆边人似月，皓腕凝霜雪。未老莫还乡，还乡须断肠。

【解释】张曰："此章述蜀人劝留之词……中原沸乱，故曰还乡须断肠。"此作清丽婉畅，真天生好言语，为人人所共见。就章法论，亦另有其胜场也。起首一句已扼题旨，下边的"江南好"，都是从他人口中说出，而游人可以终老于此，自己却一言不发。"春水"两句，景之芊丽也；"垆边"两句，人之姝妙也。"垆边"更暗用卓文君事，所谓本地风光，"皓腕"一句，其描写殆本之《西京杂记》及《美人赋》。"绿窗人似花"、"垆边人似月"，何处无佳丽乎，遥遥相对，真好看杀人也。如此说来，原情酌理，游人只合老于江南，千真万确矣。他自己却偏说"未老莫还乡"，然则老则仍须还乡欤？忽然把他人所说一笔抹杀了。思乡之切透过一层，而作者之意犹若不足，更足之曰"还乡须断肠"。原来这个"莫还乡"是有条件的，其意若曰：因为"须断肠"，所以未老则不还乡；若没有此项情形，则何必待老而始还乡乎。岂非又把上文夸说江南之美尽情涂抹乎？古人用笔，每有透过数层处，此类是也。

如今却忆江南乐，当时年少春衫薄。骑马倚斜桥，满楼红袖招。

翠屏金屈曲，醉入花丛宿。此度见花枝，白头誓不归。

【解释】张曰："上云未老莫还乡，犹冀老而还乡也，其后朱温篡成，中原愈乱，遂决劝进之志，故曰'如今却忆江南乐'，又曰'白头誓不归'，则此词之作，其在相蜀时乎。"张氏之言似病拘泥穿凿，惟大旨不误。起句即承上文而来，当年之乐当年不自知，如今回忆，江南正有乐处也。上章"江南好"，好是人家说的；此章"江南乐"，乐是自己说的，故并不犯复。乐处何在？偏重于人的方面，更偏重人家对他的恩情——知遇之感。此章与下章皆从此点发挥，说出自己终老他乡之缘由，而早归之夙愿至此真不可酬矣。

下片说出一种决心,有咬牙切齿,勉强挣扎之苦。"屈曲"疑即屈戌,亦作屈膝。《邺中记》"石虎作金银屈膝屏风"是也。今北京犹有"屈曲"之语。"此度"两句,一章之主意。谭献曰:"意不尽而语尽。"此评极精。把话说得斩钉截铁,似无余味,而意却深长,愈坚决则愈缠绵,愈忍心则愈温厚,合下文观,此旨极明晰。若当时只作此一章,结尾殆不会如此,善读者必审之也。

劝君今夜须沉醉,尊前莫话明朝事。珍重主人心,酒深情亦深。

须愁春漏短,莫诉金杯满。遇酒且呵呵,人生能几何。

【解释】上三章由早归而说到不早归,更说到誓不归,可谓一步逼紧一步,有水穷山尽之势。此章忽然宽泛,与上文似不称。故自来选家每删此使上下紧接,完成章法。平心论之,此等见解亦非全无是处,但削趾适履,终嫌颠倒,窃谓不必。况依结构言,此章亦有可存之价值乎。

"醉"字即从上章"醉入花丛宿"来。此章醉后口气,故通脱而不凝炼,与前后异趣。端己在蜀功名显达,特眷怀故国,不能自已耳。此章写得恰好,自己之无聊与他人对己之恩遇,俱曲曲传神。"珍重"两句,以风流蕴藉之笔调,写沉郁潦倒之心情,宁非绝妙好词,岂有删却之必要哉。人之待我既如此其厚,即欲不强颜欢笑,亦不可得矣。上章未尽之意,俱于此章尽之,久留西川之故,至此大明。总之中原离乱,欲归则事势有所不能;西蜀遇我厚,欲归则情理有所不许;所以说到这里,方才真正到水穷山尽地步,转出结尾的本旨来。就章法言,又岂可删哉。"人生能几何"句,有将"年少"、"白头"……种种字样一笔勾却气象。

洛阳城里春光好,洛阳才子他乡老。柳暗魏王堤,此时心转迷。

桃花春水渌，水上鸳鸯浴。凝恨对残晖，忆君君不知。

【解释】张曰："此章致思唐之意。"谭于"洛阳才子"句旁批曰："至此揭出。"按：两家之说均是。以上列四章的讲释，读者或者觉得其词固佳，却有小题大做之嫌，岂狮子搏兔必用全力欤。其实端己此词，表面上看是故乡之思，骨子里说是故国之思。思故乡之题小，宜乎小做；怀故国之题大，宜乎大做。此点明，则上述怀疑可以冰释矣。更进一步说，不仅有故国之思也，且兼有兴亡治乱之感焉。故此词五章，重叠回环，大有"言之不足故长言之"之慨。

上边四章，一二为一转折，三四为一转折，全为此章而发。此章全用中锋，无一旁敲侧击之笔。夫洛阳城里之春光何尝不好，只是才子老于他乡耳。"柳暗"句承首句而来，"魏王堤"即魏王池，唐贞观中以赐魏王泰，为东都游赏之地，犹昔日西京之曲江、乐游原，今日北京之海子也。（《白居易集》卷五五："魏王堤下水，声似使君滩。"又卷六六："踏破魏王堤。"）此句想象之景，下接曰："此时心转迷。""迷"字下得固妙，"转"字衬托亦非常得力。综观全作，首章之早归，二章之待老而归，既为事实所不许，三、四两章之泥醉寻欢，立誓老死异乡矣，而一念之来，转生迷惘，无奈之情一至于此。情致固厚，笔力又实在能够宛转洞达，称为名作，洵非偶然。

下片是眼前光景，"春水"直呼应二章之"春水碧于天"，用鸳鸯点缀，在无意间。江南好，洛阳未始不好，洛阳好而江南也未始不好，迷之谓也，不但心迷，眼亦迷矣。结尾两句，无限低徊，谭评"怨而不怒"，已得诗人之旨。此等境界，妙在丰神，妙在口角，一涉言诠便不甚好。谭评周邦彦《兰陵王》："斜阳七字微吟千百遍，当入三昧出三昧。"其言固神秘，非无见而发，吾于此亦云然。说了半天，还是要想的；赌了半天咒，还是不中用；无家可归，还是要回家，痴顽得妙。夫痴顽者，温柔敦厚之别名也，此古今诗人之所同具也。

又按：用"魏王堤"，更有一种暗示。王粲《七哀》曰："南登霸陵岸，回首望长安。"说者以为出于《三百篇》之"念彼周京"（《诗·下泉》）；而杜牧之"乐游原上望昭陵"，说者又以为出于粲。端己长安才子，设想洛阳偏提起贞观往事来，殆亦此意耳。尺寸以求固可不必，惟古人诗词往往包孕弘深，又托之故实，触类引申，读者宜自得之。

三　南唐中主《浣溪沙》二首

（据明万历吕远本）

中主之词，流传甚少，或以宋人词厕杂其间，今据陈振孙《书录解题》，定此两词为中主作。调名《浣溪沙》而与通行之《浣溪沙》不同。《词谱》七："唐教坊曲名，一名《南唐浣溪沙》，《梅苑》名《添字浣溪沙》，《乐府雅词》名《摊破浣溪沙》，《高丽史·乐志》名《感恩多令》。此调即《浣溪沙》之别体，不过多三字两结句，移其韵于结句耳，此所以有'添字'、'摊破'之名；然在《花间集》和凝时已名《山花子》，故另编一体。"此据《花间》，另立《山花子》之名，其实殊未妥，观《花间》五，毛文锡词，其一多三字两结句，其一不然，而同名《浣溪沙》，可证《山花子》殆即《浣溪沙》之异名耳。《词谱》四于《浣溪沙》下又曰："贺铸名《减字浣溪沙》。"可见宋人且有以此为《浣溪沙》之正格者矣。以无三字结句者为正，则以此为"添字"、"摊破"，以有三字结句者为正，则以彼为"减字"，实则在文字上固系两格，在音乐上只有一调，若以曲中衬字之法解释之，则豁然贯通，无所惑也。

手卷真珠上玉钩,依前春恨锁重楼。风里落花谁是主,思悠悠。

青鸟不传云外信,丁香空结雨中愁。回首绿波三楚暮,接天流。

【解释】"真珠"二字《花庵词选》作"珠帘"。《漫叟诗话》"李璟有曲云:'手卷真珠上玉钩,'或改为'珠帘'非所谓知音。"今按"手卷真珠"可谓不词,"手卷珠帘"甚合文谊,而前人乃颠倒其说,必有故焉。《笺注草堂诗余》在此下引李白"真珠高卷对帘钩",盖用古人成语耳,特太白之诗下有"帘钩",意遂明晰,此并去"帘"字,遂令人疑惑。其实古人词中本常有此种句法的,温飞卿《菩萨蛮》"画罗金翡翠,香烛消成泪",'只云"画罗",衾耶帐耶,不曾说也。此谓之小疵或可,谓为不通必不可也。况言"真珠",千古之善读者都知其为帘,若说"珠帘",宁知其为真珠也耶?是举真珠可包珠帘,举珠帘不足以包真珠也。后人妄改,非所谓知音,然哉然哉!"

或疑古代生活即使豪奢,未必用真珠作帘,堆金积玉,毋乃滥乎?此泥于写实之俗说,失却前人饰词遣藻之旨矣。其用意在唤起一高华之景,与本篇一引温"水精帘里颇黎枕"事例相同,说为"没有",固与词意枘凿;说为"必有",亦属刻舟求剑也。关于词藻之用法,孰可孰否,事涉微细,此不得详也。

此总写幽居之子。珠帘手卷,郑重出之,庶睹夷旷,涤兹伊郁,然重楼深锁,春恨依前也。"锁"字半虚半实,锤炼精当,可以体玩。下文说到春风时作,飘转残红,"无主"二字,略略点出本意。结句三字,有愈想愈远,轻轻放下之妙。掩卷瞑想,欲易此三字,其可得乎。

下片较平实,遂少佳胜。"青鸟"出《山海经·海内北经》。西王母原系怪异,后故事转变,即为美人之代语,故笺注引汉武帝故事以实之。"丁香"用李义山诗"芭蕉不展丁香结,同向春风各自愁"。即上文"青鸟"亦疑用玉谿"青雀西飞竟未回"也。"三楚",谓东、西、南楚也,《花庵》、《草堂》均作三峡。
菡萏香销翠叶残,西风愁起绿波间。还与韶光共憔悴,不堪看。

细雨梦回鸡塞远,小楼吹彻玉笙寒。多少泪珠何限恨,寄阑干。

【解释】《人间词话》说首两句:"……大有众芳芜秽、美人迟暮之感。乃古今独赏其'细雨梦回……'故知解人正不易得。"王氏此言极有理解(虽其抑扬或有过当)。兹既已征引,便不必词费。荷衣零落,秋水空明,静安先生独标境界之说,故深有所会也。"远"各本作"还","容"作"韶"。"远"之与"还",区分较小,"远"字较隽,"还"字较自然;"容"之与"韶",则意义有别。韶光者,景与之共憔悴,是由内而及外也。容光者,人与之共憔悴,是由外而及内也。取径各异,今以"容光"为正耳。"不堪看",妙用重笔,(《白雨斋词话》以为沉郁之至,即是此意。)与"思悠悠"有异曲同工之美。吕本此词下引故事两条:冯延巳作《谒金门》云:"风乍起,吹皱一池春水。"中主云:"干卿何事?"对曰:"未若陛下'小楼吹彻玉笙寒'也。"(见陆游《南唐书》,《古今诗话》则以《谒金门》为成幼文作。)荆公问山谷云:"江南词何处最好?"山谷以"一江春水向东流"为对。荆公云:"未若'细雨梦回鸡塞远,小楼吹彻玉笙寒'。又'细雨湿流光'最妙。"(见《雪浪斋日记》。《词苑》以荆公为误,但观其下引冯延巳作,则"江南词"或系《二主阳春词》之通称,《日记》作李后主词,殆误记也。)

这两句千古艳称,究竟怎样好法,颇有问题。王静安就有点不很了解的神气,但说它不如起首两句呢,那文章也有点近乎翻案。今径释本文,不加评跋,见仁见智,读者审之。"细雨"句极使我为了难,觉得这是不好改成白话的,与李易安的"帘卷西风"有点仿佛。（可参看《杂拌儿之二·诗的神秘》）梦大概指的是午梦，然而已有增字解经之病，虽然谈词原不必同说经之拘泥。"细雨"与"梦回"只是偶尔凑泊，自成文理。

　　细雨固不能惊梦，即使雨声搅梦也没有什么味道的，所以万不可串讲。"鸡塞"，据胡适说，典出《汉书·匈奴传》，鸡鹿塞，地在外蒙古，但是否即用此典亦属难定，大约词人取其字面，于地理史乘无甚关系。"鸡塞远"与"梦回"似可串讲，而仍以不串为佳。因为假如串起来，就变成唐诗"啼时惊妾梦，不得到辽西"之类，甚至于比它坏。梦中咫尺，醒后天涯，远之谓也。若说梦中确有鸡塞，如何近法，醒后忽然跑远了，非痴人而何？所以什么叫做"细雨梦回鸡塞远"，正式的回答是不言语。何以？"细雨梦回鸡塞远"，就是细雨梦回鸡塞远。您看是多说一句话不是？"小楼"句却较易释。"彻"字读如元稹《连昌宫词》"逡巡大遍凉州彻"之彻，犹言吹到尾声也玉笙寒之"寒"，虚指可，亦可实说。宜从暖立言。庾信《春赋》"更炙笙簧"，炙笙做甚？"夜深簧暖笙清"，周美成回答得明白。（见清真词）笙可以暖，自然可以寒，暖了好听，冷了呢，或者未必。断续吹之，无聊之甚；吹之不已，而意固不在吹也。将此句合上句观其姿态神思，则佳侠含章之美可见矣，惟确实指出既稍稍为难，且亦不必也。

　　《艺苑卮言》："'细雨梦回鸡塞远，小楼吹彻玉笙寒。青鸟不传云外信，丁香空结雨中愁。'非律诗俊语乎？然是天成一段词也，著诗不得。"此亦说到诗词素质的不同，可与篇一参看。大概词偏于柔，曲偏于刚，诗则兼之。——自然也有例外。我近来颇觉前人以词为诗余的不错，特非本篇所宜论列耳。

　　"寄阑干"，《花庵词选》作"倚"，疑亦为后人改笔。"寄"字老成，"倚"字稚弱，"寄"字与上衔接，"倚"字无根，固未可同日语也。吕本有注云："《花间集》作'倚'。"按《花间集》不登二主之作，殆《花间》之误。《浣溪沙》本难在结句，此体因多了三字之转折更不易填。中主两词，上片结句均极妙，下片结句虽视前者略逊，亦俱稳当。但如依俗本作"倚阑干"，此便成了芜累矣。是以一字之微，足重全篇之价，使千古名什得全其美，旧刊斯可珍矣。

四　南唐后主词五首

虞　美　人

春花秋月何时了，往事知多少。小楼昨夜又东风，故国不堪回首月明中。　　雕阑玉砌应犹在，只是朱颜改。问君能有几多愁，恰似一江春水向东流。

【解释】奇语劈空而下，以传诵久，视若恒言矣。日日以泪洗面，遂不觉而厌春秋之长。岁岁花开，年年月满，前视茫茫，能无回首，固人情耳。"小楼昨夜又东风"，下一"又"字，与"何时了"密衔，而"故国"一句便是必然的转折。就章法言之，三与一，四与二，隔句相承也；一二与三四，情境互发也。但一气读下，竟不见有章法。后主又乌知所谓章法哉，而自然有了章法，情生文也。

过片两句，示今昔之感，只是直说。其下两句，千古传名，实亦盖无故实，刘继增《笺注》所引《野客丛书》以为本于白居易、刘禹锡，直梦呓耳。胡不曰本于《论语》"子在川上"一章，岂不更现成么？此所谓"直抒胸臆，非傍书史"者也。后人见一故实，便以为"囚在是矣"，何其陋耶。

《人间词话》："画屏金鹧鸪，飞卿语也，其词品似之。弦上黄莺语，端己语也，其词品亦似之。"又曰："梦窗之词余得取其词中之一语以评之，曰映梦窗凌乱碧。玉田之词余得取其词中之一语以评之，曰玉老田荒。"今效其语而补之曰："恰似一江春水流，后主语也，其词品似之。"盖诗词之作，曲折似难而不难，唯直为难。直者何？奔放之谓也。直不难，奔放亦不难，难在于无尽。"恰似一江春水向东流"，无尽之奔放，可谓难矣。倾一杯水，杯倾水涸，有尽也；逝者如斯，不舍昼夜，无尽也。意竭于言则有尽，情深于词则无尽。"言之不足，故长言之；长言之不足，故嗟叹之"，老是那么"不足"，岂有尽欤，情深故也。人曰李后主是大天才，此无征不信，似是而非之说也，情一往而深，其春愁秋怨如之，其词笔复宛转哀伤，随其孤往，则谓为千古之名句可，谓为绝代之才人亦可。凡后主一切词皆当作如是观，不但此阕也，特于此发其凡耳。

虞　美　人

风回小院庭芜绿，柳眼春相续。凭阑半日独无言，依旧竹声新月似当年。　　笙歌未散尊前在，池面冰初解。烛明香暗画楼深，满鬓清霜残雪思难任。

【解释】后主之作多不耐描写外物（见下），此却以景为主，写景中情，故取说之。虽曰写景，仍不肯多用气力，其归结终在于情怀，环诵数过殆可明了。

实写景物全篇只首两句。李义山诗："花须柳眼各无赖"，"柳眼"佳，"春相续"更佳，似春光在眼，无尽连绵。于是凭阑凝睇，惘惘低头，片念俄生，即所谓"竹声新月似当年"也。以下立即堕入忆想之中。玩"柳眼春相续"一语，似当前春景，艳浓浓矣。而忆念所及偏在春先，姿态从平凡自然之间，逗露出狡狯变幻来，截搭却令人不觉。其脉络在"竹声新月"上，盖竹声新月，固无闲于春光之浅深者也，拈出一不变之景轻轻搭过，有藕断丝牵之妙。

眼前春物昌昌，只风回小院而已，青芜绿柳而已，其他不得着片语，若当年，虽坚冰始泮，春意未融，然而已尊罍也，笙歌也，香烛也，画堂也，何其浓至耶。春浅如此，何时春深，春深其可忆耶。虚实之景眼下心前互相映照，情在其中矣。结句萧飒憔悴之极，毫无姿态，如银瓶落井，直下不回。古人填词结语每拙，况蕙风标举"重、拙、大"三字，鄙意唯拙难耳。

清平乐

别来春半，触目愁肠断。砌下落梅如雪乱，拂了一身还满。
雁来音信无凭，路遥归梦难成。离恨恰如春草，更行更远还生。

【解释】落梅雪乱，殆玉蝶之类也，春分固犹有残英。"砌下"两句，戏谓之摄影法。上下片均以折腰句结，"拂了一身还满"，二折也，"更行更远还生"，三折也。但如以逗号示之（胡适《词选》页四七、四八），便索然无味，虽不是黑漆断纹琴，亦就断纹以小洋刀深凿之耳。此两句善状花前痴立，怅怅何之，低徊几许之神，似画而实画不到，诗情而兼有画意者。梅英如霰，不着一语惜之何？亦似不暇惜落花矣。谭献以欧阳修《采桑子》拟之，（见谭评《词辨》）夫彼语有做作气，曰"与此同妙"，似失。"雁来"句轻轻地说，"路遥"句虚虚地说，似梦之不成，乃路远为之何其委婉欤。读此觉赵德麟《锦堂春》"重门不锁相思梦，随意绕天涯"，便有伧夫气息，彼语岂不工巧，然而后主远矣。

于愁则喻春水，于恨则喻春草，颇似重复，而"恰似一江春水向东流"，以长句一气直下，"更行更远还生"，以短语一波三折，句法之变换，直与春水春草之姿态韵味融成一片，外体物情，内抒心象，岂独妙肖，谓之人神可也。虽同一无尽，而千里长江，滔滔一往，绵绵芳草，寸接天涯，其所以无尽则不尽同也。词情调情之吻合，词之至者也。后主之词，此两者每为不可分之完整，其本原悉出于自然，不假勉强。夫勉强而求合，岂有所谓不可分之完整耶？是以知其必出于自然也。无以言之，乃析言之，非制作之本也。

相 见 欢

林花谢了春红，太匆匆。无奈朝来寒雨晚来风。　　胭脂泪，留人醉，几时重。自是人生长恨水长东。

【解释】调亦作《乌夜啼》，以后主词中另有一《乌夜啼》，同名异实，故今题作《相见欢》。调凡五韵，上三下二，其转折处同。此词五段若一气读下，便如直头布袋，煮鹤焚琴矣。必须每韵作一小顿挫，则调情得而词情即见。词之致佳者，两者辄融会不分，此固余之前说也，得此而愈明。

此词全用杜诗"林花着雨燕支湿"，却分作两片，可悟点化成句之法。上片只三韵耳，而一韵一折，犹书家所谓"无垂不缩"，特后主气度雄肆，虽骨子里笔笔在转换，而行之以浑然元气。谭献曰："濡染大笔"，殆谓此也。首叙，次断，三句溯其经过因由，花开花谢，朝朝暮暮，风风雨雨，片片丝丝，包孕甚广，试以散文译之，非恰好三小段而何？

下片三短句一气读。忽入人事，似与上片断了脉络。细按之，不然。盖"春红"二字已远为"胭脂"作根，而匆匆风雨，又处处关合"泪"字。春红着雨，非胭脂泪欤，心理学者所谓联想也。结句转为重大之笔，与"一江春水"意同，而此特沉着。后主之词，兼有阳刚阴柔之美，说见下。

《南唐二主词补遗》中此调更有一首，据黄昇《花庵词选》

补入。黄昇曰："此词最凄惋，所谓亡国之音哀以思。"玩其词情，亦分五转，上三下二。自来盛传其"剪不断，理还乱"以下四句，其实首句"无言独上西楼"六字之中，已摄尽凄惋之神矣。兹不详论。

浪 淘 沙

帘外雨潺潺，春意阑珊。罗衾不暖五更寒。梦里不知身是客，一晌贪欢。　独自莫凭阑，无限江山。别时容易见时难。流水落花春去也，天上人间。

【解释】词中抒情，每以景寓之，独后主每直抒心胸，一空倚傍，当非有所谢短，亦非有所不屑（抒情何必比写景高），乃缘衷情切至，忍俊不禁耳。若此传诵最广之名作，其胜场何在，究亦难言。凡兹所说，亦不敢自是，管窥蠡测而已。试观全章，有一句真在写景物乎？曰，无有也。勉强数之，只一首句说雨声，未尝言见也。况依文法言此只一读，谓全章无一句写景，非过言也。此等写法，非情胜者不能。

上片系倒叙，由一晌贪欢而梦醒，由醒而觉得五更寒，由凄寒失寐，而听雨声。"梦里"两句自然真切到极处，此人所共知者也。明明白白的好言语何待人说？然亦窃有说焉。夫后主之情之深，生活变化之骤，与处境之非人所堪，凡此种种，或非我辈所能想象体会者也，故欲明此两句之实味，事属甚难，然不妨另设一相反之境而想象体会之。假如昨夜得梦，梦客他乡，穷极艰窘，几濒险难，冥冥啼叫中瞿然而寤，居然衾枕温馨，炉烟犹热，拭眼凝眸，尚疑家居实境为梦寐之甜甘，及辗转寻省。此果实而彼果虚也，乃遂破涕为笑，怅惘之中杂有欢喜矣。此种境界，吾人恒见，作反面观，则此两句之俄空滋味遂隐约可会。古时"梦见在我旁，忽觉在他乡"，与此正相若。《西游记》曰：

"以心会意，以意会心。"不当如是观乎？若正面作说，事类蛇足，非特有所不欲，亦不能也。后主当日亦只说出这么两句，若可以多说，他何不竟说了，而待补耶？"暖"一作"耐"，"暖"字曲，"耐"字自然。锦衾乍暖，温言惹梦，罗衾不暖，好梦遂阑，飞卿后主，遥遥可对。

"莫"有去、入两读。胡适注云："'莫'字有二解，一为勿，一为暮夜。我以为此字作暮夜解稍胜。"但何以稍胜，其说未详。"日"在"茻"中曰"莫"，即"暮"之本字，作"暮"字读可，但在此句应否读若"暮"，却成为问题。暮凭阑是实的，勿凭阑是虚的，窃谓以上下文合参，实斥殆不如虚拟。上文言五更拥被，而过片绝无转捩，遽入昏暮，毋乃过于突兀，此以上文言，"莫"不宜读为"暮"也。下文言无限江山，夫江山虽实境，而无限江山则虚，是以下文言，"莫"不宜读为"暮"也。况"暮"虽俗字，久已习用，后主不必定写本字。再以他作参证之。其《菩萨蛮》曰："故国梦重归，觉来双泪垂。"此非即"梦里不知身是客，一晌贪欢"欤？其过片则曰"高楼谁与上"，此非即"独自莫凭阑"欤？"谁与"、"独自"，语气正合符节。"高楼谁与上"既是虚，安得曰"独自莫凭阑"为实乎？此以他作比较，莫不宜读为"暮"也。若有人以作"暮"为胜，愿毕其说。

"别时容易见时难"，注解虽多，而苦无领会。刘笺及《词林纪事》均引《能改斋漫录》据《颜氏家训》作说，殆全不相干。陆机诗："分索则易，携手实难。"按之词情亦殊辽远。古诗中类似此者尚多，如魏文帝《燕歌行》"别日何易会日难"，唐戴叔伦《织女诗》"才得相逢容易别"，均与此词差不了几个字，而依曹句比较，"何"、"容"之间只差得一字，"会"即"见"也，"日"即"时"也，而读之便有古诗味道，其中区别微之甚矣。又李义山诗"来是空言去绝踪"亦相仿佛；若"相见时难别亦难"，则翻案而透进一层去说，视此有曲直深浅之别。凡此种种，后主此句所本乎？非也。中有一二句确是其本原乎？无有也。试想，"别时容易见时难"，此人人心中口中物耳，而必多引故籍，求其渊源，毋乃迂远之甚欤？作者当时，取径直达，故在今日正不必绕弯儿去看他。夫上述各例非不甚类似也，而"别时容易见时难"独脍炙儿女之口，似侥幸而实非。何耶？曰，自然而已矣。唯义山"相见时难"句工力堪敌。彼何尝不深美，而视此脱口而出不假思索者，似深美反略逊其浅近，又似乎俯拾即是，大可不必如彼之深美，信乎情深才大，无施不可也。

"流水落花"句极不晦涩，而颇迷离，或曰当以不解解之，话亦有理，但似非本篇体例所宜，爰不避强作解人之笑，明白释之。譬如翻作白话："春去了！天上？人间？哪里去了？"这似乎不好。又如"春归了！天上啊！人间呀！"如何？——不妙。又如"春归去也。昔日天上，而今人间矣！"近之而未是也。盖此句本天人并列，不作抑扬，非如白话所谓"天差地远"，或文言所谓"天渊之隔"也。窃谓此句当从两面看去，其一从本句字义上，其一从上文（它没有下文）。《笺注草堂诗余》引《长恨歌》"天上人间会相见"便是。天上人间，即"人天之隔"，并无其他命意。以上文连读，更坐实此解。此近承"别时容易见时难"而来，远结全章之旨。"流水落花春去也"，离别之容易如此；"天上人间"，相见之难如彼。"梦里不知身是客，一晌贪欢"，言其似近而忽远也；"独自莫凭阑，无限江山"，言其一远而竟不复近也；总而言之，则谓之"流水落花，天上人间"也词意分明，惟一口气囫囵地读下便觉含浑，此含浑之咎，固不尽在作者也。

若泛论通篇，则谭仲修之言最善，其评曰："雄奇幽怨，乃兼二难，后起稼轩稍伧父矣。"雄奇不难，幽怨亦不难；兼之，难矣。凡此所录，如《虞美人》第一，《相见欢》及本阕，皆可谓美尽刚柔者矣。阳刚阴柔之论，虽恍惚难征，而假以形况，何必非佳。夫雄奇，美之毗于阳刚者；幽怨，美之偏于阴柔者，历观唐、宋词家第一流，虽各致其美，犹不免有所偏胜。（仲修以稼轩近伧，可谓知言，非贬稼轩也，直欲拥后主至峰极耳）后主能兼之何耶？夫亦情深一往使之然，惟其深而不拔，乃郁为幽怨；惟其往而不返也，又突发为雄奇。王静安曰："'自是人生长恨水长东'，'流水落花春去也，天上人间'，《金荃》、《浣花》能有此气象耶？"又曰："李重光之词神秀也。"固知古今虽远，赏契非遥，文章天下之公，岂不然欤。静安极崇后主，有极精至语，以通论全体，故兹不备列。

《唐宋词选释》前言*

　　这个选本是提供古典文学研究工作者作为参考用的。因此，这里想略谈我对于词的发展的看法和唐宋词中一些具体的情况，即作为这个选本的说明。

　　有两个论点，过去在词坛上广泛地流传着，虽也反映了若干实际，却含有错误的成分在内：（一）词为诗余，比诗要狭小一些。（二）所谓"正""变"——以某某为正，以某某为变。这里只简单地把它提出来，在后文将要讲到。

　　首先应当说：词的可能的、应有的发展和历史上已然存在的情况，本是两回事。一般的文学史自然只能就已有的成绩来做结论，不能多牵扯到它可能怎样，应当怎样。但这实在是个具有基本性质的问题，我们今天需要讨论的。以下分为三个部分来说明。

---

　　* 编者按：俞平伯《唐宋词选释》，由人民文学出版社1979年10月出版。此"前言"，即为该书的"前言"。

词以乐府代兴,在当时应有"新诗"的资格

词是近古(中唐以后)的乐章,虽已"六义附庸,蔚成大国"①了,实际上还是诗国中的一个小邦。它的确已发展了,到了相当大的地位,但按其本质来讲,并不曾得到它应有的发展,并不够大。如以好而论,当然很好了,也未必够好。回顾以往,大约如此。

从诗的体裁看,历史上原有"齐言"、"杂言"的区别,且这两体一直在斗争着。中唐以前,无论诗或乐府,"齐言"一直占着优势,不妨简单地回溯一下。《三百篇》虽说有一言至九言的句法,实际上多是四言。楚辞是杂言,但自《离骚》以降,句度亦相当的整齐。汉郊祀乐章为三言,即从楚辞变化,汉初乐府本是楚声。汉魏以来,民间的乐府,杂言颇盛,大体上也还是五言。那时的五言诗自更不用说了。六朝迄隋,七言代兴,至少与五言有分庭抗礼的趋势。到了初、盛唐,"诗"与"乐"已成为五、七言的天下了。一言以蔽之,四言→五言→七言,是先秦至唐,中国诗型变化的主要方向;杂言也在发展,却不曾得到主要的位置。

像这样熟悉的事情,自无须多说。假如这和事实不差什么,那么,词的勃兴,即从最表面的形式来看,也是一桩有意义的事情;因为形式和内容是互相影响着的。词亦有齐言②,却以杂言为主,故一名"长短句"。它打破了历代诗与乐的传统形式,从

---

① 《文心雕龙·诠赋》语。
② 《碧鸡漫志》卷一:"唐时古意亦未全丧,竹枝、浪淘沙、抛球乐、杨柳枝,乃诗中绝句而定为歌曲,故李太白清平调词三章皆绝句,元、白诸诗亦为知音协律者作歌。"

整齐的句法中解放出来，从此五、七言不能"独霸"了。这变革绝非偶然，大约有三种因由。

第一，随着语言的发展而不得不变。即以诗的正格"齐言"而论，从上列的式子看，由四而五而七，已逐渐地延长；这显明地为了适应语言（包括词汇）的变化，而不得不如此。诗的长度，似乎七言便到了一个极限。如八言便容易分为四言两句；九言则分为"四、五"，或"五、四"，"四、五"逗句更普通一些。但这样的长度，在一般用文言的情况下，虽差不多了，如多用近代口语当然不够，即掺杂用之，恐怕也还是不够的。长短句的特点，不仅参差；以长度而论，也冲破了七言的限制，有了很自然的八、九、十言及以上的句子①。这个延长的倾向当然并没有停止，到了元曲便有像《西厢记·秋暮离怀·叨叨令》那样十七字的有名长句了②。

第二，随着音乐的发展而不得不变。长短参差的句法本不限于词，古代的杂言亦是长短句；但词中的长短句，它的本性是乐句，是配合旋律的，并非任意从心的自由诗。这就和诗中的杂言有些不同。当然，乐府古已有之，从发展来看，至少有下列两种情形：（一）音乐本身渐趋复杂；古代乐简，近世乐繁。（二）将"辞"（文词）来配声（工谱）也有疏密的不同，古代较疏，近世较密。这里不能详叙了。郑振铎先生说：

> 词和诗并不是子母的关系。词是唐代可歌的新声的总称。这新声中，也有可以五七言诗体来歌唱的；但五七言的固定的句法，万难控御一切的新声，故崭新的长短句便不得

---

① 如《洞仙歌》末为八字一句，九字一句；《喝火令》末为九字一句，十一字一句等等。

② 〔叨叨令〕："（见）安排（着）车（儿）马（儿不由人）熬（熬）煎（煎的）气。"本为七字句法，加衬成十七字句。加括弧者为衬字。

不应运而生。长短句的产生是自然的进展,是追逐于新声之后的必然的现象①。

他在下面并引了清成肇麐《唐五代词选自序》②中的话。我想这些都符合事实,不再申说了。

第三,就诗体本身来说,是否也有"穷则变"的情形呢?当然,唐诗以后还有宋、元、明、清以至近代的诗,决不能说"诗道穷矣"。——但诗歌到了唐代,却有极盛难继之势。如陆游说:

> 唐自大中后,诗家日趣(通"趋")浅薄,其间杰出者亦不复有前辈宏妙浑厚之作,久而自厌,然梏于俗尚不能拔出。会有倚声作词者,本欲酒间易晓,颇摆落故态,适与六朝跌宕意气差近,此集所载是也。故历唐季、五代,诗愈卑而倚声辄简古可爱。盖天宝以后诗人常恨文不迨(似缺一"意"字),大中以后诗衰而倚声作。使诸人以其所长格力,施于所短,则后世孰得而议。笔墨驰骋则一,能此而不能彼,未能以理推也③。

他虽说"未能以理推",实际上对于形式与内容的关系和推陈出新的重要也已经约略看到了。词的初起,确有一种明朗清爽的气息,为诗国别开生面。陆游的话只就《花间》一集说,还不够全面,然亦可见一斑。

这样说来,词的兴起,自非偶然,而且就它的发展可能性来看,可以有更广阔的前途,还应当有比它事实上的发展更加深长的意义。它不仅是"新声",而且应当是"新诗"。唐代一些诗

---

① 见郑振铎著《插图本中国文学史》第三十一章。
② 郑书原作《七家词选序》。戈载《宋七家词选》中并无成序,盖郑误记。承友人见告,今改正。
③ 明汲古阁覆宋本《花间集》陆游跋之二。

文大家已有变古创新的企图,且相当地实现了。词出诗外,源头虽若"滥觞"。本亦有发展为长江大河的可能,像诗一样的浩瀚,而自《花间》以后,大都类似清溪曲涧,虽未尝没有曲折幽雅的小景动人流连,而壮阔的波涛终感其不足。在文学史上,词便成为诗之余,不管为五七言之余也罢,《三百篇》之余也罢,反正只是"余"。但它为什么是"余"呢?并没有什么理由可言。这一点,前人早已说过①,我却认为他们估计得似乎还不大够。以下从词体的特点来谈它应有的和已有的发展。

词的发展的方向

要谈词的发展,首先当明词体的特点、优点,再看看是否已经发挥得足够了。

当然,以诗的传统而论,齐言体如四、五、七言尽有它的优点;从解放的角度来看"诗",词之后有曲,曲也有更多的优点。在这里只就词言词。就个人想到的说,以下列举五条,恐怕还不完全。

第一,是各式各样的、多变化的。假如把五、七言比做方或圆,那么词便是多角形;假如把五、七言比做直线,词便是曲线。它的格式:据万树《词律》,为调六百六十,为体一千一百八十余。清康熙《钦定词谱》,调八百二十六,体二千三百零六。如说它有二千个格式,距事实大致不远。这或者是后来发展的结果,词的初起,未必有那么多。也不会太少,如《宋史·乐志》称"其急慢诸曲几千数"。不过《乐志》所称,自指曲谱

---

① 见王易《词曲史》"明义"第一、甲"诗余"一条引诸家;又见郑振铎《插图本中国文学史》第三十一章。

说，未必都有文辞罢了。

　　第二，是有弹性的。据上列数目字，"体"之于"调"，约为三比一。词谱上每列着许多的"又一体"，使人目眩。三比一者，平均之数；以个别论，也有更多的，如柳永《乐章集》所录《倾杯》一调即有七体之多。这些"又一体"，按其实际，或由字数的多少，或缘句逗的参差，也有用衬字的关系。词中衬字，情形本与后来之曲相同。早年如敦煌发见的"曲子词"就要多些，后来也未尝没有。以本书所录，如沧海之一粟，也可以看到①。不过一般不注衬字，因词谱上照例不分正衬。如分正衬，自然不会有那么多的"又一体"了。是否变化少了呢？不然，那应当更多。这看金、元以来的曲子就可以明白。换句话说，词的弹性很大，实在可以超过谱上所载二千多个格式的，只是早年的作者们已比较拘谨，后来因词调失传，后辈作者就更加拘谨了。好像填词与作曲应当各自一工。其实按词曲为乐府的本质来说，并看不出有这么划然区分的必要。词也尽可以奔放驰骤的呵。

　　第三，是有韵律的。这两千多格式，虽表面上令人头晕眼花，却不是毫无理由的。它大多数从配合音乐旋律来的。后人有些"自度腔"，或者不解音乐，出于杜撰，却是极少数。早年"自度腔"每配合音谱，如姜白石的词。因此好的词牌，本身含着一种情感，所谓"调情"。尽管旋律节奏上的和谐与吟诵的和谐不就是一回事，也有仿佛不利于唇吻的，呼为"拗体"，但有些拗体，假如仔细吟味，拗折之中亦自饶和婉。这须分别观之。

---

① 例如上卷敦煌曲子调《望江南》第二句："遥望似一团银"，本句五字，"似"字是衬。同卷欧阳炯《江城子》末二句"如西子镜，照江城"当三三句法，"如"字是衬。中卷无名氏《御街行》末句"那里有人人人不寐"，"那里"二字是衬，已见中卷此词注⑥引《词谱》云云。

所以这歌与诵的两种和谐,虽其间有些距离,也不完全是两回事。——话虽如此,自来谈论这方面的,以我所知,似都为片段,东鳞西爪,积极地发挥的少,系统地研究的更少。我们并不曾充分掌握、分析过这两千多个词调呵。

第四,它在最初,是接近口语的。它用口语,亦用文言;有文言多一些的,有白话多一些的,也有二者并用的。语文参错得相当调和,形式也比较适当。这个传统,在后来的词里一直保存着。五、七言体所不能,或不易表达的,在词则多半能够委曲详尽地表达出来。它所以相当地兴旺,为人们所喜爱,这也是原由之一。

第五,它在最初,是相当地反映现实的。它是乐歌、徒歌(民歌),又是诗,作者不限于某一阶层,大都是接近民间的知识分子写的,题材又较广泛。有些作品,艺术的意味、价值或者要差一些;但就传达人民的情感这一角度来看,方向本是对的。

看上面列举的不能不算作词的优点,经历了漫长的时间,词在数量上或质量上已大大的发展了。但是否已将这些特长发挥尽致了呢?恐怕还没有。要谈这问题,先当约略地探讨一般发展的径路,然后再回到个别方面去。

一切事情的发展,本应当后起转精,或后来居上的,所谓"青出于蓝而青于蓝"。毫无疑问,文艺应当向着深处前进,这是它的主要方向;却不仅仅如此,另一方面是广。"深"不必深奥,而是思想性或艺术性高。"广"不必数量多,而是反映面大。如后来论诗,有大家名家之别。所谓"大家"者,广而且深;所谓"名家"者,深而欠广。一个好比蟠结千里的大山,一个好比峭拔千寻的奇峰。在人们的感觉上,或者奇峰更高一些;若依海平实测,则大山的主峰,其高度每远出奇峰之上,以突起而见高,不过是我们主观上的错觉罢了。且不但大家名家有这样的分别，即同是大家也有深广的不同。如杜甫的诗深而且广。李白的诗高妙不弱于杜，或仿佛过之，若以反映面的广狭而论，那就不能相提并论了。

词的发展本有两条路线：一、广而且深（广深）；二、深而不广（狭深）。在当时的封建社会里，受着历史的局限，很不容易走广而且深的道路，它到文士们手中便转入狭深这一条路上去；因此就最早的词的文学总集《花间》来看，即已开始走着狭深的道路。欧阳炯《花间集序》上说：

> 自南朝之宫体，扇北里之倡风，何止言之不文，所谓秀而不实。有唐已降，率土之滨，家家之香径春风，宁寻越艳；处处之红楼夜月，自锁嫦娥。……因集近来诗客曲子词五百首……庶使西园英哲，用资羽盖之欢；南国婵娟，休唱莲舟之引。

曲子词为词的初名。"曲"者，声音；"词"者，文词（即辞）；称"曲子"者，"子"有"小"字义，盖以别于大曲。这里在原有的"曲子词"上面加上"诗客"二字，成为"诗客曲子词"，如翻成白话，便是诗人们做的曲子词，以别于民间的歌唱，这是非常明白的。欧阳炯序里提出南朝宫体、北里倡风的概括和言之不文、秀而不实的批评，像这样有对立意味又不必合于事实的看法，可以说，词在最初已走着一条狭路，此后历南唐两宋未尝没有豪杰之士自制新篇，其风格题材每轶出《花间》的范围；但其为"诗客曲子词"的性质却没有改变，亦不能发生有意识的变革。"花间"的潜势力依然笼罩着千年的词坛。

我们试从个别方面谈，首先当提出敦煌曲子。敦煌写本，最晚到北宋初年，却无至道、咸平以后的；这些曲子自皆为唐五代的作品。旧传唐五代词约有一千一百四十八首（见近人林大椿辑本《唐五代词》），今又增加了一百六十二首。不但数量增多了，而且反映面也增广，如唐末农民起义等，这些在《花间集》里就踪影毫无。以作者而论，不限于文人诗客，则有"边客游子之呻吟，忠臣义士之壮语，隐君子之怡情悦志，少年学子之热望与失望"①。以调子而论，令、引、近、慢已完全了，如《凤归云》、《倾杯》、《内家娇》都是长调，则慢词的兴起远在北宋以前。以题材而论，情形已如上述"其言闺情与花柳者，尚不及半"（亦根据王说），可破《花间集序》宫体倡风之妄说。过去的看法，词初起时，其体为小令，其词为艳曲，就《花间》说来诚然如此，但《花间》已非词的最初面目了。因此这样的说法是片面的。

以文章来论，有些很差，也有很好的。有些不下于《花间》温、韦诸人之作，因其中亦杂有文人的作品。有的另具一种清新活泼的气息，为民歌所独有，如本书上卷第一部分所录，亦可见一斑。它的支流到宋代仍绵绵不断，表现在下列两个方面：一、民间仍然做着"曲子词"。这些材料，可惜保存得很少，散见各书，《全宋词》最末数卷（二九八至三〇〇卷），辑录若干首，如虽写情态，当时传为暗示北宋末年动乱的②，如写南宋里巷风俗的③……反映面依然相当广泛。若说"花间"派盛行之后，敦煌曲子一派即风流顿尽了，这也未必尽然。二、所谓"名家"

---

① 王重民《敦煌曲子词集·叙录》。
② 《苕溪渔隐丛话》后集卷三十九引《复斋漫录》："宣和五年，初复九州……都门盛唱小词曰：'喜则喜，得入手；愁则愁，不长久。忻则忻，我两个厮守；怕则怕，人来破斗。'"
③ 《岁时广记》卷二十六，录失调名词："天上佳期，九衢灯月交辉。摩喉孩儿，斗巧争奇，戴短檐珠子帽，披小缕金衣。嗔眉笑眼，百般地敛手相宜。转眼底工夫，不少引得人，爱后如痴。快输钱，须要扑，不问归迟。归来猛醒，争如我活底孩儿。"

每另有一种白话词，兼收在集子里，如秦观的《淮海居士长短句》、周邦彦的《清真词》都有少数纯粹口语体的词，我们读起来却比"正规"的词还要难懂些。可见宋代不但一般社会上风尚如此，即专门名家亦复偶一用之。至于词篇，于藻饰中杂用白话，一向如此，迄今未变，又不在话下了。陈郁《藏一话腴》评周词说："美成自号清真，二百年来以乐府独步，贵人学士、市儇伎女皆知美成词为可爱。"是雅俗并重，仍为词的传统，直到南宋，未尝废弃。

如上所说，"花间"诸词家走着狭深的道路，对民间的词不很赞成；实际上他们也依然部分继承着这个传统，不过将原来的艳体部分特别加大、加工而已。一般说来，思想性差，反映面狭。但其中也有表现民俗的，如欧阳炯、李珣的《南乡子》；也有个别感怀身世的，如鹿虔扆的《临江仙》，并非百分之百的艳体。至于艺术性较高，前人有推崇过当处[①]，却也不可一概抹杀。

此后的发展也包括两个方面，举重点来说：其一承着这传统向前进展，在北宋为柳永、秦观、周邦彦，在南宋为史达祖、吴文英、王沂孙等等；其二不受这传统的拘束，有如李煜、苏轼、辛弃疾等等。这不过大概的看法，有些作家不易归入那一方面的，如李清照、姜夔。这里拟改变过去一般评述的方式，先从第二方面谈起。

"南唐"之变"花间"，变其作风不变其体——仍为令、引之类。如王国维关于冯延巳、李后主词的评述，或不符史实，或估价奇高；但他认为南唐词在"花间"范围之外，堂庑特大，

[①] 如张惠言《词选》评注，以温飞卿《菩萨蛮》比《离骚》。

李后主的词，温、韦无此气象①，这些说法还是对的。南唐词确推扩了"花间"的面貌，而开北宋一代的风气。

苏东坡创作新词，无论题材风格都有大大的发展，而后来论者对他每有微词，宋人即已如此。同时如晁补之说："苏东坡词，人谓多不谐音律，然居士辞横放杰出，自是曲子中缚不住者。"② 稍晚如李清照说："至晏元献、欧阳永叔、苏子瞻学际天人，作为小歌词，直如酌蠡水于大海，然皆句读不葺之诗耳，又往往不协音律者，何耶。"③ 若依我看来，东坡的写法本是词发展的正轨，他们认为变格、变调，实系颠倒。晁、李都说他不合律，这也是个问题。如不合律，则纵佳，亦非曲子，话虽不错，但何谓合律，却是一个复杂的问题。东坡的词，既非尽不可歌；他人的词也未必尽可歌，可歌也未必尽合律，均屡见于记载。如周邦彦以"知音"独步两宋，而张炎仍说他有未谐音律处④，可见此事，专家意见分歧，不适于做文艺批评的准则。至于后世，词调亡逸，则其合律与否都无实际的意义，即使有，也很少了，而论者犹断断于去上阴阳之辨，诚无谓也。因此东坡的词在当日或者还有些问题，在今日就不成为问题了。胡寅说："及眉山苏氏，一洗绮罗香泽之态，摆脱绸缪宛转之度，使人登高望远，举

---

① 如王国维《人间词话》上："后主之词真所以血书者也。""后主则俨有释迦基督担荷人类罪恶之意。"此皆推许太过，拟不于伦。又如："冯正中词虽不失五代风格，而堂庑特大，开北宋一代风气，与中后二主词皆在'花间'范围之外，宜《花间集》中不登其只字也。"《花间》结集时代较早，故不收南唐的词，这里的理由也是错的。至如："'自是人生长恨水长东'，'流水落花春去也，天上人间'，《金荃》、《浣花》能有此气象耶？"评价也还恰当。

② 《能改斋漫录》卷十六。

③ 《苕溪渔隐丛话》后集卷三十三引李作《论词》。

④ 张炎《词源》下："美成负一代词名……而于音谱且间有未谐，可见其难矣。"

首高歌,而逸怀浩气超然乎尘垢之外。于是《花间》为皂隶,而柳氏为舆台矣。"① 这是词的一大进展。

李清照在《论词》里,主张协律;又历评北宋诸家均有所不满,而曰"乃知词别是一家,知之者少",似乎夸大。现在我们看她的词却能够相当地实行自己的理论,并非空谈欺世。她擅长白描,善用口语,不艰深,也不庸俗,真所谓"别是一家"。可惜全集不存,现有的只零星篇什而已。至于她在南渡以后虽多伤乱忧生之词,反映面尚觉未广,这是身世所限,亦不足为病。

南宋的词,自以辛弃疾为巨擘。向来苏、辛并称,但苏、辛并非完全一路。东坡的词如行云流水,若不经意,而气体高妙,在本集大体匀称。稼轩的词乱跑野马,非无法度,奔放驰骤的极其奔放驰骤,细腻熨帖的又极其细腻熨帖,表面上似乎不一致。周济说他"敛雄心,抗高调,变温婉,成悲凉"②。其所以慷慨悲歌,正因壮心未已,而本质上仍是温婉,只变其面目使人不觉罢了。照这样说来,骨子里还是一贯的。稼轩词篇什很广,技巧很繁杂,南宋词人追随他的也很多。在词的发展方面,是一个很重要的作家。

姜夔的词在南宋负高名,却难得位置,评论也难得中肯。如宋末的张炎应该算是知道白石的了,他在《词源》里,说白石词"清空"、"清虚"、"骚雅"、"如野云孤飞,去留无迹"等等,似乎被他说着了,又似乎不曾,很觉得渺茫。白石与从前词家的关系,过去评家的说法也不一致,有说他可比清真的③,有

---

① 汲古阁本《宋六十名家词》录《题酒边词》。
② 周济《宋四家词选·序论》。
③ 黄昇《花庵词选》:"白石道人……词极精妙,不减清真乐府,其间高处有美成所不能及。"

说他脱胎稼轩的①。其实为什么不许他自成一家呢？他有袭旧处，也有创新处，而主要的成绩应当在创新方面。沈义父《乐府指迷》说他"未免有生硬处"，虽似贬词，所谓"生硬"已暗逗了这消息。他的词，有个别反映了当时的现实，只比稼轩要含蓄一些，曲折一些。他的创作理论，有变古的倾向，亦见于本集自序②，说得也很精辟。

上面约略评述的几个词家，都不受《花间》以来传统的拘束。他们不必有意变古，而事实上已在创新。至于所谓正统派的词家，自《花间》以来也不断地进展着，并非没有变化，却走着与过去相似的道路。这里只重点地略说三人，在北宋为柳永、周邦彦，在南宋为吴文英。其他名家，不及一一列举了。

柳永词之于《花间》，在声调技巧方面进展很大。如《花间》纯为令曲，《乐章》慢词独多，此李清照所谓"变旧声作新声"也。柳词多用俗语，长于铺叙，局度开阔，也是它的特点。就其本质内容来说，却不曾变，仍为情态香艳之辞，绮靡且有甚于昔。集中亦有"雅词"，只占极少数，例如本书中卷所录《八声甘州》。

周邦彦词，令、慢兼工，声调方面更大大的进展③。虽后人评他的词，"创调之才多，创意之才少"，固有道着处，亦未必尽然④。周词实为《花间》之后劲，近承秦、柳，下启南宋，对

---

① 周济《宋四家词选·序论》："白石脱胎稼轩，变雄健为清刚，变驰骤为疏宕。"

② 《白石诗》自叙之二："作者求与古人合，不若求与古人异。求与古人异，不若不求与古人合而不能不合，不求与古人异而不能不异。"

③ 张炎《词源》下："美成诸人又复增演慢曲、引、近，或移宫换羽为三犯、四犯之曲，按月律为之，其曲遂繁。"

④ 此王国维说，见《人间词话》上。但他在《清真先生遗事》里却说"词中老杜则非先生不可"，可见王氏晚年已修改他的前说。

后来词家影响很大。

一般地说，南宋名家都祖《清真》而祧《花间》，尤以吴文英词与周邦彦词更为接近。宋代词评家都说梦窗出于清真①，不仅反映面窄小，艺术方面亦有形式主义的倾向。如清真的绵密，梦窗转为晦涩；清真的繁稱，梦窗转为堆砌，都是变本加厉。全集中明快的词占极少数。如仔细分析，则所谓"人不可晓"者亦自有脉络可寻，但这样的读词，未免使人为难了。说它为狭深的典型，当不为过。词如按照这条路走去，越往前走便愈觉其黯淡，如清末词人多学梦窗，就是不容易为一般读者接受的。

南宋还有很多的词家，比较北宋更显得繁杂而不平衡：有极粗糙的，有很工细的；有注重形式美的，也有连形式也不甚美的，不能一概而论。大体上反映时代的动乱，个人的苦闷，都比较鲜明，如本书下卷所录可见一斑。不但辛弃疾、二刘（刘过、刘克庄）如此，姜夔如此，即吴文英、史达祖、周密、王沂孙、张炎亦未尝不如此。有些词人情绪之低沉，思想之颓堕，缺点自无可讳言；他们却每通过典故词藻的掩饰，曲折地传达眷怀家国的感情，这不能不说比之《花间》词为深刻，也比北宋词有较大的进展。

以上都是我个人的看法，拉杂草率，未必正确。所述各家，只举出若干点，不能代表面，或者隐约地可以看到连络的线来：这线就表示出词的发展的两条方向。这非创见，过去词论家评家选家都看到了这样的事实。他们却有"正变"之说。显明的事例，如周济《词辨》之分为上下两卷，以温、韦等为正，苏、

---

① 沈义父《乐府指迷》："梦窗深得清真之妙，其失在用事下语太晦处，人不可晓。"尹焕《梦窗词序》："求词于吾宋，前有清真，后有梦窗，此非焕之言，天下之言也。"

辛等为变。这样一来,非但说不出正当的理由,事实上恰好颠倒①。他们所谓"正",以《花间》为标准而言,其实《花间》远远的不够"正"。如陆游说:

> 方斯时,天下岌岌,生民救死不暇,士大夫乃流宕至此,可叹也哉!或者出于无聊故耶②。

《花间集》如何可作为词的标准呢!《花间》既不足为准,则正变云云即属无根。我们不必将正变倒过来用,却尽可以说,苏、辛一路,本为词的康庄大道,而非硗确小径。说他们不够倒是有的,说他们不对却不然。如陈无己说:

> 子瞻以诗为词,如教坊雷大使之舞,虽极天下之工,要非本色③。

"要非本色",即使极天下之工也还是不成,这样的说法已很勉强;何况所谓"本色"无非指"花间"、柳七之类,非真正的本色。本色盖非他,即词的本来面目,如今传唐人"曲子"近之。它的反映面广阔,岂不能包后来苏、辛诸词在内?因此,过去的变化,其病不在于轶出范围,相反的在于还不够广阔。

词的本色是健康的,它的发展应当更大,成就应当更高。其所以受到限制,主要的关键在于思想;其次,形式方面也未能充分利用。以历史的观点,我们自然不能多责备前人。过去的各种诗型,这里所说"曲子词"以外,尚有散曲、民歌等等,都有成为广义新诗中一体的希望。

---

① 王国维《人间词话》上:"周介存置诸温、韦之下(指李后主),可谓颠倒黑白矣。"
② 明汲古阁覆宋本《花间集》陆游跋之一。
③ 魏庆之《诗人玉屑》卷二十引《后山诗话》。

关于选释本的一些说明

《唐宋词选释》自唐迄南宋，共二百五十一首，分为三卷。上卷为唐、五代词，又分为三部分：一、唐，二、《花间》，三、南唐；共八十七首。中、下卷为宋词，共一百六十四首。中卷题为"宋之一"，下卷题为"宋之二"，即相当于北宋和南宋。其所以不曰北、南，而分一、二者，因南渡词人正当两宋之际，其属前属后每每两可，不易恰当。其反映时代动荡的作品大部分录在下卷。中、下两卷之区别，也想约略表示出两宋词的面貌，有少数作家不专以作者的年代先后来分。如叶梦得生年较早，今所录二首均南渡以后之作，故移下卷。张孝祥生年稍晚，所录《六州歌头》作于一一六三，《念奴娇》作于一一六六，时代均较早，且反映南宋初年政治情况，故置韩元吉诸人之前。

因本书为提供古典文学研究者参考之用，作法与一般普及性的选本有所不同，选词的面稍宽，想努力体现出词家的风格特色和词的发展途径。但唐宋词翰，浩如烟海，今所选二百五十余篇，只是一勺水罢了，真古人所谓"以蠡测海"。词的发展途径（如上文所说），本书是否体现出来了呢？恐怕没有。即以某一词家论，所选亦未必能代表他的全貌。例如中卷柳永词，取其较雅者，看不出他俚俗浮艳的特点；下卷吴文英词，取其较明快者，看不出他堆砌晦涩的特点。这也是一般选本的情况，本书亦非例外。

下文借本书说明一些注释的情况。

作注原比较复杂，有些是必需下注的。以本书为例，如姜夔的《疏影》："那人正睡里，飞近蛾绿。"设若不注"那人"是谁，谁在睡觉？又如辛弃疾的《鹧鸪天》"书咄咄"句用晋殷浩事，一般大都这样注；但殷浩"咄咄书空"表示他热衷名利，和辛的性格与本篇的词意绝不相符，若不下注，就更不妥了。有些似乎可注可不注，如引用前人之句说明本句或本篇。这个是否必要呢？依我看，也有些必要，不避孤陋之诮，在这选本中妄下了若干条注，虽然分量似已不少，离完备还差得多。

前人写作以有出典为贵，评家亦以"无一字无来历"为高。互相因袭，相习成风，过去有这样的情形，其是非暂置不论。其另一种情形：虽时代相先后，却并无因袭的关系。有些情感，有些想象，不必谁抄袭谁。例如李后主《浪淘沙》中的名句"别时容易见时难"，前人说它出于《颜氏家训》的"别易会难"，引见上卷李煜此篇注③。果真是这样么？恐怕未必。所以二者相似，或竟相同，未必就有关联，也未必竟无关联，究竟谁是偶合，谁是承用，得看具体的情况来决定。所谓"看"，当然用注家的眼光看，那就不免有他的主观成分在内了。

而且所谓"二者"，本不止二者，要多得多，这就更加复杂了。譬如以本句为甲，比它早一点的句子为乙，却还有比乙更早的丙丁戊己哩。盖杜甫诗所谓"递相祖述复先谁"也。注家引用的文句，大都不过聊供参考而已。若云某出于某，却不敢这样保证的。

再说，可以增进了解，这情形也很复杂。如以乙句注甲句，而两句差不多；读者如不懂得甲，正未必懂得乙。其另一种情形，注文甚至于比本文还要深些，那就更不合理了。怎样会发生这类情形的呢？因为作注，照例以前注后，更着重最早的出典，故注中所引材料每较本文为古，如《诗》、《书》、《史》、《汉》之类，总要比唐诗、宋词更难懂一些，这就常常造成这似乎颠倒的情况。然所注纵有时难懂，却不能因噎废食。注还是可以相当增进了解、扩大眼光的。将"注"和"释"分开来看，只为了说明的方便，其实"注"也是释，而且是比较客观的"释"。古典浩瀚，情形繁复，有诗文的差别，有古今言语的隔阂。有些较容易直接解释，有些只能引用许多事例作为比较，使读者自会其意。如近人张相《诗词典语辞汇释》，其中每一条开首为解释，下面所附为原材料。其功力最深、用途最大的即在他所引许多实例，至于他的解释虽然大致不差，也未必完全可靠。我们将这些实例，比较归纳起来，就可以得出与张氏相同的结论，也可以得出和他不尽相同的结论，会比他更进一步。这样，我认为正得张氏作书之意。书名"汇释"，"汇"才能"释"，与其不"汇"而"释"，似无宁"汇"而不"释"。因若触类旁通，你自然会得到解释的。

以上所谈，为了使读者明了注释一般的情况以及如何利用它，原非为本书的缺点解嘲。就本书来说，诚恐不免尚有错误。当选录和注释之初，原想尽力排除个人主观的偏爱成见，而忠实地将古人的作品、作意介绍给读者；及写完一看，这个选本虽稍有新意，仍未脱前人的窠臼。选材方面，或偏于消极伤感，或过于香艳纤巧，这虽然和词本身发展的缺陷有关，但以今日观之，总不恰当。而且注释中关于作意的分析和时代背景的论述，上中两卷亦较下卷为少。注释的其他毛病，如深而不浅，曲而未达，偏而不全，掉书袋又不利落，文言白话相夹杂等等，那就更多了，自己也难得满意，更切盼读者指教。

一九六二年七月一日，北京

〔附记〕前编《唐宋词选》有试印本，至今已十六年。近人民文学出版社同志来，说要正式出版，文学研究所也表示赞同。起初我还很踌躇，为了贯彻"百花齐放、百家争鸣"的方针，响应党的号召，经过思考，也就同意了。但旧本的缺点需要修整，我勉力从事，做得很慢。

现改名《唐宋词选释》，除删去存疑的两首，其余未动，虽经修订，仍未必完善，如内容形式过于陈旧，解说文白杂用，繁简不均，深入未能浅出等等；且或不免有其他的错误，请读者指正。

编写之中，承友人与出版社同志殷勤相助，深表感谢。

一九七八年十月

论 作 曲

作曲之道益难言矣。余谬任词曲一科，与诸生相聚者经年，今且别矣，爰书数言为临歧之赠，亦瞽说也，以野人芹炙视之而已。古今论作曲之文众矣，然而片言居要，惬心贵当者，以愚固陋未之见也。夫大雅私达亦有所隐耶？将疾徐甘苦之衷形诸翰墨，虽轮扁亦将避席耶？愚斤不成风，何必郢人之质；操非流水，岂待钟期之听；聊为诸生舒吾狂惑，不足为外人道也。观夫自来作曲之利钝，信如易安所言："别是一家，知之者少。"称心为好，则妙若天成，刻意苦吟，又翻成芜累，或学穷五车而不成一字；或之无未辨而出口成章；或俚鄙通篇，许为当家之合作；或楼台七宝，笑为獭祭之凡才。譬诸赤水玄珠，求之则象罔不得；昆山积玉，琢之则太璞不完。其体卑，其词陋，其调下，然因微见著，触类引申，弥纶上下，通乎古今，劳人思妇不能自言之情，贤人君子不得自已之感，盖往往于此中见大凡矣。

立意遣词，一切文字之通轨也。而作曲者有时似并此不讲，有时讲此二端犹病其不足。何以言之？吾非言作曲可不立意也，

---
* 原载1934年《人间世》第2期。

特有时只可求之咫尺，不当求之天涯耳。如玄言玉屑，天人之妙也，入曲则晦矣；体国经野，内外之学也，入曲则腐矣。君何思之深耶？吾居浅促，不足容君之深也。君之学何其博耶？吾又陋甚，不足当君之博也。相女配夫，门当户对，若降肃雍之车于圭窦之室，则挟瑟游齐，章甫入越，欲求知音，颠矣。夫好学深思之足劭也，斯无间于古今者也，以之入曲且有不尽然者，此其所以难言也。然则不好学，不深思，即可以作曲乎？斯更难言矣。劳人思妇之怀，迹浅而意深，言近而旨远，实为古今名作精魂之所托。然劳人思妇之怀每不能自言之，能自言者百什之一二，不能自言者其七八，此七八成之无名悲喜，听其飘荡，听其泯没于两间之中，岂不大可惜哉！于是有起而收拾之者，所谓贤人君子是也。是劳人思妇之代言人，亦即劳人思妇之本身也。贤人君子非他，好学深思之士也。何以言之？夫贤人君子之必为好学深思之士亦明矣。何以即为劳人思妇，请毕吾说。今曰某代某，必互相类似与契合，否则不得以某代某也。白傅《琵琶行》代商妇言，亦白傅自言也；端己《秦妇吟》代秦妇言，亦端己自言也。以此两大歌行为纯粹匹妇之言固非，径谓为文人之笔亦非也，试观《浣花集》中更有沉着痛快如《秦妇吟》者乎？观《长庆集》中更有回肠荡气如《琵琶行》者乎？即不绝无，亦仅有矣。然则于此等名篇中，不谓其有劳人思妇之精魂在焉，必不可也。夫贤人君子照耀丹青犹代有其人，而贤人君子之兼为劳人思妇者，则旷世不一见，见不必遇，遇亦不易识也。岂非所谓才子也欤？才子者，好学深思而又不为学问思维所缚者也。博闻广识而心常不足，极深研几而迹类庸愚，此其所以不易识也。不矜才，不眩学，意有所会，信手拈成，辄有妙悟，以之作曲，若是者谓之当家。苟非其人，意不虚生，此立意之虽可说而终于不可说之也。根柢既固，枝条聿繁，遣词之方准夫立意，立意之外宁有所谓遣词哉。姑赘数语云。大凡前人总已说过，不外清新自然。欲其清，不清则总杂矣；欲其新，不新则陈腐矣；欲其自然，不自然则七扭八捏，丑不堪矣。昏昏欲睡，犹其上者，下之则竟不入目矣。十年窗下之功毁于一旦，宁不可惨。有俗而雅者，有雅而俗者，有言深而意浅者，有言浅而意深者，有独造而似抄袭者，有抄袭而似独造者……凡此纷总皆以寸心衡之。断制在己，不可他求也。撷取词藻之途，则上下古今，闺阁闾阎，无往而非适，贵在能选，能运，能颐指气使，以意役词，不以词役意，范氏诚先得我心哉。典宜少用，以醒豁为上。少者多之，旧者新之，上之上者也。此中亦有乐处。用典太俗滥，则西子蒙不洁矣；用典太生僻，即非有意炫耀，已不免艰深文浅陋之嫌，贻笑通人，求荣反辱矣。乡里之音，曲中原不避忌，况在今日！但不宜用得太多，或不谐适，其制限与用典同。若原系乡音之曲，则又须悉遵本音，勿羼入其他。谐谑适当，最增文字之机趣，"善戏谑兮，勿为虐兮"，已一语道破，可作弦韦也。若往而不返，出口放言，均成市井，复有何趣味耶？甚至于发人阴私，以文字贾祸，严墙悄立，更无所取也。拉杂言之竟不能尽，颖异之才实待繁言，为钝根说法，长言之恐亦无益，中人上下又虑可隅反，故虽不尽，亦竟不必尽也。且尽此立意遣词二者，亦不足以尽曲也。

律者曲之生命，作曲之必须合律固也，然合律亦难言矣。古之音乐简，每与文词丽，而士大夫又与声歌结缘或自歌，或其亲近者歌，故合律易。今之音乐，其高上者已离文字而自成绝艺，其尘下者似又不足丽文词，今之学者，除在中学循例曾上音乐功课以外，与声歌亦鲜接触，似乎说不到合律上去，难易犹其次耳。今之词，绝学也，谨守绳墨与毁裂枷锁，两无是处，以成就最高之彊村翁言之，至多一再世之梦窗耳，若后主、少游、东坡、美成、易安、稼轩，吾知其断断乎不可复作也。岂必古今人定不相及哉，盖词律之亡久矣。南北曲亦然，元、明作者风流顿尽矣。今之存者昆曲以外，皮黄、小调、大鼓之类而已，虽颇尘下，而好事者亦往往歌词被之。此等杂曲不作则已，欲作曲，先度曲，决不可任取已成之曲，尽依样之葫芦也。夫画葫芦而似，必窘迫矣，不似，必乖忤矣，皆非也。故作词而画葫芦不得已也，今既得已，何必不得已哉。度曲者未必能作曲，而作曲者十之八九皆能度曲。作曲而兼度曲事固较难，然亦不可畏难而竟辍也。天下岂有容易事乎。观古人作曲有极谨严处，有极率意自在处，论其谨严，不但阴阳四声、锱铢殿最而已，甚至于有同一平声字而费尽斟酌者（见《词源》卷下）；论其自在，则句法多少长短可以不一（词中之又一体，曲中之衬字加句），读法可以不齐，平仄可以互易。彼何所据耶？彼岂不画葫芦哉？亦曰所画的葫芦不同而已，今人作今曲，舍古人作古曲之根柢不学，岂得谓之善学古哉。或曰：昔临川氏不云乎："予意所至，不妨拗折天下人嗓子。"先生非服膺汤氏者乎？乃斤斤于曲律之末，何耶？应之曰：唯唯，否否。夫临川怀绝代之才，博览元曲，寝馈其间，又生当弦索未泯磨调盛隆之日，宁不知音，此盖故作惊人之语，针砭俗耳，万不可被他瞒过也。观所作曲，带草连真，神明变化，即偶有未谐，在临川则可，我辈决不可也。何则？我辈未必有临川之才情也，非特无其才，并无其学也。如《牡丹亭·惊梦》一折，论者或訾其宫调错杂，彼乌知所谓曲意者耶。明中世以后，汤、徐两家见解最高，余子碌碌不足齿数。进一步说，音律者曲之规矩，即其生命也。巧者，巧于规矩之中，不巧于规矩之外者也。以世俗言之，规矩外也，神明内也，规矩足以迫束彼神明，而神明正所以打破此规矩者，不两立之说也。善读书者，真识曲者，则谓神明规矩一而已矣。神明不能自形，假规矩以形之也。故当家作词不见有词调，作曲不见有曲调，名作具存,可覆按耳。彼且絮絮叨叨,如家人妇子剪灯拥髻,道桑麻纺绩,讲邻舍猫儿,曰桎梏,曰束缚,了不曾见,实无所见也。然细寻其作,则又曲中规,直中矩,壁垒精严,如临淮卒,如细柳营,吾知圣叹至此必将叫绝曰:才子之才固不可测也。夫不作曲可也,天下事其重要有什么百千倍于曲子者矣,不作且犹可,况曲乎。但以"作非曲"为"作曲",悬羊头,市马脯,欺诬之谈也。曲与非曲之辨,只在合律或否。律有二,一之,有音律之律,有规律之律。所谓曲律,音律也,而规律即在其中。音律之外无规律,曲子以音律为其规律也。当曲之盛隆也,有音律而无规律,及其衰也,音律未泯而规律已生;其亡也,规律仅存耳,律亡斯曲亡矣?规律亡斯尽亡矣。以词言之,五代、宋人盖不知有词之规律也,南渡末世渐有词学,而词遂亡矣。非词学足以亡词,乃词体将变,怀古知音之士,悯其衰而有作,期存什一于千百。以今日之诸曲言之,有音律而无规律,皮黄、小调之类是也,二者尚同在,昆曲是也;无音律而有规律,词是也。填词不如作昆曲,作昆曲不如作皮黄、小调。以诗义言之,殆有相反者矣,虽隆古贱今,其说固不可尽废也。此仅言作曲之利病,在一观点上应如是耳。盖音律之视规律有数善焉:(一)音律天然,规律人为。(二)音律弹性,规律硬性。(三)音律有情调,规律无情调。(四)音律以简驭繁,规律已繁而仍不免于简。(如《词谱》每列甚之又一体,使人目眩,实只一体耳,且不能尽。)(五)音律曰如何,使人明其所以然,规律使人莫名其妙。(如词中斤斤去上,每觉无味,而在昆曲中二声之连合,时多美听。)(六)音律有顺而无拗,规律有顺有拗,律则不复顺。(此一点可参看《诗的歌与诵》。)(七)音律之追随,水乳交融,故乐;规律之服从,亦步亦趋,则苦。(八)音律者规律之本源,规律者音律之影响也。寻源斯得委矣,因响可寻声乎?上列八目，不暇申论，就涉想者举之，即有绖漏，亦不免也。读者当自省之。故求音律于曲中，苦事亦乐事也，今既详言之矣。（若本不能度曲，任取一工谱，径直令其填词，如对天书苦不可言，此乃另一情形。）惟诗、乐分合，今古情殊，异日作曲之业，殆非文士之兼差，当属诸乐人之兼通文章者欤。盖音乐者专门之艺，文章者普泛之情，以此摄彼，势逆而难，以彼摄此，势顺而易也。然意必卓荦，词必清新，文律所裁，虽曰容易，要非甚易也。苟有不能力作攻苦，深思好学，资之深而取之广，安有左右逢源，从心所欲之乐哉。

作曲之道有可言者，有不可言者。凡上所述，曰立意，曰遣词，曰合律，皆可言者也。其不可言者，气味是也，更为诸生发其一二，以作余文。气，气机；味，滋味也。文以气为主，作曲更在气机，一不利全篇蹇矣。大抵一支曲子，气机之运用须占十之七八，而学问思维等等仅可占十之二三，每观前修所造，里巷所传，其内涵实亦浅陋，而处处合作者，气机谐邕之效也。文士经心刻意，造作传奇一部，妄灾梨枣，徒覆酱瓿者，气机窒碍之故也。不谙音律，则必须尺寸以求；尺寸以求，气机何来？又喜掉书袋，卖弄家私，充肠挂腹，气机何来？又性好夸大，填长调，作巨构，真感不充，则终篇遗恨；又好吊诡，求工拗涩，冥行摸索，则颠踬凌夷，救苦扶伤且不暇，更何言气机之舒展否耶？凡此芜累，皆酸丁之故态也。夫气机之巧拙通塞，先士言之晰矣。子桓曰："不可力强而致。"士衡曰："非余力之所勤。"盖俱言得之于自然也。甜酸苦辛，味也，可以百为，唯不可俗，俗便不可医也。或谓不俗之状，曰难言也。俗非俚俗之俗，有文而俗者，有俚而不俗者矣，故曰难言也。今言"得味"，此颇中肯。有味斯得，便不会俗，不得则无味，无味则俗矣。一针见血，是不俗也，隔靴搔痒，其俗甚矣。以我辈中人言之，所谓顶门针,当头棒,不落言诠,直传心印,非有绝大功行者不办,而劳人月下,思妇灯前,其悲愤怨悱固出于万不得已者,乃郁勃而泄之,吞吐而道之,低眉信手续续弹,不必求工于文词,文词且踊跃奔赴之矣,重穿七札且若寻常,其得味之程度,较之文士谵语,固将不止倍蓰也。又若碧涧樵歌,青山渔唱,牧哥叫笛,村姑莳秧,天籁所钟,于喁为均,风生水上,自然成文,无所谓得已,亦无所谓不得已,欲说就说,不说就不说了,欲如此说便如此说,欲不如此说便不如此说了,此无味之味,以不得味为得味者,视有为而发之呻吟,固又不止什百也。要之,清浊有体,开塞无端,气之说也;冷暖自知,酸碱各辨,味之谓也。凡上所述有如捕风,宁不自知哉。岂意慵才劣有所谢短乎?抑随手之变难以辞逮,古今之所同病乎?然非诚难也,在一尝之顷耳,言斯难矣,于是不言。

一九三三年五月九日

词曲同异浅说[*]

词、曲者，乐府之支流，自有唐迄近代。其起也，非有意的文学革命，如今人所云，乃由音乐之自然迁变而成者，"罿"者，意内言外，上司下言，作"词"者，隶体也，与"辞"通。古乐府有声有辞，辞即词也。曲者，曲折也。《汉书·艺文志》有《河南周歌诗》，又有《河南周歌诗声曲折》，其卷数相同，若释以今言，则犹两部传奇，一无音谱，一有之耳。《礼记·乐记》曰："故歌者：上如抗，下如队，曲如折，止如槁木，倨中矩，句中钩，累累乎端如贯珠。"此"曲折"二字所由出，亦即曲之具体形容也。今乐虽非古乐，而事理则同，后人所谓"音节杂比高下短长谓之曲"（张表臣《珊瑚钩诗话》），其义略同。就乐府之文词而言曰"词"，就其声音而言曰"曲"，皆乐府之异名耳。

词、曲既皆为乐府，故两名每混用。方曲之未兴也，词亦泛称为"曲"；迨曲既盛行，曲又广称为"词"。清宋翔凤《乐府余论》曰："宋、元之间，词与曲一也，语稍不憭，殆即指此而

---

[*] 原载1943年《华北作家月报》第6期。

言。"宋又曰："以文写之则为词，以声度之则为曲。"此即上述之义也。如称和凝为"曲子相公"，《花间集叙》曰"曲子词"，晁无咎评东坡词曰："曲子中缚不住。"词即曲也。曰《北词广正谱》，曰《词林韵释》，两书皆为北曲而设，则曲亦词也。词、曲之界说既含混如此，自非片言可尽，今言词、曲之同异，只可择要而加以比较耳。

（一）渊源之相同也。顾起纶曰："唐人作长短句，乃古乐府之滥觞也。"昔人以李白《菩萨蛮》、《忆秦娥》为词之祖，其实两章真伪尚不可知，而六朝乐府，如沈纹《六忆》之流，已多为长短句，往往有类词者。推而上之，汉武《秋风》亦名"辞"，屈、宋《骚》、《辩》亦名"辞"。词曰诗余，诗之余也。《三百篇》中已多繁促相宣，短长互用，启后人协律之源。故词体虽定于唐代，而其渊源则甚古也。词体既立，流变渐滋，令、引、近、慢，词穷而曲生矣。《艺苑卮言》曰："词不快北耳而后有北曲。"又曰："曲者，词之变。自金、元入主内地，所用胡乐，嘈杂凄紧缓急之间，词不能按，乃更为新声以媚之。"是曲有胡乐之成分，似与词不同，而细按其实，则词岂无胡乐之成分欤，亦只有新旧之别耳。大凡塞外文明，移植内地，其新来者犹存其塞外之面目，其旧入者辄转而为国粹，固不独词、曲为然也。如琵琶之于批霞那，胡琴之于梵娥铃，岂非五十步百步之别，而何国粹之有。

词固出于古乐府，但乐府之风流却不仅为词，有大曲焉，有法曲焉，有转踏焉，赚词焉，诸宫调焉，皆词之昆弟行，而金、元戏曲之直接尊亲也。故曲体之生，一方直接与词相承，一方又与词同导源于古乐府，王氏《戏曲史》已备言之，故词、曲之同源，在文史上实不可否认之事实也。

（二）体裁之相近也。词、曲均以白话为当行，而愈转愈趋于繁缛雕饰，此文运之相迎也，词分为令、慢两体，若《填词图谱》长调、中调、小令之说，非古也。曲则分小令、套数，小令约与词相当，而套数联数曲或十余曲为一套，此词中所无。但如宋赵德麟叠用商调《蝶恋花》咏西厢事，便有套数风味，此体裁之相近也。据王静安统计：在北曲三百三十五牌名中，有七十五种与词相同；南曲有五百四十三牌名中，有一百九十种相同。是南曲与词之关系较北为尤密。此牌名之相袭也，或以曲用衬字，词则不用，为二者之别。其实亦不然。北曲固多用衬字，亦有以少用衬字为贵者，至南曲则必须限制用衬，所谓"衬字不过三"是也。词中亦非无衬字，观敦煌发见之唐人词可证，是在用衬字一点上，词、曲非有大异也。

（三）歌唱动作之相似也。词不可歌则有南北曲，南北曲不可歌，则有水磨腔，今之昆腔是。以今日言之，所谓宋词、元曲皆为书案上物，不可被诸管弦，而在当日本皆可歌，此不待证而明者。北曲是弦乐，其伴奏者为三弦。词、南曲皆管乐，其伴奏者为哑觱粟、箫、笛，亦有徒歌者。

曲有身段动作，似与词异，若细考之其区别又不分明。曲中之小令、散套皆清唱，无动作者也，杂剧、传奇其扮演时有动作者也（当然亦可清唱）。是曲不必皆有动作者也，即以元戏言之，或言唱者自唱，演者自演，歌唱不与容止相丽，虽未成定论，却可备一说，是曲中之身段动作亦并不完全也。返观唐、宋之词，亦非全是清唱，词出于古之队舞，如《菩萨蛮》、《苏幕遮》皆是也。据《容斋随笔》有"骏马、胡马"之说，则《苏幕遮》简直是马戏中所唱之牌名。刘复所辑《敦煌掇琐》中载有唐代词之舞谱，虽不可诠解，而其必有动作无疑也。是身段动作不足为词、曲之分界明矣。但后来之词仅付歌筵，继起之曲殊宜舞榭，似各有专工而不相蒙，却非二者原来有此区别也。如白石诗云:"小红低唱我吹箫。"其不含动作甚明。

言其异点,却非片言可尽,综括之亦有数端,恐亦未全也。

(一)词、曲内容之不同,王氏已言之。词多为抒情,几占百分之九十以上,其叙事者则为鼓子词,如上引赵德麟《蝶恋花》,但传世不多。代言除在文中夹有片段,几绝无也。曲则三者均有,而以代言为胜,剧曲殆纯为代言体,而曲固以戏曲为其大光明宝珠也。其小令、散曲犹与词相近耳。又词以艳体为主,铜琶铁板称为别调,曲则无所不包,无施不可,广狭亦殊异也。

(二)宫调之不同,宫调究为何物,古今聚讼,迄无定论。词、曲之宫调固皆隋、唐燕乐之遗,与先代雅乐无关,词有七宫十二调,北曲有六宫十一调,南曲则减为十三调而尚不全用,其数字已各不同。且词之与北曲,北曲之与南曲,词之与南曲之间,其宫调究是一事否,正有问题也。徐文长《南词叙录》曰:"北曲盖辽、金杀伐之音,然其六宫十一调,犹唐、宋之遗也。"是北曲宫调本诸古昔。但其言实甚笼统,且既为胡戎杀伐之音,又岂得与古调相合?依情理揣之,知其不然也。徐又曰:"南曲本市里之谈,即如今吴下山歌,北方〔山坡羊〕,何处求宫调。"却为明通之论,南曲宫调实系杜撰,不过取声音之近者归为一类而已。南曲宫调既为后人杜撰,聊装点门面以配北曲,视北曲且尘下,其不足为词之嫡嗣甚明,地望虽相近而时则相距远矣。故宫调究竟为何未可知,而词、曲之宫调并不相同,则可得而言也。

(三)旁谱之不同,分为两点:(甲)旁谱本身之不同。南北曲之文谱今保存在昆腔中,虽已非其凤,而犹可仿佛,大概每一字之旁谱长而且复,词之工谱已不存,幸姜白石集中自度腔均附旁谱,虽节奏不可知,而音符约略可辨,盖一字一音而又颇拗涩,与曲谱之绵长流利迥异也。此犹为形式之可指别者,更深求之。(乙)旁谱作法之不同。揣白石翁专为新制之腔留谱,而其他则否者,以旧曲之谱原不待书也。盖词谱是固定的。譬如《浣溪沙》有一万首,而此万首只是一个唱法——《浣溪沙》。其情形与今之《五更调》"孟姜女唱春"并无不同。词家之不为词留谱,直以万口从同而忽视之,当日写谱宁非冗赘,而孰知词之唱法,缘此而亡也。曲则稍异,原始之北曲亦是固定的,或半固定的。沈宠绥《度曲须知》曰:"古之弦索但以曲配弦,绝不以弦和曲。凡种种牌名,皆从未有曲文之先,预定工尺之谱。"又曰:"指下弹头既定,然后文人按式填词……曲文虽有不一,手中弹法自来无二。"其言甚明,无须申说。元曲亦以一曲一谱而亡,与宋词实相若也。但沈君所谓古,指元代或明初而言,若明代之弦索已渐不固定矣。故沈曰:"昔弹之确有成式,今则依声附和而为曲子之奴。总是牌名,此套唱法,不施彼套。总是前腔,首曲腔规,非同后曲。以变化为新奇,以合掌为卑拙。"其为半固定的,又甚明矣。此种情形若强名之,殆为北曲之南化也。今日昆腔昆谱之法,以字音为主而以音律从之,虽发明于魏良辅,而南曲盖先有此倾向,非良辅一人向壁虚造也。不过原始之音太芜陋,魏氏起而正之耳。余尝疑南曲最先实无定谱,名为一个牌子而唱法出入太多,故魏氏得以字音为主而撇弃古法也。要之词谱是固定的,北曲是半固定的;南曲是杂乱的,磨调是活动的,此旁谱作法之异也。

(四)最初之词、曲虽同为口语体,同趋于文,而后来雅俗之正变似相反也。换言之,即词之雅化甚早,而白话词反成为别体;曲之雅化较迟,固已渐趋繁缛,仍以白话为正格也。此种情形在文史上一览可知,不待烦言也。原因自非一端,而口语在词、曲中用法不同,亦主要原因之一。曲似乎始终以口语为主,而以文言中词藻错杂之。凡历来成名之曲家,无不以白话擅场;

反过来说，若不能善用口语，即无为名曲家之资格也。明人固不待言，即清代之南洪、北孔，亦非仅以雕琢涂饰见长者。词用口语只在宾位，却有两种情形：（甲）白话的词老早就被撇在一边，在名家集中偶或见之，如少游、山谷、美成诸家，皆在普通之词外别有白话体，却占全集极少之百分数，又不以此传名。如近人胡适《词选》，凡浅显之词均引归白话，与史实不合。（乙）词中白话可当作文言用。其形式虽是白话，而用法无异文言，如"了"字本为白话中语助，如"我来了"之"了"，此了轻读。在词中如"甫能炙得灯儿了"，此"了"重读，若读"甫能炙得灯儿了"之"了"，如读"我来了"之"了"，则不成为词矣。试观词之名家贵能沉思翰藻，并不必善用口语，多用口语反成轻倩小品，每不为评家所重。故词、曲之源同为白话，其流变迥异；曲犹保存其乐府之本来面目，词则成为诗之别体矣。

（五）乐府中有大曲、小唱之别，词者小唱之一，而曲则大小兼之。曲中小令亦是小唱，其套数导源于古之"大曲"，乃集多曲成为一曲。词则以一曲或两曲为单位，（单调者一曲，双调者两曲。凡词之上下两片者，即双调，实为两曲，其后一曲大概为前腔换头也。）至长为《莺啼序》，亦不过四段。鼓子词为词之别体，亦只叠用同一牌名而已，不如曲套之复杂也。曲套之分为首、腹、尾三段，尤为词中所无，以其导源虽同，本不尽同也。

（六）风格之不同也。此固难于确指，而如水冷暖，惟饮者自知耳。尝谓词毗于柔，曲偏于刚，诗则兼二者之美。词虽出于北里，早入文人之手（唐五代），其貌犹袭倡风，其衷已杂诗心，多表现作者之怀感，故气体尚简要。曲则直至今日犹未脱其歌场舞榭之生涯，犹重听众之情感，虽文家代作，不能与伶工绝缘，故情韵贵旁流。词静而敛，曲动而放。词纵故深，曲横故广。以词事为曲，必拘而不化。以曲笔为词，必直而无韵，故词、曲名为娣姒，而自来文人兼工二体者实寥寥也。其他微细之差别，洵如士衡所谓"良难以辞逮"。窃谓诗之于词，不仅齐言与长短句之别，故"落花人独立，微雨燕双飞"，不是五言诗；"无可奈何花落去，似曾相识燕归来"，又不是七言诗也。词之于曲何必不然。若"朝飞暮卷，云霞翠轩，雨丝风片，烟波画船"（《还魂记·惊梦》），又不像《沁园春》中四句也。此种区别貌似玄虚而中甚切实。上述词、曲不易兼工，固是一证。元、明人作曲之才殆属天纵，而词未必佳，及清人复振宋词之坠绪，而曲又衰矣。如洪、如孔，视关、马、郑、白、王实甫、高则诚、汤若士、徐文长何如耶，固云文章气运使然，岂非词、曲二者，其间本有犁然之界耶？世有解人，当不以鄙言为河汉也。

至于二者之前途，既非本篇题目所括，且蒙冀前识，亦无由预测。然其兴也，本诸乐调；乐调既亡，则譬诸无源之水，涸可待也。故大抵都不能乐观，而曲之继起无人尤甚于词。何则？词已蜕化为诗之别体，得随华夏言志之文章以俱永，如人之借尸还魂，假如有其事。曲则始终留滞歌场，乐而不诗，今恐已成绝响，不待他年也。试观近百年来，词家几人，曲家又几人，其消息盖可识矣。元、明人作曲之才实是天纵，不可测也。更详之，明人尚是勉强凑合，琵琶可归入之曲，汤、徐二子以视元人，犹虎贲之于中郎也。绝大之文章在数十年中优昙示现，不可谓非文史上之奇迹也。明人每言元代以填词（即作北曲）制词取士，或疑其未确，余则以为盖事实也。若无在上者之提倡，安得若是之风起云涌乎？

谈《琵琶记》*

我对《琵琶记》没有研究，只是有些爱好。我一向觉得讨论《琵琶记》是比较复杂的，比如《琵琶记》本身的主题思想是有矛盾的，有的说它是反封建的，也有人说它是宣扬封建的。又如它结尾的是大团圆，但又是悲剧。又如从《琵琶记》发展上看，它不是一个整体，过去有宋、元的旧本，而旧本究竟怎样我们没有见过，所以就这点讲《琵琶记》不是完整的东西，我们不知道哪部分是高则诚创造的，哪部分是原有的。因此对里面不一致的地方，也不知道是一个本子的毛病，还是两个本子的矛盾。好的东西究竟是谁创造的无法说明。这是讨论《琵琶记》困难的地方。现在只能就高则诚的《琵琶记》来谈谈。（当然，其他的旧东西也可做参考。）我喜欢昆曲，昆曲里有《琵琶记》，对它有些主观的爱好，谈论的出发点可能很不正确，希望同志们指教。

第一，《琵琶记》这个戏曲究竟是反封建的，还是宣扬封建的。我认为这个问题首先应该解决。从表面上来看，《琵琶

---

* 原载 1956 年 8 月 25 日《光明日报》。

记》从头到尾充满了封建的东西,但单从这方面看是不能解决问题的,而且也不能解决过去的本子好或现在本子好的问题。比如过去的本子是写不忠不孝的蔡伯喈最后遭到雷击,现在成为全忠全孝的蔡伯喈而"一门旌表","雷劈"也好,"一门旌表"也好,都是代表封建性的,所以从这方面看是不能得出结论的。

我们要从实际方面来看,它的实际内容是些什么?就是主要人物的遭遇——在封建制度下的社会里的遭遇。对于蔡伯喈、赵五娘和牛氏这三个人,我们还是很羡慕呢,还是感觉他们很不幸,这是作者的倾向性所在,我认为这是最现实的。你不管他表面上写什么,"全忠全孝"也好,"一门旌表"也好,在这里我们看得很明白,无论蔡伯喈、赵五娘或是牛氏都是封建社会下的牺牲者。我们看了《琵琶记》,决不会羡慕他们,而是同情他们。《琵琶记》虽然结尾有一个大团圆,但全面充满了悲剧的气氛,是很凄惨的。关于"一门旌表"在昆曲里就没有看到演过,只演到"书馆"为止。"书馆悲逢"也是团圆,可是三个人碰在一起大哭大闹,凄惨万分。"书馆悲逢"的最后"只为三不从、生出这祸苗",我认为这是《琵琶记》的作者用"三不从"来控诉封建统治者,是很有力量的。一不从父亲逼试;二不从辞官不准;三不从丞相逼婚。不管怎么说,皇帝不知道他家里有妻子,或者可以原谅他,反正《琵琶记》指摘了"三不从"是祸苗。这里可以看出《琵琶记》对封建道德有些揭露的。不管高则诚脑子里的主观想法如何,不管《琵琶记》是宣扬封建的说法,不管朱元璋爱看不爱看,但它的全忠全孝的表面文章,不能改变读者几百年来对他的看法。

第二,《琵琶记》的主题思想是什么?我认为光说是"三不从"还是笼统的。《琵琶记》提出"三不从"只是一个招牌,我认为主要的是婚姻问题，辞婚不从，另外两个"不从"只是陪衬。这里大略谈谈《琵琶记》的历史。不管是宋、元的民间传说，不管是"雷打蔡伯喈"这样写法，或者是现在这样写法，总之，蔡伯喈的不好都是因为他的重婚再妻。我认为这是典型的。古人有所谓"糟糠之妻不下堂"，而事实上在那时候是"糟糠之妻常下堂"的。在旧本中蔡伯喈根本没有辞婚，昆曲"辞朝"的唱词中，蔡也没有提出有妻不愿再婚。昆曲的《琵琶记》、《荆钗记》都是好戏，我认为它们精辟的地方，是表现了封建制度下农村里面最现实的一个问题，就是"富贵易妻"。丈夫做了官，就想娶一个相府小姐或者侯门千金。他如果抱守家里的黄脸婆，就不容易出了头。有很多戏曲，都尖锐地揭发了这方面的斗争。我们不从作者提倡封建道德来看，或者从他想调和矛盾这方面来看，事实说明作者的主观企图，已经被他笔下所反映出来的客观事物所突破。

第三，《琵琶记》作者高则诚和作品的关系是很难定的，前面说过，我们不知道哪些东西是原有的，哪些东西是高则诚的，好的是谁的，坏的又是谁的。但有一点可以知道，我们看高则诚写得好不好，应该着重蔡伯喈这个人物，要批评高则诚改编的价值，可以从蔡伯喈来看，因为蔡伯喈这个人物形象完全是高则诚改的。其次，牛氏也可以在内，因为这个人物也是高则诚创造的。旧知识分子在婚姻问题上有三种类型：第一种像秦香莲、陈世美这样，是完全否定的；第二种，如《荆钗记》王十朋那样，坚决不负糟糠；第三种就是《琵琶记》的蔡伯喈。我认为这三种类型在旧知识分子中都是有的，高则诚写蔡伯喈，据我看还是相当成功的。"三不从"的说法，应该是新本里所独有的。"三不从"说明了蔡伯喈的负心是封建制度造成的，所以如果说"三不从"是无头公案也不对。它是有头的，封建制度就是头。

写蔡伯喈矛盾、动摇、徘徊是很真实的。如"琴诉荷池"蔡伯喈跟牛氏说:"俺只弹得旧弦惯,这是新弦俺弹不惯。"牛氏问:"旧弦在哪里?"蔡伯喈说:"旧弦撇下多时了。"牛氏问:"为什么撇了?"蔡说:"只为有了这新弦,便撇了那旧弦。"牛氏问旧弦如何,蔡说:"我心里岂不想那旧弦,只是新弦又撇不下。"像这样描写脆弱的知识分子的心理是细致的。这样的知识分子得了富贵因而负心,丢掉父母妻子,但另外一方面良心还经常责备自己,感觉到不安。所以我认为在陈世美、王十朋以外,还可以有蔡伯喈这样类型的人物。

因为写了这样的蔡伯喈,所以附带的出来一个牛小姐。相府千金是否根本不能容纳赵五娘,是否一定要写得像《秦香莲》里的皇姑那样,我看这样肯定,未免简单化了。就是封建的贵族妇女,也有各种不同的性格和类型的。我们不能把牛小姐的性格和行为固定在她的身份上。有人说牛氏写得不生动、不活泼,我认为牛氏写得不能算失败。她是受封建礼教压迫麻醉很重的,古代妇女中这种人很多。高则诚在这方面写得很细致,比如第三出"牛氏规奴",他写出了小姐所受的压迫比丫头还重,丫头还有一些自由空气,还有一些浪漫思想,当小姐的就一点没有,好像完全成了一个傀儡。照说牛氏已经很"不错"了,可是到第六出"丞相教女",我们看到丞相还要埋怨她,说什么:"你杏脸桃腮,当有松筠节操,蕙兰襟怀。闺中言语,不出阃闺之外。"实际上这一些,牛氏在"规奴"里早已对丫头说了,她是很懂得这些的,可是牛相还要再三教诫她。所以这个人物就要写得一点斗争性都没有,像幽灵木偶一样才真实,何况就是这样,她也不是没有内心苦闷的。作者在这里是有意要把牛氏抬高,有意要把她的封建道德写得很好,和赵五娘形成对抗。但无意中就把封建礼教摧残人性的毒害揭露出来了。蔡伯喈、牛氏这两个人物,应该都是新本里才有的。旧本也许没有牛氏，如果有的话，也可能是像《秦香莲》的皇姑一样。我认为这两个人物是写得相当成功的，而这两个人物的写得好坏，是衡量高明修改《琵琶记》好坏的关键。

重印《浮生六记》序

  记叙体的文章在中国旧文苑里，可真不少，然而竟难找一篇完美的自叙传。中国的所谓文人，不但没有健全的历史观念，而且也没有深厚的历史兴趣。他们的脑神经上，似乎凭了几个荒谬的印象（如偏正、大小等），结成一个名分的谬念。这个谬念，无所不在，无所不包，无所不流传，结果便害苦了中国人，非特文学美术受其害，即历史亦然。他们先把一切的事情分为两族，一正一偏，一大一小……这是"正名"。然后再甄别一下，与正大为缘的是载道之文，名山之业；否则便是逞偏才，入小道，当与倡优同畜了。这是"定分"。
  申言之，他们实于文史无所知，只是推阐先入的伦理谬见以去牢笼一切，这当然有损于文史的根芽，这当然不容易发生自传的文学。原来作自传文和他们惯用的"史法"绝不相干，而且截然相反。他们念兹在兹的圣贤、帝王、祖宗……在此用他们不着；倒是他们视为所以前人以为不足道的，我们常发见其间有真的文艺潜伏着在，而《浮生六记》便是小小的一例。
  此书少单行本，见于《独悟庵丛钞》及《雁来红丛报》中，共有六篇，故名六记：《闺房记乐》，《闲情记趣》，《坎坷记愁》，《浪游记快》，《中山记历》，《养生记道》，今只存上四篇，其五六两篇已佚。作者为沈复，字三白，苏州人，能画，习幕及商，生于一七六三年（乾隆二八），卒年无考，当在嘉庆十二年以后。关于作者之生平及生卒月之考查，略叙如此。此书虽不全，今所存四篇似即其精英，故独得流传。《中山记历》当是记漫游琉球之事，或系日记体。《养生记道》，恐亦多道家修持之妄说，虽佚似不足深惜也。就今存者四篇言之，不失为简洁生动的自传文字。

《闲情记趣》写其爱美的心习，《浪游记快》叙其浪漫的生涯，而其中尤以《闺房记乐》，《坎坷记愁》为最佳。第一卷自写其夫妇间之恋史，情思笔致极旖旎宛转，而又极真率简易，向来人所不敢昌言者，今竟昌言之。第三卷历述其不得于父母兄弟之故，家庭间之隐痛，笔致既细，胆子亦大。作者虽无反抗家庭之意，而其态度行为已处处流露于篇中，固绝妙一篇宣传文字也。原数千年中家庭之变，何地无之，初非迩近始然，特至此而愈烈耳。观沈君自述，他们俩实无罪于家人，闲情别致的，反有关身心性命之微，有涉于文章之事。而家人恶之。此无他，性分之异，一也；经济上之迫夺，二也；小人煽动其间，三也。观下文自明。

实则同行并坐，初犹避人，久则不以为意。芸或与人坐谈，见余至，必起立偏挪其身，余就而并焉。彼此皆不觉其所以然者，始以为惭，继成不期然而然。

芸欣然，及晚餐后，装束既毕，效男子拱手阔步者良久，忽变卦曰，"妾不去矣。为人识出既不便，堂上闻之又不可。"余怂恿曰，"……密去密来，焉得知之。"芸揽镜自照，狂笑不已。余强挽之，悄然径去。（均见卷一）

余夫妇居家，偶有需用，不免典质；始则移东补西，继则左支右绌,谚云,"处家人情,非钱不行。"先起小人之议,渐招同室之讥。"女子无才便是德",真千古至言也!不数年而逋负日增,物议日起,老亲又以盟妓一端,憎恶日甚。……芸病转增,唤水索汤,上下厌之。……锡山华氏,知其病,遣人问讯,堂上误以为憨园之使,因愈怒曰,"汝妇不守闺训,结盟娼妓;汝亦不思习上,滥伍小人。若置汝死地,情有不忍,姑宽三日限,速自为计;迟必首汝逆矣!"芸闻而泣曰,"亲怒如此,皆我罪孽。妾死君行,君必不忍;妾留君去,君必不舍。……"

余因呼启堂谕之曰,"兄虽不肖,并未作恶不端,若言出嗣降服,从未得过纤毫嗣产;此次奔丧归来,本人子之道,岂为争产故耶?大丈夫贵乎自立,我既一身归,仍以一身去耳。"(均见卷三)

放浪形骸之风本与家庭间之名分礼法相枘凿,何况在于女子,更何况在于爱恋之夫妻,即此一端足致冲突;重以经济之辖辂,小人之拨弄,即有孝子顺孙亦将不能得堂上之欢心矣。故此书固是韶美风华之小品文字,亦复间有凄凉惨恻语。大凡家庭之变,一方是个人才性的伸展,一方是习俗威权的紧迫,哀张生于绝弦,固不得作片面观也。

因此联想到中国目今社会上,不但稀见艺术之天才挺生,而且缺乏普遍美感的涵泳。解释此事,可列举的原因很多,在社会制度方面,历来以家庭为单位这件事,我想定是主因之一。读《浮生六记》,即可以得到此种启示。

聚族而居的,人愈多愈算好,实在人愈多便愈糟。个人的受罪,族姓的衰颓,正和门楣的光辉成正比例,这是大家所审知的。既以家为单位,则大家伙儿过同式的生活,方可减少争夺(其实仍不能免);于是生活的"多歧"、"变化"这两种光景不复存在了。单调固定的生活便是残害美感之一因。多子多孙既成为家族间普遍的信念和希望，于是婚姻等于性交，不知别有恋爱。卑污的生活便是残害美感之二因。依赖既是聚族而居的根本心习，于是有些人担负过重，有些人无所事事。游惰和艰辛的生活便是残害美感之三因。礼教名分固无所不在，但附在家庭中的更为强烈繁多而严苛，于是个性之受损尤巨。规行矩步的生活便是残害美感之四因。其他还多，恕不备举了。

综括言之，中国大多数的家庭的机能，只是穿衣，吃饭，生小孩子，以外便是你我相倾轧，明的为争夺，暗的为嫉妒。不肯做家庭奴隶的未必即是天才，但如有天才是决不甘心做家庭奴隶的。《浮生六记》一书，即是表现无量数惊涛骇浪相冲击中的一个微波的银痕而已。但即算是轻婉的微波之痕，已足使我们的心灵震荡而不怡。是呻吟？是怨诅？是歌唱？读者必能辨之，初不待我的晓晓了。在作者当时或竟是游戏笔墨，在我们时代里，却平添了一重严重的意味。但我相信，我们现今所投射在上面的这重意味的根芽，却为是书所固有，不是我们所臆造出来的。细读之便自知悉。

是书未必即为自传文学中之杰构，但在中国旧文苑中，是很值得注意的一篇著作；即就文词之洁媚和趣味之隽永两点而论，亦大可以供我们的欣赏。故我敢以此小书介绍于读者诸君。

一九二三年十月二十日，上海

[该文原载一九二三年十月二十九日《文学》周报第九十四期，题目为《拟重印〈浮生六记〉序》；收入《浮生六记》时，改题目为《重印〈浮生六记〉序》（一），文字略有改动。]

论《水浒传》七十回古本之有无

《水浒传》的本子大别为二：（一）百回本，无论其为一百二十四，一百二十，一百十五，一百十回，都属此类，就是从啸聚梁山泊写到招安平寇。（二）七十回本，为金圣叹所独有，啸聚梁山泊以后便接卢俊义一梦，无招安以后事。就结构论，后者似较好，因《水浒传》下半部大都是些幼稚的话头，删去为宜。于是金本遂得通行，而为定本。兹篇本旨，不在批评其文章结构，而在考量此七十回本为金所独有呢？抑在金以前另有一古本亦七十回，而为金所依据呢？胡适之先生在他的《水浒传》考证及《后考》中，倾向后说。我说恰正和他的相反。

适之在《考证》里说：

> 金圣叹若要窜改《水浒》，尽可自由删改，并没有假托古本的必要，他武断《西厢》的后四折为续作，并没有假托古本，又何必假托一部古本的《水浒传》呢？

> 明朝人改小说戏曲向来没有假托古本的必要。况且圣叹引据古本不但用在百回本与七十回本之争，又用在无数字句

---

* 原载1928年4月《小说月报》第19卷第4号。

小不同的地方。以圣叹的才气，改窜一两个字，改换一两句，何须假托什么古本？他改《左传》的句读尚且不须依傍古人，何况《水浒传》呢？因此我们可以假定他确有一种七十回的《水浒》本子。

这两句话却轻易不使人信服的。何则？金要假托古本与否，不必一定有什么必要，或者有时也碰他的高兴。即退一步，承认非必要则决不假托，而我以为该有点必要的，其说详下。若以他批改《西厢》、《左传》并未假托古本，就此推断于《水浒》必亦如此，这是不很妥当的类推。

他在《后考》里又说：

但我假设的那个明朝中叶的七十回本究竟有没有，这个问题却不曾多得那新材料的帮助。

我疑心这个本子虽然未必像金圣叹本那样高明，但原百回本与郭本之间，很像曾有一个七十回本。

这全是游离活络的口气。况且他先说圣叹删改小不同的字句都引据古本，似圣叹于古本外未尝独创什么。今又说这个本子未必像金本那样高明。然则圣叹窜改《水浒传》文句时，有依据乎？无依据乎？以古本照改乎？自出心裁乎？若以古本照改，则金本即古本也，何以古本又不及金本呢？若自出心裁，则"以圣叹的才气，改窜一两个字，改换一两句，何须假托什么古本？"

他在以下又举三事，以明古本的"很像曾有"。第一举宋江的词，第二举鲁智深的偈，这些仅仅乎有点儿像而已，不足为证甚明（读者可参看原文）。他举其第三：

但是最大的根据仍旧是前七十回与后三十回的内容。前七十回的见解与技术都远胜于后三十回。田虎、王庆两部分的幼稚，我们可以不必谈了。就单论《忠义水浒传》的后三十回罢。

更可注意的是柴进簪花入禁院时看见皇帝亲笔写的四大寇姓名：宋江、田虎、王庆、方腊。前七十回里从无一字提起田虎、王庆、方腊三人的事，此时忽然出现。这一层最可以使我们推想前七十一回是一种单独结构的本子，与那特别注重招安以后宋江等立功受谗害的原百回本完全是两种独立的作品。

前七十回较高明，后三十回较幼稚，这是事实。至于田、王、方三寇之事七十回中未见，而于三十回突出，在结构上亦疏陋之甚。但《水浒》故事本有悠长的历史，结合各种故事而成一书，自不能无锢钉之迹。以此痕迹，即可证明另有七十回古本乎？是不尽然的。

我们先设想施耐庵与《水浒》的关系，再想金圣叹与它的关系。施是宋人、元人、明人，真人假人，一概不讲，然其名既见于著录，则所谓施某也者（姑曰施某云耳）必与《水浒》沾亲带故，否则何以不牵涉张王李赵呢？鲁迅先生在《中国小说史略》上说：

又简本撰人，止题罗贯中，周亮工闻于故老者亦第云罗氏，比郭氏本出，始著耐庵，因疑施乃演为繁本者之托名，当是后起，非古本所有。

这是近理的推测，简本止题罗氏，繁本必兼施罗，是施公殆先圣叹而改《水浒》矣。可注意的是：（一）施虽易简为繁，但曾否另刊七十回本，打破百回本之窠臼？若施先郭氏，创七十回本，何以郭氏刊本，又恢复百回之数？若如适之所说："我们推想此书初出时必定不能使多数读者领会。当时人大概以为这七十回是一种不完全的本子，郭勋是一个贵族，又是一个奸臣，故更不喜欢这七十回本。"这都是些想当然的话。（二）姑假定施有七十回本子，但圣叹所见是否即此？圣叹真有所见乎？谁也不知道。就我们所知，自来无言施本七十回者，有之自圣叹始。他人都不言而圣叹独言之，他人都不见而圣叹独见之，此其所以难信也。善疑古者如适之，岂曰可信乎？

审察圣叹与《水浒》之关系，则适之所谓无假托古本之必要者也有点不贴题。圣叹的大功绩（或曰大过失，随您的便），在乎毅然把七十回单行，把后边那些不讨俏的垃圾一起撇却，而不在文字的修改上。此点适之也曾承认。适之说以为修改字句之微不必假托古本，那是可通的。但他打破诸百回本之窠臼，有没有假托古本之必要呢？我以为有点必要，而适之曰否。适之引金改《西厢》为例，那是拟不于伦。《西厢》后四折本为续作，并非圣叹所杜撰，理直气壮，何必假托？《水浒》本是一书，强分两截，安得不假托？一书有一书的情形，不能以彼推此。

且看金圣叹同时人周亮工的话："近金圣叹自七十回之后断为罗所续，因极口诋罗，复伪为施序于前，此书遂为施有矣。"是圣叹以前无单行七十回本之一证。金本明题"东都施耐庵撰"与百十五回题"东原罗贯中编辑"恰相反，我们试纵列一表：

简本百回	繁本百回	金本七十一回
罗贯中	施耐庵 罗贯中	施耐庵

毕竟金氏有古本否，我们安得起九原而问之？疑心他有或没有，都是扣盘扪烛之谈。但我也不妨申述我的意思。我决不想和适之辩论，因为我所用的都是他找来的材料。但我又想把他的

矛，攻他的盾。

说金本是七十回是不大妥，应曰七十一回（楔子亦算一回书）。这"一"字加上了很有点关系，因为问题正出在第七十一回上。

我很奇怪，就适之的理论证据都应当趋向于某一条路，而在结论上，适之偏走了相反的那一条路。七十一回本之特点，除掉有伪施序以外，只多了第七十一回卢俊义一梦。我试节引：

> 是夜卢俊义归卧帐中便得一梦。梦见一人，其身甚长，手挽宝弓，自称"我是嵇康，要与大宋皇帝收捕贼人……"只见那人拍案骂道："万死狂贼！朝廷屡次前来收捕，你等公然拒杀无数官军，今日却来摇尾乞怜，希图逃脱刀斧。我若今日赦免你们时，日后再以何法去治天下。况且狼子野心，正自信你不得。我那刽子手何在！"说时迟，那时快，只见一声令下，壁衣里蜂拥出行刑刽子二百一十六人，两个服侍一个，将宋江卢俊义等一百单八个好汉，在于堂下草里一齐处斩。卢俊义梦中吓得魂不附体，微微闪开眼看堂上时，却有一个牌额，大书"天下太平"四个青字。

以好汉为万死狂贼，而曰狼子野心，投降难信，非杀不可，岂不像明末人之口气？难道倒是《水浒传》的正统观念吗？我们看其他各本亦有此否？依适之《后考》的说法：

> 百回本……七十一回无卢俊义的一梦。
>
> 百二十回本……也无卢俊义的梦。
>
> 百十回本自第一回到六十一回……回数虽有并省，事实并未删减，也无卢俊义的梦。
>
> 百十五回本自第一回至六十六回，内容同……也无卢俊义的梦。

> 百二十四回本……也无卢俊义的梦。

是各本均无此梦也。适之以为圣叹曾有的古本，岂不成为孤本乎？岂此孤本为古，而其他皆俗本乎？然而适之未觉也，他在《考证》引金氏批此回之文曰："后世乃复削去此节，盛夸招安，务令罪归朝廷而功归强盗，甚且至于哀然以忠义二字冠其端，抑何其好犯上作乱至于如此之甚也。"圣叹巧为说词，抹杀事实，不说原本没有，他添了些，反说原本本有，被人削去了。然则古本之假托，可谓有必要。否则岂能瞒过三百年后的胡适之。

这回书关涉全文主旨甚大。金圣叹带上一副"痛恨流贼"的有色镜去看《水浒传》，自然不得不削去招安以后事，且不得不作此狡狯以圆其说。他是不得已而为之。适之并无此项苦衷，何必为圣叹帮腔？

圣叹处处神经过敏，以为《水浒》对于宋江某处有微词，某处有曲笔，适之觉得讨厌吗？若曰讨厌，吾无闲然。然适之但看见眉批夹评之可厌，却不曾见第七十一回本文之亦可厌，更不曾见此回之文与金圣叹眼中之《水浒》沆瀣一气，却与胡适之眼中之《水浒》大相枘凿。他无端为古人帮忙，却不顾到自己要摔跤。

善夫适之之言曰："这部七十回的《水浒传》处处褒强盗，处处贬官府。这是看《水浒》的人，人人都能得着的感想。圣叹何以独不能得着这个普遍的感觉呢？这又是历史上的关系了。圣叹生在流贼遍天下的时代，眼见张献忠、李自成一班强盗流毒全国，故他觉得强盗是不能提倡的，是应该口诛笔伐的。……他不知道七十回本删去招安以后事正是格外反抗政府，他看错了，以为七十回本既不赞成招安，便是深恶宋江等一班人。所以他处处深求《水浒传》的皮里阳

秋，处处把施耐庵恭维宋江之处都解作痛骂宋江。这是他的根本大错。"(《考证》)

这段话评圣叹极是。可是"他不知道七十回本删去招安以后事正是格外反抗政府"这句话，非但圣叹不知，即我们被适之点醒了也依然不知。适之岂不是有点将现在的革命空气，投射到古书上去？这也未始不是深求之过，这也未始不是历史上的关系。更不可解的是七十一回，强盗杀头而天下太平，难道也是"格外反抗政府"吗？难道也是"褒强盗"吗？圣叹有知，亦大可以此反质适之也。

总之，圣叹明明缠夹了。适之呢，本身并未缠夹，却因圣叹的缠夹而愈加缠夹。《水浒》原本有它的一贯的意思，可惜不免太幼稚；圣叹改本也有它一贯的意思，可惜有点深文周纳，神经过敏；适之的《水浒》观也有它一贯的意思，可惜虽有足以自圆其说而有余的材料，却没有充分利用，反而被圣叹瞒过了。我以下再依适之的基本观念申说之。

《考证》里有一句扼要的话："这种种不同的时代发生种种不同的文学见解，也发生种种不同的文学作物。"依这个前提，则七十一回本的产生，正应当是流贼变乱之反应，正应当是明末的作物；若以为是明初的，便将自乱其例。适之何取于此？再说，此本后来独得盛行，一半也由社会心决定的。我们看《水浒》之支流，在清一变而为《荡寇志》，再变而为《三侠五义》，可见清之士大夫及下层阶级的气质。圣叹评本之流行，亦非无故也。

文学的批评非兹能详，略述以结本篇。所谓七十回本较百回本为优，亦是相对的。若以"褒强盗贬官府"为《水浒》之立意，则第七十一回非特赘疣，直为蛇足。"蛇固无足，子安能为之足？"然则七十回之于百回，亦是"以五十步笑百步"，"楚则失之而齐亦未为得也"，适之岂见不及此，只缘寻踪觅迹的意念太执著，必要从圣叹以外找出更古的七十回本来做它的根，而不知圣叹书本身便是一根。不自见其睫，近故也。赤水玄珠，象罔得之，无所容心故也。

一九二八年二月十五日

小说随笔

今之白话小说其来源有二。（一）从唐之佛经变文衍为弹词宝卷。（二）从宋人话本，衍为散文体白话小说。唐人似亦有散文的白话小说，如《秋胡》、《太宗入冥》之类，然每与拙劣之文言相夹杂，似非话本之嫡系也。故论散文之小说，乃当从宋话本起。

宋话本之起源，以三说解之。其一，从唐之佛经变文来。材料方面，宋人列说经参为一家数可证。体裁方面，最初话本仍韵散相杂，故有"诗话"、"词话"之名，只变文以韵文为主，或韵散兼重，此则渐主散文耳。然古之平话，韵文仍多，如《清平山堂话本》中《张子房慕道记》夹引诗词凡二十八首，《京本通俗小说》中《碾玉观音》，首列举游春诗词凡十一首，此等诗词，当时亦合弦索鼓板，若不歌唱而诗词夥多，听众有不瞌睡者乎？况说话起首，有所谓"得胜头回"，以《得胜令》开篇，则以后仍时时弹唱，事属寻常。谓唱本与话本有绝对之区别，殆非笃论。

---

* 原载1932年12月《东方杂志》第29卷第7期。

其二，宋话本之来源恐不仅此。佛教文学固为一大来历，而中土固有的成分亦占重要。《小说史略》引《酉阳杂俎》，以证唐时已有市人小说，其证殊确。观《酉阳》此一节之全文，更可证唐之市人小说与宋之说话为嫡系之承接，其关系视佛经故事尤为密切也。兹列相同之点于后云：

唐市人小说为杂戏（《酉阳杂俎》）	宋之小说讲史列人"京瓦伎艺"（《东京梦华录》）
尝于上都斋会设此（同上）	二月八日为相川张王生辰，霍山行宫，百戏竞集，雄辩社小说（《武林旧事》）
读扁字上声，根据于《本草音义》（同上）	王六大夫讲得字真不俗，记问渊源甚广（《梦粱录》）

其性质程度组织悉同。盖唐宋之说话乃是高等的，有相当学问的，故可孕育文章，发生优美之白话小说，与今之说书实不尽同。此点于文学史上颇有关系。

其三，古既有之，何以至宋始著称乎？则在上提倡之功也。今之谈文学者，每每喜说"民众"不去于口，说固然，亦不尽然，何则？一种文体之兴起，大约平民的与贵族的成分缺一不可也。贵族得到底，固然僵死而无生气，平民得到底，则第一个平民，第二第三个还是平民，何来伟大之文章乎？今之皮黄、梆子、歌谣、小调斯其证也。闲话休题，言归正传。《七修类稿》曰："小说起宋仁宗时，盖其时太平盛久，国家闲暇，日欲进一奇怪之事以娱之。"郎氏明人，其说或无征。然《武林旧事》载小说伎艺人，供奉德寿宫者二人，御前者五人；《梦粱录》述王六大夫系御前供话。夫南宋情形确是如此，则北宋情形何必不然？以"杭州作汴州"之言推之，郎说殆可信也。又《梦华》、

《梦粱》、《都城纪胜》述说话家数者均有合生。据王棠《知新录》，合生院本杂剧也。述其起源引《唐书》云，唐中宗殿上奏此，又云始自王公稍及闾巷。则唐小说杂技之兴起亦由上及下，与宋相同。故帝王卿相之提倡，与新体文学盛行关系颇明白，悉归功民众，非事实矣。质言之，今人所谓平民文学，词曲小说之类，实皆有贵族之成分在内。予以为某一种新体，始创于民间，流布里巷，其势力不广，其地位不高，文词不必优美，斯为第一步；至贵族提倡仿效而改进之，于是其道大行于上下，文学上地位遂定，斯为第二步；文人摹拟日众，愈改进而弹性愈弱，渐变为少数人之趣味，于是老衰，而民间更孕育新体焉，斯为第三步。词曲均如此。小说一体，以较不适于用文言，其迹象乃不甚显著耳。

小说一词其演化范围甚广，然就字义论，只一义耳，即所谓"残丛小语"也。汉以来所谓小说，其义如此；宋人话本之小说，演为今之白话小说者，其义亦如此，初非有歧释也。只《汉志》所谓小说乃对九流而立言；宋人所谓小说，对讲史而立言耳。《汉志》、《诸子略》列十家，而曰"可观者九家"，则班氏之意自明。惟小说与讲史相对，论者尚少，兹约说之。今之说书人，如演《三国》、《水浒》等，则谓之说大书，殆古讲史之遗意。《梦粱》、《武林》所载演史伎人多以进士书生解元宫人宣教万卷贡生等为号，可见南宋之演史的，以学问渊博号召听众也。至进士贡生等，是否浑名，抑系实阶，概不可知，大约以浑名为近似耳。至小说伎人中则绝无以此为号者。又《梦粱》讲史条下曰有王六大夫元系御前见话，于咸淳年间敷衍《复华》篇及《中兴名将传》，听者纷纷，盖讲得字真不俗，记问渊源甚广耳。可供其时重视讲史。以我辈观之，小说敷演民间故事，创造成分多，兴味亦厚，较敷演历史，虚实混淆，陈陈相因者似胜；然此论固不可推之市井，彼等之重视书卷固其所也。自说话之风衰，小说与讲史遂无别焉。

抑犹有进者，在当时就大体言，小说演民间事，讲史则翻书卷，区别固如此矣。然细按之，二者之分，初不尽在于材料之不同，乃在体裁性质之不同耳。小说多虚少实，讲史真伪各半，斯其大较也。若曰材料，则混杂殊甚。讲史中虽无小说之材料，而小说中决不能无历史故实，后之独以"小说"为一切小说之通名，初不谬于历史也。小说中亦有历史故事举证如下。《京本通俗小说》明明是小说也，而其中有王安石变法，金亮荒淫事，非历史乎？胡适之先生强说之曰："大概是小说和讲史两家的话本。"（《宋人话本八种》序）夫明题小说，不曰讲史，安知其内有讲史之话本乎？若曰小说亦可叙历史故实，只作法不同，则于此点不成问题矣。又《都城纪胜》分小说为三，曰银字儿，曰说公案，曰说铁骑儿，就材料论，几与今日流俗所谓小说，其范围广狭无甚区别。其中所谓铁骑儿，乃述士马金鼓之事，盖非与历史无关；《梦粱录》讲史条下有"兴废战争之事"，可见战争本在讲史之范围，二者互相出入可想见也。若敷演小说，不得偶涉历史，涉及历史便将以讲史视之，则难乎其为小说矣。

适之此说，据说，"我另有专篇论这个问题"，今既未见，其详不明。然有一点，与上述相类，显然错误的，即并经参于小说中也。夫说话之家数，南宋人言之屡矣，综各家之言大体互符，可见距事实不远。夫合生蜕为院本，且有歧说，诨话无关弘旨，从后人之观点，存而不论可也。至于宋之说经说参请，渊源于唐之变文，来历久长，虽其话本无传，而于文学史上实至重要，今乃混之小说中，殆不可也。

述古代事，除非辨伪之证据充足，当尊重当代人之记载。如适之并经参于小说中，以予观之，不要合并则已，若要合并，经参固近于讲史也。讲史与说经参虽系两家,然就其来源,讲史与说经之间非无关系。今日在敦煌发见之通俗小说中,如《八相成道》、《维摩诘》之类,固属于佛经,而如《大舜》、《伍员》、《季布》、《明妃》等则属于历史。盖说经与讲史其体甚相似,只所敷演之底本,一为释典,一为史乘,不同而已。孰先孰后,良不可知,是否演史导源于说经亦不可知,然二者实最近似:如《八相成道记》,"泛述本来经文作为叙述主干,然后在紧要处敷演以韵语"(郑振铎说);《五代史平话》,"史上大事即无发挥,一涉细故,便多增饰,状以骈俪,证以诗歌"(鲁迅说),可见近似之程度矣。若欲并说经于小说中,何不可并入讲史中乎?此由标准无定,立说亦遂纷歧。

白话小说之初起,乃口头之杂技,非案上之文章,故所谓说话之家数,实说话人之行业耳;故不必在其间求出绝对合理的标准来。说话之风衰,而话本之派别亡,自然之理也。即在当时,其区别本不尽合理。如《梦华录》"京瓦伎艺"下既有孙宣孙十五等讲史矣,另有霍四究说三分,尹常卖五代史,夫三分五代非讲史乎?《武林旧事》则以说诨话与说诨经分列,二者之区别亦良微。又诸家(《武林旧事》除外)于说话一项下均有"合生",似亦与小说颇远。然谓之不合理则可,以为不合理而思变更之则不可。何则?此项事实之存在,初不以合理为据。

以今日观之,唱本如《天雨花》,白话小说(话本)如《石头记》,剧本如《长生殿》、《太真外传》,其不同亦甚矣。然当各体孕育之初,盖混而不分。弹词之体渊源久远,而宋之弹词不传于后,记载中亦鲜有述及者,前曾引为疑问,今始恍然,宋之弹词即在话本之中,非另有其弹词也。观合生以歌咏舞蹈为主,犹列入说话家数中,则弹词之宜入说话,初无问题。宋人诗话词话之体,说唱并重,前已言之矣。今之弹词唱本不废散文叙述,今之白话小说犹有诗词作为起讫引证，皆遗风未沫之据也。在最初，话本唱本实无甚别，就注重说话部分言，则谓之"话本"，就注重歌唱部分言，则谓之"唱文"而已。惟歌唱之体变化较少，今之弹词犹唐人之嫡系也；说话之体变化较多，后之白话新体，非特远于唐代之俗文，并对于宋代话本，亦有相当之距离矣。

唱本与话本之关系既如此，推之于剧本亦然。中国戏剧，言语歌唱动作三者主之。除动作为戏剧之特色外（其实说话未必无相当之动作表现，特不如戏剧之重要），其言语部分即话本也，其歌唱部分即唱本也，其关键则在于傀儡与影戏。夫古之院本杂剧戏文，今之昆戏皮黄梆子，所以大别于说话者，岂不以说话之述故事悉以一人代言，其动作悉由一人描摹，而戏剧则由各种角色扮演乎？若返观傀儡与影戏，则将淆混此项意义，而话本唱本与剧本之区别微矣。就外观言，绯衣绿袍，装孤装旦，俨然戏剧也；就其内容，则傀儡纸影之言语歌唱动作悉由演者按照话本，一一代为之，非小说乎？所略有不同者，小说由说话的一人直接表演，而傀儡影戏，则彼人初不露面，借泥塑木雕纸剪之工具示之耳，犹之演说，一人口讲指画而止，又一人于空讲以外，更以实物模型示之，演说之根本意义固相同也。原始的剧本与唱本话本，讲坛与戏场相去均不甚远，而小说与戏剧之界限混而不析。今日中国优伶犹往往在台上对观众说话，亦遗风之一也。

今日所流传之唱本书，每较白话小说篇幅长，予始不明其故，近乃省之。简言之，白话小说从话本来，而话本原是说话之节略，其中非无若干之距离，唱本书则系弹唱之全文，场上之曲即案头之文，未尝有所删节也。适之说："《西山一窟鬼》全篇不过六千字，那有十数回呢？大概当时说话的人随时添枝添叶，把一个故事拉得很长，分做几回说完，也有分做十数回的。"此言最足说明说话与话本之区别。返观唱本书则情形迥异,其描摹叙述之琐屑漫长,见面寒暄动辄半页,铺叙排场又是一张,明明一节可了者每衍为一回。其实说话情形亦复尔耳,只是说话未尽载诸话本,故篇幅少;弹词尽载诸唱本,则篇幅多。白话小说,如《三国演义》百二十回分上下,《野叟曝言》百五十四回,在说部中已算甚长;而在唱本中并不算什么,如《安邦志》、《定国志》、《凤凰山》相连的三部曲,合计有七十余册,约合三百七十余回,戚家藏有钞本《榴花梦》,据说有三百五十余册,回数不明。以外弹词,长篇至多。何以弹词不能如话本之节略?盖说话可以随时编造穿插,而唱文则以比较有韵律之束缚,变化颇不容易。其结果话本以节制得中,渐发生近乎文学的小说;唱本非无相当的优长,终久不脱流俗之范围也。

捏合或提破为小说所独有。鲁迅说之曰:"大抵诗词之外,亦用故实,或取相类,或取不同,而多为时事。取不同者由反入正,取相类者较有浅深,忽而相牵,转入本事,故叙述方始,而主意已明。"适之曰:"鲁迅先生说引子的作用,最明白了。"除此以外,其作用犹有可言。鲁迅所谓"叙述方始主意已明",对于提破之解释至当。然仅仅以相类或不同引入,何以遂能顷刻明白乎?譬之算草,两个皆未知数决不明白,若以已知的示未知的,则顷刻可明。《都城纪胜》曰:"杂剧中先做熟事一段名曰艳段,次做杂剧。"此虽未可即推之于小说,亦可供参考。故捏合提破与主文之关系,正反深浅之外,有时亦有生熟之区分也。

捏合提破除暗示主文之立意以外,疑另有一功用,即敷衍时间以候观众是。大抵不守时间,古今人初无二致,况市井杂技,本非期约,岂时开场听者寥寥,讲演殆半而络绎来矣,事在意中。其时试代说话的想,岂不两难?若以人少而就杜口不谈乎?则时间已到,先来的诚实顾客固不宜使之久待也。就此开谈乎?

则已来之观众殊少于未来者，故事开始之后，后之来者，将听得没头没脑兴味减少，为大多数之观众及自己之营业着想，又非所宜也。惟此变通办法，可以两全。今之剧场、电影院中在未做正剧以前，皆有时间滑稽片，同此意也。后之小说，易场上为案头，已无此等需要，乃保守遗形呼为楔子，不但不必，而且错误。

但何以讲史就不需用该捏合提破耶？岂讲史之观众者能准时出席乎？则应之曰，也是有的。讲史之体每从开辟说起，如《五代史平话》已然，即或不然，至少须从本朝开国说起，如《七修类稿》之述闾阎淘真，则曰"太祖太宗真宗帝，四帝仁宗有道君"，元至治本《三国平话》则从"汉光武皇帝"说起。凡此等闲篇，虽无捏合提破之名，在敷衍时刻这点看，功用相等。况仔细考察，讲史中实亦有如此一段，特不呼为捏合提破耳。如《五代史平话》先述三分往事，《三国志平话》又述司马仲相断狱故事，皆与本文相映带，揆之鲁迅君所诠捏合提破之义并无不合，说话史在此点上绝异小说，亦非事实也。

一九三〇年二月二十一日

《红楼梦》论文

八十回后的《红楼梦》

《红楼梦》只有八十回,从戚蓼生、高兰墅以来,凡读《红楼梦》的人都说这书是没有完全。现存的《红楼梦》虽只有八十回,而《红楼梦》却不应当终于八十回;换句话说,即八十回以后应当还有《红楼梦》,只可惜实际上却找不出全璧的书,只有高鹗底续作一百二十回本,这自然不能使爱读《红楼梦》的人满意。这节小文专想弥补这个缺陷,希望能把八十回以后原来应有的面目显露一二。至于作者底残稿所谓后三十回,已见下卷另篇,可以参看。

曹氏为什么只做了八十回书便戛然中止?以我们揣想,是他在那时病死了。《红楼梦》到八十回并不成为一段落,以文章论,万无可以中止之理;可见那时必有不幸的偶然事发生,使著书事业为之中断。颉刚也这么揣想。他说:"……不久,他竟病死了,所以这部书没有做完。"(一九二一,五,十,信)

讨论八十回后的《红楼梦》这问题。可依照八十回书中所记事实,大略分为四项:(一)贾氏;(二)宝玉;(三)十二钗;(四)众人。我逐一明简地去说明。有许多例证前已引过全文的,只节引一点。怀疑的地方也明白叙出,使读者知我所以怀疑之故。

（一）贾氏——贾氏后来是终于衰败，所谓"树倒猢狲散"，这是无可疑的。虽然以高鹗这样的名利中人，尚且写了抄家一事。至于高本以外的补本，在这一点上也相同，且描写得更凄凉萧瑟。这可谓"人有同心"了！所以大家肯公认这一点，没有疑惑，是因八十回中底暗示太分明了，使人无可怀疑；且文章一正一反也是常情，可以不必怀疑。既然如此，似乎在这里可以不必多说，我们看了高本，便可以知原本之味。但在实际上却没有这样简单。

贾氏终于衰败虽确定了，但怎样地衰败？衰败以后又怎么样？却并没有因此决定。贾家是怎样地衰败的？这有两个可能的答语：（1）渐渐的枯干下去；（2）事败罹法网，如抄家之类。我们最初是相信第一个解答，最近才倾向于第二个了。要表示我们当时的意见，最好是转录那时和颉刚来往的信。我当初因欲求"八十回后无回目"这个判断底证据，所以说：

  抄家事闻兄言无考，则回目系高补，又是一证。（一九二一，五，四，信）

颉刚后来又详细把他底意见说了一番：

  贾家的穷，有许多证据可以指定他不是由于抄家的：

  （1）如今生齿日繁，事务日盛，主仆上下，安富尊荣的尽多，运筹谋划者无一；其日用排场费用，又不能将就省俭，如今外面的架子虽未甚倒，内囊却也尽上来了。（第二回，冷子兴对贾雨村说的话）

  （2）林黛玉常听得母亲说，他外祖母家与别家不同。他近日所见的这几个三等仆妇，穿吃用度，已是不凡。（第三回）

  （3）贾宅族中凡有的子侄……都是那些纨袴气习……

今日会酒,明日观花,甚至聚赌嫖娼无所不至。(第四回)

(4)外面看着虽是烈烈轰轰,不知大有大的难处,说与人也未必信呢。(第六回,凤姐对刘姥姥说)

(5)可卿死后,贾珍拍手道:"如何料理,不过尽我所有罢了!"又贾珍托凤姐办丧事说:"只求别存心替我省钱,要好看为上。"(第十三回)

(6)平儿向凤姐说:"我们二爷那脾气,油锅里的还要捞出来花呢?"(第十六回)

(7)赵嬷嬷道:"咱们贾府正在姑苏扬州一带监造海船,修理海塘,只预备接驾一次,把银子化的像淌海水似的!"(第十六回)

(8)贾妃在轿内看了此园内外光景,因点头叹道:"太奢华过费了!"……贾妃极加奖赞,又劝以后不可太奢了,此皆过分。……贾妃……再四叮嘱,"倘明岁天恩仍许归省,不可如此奢华靡费了!"

由以上八条归纳起来,贾家的穷不外下列几项缘故:

(甲)排场太大,又收不小;外貌虽好,内囊渐干。(1)(2)(4)

(乙)管理宁府的贾珍,管理荣府的贾琏,都是浪费的钜子。其他子弟也都是纨袴气习很重。一家中消费的程度太高,不至倾家荡产不止。(3)(5)(6)

(丙)为皇室事件耗费无度。(7)(8)

所以贾氏便不经抄家,也可渐渐的贫穷下来。高鹗断定他们是抄家,这乃是深求之误。(一九二一,五,十七,信)

但他后来渐渐觉得高氏补这节是不很错的,虽然仍以为原书不应有抄家这件事,他说:

籍没一件事虽非原书所有,但书上衰败的预言实在太多了；要说他们衰败的状况，觉得"渐渐的干枯"不易写，而籍没则既易写，又明白：高鹗择善而从，自然取了这一节。（一九二一，六，十，信）

我在六月十八日复他一信，赞成他底意见。这时候，我们两人对于这点，实在是骑墙派；一面说原书不应有抄家之事，一面又说高鹗补得不坏。以现在看去，实在是个笑话。我们当时所以定要说，原书不写抄家事，有两个缘故：（1）这书是纪实事，而曹家没有发见抄家的事实。（2）（以那时我们所知）书中并无应当抄家之明文。至于现在的光景，却大变了，这两个根据已全推翻了，我们不得不去改换以前的断语。

现在我们得从三方面去观察这个问题：（1）从本书看；（2）从曹家看；（3）从雪芹身世看。若三方面所得的结果相符合，便可以断定"书中贾氏应怎样衰败"这个问题。我们知道，从本书看，确有将来事败抄家这类预示，且很觉明显不烦猜详。（所引各证见上卷《高鹗续书底依据》及下卷《后三十回的红楼梦》）我们又知道，曹家虽尚未发见正式被抄没的证据，但类似的事项却已有证。如谢赐履的奏折中提及两事：一是停止两淮应解织造银两；一是要曹𫖯赔出本年已解的八万一千余两。

我们如考查雪芹底身世也可以揣测他家必遭逢不幸的变局，使王孙降为寒士，虽然不一定是抄家。我们知道，雪芹幼年享尽富贵温柔的人间福分，所以才有《红楼梦》；（看书中的宝玉便知）但在中年（三十多岁）已是赤穷，几乎不能度日了。敦诚寄怀雪芹诗，在一七五七年，中已有"于今环堵蓬蒿屯"之句，可见他已落薄很久了。（如假定雪芹生于一七二三，到敦诚作诗时，雪芹年三十五）后来甚至于举家食粥，（一七六一，敦诚赠诗）则家况之贫寒可知。但曹氏世代簪缨，曹雪芹之父尚及身为织造，怎么会在十多年之内，由豪华骤转为寒酸，由吃莲叶羹的人降为举家食粥？要解释这个，自然不便采用"渐渐枯干"这个假定。虽然"渐渐枯干"，也未始不可使他由富贵而贫贱；但总不如假定有抄家这么一回事，格外圆满，简截。我总不甚相信，在短时期内，如不抄家，曹家会衰败到这步田地。况且本书上明示将有抄家之事，尤不容有什么疑惑。上边颉刚所归纳的三项，也是实有的现象，但书中贾氏底衰败，并不以此为惟一的原因，也不以此为最大的原因。最大的原因还是抄家。因为"渐渐枯干"与抄家是相成而不相妨的。我们并不能说，如是由于抄家便不许有"渐渐枯干"这类景象，或者有了"渐渐枯干"的景象，便不许再叙抄家事。我以为《红楼梦》中的贾氏，在八十回中写的是渐渐枯干，在八十回后便应当发见抄家这一类的变局，然后方能实写"树倒猢狲散"、"食尽鸟投林"这种的悲惨结果，然后宝玉方能陷入穷境，既合书中底本旨，也合作者底身世。

这样看来，原书叙贾氏底结局，大致和高本差不多，只是没有贾氏重兴这回事。我们本来还有一点没有正式提到，就是衰败以后怎么样？这可以不必讨论，从上边看，读者已知道，衰败便是衰败，并没有怎么样。高鹗定要把贾氏底气运挽回来，实在可以不必，我已在《后四十回底批评》中详说了。

（二）宝玉——因为《红楼》本是一梦，所以大家公认宝玉必有一种很大的变局在八十回以后。这一点是共同的观察，可以不必怀疑讨论。但变局是什么？却不容易说了。以百年来大家所揣测的，只有两种：（1）穷愁而死；（2）出家。如联合起来还有一种：（3）穷愁而后出家。

究竟这三种结局，是那一种合于作者底原意，我们无从直接知晓。我们只可以从各方面去参较，求得较逼近的真实；如此便算解决了。我最初是反对高鹗底写法——宝玉出家——以为宝玉应终于贫穷。我对颉刚说：

> 我想《红楼》作者所要说的，无非始于荣华，终于憔悴，感慨身世，追缅古欢，绮梦既阑，穷愁毕世。宝玉如是，雪芹亦如是。出家一节，中举一节，咸非本旨矣。盲想如是，岂有当乎？（一九二一，四，二十七）

> 由盛而衰，由富而贫，由绮腻而凄凉，由骄贵而潦倒，即是梦，即是幻，即是此书本旨，即以提醒阅者；（第一回）过于求深，则反迷失其本旨矣。我们总认定宝玉是作者自托，即可以以雪芹著书时的光景，悬揣书中宝玉应有的结局。……究竟此种悬想是否真确，非有他种证明不可，现在不敢确说。（一九二一，五，四）

我当时所持的最大理由，是宝玉应当贫穷，在书中有明文，（第三回，宝玉赞）而雪芹也是贫穷的，更可为证。当时却不曾全然说明书中相反的暗示，（宝玉出家）只勉强解释了几个，中间有些遁词。颉刚先是赞成我这一说的，后来却另表示一种很好的意见，我于是即被他说服了。我们来往的信上说：

> 曹雪芹想象中贾宝玉的结果，自然是贫穷，但贫穷之后也许真是出家。因为甄士隐似即是贾宝玉的影子——（一）"秉性恬淡，不以功名为念。"（二）到太虚幻境，匾额对联都与宝玉所见同。（三）"封肃便半用半赚了，略与他些薄田破屋，士隐乃读书之人，不惯生理稼穑等事，强勉支持一二年，越发穷了。"（四）他注释《好了歌》云："陋室空堂，当年笏满床；……绿纱今又糊在蓬窗上。……"——甄士隐随着跛足道人飘飘去了，贾宝玉未必不随一僧一道而去。要是不这样，全书很难煞住，且起结亦不一致。所以高鹗说宝玉出家，未必不得曹雪芹本意。宝玉不善处世，不能治生，于是穷得和甄士隐的样子，"暮年之人，贫病交攻，

竟渐渐的露出那下世的光景来";于是"眼前无路想回头",有出家之念。(一九二一,五,十七,颉刚给我的信)

  论宝玉出家一节见地甚高,弟只见其一未见其二也。贫穷与出家原非相反,实是相因;出家固不必因贫穷,但贫穷更可引起出家之念。甄士隐为宝玉之结果一影,揆之文情,自相吻合。雪芹自己虽未必定做和尚,但也许有想出家的念头;我们不能因雪芹没出家便武断宝玉也如此。……我们不必否认宝玉出家,我们应该假定由贫穷而后出家。(一九二一,五,二十一,复颉刚信)

这明是从(1)说(终于贫穷)变成(3)说(贫穷后出家)底信徒了。我当时所以改变,一则由于宝玉出家,书中明证太多,没法解释;(《高鹗续书底依据》一文中,约举已有十一项,恐还不能全备。)二则若不写宝玉出家事,全书很难结束。只是贫穷,只是贫穷,怎么样呢?且与开卷引子不相照应,文局也嫌疏漏。我因这两层考虑,就采用了颉刚底意见。

  我后来在有正本评中发见后三十回的《红楼梦》,那时还以为亦是续书之一,见《红楼梦辨》。经过数十年发见许多新材料,证明这就是作者未完的残稿。从这残本里知道宝玉确是贫穷之后再出家,证实我们当时的揣想,这是我们所最高兴的。我现在将三说分列如下:

  (1)贫穷不出家——所谓旧时真本及我底初见。

  (2)出家不贫穷——高鹗四十回本。

  (3)贫穷后出家——我们底意见,作者残稿证明之。

在《红楼梦》曾说:"只好请作者来下判断。"现在果然判决了。雪芹以穷愁而卒,并没有做和尚,这未始不是(1)说底护符。但我们始终以为行文不必凿方眼,雪芹虽没有真做和尚,安见得他潦倒之后不动这个心思？又安见得他不会在书中将自己底影子——贾宝玉——以遁入空门为他底结局？所以雪芹虽没有出家，而我们却偏相信宝玉是出家的。这是违反了逻辑底形式，但我们思想底障碍便是这个形式。因为形式是死的，简单的，事实是活的，复杂的；把形式处处配合到事实上，便是一部分思想谬误底根源。

（三）十二钗——名为十二钗，这儿可以讨论的结局，实只有十一人，因秦可卿死于第十三回，似不得在此提及。且秦氏结局作者已写了，更无揣测底必要。我另有一短篇，专论秦氏之死。

论十二钗底结局是很烦琐，且太零碎了，恐不易集中读者底注意。现在我把十一人底结局分为三部分论列。哪三部呢？（甲）无问题的，（乙）可揣测的，（丙）可疑的。（甲）部底结果大致与高本所叙述差不多，相异只在写法上面。（乙）、（丙）两部问题很多，而（丙）更觉纠葛。

（甲）无问题的——共有八人：元春、迎春、探春、惜春、李纨、宝钗、黛玉、妙玉。怎么说是无问题呢？因他们底结局，在八十回中，尤其在第五回底册子曲子中，说得明明白白。即高鹗补书也没有大错，不足以再引人起迷惑。所谓无问题底意义，就是结局一下子便可直白举出，不必再罗列证据、议论。且有些证据，已在《高鹗续书底依据》一文中引录，自无重复底必要。我用最明简的话断定如下：

  元春早卒，迎春被糟蹋死，探春远嫁，惜春为尼，李纨享晚福，宝钗嫁宝玉后宝玉出家，黛玉感伤而死，妙玉堕落风尘。

这八人中又应当分为两部分：（1）无可讨论的；（2）须略讨论的。无问题而须讨论，这不是笑话吗？但我所谓无问题是说没有根本的问题须解决，并不是以为连一句话都不消说得。以我底意见，元春、迎春、宝钗应归入（1）项，以外的五人可归入（2）项。（1）项可以不谈，我们只说（2）项。

探春底册子、曲子、灯谜、柳絮词都说得很飘零感伤的；所以她底远嫁，也应极飘泊憔悴之致，不一定嫁与海疆贵人，很得意的，后来又归宁一次，出挑得比前更好了，像高鹗补本这样写。因为这样写法，并没有什么薄命可言；为什么她也入薄命司？（第五回）惜春底册子上画了一座大庙，应当出家为尼，不得在栊翠庵在家修行。

看李纨底终身判语，有"珠冠凤袄"，"簪缨"，"金印"，"爵禄高登"等语，可见她底晚来富贵，又不仅如高氏所言，贾兰中举而已。又曲子上说，"抵不了无常性命"，"昏惨惨黄泉路近"等语，似李纨俟贾兰富贵后即卒，也并享不了什么福。这一点高本简直没有提起。

黛玉因感伤泪尽而死，各本相同，无可讨论。只是高鹗写"泄机关颦儿迷本性"一回，却大是赘笔，且以文情论亦复不佳，从八十回中看，并无黛玉应被凤姐、宝钗等活活气死的明文，所以高鹗底写法，我认为无根据，不可信。我觉得以黛玉底多愁多病，自然地也会夭卒的，不一定因为宝钗成婚而死，高氏所写未免画蛇添足，且文情亦欠温厚蕴藉。这虽没有积极的确证，但高作本未尝有确证。

妙玉是后来"肮脏风尘"的，高鹗写她被劫被污，也不算甚错。但作者原意既已实写了贾氏底凋零，一败而不可收拾；则妙玉不必被劫，也可以堕落风尘。所以高氏写这一点，我也认为无根据。妙玉后来在风尘中，我们知道了，承认了；但怎样地落风尘，我们却老老实实不知道，即使去悬揣也是不可能。

（乙）可揣测的：——凤姐，她女儿巧姐。所谓"可揣测"，是什么意义？就是说八十回中虽有确定的暗示，但我们却不甚明了他底解释；所以一面不能断定他们底结局，在另一面又不能说是"可疑"。这是（甲）、（丙）两项底中间型；是可以悬拟，不可以断言的；是可以说明，不可以证实的。我们姑且去试一试；先把假定的判断写下来。

凤姐被休弃返金陵，巧姐堕落烟花被刘姥姥救出。

当然，不消再说得，这判断是不确定，不真实的；只是如不写下来，恐不便读者底阅览，使文章底纲领不明。我先说凤姐之事，然后再说到她底女儿。

凤姐被休，书中底暗示不少，举数项如下：

（1）册词云："一从二令三人木，哭向金陵事更哀。"

（2）第二十一回，贾琏说："多早晚才叫你们都死在我手里呢。"

（3）第六十九回，（戚本）贾琏哭尤二姐说："终究对出来，我替你报仇。"

（4）第七十一回，邢夫人当着大众，给凤姐没脸。

上列几项如综括起来，则（2）、（3）是不得于其夫，（4）是不得于其姑，都是被休底因由。（1）项"人木"似乎是合成一个休字，但因全句无从解析，姑且不论。即"哭向金陵事更哀"一语，即足以为证而有余。我们既知道，贾家是在北京，则凤姐如何会独返金陵？如说归宁，何谓"哭向"？何谓"事更哀"？高鹗说她是归葬金陵，也不合情理，我在《后四十回底批评》已加驳斥了。

因为要解释所谓"返金陵"，只有被休这一条道路；且从八十回所叙之情事看，凤姐几全犯所谓"七出之条"，而又不得于丈夫翁姑，情节尤觉吻合。我敢作"被休弃返金陵"这个假设的断案，以此。但为什么始终不敢断言呢？这是因"一从二令三人木"句，无从解释；一切的证据总不能圆满之故。这是没有法子的事情，只得存疑了。

巧姐遭难被刘姥姥救去，这是从八十回去推测可以知的，高鹗且也照这个补书，所以实在可说是无问题。我所以把她列入（乙）项，只因为我有一点新见，愿意在这里说明。

依高鹗写，巧姐是将被她底"狠舅奸兄"卖与外藩做妾，而被刘姥姥救了去，住在村庄上，后来贾琏回家，将他许配与乡中富翁周氏；这实在看不出怎么可怜，怎么薄命。巧姐到刘姥姥庄上，供养得极其周备，后来仍好好地回家，父女团圆。这不知算怎么一回事！高先生底意思可谓奇极！

依我说，巧姐应被她底"狠舅奸兄"卖了；这时候，贾氏已凋零极了，凤姐已被休死了，所以他们要卖巧姐，竟无有阻碍，也无所忌惮。巧姐应被卖到娼寮里，后来不知道怎样，很奇巧的被刘姥姥救了，没有当真堕落到烟花队里。这是写凤姐身后底凄凉，是写贾氏末路底光景，甚至于赫赫扬扬百年鼎盛的大族，不能荫庇一女，反借助于乡村中的老妪。这类文情是何等的感慨！

我这段话，读者必诧异极了，以为这无非全是空想。却说得有声有色，仿佛苏州话"像煞有介事"，未免与前边所申明的态度不合了。其实我所说的，自然有些空想的分子，但证据也是有的。容我慢慢地说。读者没有看见第一回《好了歌注》吗？中间有一句可以注意。

　　择膏粱，谁承望流落在烟花巷。

这说的是谁？谁落在烟花巷呢？不但八十回中没有，即高本四十回中也是没有的。这原不容易解释。意思虽一览可尽，但指的是谁，却不好说。依我底揣摹，是指巧姐。"择膏粱"之"择"

字，当读如"择对"之择。这句如译成白话，便是"富贵家的子弟来说亲事，当时尚且要选择，谁知道后来她竟流落在烟花巷呢！"这个口气，明指的是巧姐。因她流落在烟花巷里，所以有遇救的必要，所以叫做"死里逃生"。若从高氏说，巧姐将卖与外藩为妾，邢夫人不过一时被蒙，决不愿意把孙女儿作人婢妾，这事底挽回，何必刘姥姥？高氏所以定要如此写，其意无非想勉强照应前文，在文情决非必要。可知作者原意不是如此的。而且，关于巧姐事，八十回中屡明点"巧"字，则巧姐必在极危险的境遇中，而巧被刘姥姥救去。高本所写，似对于"巧"字颇少关合，我底揣想如此。

（丙）可疑的——湘云。湘云的结局本很可疑。我在旧本《红楼梦辨》曾列举四说：

（1）湘云嫁后（非宝玉，亦不关合金麒麟）丈夫早卒，守寡。（高鹗本）

（2）湘云嫁宝玉，流落为乞丐，在贫贱中偕老。（所谓旧时真本）

（3）湘云嫁后结果不明。（非宝玉，关合金麒麟）（后三十回）

（4）湘云嫁后夭卒。（非宝玉，不关合金麒麟）（顾颉刚说）后来知道后三十回即曹雪芹底原稿，又知道湘云嫁了卫若兰，串合了金麒麟，自当以第三说为正，可以说大体已解决了，所以本来有些话尽可删去。

湘云从八十回里看原来是不嫁宝玉的。顾颉刚说：

> 史湘云的亲事，三十一回，王夫人道："前日有人家来相看，眼见有婆婆家了。"三十二回，袭人说："大姑娘，我听前日你大喜呀。"可见湘云自有去处。

引证极明，不烦再说，可怪的是第五回十二钗册子《红楼梦》

曲子跟第三十一回回目底冲突。册子上说："展眼吊斜晖，湘江水逝楚云飞。"曲子上说："厮配得才貌仙郎，博得个地久天长……终久是云散高唐，水涸湘江。"第三十回回目却作"因麒麟伏白首双星"。这有两个暗示：（1）因金麒麟而伏有姻缘，这因发见作者未完的书而解决了。（2）是白头偕老的姻缘，这不但不合册子曲文的预见，况且当真如此，史湘云根本不当入薄命司了。所以顾颉刚说，无论湘云早卒或守寡总是个不终的夫妇，怎么能说白首双星。只能假定为原作底自己矛盾，或者回目的措语失检了，至于第三十回的目另有一个很特别的解释，但我们亦不能深信①。

（四）杂说众人——本书最重要的事实，已在上三部中约略包举。现在说到一些零碎的事情。现在把宝玉、十二钗以外的众人底事情，我以为须更正高本底错误的，分为两项：（甲）贾氏

---

① 第三十一回之目后来我受他人底启示，方得到一个新解释，虽然我也不知道是不是。现在姑且写下，供读者参考。依他说，此回系暗示贾母与张道士之隐事，事在前而不在后。所谓"白首双星"即是指此两老；所谓"因""伏""麒麟"，即是说麒麟本是成对的，本都是史家之物，一个始终在史家，后为湘云所佩，一个则由贾母送与张道士，后入宝玉手中。因此事不可明言，故曰"伏"也。此说颇奇，亦见《红楼梦索隐》，观之本书，亦似有其线索，试引如下：

张道士……是当日荣国公的替身……他又常往两府里去，凡夫人小姐都是见的。

张道士……说着，两眼流下泪来。贾母听了，也由不得满脸泪痕。

贾母因看见有个赤金点翠的麒麟，便伸手拿起来笑道："这件东西好像是我看见谁家的孩子也带着一个的。"（以上均见第二十九回）

翠缕与湘云论阴阳之后，湘云瞧麒麟时，伸手擎在掌上，只默默不语，正自出神。（第三十一回）湘云见物默默出神，史太君与张道士说话下泪，这空气似乎有些可怪，不像平常的叙述法。如依此说解释第三十一回之目，则湘云之结局，既不必嫁宝玉，亦不必关合金麒麟，大约是嫁后早卒，一面应合册子曲子底暗示，一面不妨碍回目之文。于是我们两人念念不忘的问题，"湘云底结局总是个不终的夫妇，怎么能白首双星？"简直是不成问题了。但这全是一面之词，未为定证。颉刚也说："新解似乎有些附会，不敢一定赞成。"

诸人，（乙）又副册中底人物。

贾氏诸人可以略说的——因为略有些关系——只有邢夫人、贾环、赵姨娘。以外那些不相干的，自然不应当浪费笔墨。我们先说邢夫人与凤姐底关系。我以为贾母死后，邢夫人与凤姐必发生很大的冲突，其结果凤姐被休还家。这也是八十回后应有的文章。

从书中我们知道凤姐是邢夫人之媳，而王夫人之内侄女。因贾母在堂，所以两房合并，王夫人与凤姐掌握家政，而邢夫人反落了后。贾母死后，凤姐当然得叶落归根，回到贾赦这一房去，并不能终始依附王夫人。书中曾明说过应有这么一回事。

平儿道："何若来操这心！……依我说，纵在这屋里（王夫人处）操上一百分心，终久是回那边屋里去的。（邢夫人处）……"（第六十一回）

这已无可疑了。但凤姐回到那边屋里以后，又怎么样呢？以我揣想，应和邢夫人发生大冲突。怎么知道呢？从八十回中推出来的。我们看，凤姐平素作威作福，得罪了多少奴仆，而邢夫人又是禀性愚弱，多疑的人（第四十六、第五十五、第七十一回）；两方面凑合，那些奴仆岂有不去在邢夫人面前搬弄是非的理？贾氏那些奴仆底恶习，凤姐说得最明白："坐山看虎斗，借刀杀人，引风吹火，站干岸儿，推倒油瓶不扶，都是全挂子的武艺。"（第十六回）在这样空气下边，贾母死后，凤姐失势，自然必当有恶剧才是。而且，邢夫人和凤姐底冲突，贾母在时，八十回中已见端倪了。

嫌隙人有心生嫌隙。（第七十一回目录）

邢夫人自为要鸳鸯讨了没意思，贾母冷淡了他……自己心内，早已怨怨；又有在侧一干小人，心内嫉妒，挟怨凤姐，便挑唆得邢夫人着实憎恶凤姐。

鸳鸯说："……那边大太太，当着人给二奶奶没脸。"
（均第七十一回）

这三节话，简直就是我上边所说的证据。邢夫人果然是因小人底挑唆，着实憎恶凤姐，果然是故意与凤姐为难。贾母在日，凤姐得势之时尚且如此，则贾母身后，凤姐无权之时，又将如何？其必不会有好结果，亦可想而知的。且贾琏因尤二姐之死，本有报仇底意思（第六十九回），再重之以婆媳交哄，岂有不和凤姐翻脸的？凤姐既身受两重的压迫，又结怨于家中上下人等，（如赵姨娘、贾环等）贾母死了，王夫人分开了，则被休弃返金陵，不但是可能，简直是必有的事情。册子上一座冰山，是活画出墙倒众人推的光景。而与邢夫人交恶一事，是冰山骤倒底主因之一。

我们再说贾环、赵姨娘与宝玉之事。我也以为八十回后必不能没有这一场恶剧。颉刚也曾经有这见解。他说：

> 我疑心曹雪芹的穷苦，是给他弟兄所害，看《红楼梦》上，个个都欢喜宝玉，惟贾环母子乃是他的怨家；雪芹写贾环，也写得卑琐猥鄙得很；可见他们俩有彼此不相容的样子，应当有一个恶果。但在末四十回里，也便不提起了。
>
> 宝玉那时，不相容的弟兄握了势可以欺他了，庇护他的祖母也死了，他又是不懂世故人情，不会处世，于是他的一房就穷下来了。（一九二一，五，十，信）

颉刚已代我说了许多话，我只引几节八十回中底话来作证就完了。凡一部有价值的文学书籍，必不会有闲笔，必不肯敷衍成篇。以《红楼梦》这样的精细，岂有随便下笔，前后无着落之理？我们只看八十回中写贾环母子与宝玉生恶感这类事情，写得怎样地出力，便知道必有一种关照在后面。若不如此，这数节文章，便失了意义，成为无归的游骑了。我觉得一部好的文学，便是一队训练完备布置妥贴的兵，决不许露出一点破绽，在敌军底面前。

宝玉与贾环母子底仇怨，八十回中屡见：如第二十回贾环说宝玉攆他；第二十五回，贾环将蜡烛向宝玉脸上推；第三十三回，贾环在贾政前揭发宝玉底隐私，使他挨打。但最明显，一看便知道必有后文的，是第二十五回，"魇魔法叔嫂逢五鬼"。这回底色彩在八十回最为奇特，决非随意点缀的闲文可比。我引几节最清楚的话：

  赵姨娘听了答道："罢！罢！再别提起！如今就是榜样儿。我们娘儿们跟得上这屋里那一个儿？"

  "怎么暗里算计？我倒有个心，只是没这样的能干人。"

  "……难道就眼睁睁的看人家来摆布死了我们娘儿两个不成？"

  "果然法子灵验，把他两人绝了，这家私还怕不是我们的？"

这四节赵姨娘底话，表现他们所以要害宝玉底缘故，十分明白。（凤姐将来被休时，从这里看，也应当受贾环母子底害。）（1）因自己不如人，而生嫉妒。（2）我不害人，人将害我，不能相容。（3）如害了宝玉，偌大家产便归于贾环之手。有这三个因，于是贾环母子时时想去算计宝玉。赵姨娘幸灾乐祸的心理也在第二十五回里表出。

  赵姨娘在旁劝道："……哥儿已是不中用了，不如把哥儿的衣服穿好，让他早些回去，也免得他受些苦。……"

以这种"祸起萧墙"的空气，等贾母死后，自无不爆发之理。可见颉刚底悬揣，是大半可信的。我在这里，又联想到贾氏底败，其原因不止一桩；约略计来，已有大别的三项：（1）渐渐枯干——上文颉刚所举示的各证。（2）抄家——我所举示的各证,及上文底情理推测,曹家事实底比较。(3)自杀自灭——如这儿所说的便是。而第七十四回探春语尤为铁证。

> 可知这样大族人家,若从外头杀来,一时是杀不死的!这可是古人说的,"百足之虫死而不僵!"必须先从家里,自杀自灭起,才能一败涂地呢!

这是很明显的话,她上面说"抄家",下面接着说"自杀自灭",上面说"先从",下面说"才能",可见贾氏底衰败,原因系复合的,不是单纯的。我以为应如下列这表,方才妥善符合原意。

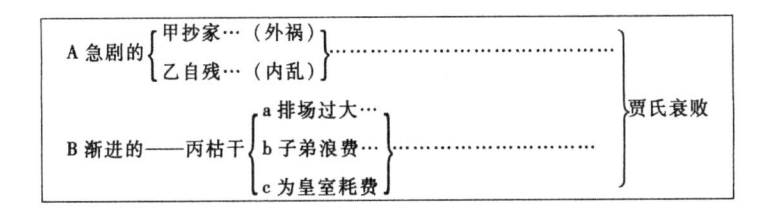

```
A 急剧的 ┌ 甲 抄家… (外祸) ┐
         └ 乙 自残… (内乱) ┘ ┐
                               ├… 贾氏衰败
         ┌ a 排场过大…        │
B 渐进的 — 丙 枯干 ┤ b 子弟浪费… ┘
         └ c 为皇室耗费
```

从上表看,像高氏所补的四十回,实在太简单了。这些话原应该列入第一项中说,在这儿是题外的文章;但我因从贾环母子与宝玉冲突一事,又想到这一段意思,便拉杂地写下来。好在只在一文中间,前后尽可以参看的。

贾氏诸人底结局中贾兰是很分明的,在李纨底册子曲子上面,明写他大富大贵。我以为贾兰将来应是文武双全的,不应仅仅中举人。不但是第五回所暗示的如此。即第二十六回,宝玉看见他射鹿,问他做什么?贾兰回说,演习骑射,也是一证。本来满洲是尚弓箭的,贾兰将来文武双全,也是意中的事。但这一点,如原本果真这么写去,却没有什么好;因为太富贵气了。这倒很像高氏底笔墨;但高鹗在这里偏又不这么写,不知又为了什么?

以外又副册中人物，我所知道的离完全竟很远，现在只挑些可说的话。因为不关重要，所以也简单地说。

（1）香菱是应被夏金桂磨折死的。第五回的"十二钗又副册"上写香菱结局道："根并荷花一茎香，平生遭际实堪伤。自从两地生孤木，致使芳魂返故乡。"① 两地生孤木，合成"桂"字。此明明说香菱死于夏金桂之手，故第八十回说香菱"血分中有病，加以气怨伤肝，内外挫折不堪，竟酿成干血之症，日渐羸瘦，饮食懒进，请医服药无效"。可见八十回的作者明明要香菱被金桂磨折死的。

（2）小红应当和贾芸有一个结局。顾颉刚说：

> 小红事，我从"遗帕惹相思"数回看来，似乎应和贾芸有些瓜葛，但后来竟不说起。似乎是一漏洞。（一九二一，五，二十六，信）

小红在后四十回中虽屡见（第八十八、九十二、一〇一、一一三各回），但只和丰儿当了凤姐底小丫头，毫不重要。即第八十八回，和贾芸捣了一回鬼，以后也毫无结局，可见高鹗确是没注意到她。且所以遗漏了她底结局，或者他因为不知道应当怎样写法？即我们现在对于这点也是不知道的。颉刚只说，应有些瓜葛。究竟瓜葛是什么？他没有说，我也说不出来。只好请雪芹自己说罢。

（3）鸳鸯不必定是缢死，这是消极的话。我并不知道她底结局，究竟是的确怎样，（虽然大概可以知道）只觉得高氏补这节文字，不免有些武断，虽不一定就是错误。鸳鸯底结果底暗示，如下：

> 鸳鸯冷笑道："……纵到了至急为难，我剪了头发，做

---

① 现在一般的本子，香菱在副册，我据脂本，知道她应在又副册，详见下卷。

姑子去。不然，还有一死……"

"我也不跟着我老子娘哥哥去，或是寻死，或是剪了头发，当姑子去。"（均第四十六回）

她明是出家与自尽双提，在第一节中，似以当姑子为正文，而自尽是不得已的办法。即后来当着贾母剪发，也是出家底一种表示。不知高氏何以会知道她定是缢死的？这明是一种武断。我们作八十回后底揣测，便应当排斥这种武断，而使鸳鸯底结局悬着，庶不失作者底本意。

（4）麝月是跟随宝玉最后的一人。这层意思，现在只把明证写下来。

麝月便掣了一根出来，大家看时，上面一枝荼蘼花，题着"韶华胜极"四字；那边写着一句旧诗，道是："开到荼蘼花事了。"注云："在席各饮三杯送春。"（第六十三回）

麝月将为群芳之殿，于此可见。我疑心敦诚所谓"新妇飘零"或就是指的她。（原诗见四松堂集，《努力》第一期所引）但这亦是瞎猜，只供读者底谈助而已。

（5）袭人应是个负心人。她嫁蒋玉函应为宝玉所及见。这也在后文尚有论到的。现在举证列下，而分论之。

（甲）"这袭人有些痴处：服侍贾母时，心中眼中只有一贾母；今跟了宝玉，心中眼中又只有一个宝玉。"（第三回）

这可谓绝妙的形容。换句话说，便是"见一样爱一样"，"得新忘旧"的脾气。这就是将来作负心人底张本。这儿把她底性格写得如此轻薄，反说是"有些痴处"，可谓蕴藉之至。我想，这文还没有完全，应当补上一句："将来跟了蒋玉函，心中眼中只有一个蒋玉函。"但如此暴露，恐非作者所许的。

（乙）袭人底册词是："枉自温柔和顺，空云似桂如兰。堪羡优伶有福，谁知公子无缘？"（第五回）

这几个挈合词,已把袭人底负心,完全地写出了。

(丙)自晴雯被逐,宝玉渐渐厌弃袭人,有好几处,而最清楚的是:

> 宝玉笑道:"你是头一个出了名的至善至贤的人……焉得有什么该罚之处?只是芳官尚小,过于伶俐,未免倚强压倒了人,惹人厌。四儿是我误了他。还是那年我和你拌嘴的那日起,叫上来做细活的,众人见我待他好,未免夺了地位,也是有的,故有今日。只是晴雯,也和你们一样,从小在老太太房里过来的,虽生得比人强,也没什么妨碍着谁的去处。就是他性情爽利,口角锋芒,究竟也没得罪那一个。可是你说的——想是他过于生得好了,反被这个好带累了!"说毕,复又哭起来。袭人细揣此话,直是宝玉有疑他之意,竟不好再劝,因劝道:"天知道罢了!此时也查不出人来了,白哭一会子,也无益了!"(第七十七回)

> 孰料鸠鸩恶其高,鹰鸷翻遭罦罬,薋葹妒其臭,茞兰竟被芟锄。花原自怯,岂奈狂飙?柳本多愁,何禁骤雨?偶遭蛊虿之谗,遂抱膏肓之疾。……诼谣謑诟,出自屏帷;荆棘蓬榛,蔓延窗户。既怀幽沈于不尽,复含冤屈于无穷。高标见嫉,闺闱恨比长沙,贞烈遭危,巾帼惨于雁塞。……呜呼!固鬼蜮之为灾,岂神灵之有妒?毁诐奴之口,讨岂从宽?剖悍妇之心,忿犹未释!……(第七十八回,宝玉祭晴雯,作的《芙蓉女儿诔》)

这两节话是何等的感慨!对袭人这节话,简直是字字挟风霜之势,说得声泪俱下,把袭人底假面具揭得不留丝毫余地。所以袭人也无可再辨,只付之于"天"作为遁词。如袭人这种伎俩,又岂可以瞒过聪明绝顶的贾宝玉?

从上三项,归纳起来,袭人底改嫁有两个原因:(1)她底负心，因宝玉底贫穷。(2) 宝玉厌恶袭人。但她底改嫁，是在宝玉出家之前，或在其后？以我说，应在其前。因如高本所写，宝玉失踪以后，袭人再去改嫁，似亦不得谓之负心。（高氏是抱狭义贞操观念的，所以在书末深贬斥她）必宝玉落薄之后，未走以前，袭人即孑然远去，另觅高枝，这才合淋漓尽致的文情！高氏所以不能如此写，正因为不写宝玉贫穷之故；我们知道后三十回，一方写宝玉贫穷，一方即写袭人嫁在宝玉出走之先。这可以见这两事底相关。

本书八十回后底事实，我底猜测已在这四项中包举，作者本来还有些遗文可考见的，均详另文中。

本论已将终了，却还有些零碎的顽意，现在也写下来，作为收场。第五回，《红楼梦曲》，最后的一支是《飞鸟各投林》，世人对于这曲底解释往往错了。我把我底意见申说一番。现在先把原文录下，即依我底解释作句读。

《飞鸟各投林》——为官的，家业凋零；富贵的，金银散尽；有恩的，死里逃生；无情的，分明报应；欠命的，命已还；欠泪的，泪已尽；冤冤相报岂非轻，分离聚合皆前定；欲知命短问前生，老来富贵也真侥幸；看破的，遁入空门；痴迷的，枉送了性命：好一似食尽鸟投林，落了片白茫茫大地真干净！

我说明之如下（一九二一年五月十三日给颉刚的信）：

《十二钗曲》末支是总结；但宜注意的，是每句分结一人，不是泛指，不可不知。除掉"好一似"以下两读是总结本折之词，以外恰恰十二句分配十二钗。我姑且列一表给你看看，你颉以为不谬否？（表之排列，依原文次序）

(1) 为官的家业凋零——湘云

(2) 富贵的金银散尽——宝钗

(3) 有恩的死里逃生——巧姐
(4) 无情的分明报应——妙玉
(5) 欠命的命已还——迎春
(6) 欠泪的泪已尽——黛玉
(7) 冤冤相报岂非轻——可卿
(8) 分离聚合皆前定——探春
(9) 欲知命短问前生——元春
(10) 老来富贵也真侥幸——李纨
(11) 看破的遁入空门——惜春
(12) 痴迷的枉送了性命——凤姐

  这个分配似乎也还确当。不过我很失望，因为我们很想知道宝钗和湘云底结局，但这里却给了他们不关痛痒这两句话，就算了事。但句句分指，文字却如此流利，真是不容易。我们平常读的时候总当他是一气呵成，那道这是"百衲天衣"啊①！

这虽非八十回后之事，但却于十二钗底结局有关，所以列入本篇。《红楼梦》除此以外还有一节很重要的预示，便是甄士隐做的《好了歌注》。《好了歌》是泛指一般人的，而《歌注》却专指贾氏一家之事。可惜现在我们不能把这个解析分明，有些是盲昧的揣想，有些连揣想底径路也没有，只觉得八十回后，对于此点应有个关照而已。关照是什么？我们当然是不知道。

  陋室空堂，当年笏满床；衰草枯杨，曾为歌舞场。蛛丝儿结满雕梁，绿纱今又糊在蓬窗上。（宝玉之由富贵而贫

---

① 这曲文分配十二钗虽然很巧，却未必很对，特别开首两句，一指湘云，一指宝钗，未免牵强。所以说"我很失望"。脂甲戌本评把"为官的""富贵的"二句先总宁荣；把其他十句将通部女子一总，不穿凿而又能包括，比我这说妥当。

贱）说什么脂正浓，粉正香，如何两鬓又成霜？（宝玉之由盛年而衰老）昨日黄土陇头堆白骨，今宵红绡帐里卧鸳鸯。（似指宝玉娶亲事，应该黛玉先死，宝钗后嫁。）金满箱，银满箱，转眼乞丐人皆谤。（谁？旧时真本以为是湘云。）正叹他人命不长，那知自己归来丧！（谁？什么？）训有方，保不定日后作强梁。（谁？高鹗大概以为是薛蟠。）择膏粱，谁承望流落在烟花巷。（我以为是巧姐。）因嫌纱帽小，致使锁枷扛。（谁？什么？）昨怜破袄寒，今嫌紫蟒长。（我以为是贾兰。）乱哄哄你方唱罢我登场，反认他乡是故乡。甚荒唐，到头来都是为他人作嫁衣裳！

可疑的，可盲揣的，都在括弧中表现。我觉得这决不是泛指，在八十回都应有收梢。我觉得高鹗本中只照应了一小部分，以外便都抛撇了；因为他也没有懂得，正和我们一样。我看了这个，觉得现在我们所可揣测的，即使全对了，至多只有二分之一。《歌注》中这些暗示，都是八十回后底主要节目，而我们竟完全不知，不但不知，有些连盲想都还没有。这可见八十回后底光景，是怎样的黑暗；而我们从微明中所照见的，是怎样的稀少！因此，这文中所罗列的，是怎样的不完备呵！

后四十回《红楼梦》底批评

高鹗续书底依据是什么？我在上篇已约略叙明了，现在再去评判续作四十回底优劣。我在上篇已说过，文章底好坏，本身上的，并不以有依据或者没有依据为标准。所以上篇所叙高氏依据什么补什么，至多只可以称赞他下笔时如何审慎，对于作者如何尊重，却并不能因此颂扬四十回有文学底声价。本篇底目的，是专要评判后四十回本身上的优劣，而不管他是有依据与否。本来这是明白的两件事，不能混为一谈。

但我为什么不惮烦劳，要去批评后四十回呢？这因为自从百二十回本通行以来，读者们心目中总觉得这是一部整书，仿佛出于一人之手。即使现在我们已考定有高氏续书这件事情，也不容易打破读者思想上底习惯。我写这篇文字，想努力去显明高作底真相，使读者恍然于这决是另一人底笔墨了。在批评底时候，如高作是单行的，本没有一定拿原作来比较的必要；只因高作一向和原本混合，所以有些地方，不能不两两参照，使大家了解优劣所在，也就是同异所在。试想一部书如何会首尾有异同呢？读者们于是被迫着去承认确有高氏续书这件事情。这就是我写这篇文字底目的了。

而且批评原是主观性的，所谓"仁者见仁，智者见智"。两三个人底意见尚且不会相同，更不要说更多的人。因为这个困难，有许多地方不能不以原书为凭藉；好在高氏底著作，他自己既合之于《红楼梦》中，我们用八十回来攻四十回，也可以勉强算得"以子之矛攻子之盾"了。我想，以前评《红楼梦》的人，不知凡几，所以没有什么成绩可言，正因为他们底说话全是任意的，无标准的，是些循环反复的游谈。

我在未说正文以前，先提出我底标准是什么？高作四十回书既是一种小说，就得受两种拘束：

（1）所叙述的，有情理吗？（2）所叙述的，能深切的感动我们吗？如两个答案都是否定的，这当然，批评的断语也在否定这一方面了。本来这两标准，只是两层，不是两个；世上原少有非情理的事，却会感人很深的。在另一方面想，高作是续《红楼梦》而作的，并非独立的小说；所以又得另受一种拘束，就是"和八十回底风格相类似吗？所叙述的前后相应合吗？"这个标准，虽是辅助的，没有上说的这般重要，却也可以帮助我们评判，使我们底断语，更有力量。因为前八十回，大体上实在是很合情理，很能感人的；所以这两类标准，在实用上并没有什么明确的界限。

我们要去批评后四十回，应该扫尽一切的成见，然后去下笔。前人底评语，至多只可作为参考之用。现在最通行的评是王雪香底，既附刻在通行本子上，又有单行本。因王氏毫无高鹗续书这个观念，所以对于后四十回，也和前八十回有同样的颂赞，且说得异常可笑，即偶然有可取之处，也极微细，不足深数。

我们试看，后四十回中较有精彩，可以仿佛原作的，是那几节文字？依我底眼光是：

第八十一回，四美钓鱼一节。

第八十七回，双玉听琴一节。

第八十九回，宝玉作词祭晴雯，及见黛玉一节。

第九十、九十一回，宝蟾送酒一节。

第一百九回，五儿承错爱一节。

第一百十三回，宝玉和紫鹃谈话一节。

虽风格情事，稍近原作；但除宝蟾送酒一节以外都是从摹仿来的。前八十回只写盛时，直到七十回后方才露些衰败之兆，但终究也说得不甚明白。所以高氏可以摹仿的极少，因为无从去摹仿，于是做得乱七八糟了。我们把所举的几条较有精彩的一看，就知道是全以八十回做粉本，并非高氏自己一个人底手笔。所以能较好，正因为这些事情较近于原作所曾经说过的，故较有把握。我们归纳起来说一句话，就是：

凡高作较有精彩之处，是用原作中相仿佛的事情做蓝本的；反之，凡没有蓝本可临摹的，都没有精彩。

这第二句断语，尚须在下边陆续证明。这第一句话，依我底判断看，的确是如此的，不知读者觉得怎么样？王雪香在评语里，几乎说得后四十回，没有一回不是神妙难言的。这种嗜好，真是"味在酸咸之外"了。

我现在更要进一步去指斥高作底弊病。如一回一节的分论，则未免太琐碎了。我先把四十回内最大的毛病，直说一下。

（1）宝玉修举业，中第七名举人。（第八十一、八十二、八十四、八十八、一百十八、一百十九回）

高鹗费了九牛二虎之力，写了六回书，去叙述这件事，却铸了一个大错。何以呢？①宝玉向来骂这些谈经济文章的人是"禄蠹"，怎么会自己学着去做禄蠹？又怎么能以极短之时期，成就举业，高魁乡榜？说他是奇才，亦没有什么趣味。②宝玉高发了，使我们觉得他终于做了举人老爷，更有何风趣？③雪芹明说：" 一技无成，半生潦倒"，"风尘碌碌"，"独自己无才不得入选"等语，难道他也和那些滥俗的小说家一般见识，因自己底落薄，写书中人大阔特阔，以作解嘲吗？既决不是的。那么，高氏补这件事，违反了作者底原意。

在我底三标准下，这件事没有一点可以融合的；所以我断定这是高鹗底不知妄作，不应当和《红楼梦》八十回相混合。王雪香是盲目赞成高作的，但他也说："宝玉诗词联对灯谜俱已做过，惟八股未曾讲究……"（第八十四回，评）王氏因为不知后四十回是高氏底手笔，所以不敢非议，但他也似乎有些觉得，宝玉做八股，实在是破天荒的奇事。他还有一节奇妙的话："宝玉厌薄八股，却有意思博取功名，不得不借作梯阶。"（第八十二回，评）这真是对于宝玉大大不敬。他何以知道他想博得功名？且既肯博取功名，何以厌薄八股？这些都是万讲不通的。王氏因努力为高鹗作辩护士，所以说了这类奇谈。

高鹗为什么做这件蠢事呢？这实在因他底性格与曹氏不同，决不能勉强的。看高氏自己说："又复稍示神灵，高魁贵子，方显得此玉是天奇地灵锻炼之宝，非凡间可比。"（第一百二十回，甄士隐语）这真是很老实的供招。高鹗总觉得玉既名通灵，决不能不稍示神通，而世间最重要的便是"高魁乡榜"。若不然，岂不是辜负了这块通灵玉？他仿佛说，如宝玉连个举人也中不上，还有什么可宝的在呢？这并不是我故意挖苦高氏，他的确以为如此的。"只有这一入场，用心作了文章，好好的中个举人出来……便是儿子一辈子的事也完了！"（第一百十九回，宝玉语）他明明说道，只要中一个举人，一辈子的事就完了。他把这样的胸襟，来读《红楼梦》，来写贾宝玉，安得不糟！

（2）宝玉仙去，封文妙真人。（第一百二十回）

高氏写宝玉出家以后只有一段。"贾政……忽见船头上微微的雪影里面一个人，光着头，赤着脚，身上披了一领大红猩猩毡的斗篷，向贾政倒身下拜。……却是宝玉……只见船头来了一僧一道，夹住宝玉……飘然登岸而去。"后来贾政来追赶他们，只听他们作歌而去，倏然不见，只有一片白茫茫的旷野了。贾政还朝陛见，奏对宝玉之事，皇上赏了个文妙真人的号。（第一百二十回）

这类写法，实不在情理之中。原作者写甄士隐虽随双真而去，也是"神龙见首不见尾"，却还没有这么样的神秘。被他这样一写，宝玉简直是肉身成圣的了，岂不是奇谈？况且第一百十九回，虚写宝玉丢了，已很圆满；何必再画蛇添足，写得如此奇奇怪怪？高鹗所以要如此写，想是要带顾一僧一道，与第一回、第二十五回相呼应。但呼应之法亦甚多，何必定作此呆笨之笔？所以依事实论，是不近情理；依风裁论，是画蛇添足。至于写受封真人之号，依然又是一种名利思想底表现。高鹗一方面羡慕白日飞升，一方面又羡慕金章紫绶；这真是封建时期士大夫底代表心理了。王雪香批评这一节文字，恭维他是"良工心苦"，想也是和高鹗有同样的羡慕。高鹗还有一点跟曹雪芹全相反的。宝玉做了和尚，皇上却不封他禅师，偏封他文妙真人，他是由释归道；雪芹却说空空道人改名情僧，道士又变为和尚。两两对比，非常奇怪。

（3）贾政袭荣府世职，后来孙辈兰桂齐芳。贾珍仍袭宁府三等世职。所抄的家产全发还。贾赦亦遇赦而归。（第一百七、一百十九、一百二十回）

这也是高氏利禄熏心底表示。贾赦、贾珍无恶不作，岂能仍旧安富尊荣？贾氏自盛而衰，何得家产无恙？这是违反第一个标准了。以文情论，《风月宝鉴》宜看反面（第十二回，《红楼梦》亦名《风月宝鉴》），应当曲终奏雅，使人猛省作回头想，怎么能写富贵荣华绵绵不绝？这是不合第二标准。以原书底意旨论，宝玉终于贫穷（第一、第五回），贾氏运终数尽，梦醒南柯（第五、第二十九回），自杀自灭，一败涂地（第七十四回），怎么能"沐天恩"、"延世泽"呢？这不合第三个标准了。只有贾兰一支后来得享富贵，尚合作者之意；以外这些，无非是向壁虚造之谈。王雪香对于这点，似乎不甚满意，所以说："甄士隐说'福善祸淫兰桂齐芳'，是文后余波，助人为善之意，不必认作真事。"（第一百二十回，评）这明明是不敢开罪高鹗——其实王氏并不知道——强为饰词了。既已写了，为什么独这一节不必认作真事呢？

（4）怡红院海棠忽在冬天开花，通灵玉不见了。（第九十四回）

（5）凤姐夜到大观园，见秦可卿之魂。（第一百一回）

（6）凤姐在散花寺抽签，得"衣锦还乡"之签。（同回）

（7）贾雨村再遇甄士隐，茅庵火烧了，士隐不见。（第一百三、一百四回）

（8）宝玉到潇湘馆听见鬼哭。（第一百八回）

（9）鸳鸯上吊时，又见秦氏之魂。（第一百十一回）

（10）赵姨娘临死时，鬼附其身，死赴阴司受罪。（第一百十二回）

（11）凤姐临死时，要船要轿，说要上金陵归入册子去。（第一百十四回）

（12）和尚把玉送回来。宝玉魂跟着和尚到了"真如福地"，重阅册子，又去参见了潇湘妃子，碰着多多少少的鬼，幸亏和尚拿了镜子，奉了元妃娘娘旨意把他救出。（第一百十五、一百十六回）

（13）宝玉跟着僧道成仙去。（第一百二十回）

这十条都是高氏补的。读者试看，他写些什么？我们只有用原书底话，"倏尔神鬼乱出，忽又妖魔毕露"来批评他。这类弄鬼装妖的空气，布满于四十回中间，令人不能卒读。而且文笔之拙劣可笑，更属不堪之至，第一百十六回文字尤惹人作呕。且上边所举，只是些最不堪的，以外这类鬼怪文字还多呢。（如第九十五回，妙玉请拐仙扶乩；第一百二回，贾蓉请毛半仙占卦，贾赦请法师拿妖。）读者试看，前八十回笔墨何等洁净。即如第一回、第五回、第二十五回，偶写神仙梦幻，也只略点虚说而止，决不如高鹗这样的活见鬼。第十二回，写跛足道人与风月宝鉴，是有寓意的。第十六回，写都判小鬼，是一节滑稽文字。这些都不是高氏所能藉口的。且高作之谬，还在其次，因为谬处可以实在指出；最大的毛病是"文拙思俗"，拙是不可说的，俗是不可医的。

古人说得好，"读其书想见其为人"。我们读高本四十回，也真可以想见高氏底为人了。他所信仰的，归纳起来有这三点：①功名富贵的偶像，所以写"中举人"，"复世职"，"发还家产"，"后嗣昌盛"。②神鬼仙佛的偶像，所以四十回中布满这些妖气。③名教底偶像，所以宝玉临行时必哭拜王夫人，既出家后，必在雪地中拜贾政。况且他在序言上批评《红楼梦》，不说什么别的，只因"尚不谬于名教"，所以"欣然拜诺"。高鹗所赏识的，只是不谬于名教的《红楼梦》！其实《红楼梦》谬于名教之处很多，高氏何必为此谬赞呢。

（14）宝钗以手段笼络宝玉，始成夫妇之好。（第一百九回）高氏写此节之意，想是为后文宝钗有子作张本。（王雪香也如此说）但宝钗怀孕，何必定在前文明点？即使要写明，又何必写宝钗如此不堪，弄什么"移花接木"之计？以平日宝钗之端凝，此事更为情理所必无。雪芹原意要使闺阁昭传，像他这样写法，简直是污蔑闺阁了。这对于我所假设的三个标准，处处违谬，高氏将何以自解？我常常戏说，大观园中人死在八十回中的都是大有福分。如晴雯临死时，写得何等凄怆缠绵，令人掩卷不忍卒读；秦氏死得何等闪烁，令人疑虑猜详；尤二姐之死惨；尤三姐之死烈；金钏之死，惨而且烈。这些结局，真是圆满之至，无可遗憾，真可谓狮子搏兔一笔不苟的。在八十回中未死的人，便大大倒霉了，在后四十回中，被高氏写得牛鬼蛇神不堪之至。即如黛玉之死，也是不脱窠臼，一味肉麻而已。宝钗嫁后，也成为一个庸劣的旧式妇人。钗黛尚且如此，其余诸人更不消说得了。

（15）黛玉赞美八股文字，以为学举业取功名是清贵的事情。（第八十二回）
这也是高氏性格底表现。原文实在太可笑了，现在节引如下："黛玉道：'……内中也有近情近理的，也有清微淡远的……也觉得好，不可一概抹倒。况且你要取功名，这个也清贵些。'宝玉……觉得不甚入耳，因想：'他从来不是这样的人，怎么也这样势欲熏心起来？'……只在鼻子眼里笑了一声。"这节文字，谬处且不止一点。①黛玉为什么平白地势欲熏心起来？②黛玉何以敢武断宝玉要取功名？在八十回中，黛玉几时说过这样的话？③以宝黛二人底知心恩爱，怎么会黛玉说话，而宝玉竟觉得不甚入耳，在鼻子眼里笑了一声？在八十回中曾否有过这种光景？④宝玉既如此轻蔑黛玉，何以黛玉竟能忍受？何以黛玉在百二十回中，前倨后恭到如此？

这些疑问，有为高氏作辩护的人是必须解答的。如有人以为《红楼梦》原有百二十回的，也必须代答一下才行。如不能答，便是高鹗勉强续书底证据，便是百二十回不出于一手底证据。

至于反面的凭据，在八十回中却多极了。宝玉上学时，黛玉以"蟾宫折桂"作讥讽。（第九回）宝玉说："林姑娘从来说过这些混帐话不曾？"（第三十二回）宝黛平常说的话，真是所谓"竟比自己肺腑中掏出来的还觉恳切"，怎么到了第八十二回，竟会不甚入耳起来？这岂不是大笑话？以外八十回中写宝黛口角，无非是薄物细故，宝玉从来没有当真开罪黛玉的时候，怎么在这回中，竟以轻藐冷淡的神情，形之于词色呢？在这些地方，虽百高鹗，也无从辩解的。

而且我更不懂，高氏写这段文字底意旨所在。上边所批评的各节，虽然荒谬，还有可以原谅之处；这节却绝对的没有了。他实在可以不必如此写的，而偏要如此写法，这真有点令人莫测。即王雪香向来处处颂赞他的，也说不出道理来。他只说："作者借宝黛两人口中俱为道破。"为什么要借两人口中？有什么要道破？这依然是莫名其妙的话。

（16）黛玉底心事，写得太显露过火了，一点不含蓄深厚，使人只觉得肉麻讨厌，没有悲恻怜悯的情怀。（第八十二、第八十三、第八十九、第九十、第九十五、第九十六、第九十七、第九十八回）这是我主观上的批评，不为定论。我想同时或者有人以为高氏补这几回书是很好的罢。现在姑且引几条太显露的，我以为劣的，如下：

> 看宝玉的光景，心里虽没别人，但是老太太，舅母，又不见有半点意思；深恨父母在时，何不早定了这头婚姻。又转念一想道："倘若父母在别处定了婚姻，怎能毅依宝玉这般人才心地？不如此时尚有可图。""好！宝玉！我今日才知道你是个无情无义的人了！""好哥哥！你叫我跟了谁去！"（均见第八十二回）

> 黛玉大叫一声道："这里住不得了！"一手指着窗外，两眼反插上去。（第八十三回）

> 宝玉近来说话，半吐半吞，忽冷忽热，也不知他是什么意思？（第八十九回）

"或者因我之事，拆散了他们的金玉也未可知？"（第九十五回）

"宝玉！宝玉！你好！……"（第九十八回）

这些都太过露，全失黛玉平时的性情。第八十三回所写，尤不成话。第八十二回写黛玉做梦，第八十九回写她绝粒，都是毫无风趣的文字。且黛玉底病，忽好忽歹，太远情理。如第九十二回，黛玉已"残喘微延"，第九十四回又能到怡红院去赏花；虽说是心病可以用心药治，但决不能变换得如此的神速。且这节文字，在文情上，似乎是个赘瘤。高氏或者故意以此为曲折，但做得实在太不高明，只觉得麻烦而且讨厌。至于第九十五回，黛玉以拆散金玉为乐事。这样的幸灾乐祸，毫不替宝玉着急，真是毫无心肝，又岂成为黛玉？写她临死一节文字，远逊于第七十七回之写晴雯，只用极拙极露的话头来敷衍了结，这也不能使读者满意。总之，以高鹗底笨笔，来写八面玲珑的林黛玉，于是无处不失败。补书原是件难事，高氏不能知难而退，反想勉为其难，真太不自量了。

（17）后来贾氏诸人对于黛玉，似太嫌冷酷了，尤以贾母为甚。（第八十二、第九十六、第九十七、第九十八回）

这也是高作不合情理之处。第八十二回，黛玉梦中见众人冷笑而去；贾母呆着笑："这个不干我事。"第九十六回，写凤姐设谋，贾母道："别的事，都好说！林丫头倒没有什么。"第九十七回，鸳鸯测度贾母近日疼黛玉的心差了些，不见黛玉的信儿，也不大提起。又说：黛玉见贾府中上下人等都不过来，连一个问的人都没有。又说：紫鹃想道，"这些人怎么竟这样狠毒冷淡？"第九十八回，王夫人也不免哭了一场；贾母说："是我弄坏了他了！但只是这个丫头也傻气。"

这几节已足够供我们批评的材料。贾氏诸人对于黛玉这样冷酷，文情似非必要，情理还有可通。至于贾母是黛玉底亲外祖母，到她临死之时，还如此的没心肝，真是出乎情理之外。八十回中虽有时写贾母较喜宝钗，但对于黛玉仍十分钟爱、郑重，空气全不和这几回相似。像高氏所补，贾母简直是铁石心肠，到临尸一恸的时候，还要责备她傻气，这成什么文理呢！所以高氏写这一点，全不合三标准。况且即以四十回而论，亦大可不必作此等文字。高氏或者要写黛玉结局分外可怜些，也未可知。但这类情理所无的事情，决不易引动读者深切的怜悯。高氏未免求深反惑了！

（18）凤姐不识字。（第九十二回）

这是和八十回前后不相接合的。我引八十回中文字两条为证：

> 凤姐会吟诗，有"一夜北风紧"之句。（第五十回）

> "凤姐……每每看帖看账：也颇识得几个字了。"后来看了潘又安底信，念给婆子们听。（第七十四回）

这是凤姐识字底铁证，怎么在第九十二回里，说凤姐不认得字呢？这虽是与文情无关碍，但却与前八十回前言不接后语，亦不得不说是文章之病。

（19）凤姐得"衣锦还乡"之签，后来病死了。（第一百一、一百十四回）

这不但是与八十回不合，即在四十回中已说不过去了。她求的签是："……于今衣锦返家园。"后来宝钗说："这'衣锦还乡'四字里头还有原故……"这似乎在后文应当有明确的照应，方合情理。那知道凤姐后来竟是胡言乱语的病死了，临死的时候，只嚷到金陵去。至于"衣锦"两字，并无照应。说是魂返金陵，哪里有锦可衣？魂能衣锦或否，高氏又何从知道？说是尸返金陵，则衣锦作为殓衣释，也实在杀风景得很。况且书中既说，贾氏是金陵人氏，则归葬故乡情事之常，又何独凤姐？又何必求签方才知道呢？高氏所作不合前八十回，还可以说两人笔墨不能尽同。至于四十回中底脱枝失节，则无论如何，高氏无所逃罪。况且相去只十四回，高鹗虽健忘也不至此。我想，与其说高鹗底矛盾，不如说高鹗底迂谬。程伟元说他是"闲且惫矣"，真是一点不错。他如不闲，怎么会来续书？他如不惫，怎么会续得如此之乱七八糟呢？

（20）巧姐年纪，忽大忽小。（第八十四、第八十八、第九十二、第一〇一、第一一七回）

这也是全在四十回中的，是高作最奇谬的一节文字，我们不能不详细说一说，先把这几回文字约举如下。

（甲）奶子抱着巧姐儿，用桃红绫子小棉被儿裹着，脸皮发青，眉梢鼻翘，微有动意。（第八十四回）

这明是婴儿患病将抽筋底光景，看这里所说，她至多不得过两三岁。

（乙）那巧姐儿在凤姐身边学舌，见了贾芸，便哑的一声哭了。（第八十八回）

小儿学舌也总不过三岁，且见生人便哭，也明白是婴儿底神情。

（丙）巧姐跟着李妈认了几年字，已有三千多字，且念了一本女《孝经》，又上了《烈女传》。宝玉对她讲说，引了许多古人，如文王后妃、姜后、无盐、曹大家、班婕妤、蔡文姬……共二十二人。巧姐说：这些也有念过的，也有没念过的，现在我更知道了好些。后来她又说，跟着刘妈学做针线，已会扎花儿，拉锁子了。（第九十二回）

即以天资最聪明的而论，这个光景至少已是七八岁了，况且书上明说已认了几年字，又会做精细的活计，决非五六、三四岁的孩子可知。且巧姐言语极有条理，且很能知道慕贤良，当然年纪也不小了。即小说以夸张为常例，亦总不过七八岁。在实际上，七八岁的孩子，能如此聪明是百不见一的。算她仅七八岁，已是就小说论，不是以事实看。但这个假设，依然在四十回中讲不过去。巧姐万不能如此飞长，像钱塘江潮水一样。第九十二回距第八十八回只有四回，在四回之中，巧姐怎么会暴长起来？不可解一。从第七十一回到第一百十回，总共不过三年（第七十一回，贾母庆八旬，第一百十回贾母卒，年八十二岁）；而巧姐已在四回之中过了几年，——至少亦有三年，因两年不得说几年——这光阴如何能安插得下？三十九回中首尾三年，四回中亦是三年；则其余的三十五回，岂不是几乎不占有时间的，这如何能够想象？不可解二。

但这还可以疏忽作推诿，小说原是荒唐言，大可不必如此凿方眼；上边所论，不过博一笑而已，未必能根本打消高作底声价，只是笑话却并不以此为止，这却令我们难乎为高鹗辩解。

（丁）巧姐儿哭了，李奶狠命的拍了几下，向孩子身上拧了一把。那孩子哇的一声，大哭起来了。（第一〇一回）

巧姐被拧，连话都不说，只有大哭的一法，看这个光景她不过三岁，至多亦以四岁为限。若在四岁以上，决不至于被拧之后连话都不说的；况且如巧姐能说话，婆子亦决不敢平白地拧她一把。可见其时，巧姐确是不会说话的，至多也不过会学舌。既然如此，请看上文慕贤良之事，应作何解释？念书，认字，做针线的孩子，过了些时候，（九回书）反只会啼哭，连话都不会说了。这算怎么一回事？孩子长大了，重新还原。这算怎么一回事？长得奇，缩得更奇；长得快，缩得更快。这又算怎么一回事？巧姐长得太快，还可以粗忽来推诿。至于长了又缩小，这无论何人，不能赞一词的，而竟没有人批评过。评《红楼梦》的人如此之多，这样的怪事，偏不以为怪。王雪香只以巧姐长得太快为欠妥，其实何止欠妥而已，简直是不通。

（戊）巧姐儿年纪也有十三四岁了。（第一百十七回）
十六回以后，她又飞长了。说这十六回书，有十年的工夫，这无论如何是不可信的。（我们知道，前八十回，只有首尾九年）既不可信，她底生长，又成了一种奇迹。巧姐长了又缩，缩了又长，简直像个妖怪，不知高氏是什么意思？十二钗惟巧姐年最小，所以八十回中绝少提及，只写了些刘姥姥底事情，终非巧姐传底正文。后四十回中被高氏如此一续，巧姐真可谓倒霉之至，至于高鹗为什么写她底事情如此神怪，其原因很难懂；大约他本没有注意到这些地方，只是随意下笔。慕贤良一回专为巧姐作传，拿来配齐十二钗之数，所以勉强拼凑些事情，总要写得漂亮一点，方可以遮盖门面，他却忘了四回以前所写的巧姐是什么光景的。于是她就暴长了一下。后来凤姐病深，高氏要写巧姐年幼，孤露可怜，以形凤姐结局底悲惨。于是她就暴缩一下。到书末巧姐要出嫁，却不能不说她是十三四岁；因为这已是最小的年龄。于是她又暴长了。高氏始终没有注意她底年龄，所以才闹了这么一个大笑话。

　　巧姐慕贤良一回，还有一点谬处；就是所描写的绝不是宝玉。宝玉向来不肯作这类迂谈的，在这儿却凭空讲了无数的名教中人，贞烈贤孝的妇女，给巧姐听。这真是不谬于名教的《红楼梦》，高氏可以踌躇满志了。但宝玉为人却顿成两橛，未免说不过去。后四十回写宝玉，竟是个势利名教中人；只于书末撒手一走，不知所终，这是非常可怪的。不但四十回中的宝玉不和八十回的他相似，即四十回中，宝玉前后很像两个人，并与失玉送玉无关，令人无从为他解释。高氏对于书中人物底性情都没有一个概括的观念，只是随笔敷衍，所以往往写得不知所云，亦不但宝玉一人。不过宝玉是书中主人翁，性格尤难描画，高氏更没处去藏拙罢了。

上列二十条，是四十回中最显著的毛病；以外不重要的地方可笑之处自然还多。如香菱之瘤疾，没有提起，自然地痊愈了；以平儿底精细，连水月庵、馒头庵都分不清楚，害凤姐吐血（程甲本第九十三回）；以紫鹃底秀慧，而写她睡着的鼻息远听吆呼声儿（第八十二回）；小红和贾芸有恋爱关系，后来竟了无照应，她只和丰儿做了个凤姐底随身小婢，毫不占重要的位置；麝月抽了荼䕷花签，却并无送春之事；以外零零碎碎的小毛病——脱枝失节，情理可笑的——自然还有，只是一时不能备举，且与大体无关，亦可以不必备举了。

高作底分评，已如上所说了。但我们要更综合地批评一下，这方才尽这篇文字底责任。我以前给颉刚的信曾起诉高氏有五条，都是零碎的，而颉刚却归纳成为三项。我底五条是：（1）宝玉不得入学中举。（2）黛玉不得劝宝玉读时文。（3）宝钗嫁后，不应如此不堪。（4）凤姐、宝钗写得太毒，且凤姐对于黛玉，无害死她的必要。（5）宝玉出家不得写得如此神奇。（一九二一，六，十八，信）

颉刚回信上说："你起诉高鹗的五条，我都不能为他作辩护士。我以为他犯的毛病归纳起来有三项：（1）他自己是科举中人，所以满怀是科举观念，必使宝玉读书中举。（2）他也中了通常小说'由邪归正'的毒，必使宝玉到后来换成一个人。（3）他又中了批小说者'诛心'的成见，必使凤姐、宝钗辈实为奸恶人。我疑心在他续作时，或已有批本，他也不免受批评人的暗示。"①（一九二一，六，二十四，信）

---

① 《红楼梦》八十回始流行，即带评注，其时作者非但健在，而且不到30岁。乾隆甲戌年（1754）脂砚斋已是再评，则初评当尚在其前。颉刚猜高鹗看见过批本，完全对，不过"脂评"恰正和后来百廿回本诸评相反，很赞美宝钗、袭人，甚至过于赞美，并无诛心之论。

颉刚所归纳的三条，我以为理由充足，无再申说底必要。我们现在要进一步去讨论高鹗续书底目的，和他底性格与作者底比较；下了这样的批评，方才能彻底估定后四十回底价值。我们真要了解一种作品，非先知道他底背景不可，专就作品本身着眼，总是肤浅的，片面的，不公平的。

我们第一要知道，高鹗只是为雪芹补苴完功，使此书"巅末毕具"，他并没有做《红楼梦》底兴趣，且也没有真正创作《红楼梦》底可能，我给颉刚的信上说：

> 因为雪芹是亲见亲闻，自然娓娓言之，不嫌其多；兰墅是追迹前人，自然只能举其大概了结全书。若把兰墅底亲见亲闻都夹杂写了进去，岂不成了一部"四不像"的《红楼梦》！（一九二一，六，十八，信）

这是说明高氏补书这般草率仓忙的缘故。因他不比曹雪芹，他胸中没有活现的贾宝玉、十二钗，所以不容得他不草率仓忙。这不算高氏底大过失。

以我底眼光看，四十回只写了主要的三件事，第三项还是零零碎碎的，其实最主要的只有两项。

（1）黛玉死，宝玉做和尚。

（2）宝玉中举人。

（3）诸人底结局，很草率的结局。

第三项汇聚拢来可算一项，若分开来看，却算不了什么。因为向来的观念，无论写什么总是"有头有尾"才算完结；所以高氏只得勉强将书中人底结局点明一下。至于账簿式的结局，那也不在他底顾虑中了。

所以四十回主要的只写了（1）、（2）两项，而第二项是完全错了的。我们可用这个来估定高作底价值。我这归纳的结果，是可以实证而非臆想的。试把各回分配于各项之下：

(1) 第八十二回,病潇湘痴魂惊恶梦。

第八十三回,上半节写黛玉之病深。

第八十四回,试文字宝玉始提亲。

第八十五回,唱的戏是《冥升》和《达摩渡江》。

第八十七回,黛玉弹琴而弦忽断。

第八十九回,蛇影杯弓颦卿绝粒。

第九十一回,宝黛谈禅;黛说"水止珠沉",宝说"有如三宝"。

第九十六回,瞒消息凤姐设奇谋,泄机关颦儿迷本性。

第九十七回,黛玉焚稿。

第九十八回,黛玉卒。

第一百四回,宝玉追念黛玉。

第一百八回,死缠绵潇湘闻鬼哭。

第一百十五回,和尚送通灵玉。

第一百十六回,得通灵幻境悟仙缘。

第一百十七回,阻超凡佳人双护玉。

第一百十八回,警谜语妻妾谏痴人。

第一百十九回,宝玉却尘缘。

(2) 所引各回,已见高鹗续书底依据一篇中,共有六回。(1) 项最多占了十七回。(2) 项也占了六回。单是这两项已占全书之半数。以外便是些零碎描写、叙述,大部分可以包括在(3) 项中。只有抄家一事不在其内,但高氏却不喜欢写这件事;所以在抄家之时,必请出两位王爷来优礼贾政,既抄之后又要"复世职"、"沐天恩"。可见高氏当时写这段文字,真是遵照前文不得已而为之,并非出于本心。他底本心,只在于使宝玉成佛做祖,功名显赫。如没有第二项宝玉中举事,那九十八回黛玉卒时,便是宝玉做和尚的时候了。他果然也因为如此了结,文情过促,且无以安插宝钗。而最大的原因,仍在宝玉没有中举。他以为一个人没有中举而去做了和尚,实在太可惋惜了。我们只看宝玉一中举后便走,高氏底心真是路人皆见了。

高氏除写十二钗还有些薄命气息,以外便都是些"福寿全归"的。最是全福算宝玉了。他写宝玉底结局,括举为三项:

(1) 宝玉中第七名举人。
(2) 宝玉有遗腹子,将来兰桂齐芳。
(3) 宝玉超凡入圣,封文妙真人。

他竟是富贵神仙都全备了。神仙长生不老,寿考是不用说的了。高鹗写贾氏亦复如此,虽抄了家,依然富贵荣华,子孙众多,全然不脱那些小说团圆迷的窠臼,大谬于作者底本意。但我们更要去推求他致谬底原由,不能不从作者和高氏底性格底比较下手。我给颉刚一信上说:

> 我们还可以比较高鹗和雪芹底身世,可以晓得他们见解底根本区别。雪芹是名士,是潦倒不堪的,是痛恶科名禄利的人,所以写宝玉也如此。兰墅是热衷名利的人,是举人,(将来还中进士,做御史)所以非让宝玉也和他们一样的中个举人,心里总不很痛快。我们很晓得高鹗底"红学"很高明,有些地方怕比我们还高明些。但在这里,他却为偏见拘住了,好像带了副有颜色的眼镜,看出来天地都跟着变了颜色了。所以在那里看见一点线索——其实是他底误认——便以为雪芹原意如此,毫无愧色的写了下去,于是开宗明义就是"两番人家塾"。雪芹把宝玉拉出学堂,送进大观园;兰墅却生生把宝玉重新送进学堂去。……(一九二一,六,九)

在另一信上又说:

> 总之,弟不敢菲薄兰墅,却认定他和雪芹底性格差得太

> 远了，不适宜于续《红楼梦》。若然他俩性格相近一点，以兰墅之谨细，或者成绩远过今作也未可知。（一九二一，六，十八）

我是再三申说，高氏底失败，不在于"才力不及"，也不在于"不细心谨慎"，实在因两人性格嗜好底差异，而又要去强合为一，致一百二十回成了两橛，正应古语所谓"离之双美，合之两伤"。我曾有一意见，向颉刚说过：

> 《红楼梦》如再版，便该把四十回和前八十回分开。后四十回可以做个附录，题明为高鹗所作。既不埋没兰墅底一番苦心和他为人底个性，也不必强替雪芹穿这一双不合式的靴子。（一九二一，六，九）

高作底庸劣我们知道了，他底所以如此，我们却可以原谅他。总之，说高鹗不该续《红楼梦》是对的，说高鹗特别续得不好，却不见得的确；因为无论谁都不适于续《红楼梦》，不但姓高的一个人而已。

高鹗冒名顶替，是中国文人底故态恶习，我决不想强为他辩护。但在影响上，高氏底僭号却不为无功，这虽非他本意所在，而我们却不得不归功于他。

《红楼梦》既没有完全，现存的八十回实在是一部分，并且还没把真意说明，所以高非补书不可。前八十回全是纷华靡丽的文字，若没有煞尾，恐怕不免引起一般无识读者底误会。他们必定说："书上并没说宝走黛死，何以见得不团圆呢？"当他们豪兴勃发的时候必定要来续狗尾，也必定要假传圣旨依附前人。《红楼梦》给他们这一续，那糟糕就百倍于现在了。他们决定要使宝玉拜相封王，黛玉夫荣妻贵，而且这种格局深投合社会底心理，必受欢迎无疑。他们决不辨谁是谁非，只一气呵成的读了下去。幸而高氏假传圣旨，将宝黛分离，一个走了，一个死了，

《红楼梦》到现在方才能保持一些悲剧的空气，不至于和那才子佳人的奇书，同流合污。这真是兰墅底大功绩，不可磨灭的功绩。即我们现在约略能揣测雪芹底原意，恐怕也不能说和高作后四十回全无关系。如没有四十回续书，而全凭我们底揣测，事倍功半定是难免的。且高氏不续，而被妄人续了下去，又把前后混为一谈，我们能有研究《红楼梦》底兴趣与否，也未始不是疑问。这样说来，高氏在《红楼梦》总不失为功多罪少的人。

妙得很啊！就事论事，宝走黛死都是高氏编造的，雪芹只有暗示，并未正式说到的，而百年来的读者都上了高氏这一个大当，虽有十二分的难受，至多也只好做什么《红楼圆梦》、《鬼红楼梦》……这类怪书，至多也只能把黛玉从坟里拖出来，或者投胎换骨，再转轮回。他们决不敢再做一部原本《红楼梦》，这真是痛快极了！他们可惜不知道，原本只有八十回，而八十回中黛玉是好好的活人，原不必劳诸公底起死回生的神力。高鹗这个把戏，可谓坑人不浅，我真想不到"假传圣旨"有这样大的威权。

从这里，高氏借大帽子来吓唬人的原因，也可猜想了。我从前颇怀疑：高氏补书这一事既为当时闻人所知，他自己又不深讳，为什么非假托雪芹不可，非要说从鼓担上买来的不可？现在却恍然有悟了。高鹗谨守作者底原意，写了四十回没有下场的，大拂人所好的文字，若公然题他底大名，必被社会上一场兜头痛骂，书亦不能传之久远；倒不如索性说是原本，使他们没处去开口的好。饶你是这样，后来还有一班糊涂虫，从百二十回续下去。这可见社会心里，容留不住悲剧的空气，到什么程度，若只有八十回本流传，其危险尤不堪设想。所以高氏底续书，本身上的好歹且不去讲他，在效用上看，实在是《红楼梦》底护法天王，万万少他不得的。我从前颇以高鹗续书假托雪芹为缺憾，现在却反而释然了。

我想不到后四十回底批评做得这样冗长，现在就把它结束，以数语作为总评。

高鹗以审慎的心思，比较正当的态度来续《红楼梦》；他宁失之于拘泥，不敢失之于杜撰。其所以失败：一则因《红楼梦》本非可以续补的书，二则因高鹗与曹雪芹个性相差太远，便不自觉的相违远了。处处去追寻作者，而始终赶他不上，以致迷途。至于混四十回于八十回中，就事论事，原是一种过失；就效用影响而论，也有些功德。

《红楼梦》底风格

上篇所说有些偏于考证的。这篇全是从文学的眼光来读《红楼梦》。原来批评文学底眼光是很容易有偏好的,所以甲是乙非了无标准。俗语所谓"麻油拌韭菜,各人心里爱",就是这类情景底写照了。我在这里想竭力避免那些可能排去的偏见私好,至于排不干净的主观色彩,只好请读者原谅了。

在现今我们中国文艺界中,《红楼梦》仍为第一等的作品,实际上的确如此。在高鹗续书那时候,已脍炙人口二十余年了。自刻本通行以后,《红楼梦》已成为极有势力的民间文学,差不多人人都看,并且人人都喜欢谈,所以京师《竹枝词》,有"开口不谈《红楼梦》,此公缺典定糊涂"之语,可见《红楼梦》行世后,人心颠倒之深。(此语见清同治年间,梦痴学人所著的《梦痴说梦》所引。)即我们研究《红楼梦》底嗜好,也未始不是在那种空气中间养成的。

《红楼梦》底风格,我觉得较无论哪一种旧小说都要高些。所以风格高上底缘故,正因《红楼梦》作者底态度与他书作者态度有些不同。

从作者自传这个观念,对于《红楼梦》风格底批评有很大的影响。书中底人物事情都有蓝本，所以《红楼梦》作者底最大手段是写生。世人往往把创造看作空中楼阁，而把写实看作模拟，却不晓得想象中底空中楼阁，也有过去经验作蓝本，若真离弃一切的经验，心灵便无从活动了。虚构和写实都靠着经验，不过中间的那些上下文底排列，有些不同罢了。写生既较逼近于事实，所以从这手段做成的作品所留下的印象感想，亦较为明活深切。

《红楼梦》作者底手段是写生。他自己在第一回，说得明明白白：

  其间离合悲欢，兴衰际遇，俱是按迹寻踪，不敢稍加穿凿致失其真。因见上面大旨不过谈情，亦只实录其事。

我们看，凡《红楼梦》中底人物都是极平凡的，并且有许多极污下不堪的。人多以为这是《红楼梦》作者故意骂人，所以如此；却不知道作者底态度只是一面镜子，到了面前便须眉毕露无可逃避了，妍媸虽必从镜子里看出，但所以妍所以媸的原故，镜子却不能负责。以我底偏好，觉得《红楼梦》作者第一本领，是善写人情。细细看去，凡写书中人没有一个不适如其分际，没有一个过火的；写事写景亦然。我说："好一面公平的镜子啊！"

我还觉得《红楼梦》所表现的人格，其弱点较为显露。作者对于十二钗，是爱而知其恶的。所以如秦氏底淫乱，凤姐底权诈，探春底凉薄，迎春底柔懦，妙玉底矫情，皆不讳言之。即钗黛是他底真意中人了，但钗则写其城府深严，黛则写其口尖量小，其实都不能算全才。全才原是理想中有的，作者是面镜子如何会照得出全才呢？这正是作者极老实处，却也是极聪明处，妙解人情看去似乎极难，说老实话又似极容易，其实真是一件事底两面。《红楼梦》在这一点上，旧小说中能比他的只有《水浒》。

《水浒》中有百零八个好汉，却没有一个全才。这两位作者，大概在这里很有同心了。

《红楼梦》中人格都是平凡这句话，我晓得必要引起多少读者底疑猜；因为他们心目中至少有一个人是超平凡的。谁呢？就是书中的主人翁，贾宝玉。依我们从前囫囵吞枣的读法，宝玉底人格确近乎超人的。我们试想一个纨绔公子，放荡奢侈无所不至的，幼年失学，长大忽然中举了。这便是个奇迹，颇含着些神秘性的了。何况一中举便出了家，并且以后就不知所终了，这真是不可思议。但所以生这类印象，我们都被高先生所误，因为我们太读惯了一百二十回本的《红楼梦》，引起不自觉的错误来。若断然只读八十回，便另有一个平凡的宝玉，印在我们心上。

依雪芹写法，宝玉底弱点亦很多的。他既做书自忏，决不会像现在人自己替自己登广告啊。所以他在第一回里，即屡次明说。在第五回《西江月》又自骂一起，什么"富贵不知乐业，贫穷难耐凄凉"。这怕也是超人底形景吗？是决不然的。至于统观八十回所留给我们，宝玉底人格，可以约略举一点。他天分极高，却因为环境关系，以致失学而被摧残。他底两性底情和欲，都是极热烈的，所以警幻很大胆的说"好色即淫，知情更淫"，一扫从来迂腐可厌的鬼话。他是极富于文学上的趣味，哲学上的玄想，所以人家说他是痴子；其实宝玉并非痴慧参半，痴是慧底外相，慧即是痴底骨子。在这一点作者颇有些自诩，不过总依然不离乎人情底范围。

依我们底推测，宝玉大约是终于出家；但他底出家，恐不专因忏情，并且还有生计底影响，在上边已说过了，出家原是很平凡的，不过像续作里所描写的，却颇有些超越气象。况且做和尚和成仙成佛，颇有些不同。照高君续作看来，宝玉结果是成了仙佛，却并不是做和尚。所以贾政刚写到宝玉的事，宝玉就在雪影里面光头赤脑披了大红斗篷，向他下拜，后来僧道夹之而去，霎时不见踪迹。（事见第百二十回）试问世界上有这种和尚么？后来皇帝还封了文妙真人，简直是肉体飞升了。神仙佛祖是超人，和尚是人，这个区别无人不清楚的。雪芹不过叫宝玉出家，所以是平凡的。高鹗叫宝玉出世，所以是超越的。《红楼梦》中人格是平凡的这个印象，非先有分别的眼光读原书不可，否则没有不迷眩的。

在逼近真情这点特殊风格外，实事求是这个态度又引出第二个特色来。《红楼梦》底篇章结构，因拘束于事实，因而能够一洗前人底窠臼，不顾读者底偏见嗜好。凡中国自来底小说，大都是俳优文学，所以只知道讨看客底欢喜。我们底民众向来以团圆为美的，悲剧因此不能发达，无论哪种戏剧小说，莫不以大团圆为全篇精彩之处，否则就将讨读者底厌，束之高阁了。若《红楼梦》作者则不然；他自发牢骚，自感身世，自忏情孽，于是不能自己的发为文章，他底动机根本和那些俳优文士已不同了。并且他底材料全是实事，不能任意颠倒改造的，于是不得已要打破窠臼得罪读者了。作者当时或是不自觉的也未可知，不过这总是《红楼梦》底一种胜利功绩。

《红楼梦》底不落窠臼，和得罪读者是二而一的；因为窠臼是习俗所乐道的，你既打破他，读者自然地就不乐意了。譬如社会上都喜欢大小团圆，于是千篇一律的发为文章，这就是窠臼；你偏要描写一段严重的悲剧，弄到不欢而散，就是打破窠臼，也就是开罪读者。所以《红楼梦》在我们文艺界中很有革命的精神。他所以能有这样的精神，却不定是有意与社会挑战，是由于凭依事实，出于势之不得不然，因为窠臼并非事实所有，事实是千变万化，哪里有一个固定的形式呢？既要落入窠臼，就必须要颠倒事实；但他却非要按迹寻踪实录其事不可，那么得罪人又何可免的。我以为《红楼梦》作者底第一大本领，只是肯说老实话，只是做一面公平的镜子。这个看去如何容易，却实在是真真的难能。看去如何平淡，《红楼梦》却成为我们中国过去文艺界中第一部奇书。我因此有一种普通的感想，觉得社会上目为激烈的都是些老实人，和平派都是些大滑头啊。

在这一点上，有友人对我说过："《红楼梦》底最大特色，是敢于得罪人底心理。"《红楼梦》开罪于一般读者底地方很多，最大的却有两点。社会上最喜欢有相反的对照。戏台上有一个红面孔，必跟着个黑面孔来陪他，所谓"一脸之红荣于华衮，一鼻之白严于斧钺"。在小说上必有一个忠臣，一个奸臣；一个风流儒雅的美公子，一个十不全的傻大爷；如此等等，不可胜计。我小时候听人讲小说，必很急切地问道："哪个是好人？哪个是坏人？"觉得这是小说中最重要，并且最精彩的一点。社会上一般人底读书程度，正还和那时候的我差不许多。雪芹先生于是很很的对他们开一下顽笑。《红楼梦》底人物，我已说过都是平凡的。这一点就大拂人之所好，幸亏高鹗续了四十回，勉强把宝玉抬高了些，但依然不能满读者底意。高鹗一方面做雪芹底罪人，一方面读者社会还不当他是功臣。依那些读者先生底心思，最好宝玉中年封王拜相，晚年拔宅飞升。（我从前看见一部很不堪的续书，就是这样做的。）雪芹当年如肯照这样做去，那他们就欢欣鼓舞不可名状，再不劳续作者底神力了！无奈他却偏偏不肯，宝玉亦慧、亦痴、亦淫、亦情，但千句归一句，总不是社会上所赞美的正人。他们已经皱眉有些说不出的难受了。十二钗都有才有貌，但却没有一个是三从四德的女子；并且此短彼长，竟无从下一个满意的比较褒贬。读者对于这种地方，实在觉得很麻烦、不自在，后来究竟忍耐不住，到底做一个九品人表去过过瘾方才罢休。

但作者开罪社会心理之处，还有比这个大的。《红楼梦》是一部极严重的悲剧，书虽没有做完，但这是无可疑的，不但宁荣两府之由盛而衰，十二钗之由荣而悴，能使读者为之怆然雪涕而已。若细玩宝玉底身世际遇，《红楼梦》可以说是一部问题小说。试想以如此的天才，后来竟弄到潦倒半生，一无成就，责任应该谁去负呢？天才原是可遇不可求的，即偶然有了亦被环境压迫毁灭，到穷愁落魄，结果还或者出了家。即以雪芹本人而论，虽有八十回的《红楼梦》可以不朽；但全书并未完成穷愁而死，在文化上真是莫大的损失。不幸中之大幸，他总算还做了八十回书，流传又如此之广，但他底家世名讳，直等最近才考出来。从前我们只知道有曹雪芹，至多再晓得是曹寅底儿子（其实是曹寅底孙子），以外便茫然了。即现在我们虽略多知道一点，但依然是可怜得很。这曹雪芹先生年表，正不大好做哩。

高鹗使宝玉中举，做仙做佛，是大违作者底原意的，但他始终是很谨慎的人，不想在《红楼梦》上造孽的。他总竭力揣摩作者底意思，然后再补作那四十回。我们已很感激他这番能尊重作者底苦心。文章本来表现人底个性，有许多违反错误是不能免的。若有人轻视高作，何妨自己来续一下，就知道深浅了。高鹗既不肯做雪芹底罪人，就难免跟着雪芹开罪社会了；所以大家读高鹗续作底四十回大半是要皱眉的。但是这种皱眉，不足表明高君底才短，正是表明他底不可及处。他敢使黛玉平白地死去，使宝玉娶宝钗，使宁荣抄家，使宝玉做了和尚；这些都是好人之所恶。虽不是高鹗自己底意思，是他迎合雪芹底意思做的，但能够如此，已颇难得。至于以后续做的人，更不可胜计，大半是要把黛玉从坟堆里拖出来，叫她去嫁宝玉。这种办法，无论其情理有无，总是另有一种神力才能如此。必要这样才算有收梢，才算大团圆，真使我们不好说话了。

现在我们从各方面证明原本只八十回，并且连回目亦只这八十是真的，这是完全依据事实，毫不杂感情上的好恶。但许多人颇赞成我们底论断，却因为只读八十回便可把那些讨人厌的东西一齐扫去，他们不消再用神力把黛玉还魂，只很顺当的便使宝黛成婚了。他们这样利用我们底发见，来成就他们的团圆迷，来糟蹋《红楼梦》底价值，我们却要严重的抗议了。依作者底原意做下去，其悲惨凄凉必过于高作，其开罪世人亦必过之。在《红楼梦》上面，不能再让你们来过团圆瘾！

我们又知道《红楼梦》全书中之题材是十二钗，是一部忏悔情孽的书。从这里所发生的文章风格，差不多和哪一部旧小说都大大不同，可以说《红楼梦》底个性所在。是怎样的风格呢？大概说来，是"怨而不怒"。前人能见到此者，有江顺怡君。他在《读红楼梦杂记》上面说：

……正如白发宫人涕泣而谈天宝，不知者徒艳其纷华靡丽，有心人视之皆缕缕血痕也。

他又从反面说《红楼梦》不是谤书：

《红楼》所记皆闺房儿女之语……何所谓毁？何所谓谤？

这两节话说得淋漓尽致，尽足说明《红楼梦》这一种怨而不怒的态度。

我怎能说《红楼梦》在这点上，和那种旧小说都不相同呢？我们试举几部《红楼梦》以外，极有价值的小说一看。我们常和《红楼梦》并称的是《水浒》、《儒林外史》。《水浒》一书是愤慨当时政治腐败而作的，所以奖盗贼贬官军。看署名施耐庵那篇自序，愤激之情，已溢于言表。"《水浒》是一部怨书"，前人亦已说过（见张潮底《幽梦影》上卷）。《儒林外史》底作者虽愤激之情稍减于耐庵，但牢骚则或过之。看他描写儒林人物，大半皆深刻不为留余地，至于村老儿唱戏的，却一唱三叹之而不止。对于当日科场士大夫，作者定是深恶痛绝无可奈何了，然后才发为文章的。《儒林外史》底苗裔有《二十年目睹之怪现状》、《广陵潮》、《留东外史》之类。就我所读过的而论：《留东外史》底作者，简直是个东洋流氓，是借这部书为自己大吹法螺的，这类黑幕小说底开山祖师可以不必深论。《广陵潮》一书全是村妇嫚骂口吻，反觉《儒林外史》中人物，犹有读书人底气象。作者描写的天才是很好的，但何必如此尘秽笔墨呢？前《红楼梦》而负盛名的有《金瓶梅》，这明是一部谤书，确是有所为而作的，与《红楼梦》更不可相提并论了。

以此看来，怨而不怒的书，以前的小说界上仅有一部《红楼梦》。怎样的名贵啊！古语说得好："物希为贵。"但《红楼梦》正不以希有然后可贵。换言之，即不希有亦依然有可贵的地方。刻薄嫚骂的文字，极易落笔，极易博一般读者底欢迎，但终究不能感动透过人底内心。刚读的时候，觉得痛快淋漓为之拍案叫绝；但翻过两三遍后，便索然意尽了无余味，再细细审玩一番，已成嚼蜡的滋味了。这因为作者当时感情浮动，握笔作文，发泄者多，含蓄者少，可以悦俗目，不可以当赏鉴。缠绵悱恻的文风恰与之相反，初看时觉似淡淡的，没有什么绝伦超群的地方，再看几遍渐渐有些意思了，越看得熟，便所得的趣味亦愈深永。所谓百读不厌的文章，大都有真挚的情感，深隐地含蓄着，非与作者有同心的人不能知其妙处所在。作者亦只预备藏之名山，或竟覆了酱缸，不深求世人底知遇。他并不是有所珍惜隐秘，只是世上一般浅人自己忽略了。

愤怒的文章容易发泄，哀思的呢，比较的容易含蓄，这是情调底差别不可避免的。但我并不说，发于愤怒的没有好文章，并且哀思与愤怒有时不可分的。但在比较上立论，含怒气的文字容易一览而尽，积哀思的可以渐渐引人入胜；所以风格上后者比前者要高一点。《水浒》与《红楼梦》底两作者，都是文艺上的天才，中间才性底优劣是很难说的；不过我们看《水浒》，在有许多地方觉得有些过火似的，看《红楼梦》虽不满人意的地方也有，却又较读《水浒》底不满少了些。换句话说，《红楼梦》底风格偏于温厚，《水浒》则锋芒毕露了。这个区别并不在乎才性底短长，只在做书底动机底不同。

但这些抑扬的话头，或者是由于我底偏好也未可知。但从上文看来，有两件事实似乎已确定了的。（1）哀而不怒的风格，在旧小说中为《红楼梦》所独有。究竟这种风格可贵与否，却是另一问题；虽已如前段所说，但这是我底私见不敢强天下人来同我底好恶。（2）无论如何，嫚骂刻毒的文字，风格定是卑下的。《水浒》骂则有之，却没有落到嫚字。至于落入这种恶道的，决不会有真好的文章，这是我深信不疑的。我们举一个实例讲罢。《儒林外史》与《广陵潮》是一派的小说。《儒林外史》未始不骂，骂得亦未始不凶，但究竟有多少含蓄的地方，有多少穿插反映的文字，所以能不失文学底价值。《广陵潮》则几乎无人不骂，无处不骂，且无人无处不骂得淋漓尽致一泄无余，可以喷饭，可以下酒，可以消闲，却不可以当他文学来赏鉴。我们如给一未经文学训练的读者这两部小说看，第一遍时没有不大赞《广陵潮》的；因为《儒林外史》没有这样的热闹有趣，到多看几遍之后，《儒林外史》就慢慢占优越的地位了。这是我曾试验过的。

《红楼梦》只有八十回真是大不幸，因为感动人的地方恐怕还在后面半部。我们要领略哀思的风格，非纵读全书不可；但现在只好寄在我们底想象上，不但是作者底不幸，读者所感到的缺憾更为深切了。我因此想到高鹗补书底动机，确是《红楼梦》

底知音，未可厚非的。他亦因为前八十回全是纷华靡丽文字，恐读者误认为诲淫教奢之书，如贾瑞正照"风月宝鉴"一般；所以续了四十回以昭传作者底原意。在程、高引言上说："……实因残缺有年，一旦颠末毕具，大快人心，欣然题名，聊以纪成书之幸。"可知高君补书并非如后人乱续之比，确有想弥补缺憾的意思。但高鹗虽有正当的动机，续了四十回书，而几乎处处不能使人满意。我们现在仍只得以八十回自慰，对于后半部所知只是片段而已。

后三十回的《红楼梦》

我在《红楼梦辨》卷下有这一篇，现在因为改动太多，不得不重写。当一九二二年四月，我在杭州，因披阅有正书局印行的戚蓼生序本，想去参较它和高鹗本底异同得失却无意中在这书评注里发见一种"佚本"，所叙述的是八十回后情节，真是一种意外的喜悦，当时以为这是一种续书，不过比高鹗续得早了一些。忽忽过了二十多年，发见了两个脂砚斋评本，一个是胡适藏的十六回残本，一个是昔年徐星曙姻丈所藏，今归燕京大学的七十八回本。（即八十回本缺了两回。）从这两书里，知道戚本底评注也是"脂评"，所谓佚本乃是曹雪芹未完而迷失了的残稿，这可说是"意表之外"的喜悦了。

八十回书雪芹虽未整理得十分完全，（见另文）但他的确写了后半部，所谓后三十回是也。这件事我在当初没有料到，误认原作为他人所续，但所辑有正本底评注至今日仍不失其重要，所以我把它拆散加入本文中，再稍加以补充。补充材料底来源即在上述两个脂评本中，跟戚本底评原是一回事。脂砚斋究系何人，疑莫能明。或以为雪芹底族兄弟，后来又以为即作者。或以为是书中的史湘云，鄙人未敢信以为然。在《红楼梦辨》里曾抄录

《戚本脂评》数条，兹选存，以明批书人底身份。

> 八字便是作者一生惭恨。（第一回。脂甲戌本同，胡曰："这样的话当然是作者自己说的。"）
>
> 盖作者自云，所历不过红楼一梦耳。（第五回。脂甲本"盖"上有"点题"二字。）
>
> 非作者为谁？余曰："亦非作者，乃石头也？"（同回。脂甲本作"余又曰"。又另外一人用墨笔批"石头即作者耳"。）
>
> 作者一生为此所误，批者一生亦为此所误。（第二十一回）

还有一条，可约略表示评书底年代。

> 余历梨园子弟广矣，各各皆然，亦曾与惯养梨园诸世家兄弟谈议及此，众皆知其事而皆不能言。今阅《石头记》载"原非本脚之戏执意不作"二语，便见其特能压众，乔酸姣妒，淋漓满纸矣。复至"情悟梨香院"一回更将和盘托出，举余三十年前目睹身亲之人现形于纸上，便言石头记之为书，情之至极，言之至确（脂庚作恰），然非领略过乃事，迷陷过乃情，即观此茫然嚼蜡，亦不知其神妙也。（第十八回。脂庚辰本同）

这个人三十年前已曾养过梨园子弟，跟诸世家子弟议论此等事，起码已有二十岁左右。到了三十年后看了《石头记》再来评书，起码已有五十岁。但雪芹只活了四十岁。可见所谓脂砚斋大概与作者同时，辈分还早些。脂砚斋就是作者之说似未可信。

那所谓"三十年"，脂甲脂庚本还有好几条，却不知是脂砚斋所题否。或者是"畸笏叟"罢。畸笏跟脂砚是否一人，亦不得而知。

> 树倒猢狲散之语全犹在耳，曲指三十五年矣，伤哉，宁不恸杀！（第三十回，脂甲本眉评。脂庚本朱笔眉评同，惟"全"

字用墨笔点去，改作今。曲作屈。三十作卅。恸作痛。）

　　旧族后辈受此五病者颇多，余家更甚，三十年前事，见书于三十年后……（同回之末，脂甲本眉评。）

　　读五件事未完，余不禁失声大哭，三十年前作书人在何处耶。（同回之末，脂庚本眉评。）

这是一个人底口气。脂庚这一条乃雪芹死后所题。其他批语中每自称"老朽"、"朽物"，脂甲本载删去秦可卿死事，有"命芹溪删去"之文，芹溪可以命令得，这儿又称人为"后辈"，可见他底辈行是很尊的。他曾看见作者底原稿，告诉我们后半部佚稿情形和许多事迹。

这后半部到底有多少回呢。在戚本第二十一回开首总评上有明文。脂庚本也有的，且多了一首怪诗，原应在二十一回前的，却附在二十回之后，这是装订底错误。兹改引脂庚本之文。因这怪诗也很有意思。

　　有客题《红楼梦》一律失其姓氏，惟见其诗意骇警，故录于斯：

　　"自执金矛又执戈，自相戕戮自张罗。茜纱公子情无限，脂砚先生恨几多。是幻是真空历遍，闲风闲月枉吟哦。情机转得情天破，情不情兮奈我何。"

　　凡是书题者，不可此为绝调，诗句警拔，且深知拟书底里，惜乎失石矣。（平按此文稍有脱误，以上戚本缺）按此回（第二十一回）之文固妙，然未见后卅回（戚本作"后之三十回"）犹不见此之妙。（脂庚本第二册末）

这是后半部一共三十回的明证，其他评中或称"后数十回"。这些都是不连八十回算的。连算的戚本也有一条。（不见于脂庚本，因脂庚本第一册一至十回并无脂评，疑是抄配的本子）

　　以百回之大文，先以此回作两大笔以冒之，诚是大观。

（第二回开首，总评）

八十加三十，应是百十回，怎说一百回呢？说是举成数，也不见得对。这个问题，我在另一文中已解答了。因为回目有多少，分回有大小，作者初稿分回分得大，所以计划着一百回；后来分回较细，便成了百十回。所以这百十回事实等于一百回。列表以明之：

四十二回＝初稿三十八回（脂庚本第四十二回总评）依比例推算之：

八十回＝初稿约七十三回

三十回＝初稿约二十七回

故订正本百十回＝初稿百回（即三十八回当于百回三分之一而有余：语亦见第四十二回总评），这无烦申说了。作《红楼梦辨》时，尚未知这些事实，却说"或者虽回目只有三十，而每回篇幅极长，也未可知"（下卷一二页），这总算被我蒙对了。

后部底回数已经明白，而且回目也已有了。《红楼梦辨》里"原本回目只有八十"标题虽错，但意思注重在今本后四十回之目非真，并不曾很错。现在我们知道了一些后三十回底回目，更可证明高本回目底捏造了，这犹之清儒引了真古文尚书底佚文来驳斥伪古文尚书。可惜剩得不多了，两句完全的只有一回，一句完全的只有一处。

一句完全的："花袭人有始有终。"（脂庚本第二十回朱评）

一回完全的："薛宝钗借词含讽谏，王熙凤知命强英雄。"（脂庚戚本第二十一回总评）

不知标着第几回，不过"花袭人有始有终"应在"薛宝钗借词含讽谏"以前，因二十一回总评下文说"而袭人安在哉"，可见宝钗讽谏宝玉，袭人已去了。

其他回目，零零碎碎还有三条：（1）狱神庙红玉茜雪一大回文字，（脂庚本第二十六回畸笏叟墨笔眉批）回目全文无考，但有"狱神庙"三字，因脂甲本第二十七回夹缝朱评说"狱神庙回内方见"，可见"狱神庙"三字也是回目上有的。（2）记宝玉为僧，有"悬崖撒手"一回，这四个字当然是回目。（脂庚本戚本第二十四回评）原书到此已快完，却还非最后。（3）末回是"警幻情榜"。（脂庚本第十七、十八合回畸笏评）

这儿要稍说明，作者当时写书次序很乱，有书的不一定有回目，现在八十回中还有这痕迹可证。同样，有回目不一定有书，即如"悬崖撒手"一回可能亦有目无书，所以畸笏叟说，"叹不能得见玉兄悬崖撒手文字为恨"，（脂庚本第二十五回眉评朱笔，署丁亥夏，其时雪芹已死了四五年。脂甲本亦有此批，原文未见）究竟是写了迷失呢，还是原本没写，事在两可之间。

至于佚文，评注中称引得极少，只有三条，真成吉光片羽了。

（1）故袭人出嫁后云："好歹留着麝月。"（脂庚戚本第二十回评，详见下）

（2）"落叶萧萧，寒烟漠漠。"（脂庚戚本第二十六回）"只见凤尾森森龙吟细细"下评曰："与后文落叶萧萧寒烟漠漠一对，可伤可叹。"

（3）"宝玉情不情，黛玉情情。"（脂庚戚本第十九回评引"情榜评"，并详下）

所叙情事，可考的比较多些，仍依旧作按贾氏宝玉十二钗底次第，分别说之。

（1）贾氏抄家后破败。

第二十七回脂庚本朱批："此系未见抄没狱神庙诸事，

故有是批。"

贾氏败落底原因很多，详《八十回后的红楼梦》一文中，但最大、最直接的原因是"抄没"。第二个原因便是自残，第七十四回，探春说"自杀自戕"，又本篇前引怪客题诗云，"自执金矛又执戈，自相戕戮自张罗"，评者认为"深知拟书底里"，尤其明显。其结果非常凄惨迥和高本不同，所以说："从此放胆，必破家灭族不已，哀哉！"（戚本第四回评）"使此人（探春）不远去，将来事败，诸子孙不致流散也，悲哉，伤哉！"（脂庚戚本第二十二回评）因为这个原故，所以宝玉大约也被一度关在牢狱里，后来很贫穷。（宝玉狱神庙事，见下红玉茜雪条）

（2）宝玉很贫穷。

第十九回脂庚本戚本评："补明宝玉何等娇贵，以此一句（袭人见总无可吃之物）留与下部后数十回'寒冬噎酸齑雪夜围破毡'等处对看。"

这和敦诚赠雪芹诗"满径蓬蒿老不华，举家食粥酒常赊"来对照，也很有趣味的。"寒冬"十字可能也是本书底佚文。

（3）宝玉做和尚。

第二十一回脂庚戚本评："故后文方有'悬崖撒手'一回，若他人得宝钗之妻，麝月之婢，岂能弃而为僧哉。玉一生偏僻处。"①

宝玉为什么做和尚呢？在这上文说因有"情极之毒"，但也不很明白。

同书同回评："然宝玉有情极之毒，亦世人莫忍为者，

---

① 周汝昌近在《燕京学报》第三十七期发表一篇论文，以为宝钗嫁宝玉而早卒。湘云后嫁宝玉，（第140页）从这条脂评看来，此说甚误。周君所说，与所谓"旧时真本"合，亦足证明所谓"真本"，并非作者原书。

看至后半部则洞明矣。"

我们看不到后半部,故无法洞明。"情极之毒"即末回情榜所谓"情不情"也。

(4) 这块玉也曾经丢了,后来不知怎样回来的。

脂甲本第八回,袭人摘下通灵玉来,用手帕包好塞在褥下,评曰:"交代清楚,塞玉一段又为'误窃'一回伏线。"通灵玉底遗失,乃被误窃了去,跟今高本写得十分神秘不同。怎样回来的呢?这可能有两说:①凤姐拾玉。②甄宝玉送玉。我想凤姐拾玉,或者对些。在大观园失窃,怎么会到甄宝玉手里去呢?

脂庚本戚本第二十三回"刚至穿堂门前"句下评:"这便是凤姐扫雪拾玉之处。"

同书第十八回"仙缘"戏目下评:"伏甄宝玉送玉。"

今高本第一百十五回和尚来送通灵玉,这儿却改用甄宝玉送,想必也和宝玉出家有关,却不知是怎么一回事。

(5) 黛玉泪尽丢卒。

脂庚本戚本第二十一回评:"以及宝玉砸玉,颦儿之泪枯,种种孽障种种忧忿皆情之所陷,更何辩哉。"

同书第二十二回评:"若能如此,将来泪尽夭亡已化乌有,世间亦无此一部《红楼梦》矣。"

一说泪枯,再说泪尽,又和宝玉砸玉作对文,可见在后半部有另一段大文章;而且说明黛玉之所以死,由于还泪而泪尽,似乎不和宝钗出闺成礼有何关联。我尝疑原本应是黛玉先死,宝钗后嫁。又钗黛两人底关系,不完全是敌对的,详下宝钗条。描写潇湘馆底凄凉光景,已见上引。

(6) 宝钗嫁宝玉后有下列三件事:①讽谏宝玉而宝玉不听,其时袭人已嫁;②与宝玉谈旧事;③宝钗追怀黛玉。

脂庚本戚本第二十一回总评，"后回'薛宝钗借词含讽谏，王熙凤知命强英雄'。今日从二婢说起，后文则直指其主。然今日之袭人之宝玉，亦他日之袭人之宝玉也。……何今日之玉犹可箴，他日之玉已不可箴耶。……箴与谏无异也，而袭人安在哉，宁不悲乎！"

又曰："文是一样情理，景况光阴事却天壤矣。多少眼泪洒与此两回书中。"

第二十七回评："杜绝后文成其夫妇时，无可谈旧之情。"

脂庚本第四十二回总评："钗玉名虽二人，人却一身，此幻笔也。……故写是回使二人合而为一，请看黛玉逝后宝钗之文字，便知余言不谬也。"

这最后一条四十二回底总评，戚本是没有的，却特别重要。这对于读《红楼梦》的是个新观点。钗黛在二百年来成为情场著名的冤家，众口一词牢不可破，却不料作者要把两美合而为一，脂砚先生引后文作证，想必黛玉逝后，宝钗伤感得了不得。他说"便知余言之不谬"，可见确是作者之意。咱们当然没缘法看见这后半部，但即在前半部书中也未尝没有痕迹。第五回写一女子"其鲜妍妩媚有似宝钗，其袅娜风流则又如黛玉"。又警幻说："再将吾妹一人乳名兼美，字可卿者许配与汝。"这就是评书人两美合一之说底根据，也就是三美合一。

（7）湘云嫁卫若兰，卫也佩着金麒麟。

脂甲本第二十六回总评："前回倪二紫英湘莲玉函四样侠文皆各得传真写照之笔。惜卫若兰射圃文字迷失无稿，叹叹！"（按，侠者豪侠之意。脂庚本亦有此文，却分作两段，墨笔眉批，两条下各署"丁亥夏畸笏叟"）

脂庚戚本第卅一回起首总评："金玉姻缘已定又写一金

麒麟，是间色法也，何颦儿为其所惑？"脂庚同回回末评："后数十回若兰在射圃所佩之麒麟，正此麒麟也。提纲伏于此回中，所谓草蛇灰线在千里之外。"

这三条文字里，第一条告诉我们，卫若兰射圃文字也是"侠文"。豪侠之文对于描写闺阁本来是间色法。（此说据二十六回脂庚本另条眉批）作者也已经写了出来，只是迷失了。第二条说，金麒麟对于通灵玉金锁又是间色法。所谓间色法者就是配搭颜色而已，并非正文，"何颦儿为其所惑？"不料后来补《红楼》的，要使宝湘结婚，皆为其所惑也。第三条写在回末，很可注意。戚本亦有，却写明"总评"，其实不是的，看脂庚本是没头没脑附在回末的，此评专为湘云找着了宝玉底金麒麟而发，故曰"正此麒麟也"，非总评甚明。我在《红楼梦辨》有一段话是对的。今略修节抄录之。

湘云夫名若兰，也有个金麒麟，即是宝玉所失湘云拾得的那个麒麟，在射圃里佩着。我揣想起来，似乎宝玉底麒麟，辗转到了若兰底手中，或者宝玉送他的，仿佛袭人底汗巾会到了蒋琪官底腰里。所以回目上说"因""伏"，评语说，"草蛇灰线在千里之外"。

现在只剩得这"白首双星"了，依然费解。湘云嫁后如何，今无可考。虽评中曾说，"湘云为自爱所误"，也不知作何解。既曰自误，何"白首双星"之有？湘云既入薄命司，结果总自己早卒或守寡之类。这是册文曲子里底预言，跟回目底文字冲突，不易解决。我宁认为这回目有语病，八十回的回目本来不尽妥善的。

（8）凤姐结局很凄惨，令人悲感。曾因"头发"事件，跟贾琏口角。

脂甲本戚本第五回"一从二令三人木"下注，"拆字法"。脂庚本戚本第十六回评,"回首时无怪乎其惨痛之态"。

　　同书第二十一回起首总评:"后回……'王熙凤知命强英雄'……但此日阿凤英气何如是也,他日之身微运蹇,亦何如是耶?人世之变迁,倏尔如此。"(此与宝钗谏宝玉连说,参看(6)宝钗项下所引两条)

"拆字法"当然不懂,我看连高鹗也不懂,所以后四十回中毫未照应,评书人看见了原作后半,他当然懂了,所以说"拆字法"。我记得有一晚近的评本,猜作"冷来"二字,或者是的。但冷来亦不可解。"知命强英雄"很好的回目,也应该有很好的文章写出她末路的悲哀,所以令人洒泪也。《红楼梦辨》里以为琏凤夫妻决裂,凤姐被休弃返金陵,亦想当然耳,今不具论。此外更有"头发"事件。第二十一回,写贾琏密藏情人底头发被平儿发见了,她庇着贾琏瞒住凤姐,贾琏认为放在平儿手里,"终是祸患,不如我烧了他",便抢了过来。

　　脂庚本戚本第二十一回评:"妙。设使平儿收了,再不致泄漏,故仍用贾琏抢回,后文遗失,方能穿插过脉也。"

原来贾琏明说要烧,并不舍得烧,却收着,结果又丢了,被凤姐发见,想必夫妻因此大闹,或竟致于反目。

(9) 探春远嫁。惜春为尼。

　　脂庚本戚本第二十二回灯谜,探春底是风筝,评曰:"此探春远适之谶也,使此人不远去,将来事败,诸子孙不至流散也。"

她似乎一去不归的样子。惜春底谜是海灯。

　　同书同回评曰:"此惜春为尼之谶也,公府千金至缁衣乞食,宁不悲夫!"

所谓缁衣乞食可作比丘底词藻看。她是正式出家为尼,与册子上画的大庙正合。还有两条均见第七回，惜春跟水月庵的小姑子说话一段。

脂甲本朱评："闲闲笔，却将后半部线索提动。"戚本评："总是得空便入。百忙中又带出王夫人喜施舍事，一笔能令千百笔用。又伏后文。"

是惜春底结局，作者已有成书了。

（10）袭人在宝玉贫穷时出家前，嫁蒋玉函。他们夫妇还供奉宝玉、宝钗，得同终始。

脂庚本戚本第二十回评："故袭人出嫁后云，'好歹留着麝月'一语，宝玉便依从此语，可见袭人虽去实未去也。"

同书第二十一回起首总评："箴与谏无异也，而袭人安在哉，宁不悲乎！"

脂庚本第二十回眉批朱笔："袭人正文标昌（疑明字或曰字之误）花袭人有始有终。"

脂甲本戚本第二十八回总评："茜香罗红麝串写于一回，盖琪官（脂甲作棋）虽系优人，后回与袭人供奉玉兄宝卿得同终始，非泛泛之文也。"

看这四条袭人大约得了宝玉底许可，嫁给蒋玉函的，出嫁以后仍和宝玉、宝钗来往，所以回目说她"有始有终"，评注说她"得同终始"；这又和传统的红学评家观念绝对相反的。即我在前书里亦深责袭人，不很赞成像这样的写法。现在知道，这是我们的一种偏见而已。不过却有一层，本篇为后半部辑佚，材料悉本"脂评"，而脂评与作者之意，中间是否仍有若干距离？评者话虽如此，作者仍可能有微词含蓄不露而被忽略了，亦未可知。因为在八十回中作者对袭人一向褒贬互用，难道到了后三十回叙她嫁琪官，便一味的褒吗？按之情理殆有不然。我们固应当重视

"脂评",但若径以它代作者之意,亦未免失之过于重视了。

(11)麝月始终跟着宝玉,直到他出家。这有两条评注:一条在第二十一回,已见本文(3)"宝玉做和尚"项下引;另一条即前引袭人说"好歹留着麝月"底上文,兹引如下:

> 脂庚本戚本第二十回评:"闲闲一段儿女口舌,却写麝月一人。袭人出嫁之后,宝玉、宝钗身边还有一人,虽不及袭人周到,亦可免微嫌小弊等患,方不负宝钗之为人也。"

这当然合于第六十三回"开到荼蘼花事了"底暗示的。揣袭人"好歹留着麝月"一语底口气,大约宝玉要把所有丫环一起遣去,袭人、麝月一并在内,袭人不得已自去,又不放心宝玉,故说留下麝月也。

(12)红玉(即小红)、茜雪在狱神庙慰宝玉。这段故事很重要,在今本后四十回是毫无影响的,在残稿里却有一大回书。未引证以前,先得谈谈茜雪。这个人在后文出现,成为一个重要角色,是非常奇怪的。因为在八十回里,茜雪已被撵了,事见第八回、第十九回、第二十回、第四十六回。第八回宝玉喝醉了摔茶盅,为大家所习知。今引十九、二十、四十六回之文以明茜雪的确已去了。

> 李嬷嬷道:"你也不必装狐媚子哄我,打量上次为茶撵茜雪的事我不知道呢。"(第十九回)

> 李嬷嬷见他二人来了便诉委屈,将前日吃茶茜雪出去和昨日酥酪等事,唠唠叨叨说个不了。(第二十回)

> 鸳鸯红了脸向平儿冷笑道:"这是咱们好。比如袭人琥珀素云和紫鹃彩霞玉钏儿麝月翠墨,跟了史姑娘去的翠缕,死了的可人和金钏儿,去了的茜雪……"(第四十六回)

可见茜雪之去,远在宝玉诸人移居大观园以前,怎么在后三十回里又大显身手呢?莫非又把她叫了回来吗?还是她自动回来呢?

这总是奇怪的。评书人当然知道，所以这样说："茜雪在狱神庙方呈正文。"（脂庚本第二十回）大概这是作者有意的安排，暂隐于前，活跃于后；换句话说，在第八回里所以要撵茜雪，正为将来出场底张本，眼光直注到结尾，真所谓"草蛇灰线在千里之外"了。以下更引脂评又关于红玉的三条。

　　脂甲本第二十七回总评："且红玉后有宝玉大得力处，此于千里外伏线也。"

　　同书第二十六回朱评："狱神庙红玉、茜雪一大回文字，惜迷失无稿。"

　　同书第二十七回叙红玉愿跟凤姐去，夹缝朱评："且系本心本意，狱神庙回内方见。"

所谓于宝玉有大得力处即狱神庙也。看这第三条似乎狱神庙事并牵连凤姐，她亦曾得红玉之力。脂庚本评更有自己打架的两条：

　　脂庚本第二十七回眉评朱笔："奸邪婢，岂是怡红应答者，故即逐之，前良儿，后篆儿，便是却（确之误）证，作者又不得可也。己卯（一七五九）冬夜。"

　　同前："此系未见抄没狱神庙诸事故有是批。丁亥（一七六七）夏畸笏叟。"

相隔有十二年之久，殆系一人所批，而前后所见不同。红玉也是早先离开怡红院，后来大得其力，和茜雪的生平正相类，作者底章法固如此。评书人最初亦不解，必俟看了后文始恍然耳。在此又将抄没跟狱神庙连文，可见抄没以后，贾氏诸人关进监牢，宝玉、凤姐都在内。其时奴仆星散，却有昔年被逐之丫环犹知慰主，文情凄惋可想而知。（"慰宝玉"明文在脂庚本二十回，见下引。）

　　（13）末回情榜备载正副十二钗名字共六十人，却以宝玉领首。每个名字下大约均有考语，现在只宝玉、黛玉底评语可知。

　　　　脂庚本第十七、十八合回初叙妙玉下有长注，眉评朱笔："树（误字）处引十二钗总未的确，皆系漫拟也。至末回警幻情榜方知'正副'、'再副'及'三'、'四副'芳讳。壬午季春畸笏。"
有人说："壬午季春雪芹尚生存。他所拟的末回有警幻的情榜。这个结局大似《水浒传》的石碣，又似《儒林外史》的幽榜。这回迷失了，似乎于原书价值无大损失。"（跋脂庚本）我底意见和他不很相同，如此固落套，不如此亦结束不住这部大书；所以这回底迷失，依然是个大损失呵。

　　十二钗底"正"、"副"、"再"、"三"、"四"，共计六十人。正册早有明文不成问题，副册以下，问题很多，值得注意的即上文所谓那段长注，兹节抄如下：

　　　　脂庚本（戚本）第十七、十八合回注："……后宝琴岫烟李纹李绮皆陪客也，《红楼梦》中所谓副十二钗是也。又有又副册三断词乃晴雯袭人香菱三人而已，余未多及，想为金钏玉钏鸳鸯茜雪（脂庚原作苗云，两字均系抄写形误，戚本作素云乃后人不解妄改，以致大误）平儿等人无疑矣。观者不待言可知，故不必多费笔墨。"

这儿提出一个很重要的事情，原来香菱不在副册，却在又副册里。我以为这个分法是对的，其理由在此且不能详说。那末，第五回宝玉看香菱底册子是怎样叙述的呢？这问题是必须回答的。兹引程甲本戚本脂庚本之文，（脂甲本不在，不能检查）在宝玉看了又副册晴雯、袭人以后。

　　　　宝玉看了不解，遂掷下这个，去开了副册橱门，拿起一本册来，揭开看时（程甲本）

从这书看，香菱在副册上甚明，但再看下引：

　　　　宝玉看了不解，遂掷下这个，又去开了一副册橱门，拿起一本册来，揭开看时（戚本）。

宝玉看了不解，遂掷下这个，又去开了副册，拿起一本册来，揭开看时（脂庚本）。

脂庚本有脱落，如"橱门"两字是不能少的，而"副册"上又落了一个很重要的字。戚本最好。"一"字虽系误字，但却保存了"副册"上还有一个字底痕迹，如把这"一"字校改成"又"字，便完全对了。程伟元、高鹗不解此事，或者看了钞本作"一副册"而不可解，便删去"一"字，又或者他所据本根本没有这"一"字，如今脂庚本；他们以为宝玉先开又副橱门，后开副册橱门，即无所谓"又"，于是把"又去开了"底"又"字一并删去；香菱从此安安稳稳归入副册，而且高居第一位，实在她是又副册里第三名呵。这段公案现在总算明白了，却因此未免多费笔墨哩。"情榜"既不可见，上引脂本底评注，因评书人既亲见这榜，自然不会错的。

"情榜"六十名都是女子，却以宝玉领头，似乎也很奇怪，第十七回起首戚本总评，"宝玉为诸艳之冠"是也（脂庚本作贯）。而且各人都有评语。现在剩得宝黛底两个了。观下引文，知宝玉列名情榜为无可疑者。

脂庚本戚本第十九回评："后观情榜评曰，'宝玉情不情，黛玉情情'，此二评自在评痴之上，亦属囫囵不解，妙甚。"

同书第三十一回总评："撕扇子是以不知情之物，供娇嗔不知情时之人一笑，所谓情不情。金玉姻缘已定；又写金麒麟是间色法也，何颦儿为其所惑？故颦儿谓情情。"

别处还偶然说到今不具引，最重要的只这两条。情榜评得真很特别，自非作者不能为也。

上举凡十三项，我们现今所知后三十回底情形，大概不过如此，真所谓"存什一于千百"，此外便都消沉了。当时究竟写了多少，写成怎样一个光景也很难说。回目确是有的，是否三十回都有回目呢？假如都有，便是结构完全了；假如不都有，便还只有片段。揣其情理，既曰"后三十回"，似目录已全，不然评书人怎么知道这个数目字呢？不过也难定，也许作者口头表示过，我还有三十回书如何如何。这总之都是空想。至于本文如何，更不好决定了。我想没有完全写出，至少没有完全整理好。这个揣想不会大错。因若果有成书，便可和八十回先后流传，或竟合成一部付诸抄写，不会有亡佚之恨了。即在前半部中且尚有未完文字，如第二十二回畸笏叟即叹其未成而芹逝矣，岂但悬崖撒手文字不能得见已也。所以本书底未完，不成问题，不过已完成的确也不太少，东鳞西爪有好几大段，不幸中之不幸，一起迷失了。

评文屡称"迷失"，这儿我又来这一套"迷失，迷失"，究竟怎样会迷失了呢？我想，在读者是必有的问题。我引脂庚本朱批一段，有一部分上已分引，因为重要，不避重复再引之。

  脂庚本第二十回眉评："茜雪在狱神庙方呈正文。袭人正文标昌（疑为"明"字）'花袭人有始有终'。余只见有一次誊清时，与狱神庙慰宝玉等五六稿，被阅者迷失，叹叹！丁亥夏畸笏叟。"

看这段批评，我所提出两个问题都已解答了。原来雪芹生前，后三十回书有五六段的誊清稿子（可能这五六稿并连接不起来），却被一个人借看轻轻把它丢了。这位先生眼福真奇绝，却无端成为千古罪人！

这样丛残零星的稿子，因雪芹死的时候景况非常萧条，所以很快的就散失了。到高鹗续书时（一七九一）不到三十年，残迹全消，即后回之目录也不见人提起，所以程、高二子才敢漫天撒谎，说什么"原本目录一百二十卷"，在故纸堆中找到二十余卷，又在鼓儿担上凑足了十余卷，非但狗尾续貂，而且鱼目混珠自夸自赞；虽然清代也有几人点破这个，（如张问陶诗）可是大家总不大去理会，只囫囵地读了下去，评家又竭力赞美这后四十回，光阴易过，不觉一混就一百多年，直到今日接连发见了几个脂砚斋评本，方始把这公案全翻了过来。我这文虽然写得很不完全，却也把有些零星的材料汇合整理一番，使读者了解作者底意思比较容易一些；能够这样，在我又是意外的喜悦了。

一九五〇，十，二十八

论秦可卿之死

十二钗底结局，八十回中都没有写到，已有上篇这样的揣测。独秦氏死于第十三回，尚在八十回之上半部，所以不能加入篇中去说明。她底结局既被作者明白地写出，似乎没有再申说底必要。但本书写秦氏之死，最为隐曲，最可疑惑，须得细细解析一下方才明白；若没有这层解析工夫，第十三至第十五这三回书便很不容易读。因为有这个需要，所以我把这题列为专篇，作为前文底附录。

这个题目，我曾和颉刚详细论过。现在把几次来往的信札，择有关系的录出，使读者一览了然。问答本是议论文底一种体裁，我们既有很好的实际问答，便无须改头换面，反增添许多麻烦。平常的论文总是平铺实叙的，问答体是反复追求的，最便于充分表现全部的意想。所以我写这篇文的方法，虽然是躲懒，却也并非全无意义的。

我对于秦可卿之死本有意见，凭空却想不起去作有系统的讨论。恰好颉刚于一九二一年六月二十四日来信，对于此事表示很深的疑惑。他说：

> 晶报上《红楼佚话》，说有人见书中的焙茗，据他说，

秦可卿是与贾珍私通，被婢撞见，羞愤自缢死的。我当时以为是想象的话，日前看册子，始知此说有因。册子上画一座高楼，上有美人悬梁自尽，其判云："情天情海幻情身……"历来评者也都不能解说，只说："第十一幅是秦氏，鸳鸯其替身也。"（护花主人评）又说："词是秦氏，画是鸳鸯，此幅不解其命意之所在。"（眉批）然鸳鸯自缢，是出于高鹗底续作。高鹗所以写鸳鸯寻死时，秦氏作缢鬼状领导上吊的缘故，正是要圆满册子上的一诗一画。后来的人读了高氏续作，便说此幅是二人拼合而成。其实册子以"又副"属婢，"副"属妾，"正"属小姐奶奶，是很明白的，鸳鸯决不会入正册。（平案：又副属婢妾，至于副属妾却不确，书中不甚重要的女子，如李纹李绮宝琴都应入此册中。）若说可卿果是自缢的罢，原文中写可卿的死状，又最是明白。作者若要点明此事，何必把他的病症这等详写？这真是一桩疑案。

他这怀疑的态度，却大可以启发我讨论这问题的兴趣。我在同月三十日复他一信上面说：

从册子看，可卿确是自缢，毫无疑义，我最初看《红楼梦》也中了批语底毒，相信是秦、鸳二人合册。后来在欧游途中，友人说，就是秦氏，何关鸳鸯。我才因此恍然大悟，自悔其谬。这段趣事想你尚不知道。高鹗所以写鸳鸯缢死由秦氏引导的缘故，即因为他看原文太晦了，所以更明点一下，提醒读者，知可卿确是吊死而非病死。即因此可以知道兰墅所见之本，亦是与我们所看一样。我们觉得疑暗的地方，高君也正如此。我现在可以断定秦氏确是缢死。至于你底疑惑，我试试去解说。

（一）本书写可卿之死，并不定是病死。她虽有病，但不必死于病，这是最宜注意。秦氏之死不由于病，有数据焉。

（甲）死时在夜分，且但从荣府中闻丧写起，未有一笔明写死者如何光景，如何死法？可疑一。

（乙）第十三回说："彼时合家皆知，无不纳闷，都有些疑心。"下夹注云："久病之人，后事已备，其死乃在意中，有何闷可纳？又有何疑？一本作'都有些伤心'，非是。"此段夹注颇为精当。"纳闷"、"疑心"，皆是线索。现新本（亚东本）却作"伤心"。我家本有一部金玉缘本的书，我记得是作"疑心"，今天要写这信时，查那本时正作"疑心"。要晓得"有些疑心"正与"纳闷"成文；若说"有些伤心"，不但文理不贯，且下文说"莫不悲号痛哭"，而此曰"有些伤心"，岂非驴唇不对马嘴？此等文章岂复成为文理？真所谓"失之毫厘谬以千里"。

（丙）第十回张先生说："今年一冬是不相干的，过了春分便可望痊愈了。"第十一回秦氏说："好不好，春天就知道了。"而现在可卿却又早过了春夏，直到又一年底晚冬才死，可见她底死根本与病无关。细写病情乃是作者故弄狡狯耳。①

（丁）秦氏死后种种光景，皆可取作她自缢而死底旁证。今姑略举数事。

---

① 书中叙可卿之病、之死，中间夹了贾瑞一段事。第十二回说：贾瑞底病"不上一年都添全了"，是贾瑞病了将近一年。又说，俟又腊尽春回，这病更加沉重，是到了次年的春天。（秦氏生病第三年）回末叙林如海底病，说"谁知这年冬底"，第十三回开始即叙可卿之死。是可卿之死在冬春之交，距书中说她底病实有了两个足年还多。这叙述原非常奇怪的，但可以明白秦氏之死与病无关。原信这一节文字亦略有修订。

（1）"宝玉听秦氏死，只觉心中似戳了一刀，不觉哇的一声，直奔出一口血来。"若秦氏久病待死，宝玉应当渐渐伤心，决不至于急火攻心，骤然吐血。宝玉所以如此，正因秦氏暴死，惊哀疑三者兼之：惊因于骤死，哀缘于情重，疑则疑其死之故，或缘与己合而毕其命。故一则曰"心中似戳了一刀"，二则曰"哇的一声"，三则曰"痛哭一番"。此等写法，似隐而亦显。（同回写凤姐听到消息，吓的一身冷汗，出了一回神，亦是一种暗写法。）

（2）写贾珍之哀毁逾恒，如丧考妣，又写贾珍备办丧礼之隆重奢华，皆是冷笔峭笔侧笔，非同他小说喜铺排热闹比也。贾珍如此，宝玉如此，秦氏之为人可知，而其致死之因与其死法亦可知。（有人说，《红楼梦》写那扶着拐杖的贾珍，简直是个杖期夫。此言亦颇有趣。）

（3）秦氏死时，尤氏正犯胃痛旧症睡在床上，是一线索。似可卿未死之前或方死之后，贾珍与尤氏必有口角勃谿之事。且前数回写尤氏甚爱可卿，而此回可卿死后独无一笔写尤氏之悲伤，专描摹贾珍一人，则其间必有秘事焉，特故意隐而不发，使吾人纳闷耳。

（4）我从你来信引《红楼佚话》底说话，在本书寻着一个大线索，而愈了然于秦氏决不得其死。第十三回（前所引的话都见于此回）有一段最奇怪而又不通的文章，我平常看来看去，不知命意所在，只觉其可怪可笑而已。到今天才恍然有悟。今全引如下：

"忽又听见秦氏之丫环，名唤瑞珠的，见秦氏死了，也触柱而亡。此事可罕，合族都称叹。（夹注云，称叹绝倒。）贾珍遂以孙女之礼殡殓之，一并停灵于会芳园之登仙阁。又有小丫环名宝珠的，因秦氏无出，愿为义女，贾珍甚喜……

从此皆呼宝珠为小姐。"

这段文字怪便怪到极处，不通也不通到极处；但现在考较去，实是细密深刻到极处。从前人说《春秋》是断烂朝报，因为不知春秋笔削之故。《红楼梦》若一眼看去，何尝有些地方不是断而且烂。所以《红楼梦》底叙事法，亦为读是书之锁钥，特凭空悬揣，颇难得其条贯耳。

《红楼佚话》上说："秦可卿与贾珍私通，被婢撞见，羞愤自缢死的。"此话甚确。何以确？由本书证之。所谓婢者，即是宝珠和瑞珠两个人。瑞珠之死想因是闻了大祸，恐不得了，故触柱而死。且原文云"也触柱而亡"，似上文若有人曾触柱而亡者然，此真怪事。其实悬梁触柱皆不得其死，故曰"也"也。宝珠似亦是闻祸之人，特她没死，故愿为可卿义女，以明其心迹，以取媚求容于贾珍；珍本怀鬼胎，惧其泄言而露丑，故因而奖许之，使人呼之曰小姐云尔。且下文凡写宝珠之事莫不与此相通。第十四回说："宝珠自行未嫁女之礼，引丧驾灵，十分哀苦。"第十五回说："宝珠执意不肯回家，贾珍只得另派妇女相伴。"按上文绝无宝珠与秦氏，主仆如何相得，何以可卿死而宝珠十分哀苦？一可怪也。贾氏名门大族，即秦氏无出，何可以婢为义女？宝珠何得而请之；贾珍又何爱于此，何乐于此，而遽行许之？勉强许之已不通，乃曰"甚喜"，何喜之有？二可怪也。秦氏停灵于寺，即令宝珠为其亲女，亦卒哭而反为已足，何以执意不肯回家？观贾珍许其留寺，则知宝珠不肯回家，乃自明其不泄，希贾珍之优容也。秦氏二婢一死一去，而中冓之羞于是得掩。我以前颇怪宝珠留寺之后杳无结果，似为费笔。不知其事在上文，不在下文。宝珠留寺不返，而秦氏致死之因已定，再行写去，直词费耳。

（二）依弟愚见，从各方面推较，可卿是自缢无疑。现尚有一问题待决，即何以用笔如是隐微幽曲？此颇难说，姑综观前后以说明之。

可卿之在十二钗，占重要之位置；故首以钗黛，而终之以可卿。第五回太虚幻境中之可卿，"鲜艳妩媚有似乎宝钗，风流袅娜则又如黛玉"，则可卿直兼二人之长矣，故乳名"兼美"。宝玉之意中人是黛，而其配为钗，至可卿则兼之；故曰"许配与汝"，"即可成姻"，"未免有儿女之事"，"柔情缱绻，软语温存，与可卿难解难分"。此等写法，明为钗黛作一合影。但虽如此，秦氏实贾蓉之妻而宝玉之侄媳妇；若依事直写，不太芜秽笔墨乎？且此书所写既系作者家事，尤不能无所讳隐。故既托之以梦，使若虚设然；又在第六回题曰"贾宝玉初试云雨情"，以掩其迹。其实当日已是再试。初者何？讳词也。故护花主人评曰："秦氏房中是宝玉初试云雨，与袭人偷试却是重演，读者勿被瞒过。"

既宝玉与秦氏之事须如此暗写，推之贾珍可卿事亦然。若明写缢死，自不得不写其因；写其因，不得不暴其丑。而此则非作者所愿。但完全改易事迹致失其真，亦非作者之意。故处处旁敲侧击以明之，使作者虽不明言而读者于言外得求其微音。全书最明白之处则在册子中画出可卿自缢，以后影影绰绰之处，得此关键无不毕解。吾兄致疑于其病，不知秦氏系暴卒，而其死与病无关。细写病情，正以明秦氏之非由病死。况以下线索尚历历可寻乎？

从这里我因此推想高鹗所见之本和现在我们所见的是差不多。他从册子上晓得秦氏自缢，但他亦颇以为书中写秦氏之死太晦了，所以鸳鸯死时重提可卿使作引导。可卿并不得与鸳鸯合传，而可卿缢死则以鸳鸯之死而更显。我们现在很信可卿是缢死,亦未始不是以前不分别读《红楼梦》时,由鸳鸯之死推出的。兰墅于此点显明雪芹之意,亦颇有功。特苟细细读去,不藉续书亦正可了了。为我辈中人以下说法,则高作颇有用处。

第十三、十四、十五三回书,最多怪笔,我以前很读不通,现在却豁然了。我很感谢你,因为你若不把《红楼佚话》告诉我,宝珠和瑞珠底事一时决想不起,而这个问题总没有完全解决。

从这信里,我总算约略把颉刚底策问对上了。秦氏是怎样死的?大体上已无问题了。但颉刚于七月二十日来信中,说他检商务本的《石头记》第十三回,也作"都有些伤心"。这又把我底依据稍摇动了一点,虽然结论还没有推翻。他在那信中另有一节复我的话,现在也引在下边。

我上次告你晶报的话,只是括个大略。你就因我的"被婢撞见"一言,推测这婢是瑞珠宝珠。原来《红楼佚话》上正是说这两个。他的全文是:

又有人谓秦可卿之死,实以与贾珍私通,为二婢窥破,故羞愤自缢。书中言可卿死后,一婢殉之,一婢披麻作孝女,即此二婢也。又言鸳鸯死时,见可卿作缢鬼状,亦其一证。这明明是你一篇文章的缩影。但他们所以没有好成绩的缘故:(1)虽有见到,不肯研究下去,更不能详细发表出来。(2)他们的说话总带些神秘的性质,不肯实说他是由书上研究得来的,必得说那时事实是如此。此节上数语更说:"濮君某言,其祖少时居京师,曾亲见书中所谓焙茗者,时年已八十许,白发满颊,与人谈旧日兴废事,犹泣下如雨。"其实他们倘使真遇到了焙茗,岂有不深知曹家事实之理,而百余年来竟没有人痛痛快快说这书是曹雪芹底自传，可见一班读《红楼梦》的与做批评的人竟全不知曹家底情状。

他把前人这类装腔作势的习气，指斥得痛快淋漓，我自然极表同意。但"疑心"、"伤心"这个问题，还是悬着。我在七月二十三日复书上，曾表示我底态度。

你说我论证可卿之死确极，最初找也颇自信。现在有一点证据并且还是极重要的既有摇动，则非再加一番考查方成铁案：就是究竟是"疑心"或是"伤心"的问题。我依文理文情推测当然是"疑心"，但仅仅凭藉这一点主观的臆想，根据是很薄弱的。我们必须在版本上有凭据方可。我这部金玉缘本确是作"疑心"的，并且下边还有夹评说，"一本作伤心，非"，则似乎决非印错。但我所以怀疑不决，因为我这部书并非金玉缘底原本，是用石印翻刻的，印得却很精致，至于我们依赖着他有危险没有，我却不敢担保，我查有正抄本也是作"伤心"。这虽也不足证明谁是谁非，因为抄本错而刻本是也最为常事，抄写是最容易有误的；但这至少已使我们怀疑了。我这部石印书如竟成了孤本，这个证据便很薄弱可疑了。虽不足推翻可卿缢死的断案，但却少了一个有力底证据。我们最要紧的，是不杂偏见，细细估量那些立论底证据。……总之，主观上的我见是深信原本应作"疑心"两字，但在没有找着一部旧本《红楼梦》做我那书底旁证以前，那我就愿意暂时阙疑。

后来果然发见两个脂砚斋评本，虽系传抄的，而其底本年代均在雪芹生前，均作"疑心"，即高鹗、程伟元的初本（程甲本）亦作"疑心"，于是这问题完全解决了。在这两脂本中又到"淫丧天香楼"一段文字删去底因缘，现在不能多引。

《红楼梦》的著作年代[*]

我在旧版《红楼梦辨》中卷第八篇《红楼梦年表》,曾把本书的写作时间,假定为清乾隆十九年至二十八年(一七五四——一七六三),依后来发见的材料看,显然有了错误,至少应该提前十年才对。下文试作初步的研讨,先从起讫两端看,再从中段看。

(一)它的写作的完成(至少一部分或一大部分)决不能晚于乾隆十九年(一七五四),有甲戌脂砚斋重评残本为证。既道"重评"、"再评",初评虽未见,总应该早一些,则本书八十回的大概完成约在一七五二年左右。是否那时已写完了八十回,自还有些问题。

(二)它的起笔时候,很不容易确定。在本书里却有两段可注意的话,俱引如下:

警幻引荣、宁二公的话——"吾家自国朝定鼎以来,功名奕世,富贵流传,已历百年。"(第五回)

秦可卿托梦给凤姐的话——"如今我们家赫赫扬扬,

---

[*] 原载1953年10月14、15、17、18日《新民晚刊》。

已将百载。"（第十三回）

两提"百年"、"百载"，这含有相当的真实性。从《江南通志》考出，曹氏自康熙二年到雍正六年之间（一六六三——一七二八），单这江宁织造一官，他们祖孙三代四人（曹玺、寅、颙、頫）便做了五十八年，而这一段时间共历六十五年，他们当然还做着别的官职，如曹寅做苏州织造之类①。在此以前的二十年，曹家既已派在汉军旗内，自然也不会白闲着的。织造一缺，是内府近幸的专缺，若不先取得皇帝的信任，亦不可能遽受此项重大任务的。我认为《红楼梦》这些话，不是空编的。荣宁所谓"已历百年"，举成数而言；而可卿的"已将百载"是更正确一些的数目字。荣宁话中更有一点很分明地告诉我们的，从满洲人入关算起，所谓"国朝定鼎"。根据这个，我们不妨即用这有名的"甲申年"做起点，下推一百年左右。这百年的终点，正是《红楼梦》的起点，初写作的时候。查甲申为公元一六四四，加上一百为一七四四，正值乾隆九年甲子，头尾共一百零一年；依秦可卿的说法，不足一百年，还须上推一二年，即减去一二年。大约把这起点定为一七四三或一七四二，不会太错。

（三）有了起讫，连结这起讫两点自然有了中段。这个中段不过十一二年，举成数便说"十年"。这个"十年"的数目和《红楼梦》上传统的说法对不对呢？回答是"正对"。原来作者就这样说，而且还说了不止一遍哩。

后因曹雪芹于悼红轩中，披阅十载（各本第一回）。

字字看来皆是血，十年辛苦不寻常（甲戌本开首《凡例》

---

① 胡适《红楼梦考证》。

下所附律诗)。

这当然是作者说的,这个数目字恰好跟上面我们从起讫推断出来的不谋而合,自非偶然。所以我们不妨暂定《红楼梦》写作的年代为清乾隆八年癸亥到十七年壬申,即公元一七四三到一七五二这十年。这说法跟下列三项都相合,至少也不冲突:一、曹家的实事和书中所叙贾氏家世;二、作者的话;三、版本上所载的年份。只是证据还嫌薄弱,下面更从本书举出一些"内证",帮助作时间的证明,请大家指教。

自一九二三年《红楼梦辨》出版以后,我一直反对那"刻舟求剑"、"胶柱鼓瑟"的考据法,因而我对这旧版自己十分不满。书中贾家的事虽偶有些跟曹家相合或相关,却决不能处处比附。像那《红楼梦年表》将二者混为一谈实在可笑,后来承鲁迅先生采入《小说史略》,非常惭愧。即如近人以曹𫖯来附和这书中的贾政,我认为也没啥道理,不见得比"索隐派"高明得多少。把《红楼梦》当作灯虎儿猜,固不对,但把它当作历史看,又何尝对呢。书中云云自不免借个人的经历、实事做根据,非完全架空之谈;不过若用这"胶刻"的方法来求它,便是另一种的附会,跟索隐派在伯仲之间了。

但我并不曾说《红楼梦》的本文即一点没有考证的价值。正相反,它虽"满纸荒唐言",有些确是真的,却已拆散了放在八十回洋洋大文之中,一时不易觉察罢了。如有些跟"时间"相关的记载,虽不能将书中的情节沾滞地附会着,如我以前的《红楼梦年表》;更极端一点,把书中每回事实分定在某年某年,像《金玉缘》本大某山民的办法;但在某些突出的地方,未尝不可以说,这正和作者的生平经验有关,所以写作时才想得起,否则他也不会无端说这样话的。譬如元春归省,曹家虽没有妃子,却有王子福晋;虽不曾建大观园,却曾为这嫁给王爷的姑奶奶另外在北京预备房子①。以事实为蓝本而扩大渲染之，原是一般小说家惯用的手法，中外通行，不独《红楼梦》如此。

我先举出一条突出的记载。在第五十五回的开端，脂庚辰本独有一段文字：

> 且说元宵已过，只因当今以孝治天下，目今宫中有一位太妃欠安，故各嫔妃皆为之减膳卸妆，不独不能省亲，亦将宴乐俱免。

各本都缺待补。在第五十八回开端更有一大段文字正承这话来的，若如普通本子那样，便毫不接头了。仍引脂庚本之文：

> 谁知上回所表的那位老太妃已薨，凡诰命等皆入朝随班，按爵守制。敕谕天下，凡有爵之家一年内不得筵宴音乐，庶民皆三月不得婚嫁。贾母邢王尤许婆媳祖孙皆每日入朝随祭，至未正以后方回。在大内偏宫二十一日后，方请灵入先陵，地名曰孝慈县。这陵离都来往得十来日之功。如今请灵至此，还要定（停）放数日，方入地宫，故得一月光景。（各本文字大同小异。）

这虽有些夸张，却很像时事的记载，不大像一般小说的写法，而且一曰"太妃"，二曰"老太妃"，说了又说，似确有其人。陵寝离京都的距离，来往日程，也跟真的东陵差不多，又似确有其地。因此动了我考证的念头。依我的揣想，大约他写作本书的时候，恰好满清宫廷里发生了和这话类似的大丧，就顺便写入书中了。假如果真这样，能考出这事发生在那一年，可以帮助我们来假想《红楼梦》著作的年代。

《清史稿·列传一·后妃》：

> 通嫔纳喇氏，圣祖贵人，雍正二年尊封，乾隆九年薨。

---

① 《故宫周刊》第八十四期第四版李玄伯《曹雪芹家世新考》。

据史文所载，跟小说相符，跟我的假想亦相符。一、她死在乾隆九年（一七四四），正是我们假定曹雪芹写《红楼梦》这十年的初期。二、本书说"太妃"，又说"老太妃"，老太妃当是更精确的说法。老太妃者，乃祖之妾，非父之妾；依乾隆说，康熙之妾，非雍正之妾。既完全相合，即无须多说了。

此外，《红楼梦》还准确地记着两个节气，也是突出之点。预先声明，我在下文虽从节气来考年份，却并不从年份来定事实，说书中某事发生在某年。假如那样做，正如上文所云，又钻到牛犄角里去了。我的看法，书中情事，"荒唐言"也罢，"假语村言"也罢，我们都由他去，这两个节气的记载是真的，作者生平真过着这样的节候，把它拿出来安放在小说里的。不然，交节换气，随文点缀亦已够了，何须凿凿其词，那第二条连什么时刻交节气都说到了，更觉特别，莫非都是瞎说的吗，我也想考它一下。

先说第一条，见本书第十一回：

> 这年正是十一月三十日冬至，到交节的那几日，贾母王夫人凤姐儿日日差人去看秦氏。

这口气非常确定，不像捏造的样子。"这年正是"，是哪一年呢？就去找旧本的《万年书》，得到一部同治刻本，后来启元白先生又借我道光本作参考。试从清雍正元年查到乾隆二十八年（一七二三——一七六三）共四十一年，约相当，且或超过了曹雪芹的一生①，发现《万年书》上只载着一个事实上的十一月三十日冬至。本书既写明"三十日"，十一月定是大月，那十一月小的当然不算，从雍正六年看起就够了。十一月大，在雍正朝只有

---

① 据过录甲戌本脂评《红楼梦》所载甲午本的批，曹雪芹卒于乾隆二十七年壬午除夕，近人周汝昌君又有死于第二年癸未之说，所以这里多算了一年。

八年，在乾隆癸未前有十九年，共二十七年。这二十七年，万年书不曾记载，一个十一月三十日冬至，事实上却有，即乾隆十年乙丑。书上记明：

> 十一月大，二十九日丙申，夜子初二刻八分冬至。

十一月二十九日夜十一点三十八分交冬至，历家因未交子正，精密地写作二十九日夜子初，若一般说法，交了子时便要算第二天，故不妨说十一月三十日冬至的。在四十一年中仅有这一条，而这一条恰好回答了上述的问题；所谓"这年正是"者，乾隆十年，正是上文所考太妃之死的第二年。

再看第二条，这条比较复杂，不但记明交节的月日，而且有时刻的。见本书第二十七回：

> 至次日乃是四月二十六日，原来这日未时交芒种节。尚古风俗，凡交芒种节的这日，都要摆设各色礼物祭饯花神，言芒种一过便是夏日了。

这文字的现实性似乎更浓了，也很不像捏造出来的。四月二十六日未时芒种，在这十年中有没有呢？查前书，月日时令同的一条也无。同月日的却有两条：一在雍正三年，一在乾隆元年。雍正三年四月廿六日寅时芒种，乾隆元年四月廿六日亥时芒种，此外再没有了。雍正三年雪芹大约还在襁褓，乾隆元年也跟我们的假想不合。且这两条均非未时，用处本亦不多。再查未时芒种，不在四月的当然不算，在闰四月的勉强算上，合乎这条件的，雍正朝一条也没。乾隆时有两条：一在八年，一在十二年。八年是闰四月十四日未初二刻芒种，十二年是二十九日未初初刻芒种，倒都在我们假想作者著书时期十年之内。但本书只言四月，不说那年有闰，闰四月的一条原该去掉，那么，只剩得一条了。换句简单的话，曹雪芹的一生经过四月未时交芒种节气的只有一个机会，即乾隆十二年丁卯。他正在著书，把它顺便写上，是很近情的。至于"二十六"与"二十九"日子的不符,或出于作者笔误,或传抄之误,再不然,随便填写,不过求精确也是有的,这些自不免减少了一些这文字的现实性,却不能消灭它。书中既特写未时芒种,而他一生又只经过一回,总归是非常突出的呵。读者或者要问:未时交芒种,也没啥稀奇,为何特写?这问题我也答不上来。不过未时是下午一点到三点,这个时候书中人大伙儿正在大观园中顽耍,随文点缀,自然成趣,不必有甚深意。他哪里知道后人要拿来作考证的资料呵。

上举三项:老太妃死在乾隆九年;关于节气的两条,一在十年,一在十二年;每一项都可以证明我的《红楼梦》写作时间的假想。读者或者还有一层想要问的,乾隆十年的冬至节气载在第十一回上,十二年的芒种节气载在第二十七回上固然很合适,老太妃死在九年,却颠倒写在五十五、五十八回,这又怎么说?我认为这不成问题。非但不成问题,更可以借它积极地说出我的意思。我本不曾说,而且反对这样说,秦可卿生病,事在乾隆十年,大观园诸女饯春,事在十二年;我一点不知道应在哪一年,甚至于我也不知道究竟有这些事没有。《红楼梦》原是小说呵。因此康熙的"妃子"虽死在乾隆九年、十年、十二年以前,书中尽不妨把老太妃的死写在这两个节气的记载以后的五十五回、五十八回上。这丝毫没有什么不对。作者把他的经验选择地用在书里,是绝对自由的。本未编年,何愁颠倒。假如过于胶刻地去看,我们非但得不着什么,而且必定要钻入古人的迷魂阵中走不出来了。

一九五三,六,五

《红楼梦》简说[*]

《红楼梦》原作者曹雪芹，只写成了八十回，书没有写完，就死去了。八十回后虽然还有一些零碎的稿子，但是因为没有整理成回，所以都散失了。曹雪芹死后二十多年，有一个叫高鹗的来续成《红楼梦》的后四十回，伪称是曹雪芹的原稿，于一七九一年排印流行，这就是一百几十年来通行的一百二十回的《红楼梦》。

曹雪芹名霑，原籍河北省丰润县，汉军正白旗人。上辈做了三代的江宁织造，祖父曹寅很有文名。后来事败家落。曹雪芹生于南京，晚年住在北京西郊，生活非常贫困。他生于一七二三年（雍正元年癸卯），死于一七六三年（乾隆二十七年壬午除夕），得年四十。他写这八十回书约花了十年的功夫。

高鹗也是汉军旗人，中过进士。他的续书并不尽合曹雪芹的原意。从研究《红楼梦》的本来面目这一点来看，高鹗的续书是可以置而不论的；但从要求《红楼梦》成为一个完整的故事（八十回故事并没有完），并且要求《红楼梦》除了暴露封建大

---

[*] 原载 1953 年 12 月 19 日《大公报》。

家庭的罪恶之外有更深一层的反封建的意义——暴露封建社会婚姻不自由，使《红楼梦》在读者中发生更巨大的反封建的作用两点看来，高鹗的续书是可以流传的。所以这篇文章是就一百二十回的《红楼梦》来谈的。

　　《红楼梦》是中国文学史上稀有的伟大的文学作品。可是在从前封建时代里，家长们以《红楼梦》诲淫为借口，禁止青年子弟阅读；到现在，《红楼梦》在有些人的心目中仍然是一本"黄色书"，觉得其中某些地方描写了色情。这都是表面的和片面的看问题。表面的看问题就是只看到了《红楼梦》中所描写的风月繁华，园林饮馔，而不能透过这些看到它所描写的纷华靡丽的生活是建筑在残酷的剥削上；片面的看问题就是只注意到了《红楼梦》中所描写的父慈子孝，祖宗功德，而忽略了它在另一面着重描写出的封建大家庭的种种罪恶。于是恶之者斥为"诲淫"，诋为"黄色书"，爱之者则又发了"红迷"。

　　现在我们必须全面的和从本质上看问题，这样，我们才能看到真正的《红楼梦》。啊，原来它里面写的是：——封建大家庭的罪恶与婚姻不自由。

　　我们首先感到的是这封建大家庭的奢侈：日用开销奢侈到一桌酒吃去几十两银子，用十几只鸡来做一碗菜；遇事的靡费则有秦可卿死了的惊天动地的大出丧，"省亲"的铺张连"贵妃"都说"太奢华靡费了"。

　　这些钱从哪里来呢？主要的经济来源是剥削在他们土地上生产的农民。这在第五十三回有非常生动的描写：在年成最坏的年头，仅仅一处庄子交来的钱粮银子二千五百两，还有好几大车猪羊鸡鸭鱼虾。可是贾珍还向佃户发脾气："这够做什么的！"结论是"不和你们要，找谁去"。

　　除了收租之外还放高利贷。凤姐放出的高利贷的借票有一箱子之多，一年收来上千两银子的利钱。利钱变成本钱再放出去生利钱……这都浸透了劳动人民的血汗啊！

有了钱，有了势，就要欺压平民。他们交通官府，包揽词讼，仗势欺人，虐害百姓。贾赦为了夺取几柄古扇子，勾结地方官害得扇子的藏主石呆子家破人亡；凤姐受贿三千两破坏张金哥的婚事，结果酿成两条人命。贾家的财势熏天可以用凤姐的一句话来说明——"就告我们家谋反也没要紧"。

作者又用"葫芦僧乱判葫芦案"一回附带刻画了地方官怎样迎合勋戚，冤枉平民。打死人的薛蟠"没事人一般走他的路"，被打死的冯渊的家属却"告了一年的状无人做主"。一张"护官符"是多么尖锐的刻画了旧式官场的本质——"衙门八字开，有理无钱莫进来。"

与财势相连的必然是淫靡。作者借柳湘莲、焦大来骂："除了那两个石头狮子干净罢了，只怕猫儿狗儿都不干净"；"每日偷鸡戏狗，爬灰的爬灰，养小叔子的养小叔子"。从他们实在的行为看起来，这骂的一点也不冤枉。

这么奢侈、专横、淫乱的大家庭，却偏讲究礼法、家法。这不太滑稽了么？其实是必须如此的，因为这是封建大家庭的精神支柱。骨子里尽管卑污苟贱，可是脸上和嘴上却必须礼义廉耻，父慈子孝——这就是彻头彻尾的虚伪，假面具。看书中写的：少之于长，绝对服从；主之于奴，掌其生死；父亲管儿子竟是"审贼"；"做弟弟的都怕哥哥"；媳妇在婆婆跟前好像小鬼。这真叫人毛骨悚然了，可是如果我们看看他们彼此真正的感情就不能不哑然失笑了。探春说得好："咱们倒是一家子骨肉呢，一个个都像乌眼鸡，恨不得你吃了我，我吃了你。"我们看他们的内哄吧：兄弟之间贾环与宝玉；母女之间赵姨娘与探春；婆媳之间邢夫人与凤姐；夫妇之间凤姐与贾琏；妻妾之间金桂与香菱，凤姐与尤二姐；姑嫂之间尤氏与惜春；嫡庶之间赵姨娘几置宝玉、凤姐于死地。

对骨肉如此，对奴婢更狠。奴婢一经买来，不但生死大权掌在主子手里，而且世世代代做奴婢，成为"家生子儿"。几次"出兵放马背着主子回来"的焦大，一发酒疯就"揪翻捆倒，拖往马圈里去，用土和马粪满满的填了他一嘴"；晴雯病得"四五日水米没沾牙"，可是王夫人一怒，就"打炕上拖下来，蓬头垢面的，两个女人搀架起来"撵了出去，次日就死在外边，赖妈妈苦痛的叹息"你那里知道奴才两字是怎么写"，这是被作践、被迫害的奴婢的苦痛的呼声。

从上面，我们看到了这封建大家庭的奢侈、剥削、虐害百姓、淫靡、虚伪、内哄、残忍……写的虽然只是一个家庭，却代表了多少同样的家庭。作者在这里提出了封建社会的基本问题——土地问题，和一系列的宗法问题、奴隶问题、家族问题……但除此之外，封建社会还有一个很重要的问题——婚姻不自由。在《红楼梦》中，它是牵动全书的线索，我们就可以知道作者是把它放在如何重要的地位上了。

封建社会中婚姻之不可能自由，这是封建社会的本质问题：封建制度的政权就是地主阶级的政权，所以必然分出"贫"与"富"，"统治者"与"被统治者"；封建社会的组成单位是一个个的宗法家庭，所以人是没有独立地位的，只是家庭的所有物。在封建社会中，人的利益必须服从于家庭的利益，而家庭的利益又正是所以巩固封建制度的——即永远严格的分清了"贫"与"富"，"统治者"与"被统治者"。

所以在封建社会贫富不能为婚。为家庭计，消极的是避免财产的分散，积极的是为了培植自己的势力。其实扩大起来就是严格的划分"贫"与"富"，"统治者"与"被统治者"，使统治者的财产势力永远集中，以统治"被统治者"，以巩固封建制度。

所以封建社会的婚姻要讲家道，要讲门当户对，简而言之，婚姻是在做买卖，是在将本图利。这势必跟婚姻当事人的心理有了矛盾。被买卖的既然不甘心，家长们就非起而"包办代替"不可了。于是造成种种不幸的结局。宝玉、黛玉的爱情形成悲剧的原因就是如此，不过内容又比较复杂，又掺杂了大家庭父党母党之争与封建家庭要求的媳妇的性格的标准问题。这种种，都决定了宝钗必胜，黛玉必败。

首先，薛家是皇商，"家有百万之富"，"原系金陵一霸"，是"护官符"上的四大家之一，与贾家的关系是"一损俱损，一荣俱荣"，财势两个字都占全了。而林如海只做得一个巡盐御史，何况后来林如海也死去了，只剩下一个孤苦伶仃、寄人篱下的林黛玉，她拿什么和薛宝钗抗衡呢？

再者封建大家庭中每每父之亲结成一党，母之亲结成一党，明争暗斗。尤其是在给儿子娶亲时，父母两人更都是争着给儿子娶各自的嫡亲外甥女，以加强在家庭中自己这一边的势力。宝钗有母亲薛姨妈可以有力的进行这事，有姨母王夫人是婚姻对象宝玉的母亲，有表姐凤姐是婚姻的主宰者贾母的智囊；而黛玉则父母双亡，舅舅不管事，外祖母又不中意她，不败何待。

此外宝钗本身就具备了必胜的条件——她的性格合于封建社会要求的媳妇的性格的标准。她胸有城府，稳重和平，尊上睦下，懂得人情世故；而黛玉则是任性率真，心多口快，不顾忌一切。我们想贾家择媳取中哪一个呢？是黛玉这封建主义的贰臣呢？还是宝钗这封建主义的肖子呢？宝钗成功黛玉失败，是必然的了。

作者用了十年的功夫来写这本书，他自己说："字字看来都是血,十年辛苦不寻常。"是的,不但是作者自己的血,还有许多作者所"亲见亲闻"的人们的血:辛苦的农民的,无辜的百姓的,被虐杀的奴婢的,被戕害的青年的……作者忠实的把这些流血的经过,流血的苦痛刻画给我们看,使我们清楚的认识到这吸血鬼——封建制度,并且深恨它。

进步的思想,真实的暴露,都必须借卓越的艺术手法才能表现出来,《红楼梦》一百几十年来流传之广,与它的高度的现实主义的成就是分不开的。作者自幼生长在喜爱文学美术的家庭环境里,有着深厚的文学修养;而且他既然曾经生活在人间少有的繁华中,又落到衣食不周的贫困里,所以他的生活经验是丰富的,接触的人物是广泛的;尤其是他家的由盛而败,在这过程中,更使他清楚的看到了旧社会的人的真实面目。所有这些,就使得他笔下的人物事件都充满了现实性,不是架空杜撰的;都能生动活泼,刻画入微,不是公式化概念化的。

《红楼梦》结构的庞大,人物的众多,古今中外,没有几部小说可以和他相比的。尤其是人和事尽管多,却并不是天南地北,风马牛不相及的;也不是你出来我进去,彼此各不相涉的。而是都在一个大家庭中,人是朝夕相见,事是彼此相通的。没有两个人雷同,没有两件事重复,一个人有一个人的性格,一件事有一件事的发展。这就是因为作者有了丰富的生活实践,所以能把许多的人和事组织起来,配合起来,有所取舍,有所剪裁,使他们彼此呼应,互为因果,驱使他们生动入微的来扮演这封建大家庭的形形色色。这才是真正的写实,艺术的写实,正确的写实。

正因为作者忠实的描写了现实,所以《红楼梦》中的贾府就活现在我们的面前,成为一个典型的封建大家庭。必须在这典型的环境中,才能使作者塑造的典型人物更好的发展起来。其中有几个重要的人物的性格，尤其是突出的，有代表性的。

第一个当然是宝玉。他尊重自我，反对庸俗，否认传统礼教，蔑视功名利禄，主张人与人平等，尤其尊重女性。他骂"读书上进"的人是"禄蠹"，是"国贼禄鬼"；骂"文死谏"、"武死战"的是"沽名钓誉"；封建社会的贫富、贵贱、长幼、主奴、正庶、男女等等不平等的观念他都反对，他同情那"打油诗"的刘姥姥，对那贫苦的村女二丫头他也陪笑，他并不欺负他庶出的弟弟，他对奴才也不端架子，尤其赞美女孩子们，誉她们为"无价的宝珠"。他不只嘴里说，而且是一个真正的实行者（宝玉后来中举人，后面另说），一任被别人骂为"色鬼"，斥为"呆子"，他也不管。他是封建社会的贰臣逆子，是封建大家庭中天良未泯的青年的代表（其实书中宝玉的思想就是曹雪芹的思想的一部分，曹雪芹之所以能够写出这部空前伟大的小说来，首先就是因为他有着这种进步的思想做基础的缘故）。与他思想相近的是黛玉，他们之所以相爱，正是因为他们有着相同的思想。但在封建家庭中，具有这样进步思想的青年人注定了是要扮演悲剧的。

与这类型相反的是封建主义的肖子的代表凤姐和宝钗。凤姐的无恶不作，是不必说了；而宝钗的性格也正合乎封建社会的道德标准。她们两个都是封建主义的忠实信徒和奉行者，不过采取的手段一个较和平，一个更明显就是了。她俩的言行表现了封建统治者面目的两面。凤姐勾结官府，放高利贷；宝钗则劝宝玉显亲扬名，为官做宰。凤姐发财的手段更直捷一点，亲自出马；宝钗的手段较曲折一点，请人代劳；其追求功名利禄的心是一样的。更进一步说，宝钗固然是封建主义的忠实的女信徒，而凤姐则是兼做了男性统治者的工作，她的神通比贾赦、贾珍、贾琏都更大一些。

够了，我们只看这几个人物就够了，作者用他们自己的言语行动创造了，发展了他们自己。不必作者从旁说一句话，我们的爱憎就很自然的随着作者的爱憎倾向到其中的一边去了。

此外，《红楼梦》里也表现了中国古典文学的卓越成就，其中有诗，有赋，有词，有曲，甚至灯谜酒令，无不精巧绝伦；而且这些并不是作者孤立生硬的炫才的写作，而都是在书中起了相当重要的作用的——由它来更逼真的表现书中人物的性格。所以书中虽然夹了一些古典作品，一些文言的成份，不但没有妨碍了书中白话的流利生动，而且正因为利用了这些，增加了书中的精神气氛，使白话变得更加生动活泼起来。而且这些在书中占的比重极小，全书仍然是用流利生动的北京话写成的。尤其是人物的对话中的那些经作者加工洗练过的北京话，真能绘形绘声，人物一开口我们就知道他是谁。北京话全国通行，就使得《红楼梦》中的传神之处人人都能领会。

到这里，《红楼梦》的思想性、艺术性都说得差不多了。可是《红楼梦》有没有缺点呢？有的，它有着相当严重的虚无思想和色情的描写，在表现方面则有过多的微词曲笔。这都是与曹雪芹的身世有关的。雍正即位，大诛异己，曹家也遭了殃，处在朝不保夕的恐怖中，曹雪芹精神苦痛没有出路，于是就倾向于虚无；还有《红楼梦》是一部大大开罪于封建社会的书，作者为免祸计，就不得不采取了迂回曲折的表现方式，于是就形成了过多的微词曲笔。《红楼梦》最大的缺陷是高鹗给的本书的结局——"中乡魁宝玉却尘缘，沐皇恩贾家延世泽"，使宝玉中了举之后才出家，使作恶多端的贾家抄家后又复兴起来。这大大的改变了曹雪芹所写的反封建的宝玉的性格，而且违反了曹雪芹给贾家的"树倒猢狲散"、"一败涂地"的明示。高鹗续写的宝黛爱情的悲剧使《红楼梦》有了更深刻的反封建的意义；但由于他的功名富贵思想而给本书的这种结局也相当的减少了他对《红楼梦》的功劳，削弱了《红楼梦》的反封建的意义。

高鹗是个科举中人，所以在续书中流露了他的封建思想；而曹雪芹却更是一个旗下富贵家庭的公子哥儿，他的思想也就不可能完全是进步的，总要打上他本阶级的烙印。所以他虽然是满怀鄙弃的暴露了封建大家庭的罪恶，但对这大家庭的崩溃还是不自觉的流露了深深的伤悼与追怀。他的恨他们，并不只是恨他们竟是这么坏，而且也恨他们为什么不好起来。这最明显的表现在"开夜宴异兆发悲音"一回，其实贾家祖宗所叹的气就是由曹雪芹嘴里呼出来的。所以作者虽然否定了封建制度，但却并未曾完全背叛了他的阶级；虽然思想中有许多进步的成份，但仍然保留了一些落后的东西。在旧社会中，一个人受了他的时代和生活的限制，其思想不可能是完全进步的，因之写出来的东西也不可能完全完美无疵。明白了这点，我们对《红楼梦》就不能要求过高，而是要遵照毛主席对接受文化遗产所给的指示，接受其精华，扬弃其糟粕，不能囫囵吞枣的毫无批判的去接受，去读。

最后为了给《红楼梦》一个更简括、更正确的估价，我们来看恩格斯给明娜·考茨基的信中的话吧："一部具有社会主义倾向的小说，如果它能真实地描写现实的关系，打破对于这些关系的传统的幻想，粉碎资产阶级世界的乐观主义，引起对于现存秩序的永久性的怀疑；那末，纵然作者没有提供任何明确的解决，甚至作者没有明显地站在那一边，这部小说也是完全完成了自己的使命的。"这原则应用于《红楼梦》，是很恰当的。

《红楼梦》的思想性与艺术性[*]

《红楼梦》原作者曹雪芹，只写成了八十回，书没有完成，就死去了。八十回后虽然还有一些零碎的稿子，但因为没有整理成回，所以都散失了。曹雪芹死后二十多年，有一个叫高鹗的来续成《红楼梦》的后四十回，伪称是曹雪芹的原稿，于一七九一年排印流行，这就是一百多年来通行的一百二十回的《红楼梦》。

曹雪芹名霑，原籍河北省丰润县，汉军正白旗人。上辈做了三代的江宁织造，祖父曹寅很有文名。后来曹家事败家落。曹雪芹生于南京，晚年住在北京西郊，生活非常穷困。他生于一七二三，死于一七六三，得年四十。他写这八十回书约花了十年的工夫。

高鹗也是个汉军旗人，中过进士。他的续书并不尽合曹雪芹的原意。从研究曹雪芹的《红楼梦》的本来面目这一点来看，高鹗的续书是可以置而不论的；但从要求《红楼梦》成为一个完整的故事（八十回故事并没有完），并且要求《红楼梦》除了

---

[*] 原载1954年《东北文学》2月号。

暴露封建大家庭的罪恶之外有更深一层的反封建的意义——婚姻不自由（八十回写这点比较少），使《红楼梦》在读者中发生更巨大的反封建的作用这两点看来，高鹗的续书是可以流传的。他的续书能够打破历来小说"大团圆"的结局，正式提出封建社会的婚姻不自由，发生的作用非常广泛。因为这是历来小说所讳而不言的问题，但却正是封建社会青年男女最严重的问题。

《红楼梦》是以一个爱情悲剧做线索来写出一个封建大家庭由盛而衰的经过的，故事是假托京城中一个姓贾的封建大家庭；爱情的悲剧是贾宝玉和林黛玉的婚姻不自由。通过这故事，作者真实地刻画出了封建家庭、封建社会的本质，像一面反映现实的最忠实的镜子，成为中国古典文学中最伟大的现实主义的巨著。

在从前封建时代里，家长们以"诲淫"为借口，禁止青年子弟阅读《红楼梦》；到现在，《红楼梦》在有些人的心目中仍然是一本"黄色书"，觉得其中某些地方描写色情太重。这都是不了解《红楼梦》的缘故。这种不了解，用本书的说法即"正照风月宝鉴"——本书第十二回上说有一面镜子，正面看有个美人，反面看是个骷髅。其实不限于这一点，这比喻广义的说起来，凡表面看问题，片面看问题都在"正照风月宝鉴"之例。

表面看问题就是只看到《红楼梦》中描写的风月繁华、园林饮馔等等，而不能透过这些看到他这纷华靡丽的生活是建筑在残酷的剥削的基石上；片面的看问题就只注意《红楼梦》中所描写的父慈子孝、祖宗功德而忽略了它在另一面又着重描写的封建大家庭的种种丑态与罪恶。曹雪芹在书中谆谆嘱咐："千万不可照正面，只照他的背面，要紧，要紧！"（第十二回）可是一百多年来的读者一直是在照正面，于是恶之者斥为"诲淫"，诋为"黄色书"；爱之者则发了"红迷"，甚至害了痴病。其实都是咎由自取，正中了作者在同回所说："谁叫你们瞧正面了，你们自己以假为真，何苦烧我！"这真算被他说着了。

现在我们必须要把这面镜子翻过来，看它的真实面——反面。也就是要从全面和从本质上来看问题。这不但是我们科学的研究的起点，而且也正符合了作者"只照他的背面"的原意。

我们背面看到了些什么呢？一言以蔽之：封建家庭的罪恶。更尤其强调的是它的罪恶之一——婚姻不自由。

作者生长在富贵百年的封建大家庭里，所以能够清晰的看到了这种家庭的罪恶；又因为作者有着打破传统束缚，争取自由意志的进步思想，这就给《红楼梦》写作的成功打下了稳固的基础。作者的这种反封建的进步思想，在书中无处不流露着。

书中的宝玉，代表了某部分的曹雪芹，作者的思想是通过他表现出来的：尊重自我，反对庸俗，否认传统礼教，蔑视功名利禄，同情被压迫者，主张人与人平等，尊敬女性。

宝玉给当时一般"读书上进"的人起了外号叫"禄蠹"，骂他们是"国贼禄鬼"。他对君臣的看法也很特别，他骂那些"文死谏"、"武死战"的为"沽名钓誉"。甚至他家中的那些趋炎附势、争名夺利的老婆子们他也恨，恨她们失去了女孩子的天真，由一颗"无价的宝珠"变成一文不值的"鱼眼睛"了。

更与封建主义反对的是他的平等思想。封建社会中贫富、贵贱、长幼、正庶、主奴、男女种种不平等的宗法观念他都反对。他同情那"打抽丰"的刘姥姥，他对那穷苦的村女二丫头也陪笑，他并不欺压庶出的弟弟，他对奴才也不端架子，甚至他家的小厮都说他"只爱在丫头群儿里闹，也没个刚气儿，连毛丫头的气都受了。有一遭见了我们，喜欢时没上没下，大家乱顽一阵；不喜欢时各自走了，他也不理人，我们坐着卧着见了他也不理他，他也不责备。因此没人怕他，只管随便都过得去的"。他尤其同情那些在封建社会中受压迫最深的女孩子们，他不但不像一般封建社会的男子一样把女子看成男子的附属品，而且说，"天地间灵淑之气只钟于女子，男子不过渣滓浊沫而已"，"女儿是水做的骨肉，男人是泥做的骨肉，我见了女儿我便清爽，见了男子便觉浊臭逼人"。他赞美她们、歌颂她们，真实地写出了她们的聪明、智慧、美丽、才情、行止、见识；入微地体会到她们的思想、感情、隐衷、痛苦，并且更注意到了她们最大的问题——封建社会里妇女婚姻不自由。

也许在今天我们看起来，这些思想虽然对了，也是很平常的。可是我们不要忘记了历史的观点，我们要想到这是一个二百多年前生活在封建贵族家庭中的人的思想啊！在那时候真是了不起的。

他突出的写这封建家庭的骇人的奢侈。首先是他们日用开销之大，大到用十几只鸡做一碗菜，一桌酒吃去几十两银子。其次是遇事的靡费：贾珍死了儿媳妇秦氏，买了"一千两银子也没处买去"的棺材；为了丧事上风光，又花了一千二百两给儿子现捐个五品官，然后倾家荡产的大出丧；早年的"接驾"，"银子花得像淌海水似的"；书中的"省亲"，连"贵妃"都说"太奢华靡费了"；还有时时的向宫中进贡珍玩异物；不断的有太监来强借硬索……我们算一算这需要多少钱？

这些钱从哪里来呢？难道都是皇帝每年颁给他们的么（况且皇帝的钱又从哪儿来呢）？不，那是不够的，他们另外有主要的经济来源——剥削在他们的土地上生产的农民。

我们来看他对佃户的剥削吧，这在本书第五十三回有非常生动的描写：那一年的年成是"从三月下雨，接连着直到八月竟没有一连晴过五、六日；九月一场碗大的雹子，方近二三百里地方，连人带房并粮食牲口，打伤了上千上万的"。但仅仅一处庄子交来的钱粮却就是——净银子二千五百两；獐、麂、鹿、猪、羊、鸡、鸭、鱼、虾、海参、熊掌、炭、米、菜，又是各若干只，各若干斤，各若干担。可是贾珍还发脾气说："这够做什么的，真真是又叫别过年了。"结论是"不和你们（佃户）要找谁去"。

地主阶级对穷苦人的剥削止于此么？不，还有高利贷。这要推荣国府的当家人凤姐儿为代表。她的丫鬟平儿说："他这几年，只拿着这一项银子（按指姑娘丫鬟们每月的月钱），翻出有几百来了。他的公费月例使不着，十两八两零碎攒了，又放出去。单他这体己钱，一年也上千的银子呢。"利钱之高，可以想见。借票之多，到抄家时抄出了"一箱子"。这么多的本钱，这么高的利钱，利钱变成本钱再生利钱……都浸透了穷苦人民的血汗啊！

有这么多的钱、这么大的势，家里又出了一个贵妃，外面又有许多呼吸相通、禄位高登的亲戚，自然要欺压平民了。这些事着重写在贾赦、贾珍、贾琏、凤姐儿身上。他们交通官府，包揽词讼，仗势欺人，虐害百姓。贾赦为了夺取几柄古扇子，就勾结了地方官，把扇子的藏主石呆子害得家破人亡。贾珍、贾琏强迫张华和尤二姐退婚，张华"心中虽不愿意，无奈惧怕贾珍等势焰，不敢不依"。仆妇鲍二家的吊死，她娘家的亲戚要告，贾琏"令人去和坊官说了，将番役件作人等叫了几名来帮着办丧事。那些人见了如此，纵要复辨，亦不敢辨，只得忍气吞声罢了"。一条人命就轻轻的过去了。这不过是一条的，还有一害两条的：凤姐受银三千两，勾结平安州节度使，强迫张金哥前夫退婚，结果二人都自杀了。还有害而未成的；贾珍、贾琏强迫张华退婚，凤姐又唆使张华去告贾琏，最后恐怕张华泄露了她的阴谋，竟设尽办法把张华治死。贾家的财势熏天，无恶不作，可以用凤姐的一句话来说明——"就告我们家谋反也没要紧"。

这是真的。封建社会中层层的统治，皇帝固然可以抄贾家的家，而贾家却是在更细致深入的剥削着虐害着百姓。大鱼吃小鱼，小鱼吃虾米，人民受的是多层的压迫。

作者又用"葫芦僧乱判葫芦案"一回附带刻画了地方官怎样迎合勋戚，冤枉平民。打死了人的薛蟠"没事人一般走他的路"，被打死的冯渊的家属却"告了一年的状无人作主"。结果呢？结果是"花上几个臭钱没有不了的事"。一张"护官符"是多么尖锐的反映了旧式官场的本质——"衙门八字开，有理无钱莫进来"。

与财势相连的必然是淫靡。封建社会宗法家庭表面上的礼法整肃到了极点，而实际内容照例是最不可问的。作者借了柳湘莲、焦大来骂"除了那两个石头狮子干净罢了，只怕连猫儿狗儿都不干净"，"每日偷鸡戏狗，爬灰的爬灰，养小叔子的养小叔子"。这骂的一点也不冤枉。作者之笔，严于斧钺；作者之心，细入毫芒。

我们看了贾赦、贾珍等的那些行为，起初也许有些惊异的，惊异在这样冠冕堂皇的大家庭里居然会发生这样的事情。不过仔细想想就不觉惊异了，觉得在这冠冕堂皇的大家庭里发生这种事是很自然的。相反的，如果在这冠冕堂皇的大家庭里不发生这种事，那倒不成其为典型的封建家庭了。

这么奢靡、这么淫乱的大家庭里，最讲究的是什么呢？是礼法，是森严的家法。这不太滑稽了么？其实也是必然的，因为它是封建大家庭的精神支柱。骨子里虽然是卑污苟贱、无恶不作，可是脸上和嘴上却还得是礼义廉耻、父慈子孝。

看书中处处为写这大家庭的礼法，使人不寒而栗的家法：少之于长，绝对服从；主之于奴，掌其生死；父亲管儿子竟是"审贼"；"作弟弟的都怕哥哥"；媳妇在婆婆跟前像是小鬼……

尤其是第五十三回祭宗祠那一大段礼法秩然的描写——全家人怎样排班站立，怎样传递供品，怎样行礼磕头——是宗法家庭的礼法最集中最突出的表现。看起来好不堂哉皇哉，真叫人肃然起敬；可是如果再想想这一群行礼磕头的诸公平日的所作所为，我们能不哑然失笑么？这就是礼法家法，这就是彻头彻尾的虚伪、假面具。就是这虚伪的礼法家法，把父子兄弟拴在一起，成为一个个的封建社会的组成单位——宗法家庭。大家利害相关，荣枯同运；作恶事发，则子为父藏，兄为弟隐。亲戚之间也是呼吸相通，串通作恶，第四回的"护官符"就是有力的证明。

宗法家庭用礼法家法把父子兄弟拴在一个不可分离的单位里，使他们荣枯同运。可是他们就真的随时随地把这大家庭中每一个人的利害看同自己的利害么？他们之间就真的父慈子孝兄友弟恭么？不但不，而且尔诈我虞，彼此倾轧得非常厉害的——其休戚相关，只是在对外，而且是在彼此利益不矛盾的时候才休戚相关的。探春说得好："咱们倒是一家子骨肉呢，一个个不像乌眼鸡，恨不得你吃了我，我吃了你！"（第七十五回）我们看，兄弟之间有贾环用热油要烫瞎宝玉的眼睛，又进谗言害得宝玉挨打；母女之间有赵姨娘屡次跟探春冲突；婆媳之间有邢夫人憎恶凤姐，凤姐愚弄邢夫人去碰钉子；夫妇之间有凤姐和贾琏同床异梦，各存私心，积蓄私房，各有私情私弊；妻妾之间有金桂千方百计的谋害香菱，凤姐用尽了心机治死了尤二姐；姑嫂之间有尤氏与惜春彼此不能相容，最后惜春出了家；嫡庶之间有赵姨娘买通了马道婆，几置宝玉、凤姐于死地。

要分开，不可能；聚在一起，就内哄。这种在封建宗法束缚下不可解决的苦痛，稍有人心的人都感到受不了。探春曾经伤心地说："倒不如小人家人少，虽然寒素些，到是欢天喜地，大家快乐。我们这样人家，外头看着我们不知千金万金，何等快乐，殊不知我们这里说不出来的烦难更厉害。"

对骨肉既然如此，对奴婢的残忍冷酷就不足怪了。奴婢既经买来，不但生死的大权掌在主子手里，并且世世代代做奴隶——所谓"家生子儿"。作者虽然说贾家是"从来不作践下人，只有恩多威少的"；可是他写贾家怎样对奴婢呢：奴婢有过，小的如宁府的妇人误了差，打几十板之后还要叩头谢恩；大的如柳五儿被诬作贼，凤姐吩咐把她打了之后还要交给庄子上或卖或配人；焦大几次"出兵放马背着主子回来"，可是一发酒疯就被"揪翻"捆倒拖往马圈里去，用土和马粪满满的填了他一"嘴"；平儿"忠心赤胆的"服侍凤姐，还要做凤姐、贾琏踢打的出气筒；凤姐生了气拿簪子向丫头嘴上乱戳；宝玉和金钏儿说了几句玩笑话，王夫人就"照金钏儿脸上就打了个嘴巴子"，然后撵出去，结果跳了井；晴雯病得"四五日水米不曾沾牙"，可是王夫人一怒，就"打炕上拉了下来，蓬头垢面的，两个女人搀架起来"撵了出去，第二日就死在外面。赖妈妈苦痛地叹息："你那里知道那奴才两字是怎么写"！这是被作践、被压迫的女婢的苦痛的呼声。"恩多威少"的是如此，"威多恩少"的又当如何呢？

综上所说，在这典型的封建宗法家庭中，我们看到的是奢侈、剥削、虐害百姓、淫靡、虚伪、内哄、残酷……我们不能不佩服作者的伟大，他用了一部《红楼梦》把封建家庭的这些罪恶形形色色的刻画给我们看。虽然写的只是一个封建大家庭，却是表现了千千万万的同类的家庭；而且提出了封建社会最基本的土地问题，和一系列的宗法问题、奴隶问题、家庭问题……

但除此之外封建社会还有一个很重要的问题——婚姻不自由，尤其妇女婚姻不自由，苦痛最大。在《红楼梦》中，它是牵动全书的线索，我们就可以知道作者是把它放在如何重要的地位上了。

书中细致生动的叙写了贾宝玉和林黛玉的恋爱的悲剧：他们如何在一起生活，从小儿到长大，彼此有着深刻的了解；并且二人具有相同的尊重自我，反对庸俗，否认传统礼教，蔑视功名利禄的反封建的思想作为爱情的基础；他们的感情如何一步步的深厚起来，从孩提到长成，从两小无猜到誓同生死。可是，结果是怎么样呢？结果他们的婚姻被家庭拆散了，家庭强迫宝玉和与他思想意识不同、素来并无深切爱情的宝钗结了婚。黛玉气得病了，就在宝钗、宝玉成婚的那个时辰死去了。事情是这样，假如我们是宝玉，我们能满意这桩婚事，心安理得的过下去么？当然不能。不能又怎么样呢？那时是二百年前的封建社会，不可能有什么积极的办法的（我们也不该对宝玉有过高的要求），于是只有消极的出家一走了之，这是最没办法的办法。

我们平常也都知道封建社会的婚姻是不自由的，看了《红楼梦》就更恨这样的不自由。可是为什么在封建社会里就注定了婚姻不能自由呢？

这是一个封建社会的本质的问题。我们先从根本上看起：我们知道，封建制度的政权就是地主阶级的政权，所以必然分出"贫"与"富"，"统治者"与"被统治者"。封建社会中贫富不能为婚。为家庭计消极的是避免财产的分散，积极的是培植自己的势力。其实扩大起来就是严格的划分"贫"与"富"，"统治者"与"被统治者"，使"统治者"的财产永远集中，势力永远集中，以统治"被统治者"。这样封建制度就可以巩固起来。

讲门当户对，讲家道的本意也不过如此。简而言之，婚姻是在做买卖，在将本图利，这样必然要跟当事人的心理有了矛盾。被买卖的既不甘心、不赞成，家长们就非包办代替不可了，于是造成了种种不幸的结局。宝黛爱情悲剧的根本原因当然也是这个，内容却又比较复杂。

我们有时候不免想：为什么贾家定要宝玉娶宝钗呢？这事情还要从"护官符"看起。"护官符"上载的四家：贾、史、王、薛，都是"本省最有权势极富贵的大乡绅"，他们是"皆连络有亲，一损俱损，一荣俱荣"的；而薛家更又是皇商，"家中有百万之富"，"原系金陵一霸"。财势二字都占全了。再看林家，上世虽然也是列侯，可是到林如海只做个巡监御史，而且"支庶不盛，人丁有限"，更何况后来连林如海也死去了，只剩下一个孤苦伶仃的林黛玉了呢。贾家择媳，何去何从，不言可喻了。

事情更又不止如此，不只是财势，这里面又掺杂了大家庭中父党母党之争与封建家庭要求的媳妇的性格的标准问题。

封建社会用礼法和家法把父子兄弟拴在一起，不可分开；但是每人又各怀己志，尔诈我虞，就是最亲密的夫妇也是同床异梦。在家庭中，每是父之亲结成一党，母之亲结成一党，明争暗斗。这种斗争在《红楼梦》中表现得较隐晦，却是宝黛悲剧的因素之一。

父党母党斗争表现的方面非常广泛，尤其突出的是表现在儿女的婚事上。更尤其在一个男家特别富贵，两个女家（一个姑表亲，一个姨表亲）都企图向他家攀亲的时候，这种斗争就更见激烈：两个表姐妹家都争着把女儿嫁给这个富贵的表兄弟家——为了攀一门阔亲；而男家的父母二人则各争取给儿子娶各自的嫡亲外甥女儿——为了加强在家庭中自己的势力。至于这门亲事对儿女本身的利害如何，那照例是不在考虑之列的。

这也就注定了宝钗必胜，黛玉必败。宝钗有母亲薛姨妈，可以有力的进行这事；有姨母王夫人，是婚姻对象宝玉的母亲；又有表姐凤姐儿，是婚事主宰者贾母的智囊。而黛玉则父母双亡，舅舅不管事，外祖母又不很中意她，不败何待。

薛姨妈以送宝钗待选为由，投到贾府，以后就展开一系列的活动：薛姨妈逢迎贾母，宝钗尊上睦下；王夫人托宝钗管家务其倚重不亚于凤姐（第五十五回）；凤姐则是第一个提出宝玉、宝钗是天配姻缘的人，然后出谋划策，献了"掉包儿"的法子，促成宝钗、宝玉成婚，甚至在黛玉咽气时还强叫紫鹃去搀扶宝钗拜堂以欺骗宝玉。（这故事的后段是高鹗补的）

此外宝钗的本身就占了绝对的优势，具备了必胜的条件：书中处处说宝钗是个"行为豁达，随分从时，稳重和平，胸有城府，识大体，能持家，守妇道，尊上睦下"的人，不像黛玉那么"孤高自许，目无下尘，口尖量小，蔑视功名"。我们看这两个人谁合乎封建家庭要求的媳妇性格的标准呢？是黛玉这封建主义的贰臣呢，还是宝钗这封建主义的肖子呢？

由上面看来，宝黛婚姻的悲剧是必然的了。

封建制度的这一罪恶，作者深深的感觉到了。他不只写宝玉、黛玉，又写了迎春、尤三姐。

迎春是贾赦的女儿，贾赦贪了孙家"家资饶富"，把迎春嫁到孙家去挨打受骂，不给饭吃，不给衣穿，最后被折磨死了。而封建家长的结论是什么呢？——王夫人说："我的儿，这也是你的命！"尤三姐是个小家女子，因自由恋爱，不容于旧社会，结果自杀了。旧社会的不幸婚姻虽是各种各样的，但追根究底，原因只是一个——买卖包办，不得自由。

作者用了毕生的精力来写这本书，自己说"字字看来都是血"，是的，不但是作者自己的血，而且还有许许多多作者所"亲见亲闻"的人们的血：辛苦的农民的，无辜的百姓的，被虐杀的奴婢的，被戕害的青年的……作者忠实地把这些流血的经过、流血的苦痛刻画给我们看，使我们想到这吸血鬼是谁——就是"封建制度"。我们现在看《红楼梦》必须"反照风月宝鉴"，体会到流这些血时的痛苦，而不是羡慕喝这些血有多么甜美。

　　进步的思想，真实的暴露，都必须借高度的艺术形式才能表现出来。《红楼梦》二百年来之所以能够享有如此的盛名，这与它的高度的现实主义的成就是分不开的。作者自幼生长在文学美术的环境里，有着深厚的文学修养；而且他又既曾经生活在人间少有的豪华中，最后又落到衣食不周的贫困里，所以他的生活经验是丰富的，他所接触的人物是广泛的。他看到过民脂民膏堆积起来的豪奢，他也忍受过"举家食粥"的穷困；他生长在金门玉户的繁华都会中，又死在"满径蓬蒿"的荒僻乡村里；他接触过安富尊荣的老爷小姐，他也接触到流血流汗的乡野农民。尤其是他家的由盛而败，在这过程中，他更清楚地认识到了封建社会的人的真面目。所有这些，就使得他笔下的人物事件都能充满了现实性，不是架空虚拟的；都能生动活泼，刻画入微，不是公式化概念化的。

　　《红楼梦》结构的庞大，人物的众多，古今中外，没有一部小说可以和它相比的。尤其是人和事尽管多，却又并不是天南地北，各不相干的；也不是你出来我进去，各不见面的；而是都包括在一个大家庭里，人是朝夕相见的，事是彼此相连的。甲的一言，和乙的一笑有关；乙的一笑，却又是丙哭的原因；而丙的眼泪，却又干连到丁戊的吵架了。这不过是一个极琐屑的比喻，实则大小各事，无不如此。几件大事，并驾齐驱；而大事之中，又各含小事；许多小事，又彼此相生。看似孤立，实则勾连；看似无关，实则有故；看似已尽，实则方兴；此事未完，他事又起。想起来使人目眩神迷，而看去时却是自然之至。读者的精神随书中故事的发展变化而活动，读者的感情随书中人物的啼笑悲欢而波动。不觉其头绪之杂，不觉其事情之变，只觉得真实自然。怎么会这样呢？就因为作者是真实的体验了生活，了解了生活，掌握了生活，从而真实的描写了生活啊！在真实的生活中，没有一件事情是孤立的，没有一件事情是没有原因，没有结果的。都是各有因果而又彼此相牵的；都是此起彼伏，错综复杂的。作者有了丰富的生活实践，所以能把许许多多的事情组织起来，配合起来，使它们彼此呼应，互为因果；驱使它们生动入微地来扮演这封建大家庭的形形色色。不过真实的生活不等于记流水账，必须有剪裁，有取舍；有的明写，有的暗写；写关系大的，略关系小的。这种方法作者也是充分掌握了的。例如第二回借冷子兴的几句话就把宁、荣二府那么复杂的世系交代得清清楚楚，第十六回盖大观园那么一件大事也只用了几个人的对话就说明白了。这才是真正的写实，艺术的写实，正确的写实。正如画家画人物时虽笔墨不多，而神情宛在，并不费心去画那隐藏在肌肉里面的骨头和那一丝丝的头发一样。正因为作者正确的描写了现实，所以《红楼梦》里的贾府就活现在我们的面前，成为一个典型的封建大家庭，必须在这典型的环境中，才能使作者塑造的典型人物更好的发展起来。其实人物和环境本是不可分的，甲这人物就是乙这人物环境的一部分；就是乙本身，又何尝能与他的环境分开来。所以在这庞大的故事中，作者创造了使我们惊异的那么多的人物——男女老幼，有姓名的就有四百多人。老爷、少爷、太太、小姐、丫鬟、小厮、仆人、仆妇、村女、村妪、伶人、娼妓、尼姑、道婆、道士、帮闲、篾片、小有产者……尽管多，却一点不雷同，一个人有一个人的性格，一个人有一个人的身份。尤其是其中为数最多的女子——一向被人忽视蔑视的女子——的性格感情，更是刻画得入微，一说话我们就知道是谁，一颦一笑这个人就要从纸上走下来。

作者创造的人物是这么多，但也不是不分主从的，其中有几个主要的人物，尤其是突出的，有代表性的。

第一个当然是宝玉。他反对传统礼教，蔑弃功名利禄，主张人与人平等，尤其尊重女性。他不只嘴里说，而且是一个实行者（宝玉后来中举人的问题后面另说），他的所有行为都贯串着这种主张，一任被骂为"色鬼"，被斥为"呆子"他也不管。他是封建社会的贰臣逆子，是封建大家庭中天良未泯的青年的代表（当然，他也是有许多缺点的）。他遭到了种种的迫害：严父的笞责，众人的嘲笑，婚姻的不自由……这都是在封建社会中有天良的青年所必然遭到的不幸。与他思想相近的是黛玉，也同样做了牺牲者。这些由当时的作者写出来了，现在被我们看到了，可是我们不要从书上仅仅看到一个宝玉、一个黛玉。他们只是千千万万的在封建社会中挣扎、斗争，可是终于被挫折、被迫害的青年中的一两个。他们代表着在封建社会宗法家庭无边黑暗中的一两点微弱的火花，但是一闪即逝的火花。直到真正人民反封建的大火熊熊的燃烧起来的时候，他们才被照耀，被引燃，成为反封建大进军中的一个组成力量。

　　与这类型相反的便是凤姐与宝钗。书中写凤姐是一个持家刻薄，对人奸险，放高利贷，剥削穷人，勾结官府，贪赃受贿，杀害人命，淫乱，残忍，"嘴甜心苦，两面三刀，明是一盆火，暗是一把刀"，阴毒狠辣，无恶不作的人。写宝钗是一个"行为豁达，随分从时，稳重和平，胸有城府，能持家，守妇道，尊上睦下"的人。现在我们把她们两个归为一个类型，似乎有些奇怪。其实她们两个是地地道道的一类人，她们都是封建主义的忠实信徒和奉行者，不过所采取的手段一个较和平，一个更明显就是了——她们是封建统治者面目的两面。如果有人觉得宝钗冤枉，那就请想一想宝钗的性格是否正合于封建社会的道德标准，一定就会释然了。

　　她们两个对人剥削人都认为是天经地义的，对功名利禄都是拼命追求的；凤姐害死尤二姐，宝钗对服侍宝玉的丫鬟的防嫌也尽其能事，这有什么不同呢？所不同者凤姐贪赃纳贿，勾结官府，包揽词讼，放高利贷；而宝钗则拼命劝宝玉去显亲扬名，为官做宰。其实封建社会中升官与发财本是一回事，所以要升官，目的就是在发财，升官也不过是发财的手段，明白了这点，再看她们二人，也不过凤姐发财的手段直捷一点，亲自出马；宝钗发财的手段较曲折一点，请人代劳而已，其汲汲对于发财的心是一样的。再进一层说，宝钗固然是封建主义的忠实女信徒的代表，而凤姐则是更进了一步，她兼做了男性统治者的工作。所以看了凤姐，也就看到了贾赦、贾珍、贾琏。贾赦、贾珍的勾结官府，还不如凤姐手面的神通，贾琏只知道花钱，凤姐还会放高利贷呢。

够了，我们只看这几个人就够了。在作者的笔下他们活动着，发展着，不是由作者而是由他们自己的言语行动创造了他们自己，说明了他们自己。不必作者从旁说一句话，我们的爱憎就很自然地随着作者的爱憎倾向到其中的一边去了。

一种文学的成就都不是凭空达到的，必须有他既往若干年积累起来的基础。如果曹雪芹不是自幼就有深厚的文学修养，头脑中没有那么多中国古代的宝贵文学遗产，而要他生而知之地作出这部《红楼梦》来，那根本是不可能的。我们看吧，《红楼梦》里有诗，有赋，有词，有曲，甚至于灯谜酒令，都无不精巧绝伦，达到中国古典文学成就的最高峰顶。而且作者并不是孤零零的，没作用的写出了这些东西来，把它生硬地塞到《红楼梦》里去；而是使它在书中起了相当重要的作用的——用它来更生动、更活泼地表现出书中某些人物的性格。正因为这样，宝钗的诗绝不能与黛玉的诗颠倒过来，黛玉的词与湘云的词也迥然各异。去掉了黛玉的《葬花词》，凭良心说，真有点使"潇湘妃子"减色；取消了宝玉的《芙蓉诔》，也大大的削弱了这位"痴公子"的反抗精神；宝钗的《螃蟹咏》、《柳絮词》，又何尝不是恰好刻画了宝钗的本性。

而且在小说本身的发展方面，《红楼梦》也不但承继了唐传奇文学的委曲宛转，深刻动人的简洁的文言传统，而且发展了宋话本文学的叙事复杂，情节多样化的生动的白话传统。把二者糅合起来，各取所长，才使《红楼梦》的艺术成就达到了如此的高峰。所以里面虽然夹杂一些文言，但看起来不但不妨碍了白话的圆转流利；并且因为利用了文言的简括深刻，更增加了白话的精神气氛，使白话更加生动活泼起来。而且这种文言在书中占的比重极小，全书基本上仍然是用圆转流利的白话写成的。这些圆转流利的白话在人物的对话中尤其成功。

北京话是全中国最优美的语言。《红楼梦》里的对话几乎全部是北京话，而且是经作者加工洗练过的北京话，真是生动极了。如第三十六回凤姐裁了丫头们的月钱，有人抱怨了，她却无中生有地向王夫人说了一大片理由，好像受委屈的不是丫头们而反倒是她，丫头们不但不该抱怨她，反倒应该感谢她才对。凤姐这种颠倒黑白，惑乱是非的性格、口气，如果不用那么流利圆转的京话是决不能表现得如此逼真的。

用北京话是可以这样出色的绘形绘声，难道用别的地方的话就不能么？当然不，照样可以。但京话却有一点便宜之处：流传广泛，全国通行。《红楼梦》用了它，就使书中的传神之处人人都能领会；不像用别的方言写成的小说，除了那个地方的人之外谁也看不懂。

到这里，《红楼梦》的思想性、艺术性，都说得差不多了。大家难免要问：《红楼梦》是这么好，难道真是一块毫无瑕疵的美玉，其思想值得我们处处去接受，其描写值得我们处处去学习么？这当然不，如果这么说，也是溢美之论。《红楼梦》在某些方面还是有着一些缺点，须要我们去批判的。

就思想方面看，作者的思想虽然基本上是进步的，但也有其落后的一面。他虽暴露了封建家庭的种种罪恶，但不幸他的思想也隐于矛盾之中。即以色情而论，他虽用"反照风月宝鉴"的说法强调它的毁灭性，但又借"警幻仙姑"的话把"情"、"淫"不分界限的肯定（因之书中有不少色情的描写）。这些矛盾引导他对人生的结论归到虚无命定的观点上去。书中的贾宝玉的结局是出了家，作者曹雪芹的晚年思想也未必不是如此。

就艺术方面看，本书似乎过多微词曲笔。这虽然也增加了它的技巧性，但也相对地削弱了它的明确性。这与作者的身世是有关的：作者生于清朝雍正初年，雍正朝是满清反动统治很严厉的时代，而曹家所附的皇族正是雍正的对头，所以后来弄到罢职抄家，当时曹家的处境是非常狼狈恐怖的；而且《红楼梦》又是开罪于封建社会的书，因此作者就不得不采取了迂回曲折的表现方式，所以本书自称是"荒唐言"，是"假语村言"，这是自有他的苦衷的。但也正因为这样，也就在某些程度上阻碍了人民大众对《红楼梦》的理解。《红楼梦》的所以被人误解，与作品本身的隐晦是有关系的。

何况书又没有写完。高鹗的续书也有比较好的，如上文所说，他写出了宝、黛爱情的悲剧，使《红楼梦》有了更深一层的暴露婚姻不自由的反封建的意义；但也有许多地方，大失作者的原意，成为《红楼梦》很严重的缺点。例如本书的结局——宝玉中了举人后出家，贾家抄家后家道又可以复初。宝玉出家是可以的，在当时的历史条件下我们也不能要求宝玉怎么闹家庭革命，可不就只好一走了之么！而且这也符合曹雪芹的原意。不过要叫他中了举人之后才出家，这就要不得。贾家抄家是必然的，可是抄了家之后家道再复初，也就要不得，并且大悖曹雪芹明示给贾家的结果——"一败涂地，家破人亡"。这就在某些程度上削弱了《红楼梦》反封建的意义和作用。

高鹗是个科举中人，中过举人、进士，所以他的续书中流露了他的功名富贵思想；而曹雪芹却更是一个旗下富贵家庭的公子哥儿，所以他的思想中也并不光是我们上面说的那些反封建的进步的东西，一点毛病没有，完全成为一个背叛了他本来阶级的人。

在阶级社会中，人总是作为阶级的附属物而存在的，他的思想意识就不可避免地要打上阶级的烙印。这种情形曹雪芹也不能例外。所以作者虽然是以充满着鄙弃和厌恶的心反映了封建大家庭的罪恶，但对这大家庭的崩溃还是不自觉地流露了不能掩饰的伤悼与惋惜，对自己过去的繁华生活还是有着深深的留恋与追怀。所以他既写了贾珍的荒淫，却又写了贾家祖宗的阴魂在叹气；既明示了贾家必然一败涂地，却又写秦可卿死托凤姐可以使贾家富贵长存的百年之计。其实贾家祖宗阴魂所叹的气就是从曹雪芹的嘴里呼出的，秦可卿的百年之计也就是曹雪芹懊悔他家当初没能那么办。这与作者虽然具有进步的尊重女性的思想，但同时却又有许多"意淫"的想头是同样的矛盾着的。甚至作者写作的动机也还并不完全是为了暴露封建大家庭的罪恶，而有一部分还是为了记叙那些他所"亲见亲闻的女子"。

从这些，我们可以看到作者虽然否定封建制度，但却未曾完全背叛了他本来的阶级，虽然痛恨他的家庭，但对它的崩溃还有相当的惋惜；虽然在他的思想中具有许多进步的成份，但仍然保留着一些落后的东西。不过终究因为有了那许多进步的成份，所以他才能写出这部空前伟大的作品来。

这情形，正如法国的巴尔扎克、旧俄的托尔斯泰。托尔斯泰出身贵族，巴尔扎克是一个保皇党，他们都是站在贵族阶级立场上的；但他们的思想都能透出阶级的限制，他们的作品都能真实深刻地反映了十九世纪的俄国和法国的社会，成为"对于上等社会的必然崩溃的不朽的挽歌"。高尔基在《俄国文学史》序中谈到托尔斯泰的时候说过："一个具有丰富经验的作家，总是自相矛盾的。因为丰饶的经验要求着一些广大的、有组织的思想；而这些思想是与集团和阶级底狭隘的目的敌对着的。因此，在每个俄国作家里面，你可以发现一些存留在他的倾向底界限之外，而且和他的倾向矛盾着的过剩的事实、多余的思想。甚至在西欧作家，如狄更斯、巴尔扎克、左拉里面，你也可以发现这些矛盾。"

所以我们对《红楼梦》不能要求过高，在旧社会中，一个人受了他的时代和生活的限制，其思想不可能是完全进步的。总是进步的与落后的、革命的与封建的纠缠在一起，这就使他写出来的作品决不可能是一块毫无瑕疵的美玉，处处值得我们接受和学习。所以我们读古典文艺作品的时候就必须遵照毛主席的话，接受其精华，扬弃其糟粕，决不能毫无批判的去接受的。

最后，为了给《红楼梦》一个更简括、更正确的估价，我们来看恩格斯给明娜·考茨基的信中的话吧——"一部具有社会主义倾向的小说，如果他能忠实地描写现实的关系，打破对于这些关系的性质的传统的幻想，粉碎资产阶级世界的乐观主义，引起对于现存秩序的永久性的怀疑；那么，纵然作者没有提供任何明确的解决，甚至没有明显地站在那一边，这部小说也是完全完成了自己的使命的。"这原则应用于《红楼梦》，也是很恰当的。

《红楼梦八十回校本》序言

《红楼梦》是出现于中国小说史上具有代表意义的现实主义的伟大著作之一。关于这书的作者,早年有人还弄不清楚①,现在从各种记载看,曹雪芹著作《红楼梦》是没有什么问题的。这里首先就作者及其著作《红楼梦》的情况做一个概括的叙述。

曹霑,字梦阮,号芹溪居士②。雪芹是他的别号之一。本书开首即称"曹雪芹",因而《红楼梦》的读者们都习惯这样叫他。曹家本河北省丰润县人③,降清后入正白旗内务府籍④,他们祖孙三代四个人做了五十八年的江宁织造。织造为内务府的专差,只有皇帝家的奴才能够充任,其实是封建统治者的耳目爪牙。虽说是包衣⑤,本职不过部曹,主事员外之类,但在当时确是炙手可热的权要。由于社会关系及其他许多复杂的原因,曹氏

---

① 程本高鹗序:"作者相传不一,究未知出何人,惟书内记曹雪芹先生删改数过。"乾隆甲辰年抄本梦觉主人序:"说梦者谁,或言彼,或言此。"
② 张宜泉春柳堂诗稿《题芹溪居士诗注》。
③ 李玄伯《曹雪芹家世新考》,见《故宫周刊》第八十四期。
④ 曹氏旗籍有说为汉族,有说为满族的,但本为汉族并无问题。
⑤ 包衣,满洲语奴才。内务府旗即"皇室"的包衣。

的家庭环境很有文艺的气息。江宁织造首先是曹玺做的。他的儿子曹寅。曹寅有两个儿子，一个亲生的叫曹连生却曹颙；曹颙死了，又过继一个叫曹頫。雪芹是曹寅的孙；他是曹颙之子还是曹頫之子却不能确定。我认为若说是曹颙的儿子，这个可能性要大些①。

曹寅、曹颙、曹頫连任江宁织造，一七二八年曹頫丢官抄家以后，全家北返。关于曹雪芹生平的情况我们知道得很有限。他似曾到过扬州②，不仅回到北京究竟在哪一年这些细节无从查考，甚至想比较简略地勾勒出雪芹一生的轮廓，也由于材料的零星漫漶，目前还不易办到。我们只知道他和敦诚同学读书③，并工诗，善画，好饮酒，善谈吐，娓娓令人终日不倦。后来住在北京西山附近，境况相当贫穷④。只有一个小儿子也不幸殇亡，雪芹因而感伤成病，不多几个月他也死了，葬在北京西郊。剩下的只有他的寡妻，身后很萧条。《红楼梦》后半的稿子很快的遭到

---

① 雪芹为曹颙遗腹子之说，初见上引李玄伯文，又见《文学遗产》第六十期王利器文。曹寅只有两个儿子，雪芹既是曹寅之孙，若非颙之子，便是頫之子。若说为曹颙之子，年岁可以符合，参看下注。若说曹頫之子，曹頫是康熙五十四年奏折上自称"黄口无知"，五十七年康熙朱批上说"你小孩无知"，可见那时曹頫的年纪的确很轻。雪芹即使说他整活了四十岁生于雍正初元，距康熙五十七年不过三年，其为曹頫的儿子已不大可能；如说他活到将近五十，可能性自然更小了。从积极方面看，曹頫之子何人不见记载。近人多说雪芹頫子，不过用错误的自传说，从《红楼梦》里贾政跟宝玉的关系推比出来的，本不足信。

② 敦诚四松堂集《寄怀曹雪芹》诗云："扬州旧梦久已觉"注云："雪芹曾随其先祖寅织造之任。"所以人说他到过扬州。但看原注明指江宁织造说，文人措词用典不必甚拘，雪芹真到过扬州？也不过这么一说罢了。

③ 敦诚诗："当时虎门数晨夕，西窗剪烛风雨昏。"周礼："师氏以三德教国子。居虎门之左。"敦敏所作"敬亭（敦诚）小传"说他"入宗学"。宗学的制度名称见大清会典卷一。虎门疑即指此。

④ 敦诚说他"举家食粥"，用颜真卿食粥帖的典。虽相当穷，也不必真穷到吃粥，所以诗还说"酒常赊"。

散失，这未必不是一个原因。

曹雪芹是个磊落不平的"慷慨悲歌之士"，这从他的朋友如敦敏、敦诚、张宜泉的赠诗里可以看出。他字"梦阮"，朋友诗中也每每用阮籍来比他①。又"酒渴如狂"，朋友将淳于髡比他②，死后又用刘伶来比他③。他擅长诗与画。他画山水，也画石头④。他喝了酒画画，画得了钱又去沽酒⑤，不屑用他的画来讨好权贵帝王⑥。从这里也可以看出曹雪芹的性格。他的诗的风格近李长吉⑦。生平做诗好新奇，至今还有断句如"白傅诗灵应喜甚，定教蛮素鬼排场"，作风大抵如此⑧。有人以为《红楼梦》有传诗之意，这种看法是不正确的。我们可以明白看出《红楼梦》里人物的诗是作为小说的有机组成部分之一。这类诗作也是服从于作者笔下的人物的性格的。这是值得注意的一点。此外他还可能会弹琴唱曲。他是个多才多艺的旗下才人——自然他的最大成就还在小说方面。

关于雪芹的生卒年月也是历来为人们所关心的问题。因为在某种程度来说，这关涉作者所处的年代，也就关涉到对于创作《红楼梦》一书的理解。根据某些材料加以推测，他大约生于一

---

① 敦敏懋斋诗钞《赠芹圃》："一醉㲪㲪白眼斜"；敦诚《赠曹芹圃》："步兵白眼向人斜"。见写本四松堂集。
② 敦诚《佩刀质酒歌》："相逢况是淳于辈"。"酒渴如狂"即见本诗序。
③ 敦诚《挽曹雪芹》："鹿车荷锸葬刘伶"，见写本四松堂集。
④ 张宜泉《题芹溪居士》诗："门外山川供绘画"。敦敏"题芹圃画石"诗："傲骨如君世已奇，嶙峋更见此支离，醉余奋扫如椽笔，写出胸中磈礧时。"
⑤ 敦敏《赠芹圃》："卖诗钱来付酒家。"
⑥ 张宜泉诗："羹调未羡青莲宠，苑召难忘立本羞。"
⑦ 敦诚《寄怀曹雪芹》："爱君诗笔有奇气，直追昌谷披篱樊。"
⑧ 这是曹雪芹仅存的两句诗，题敦诚琵琶行的，见敦诚四松堂集《鹪鹩庵笔麈》。后面的话亦敦诚说的，见同条。

七一五年（？），死于一七六三年，即清乾隆二十七年壬午除夕①。他著作《红楼梦》，主要的是在三〇至四〇岁左右②。这不是说三〇以前四〇以后就不搞《红楼梦》了，他写《红楼梦》原并不止一个稿子，如本书第一回说"增删五次"。如脂砚斋评③所谓"旧作风月宝鉴"④，当然写得更早。四〇岁以后，有"脂砚斋四阅评本"（一七五九——一七六〇），离他的死只有三年。所以我们如说曹雪芹的一生都在写《红楼梦》，也不为过。

这里我们应该揭破"自传"之说。所谓"自传说"，是把曹雪芹和贾宝玉看作一人，而把曹家跟贾家处处比附起来，此说始作俑者为胡适。笔者过去也曾在此错误影响下写了一些论《红楼梦》的文章。这种说法的实质便是否定本书的高度的概括性

---

① 根据甲戌本脂砚斋评，他卒于乾隆二十七年的壬午除夕，公元已入一七六三年，详见拙作《曹雪芹的卒年》一文。若说他卒于次年癸未，原根据懋斋诗钞，但此书稿本剪贴，次序可能凌乱，其《小诗代简寄曹雪芹》一诗并未注明年月，证据很薄弱，自不如从脂评为妥。生年更不好说，只可就他活了多少岁来推算。关于雪芹的年寿，现在只有两条：（一）敦诚《挽曹雪芹》："四十年华付杳冥"。（二）张宜泉《伤芹溪居士》诗注："年未五旬而卒。""四十年华"不一定整四十，"年未五旬"将近五十，他总活了四十多岁。若说他活了四十七或四十八岁，对上边两条都不违反。他大概是曹𫖯的儿子，故推定生年为一七一五。雪芹及见他家盛时的"末世"，自己固这样说，其他的同时记载也这样说。如敦诚诗注，袁枚《随园诗话》都说雪芹随任在江宁织造衙门，这大约不会错。明我斋诗又说"馔玉饮金未几春"，可见时间不很长。依这生年推算，曹𫖯卸任抄家，雪芹已十四岁了，与上边各证相合。况且必须这样，《红楼梦》才会有许多真实的材料。这事实的说明有相当的重要，故不嫌烦琐。

② 创作约十年之说，一见于本书第一回，二见于甲戌本题诗，他自己说过两次当然可信。至于当作者生平哪一年代，依上注推算当在三十至四十之间，若说为二十至三十之间，年纪未免太小了。要创作像这样的巨著，我们很难相信。

③ 脂砚斋不知何人。所谓"脂评"在作者生前是跟本书始终不分的，在这里不及详说。

④ 甲戌本脂评："雪芹旧有《风月宝鉴》之书乃其弟棠村序也。今棠村已逝，余睹新怀旧，故仍因之。"《风月宝鉴》既是《红楼梦》的别名，这原来的《风月宝鉴》大概是雏形的《红楼梦》。

和典型性，从而抹煞它所包含的巨大的社会内容。我们知道，作者从自己的生活经验取材，加以虚构，创作出作品来，这跟自传说完全是两回事，不能混为一谈。持自传说的人往往迷惑于本书的开头一些话以及脂砚斋评，其实这都是不难理解的。本书开头仿佛楔子，原是小说家言，未可全信；而且意在说明这不是"怨时骂世"之书，在当时封建统治很严厉，自是不得已的一种说法，我们亦不能信以为真。脂砚斋评承用了这种说法，但也只个别的就某人某事说它有什么真的做蓝本而已，也并没有概说全书都是自传。我们看《红楼梦》必须撇开这错误的"自传说"，才能得到比较正确的认识。

中国封建社会的存在是长期的，在文化上却有它的优良的传统。就文学艺术来看，也曾不断地反映了人民大众的要求，被剥削阶级的痛苦和对当时封建统治集团的不满以至反抗的情绪。这个传统，从先秦一直到清代，可以说绵绵不绝，历历可寻。就作者方面来说，也出现了许多旁行斜出，反对纲常名教，"非汤武而薄周孔"的杰出人物即《红楼梦》里引庄子的所谓"畸人"。他们的叛逆性格久为封建统治阶级人们所头痛，摧残压迫不遗余力。《红楼梦》第二回借贾雨村口中说明，列举了历朝"间气所钟"一些人物正是这个意思。曹雪芹自己便是属于这个类型，上面已经说过了。《红楼梦》遥承古代文学中的现实主义和人民性的传统，并且大大的发扬了这个优良的传统。这书不先不后出现于十八世纪的初期，在封建统治最严厉的时候，决不是偶然的。伟大的作品每跟它的时代密切地联系着。《红楼梦》正多方面地来反映了那个时代的社会。

像以前"索隐"的或"考证"的"红学"，不论说《红楼梦》影射什么人什么事，或者作者自叙生平，都是歪曲本书的真相，从而抽掉了它的政治意义。我们必须从思想内容和艺术成就来衡量这一部巨大的名著。首先要提出的是它的倾向性——它的反封建的实质。它同情什么，拥护什么，它憎恨什么，打击什么，这在《红楼梦》中是十分鲜明的。自然，曹雪芹"描绘世界不仅用黑白两种颜色。恨和爱一样针对的也是活的具体的人，而不是抽象的概念"[①]，他从封建社会的核心去动摇一切腐朽的上层建筑而加以深刻的描画和抨弹。他用典型的官僚地主家庭，青年们的恋爱问题作为题材来反映那个特定时代的真实。因此我们读了《红楼梦》，仿佛看到中国整个封建社会的缩影，同时也感到它深刻地批判了这个社会制度。

封建社会里地主剥削农民的情形，《红楼梦》描写得虽不多，却说得很明白。如第五十三、五十四两回是本书最火炽、热闹的场面，在这段故事开端详叙乌进孝交宁国府田租事，又间接地表出了荣国府，就把两府富贵繁华的经济基础给说明了。此外如叙凤姐放高利贷，纳贿害人等，都严正地贬斥她。本书反封建的倾向是不含糊的。在政治上，封建统治集团拿功名利禄来歆动人心，《红楼梦》也明显地反对这个。如贾宝玉痛恶科举，骂官僚们为"国贼禄鬼"，林黛玉自幼不劝宝玉立身扬名等等，这是大家都熟悉的了。不但如此，它的书主人贾宝玉且怀疑到当时统治人心的伦理道德的观念。这比反功名利禄还更稀有难得。宝玉跟他父亲贾政是敌对的，即跟他母亲王夫人也有斗争——有些表面孝顺的写法正泄露了典型人物精神上的深刻的矛盾。又如旧本在第三十六回有"宝玉焚书"之说：

因此祸延古人，除四书外，竟将别的书焚了。

今本大概认为这未免"骇人听闻"，且亦不像真有这回事，便把

[①] 引文见爱伦堡《谈作家的工作》一文中第5节。

它删了①。像这里不仅是版本词句的差别，而应该认为作者的思想认识，愤慨所寄托。在第二十回说宝玉，更直接攻击到"孝道"：

> 只是父亲叔伯兄弟中，因孔子是亘古第一人说下的不可忤慢，只得要听他这句。（今本也改坏了）

照他的口气，听这"亘古第一人"这句话也还是勉强的，这两个小小的例子已充分表示《红楼梦》是怎样针对了古老的封建传统的观念形态，提出了反抗的呼声。本书他处虽有些"歌功颂德"的表面文章，只不过是掩饰之词罢了。

在这些地方，《红楼梦》原都击中了封建社会的要害，若把《红楼梦》作为文艺作品反封建来看，固不仅仅如此。它的最精彩的地方，即感动人心的所在，也还不在此。追求个性解放，歌唱恋爱自由，提高女性地位，这都是本书一望而知的突出之点，《红楼梦》之所以为《红楼梦》。虽然有人觉得《红楼梦》还没有真正男女平等的观念，也还谈不到妇女解放，然而像宝玉著名的宣言"女儿是水做的，男人是泥做的"这种话出现在十八世纪初，中国封建统治严厉的时代，应该说是惊人之笔。这话针对着传统"女卑"的说法加以反驳，不恤矫枉过正地把男子看成浊物。我们尽不妨说它不合乎逻辑。惟其"狂妄"，所以有力。且假如把它孤立起来看，不过是句口号，文艺上的价值也还有限。妙在《红楼梦》全书支持了、说明了这个，使后来的读者都觉得女儿们真是冰雪聪明不可不有，那些贾府的男人们以及雨村薛蟠辈真是浑沌滓秽断不可有。我们似乎很自然地相信了贾宝玉的"怪话"。这是作者创作的成功。这是《红楼梦》里跟封建

---

① 甲辰年抄本作"因此讨厌，延及古人"，还保留原句的一部分，到程本便全删了。

观念冰炭不相容的最现实的东西。虽然有些夸大，却能够帮助有概括性的艺术形象的完成。曹雪芹的思想，在这些方面已轶出古代"畸人"的范围，对刘伶阮籍辈毕竟不同了。

小说主要是通过人物的形象来反映社会的真实的。《红楼梦》所创造的人物，不但众多，性格也是多姿的，复杂的；谁是正面人物，谁是反面人物，它的倾向性原很鲜明，但也不适于用一个公式来硬扣。我们一面要区别他们所代表的某种社会力量的本质，同时又不能忽略他们个性的差别、繁变和全部性格所含有的复杂的意义。正由于《红楼梦》写得几乎像生活本身一样丰富多彩，所写人物既是典型的，同时又有明确的个性，我们读《红楼梦》就仿佛走进了一个现实的世界，跟许多真人真事接触，跟书中人的喜怒哀乐愤慨不平处处起了共鸣。

我们要分析这许多典型人物的复杂的含义，自非三言两语的事情。这儿只将宝玉、黛玉、宝钗略为一谈。宝玉是书主人，《红楼梦》的思想性往往借他来表现，如上边所说，他反功名利禄，反礼教伦常，反男尊女卑等等，他的叛逆性格本不成问题。但作者对他的写法却有两种保留：（一）宝玉的叛逆性，似乎不够彻底。（二）作者也有一些保留的看法和说法。这由于作者的时代局限，思想上的矛盾呢；还是怕触犯文字的禁网，事实上的不得已呢？我想，是兼而有之。但这并不妨碍宝玉在《红楼梦》中成为正面的肯定人物。有人举出宝玉有许多缺点，因而怀疑肯定的看法。这是不对的。分析一个人物要从他主要的、本质的地方着眼，要从他所处身的客观环境来体会，不能孤立地摘出个别的现象作为事证。这样就不能恰当地了解正面典型的性格，同时也无从说明本书批判的意义。

至于作者对宝钗、黛玉，胸中原是黑白分明的，表现在书中人贾宝玉心理方面亦正复如此。如第三十二回宝玉说："林妹妹不说这些混账话，要说这话，我也和他生分了。"第三十六回"绣鸳鸯梦兆绛芸轩"，他又说："什么金玉姻缘，我偏说木石姻缘。"宝玉的左钗右黛以及为什么赞成黛玉，都说得很分明；但作者却不把宝钗写成戏上的小丑，对钗黛二人既采用才貌均等的写法，而对于宝钗的批判多通过一些个别的事例，但却十分本质地暴露了她的深沉险谲。作者用这样手法来写钗黛是适当的。在以爱情为题材的小说上，譬如把宝钗写成凤姐儿一样，也就不能恰当地衬托出黛玉的性格。而且大观园许多女子以至于宝玉都是封建社会、封建制度下的牺牲者，虽然对这封建阶级，有不妥协以至于叛逆的，也有服从以至于拥护的，分明各各不同，自不能混为一谈，但总起来说，这些不幸的牺牲者应该都在哀矜之列；所以"怀金悼玉"，无碍事实上的左钗右黛，而"千红一哭，万艳同悲"，也不因而削弱作者笔下鲜明的倾向性。《红楼梦》书中对封建制度的本身很表愤慨，但对于处在被压迫地位的妇女，如"十二钗"之类，哀愁的成分要多一些，这不是很可理解的么？

  作者对宝钗用笔比较的含蓄。但他兼用了另外一种办法来使他的倾向性表达得很分明，这就是自来晴袭为黛钗影子的说法。不便用黛玉来写的便用晴雯，不便用宝钗的便用袭人。这自然也因她们性格身份的不同。八十回中对袭人的贬斥，虽也相当地含蓄，却比写宝钗已露骨多了。如袭人的暗害晴雯，阴诋黛玉，都写得很清楚，而宝钗只在琐屑的小事上，有意无意地嫁祸给黛玉，如二十七回叙扑蝶事。又如七十七回宝玉明知，且已几乎明说晴雯是袭人害的，而三十六回他对"木石"、"金玉"的表示便只在梦中叫出。本书扼要地抓着正副十二钗的领袖"黛晴"、"钗袭"，写为两种典型：一种是封建统治者视为肖子完人的，另一种是他们看作叛臣逆子的。大观园荣宁二府的女子虽多，却用这线索把它贯穿提挈起来；更借了书主人宝玉的思想、言论、态度和行为，明确地表示出抑扬、褒贬、上下、左右来。这是作者之意，也就是本书很值得注意的事。虽然黛玉、晴雯这一类型的人，很难说她们是有意识地反封建，却无碍《红楼梦》反封建的意义。

《红楼梦》的倾向性这样的鲜明，典型的形象这样的突出，所以它的主题是很明确的。跟这个密切配合的是它的艺术成就。离开思想性固没有《红楼梦》，离开了它的艺术的成就，也就不成其为《红楼梦》。《红楼梦》的所以伟大，首先在于通过生动的艺术形象真实地勾勒出一幅出现在十八世纪的中国时代生活的巨大的画图，从而深刻地暴露了封建社会的罪恶，批判了统治着人的心灵数千年之久的封建的观念形态，并在一定程度上透露出了封建社会必然要走向崩溃灭亡的消息。

《红楼梦》所写人物很多。小说的好坏原不必以人物的多少来分，但难得它把许多人物都写得那样成功。这么多的人自然不能一个一个地仔细描写。对于很多的次要人物，作者每只用寥寥几笔或只用一种暗示，而这个人物的形象便显露出来。就在外的相貌来说，对"十二钗"的正面描写，全书非常之少，不过黛玉、宝钗、凤姐、迎春、探春、袭人、鸳鸯、尤三姐等几个人，其他的人并不曾多说，但如妙玉、平儿、紫鹃等人的形象也还是逼真的。性格方面几乎没有雷同。即在同一类型的人物中，也必同中有异，写出他们的个性来。如黛玉跟晴雯不同，而晴雯跟芳官又不同；宝钗跟袭人不同，跟凤姐也不同。其他如写贾赦、贾政、邢夫人、王夫人之辈也都是这样的。

作者又是记事的能手，本书"人"、"事"的复杂难得记载，在第六回他本人曾透露一点：

> 按荣府一宅人合算起来，人口虽不多，从上至下也有三

四百丁，事虽不多，一天也有一二十件，竟如乱麻，并无个头绪可作纲领。正寻思从那一件事，自那一个写起方妙。《红楼梦》里许多事情互相关联，互为因果，大事包着小事，小事又引起大事，此起彼伏，形成波澜，相生相引，有如螺旋，作者说要找头绪，的确被他找着了。以这样多的人物活动，这样多的事情穿插，而我们读来一点不觉纷繁、杂乱、琐屑，只情不自禁地跟了他走，跟着故事的情节活动，而对于书中人物的爱憎好恶又自然地符合作者原来的意图。这岂不是他找着了头绪线索的原故？《红楼梦》固亦有极繁极密处，尤妙能"执简驭繁"。它的明清简要干脆的地方实不可及。

　　作者尤擅长描写环境，渲染空气。有透过人物的心理而境界变化的。如第三回林黛玉到的，第六回刘姥姥到的是同一荣国府，而在林黛玉眼中的荣国府跟刘姥姥眼中的荣国府大不相同。有随着时间情事而境界变化的。如同一大观园，十七回是新造的空园，十八回是人工装点的，到了四十回刘姥姥进去，便是有人住的花园了。可惜后来败落的大观园，当在雪芹的残稿内，我们不能看见。今存八十回后半却也写了一些，如鸳鸯宝玉眼中的园景，也就够萧瑟的了。渲染空气的地方，如五十四回庆元宵，七十八回赏中秋，同一夜宴，同一盛会，而繁热凄凉，俨若冰炭不同的两个世界。那中秋晚上，无论贾母怎样的带头起劲，众人怎样的努力追陪，都是强颜欢笑而已。其实那时贾府并没有事实明显上的破败，而哀愁的预感已渗透了每一个角落里。

　　再就结构来说，《红楼梦》超过了以前白话小说的名著。它的结构是完整的，谨严的；同时又是有变化的，不落入公式化的窠臼。可惜书没有写完，无从全面地谈它的结构。有一点可以提到的，大概本书分为上下两部，五十四、五十五两回做它的分界。五十四回记元宵夜宴繁华极盛时，是个顶点，以后便走下坡路。原书大概本计划一百十回左右,恰好当它的一半。五十五回紧接五十四回,文章的境界风格迥不同,好像音乐上的变调①,我认为这个评语是中肯的。

谈《红楼梦》艺术的成就,自不能丢开它的语言。语言虽只似文学工具的问题,却跟思想内容息息相关的。曹雪芹在《红楼梦》里大大的发挥了北京语的特长。口语体的文学,宋元以来早有了,像《红楼梦》这样的小说出现于清初,并非偶然。它用流畅圆美而又简洁的北京语做基础,掺上了他家习用的方言(如原籍丰润,便有丰润话,久住金陵,便偶有南京话)和一些白话小说传统的语言。它并非纯粹"写话",也吸收了一些文言的成分。这些文言成分不但不妨碍白话的生动活泼,反而丰富了口语。《红楼梦》的语言不止在叙述上用得很好,而且善用语言来表现人物的个性。如凤姐、宝钗、袭人可说是一类人罢,但凤姐开出口来便是凤姐,宝钗是宝钗,袭人是袭人,决不相混。宝玉、黛玉是同心人罢,而开出口来也不相同。本书所用语言实际上帮助了典型的完成。

上面说了《红楼梦》在思想上艺术上的许多优点,它有没有缺点呢?当然有的。它的作者不能不受到时代和阶级的限制。这种限制,主要的在于作者的基本倾向虽然如上所述,是对当时的封建统治阶级作了深刻的批判的,但对他的本阶级仍不能不有若干的留恋。这就是本书最重要的缺点。第七十八回"开夜宴异兆发悲音",用神秘空气渲染的写法来预说贾氏的衰亡,又对于这些子弟们不能"继绳祖武"表示惋惜。像这些地方自然会跟作者的反封建的基本倾向有些矛盾。本书一些唯心的、神秘

---

① 有正本第五十五回总批:"此回接上文,恰似黄钟大吕后,转出羽调商声,别有清凉滋味。"

的、甚至于神怪的表现，可以说是缺点。但这也是时代的限制，我们可以理解的。大体上说，从他所创造的现实的东西看，我们不能不说作者已尽了他最大的努力了。

下面将叙说我整理《红楼梦》的经过。先从续书说起。曹雪芹只写了八十回，这是事实。八十回后据说他还写好了五六段，却不幸一起"迷失"了。对于这问题，暂置不论。曹雪芹没有亲自写完这部不朽的著作①，终归很可惜的，谁也不能做这炼石补天的工作。程、高续刊四十回应该说是难能的，但以视全作，却不免大有逊色。续成之书从一七九一年以来，通行一百多年，客观效果不太坏，书中人物如只就结局说，距作者原意相差也不太多。在若干程度上它为原作保存了悲剧的空气，这可算续书最大的功绩。续书的价值应该从它的本身，客观地重新估计。我原来整理校勘的只是曹著八十回的《红楼梦》，续书本不在范围之内。但程伟元、高鹗两人不仅刊行后四十回，并且也搞过前八十回，所以后文还不免牵连到他们。

怎样整理《红楼梦》？为什么要整理八十回本系统的《红楼梦》？《红楼梦》过去很凌乱吗？这一点首先需要说明。原来程、高的百二十回有两种工作：（一）补完后四十回；（二）连着前书把八十回整理了一遍。程、高既把前八十回给修改了，这样一来，表面上比较完整，然而就保存曹著本来面目一方面来说，就成为缺点了。用八十回本正式流通，在清代可以说没有，直到一九一一年左右才出现了有正书局石印戚序本。它又不是根据原本影印，只抄写后重印，自不免抄错妄改。原本听说后来被烧了。以后虽

---

① 看明义（我斋）《绿烟琐窗集》中《题红楼梦》诗，其当时所见与今《红楼》殊异，且已写到黛玉之死，"金玉如烟"、"石归山下"，雪芹是否曾写成全书亦只可存疑。这里说没有写完是指现在我们所见到的版本情况。

陆续发见三个脂砚斋评本，也都出于过录，而且是残缺讹乱的。一言蔽之，曹雪芹所著八十回从作者身后直到今天，始终没有经过好好的整理。现在由我来担任这项工作，自己觉得能力不胜，非常惭愧。又因原来计划目的不够明确，工作上也存在许多缺点。

由于抄本既零乱残缺，刻本又是被后人改过的，所以最初就把目的放在两个地方：（一）尽可能接近曹著的本来面目；（二）使它的文字情节能够比较的完整可读。乍一看，这两个目的可以统一的。曹氏原著当然很好，假如接近他的原本，岂有不可读之理。然而仔细推求，在整理工作的过程中，时常发生困难。这种困难主要可分做两层来说：（一）因原著未完，本是草稿，虽脂砚斋本写着"四阅评过"，实际上还不曾脱离稿本的面目。（二）草稿就是草稿罢，自有它可宝贵的地方，然而我们所有的"旧抄本"，并草稿的资格也还不够。它们只是些过录的本子。所谓乾隆甲戌本并不是一七五四的原本，己卯本也不是一七五九的，庚辰本也不是一七六〇的。抄写的时间或不会离原标年份太远，却不能确定其为何年。汇合这些过录传抄的本子，与原稿的真面目是有距离的。照现在的情形说，只可以说总比刻本接近一些罢。所以就上述第一个目的说，整理这些抄本还是有意义的。但如兼顾第二个目的，则矛盾更多。这些抄本，姑且算它原本，假如文词不顺，情节不合，我们要把不顺的使它顺，不合的使它合，那就必须改。在这抄本群里改来改去，还没有太大的问题。假如不成，就不得不借重较后或更后的刻本，以至于用校者自己的意见。无论改得成绩如何，反正已非曹著的真面目了。主要的困难就是这样。

新校本的用途，相应地也有两个目的：（一）《红楼梦》既然是一部十分伟大的作品，除了过去流行的各本以外，整理出一个更接近作者原著的本子来，附有详细的校勘记，以备研究者的参考，这是需要的。（二）当然，同时我们也希望这个本子至少不要讹字满篇,断烂残缺,可供相当范围的读者阅读。这两个要求也是有些抵触着的。从第一个目的来说,应该用某一本作底子,哪怕它错得明显,错得离奇,端的一字不改,只详详细细地无遗漏地写在校勘记上。从第二个目的着眼,便得汇集各本并包括一部分刻本在内,尽可能斟酌去取,使它比较完善。这两个做法是不同的。我那时怀着两个目的,所以一方面做校勘工作,另一方面又做了审定工作。这个企图也有相当的理由,而做起来就不免顾此失彼,弄得不良不莠了。以抄本陆续发见,性格不同,有些情形当时没有想到,工作上也添了一些缺陷。总起来说,目的定得太大了,就不够明确切实了。

  总的情况如此,若更详细一点说,还得先从《红楼梦》的版本本身谈起,先要概说它早年流传的情况。所谓早年,即从我们所知曹雪芹生前有《红楼梦》抄本的时候算起,直到程伟元、高鹗初次排印本出现,约不足四十年,从一七五四年到一七九一年。这四十年又分为两段,以一七六三曹雪芹卒年为分界线,前段不足十年,后段不足三十年。

  曹雪芹生前《红楼梦》大约只在友朋间传观,不曾公开流通。瑶华所谓"《红楼梦》非传世小说"即为显证①,程、高引言云云亦可参考②。现存的三"脂本"(甲戌、己卯、庚辰),它们原底决定在曹氏生前。此外还有一个传疑的戚蓼生序本,其底本可能亦在雪芹生前,今原本已不可见,但就所附批语看,包括一大部分的"脂评",它属于上述三个"脂本"同一系统,毫无问题。所以尽不妨说有四个本子。现在只就三个脂本来说。

---

① 弘旿(瑶华道人)评永忠诗语,见延芬室集。
② 程乙本引言"藏书家抄录传阅几三十年",时为1792年,上推30年恰在雪芹身后。

它们也分为两类：甲戌是一类，己卯、庚辰另是一类。以写作时间来说，甲戌本最早，虽题明"再评"，我却以为再评之先可能没有初评。因"至脂砚斋甲戌再评仍用石头记"云云，在甲戌本原写作正文，即在"曹雪芹披阅十载"云云之后；那么脂砚斋再评对雪芹增删而言，殆无所谓初评，初评即是初写《红楼梦》。而且甲戌本的确很早，又可以用它的内容来证明。例如第一回僧道跟石头问答一段，约多四百多字，此本独有，不但后来的各本没有，即己卯、庚辰两本也没有。这很明白是另一个稿子，而这另稿又是作者的初稿。其他文字的异同，也还有可以用来说明的。至于己、庚两本相隔只一年，皆题"四阅评本"，大概相同，亦不妨说几乎完全相同。庚辰在曹死前三年，以后大约没有更晚的定本了。再就本子现存的情况说，也应该这样分为两类。甲戌本不在我们这里，己、庚两本却俱在，庚本且已印出。甲戌本残存十六回只到第二十八回为止，原本是否具有八十回的规模不能确定。己卯、庚辰都是八十回本，己卯只存四十回，庚辰大体完全，只缺六十四、六十七两回。比较最完整的要数它了，虽然庚辰本的缺点也不少。

到了雪芹身后，《红楼梦》即以八十回的抄本在社会上流行着，传抄者置庙市中，昂其值，得数十金，不胫而走[1]。这些抄本当时一定很多。现在我看到的就有三种：（一）乾隆甲辰年（一七八四年）梦觉主人序本八十回；（二）吴晓铃先生藏乾隆己酉年舒元炜序本八十回，今存前半部；（三）郑振铎先生藏残本两回（第二十三、二十四回）。这（一）、（二）两种的序文年月证明它在曹雪芹身后，刻本以前。郑藏残本年代不知，它在文字上改动很多，大约也在刻本没有通行的时候传抄的。

---

[1] 程甲本程伟元序。

这三十年是《红楼梦》无定本最混乱的时期。那些抄者不但随便抄，而且任意改，这样下去可能把这部文学名著给糟践了。所以刻本之出，不能不说对于《红楼梦》的保存和流传，有它一定的功绩。

比较重要的还推甲辰本。虽也是八十回，从脂本出来，却改动得很多。《红楼梦》一开始就带着评注，有些明出于作者之手，又有跟正文纠混在一起的地方。甲辰本虽然也还有些评注，却绝不提脂砚斋，在第十九回总评明说评注过多，反碍正文，主张删去①，它删改本文及回目也很厉害，把原来曲折的变为径直，复杂的变为简单，干脆的变为噜苏，北京话变为普通话南方话等等。抄刻的不同，我们从前认为程、高所改，事实上甲辰本已先改了，当然他们还继续地改下去。程、高是否看到这甲辰本不得知。即使不曾看见这个本子，至少他们看见过这一类的本子，大概无须疑惑的了。换句话说，前八十回今本的规模，在甲辰本上已大体有了。不过它却没有后四十回的。这后四十回的出现，在这里找不到线索，梦觉主人序文明说："书之传述未终，余帙杳然。"吴藏舒元炜序本，文字的讹乱过于甲辰本，却在他序上透露了一点消息。序成于一七八九年，在程、高排书前两三年，已传闻全书有"秦关百二"之数，即一百二十回。这后四十回的来历，既不是甲辰本校者做的，又不很像程伟元、高鹗做的②，至今还是一个谜。

----

① 见《脂砚斋红楼梦辑评》第297页。
② 程、高本未排印前已有百二十回的传闻，今本后四十回是程、高所作否，或系真像他们序上所说从鼓儿担上买来的也说不定。且程甲本高序题辛亥冬至日（阴历十二月三日），而程乙本引言壬子花朝后一日（次年阴历二月十三日），相距只七十天，却改动得很多，甚至于有改坏、改错了的地方，则两本很不像同出一人之手。高鹗补书只见于张问陶诗注。所谓"补"者或指把后四十回排印出来，更加以修改罢了。

作者生前身后这两段时期的抄本虽都是很乱的，却有性质上的差别。曹氏生前的抄本，有些由于原稿笔迹草率而引起的，有些出于传抄之误，妄改的地方不能说没有，却不太多（如脂庚本的小字大都是后人改的）。大体说来，其讹谬是从原稿来的，所以有时反而可从这里窥见原稿的真面。自然，讹谬较多的地方，使我们也无从寻找原文。曹氏身后抄本的混乱，情形却迥乎不同，大都后人瞎改，也有与原稿精神相背的——瞎改的原因，可能出于牟利，即"昂其值置庙市中"，故意造出文字的差别来眩惑人。我们从这里去找，非但不容易得到什么，反而会被它们搅糊涂了。但这些晚出的抄本是否毫无用处，也不能一概而论。如就追穷流变来看，甲辰本便很重要，它为程排甲本和以后的各刻本前八十回的祖本。

这些抄本，无论旧抄新出都是一例的混乱。程乙本程高引言"书中前八十回抄本文字互异"之说，又谓"是书流传既久，坊间缮本及诸家所藏秘稿，繁简歧出，前后错见"；他们看见的抄本，要比我们今日的多得多，这里所说抄本文字歧错的情形当是真的。至于他们做过整理的工作，所谓"广集核勘，准情酌理，补遗订讹"，虽未免有些夸大其词，大概有一部分也是实情。《红楼梦》在一七九一年左右经过程、高的整理，这八十回就带着这来历不明又不很合适的后四十回，称为百二十回全本，一直流传到现在。

程伟元、高鹗整理《红楼梦》的目的似乎跟我上文所说第二个目的相同，要出一种比较好的本子。但他们却没有我们这第一个目的，而且似乎很反对像这样的目的，在那边有意无意地遮盖、埋没曹著的真面目。后四十回的本身且丢开不论。从整理前八十回说，他们有两个错误：（一）主要的依据是甲辰本之类，即后人妄改的本子。（二）正因为他们有后四十回，就不得不进一步来改动前八十回。有些地方，如甲辰本并没有改，而程甲本就改了，这是最明白的例子。如柳五儿早已死了的。作者把这一个跟平袭紫鸳相类的人写成沧海遗珠，自有深意。五儿不应该进怡红院的。续作者意思不同，在程高本第一百零九回有"候芳魂五儿承错爱"，而且是相当得意的文章，那么五儿就不能早死了。所以甲辰本第七十七回上有：

  是谁调唆宝玉要柳家的丫头五儿了，幸而那丫头短命死了。

仍同脂本，在程本上自然不应该再有。且牵涉到晴雯之死。今本七十七回晴雯的嫂子缠着宝玉，被五儿撞来解围，这个在脂评系统里的各本当然都不会有的，只写晴雯的嫂子灯姑娘自动的把宝玉放走。这个例子已很明白，谁好谁歹，不是一两句话能够说明白。至于刻本改抄本不当的地方，自不胜枚举。程乙本又把甲本改坏了不少，这已入后四十回的范围，也不能多说了。

  抄本固然很乱，刻本添了妄改之病，也未尝完全不乱，我们整理本书的目的，不能简简单单只重研究者的参考，而必须兼顾一般阅读者的需要，其理由实在此。这两个目的是有些抵触的，我们必须克服这个困难，使互相矛盾的地方在可能范围内适当地统一起来。这个工作总是值得一做的。

  要解决这些具体的问题，先要看问题到底有多大。如书的未完，这个问题是无从弥补的。因后四十回有违失作者之意处，风格上也很不同，把它联合起来，会在阅读方面发生相当混乱的印象。又曹雪芹写《红楼梦》，并不是从头到底挨着写下去的，乃纵笔所至，一大段一大段的写，然后把它斗拢来；故有些地方残缺的痕迹至今还在。如第二十二回最后一段，后来各本虽有，其实不是原稿。如第三十五回跟三十六回现存所有的各本都不接。如第七十回跟七十一回，脂本原也不衔接，刻本把它接上了，却并不见好。如第七十五回，原缺宝玉、贾兰、贾环的诗。又各回长短非常参差，长的达万言，短的不过四千五百字，相差到一倍以上。分回也没分好，回目也没完全。如第十七、十八回，己卯、庚辰两脂本都不分回，后人把它分开，不但分法各各不同，而且回目也始终没有搞好。

若说到本书前后抵触，脱支失节的地方却多了。论理应该可以弥补，但也得看实际的情形。有些比较容易解决，有些就不容易或不可能。这儿且各举一例。如凤姐只有一个女儿叫巧姐，今传各本均同，大家知道的。但据脂本却跑出两个女儿来了，一个大的叫巧姐儿，一个小的叫大姐儿，而且两见，一见于第二十七回芒种饯花神条：

……凤姐等并巧姐、大姐、香菱。

二见于第二十九回，这更明白，决非什么笔误：

奶子抱着大姐儿，带着巧姐儿另在一车，还有两个丫头。

庚辰甲辰本同，有趣的是有正本。今有正本虽没了"巧姐"字样，但所依据的"戚本"大概亦同脂本。如二十七回有正本作：

……凤姐等并同了大姐、香菱。

这"同了"两字显然是"巧姐"两字的替代。"并同了"文理不通，且这"同了"两字，在有正大字本小字本上都还看得出有改写的痕迹，恐是抄写以后临时改的。第二十九回也同样的分明，有正本作：

奶子抱着大姐儿带着丫头们另在一车，还有两个丫头。

这"丫头们"三字又是"巧姐儿"三字的替身，更不用说了。所以说戚本原同脂本。

从各抄本汇合看来，这大概曹雪芹原写如此。是否矛盾呢？的确很矛盾的。在第四十二回上，更千真万确地，凤姐只有一个女儿叫大姐，其时尚未起名，不过叫叫而已；后来还是凤姐请了刘姥姥从她的生日七夕联想，按照"以毒攻毒"的古法命名为巧姐，遇难成祥，逢凶化吉，都从这巧字儿来。各本均同，没有例外。这是原作自相矛盾的一个例子。要想解决它，自只好删二十七、二十九回之文，四十二回是无法改动的。这样统一是很简单的，又从这里可以看出作者写《红楼梦》可能不止一个稿子，又是一段一段的写，这一段那一段不必同时。大概作者先想给凤姐两个女儿，后来才改为一个。凤姐有两个女儿的时候，这巧姐的名字并非刘姥姥所给，如第四十二回所说。

但并非说所有类似这样的问题，都可以这样简易解决的。例如宝玉的年纪究竟比元春小多少，这是老问题，早有人提起过，我也曾有所说明①，这儿不妨说得简单些。这第二回跟第十八回的冲突终久不好解决。表面一看似亦适用上边的办法，改第二回的"次年"两字以迁就十八回之文，口气文理上差了一点，就让它差一点罢，反正比自相矛盾要好一些。仔细看了全书，知道不这样简单，即使硬改第二回之文亦无济于事；因其他地方还在表示着宝玉的年纪并不小了，莫非也一一去改。有一节文字本身在数行内就是矛盾的，即引第二十三回作家出版社本。

> 当时有一等势力人见是荣国府十二三岁的公子做的……谁想静中生动，忽一日不自在起来，这也不好，那也不好，出来进去只是发闷。园中那些女孩子正是混沌世界天真烂漫之时，坐卧不避，嬉笑无心，那里知宝玉此时的心事。

上文说"十二三岁"分明很小，下叙春思发动年岁已大了。而且这些女孩比十二三岁的宝玉还要小，也是不可通的。可见宝玉的真实年龄并不小了。另一证见于三十五回：

> 那傅试原是暴发的。因傅秋芳有几分姿色，聪明过人，

---

① 《红楼梦研究》，第260—261页。

> 那傅试安心仗着妹子，要与豪门贵族结亲，不肯轻易许人，所以耽误到如今。目今傅秋芳已二十三岁，尚未许人。……那傅试与贾家亲密，也自有一段心事。

照例结婚女的总要比男的小一些。傅试想跟贾家攀亲，傅秋芳今年二十三岁，那么，宝玉应该几岁？就算他比傅秋芳稍小些，也已总在二十左右了。宝玉若只有十三四岁，那傅家的妄想攀高，也未免太妄了些。

在这些地方却从来没有人改动过的。这些不改，单改这第二回的次年，为"后来"，为"隔了十几年"，徒损原作之真而毫无实惠。碰到这样的矛盾，不得不认为《红楼梦》原有的问题，只好让它去了。所以这个本子虽说要帮着解决原来的问题，实际上弥补是很有限度的。我上述两个目的也在那边冲突，有时只好偏重一个。用那一个，得看情形。如巧姐之例，为了情节一致所谓第二个目的，牺牲了接近原稿所谓第一个目的。如宝玉年龄之例，反其道而行之，又把第二目的服从于第一目的。虽似标准无定，做法相反，却事实上也只能这样做。

说到这里，可以谈到校勘整理的工作了。先说定什么做底本。我们用有正本做底本。有正本对戚本是有距离的，如上所述。用它做底本，却为事实所限：一则由于易得，便于丹黄涂抹；二则它也最完整。因这些原故，除第六十七回、第六十八回一部分以外①，就用有正本做底本，而依据他本改字。

---

① 第六十七回庚辰本缺；有正本甲辰本大致相同，出于一稿却很坏；程甲、乙本另是一稿；己卯本亦缺，抄配用程乙本。比较各本还是程甲本好些，我们就采用了它。第六十八回，凤姐对尤二姐一段长白，各抄本都是文言（有正大字本原用文言，后涂改为白话；小字本改为白话，但亦不彻底），酸气很重，跟她平常说话不同。这大概是作者的原稿，或者想用来表示凤姐的虚伪。我们觉得今本一律白话要好些，所以这一段改从程本。

用的主要校本：脂砚斋庚辰本七十八回，己卯本四十四回，甲戌本因原书不在，只用了一部分；参考校本：甲辰本，郑藏残本，程甲乙本等。其用法的区别大致如下：对主要的校本引录得比较详细，多用作改字的根据；对参考校本引得比较粗略，除掉个别的以外，一般不用作改字的最初根据。参考校本里的刻本用得更少，程甲本每在作改字的参考时引用，程乙以下，只于必要时偶一引用而已。校本的用法既很不一致，所以只是重点的校勘，还不够全面的，有严格客观标准的校勘，等下面再谈。这儿先谈改字的标准。

有正本虽是脂本的系统，自它流行以来，若沉若浮，始终不惬人望，这是有原故的。拿它跟通行的坊本比来，不见得好，或反而不如，至少也是各有短长。我们拿来做底本必须改字，而且要改得相当多，那就不能没有标准。先依版本排列先后，从（一）不宜则从（二），从（二）不宜则从（三），从（三）亦不得则从（四）。改字依版本的次序如下：

（一）从脂本。

（二）从后起的抄本，如甲辰本。

（三）从刻本。

（四）以意改字[①]。

至于更具体的那些要改，那些不要改，我曾写出一部分的校勘举例和校勘随笔。大体上我也拟了三个标准如下：（一）择善；（二）从同；（三）存真。主要的是择善，从同存真只是附带的。很显明，这三个标准跟着上文所说两个目的来。原来的目的既不能没有矛盾，则这儿的三个标准亦不能没有矛盾。如以"择善"来说，有时便不得不违反下面的两标准，而且会打乱了

[①] 以意改字处很少，在新本上拟用方括弧表示。以意删去的字可查阅校字记。

上开版本的次序,即(三)(四)会跑到(一)(二)的头里去。独用"择善"的例子,这儿举出两个:(一)我用了光绪间石印的金玉缘本,(二)没有版本根据,以意改字。这可以算极端的例子。

(一)如第五十六回引脂庚辰本:

> 咱们这园子只算比他们的多一半,加一倍算,一年便有四百银子的利息。若此时也出脱生发银子,自然小器,不是咱们这样人家的事;若〔不〕派出两个一定的人来,既有许多值钱之物,一味任人作戏,也似乎暴殄天物。

方括弧里的"不"字是添的。早年的刻本如程甲、乙本、嘉庆本、道光本都没有,以手头的材料直查到光绪间石印金玉缘本方才有了,更后的亚东本、作家出版社本当然也是有的,可见这个"不"字添得很晚,但添得对,便不得不用它。

(二)再极端一点便是我改的,如第十四回也引脂庚本:

> 那应赴僧正开方破狱,传灯照亡,参阎君,拘都鬼,延请地藏王,引幢幡;那道士们正伏章申表,朝三清,叩玉帝;禅僧们行香,放焰口,拜水忏;又有十三众尼僧搭绣衣,靸红鞋,在灵前默诵接引诸咒,十分热闹。

这"应佛"二字可能出于原稿,却是错的。各本或作"应福""应付"这些同音字,皆误,应该作"应赴"。"应赴僧"正对下面"禅僧们"说的。对这个的了解我有一段经过,不妨一谈。幼年在苏州知道给亡人做法事有两种和尚:一叫"禅门",一叫"匸乂丨ㄣ"。禅门念经拜忏,匸乂丨ㄣ念经外主要的奏乐唱曲。我始终不知道匸乂丨ㄣ是哪两个字。后来朋友告诉我,方知道应作"赴应"。赴应即应赴。凡和尚们应俗家的邀请到那里去做法事叫应赴,自然也得到报酬。早年大约搞音乐的和尚接受外会,而清修的和尚却不,所以有禅门赴应之别。但后来禅僧们亦应赴，而名称既用惯了，便不再改，所以仍有这样的区别。有钱的人家做佛事，两者兼用，以外还有道士尼姑，像《红楼梦》记秦氏丧仪正是这样的排场，这四种僧道是全的。所以"应佛"为"应赴"之讹甚明，但作者已写错了，依"存真"的标准原不能改，我却以为"择善"居先，既知道得比较确实，便依我的意思改了。

从同、存真两个标准，放在择善的条件下，若单独使用它不很合理①。既然改字，至少我自己认为好的才改，虽然真好与不好是另一问题。若认为还不及底本自然不改。但重点有时亦放在从同或存真上。所谓从同，大抵各本均同，有正独异。如有些字句可以两存，因这个原故把它改了。我那时有一种心理，不太相信这有正本。这底本独异的字句，虽好歹进出不大，却可能出于后人所改，甚至于狄平子改的②。又"从同"大都是从"巳庚晋（甲辰）甲（程甲）"，包括两个脂本在内，则亦符合"存真"的意思，并非独用。

"存真"这一点比较复杂，独用"存真"也很少，往往用在存疑或存原本痕迹的地方。如有些名物，我们还不知道怎样解释，既旧本如此，则姑存其真。如第三回凤姐穿的"萍缎"，不知是什么衣料，但作"洋缎"却怕不对。第六十三回芳官穿的三色缎子拼的水田夹袄，里边有一种叫"酡绒"，也不知什么衣料，但作"驼绒"恐怕不对。如第十七、十八两回，后来的分回和回目都不恰当，我们仍照脂本不分。又如本书及叙作诗必录诗句；甚至于唱的曲子（如脂庚本有正本第六十三回芳官唱邯

---

① 个别地方，也有因从同存真，表面上丢开了择善的。如第四十九回"孟光接了梁鸿案"，分明只有七个字，但下文偏说"五个字"好像错了。但脂本及各本均同作"五"，没有作"七"的，我们不便轻易改动它。作者不至于"五"、"七"都不辨。且可能本来不错，只看怎么去解释。

② 见拙作《红楼梦随笔》"有正本妄改"一条。

郸扫花），行的酒令（如第六十二回湘云醉中念的）都是全文。在第七十五回回目上题明"赏中秋新词得佳谶"，偏偏宝玉、贾兰、贾环的诗句都不见。现在只有脂庚本还留下一些痕迹，残迹留着自无用，但删了则缺诗一事便不可见，且与原书一般体例不符，所以我主张保存。其他类似的例子也还有。

究竟什么叫"真"，也有问题。事实上所谓存真，不过从旧本（脂本）的意思。但旧本亦有互异的，将何所从？又不得不归到择善的老路上去。没有太大的优劣就干脆不动了。如第四十一回刘姥姥吃茄鲞，各本均同，有正本偏作"茄胙"，原可用从同的标准。但有正本的独异，在这里颇难设想出于妄改。菜的做法既完全不同，殆作者原有两稿，一作茄鲞，一作茄胙，反正都没法弄来吃，故无大优劣。茄鲞之文既已通行，这里不如存茄胙之真，因此便没有动。虽无关宏旨，这也可算存真独用的一例。

至于三者并用，也就是三个标准统一起来的例子也很多。这儿举一个稍微复杂一点的，再举一个简单的。先引脂庚本第七十一回：

> 鸳鸯道：罢哟，还提凤丫头虎丫头呢……总而言之，为人是难作的。

这"为人是难作的"，就从同来说，各本大都这样，有正本独异；就存真来说，脂本是这样。只有从择善来说，有些问题。"为人是难作的"或"为人是难做的"确乎不合文法，但鸳鸯当时的说话正不必合于文法。此正作者善用语言的变化，为人物传神。若如今有正本作"为人是难的"，当然合了文法而神情稍失了[1]。在这里不用有正本是同时符合了三个标准。简单的例子，

---

[1] 第二十四回庚辰本还有一个同类的例子。"倪二听了大怒。要不是令舅便骂不出好话来"，叠用两"不"。这第二个"不"字，按文理说是衍文，故有正本没有，但否定语叠用为加重语气，俗语中往往有这样的说法，所以我采用庚本把它添上。

如第五回《红楼梦》曲文中说黛玉一支曲牌名各本都作"枉凝眉",切合颦黛本意,和其他十二钗曲一例,当然是对的,有正本却作"枉凝眸"。这里改了有正本,也是符合三个标准的。

在八十回书中这样的改字,自不能一一列举。虽然定了这三个标准,能否使人惬意却很难说。我自己看来即有三种毛病:(一)这三个标准我所悬拟,本不一定妥当。(二)它们虽不必处处矛盾,却总归是有矛盾的,而我的处理也未必皆妥。(三)我是否能依上项的原则,恰如其分地运用这三个标准,也不敢说。惟愿竭尽己力为《红楼梦》添一个较好的版本,但这主观的意图能否如愿,只有请关心《红楼梦》的读者检定了。

这儿可以提起校勘记的作用。有了校勘记,便有踪迹线索可寻,即使不幸我把这有正本"点金成铁",或在其他各本中"看朱成碧",迷于去取,读者如肯破费一些工夫,就很容易把那遗失的珠玉找回来的。校勘记的详于改字部分而略于一般文字的异同,其故在此。我们打算把这改字部分的校勘记首先印行,其故亦在此。

最后谈到校勘工作和做校勘记的情形。这工作大体上分四个步骤:(一)将各本的异文校在这有正本上。(二)根据这校本写校勘记初稿。(三)用上边这两种材料,仍参照各原书,斟酌改定文字。(四)依这改字的新校本重写校勘记。这工作的(一)(三)两项均由我担任,(二)(四)两项是我的计划,由王佩璋同志写的。

校勘工作很繁重,校勘记的文字亦很多。从一方面说,还是不够详备。主要的校本如庚辰本也并没有每一个字都校在上面,有些庚辰本的明显的错字就没有校上去。参考校本如甲辰本,省略得更多。因当初原预备只作重点的校勘。从另一方面说,又未免嫌过于烦琐了,有些像全面校勘似的。因何谓重点,自有主观出入的地方，才有这繁简不匀称的现象。我认为这有必要在这儿向读者交代清楚的。

当初还有一种想法：说抄本跟刻本是两个系统，只可用抄本来校抄本，不能用刻本来校抄本。这原是对的。似乎可以完全撇开刻本了，事实上却又不然。因"抄"、"刻"在《红楼梦》的流传上虽似形成为两个系统，原先却并非完全的两回事。如程、高说他们广集各家抄本加以校勘，这大概是真话。那时离雪芹之死还不到三十年，抄本要比我们今日多得多。这些材料现在虽消灭了，有些却保存在程排本里，尤以程甲本为多。所以我认为酌引刻本亦有必要的，特别在改字处引用，可以明了各本均同的情形。但或引或不引，读者或者会引起迷惑来。

即就抄本校抄本来说，也不很简单。在作者身后出现的讹谬妄改的抄本有没有拿来做校勘的必要呢？却是一个问题。按理说，没有什么必要。当时又因为这些抄本都非常罕见，不搜罗进去未免可惜。况且《红楼梦》的问题多，而我们手头材料只嫌其少，想从多里捞摸，愈多愈好。希望将从这凌乱业残之中解决一些问题。而当时对这些抄本的性格，也还没有太大的把握。就材料多寡来说，截至目前，纯粹的脂本海内所见不过三，而我们得其二，似不为少。但己卯本和庚辰本差别不多。用一个脂庚本来校有正本实在也差不多了。我当时却抱着"贪多务得"的心理。这样就造成了这庞大非凡，一百二三十万字的校勘记。

这校勘记的庞大，主要由于甲辰本的录入，一则甲辰有八十回之多（郑藏残本只有两回），二则甲辰本大体跟程排甲本相类似，跟脂本差别很多。所以虽说不将刻本来校抄本，事实上差不多已等于用刻本来校抄本了。这样做法有没有必要呢？我想还是有必要的。甲辰本是抄本跟刻本间的连锁。从抄本说是"穷流"，从刻本说是"溯源"。我们从它可以知道那些出于程、高以前人改的，那些是程、高改的。在《红楼梦》的版本史上非常重要，它不仅仅因罕见而成为珍本。

因上述这些原由，校勘记跟新本有密切的关系，有它的重要功用，原应该把它印行出来。但篇幅既很庞大，虽研究者或者还感不够，而一般的读者可能不一定要看这一百多万字的校勘记。所以现在由王佩璋同志再把校勘记的改字部分摘录了先印出来，凡改定字句，根据什么都一一写明，称为校字记；全部的校勘记，俟有时间加以整理，斟酌社会上的需要，再考虑另行印出，供研究者的参考。

最后略谈我的感想。我早年就有整理《红楼梦》的意图，经过了三四十年的时间，在伟大的毛泽东时代，才能够完成我的夙愿；这是首先应当感谢和欣幸的。同时又深切的惭愧着，从北京大学文学研究所成立以来，我就担任这工作，直到现在才勉强完成了，诚有力不从心之感，而且在计划上、工作上还不免伴随着许多缺点，这个新本能否集众本之长，或更接近原作之真，都是不敢说的。在工作进行中间，承朋友们给我真心大力的帮助；潘家洵先生曾帮我校过本书三十一回以下，郑振铎先生借给我许多缜密的材料，傅惜华先生所藏的程甲本搁在我家里多少年了。我这微小的成绩如何能对得起他们的热情，使我更觉惭愧。又承本所中国古代文学组几位同志提出许多很好的意见，王佩璋同志又帮我校定句读，邓绍基、刘世德同志帮我统一字体，都是我非常感谢的。

新本有什么好处，读者们或者想知道。简单说来，这是一个各抄本的汇校本。以现行的脂、戚两本，一本影印，没有经过整理，一本抄印，不免有所妄改，所以不妨说它是抄本系统的普及本。用戚本为主，用脂本来校，参用刻本地方不多，也可以说它是比较接近曹雪芹原著的本子之一。虽意在择善而从，但所

"择"所"从"是否"善",不免有主观的偏见,正不必妥当。尤其是以意改字的地方,恐怕讹谬更多。这个新本行世以后,诚恳地盼望全国的文化界以及爱好《红楼梦》和专门研究的人不断地批评和指教,使它有机会得到修正,渐臻完善。我认为只有在人民作主人的时代,伟大的曹雪芹及他的名著《红楼梦》,才有可能廓清一切曲解,得到真实的和充分的评价。如果读者能透过我这微末的工作更多地引起对《红楼梦》的热爱来,那将是我最大的希求了。

《红楼梦》中关于"十二钗"的描写[*]

曹雪芹之卒到今年已有二百年了。他的《红楼梦》一书,彗星似的出现于中国文坛,谓为前无古人殆非虚誉。这残存的八十回书比之屈赋、太史公书、杜甫诗等也毫无愧色。二百年中有抄本,有排本、刻本,有新印本,万口流传亦已久矣。然而从另一角度看,它的遭遇也非常不幸:尚未完成,一也;当时已有"碍语"[①],而被歧视,二也;妄评,三也;续貂,四也;续而又续,五也;屡被查禁以致改名[②],六也。除此以外,还有一特点,即其他的小说不发生什么"学",如《水浒》、《三国》等小说亦复脍炙人口,却不曾听说过有什么"水浒学"、"三国学",独有《红楼梦》却有所谓"红学"。这本是一句笑话,含有讽刺的意味,但也是社会上的一种事实;以《大学》、《中庸》

---

[*] 原载1963年8月《文学评论》第4期。

[①] 清宗室弘旿(瑶华道人)评永忠《吊雪芹》诗:"此三章诗极妙,第《红楼梦》非传世小说,余闻之久矣,而终不欲一见,恐其中有碍语也。"

[②] 《红楼梦》板行以后,以诬蔑满人,及以有色情语,屡遭查禁。最后的一次在同治七年,丁日昌任江苏巡抚,查禁书籍二百六十九种,其中有《红楼梦》。后来将本书改名《金玉缘》,或用《石头记》原称,即由于此。

说之，以《周易》说之，以《金瓶梅》比较言之，以清代政治或宫廷说之，以曹雪芹自叙生平说之……这样《红楼梦》是十分的煊赫了，然而它的真相亦未免反而沉晦。是幸运么，是不幸呢？它在过去始终未曾得到足够的评价和适当的批判。解放以来在党的"百花齐放，百家争鸣"政策的指导下，各式各样的文艺都欣欣向荣，《红楼梦》的研究也开始走上了正确的道路。我这篇文章谈关于人物的描写，不免陈旧肤浅，又偏而不全，对于这样伟大的著作，多么的不相称呵。若能够较比我以前徘徊于索隐考证歧路之间所写的要稍好一点，那在我已很觉欣幸了。

本篇所谈十二钗实指《红楼梦》中的诸女子，在一种意义上不足十二人（如第五回册子及曲文所列"正十二钗"），在另一意义上又不止十二人（如脂评所谓"情榜"，有正、副、又副、三副、四副共六十人）。这里只就大家熟悉的，且在本书比较突出的，举数例一谈。

"十二钗"不过书中人物的一部分，而本篇所谈，又是"十二钗"的一部分，自难概括。还有一点困难，后四十回乃后人所续，他对书中人物看法不同，以致前后歧出，已广泛地引起读者的误解。即以"十二钗"的眉目钗、黛为例：如宝钗顶着黛玉的名儿嫁给宝玉，从八十回中关于她的种种描写看来是不合适的。她只以"始则低头不语，后来便自垂泪"（第九十七回），这样默认的方式了之，又哪里像以前宝钗的行径呢。如黛玉临死时说："宝玉，宝玉，你好！"（第九十八回），恐怕久已宣传于众口的了。晴雯临死时尚且不这样说①，难道黛玉就肯这样说么？本

---

① 第七十八回记晴雯之死（校本第889页）："宝玉忙道：'一夜叫的是谁？'小丫头子说：'一夜是叫娘。'宝玉拭泪道：'还叫谁？'小丫头子道：'没有听见叫别人了。'宝玉道：'你糊涂，想必没有听真。'后来便有另一个小丫头胡诌了一大篇话，引起'杜撰芙蓉诔'来。"

篇所谈，自只能以曹氏原著八十回为断限，却亦带来了一些不可避免的缺点。因书既未完，她们的结局不尽可知，除在脂砚斋批里有些片段以外，其他不免主观地揣想。虽则如此，我却认为比连着后四十回来谈，造成对书中人物混乱的印象毕竟要好一些。

一 总说

要了解曹雪芹怎样描写"十二钗"，先要提出作者对于这些女子的看法，即用他自己的话来说明，有下列几个方面：

（一）她们都是有才、有见识的。第一回总序：

> 今风尘碌碌一事无成，忽念及当日所有之女子，一一细考较去，觉其行止见识皆出于我之上，何我堂堂须眉诚不若彼裙钗哉。……然闺阁中本自历历有人，万不可因我之不肖，自护己短，一并使其泯灭也。（校本一页）①

他有"传人"之意。欲传其人，必有可传者在；若不值得传，又传她做什么？即有褒贬，亦必其人有值得褒贬者在；若不值褒贬，又褒贬她做什么？上引两段文字并非照例一表，实关系全书的宗旨。后来续书人似都不曾认清这"开宗明义第一章"，非常可惜。

（二）她们遭遇都是不幸的。第五回叙宝玉梦游太虚幻境时：

> 惟见几处写着：痴情司、结怨司、朝啼司、夜怨司、春感司、秋悲司……宝玉喜不自胜，抬头看这司的匾上，乃是"薄命司"三字。两边对联写着："春恨秋悲皆自惹，花容

---

① 各脂本讹异较多，以下所引只据《红楼梦八十回校本》，注明页数。如有个别异文，另注出。

月貌为谁妍。"宝玉看了，便知感叹。（四九页）

"薄命司"已包括了全部的十二钗（广义的）。况且从上文看其它各司，如痴情结怨、朝啼夜怨、春感秋悲等虽名字各别，而实际上无非"薄命"，宝玉虽只在"此司内略随喜随喜"，无异已遍观各司了，也就等于说一切有才有识的女子在封建社会里都是不幸的。这个观点在本书里很明白，而续书人往往把握不住。

（三）她们是"间气所钟"，会有一些反抗性，同时也有缺点。第二回借了贾雨村的口气说：

> 所余之秀气漫无所归，遂为甘露，为和风，洽然溉及四海。彼残忍乖僻之邪气不能荡溢于光天化日之中，遂凝结充塞于深沟大壑之内，偶因风荡，或被云推，略有摇动感发之意，一丝半缕误而逸出者，偶值灵秀之气适过，正不容邪，邪复妒正，两不相下，亦如风水雷电地中既遇，既不能消，又不能让，必致搏击掀发后始尽。故其气亦必赋人，发泄一尽始散。使男女偶秉此气而生者，上则不能成仁人君子，下亦不能为大凶大恶。置之于万万人之中，其聪俊灵秀之气则在万万人之上；其乖僻邪谬不近人情之态，又在万万人之下。若生于富贵公侯之家，则为情痴情种；若生于诗书清贫之族，则为逸士高人；纵然偶生于薄祚寒门，断不能为走卒健仆，甘遭庸人驱制驾驭，必为奇优名娼。如前代之许由、陶潜……卓文君、红拂、薛涛、崔莺、朝云之流，此皆易地则同之人也。（一九——二〇页）

这一段话显然很有毛病。但有一点可以注意的，这些人不受"庸人驱制驾驭"，大部分都是受封建制度压迫的，有些是不被封建统治的道德观念所束缚的。且上文虽说在正邪二气之间，实际上恐怕偏于邪的方面要多一些，看上引文可知。他们的反抗性怕是从这里来的，所谓"彼残忍乖僻之邪气不能荡溢于光天化日之中，遂凝结充塞于深沟大壑之内，偶因风荡，或被云推，略有摇动感发之意，一丝半缕误而逸出者"，在这里反抗封建统治很尖锐，仿佛《水浒传》之误走妖魔也。亦正因此，他们不但有缺点，而且很多，即所谓"其乖僻邪谬不近人情之态，又在万万人之下"是也。《红楼梦》描写十二钗不必完全是那样，但也有相合的随处可见。

（四）她们有胜于男人的地方。这每借了书中人宝玉的见解行为来表示。如他有名的怪话，在第二回："他说，女儿是水做的骨肉，男人是泥做的骨肉。"同回又说："这女儿两个字，极尊贵、极清净的，比那阿弥陀佛、元始天尊的这两个宝号，还更尊荣无对的呢。"过去都重男轻女，他偏要倒过来说重女轻男，在十八世纪的封建统治阶级里有人说这样的话，确实是石破天惊之笔了。

他为什么看重女子呢，引文里已说到，"极尊贵极清净的"。因为她们清净，所以尊贵。宝玉并不认为任何女子都是尊贵清净的。第七十七回：

> 守园门的婆子听了，也不禁好笑起来，因问道："这样说，凡女儿个个是好的了，女人个个是坏的了。"宝玉点头道："不错，不错。"婆子们笑道："还有一句话，我们糊涂不解，倒要请问请问。"（八七三页）

婆子一句话没有说完，就打断了，这句"请问请问"的话不妨把它补全，她大概想说：女儿既这么好，女人又这么坏，但女人（妇人）不就是从前的女儿么？宝玉怎样回答不知道。问题正在这里。女儿之可贵自有她可贵之处，如果混账起来那就比男人更可杀了。第三十六回宝玉说：

> 好好的一个清净洁白女儿，也学的沽名钓誉，入了国贼禄鬼之流。这总是前人无故生事，立言竖辞，原为导后世的

须眉浊物。不想我生不幸,亦且琼闺绣阁中亦染此风,真真有负天地钟灵毓秀之德。(三三页)

原来"琼闺绣阁"之所以清净而可贵,正因为她们距离"国贼禄鬼"总较男人们远些;若她们也染此颓风,那就真正有负天地钟毓之德了。

(五)她们不以身份分美恶。《红楼梦》不但反对男尊女卑,即同样的妇女也不以阶层身份而分美恶。譬如太太们不必比奶奶们高,如凤姐儿是个著名的坏人,但是谁能说她婆婆邢夫人比她强?又有哪个人喜欢邢夫人过于喜欢凤姐儿?小姐们也不必比丫头们高,如平儿绝不比凤姐差,而且更可爱;如绣橘也不比迎春差。即同样的丫头,而二三等的婢女中也有人材,如红玉,脂评说她对宝玉将有大得力处[①]。质言之,在本书里也反对妇女界的尊卑观念,而且写那些丫头们,好文章又特别多,这恐非偶然的。本篇论"十二钗",于正册尚不完全,却拉扯到副册、又副册去,即根据这些事实。如谈论《红楼梦》,我们尽可撇开李纨、巧姐等,却决不能放过袭人和晴雯,本文谈她二人且特别长,其理由亦在此。

把握了上面的五点,《红楼梦》对十二钗为什么要这样写,为什么不那样写,总可以有一些理解。

二 对宝钗、黛玉的抑扬

此书描写诸女子以黛玉为中心,以宝钗为敌体,而黛玉虽为第一人,书中写黛玉并不多用正面的夸赞法。我昔年曾藏有嘉庆

[①] 甲戌本第二十七回回末批:"且红玉后有宝玉大得力处,此于千里外伏线也。"

九年（一八〇四）耘香阁重梓本《红楼梦》，上有批语：

> 《会真记》穿一套缟素衣裳①，金评精细固也，然尚说出缟素来。此但从宝玉心中忖度用超逸字，不觉黛玉全身缟素，活跳纸上。《红楼》用笔之灵，往往如此。（第十六回"宝玉心中品度黛玉，越发出落的超逸了。"旁夹批）

他说得很好，本书描写黛玉往往如此。——在这里来点岔笔，本书正面描写缟素的也有，却不是黛玉。请看凤姐：

> 只见头上皆是素白银器，身上月白缎袄，青缎披风，白绫素裙。眉弯柳叶，高吊两梢；目横丹凤，神凝三角。（第六十八回，七五八页）

试问比黛玉如何？若说这里就有了褒贬予夺固亦未必，但一个楚楚可怜，一个浑身煞气，岂无仙凡之别？这些地方正不必多费笔墨，只是情文相生，而我们已不禁为之神往矣。

《红楼梦》写黛玉，不但正面说她的美不多，而且有时似乎并不说她美，且仿佛不如宝钗。这儿举三个例：

> 不想如今忽然来了一个薛宝钗，年纪虽大不多，然品格端方，容貌丰美，人多谓黛玉所不及。（第五回，四五页）

写众人看法如此。又如：

> 袭人笑道："他们说薛大姑娘的妹妹更好，三姑娘看着怎么样？"探春道："果然的话。据我看，连他姐姐并这些人，总不及他。"（第四十九回，五二三页）

据探春说连宝钗都不如她，实际上以宝钗为群芳的领袖。再看上文宝玉的话：

> 更奇在你们成日家只说宝姐姐是绝色的人物，你们如今

---

① 《西厢记》第二折《借厢》"小梁州"曲曰："可喜娘的庞儿浅淡妆，穿一套缟素衣裳。"

> 瞧瞧他这妹子，还有大嫂子这两个妹子，我竟形容不出了。老天，老天，你有多少精华灵秀，生出这些人上之人来！可知我井底之蛙，成日家只说现在的这几个人是有一无二的，谁知不必远寻，就是本地风光，一个赛似一个。（五二二页）

宝玉说大家的看法如此。至后文的叙述，有借花喻人者，如第六十三回"寿怡红群芳开夜宴"，宝钗掣的签是牡丹，题着"艳冠群芳"四字，下文又叙"众人说：巧的很，你也原配牡丹花"，及轮到黛玉，她就想到："不知还有什么好的被我掣着方好。"后来她掣的是芙蓉花。这段文章写得轻妙，而且暗示她们的结局比第五回所载更加细致，那些且不谈。就真的花说，无论色、香、品种，牡丹都远胜于芙蓉，此人人所共见者，像《红楼梦》这样的写法，不免出于我们的意外了。即脂砚斋对于钗、黛容色的批评也仿佛这样：

> 按黛玉、宝钗二人，一如姣花，一如纤柳，各极其妙者……（甲戌本第五回夹批）

一如姣花，一如纤柳，谁是姣花，谁是纤柳？林黛玉本来够得上比姣花，宝钗却不能比纤柳；黛玉既只得为纤柳，而宝钗比姣花矣。花儿好看，还是杨柳好看？脂砚斋此评盖神似《红楼梦》六十三回之文也。

作者或有深意，脂评或在模拟作者，但表面上看，一般地说，宝钗要比黛玉更好看。至于性格方面，书中说宝钗胜过黛玉的尤多，这儿只能引两条，其第一条即上引第五回之下文：

> 而且宝钗行为豁达，随分从时，不比黛玉孤高自许，目无下尘，故比黛玉大得下人之心。（四五页）

其第二段见于第三十五回：

> 宝玉笑道："这就是了，我说大嫂子倒不大说话呢，老太太也是和凤姐姐一样的看待。若是单是会说话的可疼，这

些姊妹里头也只是凤姐姐和林妹妹可疼了。"贾母道："提起姊妹，不是我当着姨太太的面奉承，千真万真，从我们家四个女孩儿算起，全不如宝丫头。"薛姨妈听说，忙笑道："这话是老太太说偏了。"王夫人忙又笑道："老太太时常背地里和我说宝丫头好，这倒不是假话。"宝玉勾着贾母，原为赞林黛玉的，不想反赞起宝钗来，倒也意出望外，便看着宝钗一笑。宝钗早扭过头去，和袭人说话去了。（第三十五回，三六五页）

《红楼梦》在这些地方实在写得过于灵活了，例如此处很容易使人想到贾母喜欢宝钗而不怎么喜欢黛玉，读者一般会有这样的印象，我却以为其中也有世故人情的关系，这儿且不能谈了。

《红楼梦》写宝钗，其性格、容貌、言语、举止、学识、才能无一不佳，合于过去封建家庭中女子的"德、容、言、工"四德兼备的标准。本书虽肯定黛玉为群芳中的第一人，却先用第一等的笔墨写了宝钗，又用什么笔墨来写黛玉呢？

作者是用双管齐下的方法来写钗、黛的，然而这两支笔却能够有差别，表现作者的倾向来。双管齐下并不妨碍他的"一面倒"，反而使这"一面倒"更艺术化，也更加复杂深刻了。《红楼梦》有些地方既表示黛玉不如宝钗，却又要使我们觉得宝钗还不如黛玉，他用什么方法呢？其一，直接出于作者的笔下；其二，也出于作者的笔下，却间接地通过宝玉的心中眼中。先谈其二。

请回看上引第五回、第四十九回：一曰"人多谓"，二曰"探春道"，三曰"你们成日家只说"；"你们"如此，那么我呢？宝玉也不曾回答这问题。不妨具体地看宝玉眼中的钗、黛。于黛玉这样说：

　　两湾似蹙非蹙笼烟眉，一双似喜非喜含情目。（第三回，三二页）

于宝钗那样说：

> 唇不点而红，眉不画而翠，脸若银盆，眼如水杏。（第八回，八三页）

容貌二人谁美，文章两句孰佳，不待注解，已分明矣。

再看上引第三十五回，贾母虽然夸赞了宝钗，而宝玉原意是要引起贾母夸赞黛玉的。宝之于黛，情有独钟，意存偏袒，原因本不止一个，有从思想方面来的，如第三十六回："独有林黛玉自幼不曾劝他去立身扬名等话，所以深敬黛玉"是也；有从总角交谊来的，如第五回："其中因与黛玉同随贾母一处坐卧，故略比别个姊妹熟惯些；既熟惯，则更觉亲密"是也；主要的当由于情恋，依本书所载其情恋有前因，从太虚幻境来，亦即所谓"木石盟"、"露泪缘"是也。在这里宝玉对钗、黛的看法除一些思想性分的因素外，恐还谈不到批判。我们再看作者的笔下，以牵涉范围太广，这里也只能谈一点，仍从本书的作意说起。

就本书的作意，大观园中的女子都是聪明美丽的，故有怀念之情，传人之意，否则他就不必写"金陵十二钗"了。宝钗、黛玉为其中的领袖，自更不用说。但钗、黛虽然并秀，性格却有显著不同：如黛玉直而宝钗曲，黛玉刚而宝钗柔，黛玉热而宝钗冷，黛玉尖锐而宝钗圆浑，黛玉天真而宝钗世故。……综合这些性格的特点，她们不仅是两个类型而且是对立的；因此她们对所处环境所发生的反应便有了正反拗顺的不同，一个是封建家庭的孤臣孽子，一个是它的肖子宠儿。面对了这样的现实，在作者的笔下自不得不于双提并论中更分别地加以批判。这是本书的倾向性之一。书中对大观园中的人物每有褒贬，以钗、黛为首，却不限于钗、黛。

作者借了抑扬褒贬进行批判，对于钗、黛有所抑扬。其扬黛抑钗，他的意思原是鲜明的；因为是小说，不同于一般的论文传记，于是就有种种的艺术手法，少用直接的评论，多用间接的暗示，从含蓄微露，到叙而不议，以至于变化而似乎颠倒，对黛玉似抑，对宝钗反扬等等。虽经过这样曲折的表现，用了如第二回总评所谓"反逆隐回之笔"，但始终不曾迷路失向，在二百年来的读者方面仍然达到了近黛而远钗；同情黛玉而不喜欢宝钗这类的预期效果，仿佛狮子滚绣球，露出浑身的解数来。而这些解数围绕一个中心在转，不离这"球"的前后左右也。

话虽如此，读者对作者之意，是否亦有误会处呢，我想恐也不免。他的生花之笔，随物寓形，"既因方而为圭，亦遇圆而成璧"，如黛玉直，《红楼梦》写法也因之而多直；宝钗曲，《红楼梦》写法也因而多曲。读者对宝钗的误会，也较之黛玉为多。且误会似有两种：其一种把作者的反语认作真话了，真以为宝钗好，过去评家也有个别如此的。其另一极端又把反语看得太重、太死板了，超过了这褒贬应有的限度。这两种情况，以第二种更容易发生。

《红楼梦》的许多笔墨，虽似平淡，却关于火候，关于尺寸。作者的写法真到了炉火纯青之候，又如古赋所谓"增之一分则太长，减之一分则太短"也。褒贬抑扬都不难，难在怎样褒贬怎样抑扬，今传续书每若不误而实甚误，盖由于不曾掌握这火候与尺寸故耳。

关于钗、黛可谈的还很多，下文于说晴雯、袭人时当再提起她们。

三　晴雯与袭人

本书写晴雯和袭人都很出色，批判之意也很明确。尤其是晴雯，她于第七十七回上死得很惨，在大观园中是个最不幸的人，同时在《红楼梦》里也是最幸运的人。她何幸得我们的艺术巨匠在他生花之笔下，塑造出这样完整的形象来，永远活在人心里，使得千千万万人为之堕泪，还赢得一篇情文相生的《芙蓉诔》。

首先要提到第五回的册子。册子预言十二钗的结局各为一幅画，下面有些说明，就书中所有、我们所知道的说，全部是相合的，只有一个例外：晴雯。"晴雯"两字的意思是晴天的云彩，画上却"不过是水墨滃染的满纸乌云浊雾而已"。究竟什么取义，我从前只认为反笔，也依然不明白。晴雯之名取义于她的性格生平，册中所谓"霁月难逢，彩云易散"是也。然而却画了乌云浊雾，指她的遭遇，那些乌烟瘴气的环境而言，诔文所谓"诼谣謑诟"等是也。这是十二钗册子唯一的特笔。

晴雯在这富有危险性的第五回上曾留下她的芳名，排入四丫鬟之列，好在只是一现，没有下文。到第八回上方才飘然而来，和宝玉一段对话，如闻其声，如见其人。那时还未有怡红院，她的地位比袭人还差得很多。后来到了怡红院的时代，就渐渐重要起来，她的地位也渐渐提高了，不仅超过了麝月、秋纹等，并且在宝玉的心中居于第一位。然而她这样的地位，由于和宝玉情投意合，却非由巧取豪夺，亦非由排挤倾轧而来。她已成为怡红院中第一个红人了，然而她的身世书中却不曾提到，直到第七十七回她被撵出去时，才声叙她的家属只有一个死吃酒的姑舅哥哥，名叫多浑虫。

作者喜欢像晴雯这样的人，又同情她，这些倾向都是显明的；他却并不曾隐瞒她有什么缺点，且似乎也很不小。如她狂傲、尖酸、目空一切，对小丫头们十分厉害。第五十二回写她用"一丈青"（一种长耳挖子）戳坠儿，坠儿痛的乱哭乱喊。这在封建家庭里原是常有的事，坠儿又做了小偷，晴雯嫉恶，而非由于妒忌，但毕竟是狠心辣手。这都不必讳言。在七十七回叙她的身世，"有千伶百俐，嘴尖性大"（八七八页），然而作者在那句下边又一转，"却倒还不忘旧"，这可见晴雯表面上虽甚尖刻而骨子里是忠厚的。

　　暂撇晴雯，提起袭人来。袭人在本书里每与晴雯相反，如一个尖酸，一个温和；一个世故，一个天真等等。作者对她们的态度也恰好相反。写袭人表面上虽是褒，骨子里净是贬，真正的褒甚少。如第三回称为"心地纯良，肯尽职任"，看起来也是对的。第五回称为"温柔和顺，似桂如兰"，这八个字也是好考语；可是这上面却各加上两个字"枉自"、"空云"，立刻化褒为贬了。其贬多于褒，褒亦是贬，都非常清楚。再说袭人之名，本书有两次交代，一见于第三回，一见于第二十三回。在二十三回上，贾政特别不喜欢袭人这个名字："丫头不管叫个什么罢了，是谁这样刁钻，起这样的名字？"既称为"刁钻"，似非佳名，因此后人对它有种种的瞎猜，有谐音称为"贱人"者，有拆字称为"龙衣人"者，这都不谈。即册子所画也关合这"袭"字。书中云："画着一束鲜花，一床破席。""席"者"袭"也，席也罢了，为什么偏偏画个破席呢？此"袭人"一名如何解释固不可知，总之非好名字也。再说又副册中她名列第二，恐也有褒贬之意。看她在书中的地位，本应该列第一名的。

　　袭人的故事，在本书里特别的多。她引诱、包围、挟制宝玉，排挤、陷害同伴，附和、讨好家庭的统治者王夫人，这些都不去一一说它了。她的性格最突出的一点是得新忘旧，甚而至于负心薄幸，这一线索作者丝毫不曾放过，从开始直贯篇终她嫁了蒋玉菡，所谓"花袭人有始有终"[①]者是也。于她出场时就

[①]　庚辰本第二十回眉批引"正文标目"。

写道：

> 这袭人亦有些痴处，服侍贾母时，心中眼中只有一个贾母；今与了宝玉，心中眼中又只有一个宝玉。（三四页）

像这样的性格称为"有些痴处"，含蓄得妙。我们再下转语，未免大杀风景了。在第三十二回借史湘云口中又微微的一逗：

> 史湘云笑道："你还说呢，那会子咱们那么好，后来我们太太没了，我家去住了一程子，怎么就把你派了跟二哥哥。我来了，你就不像先待我了。"（三三四页）

再看袭人怎样回答：

> 袭人笑道："你还说呢，先姐姐长，姐姐短，哄着我替你梳头洗脸，作这个，弄那个；如今大了，就拿出小姐的款儿来了。你既拿小姐的款，我怎么敢亲近呢。"史湘云道："阿弥陀佛！冤枉冤哉！我要这样，就立刻死了。……"

袭人未免强词夺理，湘云说的是老实话。若拿出小姐的款儿来，就不是《红楼梦》里的史湘云了。

袭人这种性格正和晴雯的"却倒还不忘旧"相反，作者虽的确不曾放过这条线索，却写得非常含蓄，即当时的脂砚斋对此似也不甚了解，每每极口称赞，甚至于说"晴卿不及袭卿远矣"①。他说袭人嫁后还"供奉玉兄宝卿得同终始"②，后回事无法详知，脂砚斋了解自然比我们今日为多，但其言亦未可全信，我从前已经说过了③。

作者对她阳褒阴贬，虽措辞含蓄而意实分明。这里再说到晴雯和她的关系。我看，袭人本质上是非常忌刻的，所谓"心地

---

① 甲戌本卷八，第12页。
② 甲戌本、戚本第二十八回总评。
③ 见《红楼梦研究》。

纯良，温柔和顺"等等，真正不过说说而已，事实上完全不是那样。她的忌刻固不限于晴雯，对于他人也不肯轻易放过，但她的主要矛头指向晴雯。晴雯的遭忌自有她的招忌之处，册子所谓"风流灵巧招人怨，寿夭多因诽谤生"，便是一句总评，不能专怪袭人；但袭人的妒忌陷害晴雯却是事实。

袭人和晴雯的斗争，以三十一回"撕扇子作千金一笑"为起点，以五十二回"勇晴雯病补雀金裘"为中峰，以七十七回"俏丫鬟抱屈夭风流"为收场。袭人妒忌晴雯，蓄意要除去她，原因很复杂，不妨归纳为几点：

1. 袭人与宝玉的叛逆的性格本不相合，袭人认为宝玉乖僻，屡谏不听（第三回，三四页）。袭人虽是宝玉忠诚的侍妾，却非宝玉的闺中知己；而晴雯之于宝玉，主要是性分上的投合。

2. 在第六回上袭人已与宝玉有性的关系，描写的笔墨相当的猥亵，把袭人写得很不堪（第六回五九、六〇页）；而晴雯始终清白。

3. 因为如此，袭人便有视宝玉为"禁脔"不许他人染指之意；而晴雯不但不买这笔账，且当面揭发她："我倒不知你们是谁，别叫我替你们害臊了。便是你们鬼鬼祟祟干的那事儿，也瞒不过我去，那里就称起'我们'来了。"（三十一回，三五页）袭人之切齿于晴雯自不足怪。

4. 再就晴雯方面看，她自己说并没有私情密意，当是真话，但她的确赢得了宝玉的心。以斗争开始的三十一回说，宝玉和晴雯，本不过小口角，袭人表面上做好人来劝解，遂引起晴、袭间的大战来。斗争的结果以"撕扇子作千金一笑"了之，实是袭人大大的失败。在撕扇的尾声，借了袭人的党羽麝月微示不悦，袭人根本没有出场，直到宝玉叫她，才换了衣服走出来（三二八页）。书中不提袭人有任何表示，而袭人从此深忌晴雯，不言而喻矣。

略说了以上四点，再看所谓"中峰"的第五十二回。这回袭人以母丧不在家，不曾有什么冲突，怡红院里却发生了两件事。一为晴雯发见坠儿偷窃，把她打发走：

> 宋嬷嬷听了，心下便知镯子事发，因笑道："虽如此说，也等花姑娘回来知道了，再打发他。"晴雯道："宝二爷今儿千叮咛万嘱咐的，什么花姑娘草姑娘的，我们自然有道理。你只依我的话，快叫他家的人来领他出去。"麝月道："这也罢了，早也是去，晚也是去，带了去早清静一日。"（第五十二回，五六八页）

便不等什么花姑娘草姑娘来，径自处理了。其二当然是补裘。等袭人来家，看她怎么样？

> 麝月便将平儿所说宋妈坠儿一事并晴雯撵逐坠儿出去也曾回过宝玉等话，一一的告诉了袭人。袭人也没别说，只说太性急了些。（第五十三回，五七二、五七三页）

言外之意，"为什么不等我来呢？"补裘一事，书中只字未提。但撵逐坠儿之事小，补裘之事大。晴雯颇有诸葛丞相"鞠躬尽瘁"之风，在袭人方面看来真心腹之大患，叫她如何能够放得下，再看下文如何。等隔了十回，第六十二回道：

> 袭人笑道："我们都去了使得，你却去不得。"晴雯道："惟我是第一个要去，又懒，又笨，性子又不好，又没用。"袭人笑道："倘或那孔雀褂子再烧个窟窿，你去了，谁可会补呢！你倒别和我拿三撇四的。我烦你做个什么，把你懒的横针不沾，竖线不动。一般也不是我的私活烦你，横竖都是他的，你就都不肯做。怎么我去了几天，你病的七死八活，一夜连命也不顾，给他做了出来？这又是什么原故？你到底说话，别只伴憨和我笑，也当不了什么。"（六九〇、六九一页）

这里明点袭人对这一事耿耿于心，若再用暗场就不够明白了。当然，咱们都同情晴雯，但晴雯既深中袭人之忌，则袭人自不免有"宋太祖灭南唐之意"，"卧榻之侧岂容人酣睡之心"，如第七十九回（九〇九页）金桂之于香菱也；遂决杀晴雯矣。杀者，深文之词。像晴雯这样心高性大的人，在众目昭彰之下被撵出去，自然一口气便气死了，则撵之与杀亦只相去一间耳。若袭人说"他便比别人娇些，也不至这样起来"，真宝玉所谓"虚宽我的心"也（俱见七十七回，八七六页）。

王夫人向怡红院总攻击，实际上是院中的内线策动的。书到八十回止，对于袭人始终还她一个"沈重知礼、大方老实"（俱七十八回王夫人语）的面子，故暗笔极多。书上并无袭人向王夫人谗毁晴雯事，只在第三十四回载袭人与王夫人的长篇谈话，名为"小见识"，实系大道理，名为大道理，实系工巧的谗言；名义上双提"林姑娘宝姑娘"，实际上专攻黛玉，以后便不再见类似的记载了，直等这定时炸弹的爆发。所谓不叙之叙。既然不叙，何以知之？从两端知之。王夫人于三十四回最后这样郑重叮咛，大有托孤寄子之风：

> 只是还有一句话：你如今既说了这样的话，我就把他交给你了，好歹留心。保全了他，就是保全了我。我自然不亏负你。（第三十四回，三五六页）

袭人岂有不暗中密报之理。她已成为王夫人在怡红院的"第五纵队"了。

这就开端说，再看爆发的结果，证实了她绝不止一次进言，早已埋下的火线。这不待今日我们说，宝玉先已说了：

> 如今且说宝玉，只当王夫人不过来搜检搜检，无甚大事，谁知竟这样雷嗔电怒的来了。所责之事皆系平日之语，一字不爽……宝玉哭道："我究竟不知晴雯犯了何等滔天大

罪!"袭人道:"太太只嫌他生的太好了,未免轻佻些。在太太是深知这样美人似的人,必不安静,所以很嫌他。像我们这粗粗笨笨的倒好。"宝玉道:"这也罢了。咱们私自顽话,怎么也知道了?又没外人走风的,这可奇怪。"袭人道:"你有甚忌讳的,一时高兴了,你就不管有人无人了。我也曾使过眼色,也曾递过暗号,被那人已知道了,你还不觉。"宝玉道:"怎么人人的不是太太都知道,单不挑出你和麝月秋纹来?"袭人听了这话,心内一动,低头半日,无可回答,因便笑道:"正是呢。若论我们也有玩笑不留心的孟浪去处,怎么太太竟忘了?想是还有别的事,等完了再发放我们,也未可知。"宝玉笑道:"你是头一个出了名的至善至贤之人,他两个又是你陶冶教育的,焉得还有孟浪该罚之处!只是芳官尚小,过于伶俐些,未免倚强压倒了人,惹人厌。四儿是我误了他,还是那年我和你拌嘴的那日起叫上来作些细活,未免夺占了地位,故有今日。只是晴雯也是和你一样,从小儿在老太太屋里过来的,虽然他生得比人强,也没甚妨碍去处,就只他的性情爽利,口角锋铓些,究竟也不曾得罪你们。想是他过于生得好了,反被这好所误。"说毕,复又哭起来。袭人细揣此话,好似宝玉有疑他之意,竟不好再劝,因叹道:"天知道罢了。此时也查不出人来,白哭一会子也无益。倒是养着精神,等老太太喜欢时,回明白了再要他进来是正理。"宝玉冷笑道:"你不必虚宽我的心。……"(八七五、八七六页)

宝玉可谓明察秋毫,丝毫不糊涂。本来么,他也难得糊涂。又没外人走风,究竟谁说的呢?袭人。其证据有二:1. 此次放逐,凡反对袭人的都有份,袭人的党羽均不在内。2. 四儿在内。显然是袭人干的,怡红院内除了她还有谁?其实这话也多余,宝玉都已经说了。若书中的明文，却那样说：

> 原来王夫人自那日着恼之后，王善保家的去趁势告倒了晴雯，本处有人和园中不睦的，也就随机趁便，下了些话。王夫人皆记在心里。（八七四页）

其实邢夫人的陪房，王夫人又岂肯深信。这些不过官方发布的消息而已。

说起四儿来，暴露袭人的阴暗面尤为深刻。她忌晴雯，两美难兼，两难不并，犹可说也。她连这无足轻重的小女孩子，为了一点小小的过节儿，就毫不放松，使我们为之诧叹。作者褒贬之意如此深刻，如此严冷！很早的第二十一回写宝玉和袭人赌气，不叫她们做事，叫四儿倒了杯茶，为了这么芝麻大一点事，想不到袭人已记下这笔账。妒忌这样深，气量这样窄，还说什么"温柔和顺，似桂如兰"。而且四儿之事由于密报，王夫人自己就这样说："可知道我身子虽不大来，我的心耳神意时时都在这里。"（八七四页）她难道真有天眼通、天耳通么！

袭人为什么要、怎样害晴雯，大致已说明了。我们再看晴雯怎样死的，这是一般所谓"宝玉探晴雯"。叙这段故事，主要表示她的贞洁。众人颠倒贞淫，混淆黑白，说她是狐狸精，她临死表示最严重的抗议。这里用两事来说明这一点。其第一事为她直接对宝玉提出的，引原文就够了。

> 只是一件，我死也不甘心：我虽生的比人略好些，并没有私情密意，勾引你怎样，如何一口死咬定了我是狐狸精！我太不服。（八七九页）

以理直而气壮，故言简而意明。其第二事，宝、晴二人话未说完，晴雯的嫂子灯姑娘进来了。多浑虫之妻灯姑娘这一段故事，脂本皆有，似乎也不太好，不知作者何以要这么写。也有两个问题：（1）他为什么要把这一对宝贝写作晴雯仅有的一门亲戚？

（2）为什么宝、晴诀别要用灯姑娘来搅局？这必然有深意；我以为写多浑虫夫妇，以贞淫作对文，而晴雯之出身不仅如芝草无根，而且如青莲出于淤泥之中也，则灯姑娘何足以为晴雯病。再说上文所引晴雯向宝玉自叙的话固字字是泪，点点是血，然而谁曾听之，谁曾闻之，好则好矣，了犹未了，故作者特意请出这一位以邪淫著称于《红楼梦》的灯姑娘来，让她听见他俩的密谈，作为一个硬证。于是她说：

> 就比如方才我们姑娘下来，我也料定你们素日偷鸡盗狗的；我进来一会在窗外细听，屋里只你二人，若有偷鸡盗狗的事，岂有不谈及的，谁知你两个竟还是各不相扰。可知天下委屈事也不少。（八八〇页）

灯姑娘先进来粗暴地调戏宝玉，后来忽然转变了，这段话的全文，看来也颇勉强，显出于有意的安排。所以要她出场，就为了要她说这一段见证的话，于是晴雯的沉冤大白矣。作者虽有梨花之妙舌，铁钺之史笔，而用心忠厚若此，固不可仅以文章论也。

再看她和宝玉换袄的情形。她说：

> 快把你的袄儿脱下来我穿。我将来在棺材内独自躺着，也就像还在怡红院的一样了。论理不该如此，只是担了虚名，我可也是无可如何了。

这已是惨极之笔了，死人想静静地躺在棺材里，这样的要求还算过奢，总可以达到了罢？哪里知道王夫人说："即刻送到外头焚化了罢。女儿痨死的，断不可留。"（八九一页）她到底不曾如愿，难怪宝玉在《芙蓉诔》中说："及闻槥棺被燹，惭违共穴之盟；石椁成灾，愧迨同灰之诮。"

于是晴雯死矣。诔文中更提到三点，皆特笔也。一、以鲧为比，其词曰："高标见嫉，闺帏恨比长沙；直烈遭危，巾帼惨于羽野。"后人殆以女儿比鲧为不通，故改"羽野"为"雁塞"。

其实"雁塞"更不通，晴雯之死岂宜比昭君和番？况昭君又何尝直烈。《离骚》："曰鲧婞直以亡身兮，终然夭乎羽之野。"这里断章取义，取其"直"也。虽仿佛拟人不切，而寓意甚深。"直烈"二字足传晴雯矣。二、指奸斥佞语挟风霜，其词曰："呜呼！固鬼蜮之为灾，岂神灵而亦妒。箝诐奴之口，讨岂从宽；剖悍妇之心，忿犹未释。"（九〇一页）悍妇或者指王善保家的等人。"诐奴"指谁呢？三、作诔之因缘，其词曰："始知上帝垂旌，花宫待诏，生侪兰蕙，死辖芙蓉。听小婢之言，似涉无稽；以浊玉之思，则深为有据。"小丫头信口胡诌，宝玉何尝不知，只是假话真说，话虽假而情理不全假，而宝玉也就当真的听了①。

晴雯之生平颇合于《离骚》的"众女嫉余之蛾眉兮，谣诼谓余以善淫"，诔文之模拟骚体，诚哀切矣。却有一点，晴雯以丫鬟的身份而宝玉写了这样的"长篇大论"，未免稍过其分。今日诔晴雯尚且如此，他日诔黛玉又将如何？事在后回，固不可知。我以为黛玉死后，宝玉未必再有诔文，所谓至亲无文、至哀无文者是也。本回之末于焚帛奠茗以后：

> 忽听山石之后有一人笑道："且请留步。"二人听了，不免一惊。那小鬟回头一看，却是个人影从芙蓉花中走出来，他便大叫："不好，有鬼！晴雯真来显魂了。"吓得宝玉也忙看时，——且听下回分解。（九〇三页）

次回说这人就是林黛玉。无怪后来评家都说晴雯为黛玉的影子了。

第七十九回宝、黛二人相遇，谈论这篇文字，黛玉先以

---

① 本书这段写法有点像《孟子·万章篇》叙校人烹鱼欺子产事，事伪而情真，君子可欺以其方也。

"红绡帐里"为庸俗，拟改为"茜纱窗下"，这本是改得对的。宝玉深以"如影纱事"（此文只见《红楼梦稿》）为妙，却认为此乃潇湘之窗，不能借用，唐突闺阁，万万不可，说了许多个"不敢当"，于是改"公子"为"小姐"，易"女儿"为"丫鬟"，骈文里如何能有"小姐"、"丫鬟"等字样呢，这就是瞎改。改来改去都不妥，自然地进出了一句：

> 宝玉道："我又有了，这一改可妥当了。莫若说：茜纱窗下，我本无缘；黄土陇中，卿何薄命。"黛玉听了，怔然变色，心中虽有无限的狐疑乱拟，外面却不肯露出，反连忙笑着点头称妙……（九〇五页）

"公子、女儿"本不完全平列，"小姐、丫鬟"更是上下的关系了，改为"卿"对我，敌体之辞，那就不切合宝玉、晴雯，反而更切合于宝玉、黛玉。故庚辰本脂批曰："一篇诔文总因此二句而有；又当知虽诔晴雯，而又实诔黛玉也。"于"怔然变色"句，脂批又曰："睹此句，便知诔文实不为晴雯而作也。"照这样说来，后来黛玉死后，即宝玉无文，固亦在意中也。

《芙蓉诔》既然两用，芙蓉花又系双指。第六十三回黛玉掣签为芙蓉花，晴雯却没有掣，只把骰子盛在盒内摇了一摇，我曾说过："且晴雯的签实在无法抓的。她要抓，一定是芙蓉。那么，叫黛玉抓什么呢。"又说："晴雯为芙蓉无疑，而黛玉又是芙蓉。……晴雯不抽签者，是无签可抽也。"[①] 且她俩不仅在芙蓉花上纠缠不清。书中也曾实写她们容态的相似。

> 王夫人听了这话，猛然触动往事，便问凤姐道："上次我们跟了老太太进园逛去，有一个水蛇腰，削肩膀，眉眼又有些像你林妹妹的，正在那里骂小丫头。我的心里很看不上

---

① 见《红楼梦研究》。

那狂样子……"（第七十四回，八三一页）
这里明骂晴雯，暗贬黛玉，近则关系晴雯之死，远则牵连黛玉之终，真是"项庄舞剑，意在沛公"也。

这传统"红学"上的晴为黛影之说，也有些道理。但晴虽为黛影，却非黛副；虽是一个类型的人，晴雯却非黛玉的党羽，也举例子来谈。如上面谈到的七十九回，黛玉只和宝玉谈文，并无一语赞美或追悼晴雯。如宝玉说："竟算是你诔他（晴雯）的倒妙。"黛玉笑道："他又不是我的丫头，何用作此语。"（九〇五页）照我们俗人想来，黛玉随口说两句悼念晴雯、慰唁宝玉的话，似为题中应有之义，即在世故方面也不可少，她偏偏不说。又如上引三十一回叙怡红院中吵嘴，晴雯正哭着，黛玉进来，她就出去了，她们不交一语（三二六页）。我也不记得在书中别的地方有什么黛、晴相契之处。相反的例倒有的，其证有二：

（一）宝玉以晴雯为密使，使于黛玉，而晴雯对这项任务似乎并不了解。第三十四回曰：

因心下记挂着黛玉，满心里要打发人去，只是怕袭人，便设一法，先使袭人往宝钗那里去借书。袭人只得去了①。宝玉便命晴雯来，吩咐道："你到林姑娘那里看看他做什么呢。他要问我，只说我好了。"晴雯道："白眉赤眼，做什么去呢？到底说一句话儿，也像一件事。"宝玉道："没有什么可说的。"晴雯道："若不然，或是送件东西，或是取件东西。不然，我去了怎么搭讪呢？"宝玉想了一想，便伸手拿了两条手帕子撂与晴雯，笑道："也罢，就说我叫你送这个给他去了。"晴雯道："这又奇了。他要这半新不旧的两条手帕子！他又要恼了，说你打趣他。"宝玉笑道："你

---

① "去了"上有"只得"两字，见《红楼梦稿》。

> 放心,他自然知道。"……晴雯走进来,满屋魆黑,并未点灯。黛玉已睡在床上,问是谁。晴雯忙答道:"晴雯。"黛玉道:"做什么?"晴雯道:"二爷送手帕子来给姑娘。"黛玉听了,心中发闷:做什么送手帕子来给我?因问:"这帕子是谁送他的?必定是上好的。叫他留着送别人罢,我这会子不用这个。"晴雯笑道:"不是新的,就是家常旧的。"林黛玉听见,越发闷住,着实细心搜求,思忖一时,方大悟过来,连忙说:"放下,去罢。"晴雯听了,只得放下,抽身回去。一路盘算,不解何意。(第三十四回,三五六、三五七页)

这段文字似不很出名,而实在写得出色。把宝玉的惧怕怀疑袭人,信任晴雯,宝、黛二人的情爱缠绵固结,晴雯的纯朴天真(此后文众口说她妖媚,所以为千古沉冤也),都恰如其分地写出了。

(二)黛玉要进怡红院,却被晴雯拒绝了。第二十六回:

> ……黛玉便以手扣门,谁知晴雯和碧痕正拌了嘴,没好气,忽见宝钗来了,那晴雯把气移在宝钗身上,正在院内抱怨说:"有事没事,跑了来坐着,叫我们三更半夜的不得睡觉。"忽听又有人叫门,晴雯越发动了气,也并不问是谁,便说道:"都睡下了,明儿再来罢。"林黛玉素知丫头们的情性,他们彼此玩耍惯了,恐怕院内的丫头没听真是他的声音,只当是别的丫头们了,所以不开门。因而又高声说道:"是我,还不开么?"晴雯偏生还没听出来,便使性子说道:"凭你是谁,二爷吩咐的,一概不许放人进来呢。"林黛玉听了,不觉气怔在门外。(二七二页)

晴雯当然没有听出叫门的是黛玉的声气来,就算如此,这样写法也是我们想不到的。若移作袭人、麝月,不但性情不合,且亦庸俗。——评家以为这是贬斥宝钗,又当别论。盖黛、晴二子,虽在"红楼"皆为绝艳,而相处洒然,自属畸人行径,纵有性格上的类似,正不妨其特立独行;且不相因袭,亦不相模拟。若拉拢勾结,互为朋比,便不成其为黛玉、晴雯矣。

袭人、宝钗之间又怎样呢?《红楼梦》对于钗袭、黛晴这两组人物用对称平行的写法,细节上却同中有异,平中有侧。上文已表,晴为黛影,却非黛副;到这里似不妨说,袭为钗副,却非钗影。袭为钗副是很显明的。在很早的二十一回上:

> 宝钗听了,心中暗忖道:"倒别看错了这个丫头,听他说话,倒有些识见。"宝钗便在炕上坐了,慢慢的闲言中套问他年纪家乡等语,留神窥察其言语志量,深可敬爱。(二一〇页)

这里宝钗以袭人为"深可敬爱"。其另一处在第三十二回记袭人对湘云的话:

> 提起这些话来,真真宝姑娘教人敬重,自己赸了一会子去了。我倒过不去,只当他恼了。谁知道后来还是照旧一样,真真有涵养,心地宽大。(三三六页)

袭人又以宝钗为"教人敬重"。像这样的互相佩服,也不好就说她们互相勾结,但显明和黛玉、晴雯间相处不同,且袭人这样喜欢宝钗,可能和后文钗、玉的婚姻有些关系。

至于袭非钗影,虽不那么清楚,也可略知一二。就一方面说,袭人既与宝钗性格相类似,和晴雯性格与黛玉相类似这一点相同,不妨用"类推"之法。但细看本书的描写,却在同异之间,所以不宜说煞了。像芙蓉诔芙蓉花这样的纠缠不清的情形,钗、袭之间绝对没有。例如第六十三回宝钗掣的是牡丹,袭人掣了桃花,以花的品格而言差得很远。袭人抽着的签题曰"武陵别景",诗曰"桃红又见一年春",暗示她将来的改嫁,难道宝钗也改嫁么?后来的评家在这里以"景"为"影",而谓袭为钗影,我一向不赞成,认为未免深文周纳①。

本书确有借袭人来贬宝钗处,却写得很有分寸。如第三十六回:"绣鸳鸯梦兆绛芸轩",写宝玉在午睡,袭人在旁绣红莲绿叶五色鸳鸯的兜肚;后来袭人走开,宝钗替她代刺,从林黛玉眼中看来:

> 只见宝玉穿着银红纱衫子,随便睡着在床上,宝钗坐在身旁作针线,旁边放着蝇帚子。(三七八页)

这样的描写,使黛玉手握着嘴不敢笑出来,当然是深贬宝钗。后来黛玉走了,又听得宝玉在梦中喊骂说:"什么是金玉姻缘,我偏说是木石姻缘。"给了宝钗一个很大的打击,所以她也不觉怔了。但是上文写宝钗代袭人刺绣时却这样说:

> 宝钗只顾看着活计,便不留心一蹲身,刚刚的也坐在袭人方才坐的所在;因又见那活计实在可爱,由不得拿起针来,替他代刺。(三七七页)

宝钗竟坐在袭人的原位上去,上面却用了"不留心"三字;宝钗竟拿起针来替她代刺,上面却用了"由不得"三字,且说"活计实在可爱"似为宝钗留有余地,为她开脱,在严冷之中毕竟有含蓄也。

作者虽不断的贬斥宝钗和袭人,却非以一骂了之;而对于宝钗比对袭人尤为委婉。即对袭人后来改嫁,脂砚斋说回目上有"有始有终",虽其内容可能还有讽刺,却总不是明显地糟蹋她。对于袭人的负心薄幸,尚且如此,则于宝钗可知矣。后来续书人补写十二钗似乎全不理解此等尺寸,对黛玉或宝钗、袭人来说都是很大的不幸,此本节开首所以称晴雯为《红楼梦》中最幸运的女儿也。

---

① 见《红楼梦研究》。

关于晴雯、袭人二人，不觉言之长矣，比较说钗、黛为尤多，事实上此节仍为上节的引申。《红楼梦》作者用了双线双轨的写法，加强了这两种对立的类型人物的批判性，突出了十二钗的中心部分，即《红楼梦曲》所谓"怀金悼玉"；抓住了中心点，再谈旁枝旁叶便似有个头绪了。

四　凤姐

凤姐在"十二钗"中应是个反面人物，她生平的劣迹在书中很多，但作者却把她的形象写得很好，自然另有可怕的一面。她在第三回出场，脂砚斋甲戌本眉批曰：

> 另磨新墨，搦锐笔，特独出熙凤一人，未写其形，先使闻声，所谓"绣幡开遥见英雄俺"①也。

书中描写她有"粉面含春威不露，丹唇未启笑先闻"，较之第六十八回叙她往见尤二姐时的打扮形容（已见前引），便有春温秋肃之别。

《红楼梦》于人物出场每只用一两笔就把他在全部书中的形象以至性格画出来了。如史湘云出场在第二十回，就这样叙："忽见人说史大姑娘来了。"宝玉同宝钗到贾母这边去，"只见史湘云大笑大说的。"（二○五页）只用四个字已画出湘云的豪迈来。

又如香菱，她出场最早，原名英莲，在第一、第二回她和娇杏对写，谐音"应怜"和"侥幸"②，借来总说书中全部女子的遭遇，有幸有不幸。在这两回是虚写，她的形象不鲜明，真的出

---

①　《西厢记·传书》（俗称"惠明下书"）尾声，文字与引文略异。
②　"乳名英莲"，夹批"设云应怜也"，见甲戌本卷一，第9页。"看见娇杏"，夹批"侥幸也"，见同书卷二，第2页。

场在第七回薛姨妈呼唤她时方见。"问奶奶叫我做什么"下,脂批曰:"这是英莲天生成的口气,妙甚。"(甲戌本卷七,三页)下文还有:

> 只见香菱笑嘻嘻的走来。周瑞家的便拉了他的手,细细的看了一回,因向金钏儿笑道:"倒好个模样儿,竟有些像咱们东府里蓉大奶奶的品格儿。"金钏笑道:"我也是这么说呢。"周瑞家的又问香菱:"你几岁投身到这里?"又问:"你父母今在何处?今年十几岁了?本处是那里人?"香菱听问,都摇头说:"记不得了。"(校本七二页)

以可卿为比,一击两鸣法也,亦见脂批。按可卿之美,第五回借了宝玉梦中的兼美,称为"其鲜艳妩媚有似宝钗,其袅娜风流则又似黛玉"者,众人口中说她像蓉大奶奶的品格儿,即香菱可知矣。上面"笑嘻嘻"三字写香菱亦非常传神。

再说凤姐儿。看本书写凤姐有一特点,即常以男人比她。如照宝玉的话,男人是混浊的,女儿是清洁的,但宝玉不见得不喜欢凤姐,其解释见下文。在第二回中冷子兴说她:"说模样又极标致,言谈又极爽利,心机又极深细,竟是个男人万不及一的。"(二二页)再看第三回贾母介绍她:"你不认得他,他是我们这里有名的一个泼皮破落户儿,南省俗谓作'辣子',你只叫他'凤辣子'就是了。"(二七页)贾母介绍了一个活的凤姐儿,却弄得黛玉不知怎么称呼才好。后来说明了是琏二嫂子,书中又叙道:"自幼假充男儿教养的,学名王熙凤。"提出她学名叫王熙凤,又拉到男儿方面来了。脂评亦曾加以分析:"以女子曰学名固奇。然此偏有学名的反到不识字,不曰学名者反若彼。"(戚本、甲戌本略同)这么一说,情形更有些异样。凤姐不识字,偏要说男儿教养,学名某某,可见并非因为关合书中事实,才有这样的写法。此意还见于后面。第五十四回:

（王忠）"……膝下只有一位公子，名唤王熙凤。"众人听了，笑将起来，贾母笑道："这不重了我们凤丫头了！"媳妇们忙上去推他："这是二奶奶的名字，少混说。"贾母笑道："你说，你说。"女先生忙笑着站起来说："我们该死了，不知是奶奶的讳。"凤姐笑道："怕什么，你们只管说罢。重名重姓的多呢。"（五八八页）

以"凤"为女儿之名并非异事。第三回说熙凤是学名，已觉无甚必要。且第二回里贾雨村不曾说么："更妙在甄家的风俗，女儿之名亦皆从男子之名命字，不似别家另外用那些春、红、香、玉等艳字的，何得贾府亦落此俗套？"（二一页）可见女儿之名本不限于"琬琰芬芳"等。那他为什么定要说熙凤是男子的名字，并在这里引这公子也名王熙凤为证？虽同名同姓天下有，凤姐本人就这样说的，但我们不容易了解作者的用意。他为什么拐着弯儿把凤姐引到男人方面去呢？这就难怪后来索隐派种种的猜测了。极端的例，有如蔡子民的《石头记索隐》以民族主义释《红楼梦》，以男女比满汉；这么一比，书中的女子一个一个地都变为男人。像这样的说法，未免过当，我们仍当从本书去找回答。

我认为它有两种或两层的解答，均见于第十三回，一在本回之首，一在本回之末。这里先说第一层。凤姐在梦中秦氏对她说："婶婶，你是个脂粉队里的英雄，连那些束带顶冠的男子也不能过你。"（一二六页）说句白话也不过说她是"巾帼英雄"罢了，未免有点庸俗，然而本书写来却不庸俗。她的所以能够比并男子，既不在装扮形容上，也不在书本知识上（此所以凤姐不识字却无碍其有学名），而在于她的见识才干上。凤姐不仅可以比并男子，且可能胜于男子，冷子兴所云是也。

《红楼梦》以荣宁二府大观园为典型环境，以宝玉和十二钗为典型人物,而其批判的对象却不限于封建家庭,看他的写法似非家庭所能局限。甲戌本第一回脂批所谓"见得裙钗尚遭逢此数,况天下之男子乎"。作者当日或因政治的违碍而有所避忌,故每多言外之意,弦外之音,亦即脂批所云"托言寓言"。我们今天若求之过深,不免有穿凿附会之病;若完全不理会它,恐也未免失之交臂。

  书中荣宁二府,其排场之豪华阔大,不仅超过封建社会一般的富贵家庭,就是当年满洲的王府怕也不会那样阔。自可解释为浪漫主义的表现、夸张的笔法等,而在书中出现了人间幻景的风光,恐不止卖弄才华,或有更深的用意。其写元春归省还可以说"拿着皇帝家的银子往皇帝身上使"(第十六回,一五六页),至于秦氏之丧,地地道道贾家的事,这是书中第一个大场面,充分表现了他们的奢侈和僭越。而且作者虽删去"淫丧天香楼"的回目及本文,却并不曾取消这事实。现第十三回留下许多未删之笔,第五回秦氏还是吊死的。她以邪淫而死,身后办事却那样"恣意奢华"。以棺木而论,书中四大家族之一薛蟠就说:"拿一千两银子只怕也没处买去",其他可知。(或以为买棺木一事模拟《金瓶梅》①)这不仅是一般的奢侈,且是这样极端不合理的浪费。其尖锐的讽刺,无情的抨弹,因天香楼已改为暗场,现在读下去还许不甚觉得;假如保存了原稿,这第十三回应当说是全书最突出、最火炽、最尖锐的一回了。我们觉得这样删了很可惜,但对于可卿说,她的形象这样就蕴藉一些,《红楼梦》比较洁净一些,和后文的风格也比较调和,或亦未为全失也。

---

  ① 阚铎《红楼梦抉微》引《金瓶梅》第六十二回之文相比较,而曰:"同是父亲带来,同是有主之物,同一说明尺寸,同一说明香味,更可一目了然。"(第56、57页)

凤姐出场后第一桩大事为"协理宁国府",也是她生平得意之笔。第十三、十四回笔墨酣畅,足传其人,第十四回写"伴宿"一段,尤为简括。甲戌本脂批所谓:写凤姐之珍贵、英气、声势、心机、骄大是也①。又庚辰本总批说:"写秦死之盛,贾珍之奢,实是却写得一个凤姐。"话也不错,未免稍过其实。盖此两句,作意甚深,写凤姐固是一大事,尚非唯一的大事也。

即使只写凤姐,而其意义恐也不限于个人,她整理宁国府时,于第十三回曾总括该府的混乱实情:

头一件是人口混杂,遗失东西;第二件,事无专执,临期推委;第三件,需用过费,滥支冒领;第四件,任无大小,苦乐不均;第五件,家人豪纵,有脸者不服钤束,无脸者不能上进。——此五件实是宁国府中风俗。(一三三页)

除了这五条,在本回之末更有两句诗的总评:"金紫万千谁治国,裙钗一二可齐家。"这两句话对于上文提出的问题做了进一步的回答。虽指的是凤姐,却不限于凤姐。其意义有二:其一,裙钗胜于金紫,也就是女子胜于男子,符合本书开首总评:"一一细考较去,觉其行止见识皆出我之上;我堂堂须眉,诚不若彼裙钗";也合于第二回宝玉"女儿水做的,男人泥做的"那样的说法。原来书中屡以凤姐比男人,以男人为标准,总似在尊男,实际尊女;名为尊女,又实系贬男。何以知之,从以凤姐为实例知之。若引一个四德兼备的女子从而尊敬之,褒扬之,在那个时代谓之尊女可也。现在却引了一个缺点很多,且有罪恶的妇女凤姐为例;夫何足尊,而竟尊之,岂非痛贬这"万千金紫",贵族的男人们乎!他文章很轻妙,像我这样说法恐过于着迹,而大意

---

① 甲戌本第十四回开首。庚辰本写作眉批,文字略异。

或者不误,信乎《红楼梦》之多疑语也。

其二,这里又提起《大学》的"齐家治国"的老话来,在古代封建社会统治阶级有这么一套的制度,小型的单位叫做家,大型的单位叫做国,更大型的可以叫做天下;家长是关门皇帝,皇帝便是全国的总家长。家国既属相通,齐家之道自可通于治国之道,这和后来的情形迥然不同。今曰"金紫谁治国,裙钗可齐家",是以家国对举,又不止抑男扬女而已。《红楼梦》所写东西二府,其规模甚大,亦从这里可得到一点线索,作者微意之所在,尽非泛泛的铺张夸大也。古人所谓"微而显,志而晦,婉而成章"①,或可借评《红楼梦》欤?

这里又说"裙钗一二"。"一二"与"万千"属对,盖非有他意;但书中有治家才能的女子却不止一人,其第二个便是探春,她在十二钗中是不应忽略的。此处不及专论,只能连着凤姐一谈。《红楼梦》对于她二人都非常惋惜,有一点关合,盖皆为末世之英才也。这里又须回溯本书的起笔。原来书中初写东西两府并为末世,而非其盛时,第二回载贾雨村、冷子兴一段对话,将这点交代得很清楚(一七、一八页),以文长不引了。第三回黛玉之入府,所见荣府已在衰落的时期,因为写得那样豪华气派,使读者容易误认为盛世;再说不久又有元春封妃归省之事,此秦氏所谓"烈火烹油鲜花着锦之盛"(第十三回,一二七页),其实不过回光返照而已,秦氏也说"瞬息的繁华,一时的欢乐"。因此无论探春,或者凤姐、平儿,都在那边以一木支这将倾之大厦,这样写法本身就是一个悲剧。举例以明之。第五回册子"探春词"道:"才自精明志自高,生于末世运偏消。""凤姐词"曰:"凡鸟偏从末世来,都知爱慕此生才。"凤姐那一幅且画了一座

---

① 《左传》成公十四年。

冰山,那就快要倒了①(五一页)。

探春在书中的大事当然是理家,我们也就谈这一点。《红楼梦》的原来规划不过一百十回左右,到了第五十四回已到顶峰,以后便要走下坡路。早在第一回疯僧对甄士隐说:"好防佳节元宵后,便是烟消火灭时。"(七页)如今且替他算算看,第一个元宵在十八回,第二个元宵在五十四回,这样的佳节元宵不知以后还有几个;但到了第二个元宵之后,夕阳虽好,已近黄昏,无可疑者。第三个元宵即使有,恐怕已在演锣鼓喧天的全武行了。

探春就是在荣国府岌岌不可终日的形势下来支撑残局的,却淡淡写来,使我们不甚觉得。我喜欢引用的那一条,在这里不妨再引一下:

> 此回接上文,恰似黄钟大吕后,转出羽调商声,别有清凉滋味。(有正戚序本第五十五回总批)

我们读五十五回以后的《红楼梦》确有这样的感觉。"清凉"如改为"凄凉",我看倒也很好。悲哀的气氛实弥漫于此书的后半。

宁府与荣府本是鲁卫之政,其体系规模均相同,但宁府比荣府更荒淫混乱。第五回《红楼梦曲》"可卿词"所谓"家事消亡首罪宁"者是,即东府的人自己也说:"论理,我们里面也须得他来整治整治,都忒不像了。"(第十四回,一三四页)凤姐是在这样的舆论下来协理宁国府的,本是帮忙性质,她的整理也是临时性的,大刀阔斧的干一下,"威重令行"便"心中十分得意"了。(一三六页)至于探春理家,情形不同,比之从前,表面未

---

① 《通鉴·唐纪》叙当时对于右相杨国忠的看法。贾家亦是外戚。宝钗说:"我倒像杨妃,只是没一个好哥哥好兄弟,可以作得杨国忠的。"见本书第三十回,第317页。

动,实际上更加衰落了。她以小姐的身份代理凤姐,所处理的都是一些日常琐屑的家务,所对付的是自己家中的一班管事奶奶们,那些人,平儿说过,虽凤姐心里也不算不怕他们(六〇五页),可见很难缠的。其另一方面,管的既是自己的家,可以想出一些比较经常的一套计划来。若说凤姐的协理是大刀阔斧,那么探春的理家便是细磨细琢;若说第十四、十五两回是作者得意之笔,那么第五十五、五十六两回更是用心之作了。

从第五十五、五十六两回看出封建家庭里勾结把持、营私舞弊等等,其范围尽管很小,却有典型性质。如第五十六回探春、李纨和平儿谈头油脂粉钱,以文字很长,只节引一段:

> 探春、李纨都笑道:"你也留心看出来了。脱空是没有的,也不敢,只是迟些日子。催急了,不知那里弄些来,不过是个名儿,其实使不得,依然得现买。就用这二两银子,另叫别人的奶妈子或是弟兄哥哥的儿子买了来,才使得。若使了官中的人,依然是那一样的。不知他们是什么法子。是铺子里坏了不要的,他们都弄了来,单预备给我们?"平儿笑道:"买办买的是那样的,他买了好的来,买办岂肯和他善开交。又说他使坏心,要夺这买办了。所以他们也只得如此,能可得罪了里头,不肯得罪了外头办事的人。姑娘们只能可使奶妈妈们,他们也就不敢闲话了。"(六一〇页)

过去衙门里、宫廷里,积弊之深,采办的情况何尝不是这样,不过更扩大多少倍罢了。

探春理家大约从三方面下手:节流、开源、除弊。其所得的成绩似乎不大,范围也还小,以作意论却又不能算小,记得从前戏上说过,北京城好比大圈里套着许多小圈儿。《红楼梦》的典型环境也可以借用这层叠的看法。其外围一层且不说,大的圈儿为东西两府,再小一圈是荣国府,而荣国府中有一个大观园。探春的政策自然扯不到东府，即以西府论，亦尚不离"内壸"的范围，影响也是局部的。但在十二钗所处的大观园内，却来了一个翻天覆地的大改革。书中回目对此褒扬备至，称为"敏探春兴利除宿弊，识宝钗小惠全大体"。于第六十二回又借了书主人宝、黛的对话作为重要的舆评：

> 宝玉道："你不知道呢。你病着时，他干了好几件事。这园子也分了人管，如今多掐一草也不能了。又蠲了几件事，单拿我和凤姐姐做筏子禁别人，最是心里有算计的人，岂止乖而已。"黛玉道："要这样才好。咱们家里也太花费了。我虽不管事，心里每常闲了替你们一算计，出的多，进的少，如今若不省俭，必致后手不接。"（六八八页）

照黛玉的说法，"要这样才好"，当亦认为这是深悉利弊，救时之良策。探春以一个女孩儿就想做这倒挽末运的大事业，不管怎样，总是难得的。作者的赞美固为恰当。——话虽如此，她成功了没有？我看也没有。而且后回园中有许多事都从这"新政"上生出来的。如第五十回"柳叶渚边嗔莺咤燕，绛芸轩里召将飞符"，以采撷花草而生冲突，即因一花一草可以生利而有人管理之故。又如第七十三回记大观园中抽头聚赌，"有三十吊、五十吊、三百吊的大输赢"（八一八页）也未必不由于婆子们收入增多之故。大观园经过整理后，自有一番新气象，而已非复当年承平光景矣。作者之笔移步换形，信手续弹，不知不觉已近尾声了。

凤姐和探春都在这样的气氛里主持荣国府中家政的。按说凤姐之为人其品行学识不如探春远甚，干才或过之，而书中说："探春精细处不让凤姐"（五九八页），是亦在伯仲之间耳。书中褒探春而贬凤姐，本来是对的。我们却觉得对凤姐的批判似乎还不够。凤姐的劣迹，小之则如以公款放高利贷，大之如教唆杀人,书中并历历言之不讳。第十六回开始,总提了一笔:"自此凤姐胆识愈壮,以后有了这样的事便恣意的作为起来,也不消多记。"(一五〇页)许许多多的罪恶都包括在这"也不消多记"五字里面了,这样是否够呢?书中用了顶出色的笔墨来写她,有什么理由呢?此盖由于作者悲惋之情过于责备之意,恐是他的局限性所在。但若笼统的称为局限,却也没有什么意义。

以"怀金悼玉"主题的关系,作者对于十二钗每多恕词,原不止凤姐一人,但凤姐的情形比较特殊,故尤显得突出。所谓批判的不够,意谓掌握批判的尺度过宽了,也就是恕词过多的另一种说法。我以为批判的尺度假如符合了当时封建社会与家庭的现实,就不发生宽窄的问题,也无所谓局限;若以作者的个人感情而放松了尺度,这才有过宽的可能和局限性的问题。似乎应当采用这样分析的看法,不宜笼统地一笔抹倒。

从基本上说,封建社会里的女子都是受压迫的,被牺牲者;但她们之间仍有阶层,上一层的每将这高压力以一部分转嫁到更下一层,所谓"九泉之下尚有天衢"。本书表现这情况很清楚,如晴雯受尽了压迫却又压迫那些小丫头,如她对于坠儿。凤姐是荣国府的二奶奶,其作威作福自非晴雯之比,若说女人的身份,她亦是受压迫的一个人。本书把她放在"怀金悼玉"之列本来不曾错,如其情感过深,则未免失之于宽。如《红楼梦曲》第十支云:

> 机关算尽太聪明,反送了卿卿性命。生前心已碎,死后性空灵。家富人宁,终有个家亡人散各奔腾。枉费了意悬悬半世心,好一似荡悠悠三更梦,忽喇喇如大厦倾,昏惨惨似灯将尽。呀!一场欢喜忽悲辛,叹人世终难定。(第五回,五六、五七页)

这般一唱而三叹,感伤的意味的确过分了一些。对凤姐若如此惋惜,奈地下含冤之金哥、尤二姐等人何!再说,作者以探春、凤姐为支撑残局的英才,好像亦说得通。实际上,这盛衰之感,"末世"的观念,皆明显地与批判的现实主义、"红楼梦"反封建的倾向相矛盾的。

对于凤姐的看法大致如此。以本书未完,作者最后对于她怎样描写今不可知。就八十回论,批判或者不够,就一百十回批判或者够了——还是更不够?脂批说她,"回首惨痛,身微运蹇",回目又有"王熙凤知命强英雄"①,是否有诸葛五丈原之风呢?

其次,就成书的经过说,先有《风月宝鉴》而后有《金陵十二钗》。凤姐当然是《风月宝鉴》里主要人物之一;因她事连贾瑞,而贾瑞手中明明拿着一面刻着"风月宝鉴"四字的镜子。但同时,她又名列"十二钗",其情形与秦可卿相仿,则褒贬之所以看来未尽恰当,未尝不和本书这些情形有关。《宝鉴》书既不传,自只能存而不论。

五 丫鬟与女伶

她们是"十二钗"中的群众,妆成了红紫缤纷、莺燕呢喃的大观园,现在只选了其中五个人为题,不免有遗珠失玉之恨。《红楼梦》写她们都十分出色,散见全书,不能列举。以比较集中的第五十八回到六十一回,将许多丫鬟们、女伶们、婆子们的性情、形容、言语、举止,曲曲描摹,细细渲染,同中有异,异中有同,一似信手拈来,无不头头是道;遂从琐屑猥杂的家常日常生活里涌现出完整艺术的高峰。我觉得《红楼梦》写到后来,更嘈杂了,也更细致了。如这几回书都非常难写,偏偏写得这样

---

① 以上两条引文俱详《红楼梦研究》。

好，此种伎俩自属前无古人也。

这些丫鬟和女伶们，其畸零身世，女儿性情等等原差不多的，却是两个类型。《红楼梦》只似一笔写来。而已双管齐下，雏鬟是雏鬟，女伶是女伶，依然分疏得清清楚楚。举一些具体的例子：女伶以多演风月戏文，生活也比较自由一些，如藕官、药官、蕊官的同性恋爱，第五十八回记藕官烧纸事，若写作丫鬟便觉不合实际。又丫鬟们彼此之间倾轧摩擦，常以争地位争宠互相妒忌，而女伶处境不同，冲突也较少，她们之间就很有"义气"。又如丫鬟们直接受封建家庭主妇小姐的压制，懂得这套"规矩"，而女伶们却不大理会。譬如第六十回以芳官为首，藕官、蕊官、葵官、荳官和赵姨娘的一场大闹，女伶则可，若怡红院的小丫头们怕就不敢。如勉强也写成群众激愤的场面，也就不大合适了。这些粗枝大叶尚一望可知，至于更纤琐、更细微之处，今固不能言，言之恐亦伤穿凿。读者循文披览，偶有会心，或可解颜微笑耳。以下请约举五人，合并为A、B两部分。

A 紫鹃、平儿——紫鹃为黛玉之副，平儿为凤姐之副。她们在《红楼梦》里都赢得群众的喜爱，我也不是例外。紫鹃原名鹦哥，本是贾母的一个二等丫头（见第三回），书中写她性情非常温和，恐怕续书人也很喜欢她，后四十回中写她的也比较出色。在八十回中正传不多，当然要提这第五十七回"慧紫鹃情辞试忙玉"，一字之褒曰"慧"，但她究竟慧不慧呢？这是很有意味的。

忙玉之"忙"，我昔从庚辰本校字，是否妥当，还不敢说[①]。

[①]"忙玉"，校本从庚辰本改。就字面看，颇不惬人意。戚本《红楼梦稿》本并作"宝玉"，比较老实，但又不能对"痴鬟"。详谈《红楼梦》的回目之十二，见《红楼梦研究参考资料》第96、98页。

首先当问：紫鹃为什么要考试这宝玉，他有被考的必要吗？今天看来，好像没有必要。然而有的，否则她为什么要试呢？她难道喜欢像下文所叙闯了一场大祸么？

宝玉的心中意中人是谁，大约二百年来家喻户晓的了，谁都从第一回神瑛侍者、绛珠仙草看起，他们怎能不知道啊。但是作者知之，评者知之，读书今日无不知之，而书中大观园里众人却不必皆知，即黛玉本人也未必尽知。否则她的悲伤憔悴，为的是哪条？她常常和宝玉吵嘴打架，剪穗砸玉，所为何来呢？黛玉且然，何论于紫鹃。她之所以要考验这"无事忙"的宝玉，在她看来完全有必要。

这里牵涉到宝玉的性格和宝黛的婚姻这两个大问题，自不暇细谈，却也不能完全不提。宝玉的爱情是泛滥的还是专一的？他是否如黛玉所说"见了姐姐就忘了妹妹"呢？作者在这里怕是用了开首的唯心观点来写"石头"之情——即有先天后天之别。从木石姻缘来说，是专一的，宝玉情有独钟者为此；若从被后来声色货利所迷，粉渍脂痕所污的石头来说，不但情不能专一，即欲也是泛滥的，书中所记宝玉诸故事是也。在黛玉的知心丫鬟紫鹃看来，当然只知第二点，不见第一点，她从那里去打听这大荒顽石、太虚幻境呵。但被她这么一试，居然试出一点来了。为什么是这样，种种矛盾如何解释虽尚不可知，但宝玉确是这样，不是那样。这中心的一点却知道了。此所以紫鹃虽闯了弥天大祸，几乎害了贾宝玉，却得到正面的结论，黛玉除当时大着急之外，绝无不满意紫鹃之意，这是合乎情理的。

这样一来果然很好，却有一层：以后宝玉的婚姻就和黛玉分不开了，贾母也明白其中的利害。难道《红楼梦》也写大团圆，"潇湘蘅芜并为金屋"，像那些最荒谬的再续书一样吗？当然不是的。这无异作者自己给自己留下一个难题，我们今日自无从替他解答。依我揣想，黛玉先死而宝钗后嫁要好一些，但文献无征，这里也就不必谈了。

无论如何，紫鹃对她的主人尽了最大的努力，不独黛玉当日应当深感，我们今日亦当痛赞，而作者之褒更属理所当然矣。可是有一点，作者称之为"慧"，她在这一回里表现得是"慧"么？仿佛不完全是那样。事实上所表现的是一味至诚而非千伶百俐，譬如她和薛姨妈的一段对话（五十七回，六三六页），谁不憎恨这老奸巨猾的薛姨妈，谁不可怜这实心眼儿的紫鹃呢！说她"忠诚"、"浑厚"、"天真"以及其他的赞语，好像都比这"慧"字更切合些，然而偏叫她"慧紫鹃"，这就值得深思。作者之意岂非说诚实和决断都是最高的智慧，而"好行小慧"不足与言智慧也[1]。

平儿之于凤姐与紫鹃之于黛玉不同。写紫鹃乃陪衬黛玉之笔，不过"牡丹虽好终须绿叶扶持"这类的意思。如上说紫鹃忠厚，黛玉虽似嘴尖心窄，实际上何尝不忠厚，观第四十二回"兰言解疑癖"可知也。她们还是一类的性格。若平儿却不尽然，她虽是凤姐的得力助手，如李纨说她，"你就是你奶奶的一把总钥匙"（第三十九回），而她的治家干才不亚其主，作者且似有意把平儿写成凤姐的对立面，不仅仅是副手。在某一方面她对凤姐的行为有补救斡全之功；另一方面作者却写出她地位虽居凤姐之下，而人品却居凤姐之上。像这样的描写，提高了丫鬟，即无异相对地降低了主人，也就是借了平儿来贬凤姐。以文繁不能备引，只举大观园中舆评抑扬显明的一条，在第四十五回：

---

[1] 我在《谈红楼梦的回目》前文中曾说："紫鹃之试玉虽非黛玉授意，她也是体贴得黛玉的心才这样干的。回目所以曰'慧紫鹃'。不然，闯这样大祸，应当说莽紫鹃才对，何慧之有？"见《红楼梦研究参考资料》第97页。

李纨笑道:"你们听听,我说了一句,他就疯了,说了两车的无赖泥腿市俗专会打细算盘分斤拨两的话出来。这东西亏他托生在诗书大宦名门之家做小姐,出了嫁又是这样,他还是这么着;若生在贫寒小户人家作个小子,还不知怎么下作贫嘴恶舌的呢。天下人都被你算计了去。昨儿还打平儿呢,亏你伸的出手来。那黄汤难道灌丧了狗肚子里去了。气的我只要给平儿打抱不平儿,忖度了半日,好容易狗长尾巴尖儿的好日子,又怕老太太心里不受用,因此没来,究竟气还未平。你今儿又招我来了。给平儿拾鞋也不要。你们两个,只该换一个过子才是。"说的众人都笑了。(四七六页)

稻香老农说"换一个过子才是",只怕不是笑话罢。此外如第六十九回写凤姐"借剑杀人"而平儿对尤二姐表同情,对她很好,更就行为上比较来批判凤姐(七七三、七七六、七七七页)。可见作者对于凤姐决非胸中无泾渭,笔下无褒贬者,只不过有些地方说得委婉一些罢了。

第四十六回及上引四十七回之上半实为平儿本传,书中最煊赫的文字是第四十六回写她在怡红院里理妆,描写且都不说,只引宝玉心中的一段话:

忽又思及贾琏惟知以淫乐悦己,并不知作养脂粉,又思平儿并无父母兄弟姊妹,独自一人,供应贾琏夫妇二人,贾琏之俗,凤姐之威,他竟能周全妥贴,今日还遭荼毒,想来此人薄命,比黛玉尤甚。想到此间,便又伤感起来,不觉洒然泪下。(四七一、四七二页)

总括地写出她才高命薄,而作者已情见乎词,不劳我们饶舌矣。宝玉心中以黛玉为比,在《红楼梦》中应是极高的评价,后人似不了解此意,就把"比黛玉尤甚"这句删去了。

本书描写十二钗,或实写其形容姿态,或竟未写;但无论写与不写，在我们心中都觉得她们很美，这又不知是什么伎俩。这里且借了平儿、紫鹃略略一表。实写紫鹃的形容书中几乎可以说没有，只在第五十七回说过一些衣装：

> 见他穿着弹墨绫薄绵袄，外面只穿着青缎夹背心。（六二二页）

以外我就想不起什么来了。他只写紫鹃老是随着黛玉，其窈窕可想，此即不写之写也。第五十二回还有较长的一段：

> 宝玉听了，转步也便同他往潇湘馆来。不但宝钗姊妹在此，且连邢岫烟也在那里。四人围坐在熏笼上叙家常，紫鹃倒坐在暖阁里临窗作针黹。一见他来，都笑道："又来了一个，可没了你的坐处了。"宝玉笑道："好一幅'冬闺集艳图'。"（五六三页）

宝玉只一句话，有多少的概括！

至于平儿，书中也不曾写什么。即有名的"理妆"一回，亦只细写妆扮，反正不会"妆媚宝黛"的呵。她的出场在第六回：

> 刘姥姥见平儿遍身绫罗，插金带银，花容玉貌的，便当是凤姐儿了。（六五页）

似乎庸俗，不见出色。我以为正惟其庸俗，方一丝不走，在刘姥姥眼中故。又书中说，"刘姥姥虽是村野人，却世情上经历过的"（三十九回，四一五页），平儿若不端庄流丽，刘姥姥亦不会无端误认她为凤姐也。

还有两段，一反一正，都从他人口中侧面写来。如第四十六回凤姐的话："琏儿不配，就只配我和平儿这一对烧糊了卷子和他混罢。"（四九八页）用烧糊了卷子来形容她自己和平儿，信为妙语解颐，咱们也要笑了。若第四十四回，"那凤丫头和平儿还不是个美人胎子"（四七二页），那倒是真话实说，贾母也是不轻易许人的。

B 龄官、藕官、芳官——龄官为梨园十二个女孩子之首(第三十回,三一九页),于宝玉眼中"只见这女孩子眉蹙春山,眼颦秋水,面薄腰纤,袅袅婷婷,大有林黛玉之态"者是也。她的事迹在本书凡三见。其一见于第十八回记元春归省:

> 太监又道:"贵妃有谕,说龄官极好,再作两出戏,不拘那两出就是了。"贾蔷忙答应了,因命龄官作"游园"、"惊梦"二出。龄官自为此二出原非本角之戏,执意不作,定要作"相约"、"相骂"二出。贾蔷扭他不过,只得依他作了。贾妃甚喜,命不可难为了这女孩子,好生教习。(一八四页)

"游园惊梦"在《牡丹亭》中,"相约相骂"在《钗钏记》中①。龄官为什么不肯演那最通行的"游园惊梦",而定要演这较冷僻的"相约相骂"呢?据说为了非本角戏之故。所谓"角"者,角色,生旦净末丑之类是也。龄官当然演旦角,而旦角之中又有分别,以"游园惊梦"之杜丽娘说,是闺门旦,俗称五旦;以"相约相骂"之云香言,是贴旦,俗称六旦。今谓"游园惊梦"非本角戏而定要演"相约相骂",龄官的本工当为六旦。——但事实不完全是这样。在上文已演过四折,元春说龄官演得好,命

---

① 《钗钏记》,明代作品,题月榭主人撰,名里未详。全书未见,《缀白裘》中收了九出。最常唱演的,有相约、讲书、落园、相骂(一名讨钗)。此四折情节如下(并参看青木正儿《中国近世戏曲史》译本第281页):皇甫吟与富家女史碧桃有婚约。女父嫌生贫寒,欲以女另嫁。史女不欲,遣侍女云香至皇甫吟家,约以中秋夜来园中,当赠以婚娶之资。后被皇甫之友韩时忠得知,阻生勿往,而己冒名前去,骗取钗钏。其后,碧桃见婚事毫无消息再遣云香催询之,值吟不在,吟母说其子未去,云香说彼曾来;提起钗钏,吟母亦不承认,遂因误会而起冲突。若无中间一段穿插,首尾即不连贯,但"相约相骂"为全剧精华,每摘出连演。《红楼梦》固如此,即《缀白裘》亦将此二折并收入五集卷四,则两折单演,由来久矣。

她加演，可见龄官在前演的四折中必当了主角。那四折，旦角可以主演只两折："乞巧"与"离魂"。据脂批说：乞巧，"长生殿中"；离魂，"牡丹亭中"。"乞巧"即"密誓"，"离魂"即"闹殇"。而"密誓"、"闹殇"中之杨玉环、杜丽娘并为旦而非贴，可见龄官并非专演六旦的。因之所谓本角戏恐不过拿手戏的意思。龄官以为对"游园惊梦"她无甚拿手，故定要演这"相约相骂"。

从戏中情节看，可能还有较深的含意。"游园惊梦"的故事不必说了，"相约相骂"的故事已略见前注中。"相骂"表现得尤为特别。写丫鬟与老夫人以误会而争辩，以争辩而争坐，云香坐在老夫人原有的椅子上，老夫人不许她坐，拉她下来，云香怎么也不肯下来，赖在椅子上，结果以彼此大骂一场而了之①。听说最近还上演这戏，情形非常火炽。在昆剧中丫鬟和老夫人对骂，怕是惟一的一出戏，即《西厢记·拷红》也远远不如。龄官爱演这戏，敢以之在御前承应，真泼天大胆！她借了登场粉墨，发其幽怨牢骚，恐不止本角、本工、拿手戏之谓也。元春不点戏，让她随便唱，原是听曲子的内行，但假如叫她点，也怕不会点这"相约相骂"的。

---

① 录《缀白裘》五集四卷"相骂"对话一段："（贴）好吓，你奸骗钱财，叫你须臾受祸灾。（老旦）老天应鉴察，不受这飞灾。（贴）叫你偏受这飞灾！（老）我偏不受这飞灾！（贴）还了我的东西便罢，若不还我，死也死在这里。（哭介）（老）那里说起，什么钗钏，又是什么银子。吓，吓，吓，你看他公然上坐。啐，这个所在是你坐的？（贴）难道是龙位皇位坐不得的？（老）虽不是龙位皇位，你却坐不得。（贴）我倒偏要坐。（老）我偏不容你坐。小贱人！（贴）啊呀，老安人，不要破口吓，我云香是，嗜，也会骂的嗜。（老）吓，吓，吓，你敢骂，你敢骂！（贴）你这老——（老）吓，老什么，老什么？（贴）老什么，老安人。（老）我谅你也不敢骂。你这小贱人！（贴）老不贤！骂了！（老）吓。（贴）吓。（老）阿哟哟。（贴）阿哟哟。（老）小贱人！（贴）老不贤！（老）呸，走出去，这等放肆！（下）"

只说这一点，龄官的性格还不很鲜明，再举其二其三。第三十回"画蔷"，宝玉尚不知其名，到了第三十六回"情悟梨香院"，方知"原来就是那日蔷薇花下划'蔷'字的那一个"。这二、三两段实为一事之首尾，分作两回叙出耳。在第十八回上有一段脂评：

> 今阅《石头记》至原非本角之戏执意不作二语，便见其忮能压众，乔酸姣妒，淋漓满纸矣。复至"情悟梨香院"一回，更将和盘托出。（己卯、庚辰、戚本）

他只从坏的方面看，上文还有优伶"种种可恶"之言，虽亦有触着处，终觉不恰。《红楼梦》之写龄官为全部正副十二钗中最突出的一个。她倔强、执拗，地位很低微而反抗性很强。虽与黛玉、晴雯为同一类型，黛、晴之所不能、不敢为者，而龄官为之。第三十回记宝玉的想法：

> "难道这也是个痴丫头，又像颦儿来葬花不成？"因又自叹道："若真也葬花，可谓东施效颦，不但不为新特，且更可厌了。"想毕，便要叫那女子说："你不用跟着那林姑娘学了。"（三一九页）

宝玉心中只有一个林妹妹，殊不知山外有山，天外有天也。宝玉能得之于黛、晴雯等者，却不能得之于龄官。宝玉陪笑央她起来唱"袅晴丝"，又是游园！你想龄官怎么说？"嗓子哑了。前儿娘娘传进我们去，我还没有唱呢。"（三八〇页）这大有抗旨不遵的气概。若此等地方，或出于有意安排，或出于自然流露，总非当日脂砚斋等所能了解者也。

龄官划蔷也表现了她的情痴和坚拗的品质，第三十六回写贾蔷兴兴头头的花了一两八钱银子买了一个会串戏的小雀儿来，却碰了龄官一个大钉子（见校本三八〇、三八一页）。我十一岁时初见《红楼梦》，看到这一段，"一顿把那笼子拆了"，替他可惜；又觉得龄官这个人脾气太大,也太古怪了。她这脾气也是有些古怪啊。她情钟贾蔷,而贾蔷这个浮华少年是否值得她钟情,恐怕也未必。此宝玉所以从梨香院回来,"一心裁夺盘算"而"深悟人生情缘,各有分定"也。

书中人人都羡慕荣国府的富贵,而龄官不然。大观园中诸女儿都喜欢宝玉,而龄官不然。她只认为"你们家把好好的人弄了来,关在这牢坑里学这劳什子",将大观园的风亭月榭视为"牢坑",即黛玉、晴雯等人且有愧色,何论乎宝钗、袭人哉!还有眠思梦想不得进园的柳五儿呢。

这样,她当然待不多久。在第五十八回遣散十二个女孩子时也不曾单提她,只用"所愿去者止四五人"(六四〇页)一语了之。"曲中人不见,江上数峰青",她从此就不再见了。

自第五十八回梨香院解散,那些伶工子弟就风流云散了,颇有《论语·微子》所云乐官分散的空气。未去的分在园中各房就显得更活跃了。在此以前,书中只传龄官,其他提得很少。五十八回首叙藕官烧纸,被婆子看见,要去告发,得宝玉解围,问起根由,她不好意思直说,只说去问芳官就知道了。回目载芳官的一段话说明了藕、药、蕊官互恋的关系,宝玉又发了一篇大议论。这样的故事和回目"假凤泣虚凰"原是相合的,问题在于写这回书的用意。我前有《读红楼梦随笔》,在其三十三《谈〈红楼梦〉的回目》①一文中,大意说五十八回的目录,虽似对句平列,却是上下文的关系,似以真对假,实以假明真。就人物来说,即以本回藕、药、蕊官三人的故事暗示后回宝、黛、钗三人的结局,这里为节省篇幅起见,不重叙了,只作一点补充的

---

① 《谈〈红楼梦〉的回目》之二十:"似一句自对各明一事,实两句相对以上明下之例",见《红楼梦研究参考资料》第98—101页。

说明。

　　那文说得很详细，已伤于繁琐，仍有一点重要的遗漏，没有谈到这回目最突出的一点："茜纱窗"。为什么突出？"茜纱窗"在本文里完全不见。有正戚本作"茜红纱"，但"茜红纱"也不见。这茜纱窗当指怡红院，那么作怡红院不干脆么，为什么不那么写？再说怡红院有没有茜纱窗呢？倒也是一个问题。

　　大家知道潇湘馆是有茜纱窗的（第四十回，四二二、四二三页）却不必专有，自然也可以用之怡红院。如第七十九回黛玉说："咱们如今都系霞影纱糊的窗槅"，可见怡红院、潇湘馆并以霞影纱糊窗，这样说就比较简单了。可是再看下去，反而使人迷糊。

　　"……但只一件：虽然这一改新妙之极，但你居此则可，在我实不敢当。"说着，又接连说了一二百句"不敢"。黛玉笑道："何妨。我的窗即可为你之窗，何必分晰得如此生疏。古人异姓陌路，尚然同肥马，衣轻裘，敝之而无憾，何况咱们呢。"宝玉笑道："论交道不在肥马轻裘，即黄金白璧，亦不当锱铢较量。倒是这唐突闺阁，万万使不得的。"（九〇四、九〇五页）
黛玉说"我的窗即可为你之窗"，而宝玉说"万万使不得的"，然则怡红院又没有茜纱窗了么？

　　我以为五十八回之"真情揆痴理"之"茜纱窗"，即七十九回宝、黛二人所谈，亦即《芙蓉诔》最后改稿"茜纱窗下，我本无缘；黄土陇中，卿何薄命"之"茜纱窗"。以五十八回的事实论，芳官、宝玉二人在怡红院谈话，这茜纱窗当属之怡红院；以意思论，遥指黛玉之死，这茜纱窗又当属于潇湘馆。此所以虽见回目却不见本文，盖不能见也。如在芳官、宝玉谈话时略点"茜纱"字样，这故事便坐实了，且限于当时之怡红院矣。现在交错地写来，这样便造成了回目与本文似乎不相合的奇异现象。且引芳官和宝玉对话一段：

> 芳官笑道："那里是友谊，他竟是疯傻的想头。说他自己是小生，蕊官是小旦，常做夫妻；虽说是假的，每日演那曲文排场，皆是真正温存体贴之事，故此二人就疯了，虽不做戏，寻常饮食起坐两个人竟是你恩我爱。蕊官一死，他哭的死去活来，至今不忘，所以每节烧纸。后来补了蕊官，我们见他一般的温柔体贴，也曾问他得新弃旧的。他说：'这又有大道理，比如男子丧了妻，或有必当续弦者，也必要续弦为是；但只是不把死的丢过不提，便是情深意重了。若一味因死的不续，孤守一世，妨了大节，也不是理，死者反不安了。'你说可是又疯又呆，说来可是好笑。"宝玉听说了这篇呆话，独合了他的呆性，不觉又是欢喜，又是悲叹又称奇道绝，说："天既生这样人，又何用我这须眉浊物玷辱世界。"（六四七页）

藕官以新人代旧人，并不见用情专一，其言未必甚佳，宝玉的"称奇道绝"，也颇出我们意外。书中既谓这篇呆话独合了宝玉的呆性，这里所叙显然和后回有关。而且此段引文之后，宝玉又叮嘱芳官转告藕官叫她以后不可再烧纸，应该如何纪念才对；像那样的办法，宝玉在七十八回祭晴雯已亲自实行了。

这五十八回主要的意思就是这样。否则女伶们的同性恋似颇猥琐，何足多费《红楼梦》的宝贵笔墨。回目的作法固然巧妙，如泛泛看来，也未尝不别扭。本句自对，又像两句相对。"假凤泣虚凰"很好；"真情揆痴理"费解，很难得翻成白话，版本中且有误"揆"为"拨"者[①]，可见后人也不甚了解。若此等处，

---

① "揆痴理"，程本、有正本并作"拨痴理"。

盖以作意深隐之故；不然，他尽可以写得漂亮一些呵。

在藕官烧纸宝玉和她分手后，又去看黛玉，在校本上只有两行字（六四三页），我从前认为虽似闲笔、插笔，实系本回的正文①，虽似稍过，大意或不误。

以上虽说要谈藕官，然而藕官实在也谈得很少。

梨香院十二个女孩子中，八十回的前半特写一龄官，后半特写一芳官，都很出色。芳官自分配到怡红院以后，在第五十八至六十回、六十二、六十三回都有她的故事。在姿容妆饰方面且写得工细：

> 那芳官只穿着海棠红的小棉袄，底下绿绸撒花夹裤，敞着裤腿，一头乌油似的头发披在脑后，哭的泪人一般。麝月笑道："把一个莺莺小姐，反弄成拷打的红娘了。这会子又不用妆，就是活现的，还是这么松哈哈的。"宝玉道："他这本来面目极好，倒别弄紧衬了。"（第五十八回，校本六四五页。这里引文参用戚本及《红楼梦稿》）

> 当时芳官满口嚷热，只穿着一件玉色红青驼绒②三色缎子斗的水田小夹袄，束着一条柳绿汗巾；底下是水红撒花夹裤，也散着裤腿；头上眉额编着一圈小辫，总归至顶心，结一根鹅卵粗细的总辫，拖在脑后；右耳眼内只塞着米粒大小的一个小玉塞子，左耳上单带着一个白果大小的硬红镶金大坠子，越显的面如满月犹白，眼如秋水还清。引的众人笑说："他两个倒像是双生的弟兄两个。"（第六十三回，六九六、六九七页）

本回脂本如庚、戚，都有芳官改名耶律雄奴，又改名温都里纳各

---

① 《红楼梦研究参考资料》第100页。
② 校本作"酡绒"，从己卯本，误。今改从戚、程等本作"驼绒"。驼绒为一种颜色之名。《扬州画舫录》卷一："深黄赤色曰驼茸"，"茸"即"绒"也。

一段①。不仅在梨香院十二个女孩子之中，就在十二钗中，芳官的形容是作者笔下写得最多的一个人。把她写得很聪明美丽，天真可爱，又有很多的缺点，倚强抓尖，以至于弄权，如柳家的五儿就想走她的门路（第六十回，六六三页）。她已成为宝玉身边一个新进的红人了。

这样，在那妒宠争妍的怡红院里，岂有不招嫉妒的。晴雯也难免拈酸，她心直口快每每说了出来；袭人却非常深沉，表面和平，不说什么，有时晴雯发了话，她还替芳官解围，如第六十三回写芳官和宝玉一同吃饭后：

> 宝玉便笑着将方才吃的饭一节告诉了他两个。袭人笑道："我说你是猫儿食，闻见了香就好。隔锅饭儿香。虽然如此，也该上去陪他们，多少应个景儿。"晴雯用手指戳在芳官额上说道："你就是个狐媚子！什么空儿跑了去吃饭。两个人怎么就约下了！也不告诉我们一声儿。"袭人笑道："不过是误打误撞的遇见了；说约下了，可是没有的事。"
> （六九〇页）

她似乎是个好好先生。等我们看到第七十七回被逐的时候：

> 王夫人笑道："你还强嘴！我且问你：前年间我们往皇陵上去，是谁调唆宝玉要柳家的丫头五儿来着？幸而那丫头短命死了，不然进来了，你们又连伙聚党遭害这园子。你连你干娘都欺倒了，岂止别人！"（八七四页）

王夫人怎么知道了啊！莫非也是王善保家的告发的么？还是怡红院中更有别人呢？所以宝玉质问袭人第一个就提芳官，那是很有道理的。

---

① 这两段文字在全书里显得不调和，叙芳官忽然改妆，但似与上文不甚衔接，其中宝玉的议论也很谬。不知当时为什么要这样写，后来的本子往往删去了。

后来的评家说芳官在第六十三回唱的："翠凤毛翎扎帚叉"的曲子也有寓意①，我不大相信，但她的结局确是归入空门。在第七十七回的目录以此事与晴雯之死并提，则其重要可知。然而晴雯之死，昭昭在人耳目，传说唱演至于今不衰，而芳、藕、蕊三官的结局却不大有人提起。据说她们出去后寻死觅活，要剪了头发当尼姑去，她们的干娘没有办法，来请示王夫人：

王夫人听了道："胡说！那里由得他们起来！佛门也是轻易人进去的。每人打一顿给他们，看还闹不闹了。"当下因八月十五日各庙内上供去，皆有各庙的尼姑送供尖之例，王夫人曾就留下水月庵的智通与地藏庵的圆心住两日，至今未回，听得此信，巴不得又拐两个女孩子去作活使唤，因都向王夫人道："咱们府上到底是善人家。因太太好善，所以感应得这些小姑娘们皆如此。虽说佛门轻易难入，也要知道佛法平等。我佛立愿，原是连一切众生无论鸡犬皆要度他，无奈迷人不醒。若果有善根能醒悟，即可以超脱轮回。所以经上现有虎狼蛇虫得道者不少。如今这两三个姑娘既然无父无母，家乡又远，他们既经了这富贵，又想从小儿命苦，入了这风流行次，将来知道终身怎样；所以苦海回头，立意出家，修修来世，也是他们的高意。太太倒不要限了善念。"王夫人原是个好善的，先听彼等之语不肯听其自由者，因思芳官等不过皆系小儿女一时不遂心，但恐将来熬不得清净，反致获罪。今听这两个拐子的话大近情理；且近日家中多故……那里着意在这些小事上。即听此言，便笑答道："你们两个既这等说，你们就带了作徒弟去如何？"二姑子听了，

---

① 《妙复轩评石头记》第六十三回引太平闲人评曰："才赏花，已扫花，却尘缘，归离根，归水月，一齐都到。"

念一声佛，道："善哉！善哉！若如此，可是你老人家阴德不小。"说毕，便稽首拜谢。王夫人道："既这样，你们问问他们去。若果真心，即上来当着我拜了师父去罢。"这三个女人听了出去，果然将她三人带来。王夫人问之再三，他三人已是立定主意，遂与两姑子叩了头，又拜辞了王夫人。王夫人见他们意皆决断，知不可强了，反倒伤心可怜，忙命人来取了些东西，赍赏了他们，又送了两个姑子些礼物。从此芳官跟了水月庵的智通，蕊官、藕官二人跟了地藏庵的圆心，各自出家去了。（八八三、八八四页）

这芳官、藕官、蕊官三个小女孩子，就生生的被拐子拐走了！

这段文字相当干燥，平平叙去，并称王夫人为好善的。表面上看，王夫人处置这事也相当宽大，既不阻人善念，临了"反倒伤心可怜"，"赍赏了他们"；两姑子高谈佛门平等，普度众生，亦复头头是道；芳官等临去时亦很干脆，并无哭哭啼啼之态，好像都没有什么，比晴雯被撵那样的凄惨差得远了。然而"拐字"一点，"拐子"二点，就九十度地转了一个弯。把王夫人的假慈悲，真残忍，心里明白，装糊涂，尼姑的诈骗阴险，小孩们的无知可怜，画工所不到的一一的写出来了，读下去有点毛骨悚然。

不由得令人想起本书开首香菱碰见的那个人来，香菱所遇确是个拐子，这里却不然，分明是一个水月庵，一个地藏庵，两个好好的尼姑呵，而竟直呼为"两个拐子"。拐子者，以拐人为业者也，这亦未免过当了罢。一点也不。作者正是说得最深刻深切，恰当不过，并非拐子，实为尼姑，而尼姑即拐子也。这里完全打破了自古相传玄教禅门的超凡入圣、觉迷度世种种伪装，而直接揭发了所谓"出家人"的诈欺、贪婪、残酷的真面目。称为拐子，应无愧色，严冷极矣。后回还有下文否不可知，反正这就足够了。

然而这样的好文章，似很少有人说它写得怎样惨，却也有些原由。乍一看来，好像从人之愿。书中说"他三人已是立定主意"；又说"王夫人见他们意皆决断，知不可强了"。其实她们何尝愿意走这空门的绝路，乃是不得不走呵。于初次遣散时，其中一多半不愿意回家者原是无家可归，在第五十八回里已交代过了。她们在荣国府大观园的环境里，也沾染了一点信佛的空气，对于空门有一些错误的憧憬，即姑子所谓"因太太好善，所以感应的这些小姑娘们皆如此"。再说这段文字固然特别的好，但在《红楼梦》全书及本回回目还有矛盾，似不调和。如回目说"美优伶斩情归水月"，仍好像忏情觉悟出于自愿的。从全书来看，开笔第一回即写了一些神话，如甄士隐、如柳湘莲皆随了道人飘然而去，不知所终，都很容易使人误认芳官她们也是这样去的；她们是走了解脱的道路而非堕入陷坑。像这样的误会，恐也不能与原书无关，即如书中所示槛外人妙玉和"独卧青灯古佛旁"的惜春，究竟是怎样收场的，也就不很明白。

我们必须用批判的眼光穿透了这些乌云浊雾，才能发见"独秀"的庐山真面。批判的眼光从何而来，一方面须自己好学深思，更重要的是不断提高思想水平，用马克思列宁主义的阶级观点和阶级分析的方法来作科学的研究。曹雪芹生在十八世纪的初期，他就能写出像这样批判的现实主义的名著，我们今天纪念他，要向他遗著学习，更要向他如何写作《红楼梦》的方法来学习；要学他种种描写的技巧，更要学他的概括和批判。这篇文章写来已甚冗长，写完仍感不足，不足窥见本书伟大面貌于万一，更恐多纰缪，亟待读者批评指正。

一九六三年七月一日，北京

"旧时月色"[*]

一　一九八〇年五月二十六日上国际《红楼梦》研讨会书（摘录）

这届大会是世界性的、空前的。总结过去的经验，指出将来的方向，意义很大。我的贡献，却很微薄，直陈三点如下。

（一）《红楼梦》可从历史、政治、社会各个角度来看，但它本身属于文艺的范畴，毕竟是小说；论它的思想性，又有关哲学。这应是主要的，而过去似乎说得较少。王国维《红楼梦评论》有创造性，但也有唯心的偏向，又有时间上的局限。至若评价文学方面的巨著，似迄今未见。《红楼梦》行世以来，说者纷纷，称为"红学"，而其核心仍缺乏明辨，亦未得到正确的评价。今后似应多从文、哲两方加以探讨，未知然否。

（二）今之红学五花八门，算亟盛矣，自可增进读者对本书之理解，却亦有相妨之处，以其过多，每不易辨别是非。应当怎

---

[*] 原载1986年《文学评论》第2期。

样读《红楼梦》呢？只读白文，未免孤陋寡闻；博览群书，又恐迷失路途。摈而勿读与钻牛角尖，殆两失之。为今之计，似宜编一"入门"、"概论"之类，俾众易明，不更旁求冥索，于爱读是书者或不无小补。众说多纷，原书俱在。取同、存异、缺疑三者自皆不可废。但取同，未必尽同；存异，不免吵嘴；"多闻阙疑"虽好，如每每要道歉，人亦不惬也。而况邦国殊情，左右异轨，人持己说，说有多方，实行编纂，事本大难，聊陈管见，备他年之采取耳。

（三）另一点，数十年来，对《红楼梦》与曹雪芹多有褒无贬，推崇备至，中外同声，且估价愈来愈高，像这般一边倒的赞美，并无助于正确的理解。我早年的《红楼梦辨》对这书的评价并不太高，甚至偏低了，原是错误的，却亦很少引起人注意。不久我也放弃前说，走到拥曹迷红的队伍里去了，应当说是有些可惜的[1]。既已无一不佳了，就或误把缺点看作优点；明明是漏洞，却说中有微言。我自己每犯这样的毛病，比猜笨谜的，怕高不了多少。后四十回，本出于另一手，前八十回亦有残破缺处，此人所共知者。本书虽是杰作，终未完篇；若推崇过高则离大众愈远，曲为比附则真赏愈迷，良为无益。这或由于过分热情之故。如能把距离放远些，或从另一角度来看，则可避免许多烟雾，而《红楼梦》的真相亦可以稍稍澄清了。

---

[1] 我在《红楼梦底风格》一文中，两稿不同。依《红楼梦辨》之说"我虽以为应列第二等"；依《研究》新说"仍为第一等的作品"其改变颇大，此不细说了。1986年补记。

二 评《好了歌》

一九七八年有人要我为他作"《好了歌》解注"（原只有一部分），写后有些感想。这是"甄士隐梦幻识通灵"的正文。一般看法认为歌中情事一定与后回伏笔相应，就好像第五回中十二钗册子和曲文一样。我早年作《红楼梦辨》时也是这样说的。后来发现脂砚斋的批语，引了许多名字来解释，我认为不确切，也不相信他的说法。如果细读这《解注》，就会发现有的好像与后回相应，有的却不相应。它的用意很广，或许已超出了小说中的情节，这是不能与十二钗册子和曲文相提并论的。此外，我最近重读了胡适所传的《脂砚斋评石头记》残本，很是失望。早在一九三一年，我就对此书价值有些怀疑（见《燕郊集》）。仅从"《好了歌》解注"中的脂批看，多半是些空谈，各说各的。此批所列诸多人名，杂乱无章。如：黛、晴是有名早夭，所谓"不许人间见白头"者，而在"如何两鬓又成霜"一句旁，脂批却指"黛玉、晴雯一干人"，这怎么会对呢？颠倒若是，其他可知。我以前曾有诗，说"脂砚芹溪难并论"。虽有抑扬，但还是说得很委婉的。

话题扯远了，还是从脂批回到"《好了歌》解注"上来。请先明大意。左思说"俯仰生荣华，咄嗟复凋枯"；陶潜说"衰荣无定在，彼此更共之"；诗意与《好了歌》相近。都是说盛衰无常，祸福相倚。但"好了歌解注"似更侧重于由衰而盛，这是要注意的。如"解注"开始就说："陋室空堂，当年笏满床；衰草枯杨，曾为歌舞场。"这是由盛而衰的一般说法。但下接"蛛丝儿结满雕梁，绿纱今又糊在蓬窗上"，却又颠倒地说，便是一衰一盛。循环反复，又是衰者自衰，盛者自盛，正像吴梅村诗所说：“何处笙歌临大道，谁家陵墓对斜晖。"试推测一下后来的事，不知此马落谁家了。

中间一大段，自"脂浓粉香"起，至"破袄紫蟒"止，究竟指什么，与《红楼梦》本书的关系似不大明白。"昨日黄土陇头送白骨，今宵红灯帐底卧鸳鸯"，脂批是"熙凤一干人"，而于上句"黄土陇头"却无说明，上下句不相对称。"训有方"、"择膏粱"两句，说男盗女娼，也很难定为是某人某事。"昨怜破袄寒，今嫌紫蟒长"，讲一夕之间贫儿暴富，并不必与后事相应。由此可见一斑。

《好了歌》与《红楼梦》的不相当，不是由于偶然的。

（一）广狭不同。《红楼梦》既是小说，它所反映的面是有限的，总不外乎一姓或几家的人物故事。《好了歌》则不同，它的范围很广，上下古今、东西南北，无所不可。《红楼梦》故事自然包孕其中，它不过是太仓中的一粟而已。妙在以虚神笼罩全书，如一一指实了，就反而呆了。

（二）重点不同。《红楼梦》讲的是贾氏由盛而衰，末世的回光返照，衰而不复盛，所谓"食尽鸟投林"、"树倒猢狲散"。（脂批"贾兰、贾茵一干人"以象征复兴，另是一义，有如后四十回续书。）然而"解注"的意思却不是那样，它的重点也正在衰而复盛上，却并不与《红楼梦》本书相抵触，因得旺气者另一家也。所以道人拍手笑道："解得切！解得切！"士隐便笑一声："走罢！"

杜甫诗云："天上浮云如白衣，须臾忽变为苍狗。"展眼兴亡，一明一灭，正在明、清交替之间，文意甚明。下引"歌注"原文。加以解释，如下：

  乱烘烘你方唱罢我登场（意译为：送旧迎新），反认他乡是故乡（认贼作父）。甚荒唐，到头来都是为他人作嫁衣裳

（"采得百花成蜜后，为谁辛苦为谁甜"）。

如上面的话，并不见得精彩，却是另外一本账，是很明白的。不仅世态炎凉，而且翻云覆雨，数语已尽之。前面所说"歌注"与后文不必相应者，指书中的细节，其言相应者，是说书中的大意。二者不同。原书在开头就分为"故曰甄士隐云"，"故曰贾雨村言"两段；但谈"通灵"很短，而"怀闺秀"极长，很不平衡。这本是《红楼梦》发展的倾向。

还有一点，或是题外的话。前面原是双提僧、道的，后来为什么只剩了一个道人，却把那甄士隐给拐跑了呢？这"单提"之笔，分出宾主，极可注意。这开头第一回书，就是一个综合体、糊涂账，将许多神话传说混在一起，甚至自相矛盾。原说甄士隐是随道人走的，而空空道人却剃了头，一变为情僧，既像《红楼梦》，又像《西游记》，都把道士变为和尚，岂不奇怪！又如大荒顽石与绛珠仙草、神瑛侍者的纠缠，观空情恋，是二是一，始终不明。若各自分疏，岂不清爽；如拉杂摧烧之，何等痛快，无奈又不能！于是索隐诸公闻风兴起，老师宿儒为之咋舌，这又该分别对待，不可以一概而论的。

上面的两段，话就说到这里。明知不完备，多错误，请指教。往事如尘，回头一看，真有点儿像"旧时月色"了。现今随着研究事业的进展，新人新事，层出不穷，惟愿"百尺竿头更进一步"。

一九八六年一月二十日于北京

索隐与自传说闲评＊

斯学浩瀚，难窥涯涘，两派分歧，互有得失，试效闲评，聊作谈助。

原从《红楼梦》来，其二说在本书开宗明义处亦各有其不拔之根底，所谓"甄士隐梦幻识通灵，贾雨村风尘怀闺秀"。一似双峰并峙，二水分流，瞻念前途，穷则思变。若不能观其会通，于书中之理解，恐无多裨益也。先分别比较言之。

（一）研究之方向相反。——索隐逆入，自传顺流。开卷第一回作者自云"将真事隐去"欲求索之，反其道而行之，此逆入也。欲将往事"编述一集以告天下人"，遂旁及曹氏一家以实之，此顺流也。似顺是而逆非，却未必尽然。盖所谓逆者，中有顺焉；所谓顺者，亦有逆焉。何以言之？既曰有"隐"，何不可"索"？幸而有得，未尝无益也。详考其家乘，定作者为谁氏固与"亲睹亲闻"、"嫡真实事"诸文相合，而作者点明是"假语村言"，又奈此"满纸荒唐言"何。迹其记叙分歧，言辞惝恍，胶柱刻舟以求之，庸有当乎，殆所谓"齐则失之，

＊ 原载《俞平伯论红楼梦》上海古籍出版社1988年版。

楚亦未为得也"。

（二）所用方法之不同。——索隐派凭虚，求工于猜谜；自传说务实，得力于考证。其是非似不成问题，我从前固持考证说者。有人说他"猜笨谜"，虽胡博士之于蔡先生亦初不假借，而其间得失有可言者。

考证含义广，作用多，并不限于自传说，这只不过其中之一而已。即摒弃自传之说，而考证之功用故自若也。将后四十回从一百廿回中分出为考证的成果，与其人同时主张自传说并无必然之联系，不宜混为一谈，考证之功，不掩自传之累。纵其自传说不成立，而残编与续貂，其泾渭玉石之辨，仍昭然在人耳目。新索隐派亦当应用此成绩，决不能并百二十回一起而追索之，其中当有所区别，所谓桥是桥，路是路也。

昔《石头记索隐》以金陵十二钗影射士大夫，虽有巧思，终无实际。其影射人事每在有意无意之间，"若即若离，轻描淡写"，如于本书第五十四回偶点出王熙凤一名来，只关合字面，毫不认真便是可喜，如引而申之，即成笨伯矣。

（三）对作者问题看法之异。——此关于本书的来历，亦是两派争持之点。简单说来，索隐猜谜，只是空想；标榜科学，或欠谨严。曹雪芹本未言自著《红楼梦》也，而此问题关系甚大，众口相传，其说不一，甚至有人说是另一个曹雪芹！若考证，自传之说，则完全归之于曹氏，几乎众口一词。而据最早的甲戌本却备列诸名：有空空道人、情僧、吴玉峰题《红楼梦》，孔梅溪题《风月宝鉴》，曹雪芹题《金陵十二钗》。雪芹固是真名，但其假托诸名，却未必毫无意义，盖非一人之力、且夕之功，最后特标脂砚斋，又将各异名归一，"仍用石头记"似有与曹雪芹争著作权者，可谓奇矣。多设烟幕，似成蛇足。评注庞杂，歧中之歧未尝不由此而来，若不认清题目，分别枝干，即有索隐之故技，恐亦难得施展也。

　　约论二者之得失，虽亦有共通之点，非无共同之惑。迹其迷惑，源远流长，已历二百年，非偶然也，盖与明清之际之史迹有关，其他小说皆不名"学"，如《水浒》不曰水浒学，《三国》不曰三国学，而独称红学者何？岂《红楼》独超于其他小说之上欤，亦未必也，我儿时只作为笑话看，后来思之，却不尽然。

　　"红学"之为诨名抑含实义，有关于此书性质之认识。早岁流行，原不过纷纷谈论，即偶形诸笔墨固无所谓"学"也。及清末民初，王、蔡、胡三君，俱以师儒之身份，大谈其《红楼梦》，一向视同小道或可观之小说遂登大雅之堂矣。王静安说中含哲理，惜乏嗣音。蔡、胡两子遂平分秋色，各具门庭，考证之视索隐，本属后来居上，及大量脂批出笼，自传之说更风靡一时。其后《辑评》内一书，当时原只为工作之需，却亦附带推波助澜的作用，颇感惭愧。脂批非不可用也，然不可尽信。索隐、自传殊途，其视本书为历史资料则正相同，只蔡视同政治的野史，胡看作一姓家乘耳。既关乎史迹，探之索之考辨之也宜，即称之为"学"亦无忝焉。所谓中含实义者也。两派门庭迥别，论证牴牾，而出发之点初无二致，且有同一之误会焉。

　　《红楼梦》之为小说，虽大家都不怀疑，事实上并不尽然。总想把它当作一种史料来研究，敲敲打打，好像不如是便不过瘾，就要贬损《红楼》的声价，其实出于根本的误会，所谓钻牛角尖，求深反惑也。自不能否认此书有很复杂的情况，多元的性质，可从各个角度而有差别，但它毕竟是小说，这一点并不因之而变更、动摇。夫小说非他，虚构是也。虚构原不必排斥实在，如所谓"亲睹亲闻"者是。但这些素材已被统一于作者意图之下而化实为虚。故以虚为主，而实从之；以实为宾，而虚运之。此种分寸，必须掌握，若颠倒虚实，喧宾夺主，化灵活为板滞，变微婉以质直，又不几成黑漆断纹琴耶。前者所以有意会之说也。以意会之，各种说法皆得观其会通而解颜一笑，否则动成罣碍，引起争论盖两失之，而《红楼梦》之为红楼故自若也。

人言若得正问则问题之解决思过过半，斯言是也。以本书言之，其来历如何，得失如何，皆正问也。若云宝玉何人，大观园何地，即非正问。何则？宝玉者，小说中主角，不必实有其人；大观园者，小说中花园，不必实有其地。即或构思结想，多少凭依，亦属前尘影事，起作者于九原，恐亦不能遽对。全然摹实，不逾尺寸，又何贵于小说耶。

私意以愚意评之。考证之学原是共通的，出以审慎，不蔓不支，非无益者。猜谜即使不着亦无大碍，聊发一笑而已。只自传之说，明引书文，或失题旨，成绩局于材料，遂或以赝鼎滥竽，斯足惜也。

一九七八年十月十七日记，
一九八六年八月二十六日整理重抄

作者年表

一九〇〇年 光绪二十五年 诞生

一月八日（农历己亥腊八日）生于苏州。原籍浙江省德清县。名铭衡，小名僧宝，字平伯。曾用笔名：平伯、平、蘋初、Y. P.、环、援试、一公、屈斋、赵心余、吾庐、萍、槐居士、古槐居士平生、古槐居士等。

曾祖父俞樾，号曲园，清代著名经学家。父俞陛云，晚清探花。母许之仙是清松江知府许子原的女儿，精通诗文。姊弟四人，行四。自幼从母读经书。

一九〇八年 光绪三十四年 八岁

入塾从师学习。

一九一一年 宣统三年 十一岁

由苏州到上海，逢辛亥革命，改学英文和算学。

一九一二年 十二岁

在上海开始读《红楼梦》。

一九一五年 十五岁

春，入苏州平江中学。

秋，考入北京大学文学门。

同时，父亲也移眷入京，居东华门箭杆胡同，与北京大学后垣毗邻。

一九一六年 十六岁

在黄侃教授指导下，开始读周邦彦的《清真词》。

一九一七年 十七岁

十月，和舅舅的女儿许宝驯结

婚。许氏长俞四岁。

一九一八年　十八岁

五月，第一首新诗《春水》发表在《新青年》第四卷第五期。

十月，作《白话诗的三大条件》一文，据理驳斥非难白话诗的保守派。

十一月，加入北京大学学生傅斯年、罗家伦、徐彦之等组织的新潮社，被推选为干事部书记。

本月，长女俞成生。

本年，开始与叶绍钧书信往来。

一九一九年　十九岁

一月，《新潮》创刊。为该刊主要撰稿人之一。

三月，北京大学平民教育讲演团成立。这是邓中夏等人发起并领导的，"以增进平民智识，唤起平民之自觉心为宗旨"的新文化运动统一战线的组织。四月，加入该团，为第四讲演所之讲演员。

四月，第一篇白话文小说《花匠》发表在《新潮》第一卷第四号，后被鲁迅收入《中国新文学大系·小说二集》。

五月，五四运动爆发。他"浮慕新学，向往民主"，积极投身于运动，参加北大学生会新闻组，在学生罢课的同时，偕友访商会会长，要求罢市，并在街头散发传单。

十一月，以平民教育讲演员的身份，作题为《打破空想》的讲演。

本月，次女俞欣生。

十二月，毕业于北京大学，准备去英国留学。去国前，作新诗《别她》，抒发对祖国的爱恋之情，决心找到一条救国之路。

年内，移家北京朝内老君堂七十九号宅。院内有一颗大榆树，树荫下的书斋取名"古槐书屋"。

一九二〇年　二十岁

一月，同傅斯年乘船赴英国留学。途中熟读《红楼梦》，并与傅斯年剧谈《红楼梦》，对《红楼梦》有了深一层的理解。

三月，因费用缺乏回国。

四月，到杭州。

暑假后，经蒋梦麟推荐，到杭州第一师范学校任教，结识了比自己大一岁、低一年级的北大同学朱自清。朱自清将手订的新诗集《不可集》给他看，共同探讨新诗的创作和发展。

十二月，为康白情的新诗集《草儿》作序。

年底，由杭州回到北京。

一九二一年　二十一岁

一月，文学研究会成立。经郑振铎介绍，加入了文学研究会，并成为骨干成员。

年初，受胡适之托，为之删定第四版《尝试集》。

四月至七月间，受胡适《红楼梦考证》和顾颉刚研究《红楼梦》的意兴的感染与顾频繁通信，相互讨论。

七月十二日，到上海，随后回杭州。

八月，致顾颉刚函，说自己准备作《红楼梦》多种版本的校勘工作，想办一个研究《红楼梦》的刊物。

十月，作《诗底进化的还原论》，发表在次年一月《诗》创刊号上。

本月，辞杭州第一师范学校教职，准备赴美国留学。

一九二二年　二十二岁

一月，和朱自清、叶绍钧、刘延陵等创办《诗》月刊。这是"五四"以来出现最早的诗刊。

三月，第一部新诗集《冬夜》由上海亚东图书馆出版。内收一九一八年至一九二一年所作诗的大部分，其中多数作于杭州。

五月，儿子润民生。

六月，和朱自清、周作人、徐玉诺、叶绍钧、郭绍虞、刘延陵、郑振铎八人的新诗合集《雪朝》，由上海商务印书馆出版。其中第三集是俞平伯专集，收本年初所作诗十五首。

七月，《红楼梦辨》一书完稿，共三卷十七篇。

七月，从上海乘船去美国考察教育。十月，因病回国。

十一月，回到上海、杭州，不久回北京。

一九二三年　二十三岁

三月，和郑振铎、叶绍钧、王伯祥、顾颉刚、沈雁冰、胡愈之等十人组织朴社，每人每月出资十元，集资出版书籍。

四月，《红楼梦辨》由上海亚东图书馆出版。

五月，《冬夜》再版本由上海亚东图书馆出版。

六月至八月，回杭州暂住。

八月初，和朱自清同游南京，两人分别作了不同风格的同题散文《桨声灯影里的秦淮河》。

秋，到上海大学中国文学系任教，讲授《诗经》、小说、戏剧等。

与陈望道、叶楚伧、田汉、沈雁冰、瞿秋白等人同事。时住上海闸北永兴里的小楼上，室名为"茸芷缭衡室"。

一九二四年　二十四岁

春，辞上海大学教职，闲居杭州。

四月，第二部新诗集《西还》由上海亚东图书馆出版，收诗一百零三首。

五月，校点的《浮生六记》由北京朴社印行，霜枫社出版。

七月，和朱自清合编的文学丛刊《我们的七月》，由上海亚东图书馆出版。内收他的诗、文十二篇。

十一月，《语丝》创刊，为该刊主要撰稿人之一。

同月，和叶绍钧的散文合集《剑鞘》，由霜枫社出版，朴社发行。内收他的散文九篇及序。

年底，回北京。从此在老君堂宅定居。

一九二五年　二十五岁

三月，校点的《三侠五义》一百二十回本，由上海亚东图书馆出版。

六月，和朱自清合编的文学丛刊《我们的六月》由上海亚东图书馆出版。内收他的诗、文八篇。

八月，清华学校增设大学部，成立国文系。他推荐朱自清到该校任教。

十二月，第三部新诗集《忆》由北京朴社出版。

年内，和朱自清等十人集资开办"景山书店"，专售新文学书刊。

本年，到燕京大学任教。

一九二六年　二十六岁

继续在燕京大学任教。

一九二七年　二十七岁

四月，校点的《陶庵梦忆》由北京朴社出版。

本年，继续在燕京大学任教。

一九二八年　二十八岁

八月，散文集《杂拌儿》由上海开明书店出版。内收文章三十二篇。

十月，到清华学校大学部中国文学系任讲师。

年内，辞燕京大学教职。

一九二九年　二十九岁

年内，校点《三侠五义》由上海亚东图书馆再版。

本年，在清华大学授《清真词》、戏曲和小说。同时，到北京大学兼课。

一九三〇年 三十岁

五月，周作人主编的《骆驼草》周刊创刊。他是该刊主要撰稿人之一。

六月，线装诗文集《燕知草》上、下册，由上海开明书店出版。内收散文十六篇，诗三首，词一首，曲一首，风谣八首。

十月底，移家清华园南院七号，定室名为"秋荔亭"。

本年，在清华大学同朱自清、杨振声等教授合开"高级作文"课，专授"词"习作课。同时，在北京大学讲授中国诗歌名著选。

一九三一年 三十一岁

九月，"九一八"事变发生后，曾与胡适晤谈时事。三十日，又致胡适函，述忧国忧民之心，以为知识分子救国之道唯有出普及性的单行周刊，从精神上开发民智，抵御外侮。

本年，辞北京大学教职。

一九三二年 三十二岁

元旦，《中学生》月刊第二十一期在《贡献给今日的青年》总题目下，发表了五十二人的短简，其中他的短简告诫青年们：要信自己的力量可以救中国，应当救中国，还要积极创造救国的条件。认为"不存此心，不得名为中国人"。

六月二十五日，梁遇春病逝。同蒋梦麟、周作人、胡适、叶公超、废名等人发起追悼会，于七月九日在北大新二院礼堂举行。

本年，被聘清华大学中国文学系教授。

一九三三年 三十三岁

二月，散文集《杂拌儿之二》由上海开明书店出版。内收文章二十九篇，书后附录新诗《呓语》十七首，并声明不再想出诗集。

本年，继续在清华大学任教。

一九三四年 三十四岁

八月，《读诗札记》由北平人文书店出版。书中大部分是在上海大学时的讲义。

十月十四日，在北京大学第二院大礼堂，参加刘半农追悼会。

十一月，《读词偶得》由上海开明书店出版。

本年，继续在清华大学任教。

一九三五年 三十五岁

春，为昆曲艺术的生存和发展，与清华大学爱好昆曲的同人结集谷音社。

本年，继续在清华大学任教。

一九三六年 三十六岁

一月，语录体杂感集《古槐梦

遇》由上海世界书局出版。

八月,散文集《燕郊集》由上海良友图书印刷公司出版。

年内,《古槐书屋词》写刻本出版。收词三十五首。

本年,继续在清华大学任教。

一九三七年 三十七岁

"七七"事变爆发。北大、清华南迁。他因侍奉双亲,未能同往。从此,迁居城内与双亲同住。

一九三八年 三十八岁

本年,被中国大学文学系聘任教授,讲授《论语》和《清真词》。所得报酬甚微,生活清苦。时伪北京大学校长钱稻孙邀他到该校任教授,遭其拒绝。

一九三九年 三十九岁

本年,继续在中国大学文学系任教。

一九四〇年 四十岁

九月,为赵肖甫辑《红楼梦讨论集》作序。书中辑胡适、顾颉刚、俞平伯讨论《红楼梦》的书简。

本年,继续在中国大学文学系任教。

一九四一年 四十一岁

年内,作《夷齐相谏伐》,发表在沈兼士编的《辛巳文录》第一期。《辛巳文录》出版第二期被当局查禁。

一九四二年 四十二岁

四月,作《左传震夷伯之庙一条非左氏旧文说》,发表在次年《中德学志》第五卷第四期。

五月,在《万人文库》旬刊上发表《与友人论宫调书》。

八月,为郭则沄填曲、王季烈制谱的《红楼真梦传奇》作序。

十月,作《银婚诗》,纪念结婚二十五周年。

本年,还写了《再与友人书》、《再与汪健君书》、《与汪健君书论正声变调》等有关讨论昆曲的文章数篇。

一九四三年 四十三岁

二月,作札记《音乐悦乐同音说》。

九月,论文《谈〈西厢记〉·哭宴》发表在《文学集刊》第一辑。

年内,亲自为在西南联大任教的朱自清售书,以解决朱自清生活上的困难。

本年,继续在中国大学文学系任教。

一九四四年 四十四岁

一月,论文《续谈〈西厢记·

哭宴〉》发表在《文学集刊》第二辑。

秋，应来访的唐弢之请，为之写字一幅，录近作诗三首。

本年，任中国大学文学系主任。

一九四五年　四十五岁

九月，日本帝国主义投降，抗日战争胜利结束。

经许德珩介绍，加入知识分子进步团体九三学社。

九月，作五言长诗《遥夜闺思引》。十二月在北平广播电台讲《读书的意义》。

冬，被聘到教育部特设的"临时大学补习班"任教。

一九四六年　四十六岁

本年，临时大学补习班结束，转任北京大学教授。

一九四七年　四十七岁

二月，九三学社十三人就北平当局警宪夜入民宅，以清查户口为名，肆行搜捕事件，提出抗议，并拟定《保障人权宣言》，发表在本年三月八日《观察》上。他为签名者之一。

五月，北京大学三十一名教授联合发出《北京大学教授宣言》，对各地青年学生反内战、反饥饿，以及要求教育改革的运动，表示同情和支持。他为签名者之一。

八月，《读词偶得》修订本由上海开明书店出版。

一九四八年　四十八岁

四月，北大、清华、师院、燕京四校联合发表《九十教授的质询文》，对国民党市党部警告教授们不要重演闻一多事件的报告，提出质询。他为签名者之一。

七月，《中建》半月刊在清华大学召开"知识分子今天的任务"座谈会，他应邀出席并发言。

本月，《清真词释》由上海开明书店出版。

八月十二日，朱自清病逝。他无比悲痛。二十六日，到清华大学文学院参加追悼会，并送挽联。

十月二十四日，北大八十二名教授发表停教宣言，并停教三天，抗议当局冻结薪给，要求借薪津两月，以维持生活。他为签名者之一。

一九四九年　四十九岁

一月，北平被围期间，北大、师大等校教授三十人发表对全面和平书面意见，一致拥护中国共产党主席毛泽东提出的和平八项主张。他为签名者之一。

七月,参加中华全国文学艺术工作者代表大会,当选为全国文联委员。同时,参加中华全国文学工作者协会成立大会,当选为全国文协委员。

十月一日,中华人民共和国成立。出任北京大学教授、校务委员会委员。

一九五二年　五十二岁

九月,《红楼梦辨》的修改本《红楼梦研究》,由棠棣出版社出版。

本年,北京大学文学研究所成立,调文研所任研究员,完成《红楼梦》八十回本的校勘工作。

一九五三年　五十三岁

二月,北大文研所并入中国科学院。转任中国科学院文学研究所古典文学研究室研究员。

一九五四年　五十四岁

九月,出席第一届全国人民代表大会第一次会议。

十月,在全国范围内开展了对俞平伯《红楼梦研究》的批判。

十二月,辑录的《脂砚斋〈红楼梦〉辑评》一书由上海文艺联合出版社出版。

一九五五年　五十五岁

七月,参加第一届全国人民代表大会第二次会议,并作发言。

一九五六年　五十六岁

二月,参加九三学社第一届全国社员代表大会,被选为九三学社第四届中央委员会委员。

本年,被文学研究所定为一级研究员。

一九五八年　五十八岁

二月,校订的《红楼梦八十回校本》,由人民文学出版社出版。

十一月底至十二月初,参加九三学社第二届全国社员代表大会,被选为第五届中央委员会委员。

一九五九年　五十九岁

四月,参加第二届全国人民代表大会第一次会议。

一九六〇年　六十岁

七月至八月,参加第三次全国文代会。

一九六三年　六十三岁

撰写《红楼梦》中关于"十二钗"的描写。发表在本年《文学评论》第四期。

一九六四年　六十四岁

十二月至次年一月,参加第三届全国人民代表大会第一次会议。

一九六六年　六十六岁

夏,"文化大革命"爆发,成为批斗对象,被抄家,藏书、著作

生活い

一九七〇
一月，在　　　　的关怀下，偕夫人提前从　　返回北京。

一九七五年　七十五岁
十月一日，应周恩来总理邀请，出席国庆招待会。会后，由于过度兴奋和激动突患类中风，右侧偏瘫。

一九七七年　七十七岁
八月，移居北京西城三里河南沙沟新寓。
十月二十八日（农历九月十六日），结婚六十周年纪念日，作七言长诗《重圆花烛歌》。

一九七八年　七十八岁
五月二十日，应文化部副部长贺敬之邀请，出席《红楼梦学刊》编委会成立大会。
十月，《唐宋词选释》由人民文学出版社出版。

一九八〇年　八十岁
　《红楼梦》学会成
　　顾问。
　，二十年代校点的《浮生
　，由人民文学出版社出版。
　夏，由夫人许宝驯缮写的《古槐书屋词》二卷本，由香港书谱出版社出版。

一九八二年　八十二岁
二月七日（农历正月十四日），夫人许宝驯逝世，作悼亡诗《半帷呻吟》。
十二月，散文集《杂拌儿》作为"百花洲文库"第二辑，由江西人民出版社出版。

一九八三年　八十三岁
四月，王保生编选的《俞平伯散文选集》由上海文艺出版社出版。
本月，《杂拌儿之二》作为"百花洲文库"第二辑，由江西人民出版社出版。
五月八日，《人民日报》公布全国政协第六届委员会委员名单，他为社会科学界委员。
十月，《论诗词曲杂著》一书由上海古籍出版社编辑、出版。

一九八五年　八十五岁
七月，叶圣陶为《俞平伯旧体诗钞》作序。

一九八六年　八十六岁

一月二十日，中国社会科学院文学研究所为俞平伯从事学术活动六十五周年举行庆贺会，中国社会科学院院长胡绳在致辞中，称俞平伯是有贡献的爱国学者，他的红学研究是有开拓性的；一九五四年对俞平伯的政治性围攻是不正确的，是不符合中国共产党的"双百"方针的；那次围攻从精神上伤害了俞平伯，在学术界产生了不良影响。俞平伯在会上宣读了自己的红学新作《旧时月色》。

六月，《俞平伯序跋集》由北京生活·读书·新知三联书店出版。收一九二〇年十二月至一九八五年四月所作序跋五十六篇。

十一月十九日，应香港中华文化促进中心和香港三联书店的邀请，由外孙韦奈陪同，赴港讲学。

二十二日下午，在香港中华文化促进中心演讲《索隐与自传说闲评》，指出两派产生的根底都在《红楼梦》第一回"甄士隐梦幻识通灵　贾雨村风尘怀闺秀"之中。

二十五日，结束在香港的讲学，返回北京。

一九八七年　八十七岁

六月，校阅《俞平伯旧体诗钞》清样。

一九八八年

三月，《俞平伯论红》由上海古籍出版社和三联书店（香港）有限公司联合出版。

六月，《俞平伯学术精华录》作为《中国当代社会科学名家自选学术精华丛书》第一辑中的一本，由北京师范学院出版社出版。

十月，为上海古籍出版社编辑的《俞平伯散文杂论编》作《后记》。

一九八九年　八十九岁

二月，作为"中国现代作家选集"丛书之一的《俞平伯》（乐齐编选）选本，由三联书店（香港）有限公司和人民文学出版社联合编辑出版香港第一版。

春，为《古今名人长寿要妙》一书口授序文并题写"医学瑰宝"四字。

十月，《重圆花烛歌》纪念册由新加坡文化学术协会影印出版。

同月，《俞平伯旧体诗钞》由四川人民出版社出版。

一九九〇年　九十岁

一月四日，农历腊月初八为九十整寿。人民文学出版社、中国现代文学馆和九三学社中央委员会分别赠送了花篮。中国社会科学院文学研究所的代表以及好友多人前来贺寿。

三月十六日,为杭州大学教授华宇清所著《鸿轩论学》一书口授序文。

四月,《俞平伯散文杂论编》由上海古籍出版社出版。

六月,《俞平伯散文选集》(孙玉蓉编选)由天津百花文艺出版社出版。

九月,旧作散文集《燕郊集》作为"中国现代文学史参考资料·京派文学作品专辑"十种之一,由上海书店重新影印出版。

十月十五日,在北京逝世。

(孙玉蓉)

编 后 语

一

俞平伯是我国著名的学贯中西的国学大师,**资深的专家学者**,他在诗词、曲赋、戏曲、小说等诸多方面,都有丰厚的论著。尤其他作为享誉中外的"红学"泰斗,其《红楼梦辨》(后来修订为《红楼梦研究》)和《红楼梦八十回校本》等"红学"论著,皆具有广泛而深远的影响。

众所周知,二十世纪初,我国"红学"研究,即形成"索隐"和"自传说"两派,胡适、顾颉刚和俞平伯为"自传说"一派。正如俞平伯晚年所说,《红楼梦》毕竟是一部伟大的现实主义小说,书中的人、事、物,虽然来源于社会生活,但主要都是虚构的,"以虚为主,实为从,所有一切实的,都融入虚的意境之中"。不能把小说中的人、事、物都一一落在实处。研究《红楼梦》,应当着眼它的文学和哲学的意义。他认为,"索隐"与"自传说"两派,都各有所得,对"红学"研究是作出贡献的。但是,他们在研究方法上是错误的,他们都钻了牛角尖。然而,时至今日,竟然有人还在

"钻牛角尖",在步"索隐派"的后尘,走进了死胡同。现在,我们撇开俞平伯当年认为《红楼梦》为"自传说"的研究文字,便不难看到,他对《红楼梦》研究的论述,还是颇为精辟,有其独到的见解。因此,我在编本书时,便选了他坚持《红楼梦》为"自传说"时所撰写的几篇论文。之所以这样做,是为了让读者能从中看到俞平伯在《红楼梦》研究方面学术观点发展变化的过程。

二

本书的编选,包括这样三部分内容:一是现代诗文论;二是研究古代诗词、曲赋、戏曲、小说的论文;三是《红楼梦》研究的论文。这三部分学术论文,在编排上,除第二部分按文学样式产生之先后排列外,其他两部分基本上是按其发表年代先后为序。

在编选本集时,我是比较慎重的,所有入选的论文,都经过反复阅读和比较之后,才入选的。我认为,俞平伯的学术论文,并未因时代的变迁而失去其学术价值,它对今天的学人和学者,仍有学习和借鉴的意义。

由于俞平伯不仅是一位国学大师,同时他还是一位诗人和散文大家,所以他的学术论文,语言不仅具有独特的个性特征,而且也比较精炼、流畅、自然、优美。经、史、子、集,他都能信手拈来,为我所用,增添其论文的血液及其内涵。平时,俞平伯并不善言辞,而他的文章却写得非常幽默诙谐,颇有情趣。从此而言,读俞平伯的学术论文,也是一种美的享受。关于俞平伯的学术观点和美学思想,编者不可能在前言和编后语中向读者作更多的介绍和评述,也只有读者自己去慢慢阅读和细细品味了。

三

文集的代前言《俞平伯》，是我于一九九二年所写，收入当年中国社会科学院编辑的《当代中国社会科学家》，由社会科学文献出版社出版，书中二十六位传主，都是中国社会科学院已故的著名专家学者。此文，一九九五年又被浙江省德清县政协所编《德清籍现代著名文学家俞平伯》[《德清文史资料（第五辑）》]作为首篇收入。因为此文，曾受到俞平伯的家属、《当代中国社会科学家》的编者和德清县政协以及广大读者的好评，所以，这次在编选俞平伯文集时，才把此文《俞平伯》作为本集的代前言。此文，在《德清文史资料（第五辑）》收入时，作者又稍作修改。

文集中的俞平伯年表，是天津社会科学院文学研究所俞平伯研究专家孙玉蓉同志所撰写，收入一九九二年人民文学出版社出版的中国现代作家选集《俞平伯》。本书将此文收入时，编者又作了适当的修改。

本书在编选过程中，对入选的俞平伯学术论文，在个别地方，编者作了技术处理。如《论作曲》一文，作者是用文言撰写，未分段，不便于读者阅读，因此编者予以分段。又如作者《红楼梦研究》书中，有《后四十回底批评》一文，由于入选本集，独立成文，因此编者便将此文改为《后四十回〈红楼梦〉底批评》。还有的入选论文，用字、标点有误，编者便作了更正。也有用词欠当之处，编者或加注予以说明，或直接就作了改动。而像原故与缘故，成分与成份，作与做等等，皆可通用。底与的，的与地，那与哪等，当时并未有严格区分。上述这些字词，在文集中皆未予改动。

  本书编选的论文，皆选自《俞平伯全集》。有欠当之处，敬请读者和方家予以批评、指正。

陆永品
二〇〇六年十二月三十日